本书系中国戏曲学院、北京市教育委员会

"北京市特聘教授"、"北京市教学名师"支持与资助项目

中国悲剧文学史

谢柏梁 著

上海古籍出版社

图书在版编目(CIP)数据

中国悲剧文学史 / 谢柏梁著. —上海：上海古籍出版社，2014.11（2021.7重印）
ISBN 978-7-5325-7423-0

Ⅰ.①中… Ⅱ.①谢… Ⅲ.①悲剧—戏剧文学—文学史—中国 Ⅳ.①J207.37

中国版本图书馆CIP数据核字(2014)第229041号

中国悲剧文学史
谢柏梁 著

上海世纪出版股份有限公司
上海古籍出版社　　出版
（上海瑞金二路272号　邮政编码200020）
（1）网址：www.guji.com.cn
（2）E-mail：guji1@guji.com.cn
（3）易文网网址：www.ewen.co
上海世纪出版股份有限公司发行中心发行经销
常州市金坛古籍印刷厂有限公司印刷

开本787×1092　1/16　印张35　插页6　字数680,000
2014年11月第1版　2021年7月第2次印刷
印数：1,101-2,200
ISBN 978-7-5325-7423-0
J·494　精装定价：158.00元
如有质量问题，请与承印厂联系

谢柏梁

中国戏曲学院二级教授，北京市教学名师与领军人才，上海市曙光学者，香港政府优才引进者，国务院政府特殊津贴专家，中国戏剧文学学会副会长，国际剧评协会中国分会监事长。先后任教于上海戏剧学院、南京师范大学、上海交通大学、中国戏曲学院，曾担任上海交通大学中文系主任、中国戏曲学院戏文系主任。在多伦多大学、佛萨大学和加州大学伯克莱分校等北美高校讲学两年，美国学术委员会（ACLS）高级访问学者。

序 一[*]

　　上海戏剧学院教授谢柏梁，是我和黄天骥教授共同指导的文学博士。早在1986年，我们经过批阅卷子，觉得其戏曲史论基础较扎实，对场上戏剧也较为熟悉，关于《香草亭》等题目的论述也较到位，因此就录取了他。继上一届的博士生薛瑞兆和康保成之外，这一届录取了南大的郑尚宪、杭大的黄仕忠和华东师大的谢柏梁同学。

　　在博士论题论证时，经过多次商讨，柏梁将博士论文定名《中国悲剧史纲》，一共写了近20万字。博士毕业之后，他分配在上海戏剧学院戏文系工作。在教学之余，他又将博士论文逐步加以修改、丰富，并由学林出版社出版。作为他的导师，我自然感到分外高兴。

　　柏梁秉性聪慧又较为勤奋。他出笔较快，在校时，几乎平均每月都要写一篇学术论文；我看了后不管满意与否，都要与他在一起讨论得失。他的文章，思路活跃而条理井然，语言清丽而气势动人，这是长处所在，也与他写过一些小说诗歌有关。论文需要以理服人，但也需要以情动人。

　　但写作太为勤快，有时就未免失于粗疏；所以我每每从论题是否具备创造性、论证是否体现科学性乃至引据是否拥有准确性等方面，要求他写作可以快，修改应该慢，要在冷处理的过程中加以审视，经过一个阶段的反思，再来进行严格认真的修改。他也逐渐适应了我的要求，毕业时曾说："返沪后最大的遗憾，是作为一位年轻教师在工作，再不会有人来为我逐篇严格地批正文稿了。"实际上最为权威而严格的批改者，当

---

[*] 此序原为谢柏梁《中国悲剧史纲》而作，王季思先生闻知学林出版社1993年将要出版该书，便欣然作序。该书源自谢柏梁的博士论文，也是其近著《中国悲剧文学史》和《中国悲剧美学史》最初的雏形。本序的主体部分，曾在《中国社会科学》1992年第1期上刊出。

然应该是他本人,我只不过是在帮助他逐步养成这种自律习惯而已。

本书以中国古代悲剧作为主体,这是我与柏梁共同商定的命题。我主编过《中国十大古典悲剧集》和《中国十大古典喜剧集》,对于中国的悲剧与喜剧问题,有着一定的思考。也希望博士生们能够更加系统而深入地研究我国的悲喜剧问题。这当然是一副很重的学术担子,但是总要有人慢慢挑起来。

柏梁以前在华东师大师从徐中玉、齐森华两位教授研修中国戏曲批评史,读过不少古典剧本,也较为熟悉舞台演出。在写作博士论文前后,又比较系统地研读了大量古典剧本,从而对古典悲剧有些较深的感知。他也曾在京、沪图书馆收集过大量戏曲理论资料,有着较为扎实的理论基础,这就促使他结合具体作品思考中国悲剧剧作与中国悲剧美学,最终写出了这样一部虽然不够完满,但却带有较多思辩意味乃至开拓精神的史、论、评兼具之作。

《中国悲剧史纲》从中国悲剧的历史发展、理论演进和美学系统三个方面,加以综述、概括、分析和比较,从而大略勾勒出中国悲剧史的面貌及其风神,得出不少有独得之见的命题和结论。文章也表达得较好,不时有精彩的片段引人入胜。作为中国戏剧史范围内重要分枝的创始之作,本书对研究中国文学和戏剧的学者,乃至从事戏剧创作和表导演的实际工作者,对确立具备中国特色和民族旨趣的悲剧内涵,都有一定的参考价值。

我在指导柏梁写作本书时,曾反复与他谈过关于悲剧的源起和实质,以及中国悲剧的审美特征等问题。在当时为博士生们所举行的小型研讨会上,我还作过《悲喜相乘——中国古典悲喜剧的艺术特征和审美意蕴》的专题报告(见《戏剧艺术》1990年第1期),以资启发。

在写作《中国悲剧史纲》的草创阶段,柏梁为充分利用上海方面的图书资料,曾短期借住复旦大学研究生宿舍。当时,我曾请他到华东医院看望病榻上的老友徐震堮先生。徐先生那时已不能言语,听说我派人来看他,眼眶里滚下了泪花。我还请他到复旦宿舍,传递我与苏步青教授的和诗。

这一时期,我还先后写过数封关于悲剧的信,为柏梁排疑解惑,提供参考。现仅就悲剧的意蕴问题,再谈几点想法。

本书在悲剧本质论中,把悲剧起因归结为人类对欲望的不息追求,进而分"生存欲与爱欲"、"利益欲与权力欲"、"求知欲与审美欲"加以阐明,这就把悲剧起源论建立在唯物史观的基础上。对悲剧冲突的程式性和悲剧意境的核心性作了论证,也比较有说服力。

值得商定的话题是:

一、"人生而有欲,欲而不得,则不能无求;求而无度量分界,则不能不争。"(《荀子·礼论》)儒家荀子一派及先秦法家都有此说法。怎样解决争乱呢?儒家主礼制,法家主法制。历代封建王朝一般是外儒内法,礼治与法制兼用,所谓"礼乐刑政"是也。中国的戏曲源于乐,意在平息争端,文饰礼治。其好处是对中国封建社会的发展起缓和矛盾的作用;其坏处是掩盖了封建社会的黑暗面,延缓了它的崩溃。据此立论,似较能说明中国戏曲发展的民族特征。

二、人生而有欲,欲而不得则争。争的结局,可以是悲剧,也可以是喜剧。中国人喜讲中庸之道、中和之美,有些悲剧性的故事戏也往往以团圆结束。《赵贞女》被改为《琵琶记》、《窦娥冤》被改为《金锁记》是其显例。"成败相因"、"祸福相依"、"悲喜相承"等事物发展的惯例比比皆是。知成功之后往往带来挫折,则胜不骄;知失败往往是成功的先奏,则败不馁。《拷红》里的红娘、《救风尘》里的赵盼儿都有"说得过,休欢喜;说不过,休烦恼"的话,很好地体现了这一点。由斯而论,我们有些著名悲剧,如《梁祝》以化蝶双飞结束,《娇红记》以鸳鸯和鸣终场,表现了中国悲剧的特征。这种结局,不仅在艺术上是成功的,在理论上也说得通。因此谈中国悲剧的起源和特征时,似应兼顾喜剧,辩证地加以发挥。

三、本书说"以死明志,以死救国,以死成名,追求有价值的轰轰烈烈的死,这在中外悲剧英雄画廊上都层出不穷",这很对。根据这意义谈悲剧的根源,似应还有"荣名欲与道义欲"。不过它已属于精神境界的追求,与食色之欲、权力之欲不在一个档次上。由生存欲、权力欲、荣名欲与道义欲等不同档次的追求出发,似可分解出哀怜剧、哀怨剧、悲壮剧与悲苦剧等细微范畴及其不同艺术特征。前二者如《踏摇娘》中的踏摇娘、《青衫泪》中的裴兴奴,都给人以可怜和哀怨的感觉;后二者如《精忠旗》中的岳飞、《清忠谱》里的周顺昌,给人以壮烈而崇高的感觉;而《白兔记》中的李三娘、《琵琶记》中的赵五娘,则给人以悲苦而可敬的感觉。由此可推论出中国悲剧各色各样的形态,纽结为色调深浅不同、力度大小不一、重心所在各异的多元化美学格局和审美层次。这也是文化与戏剧、艺术家与观众相生相制、互为因果的产物。

我今年八十有八,经过了不少值得高兴的事情。但老来至为喜慰的,莫过于看到一代代学生在学术天地里渐次成长,形成有序的研究梯队。柏梁在少年时失过学、种过地、扛过包,当过码头装卸工,当然在社会的底层品尝过一些生活的艰辛。但他从读大学起就一步不停,于十年中先后获得文学学士、硕士和博士学位。参加工作后不满二年就经上海市高等学校高级职称评聘小组全票通过,被破格晋升为副教授,成为上海文科教授中较为年轻的一员。此后,他还作为加拿大多伦多大学的客席教授,在该校开设中国戏曲史课程,与此同时也具备了一定的戏剧文化国际视野。

继《中国悲剧史纲》等书稿之后,他还承担并先后完成了《世界悲剧文学史》、《中国当代戏曲文学史》等国家哲学社会科学基金项目和市级的科研奖助项目;其《中国分类戏曲学史纲》一书,也经由曾永义等教授推荐,将在台湾商务印书馆出版。

凡此种种,应该说是青年得志。这也与国家、民族和学校的大环境、小环境较好有关，与师友同辈的帮助有关，更与戏剧学院的三任院长陈恭敏、余秋雨、胡妙胜教授，以及党委书记胡志宏先生和其他院系领导的鼎力扶助有关。

希望柏梁能戒骄戒躁，耐得住寂寞，经得住风波，受得了敲打，为繁荣社会主义文化事业，为与学术界同仁们逐步建立富于中华民族特色的悲剧学派，做出更多的努力和贡献。还企盼他既然选择了做学问这条冷清而难行的崎岖山路，就一定要坚定地走下去，走到底，不要作周期性停歇乃至总体性徘徊，以至耽误了宝贵的光阴。国家和民族的振兴，需要多方面的栋梁之材。我当然希望谢柏梁和他的同龄人们甘作大厦楼榭之栋梁，撑持起落在他们这辈学术人肩头的那份神圣而光荣的重荷。

是为序。

季思写于中山大学康乐园马岗顶玉轮轩中
1993年元月

序 二

多年前认识谢柏梁，就赞叹他真是个才子。他年纪那么轻，就能写出像《中国分类戏剧学史纲》那样有创意的大书。1993年，台湾商务印书馆收到该书的书稿之后，让我来评审定夺。那时我与柏梁素不相识，但是读完书稿之后觉得框架周正，说理充分，便心生钦佩之意，全力支持该书在商务印书馆出版。

柏梁不仅研究古剧，而且关注今戏，其《中国当代戏曲文学史》也先后在中国社会科学出版社和高等教育出版社出版，成为海峡两岸一些高校讲授当代戏曲的必备教材。写史讲究来龙去脉，如果没有成竹在胸，见解卓越，便很难下笔。而读柏梁的书，每觉天风海雨，洋洋洒洒，富有气势。

去年我向柏梁征稿，他一口气给我两部大著，《中国悲剧文学史》和《中国悲剧美学史》。我在翻阅之后，更加佩服他的学养如此博大精深，才情横溢如江似海。

就本书所揭示的"悲剧文学史"而言，他从巫优傩戏、先秦汉唐哭剧、戏曲中之佛音苦境、韵文之悲情、散文之哀境、小说之苦态、变文之复仇哀曲、宋戏之悲怨、元剧之悲剧大观，绵绵滚滚而下，以论历代悲剧文学之发展；其后更进一步从剧作中论英雄悲剧、命运悲剧、帝王悲剧、女性悲剧、苦意悲剧、感慨悲剧，纲举目张，令人神往。

而以"怨谱"论明代戏曲，先叙其基本调性，再以气象论明杂剧，以情怨论明传奇，归结于政治、爱情和情理之怨谱与汤显祖的伤心"四梦"之中。于清代戏曲则称之为"苦戏百花园"，分兴亡苦戏、市民苦戏、农民斗争苦戏三章论述。

再于20世纪之话剧、戏曲悲剧，则先叙话剧之悲剧方阵，次叙曹禺经典悲剧；又概括论述世纪初、中、末叶之悲剧现象，从中又举出魏明伦川味悲剧、陈亚先智者悲剧、郭启宏文人悲剧三家论述。最后论及中国影视之悲剧情韵；电影则从其悲剧之品格、风格论之；电视剧则就其悲剧情韵论之。

由此可见，柏梁治学胸有韬略，务求周沿细密不漏，层次分明而贯为系统。也由此可见，他所谓的"悲剧"，是指凡内容悲苦仇怨的文学都属此类，并不仅仅限制在戏曲或戏剧之中。也就是说，他是从悲怨戏曲出发，从而宏观地来看待悲剧文学，形成煌煌大著。

说到"悲剧"，记得1974年3月2日下午，笔者有幸与姚一苇先生在中华比较文学会第二次座谈会上共同主讲"中西戏剧比较"。姚先生是当时戏剧界大佬，他拟出了"形式"和"类别"作为比较的论题。在"类别"中谈到了"悲剧与喜剧"。

我当时年方而立出头，所提出的一些不成熟的看法是：

在西洋戏剧中有所谓"悲剧"和"喜剧"，备具各种不同的理论，现在研究中国戏剧的人，也常借来作为评论的依据。但我个人认为中西戏剧构成因素不同，本质有别，演出目的也有差异。其所认定的所谓"悲"、"喜"，中西方实难趋于一致。

就中国戏曲而言，所说的"悲"，不过好人遭遇磨难，或含屈而殁，未得现世好报；所谓"喜"，无非是否极泰来，功成名就，骨肉夫妻团圆的喜悦。那么我国戏曲，便绝大多数为悲喜剧，特别纯粹的悲剧和喜剧就很少了。但还是可以找出一些悲剧来讨论，譬如元明杂剧中，就有：

一、《窦娥冤》：元关汉卿作，叙窦娥为童养媳，被诬毒死张驴儿之父，为昏官污吏所杀，死后鬼魂报冤事。

二、《介子推》：元狄君厚作，叙介子推耻于言禄，偕母隐于绵山，晋文公求之不出，乃烧绵山，介子推及其母，竟被焚死事。

三、《赵氏孤儿》：元无名氏作，叙春秋时晋公孙杵臼、程婴牺牲自己，谋存赵朔之孤儿，赵氏孤儿终得报赵氏灭门之仇事。

四、《豫让吞炭》：元杨梓作，叙春秋时晋豫让为报智伯之恩，自毁形容，谋刺赵襄子失败，竟以身殉事。

五、《汉宫秋》：元马致远作，叙汉元帝时，王昭君和番，自投黑江事。

六、《梧桐雨》：元白朴作，叙唐玄宗时，马嵬兵变，杨贵妃死难事。

七、《香囊怨》：明周宪王朱有燉作，叙妓女刘盼春守志死节事。

八、《袁氏义犬》：明陈与郊作，本《南史·袁粲传》敷演，叙粲不事二姓，为萧道成所杀，其孤子又为粲门生狄灵庆所卖，袁氏之犬，终噬杀灵庆，为主报仇事。

九、《灌夫骂座》：明叶宪祖作，叙汉窦婴、灌夫为田蚡所害，化为厉鬼报仇事。

以上这些剧中的主要人物都是观众同情的"好人"，像杨贵妃虽然为史家所诬，成为祸水淫妇，但帝王后妃，钟情既深，理应白发偕老，乃中道兵变，生离死别；所以仍为观众所同情。他们都应当得到现世的好报，可是却凄惨以死，观众以此为悲，于是就成了所谓"悲剧"。像我国这样的悲剧，还可以理出以下几项特色：

一、理性的牺牲：像窦娥、刘盼春、介子推、公孙杵臼、程婴、豫让、王昭君等人都可以不必死，但他们或为了保护婆婆免受刑罚，或为了坚持贞节，或为了自己完美的操守，或为了报答恩德，都不惜牺牲自己的生命，以达成所力求的目标。像这样的牺牲，都是在伦理教化下，经过仔细的选择，然后出于自愿，所以说是"理性"的。

二、鬼神的报应：我国戏剧的目的既然在于教化，那么如果好人当场死亡，坏人却未得现世报应，那绝不会餍足观众的需求。于是出诸鬼神，便很容易地弥补了这种缺憾；所以窦娥的鬼魂，最后必须出场向她做了肃政廉访使的父亲控诉，使得张驴儿、赛卢医等恶人——明正受刑，因而也还了窦娥的清白，于是窦娥就成了典型的、完美的中国女性；而狄灵庆不止当场为义犬所杀，死后在地狱里还得上刀山下油锅，以为忘恩负义、卖师求荣者诫；同样的，田蚡气焰正盛的时候，却当场为窦婴、灌夫的厉鬼所活捉了。

三、死后的补偿：好人既当场死亡，如果死后未得补偿，同样也不能收到教化的目的和餍足观众的需求。因此，刘盼春死后，便安排了一位茶三婆当众歌诵她；介子推死后，晋文公也"以绵山为之田"，而且悲伤地说："以志吾过，且旌善人。"至于像元代的许多公案剧，其实可以看作是反映时代政治社会的悲剧，那么其终得平反，也不过是心理的补偿而已了。

因为好人必得好报的思想根深蒂固，所以我国的戏剧中，又产生了一些所谓翻案补恨的作品。譬如《窦娥冤》，到了明代叶宪祖的《金锁记》传奇，便成了窦娥和她的丈夫锁儿当场团圆，而张驴儿为雷击毙的结局；皮黄的《六月雪》也演窦娥赴斩降雪，因而洗刷冤屈，更还清白。

孔尚任作《桃花扇》，他的朋友顾采也作了《南桃花扇》，必欲使"天下有情的都成了眷属"。而清周乐清《补天石》杂剧，更有意替古人补恨，于是《宴金台》：燕太子丹终于灭亡暴秦；《定中原》：诸葛亮灭吴魏，蜀汉终于统一天下；《河梁归》：李陵得自匈奴归汉，遂灭匈奴；《琵琶语》：王昭君得自匈奴再归汉宫；《纫兰佩》：投汨罗而死的屈原，又回生为楚王所重用；《紞如鼓》：晋邓伯道失子复得团圆；《碎金牌》：秦桧伏诛，岳飞灭金立功；《波弋乐》：魏荀奉倩之妻不死，终得夫妻偕老。像这样的"补恨"，或可称一时的快意，但情趣实在有点低俗了。

以上所举的"悲剧"，如果拿姚先生所说的西洋四种悲剧类型来衡量的话，那么《窦娥冤》、《香囊怨》二剧则颇具有第一种命运悲剧和第三种环境悲剧的成分。因为窦娥幼年丧母，父贫求仕，把她卖作童养媳，这是她不可抗拒的命运；她生活在那高利贷繁见、纲纪废弛、恶徒贪官横行的社会里，环境给她的压力非常沉重，以她一个弱女子，自然无法抵挡和承受；后来她自诬"药杀公公"，那是她理性的选择；所以窦娥冤颇具西洋悲剧的意味。《香囊怨》虽然不像《窦娥冤》的明显，但环境的压迫和诉诸理性的抉择，也是造成悲剧的主因。至于《介子推》，可以说具有第二性格悲剧和第三环境悲剧类型的成分。介子推的死也属理性的选择，但他个性的倔强和操守的坚贞却是促成他选择的主要因素。《赵氏孤儿》、《豫让吞炭》都应当单纯属于道德教化下的理性牺牲；其他就不仔细讨论了。

可见如果将中国戏曲剧目置于西方悲剧理论之下，如果善加比附，还是有相当一些剧目可算作悲剧的。但是何必如此辛苦，一切都要"寄人篱下"才好？何不"返本归真"，师法民间戏曲之常态，只要剧情悲哀的就是怨谱、苦戏、悲剧，这就更加贴近中国戏曲的本体。那么吾友柏梁于本书所指出的：凡主体内容体现悲苦仇怨的文学与戏剧，都属于悲剧文学与悲剧之列，由此生发而成其《中国悲剧文学史》和《中国悲剧美学史》之大观，岂不更加切实而自在、宏观而通达！

是为序。

曾永义序于台湾大学长兴街宿舍
2010年3月6日午后2时

代　序
《红尘悲音》总览世间苦剧
——谢柏梁四部中外悲剧史论著作圆满结项

日前,我国著名戏剧学者、中国戏曲学院戏文系主任、国际剧评协会中国分会副理事长谢柏梁教授总题为《红尘悲音》的四种悲剧史论著作全部结项完成。在两项国家哲学社会科学基金项目、两项上海市哲学社会科学基金项目和北京市教委专项项目的支持下,谢柏梁完成了其重大科研项目《红尘悲音——中外悲剧史论》丛书四种。

《中国戏剧》2012 年 6 月 20 日举行谢柏梁《红尘悲音》四种悲剧史论著作结项学术研讨会。专家们在会上一致肯定这套丛书经过近三十年的撰写,体现出从悲剧学专题观照世界的学术胸怀和自成体系的学术格局。该书阐述了公元前四千年至今将近六千年之间各大洲主要悲剧艺术的内容、特点、样式和流变,并把悲剧史上的理论探讨和丰富的例证分析结合起来从而形成中国悲剧学与世界悲剧史的基本格局。

国务院学位办艺术学科评议组召集人仲呈祥教授,中国作协副主席、书记处书记廖奔研究员,中国艺术研究院著名戏曲家龚和德研究员,戏曲所前后两任所长王安奎与刘祯研究员,资深戏曲专家周传家教授,《中国戏剧》先后两任主编安志强、赓续华(晓赓),中国戏曲学院副院长赵伟明教授等人,分别对谢柏梁悲剧史论著作结项完成或表示衷心祝贺,或进行了认真的研讨。中山大学的康保成教授、华东师范大学的赵山林教授,也从学术评价的不同角度发表了感言。

诚如廖奔寄语所云:谢柏梁悲剧专著四种,关照古今中外,体恤人类悲苦,播扬红尘悲音,以其煌煌巨册,足以映照其数十年之心血结晶也。

仲呈祥教授在发言中说:如果一个国家、一个民族,没有人数十年如一日,来从事关乎于中国和世界的大的学术课题的研究,大家都急功近利地做一些容易来钱的项目,也许这真是一个富于悲剧意味的喜剧或者闹剧。谢柏梁教授能够甘于寂寞地将这一课题做下来,这本身就昭示着我国学者的学术志向和治学风度。中国当然需要有更多的学者做自身的研究,做域外的研究,在不同的领域内逐步形成学术文化上的中国学派。文化化人,这需要漫长的时间来积累沉淀,这才能够引起大家的充分思考。因此,必须向谢教授所付出的辛勤劳动表示敬意,向其所完成的丰厚的学术成果,表示诚挚的祝贺。至于著作中附带提到的影视作品,是否可以正式地纳入悲剧史的行列,个人认为还可以继续讨论。

研讨会认为,关于中国悲怨文化和中国悲剧文学,关于民族悲剧评论和悲剧美学,丛书有着充分的材料积累和周到的理论阐述。中国悲剧既有本民族以愁苦为表象、以悲怨为特色,从而自成系统的独特个性,又可以与各大民族的悲剧美学追求大体相通,具备世界悲剧文化的普遍个性。谢柏梁教授的这套丛书,从悲剧文学和悲剧美学两大方面,较为全面地对东西方悲剧文学及其美学观念进行了总体勾勒、具体阐述和价值认定,初步建构了世界悲剧学中的中国学派,也在一定程度上丰富和发展了中华民族自身的戏剧创作体裁和文艺理论体系。

《红尘悲音——中外悲剧史论》包括亦史亦论的《世界古典悲剧史》和《世界近代悲剧史》,以及《中国悲剧文学史》和《中国悲剧美学史》。这四部书集合起来,是当今世界上较为完整的悲剧史论丛书。这套丛书也是谢柏梁教授在古代戏曲、当代戏曲、戏曲创作和戏曲理论研究之外的"重头戏"。

《世界古典悲剧史》和《世界近代悲剧史》,从总体上讨论了关于世界各国悲剧的学术争辩,从地域与种族文化看古典悲剧,悲剧美学的包容与延伸,世界近代悲剧的定义与特征等。

前者在整个世界范围内,从人类各民族文明发展的背景上,勾勒出从公元前四千年到公元 17 世纪之间将近六千年的悲剧发展史略,分析了主要悲剧艺术的内容、特点、样式和流变,并能把有关悲剧史的理论探讨和丰富的例证分析结合起来。后者纵观近代三百年来,悲剧在世界范围内的长足发展。举凡自然主义、现实主义、象征主义、表现主义及荒诞派戏剧等,皆有阐述,呈现出色彩纷呈的景观。该书系统论述欧洲、亚洲、北美洲不同国家内悲剧的发展形态,立足于文化与美学趣味的差异,对重要作家、作品都有中肯的介绍与评价。

《中国悲剧文学史》和《中国悲剧美学史》是谢柏梁《红尘悲音——中外悲剧史论》系列丛书中的中国部分。

在王季思先生的倡议和指导下,作者经过 28 年的努力,写成了这两部关于中国悲剧的著作。中国究竟有没有悲剧?王国维答曰:元杂剧中就有。众多中外学者都认为中国当然有大悲剧。王季思先生也编过《中国十大古典悲剧集》,但是他认为关于中国悲剧的发展及其美学观念,还需要有专门的专著来完成。

《中国悲剧文学史》以八编三十章的篇幅,就中国悲剧文学的发展,从史传诗文的悲剧气韵、变文小说的悲剧氛围,一直延伸到戏曲文学的悲剧本体上。前者更多的属于悲剧文学的大范畴,后者则完全可以同世界各国的大悲剧彼此印证,相映成趣。因此,中国悲剧既有本民族以愁苦为表象、以悲怨为特色,从而自成系统的独特个性,又可以与各大民族的悲剧美学追求大体相通,具备世界悲剧文化的普遍个性。该书不仅对中国悲怨文化进行了总体梳理,还对戏曲剧目中的悲剧剧目予以了基本认定和审美评价。举凡宋元明清的悲剧名剧,都在该书中做了浓墨重彩的渲染与评述。此外,该书还以一部分篇幅,关注到了中国悲剧在话剧与影视方面的发展与延伸。

中国究竟有没有属于自己本民族的悲剧美学思想？——当然有。

《中国悲剧美学史》作为《中国悲剧文学史》的姊妹书,计以七编二十三章的篇幅,首先将中华民族的悲怨精神演进史,从先秦儒家的悲哀原则、汉唐哀曲的审美认识,乃至近古千年的忧患意识与悲愤主流,都进行了总体的归纳。其中以悲为美、忧国忧天下的精神,在中国民族的悲剧意识中特别突出。

元代曲学中的生死命运观,《录鬼簿》中的生存价值观和一些佛法杂剧的救渡理想,将与生俱来的无边苦海、屡试不爽的冤业果报和大慈大悲的慈航救渡整合起来,使得杂剧中充满悲天悯人的思想。明代戏曲当中的"怨谱说"分外突出,讲究戏曲以苦情苦境来打动人心。特别是卓人月在《新西厢序》中谱写出的悲剧原理,形成了较为系统的悲世曲论,更加值得珍视。

有清以来,"苦戏"又成为中国式悲剧的代名词,相应的苦旦、苦境与表演上苦旦的哭腔等,都构织出一个苦戏的世界。金圣叹在批点《西厢记》时所提出的"极微说"与"悲凉感",也体现出悲剧美学的深度。毛声山父子评《琵琶记》,勾勒出妙在怨悱而不乱的中庸化悲剧境界。

近现代以来,从王国维到王季思,从中国有悲剧论与无悲剧论的争辩,从话剧影视对传统悲剧思想和西方悲剧观念的结合,都体现出中国悲剧美学史的现代化与国际化进程。

结论是,具备中国特色的悲剧美学思想,不仅与中国悲剧创作交相呼应,同时还成为世界悲剧美学发展史上一个不可忽视的存在。在东方悲剧美学的基本构建中,中国悲剧美学起到了主体支撑的重大作用。

因此,《中国悲剧文学史》和《中国悲剧美学史》从悲剧文学和悲剧美学两大方面,较为全面地对中国悲剧文学及其美学观念进行了总体勾勒、具体阐述和价值认定,在一定意义上建构了世界悲剧学中的中国学派,也在一定程度上收集、整理、丰富和发展了中华民族自身的文艺创作流派和文艺理论体系。这与同一作者的《世界古典悲剧史》和《世界近代悲剧史》一起,共同构成了关于世界悲剧文化发展的宏伟声部。

据悉,在虚心听取海内外学界的批评与建议之后,谢柏梁还打算将《红尘悲音——中外悲剧史论》四部专著修订、丰富成为《世界悲剧通史》和《中国悲剧文学史》、《中国悲剧美学史》,于2013年、2014年在上海古籍出版社集成出版。这三部大著的问世,将为建设世界悲剧学学科当中的中国学派,体现出充实而丰沛的文化成果,体现出中国学者的学术风貌,也将会推动世界悲剧学的宏观发展。

赓续华

目 录

序一 ··· 王季思/1
序二 ··· 曾永义/5
代序：《红尘悲音》总览世间苦剧 ··· 赓续华/9

第一编　悲剧初创的道道轨迹

第一章　巫优傩戏的神鬼之哭
第一节　从巫觋代言到悲怨歌舞 ··· 3
第二节　从戏谑嘲讽到参军苦戏 ··· 15
第三节　从傩仪、傩舞到傩戏 ·· 24

第二章　先秦汉唐哭剧原始
第一节　乱世之音怨以怒 ··· 33
第二节　亡国之音哀以思 ··· 37
第三节　伤情之曲悲以悼 ··· 42

第三章　戏曲艺术中的佛音苦境
第一节　戏曲与梵剧的相关渊源 ··· 52
第二节　戏曲对佛音的相应贯通 ··· 57
第三节　戏曲向苦境的相与融会 ··· 61

第二编 悲剧发展的文学渊源

第四章 韵文之悲情万种 ··· 71
第一节 诗词史上悲慨累积 ·· 72
第二节 绝命诗之悲音迸发 ·· 77
第三节 写实诗之悲情演绎 ·· 85

第五章 散文之哀境千重 ··· 92
第一节 史传散文的悲苦之境 ·· 93
第二节 抒情散文的哀伤之境 ·· 97
第三节 骈体文的哀感之境 ·· 102

第六章 小说之苦态百味 ··· 110
第一节 小说之愁苦史纲 ·· 110
第二节 唐传奇之痛苦女性 ·· 116
第三节 《红楼梦》之悲苦世界 ··· 121

第三编 敦煌变文哀曲与宋代悲怨剧目

第七章 敦煌变文中的复仇哀曲 ··· 131
第一节 伍子胥和孟姜女的复仇悲剧 ····································· 132
第二节 王昭君和李陵的游子思乡悲剧 ·································· 138
第三节 王陵、张议潮和张淮深的抗敌报国悲剧 ······················ 142

第八章 敦煌变文中的孝道诉求 ··· 146
第一节 舜子的孝恕之道 ·· 146
第二节 董永父子的两代孝道 ··· 150
第三节 目连对慈母的救赎之道 ·· 153

第九章 宋代悲怨剧目的审美形态 ·· 160
第一节 宋代杂剧的悲剧色彩 ··· 160
第二节 宋代南戏的女性之哭 ··· 165
第三节 宋代悲怨剧目对后世的影响 ···································· 172

第四编　元代悲剧的成熟品格

第十章　元杂剧中的悲剧大观 ·· 177
第一节　元代杂剧悲剧总目 ·· 178
第二节　元杂剧悲剧的鉴别原则 ··· 183
第三节　元杂剧悲剧的呈现方式 ··· 185

第十一章　英雄悲剧、命运悲剧与帝王悲剧 ······················· 189
第一节　英雄悲剧的悲壮崇高 ·· 189
第二节　命运悲剧的惆怅凄凉 ·· 194
第三节　帝王悲剧的惆怅感与凄凉感 ··································· 197

第十二章　女性悲剧与《窦娥冤》 ·· 201
第一节　元代女性悲剧的审美特征 ······································ 201
第二节　《窦娥冤》的文化原型 ·· 206
第三节　冲突过程与人物性情 ·· 208
第四节　《窦娥冤》与元剧风格 ·· 213

第十三章　缠绵凄惶的苦恋悲剧 ·· 218
第一节　马致远的《汉宫秋》 ·· 218
第二节　从《琵琶行》到《青衫泪》 ·· 223
第三节　无名氏的《张千替杀妻》 ··· 228

第十四章　南戏悲慨与《琵琶记》 ·· 232
第一节　宋元南戏之悲音 ·· 232
第二节　"荆刘拜杀"之悲感 ··· 237
第三节　"曲祖"《琵琶记》之悲情 ··· 242

第五编　明代怨谱的丰富调性

第十五章　明代怨谱的基本调性 ·· 253
第一节　杂剧怨谱名目举要 ·· 254
第二节　传奇怨谱名目举要 ·· 258
第三节　怨谱的辨识及其文化品性 ····································· 265

第十六章　明杂剧之怨谱气象 ·· 268
第一节　明初宫廷派剧作家的韬晦写怨 ·································· 269
第二节　明代中后期的杂剧怨谱 ·· 271
第三节　徐渭及其讽怨杂剧 ··· 274

第十七章　抒情写怨明传奇 ··· 278
第一节　明初传奇概述 ·· 278
第二节　明代中期三大传奇 ··· 281
第三节　明代后期传奇的繁荣 ·· 286
第四节　吴江派群体与玉茗堂风格影响下的剧作家 ···················· 290

第十八章　明代政治、爱情和情理怨谱 ······································ 296
第一节　波翻云卷的政治怨谱 ·· 296
第二节　生死相依的爱情怨谱 ·· 303
第三节　发乎情止乎礼义的情理怨谱 ·· 310

第十九章　汤显祖的伤心"四梦" ·· 317
第一节　生平行状与思路 ··· 318
第二节　得意之处在《牡丹》 ·· 321
第三节　"临川四梦"感阴阳 ··· 327
第四节　汤剧意蕴万口传 ··· 334

第六编　清代苦戏的多维类型

第二十章　清代苦戏百花园 ··· 339
第一节　清传奇杂剧之苦戏纲目 ··· 339
第二节　清代花部苦戏纲目 ··· 357
第三节　清代苦戏的风格与发展 ··· 367

第二十一章　末世残钟的兴亡苦戏 ·· 374
第一节　清代兴亡悲剧缘起 ··· 374
第二节　《长生殿》与《桃花扇》源流 ···································· 378
第三节　双星并照，交相辉映 ·· 381

第二十二章　义薄云天的市民苦戏 ……………………………… 392
　　第一节　清代市民苦戏的涵义 …………………………………… 392
　　第二节　情义绵绵的男女苦戏 …………………………………… 395
　　第三节　市民斗争悲剧《清忠谱》 ………………………………… 399

第二十三章　摧枯拉朽的农民斗争苦戏 ……………………………… 405
　　第一节　清代农民斗争苦戏总说 ………………………………… 405
　　第二节　冲决封建罗网的《雷峰塔》 ……………………………… 410
　　第三节　《虎口余生》:农民战争的悲剧史诗 …………………… 417

第七编　20世纪的话剧与戏曲悲剧

第二十四章　中国话剧之悲剧方阵 …………………………………… 429
　　第一节　中国话剧悲剧源流 ……………………………………… 429
　　第二节　郭沫若、老舍与田汉的悲剧 ……………………………… 432
　　第三节　杨村彬的《清宫外史》三部曲 …………………………… 437

第二十五章　曹禺大师的悲剧经典 …………………………………… 453
　　第一节　曹禺的生命追求 ………………………………………… 454
　　第二节　摧枯拉朽的《雷雨》 ……………………………………… 457
　　第三节　《日出》、《原野》,《北京人》之《家》 …………………… 460

第二十六章　20世纪戏曲悲剧 ………………………………………… 467
　　第一节　世纪初叶的悲剧发端 …………………………………… 467
　　第二节　世纪中叶的悲剧建树 …………………………………… 469
　　第三节　世纪末叶的悲剧开拓 …………………………………… 476

第二十七章　蜀魏湘陈京城郭 ………………………………………… 483
　　第一节　魏明伦的川味悲剧 ……………………………………… 483
　　第二节　陈亚先的智者悲剧 ……………………………………… 486
　　第三节　郭启宏的文人悲剧 ……………………………………… 489

第八编　中国影视之悲剧情韵

第二十八章　中国现代电影的悲剧品格 ······ 497
　第一节　中国电影悲剧意识的萌芽 ······ 497
　第二节　三四十年代的电影悲剧品格 ······ 501
　第三节　情理相生、悲喜兼容的生活悲喜剧 ······ 506

第二十九章　中国当代电影的悲剧风格 ······ 509
　第一节　高亢与凄美的旋律 ······ 509
　第二节　悲怆与追忆的慢板 ······ 512
　第三节　抑扬顿挫的协奏 ······ 518

第三十章　国产电视剧的悲剧情韵 ······ 523
　第一节　电视剧的分类属性 ······ 523
　第二节　"伤痕"题材电视悲剧 ······ 526
　第三节　近现代题材电视悲剧 ······ 529
　第四节　古装戏电视悲剧 ······ 532

后　记 ······ 537

第一编

悲剧初创的道道轨迹

第一章
巫优傩戏的神鬼之哭

人类有史以来便与种种宗教信仰和神灵崇拜相生相关、如影随形。古今中外的宗教信徒总是多于非宗教信徒[①]；非宗教信徒中的有神论者往往多于无神论者，而无神论者的一生也总是伴随着有神论的纠缠与迷惑。明白了这一基本事实，我们就不会去鄙薄人类五花八门的宗教信仰和神灵崇拜了。因为这些信仰和崇拜，既是大多数人的精神支柱之所系，也是人类许多珍贵的文化遗产之所凭，还是各种艺术发展不容忽视的源头之所在。

戏剧艺术更是与宗教神灵密不可分。宗教与神灵崇拜必然伴随着相应的祭祀活动，这些祭祀活动沉淀为一定的仪式，仪式的举行必然带有其表演成分。被祭者、主祭人和参与人都在一定程度上构成了潜在的神鬼对象、表演者和观赏者的关系，甚至大家都可能既是表演者也是观赏者，成为自觉或非自觉状态下的演出活动参与者。

中国戏剧也和古希腊悲剧、印度梵剧一样，同样起源于祭祀与神灵的崇拜活动。这些活动或多或少带有一定程度的悲怨蕴含和悲剧因素。以此作为展开思路的前提，我们选择从巫觋代言到悲剧性歌舞、从戏谑嘲讽到参军苦戏、从驱虫仪式到千秋傩戏这三条线索，用以大体感知从祭祀崇拜到早期悲剧形成的一般走向。

第一节　从巫觋代言到悲怨歌舞

一、三代巫、乐与《九歌》

自古祭祀必有其职，巫觋便是夏商周三代具备一定专业性质的神职供奉者。论其

[①] 罗竹风、黄心川《宗教》："世界现有宗教徒超过25亿人，占总人口的五分之三以上。"《中国大百科全书·宗教卷》，中国大百科全书出版社1988年版，第1页。

功用，便在于联络神与人的意志，既是人情上达者，又是神情下达者，当然还是煞有介事的表演者。

关于巫觋，一般著作通常引用最多的是《国语》所论。在巫风极盛的楚地，还专门有《祭典》①一部，规定了相应的祭祀程式。明神降之，"在男曰觋，在女曰巫"②。韦昭《注》云："觋，见鬼者也；《周礼》男亦曰巫。"这种神职人员的广泛和随意性，有时甚至到了"夫人作享，家为巫史"的程度。《注》云："巫主接神，史次位序。"联系前文，则巫觋既是神降时的载体，同时也是接神的凡人，当然更是表演的主体。

当代学者何新认为："所谓'巫觋'，起源于《尚书·尧典》中所说主持四季太阳神之祭祀的'羲和'之官。（和字在古籍中又记作俄、娥，本义是歌舞[吟哦]，巫本义也是舞师。）日本民族自称为'大和'，实际是自命为羲和之后人。"③这一说法既把巫觋的起源推到了上古，又把其流变追溯到日本，值得学界重视。

巫觋既然装扮神灵，祭祀祖宗，必然具备凌驾一切的崇高感和超越死生的悲剧性。但夏代令人印象最深的悲剧性歌谣，却是《五子之歌》中源自现实生活的伤心之哭。当着夏启之子太康荒淫无度、招致羿等驱逐之后，其五个兄弟奉母出行，也被阻止在洛水北岸长达百余天。"五子咸怨"，怨其背大禹之戒，于斯悲而作歌：

其一曰："皇祖有训，民可近，不可下，民惟邦本，本固邦宁。予视天下愚夫愚妇一能胜予，一人三失，怨岂在明，不见是图。予临兆民，懔乎若朽索之驭六马，为人上者，奈何不敬？"

其二曰："训有之，内作色荒，外作禽荒。甘酒嗜音，峻宇雕墙。有一于此，未或不亡。"

其三曰："惟彼陶唐，有此冀方。今失厥道，乱其纪纲，乃厎灭亡。"

其四曰："明明我祖，万邦之君。有典有则，贻厥子孙。关石和钧，王府则有。荒坠厥绪，覆宗绝祀！"

其五曰："呜呼曷归？予怀之悲。万姓仇予，予将畴依？郁陶乎予心，颜厚有

---

① 《国语·卷十七·楚语上》。上海古籍出版社1978年版，第533页。
② 《国语·卷十八·楚语下》："古者民神不杂。民之精爽不携贰者，而又能齐肃衷正，其智能上下比义，其圣能光远宣朗，其明能光照之，其聪能听彻之，如是则明神降之，在男曰觋，在女曰巫。是使制神之处位次主，而为之牲器时服，而后使先圣之后之有光烈，而能知山川之号、高祖之主、宗庙之事、昭穆之世、齐敬之勤、礼节之宜、威仪之则、容貌之崇、忠信之质、禋洁之服而敬恭明神者，以为之祝。使名姓之后，能知四时之生、牺牲之物、玉帛之类、采服之仪、彝器之量、次主之度、屏摄之位、坛场之所、上下之神、氏姓之出，而心率旧典者为之宗。于是乎有天地神民类物之官，是谓五官，各司其序，不相乱也。民是以能有忠信，神是以能有明德，民神异业，敬而不渎，故神降之嘉生，民以物享，祸灾不至，求用不匮。"上海古籍出版社1978年版，第559页。
③ 何新《哲学思考》上卷卷五第29章"中国古典哲学之我见"之"儒名的由来"，万卷出版公司2013年版，第199页。

忸怩。弗慎厥德，虽悔可追？"①

五公子的悲怨痛悔之心，激荡于轮唱之间，在当场自悼悼人，比起巫觋悼亡之悲来，有过之而无不及。相比关于父亲的那些堂皇颂歌来，其深切程度更是相去难以道里计。②

商代巫风卜卦极为流行。《尚书·伊训》云："敢有恒舞于宫，酣歌于室，时谓巫风。"现在所见的甲骨卜辞，《尚书》中的殷商文告和周易的卦辞，多是殷代的产物。从这些文献看，神灵意志高于一切，举凡大小事，都得先请巫史占吉凶。巫史卜卦，是未行事而先问神，具备前晓先知、弭灾趋福的安慰，显示了人的部分主动性，所以能取巫舞权威而代之。而原本在野外求神娱鬼的巫歌觋舞，此时则常常退居于宫室之中，成为歌颂武功文治，享受声色之乐的娱人乐舞。《墨子·三辩》云："汤放桀于大水，环天下自立以为王，事成功立，无大后患，因先王之乐又自作乐，命曰《护》；又修《九招》。"则已从夏禹作乐的"以昭其功"，开始转为娱乐性乐舞了。商代乐舞从夸功到娱人的变化，是歌舞艺术渐次获得以展示人体美、乐声美为主的艺术品位的过程，也是巫风与乐舞相为交融的过程。这种交融的后果，使得殷末的歌舞，每以声色感官刺激为事，"使师涓作新淫声，北里之舞，靡靡之乐"（《史记·殷本纪》），这便是周武王斥之为变乱正声的"淫声"，是后来所谓亡国之音论的起点，也是唐孙棨作《北里志》，使"北里"成为妓院代称的远源。

周承商制，由司巫掌管群巫，分管舞雩、祭祀和丧事。按性别分来，其中的"男巫掌望祀、望衍、授号，旁招以茅。冬堂赠，无方无算；春招弭，以除疾病。王吊，则与祝前。女巫掌岁时祓除、衅浴，旱暵则舞雩。若王后吊，则与祝前。凡邦之大灾，歌哭而请"③。这些严肃和悲哀意味的祭祀和卜卦活动，实际上令巫者并不轻松。因为年终还要总结，估算其祭祀预测的准确度如何。

较为宽松而充满艺术意味的活动是周代乐舞，这是敬神、祭祖和歌功的综合呈现。乐分雅、颂，舞有大舞、象等目，《诗经》便是这样一些乐舞的文学底本。所以《左传》称季札观乐，"使工为之歌《周南》、《召南》"，而"见舞"《大武》、《韶濩》。④ 以娱悦感官为主要目的的殷末靡靡之声，则被以周武王为首的政治家和思想家们一概废止。理论界中，从季札到孔子，都把乐舞的情感表现，仅仅限制在"乐而不淫，哀而不伤"和"未

---

① 《尚书·夏书·五子之歌》，阮元《十三经注疏》，中华书局 1980 年版，第 156 页。
② 《吕氏春秋·卷第五·古乐》："禹立，勤劳天下，日夜不懈。通大川，决壅塞，凿龙门，降通漻水以导河，疏三江五湖，注之东海，以利黔首。于是命皋陶作为夏籥九成，以昭其功。"许维遹《吕氏春秋集释》，《新编诸子集成》，中华书局 2009 年版，第 118 页。
③ 《周礼·春官宗伯》，阮元《十三经注疏》，中华书局 1980 年版，第 816 页。
④ 《左传·襄公二十九年》，阮元《十三经注疏》，中华书局 1980 年版，第 2006 页。

能事人,焉能事鬼"一类准则内,对艺术精神的自由发展,对悲情喜意的充分表现,对宗教气氛的神秘弥漫,都设置了极大的障碍。《穀梁传》和《史记·孔子世家》,都记述过孔子对国君悦伎乐的不满,乃至在外交场合颊谷之会中杀戮齐国优人优施的事实。①

战国时期,中原巫风已经大抵消融在或规整化为仪式或审美化为歌舞的种种分野中。事实上,巫觋史占等传统神职人员尽管充当着神意下传、人意上传的角色,有着令人尊敬的位置,但也有失灵招祸、自败其身的时候。《左传·僖公二十一年》:"夏,大旱,公欲焚巫尪。"②《杜注》云:"巫尪,女巫也,主祈祷请雨者。或以为尪非巫也。瘠病之人,其面上向,俗谓天哀其病,恐雨入其鼻,故为之旱,是以公欲焚之。"这位最早留下诨名的求雨女巫,竟因法力不至,雨神不降,被怀疑为仰鼻致旱的罪魁,险些落得个焚身以惩的悲惨结局。

充满悲剧精神和浪漫情调的巫舞觋歌,本时期在巫的故乡楚国一地继续蔚为大观。屈原的《离骚》便充满了"巫咸将夕降兮"、"欲从灵氛之吉占兮"的巫风精神。他的神游太空,也可看成是降神状态下的奇瑰想象。而《九歌》则更是刻意所作的巫舞之曲。王逸《楚辞章句》云:

> 楚国南部之邑,沅湘之间,其俗信鬼而好祠,其祠必作歌乐鼓舞,以乐诸神。屈原放逐,窜伏其域,怀忧苦毒,愁思沸郁,出见俗人祭祀之礼,歌舞之乐,其词鄙俚,因为作九歌之曲。上陈事神之敬,下见己之冤结,托之以风谏。故其文意不同,章句杂错,而广异义焉。③

优美凄迷的《九歌》,成为祠祭的系列歌舞。据《东皇太一》介绍,这里有"抚长剑兮玉珥"和"灵偃蹇兮姣服"的装扮,男巫雄壮而威武,女巫姣好而芬芳。在鼓板节奏引导下,竽瑟轻奏,五音繁会,有缓节独歌,有同声合唱。演员们且唱且舞,"芳菲菲兮满堂"。序曲之后,乃有云中君飘然而至,又有湘水之神湘君与湘夫人先后互诉思慕哀怨之情,但都久等不至,终不可见。这里依据并装扮的是舜死苍梧,娥皇、女英二妃追至洞庭,自投湘水而死的悲剧故事。接演下去,又是一对爱人的相违之痛。少司命缅怀当日之大司命于满堂美人中,独与自己会意的恋爱经过,唱出了"悲莫悲兮生别

---

① 《春秋穀梁传注疏·定公十年》:"齐人使优施舞于鲁君之幕下,孔子曰:'笑君者罪当死!'使司马行法焉,首足异门而出。"阮元《十三经注疏》,中华书局 1980 年版,第 2445 页。
② 《左传·僖公二十一年》:夏,大旱。公欲焚巫尪。臧文仲曰:"非旱备也。修城郭,贬食,省用,务穑,劝分,此其务也。巫尪何为? 天欲杀之,则如勿生;若能为旱,焚之滋甚。"公从之。是岁也,饥而不害。同上,第 1811 页。
③ 王逸《楚辞章句·九歌序》。洪兴祖《楚辞补注》,中华书局 1983 年版,第 54 页。

离"的哀歌。此时她只能遥想爱人九天上下、抚剑诛恶的威仪(从王逸注)。接着是河伯、山鬼,依次而上,再度重复苦等所爱不得见、忧思悲哀独自归的悲剧性主题。《国殇》则是压轴歌舞,男巫们以群舞齐唱的浩大气魄,摹拟了为国捐躯者们在战场上浴血奋战的英雄气概。其慷慨悲壮的磅礴声威,一扫以前那些深深的忧郁和凄凄的愁怀,把幽幽的闲情归结于国殇国祭的悲壮主调之中。生的美好、爱的渴望、死的悲悼以及家国的尊严,构成《九歌》的基本主题。

如此规模浩大的悲剧性歌舞组曲,需要多少演员、背景、服饰和道具呢?唱词所表明的雷鸣电闪、山河芳草,需要何种特殊效果和舞台装置呢?演员们在泣诉神与女神的爱情悲剧时,倾注了多少自己内心的失意恋情呢?所以有的学者声称:《九歌》就是早期的中国歌舞剧乃至戏曲雏形。① 即令这种推论还过于溢美,那么,作为古代大型悲剧歌舞台本,就目前所见资料看,《九歌》的气势在古乐舞中仍属完整大气的煌然排场。

夏商周三代,夏巫仪轨与夸功乐舞相靠近,并开始产生根植于现实的悲歌。商巫则分化为二支,一为巫史事占卜,一为巫优以娱人。巫优与"正声"乐舞的融合,导致了纯娱乐性歌舞的产生。周代乐舞则渐去巫习,以夸功颂德、节情去淫为乐舞职能。此时惟有楚地还较多地留存着巫舞遗风,并且集大成地出现了像《九歌》这样风行于民间,但由文人所再创造的大型悲剧性巫风歌舞。到了汉魏六朝,受周文化影响,较大规模的巫风歌舞一般不再存在了,具备广场喜庆气氛的民风百戏得到群体推出;而根植于现实的一些零星的悲剧性歌舞,则每有所见。

二、霸王悲歌与宫闱悲音

汉魏六朝的悲剧性乐舞,大都有如《五子之歌》一般以人事为重,每每为现实生活中悲剧情势的直接抒写。即便在浴血疆场或皇家宫闱,这种纪实性的悲吟歌舞也时有所见。

楚霸王项羽的《力拔山操》,是一曲关于英雄美人双双殉情、江山事业功败垂成、成败得失概由天命、个性襟怀慷慨激昂的千古悲歌。

力拔山兮气盖世,时不利兮骓不逝。骓不逝兮可奈何,虞兮虞兮奈若何!②

---

① 闻一多《"九歌"古歌舞剧悬解》,把原诗的"东皇太一"改作"迎神曲",将"礼魂"改作"送神",再把"湘夫人"并入"湘君",成为十场歌舞剧本。1989年12月23日,王松声将珍藏的闻一多最后的手稿《九歌古歌舞剧悬解》赠给中国现代文学馆。《闻一多全集》甲集"神话与诗",开明书店1948年版,第305页。
② 项羽《力拔山操》,郭茂倩《乐府诗集·琴曲歌辞二》;《汉书》曰:"项羽壁垓下,军少食尽,汉帅诸侯兵围之数重。夜闻汉军四面皆楚歌,惊曰:'汉已得楚乎,何楚人多也。'起饮帐中,有美人姓虞氏,常从,骏马名骓,常骑。乃悲歌慷慨,自为歌诗。歌数曲,美人和之。羽泣下数行,遂上马,溃围南出。平明,汉军乃觉。"按《琴集》有《力拔山操》,项羽所作也。近世又有《虞美人曲》,亦出于此。郭茂倩《乐府诗集》,中华书局1979年版,第849页。

真个是儿女情长而未必英雄气短，霸王的气节风度并不因其失败而有所弱化，也不因其辞世而有所衰减。伟力与优美的反差，霸王与落魄的遇合，都使得这出场面被历史定格成为千古的画面，被舞台呈现为常新的悲剧。花脸行当的设置，好像是专为霸王而立的；而虞姬原本就是歌女舞姬当中的绝色女郎，她在艺术的舞台上走下来，融入到了生活的悲剧中去，她不忍看到霸王为她担心，相反先行一步做了个漂亮的示范。一剑自刎后，便殉情到千古，凄艳到永远。

《汉书》所载的《鸿鹄》歌舞，便是霸王的老对头——刘邦与戚夫人的即事而作：渐行老迈的高祖刘邦想废太子，另立戚夫人之子如意为新太子。但鉴于太子羽翼已成，刘邦也不敢轻举妄动。戚夫人对此唯有泣涕。高祖云："为我楚舞，吾为若楚歌。"歌曰：

鸿鹄高飞，一举千里。羽翼以就，横绝四海。横绝四海，又可奈何！虽有矰缴，尚安所施！

"歌数阕，戚夫人歔欷流涕。上起去，罢酒。"①两人在歌舞中借鸿鹄横绝四海之后的无奈，表达了对当今太子无可奈何的叹息，也同时预示了戚夫人日后沦为人彘的悲惨命运之征兆。贵为开国之君，尚不能实现自己的意志，也最终难以保全自己的所爱，这既是英雄老去的悲剧，也是家族当中权力分割过程中所发生的悲剧。既有《鸿鹄》悲歌，势必有夫人哀曲：

子为王，母为虏。终日舂薄暮，常与死为伍。相离三千里，当谁使告汝。②

戚夫人不哭尚罢，一哭就更加激怒了吕后。你不是盼儿解救吗？那么就杀了汝儿、斩汝四肢，沦为非人非鬼亦非神的人彘去吧。这样血腥可怖的历史悲剧场面，尽管在后来的悲剧剧目中也有类似题材的改编，但最终还是因为其令人发指的场面而失传了。

汉武帝第五子刘胥，是个非常想继位成器的藩王。但他却一门心思把雄心大志寄托在楚地的巫觋李女须身上。当巧合发生时，刘胥便厚赏女须；当奇迹不再时，刘胥便失望难受，最后不得不灭了女须。尽管这女须的命运比起先辈巫尪还要悲惨，而刘胥自己的人生感悟更为痛心。"昭帝时，胥见上年少无子，有觊欲心。而楚地巫鬼，胥迎

---

① 班固《汉书·张陈王周传》，《二十五史》，上海古籍出版社、上海书店 1986 年影印本，第 193 页。
② 《戚夫人歌》，郭茂倩《乐府诗集·杂歌谣辞二》；《汉书·外戚传》曰："高祖得定陶戚姬，爱幸，生赵隐王如意。惠帝立，吕后为皇太后，乃令永巷囚戚夫人，髡钳，衣赭衣，令舂。戚夫人舂且歌。太后闻之大怒，曰：'乃欲倚子邪！'召赵王杀之。戚夫人遂有人彘之祸。"郭茂倩《乐府诗集》，中华书局 1979 年版，第 1177 页。

女巫李女须,使下神祝诅。女须泣曰:'孝武帝下我。'左右皆伏。言'吾必令胥为天子。'胥多赐女须钱,使祷巫山。会昭帝崩,胥曰:女须良巫也!"①因以巫咒昭帝事发,行将被诛,乃于显阳殿夜饮,使所幸鼓瑟歌舞,于哀声连连中深感生命短促而苦心经营的毫无意义:

欲久生兮无终,长不乐兮安穷。奉天期兮不得须臾,千里马兮驻待路。黄泉下兮幽深,人生要死,何为苦心。何用为乐心所喜,出入无惊为乐亟。蒿里召兮郭门阅,死不得取代庸,身自逝。②

在汉代宫廷的残酷政治斗争中,这类悲歌哀舞的即兴创作,恐怕是一种常见的风尚。值得注意的是《昭君怨》一曲,摆脱了一般宫闱斗争的腥风血雨,更多地把境界扩展并升华到家国之情、民族之谊、风俗志异与文化之隔等方面,从而承《诗经》之意向,借草木燕鸟、桑梓之思寓国家之情,从而因小见大,耐人寻味。

秋木萋萋,其叶萎黄。有鸟处山,集于苞桑。养育毛羽,形容生光。既得升云,上游曲房。离宫绝旷,身体摧藏。志念抑沉,不得颉颃。虽得委食,心有徊徨。我独伊何,改往变常。翩翩之燕,远集西羌。高山峨峨,河水泱泱。父兮母兮。高山峨峨,河水泱泱。父兮母兮,道里悠长。呜呼哀哉,忧心恻伤。③

昭君不仅是美女,还是位能歌善舞的才女,后世还引申为善弹琵琶的乐女,更是位有着浓厚乡国之思和坚守伦理文化的淑女。所以她作为中国四大美女中几乎没有疵点的人物,也成为永恒的悲剧书写对象。

东汉宫闱中的悲剧性歌舞中,少帝悲歌值得一提。即位不久就被董卓废为弘农王的刘辩(173—190),年仅十八,被董卓逼饮鸩酒。帝自知不保,乃与唐姬及宫人作歌起舞,临危而发,以作最后的诀别。其《悲歌》云:"天道易兮我何艰,弃万乘兮退守藩。

---

① 班固《汉书·武五子传》,《二十五史》,上海古籍出版社、上海书店 1986 年影印本,第 257 页。
② 《广陵王歌》,郭茂倩《乐府诗集·杂歌谣辞三》。郭茂倩《乐府诗集》,中华书局 1979 年版,第 1192 页。
③ 王嫱《昭君怨》,郭茂倩《乐府诗集·琴曲歌辞三》:《乐府解题》曰:"王嫱,字昭君。《琴操》载:昭君,齐国王穰女。端正娴丽,未尝窥门户。穰以其有异于人,求之者皆不与。年十七,献之元帝。元帝以地远不之幸,以备后宫。积五六年,帝每游后宫,常怨不出。后单于遣使朝贡,帝宴之,尽召后宫。昭君盛饰而至,帝问欲以一女赐单于,能者往。昭君越席请行。时单于使在旁,惊恨不及。昭君至匈奴,单于大悦,以为汉与我厚,纵酒作乐。遣使报汉,白璧一只,骏马十匹,胡地珍宝之物。昭君恨帝始不见遇,乃作怨思之歌。单于死,子世达立,昭君谓之曰:'为胡者妻母,为秦者更娶。'世达曰:'欲作胡礼。'昭君乃吞药而死。"按《汉书·匈奴传》曰:"竟宁中,呼韩邪来朝,汉归王昭君,号宁胡阏氏。呼韩邪死,子雕陶莫皋立,为复株累若鞮单于,复妻昭君。"不言饮药而死。同上,第 853 页。

逆臣见迫兮命不延,逝将去汝兮适幽玄!"

唐姬歌舞答曰:"皇天崩兮后土颓,身为帝兮命夭摧。死生路异兮从此乖,奈我茕独兮中心哀!"

生离死别之际,可怜这位少年天子临死前尚执姬手,再三叮嘱说:"卿王者妃,势不复为吏民妻;自爱!"①由此,唐姬尽管后来历经磨难,终于不负帝之所托。

这一类悲剧性乐舞在《相和歌辞》和《琴操》曲中还时有所见,但已出现从宫廷扩散到民间的趋势。如托为河卒妻高丽玉所作的琴曲、舞曲《箜篌引》:"公无渡河!公竟渡河,堕河而死,当奈公何?"崔豹《古今注》云,此曲"声甚凄怆",再现了那对夫妻先后溺水而亡的可怜情状。

霸王悲歌也好,宫闱悲音也好,尽管悲剧美所呈现的特色不一样,力度亦有大小,但却对诸般人生逆境和诸般痛境作了生动而深刻的描摹。这些人间悲剧片断和百戏悲剧相为映照,为中国悲剧品格的铸造提供了最为基本的审美素材。

三、汉代百戏与悲剧

西汉公开演出的歌舞百戏,呈现帝国华丽浩壮、威猛激越的大一统声威。司马相如在《上林赋》中描摹了自古以来规模最为巨大的一次综合性乐舞表演:

> 于是乎游戏懈怠,置酒乎颢天之台,张乐乎胶葛之寓;撞千石之钟,立万石之虡,建翠华之旗,树灵鼍之鼓,奏陶唐氏之舞,听葛天氏之歌,千人唱,万人和。山陵为之震动,川谷为之荡波。巴、渝、宋、蔡,淮南、干遮,文成、颠歌。族居递奏,金鼓迭起,铿锵阆鞈,洞心骇耳。荆、吴、郑、卫之声,韶、濩、武、象之乐,阴淫案衍之音,鄢、郢缤纷,激、楚结风。俳优侏儒,狄鞮之倡,所以娱耳目、乐心意者,丽靡烂漫于前。靡曼美色。若夫青琴、宓妃之徒,绝殊离俗,妖冶娴都,靓妆刻饰,便嬛绰约,柔桡嫚嫚,妩媚纤弱。曳独茧之褕袘,眇阎易以恤削,便姍嫳屑,与俗殊服。芬芳沤郁,酷烈淑郁;皓齿粲烂,宜笑的皪;长眉连娟,微睇绵藐;色授魂与,心愉于侧。于是酒中乐酣,天子芒然而思,似若有亡,曰:"嗟乎,此大奢侈……非所以为继嗣创业垂统也。"②

山野天地皆为舞台,何等壮观的画面;东西南北共进舞乐,何等宏伟的气魄。看来这不是司马相如的凭空想象,而是强大帝国中的某一场综合演出的广场速写,又是各地民俗民情、民风民谣的总体展示。巫觋的神秘悲怆,在这里被整体置换为俳优的各

---

① 范晔《后汉书·何皇后纪》,《二十五史》,上海古籍出版社、上海书店 1986 年影印本,第 797 页。
② 司马相如《上林赋》,《两汉文学史参考资料》,中华书局 1962 年版,第 41 页。

色技艺，表现为集体大狂欢的无比喧闹。即令内中有些悲哀的乐舞片断，但都被容纳到这种海涵山容的浩瀚气势中去了。

这便是西汉散乐百戏表演的一部分内容，它与当时的私家悲剧性歌舞表演，恰好成为相反相成的呼应。值得玩味的是汉天子乐极生悲的深思，太过奢侈的反省，以及不足为后人效法的改弦易辙。劝百讽一也好，急流勇退也罢，当欢悦的情感与盛大的场面达到登峰造极的地步时，也恰好是通往悲情与冷寂的起点。

东汉近于专业演出的悲剧性歌舞，在著名赋家张衡的《西京赋》中最先透露了资讯：

> 临迥望之广场，程角觝之妙戏。乌获扛鼎，都卢寻橦。冲狭燕濯，胸突铦锋。跳丸剑之挥霍，走索上而相逢。华岳峨峨，冈峦参差。神木灵草，朱实离离。总会仙倡，戏豹舞罴。白虎鼓瑟，苍龙吹篪。女娥坐而长歌，声清畅而蜲蛇。洪涯立而指麾，被毛羽之襳襹。度曲未终，云起雪飞。初若飘飘，后遂霏霏。复陆重阁，转石成雷。辟砺激而增响，磅磕象乎天威。巨兽百寻，是为曼延。神山崔巍，欻从背见。熊虎升而挐攫，猿狖超而高援。怪兽陆梁，大雀踆踆。白象行孕，垂鼻辚囷。海鳞变而成龙，状蜿蜿以蝹蝹。含利颬颬，化为仙车。骊驾四鹿，芝盖九葩，蟾蜍与龟，水人弄蛇。奇幻倏忽，易貌分形。吞刀吐火，云雾杳冥。画地成川，流渭通泾。东海黄公，赤刀粤祝。冀厌白虎，卒不能救。挟邪作蛊，于是不售。尔乃建戏车，树修旃。侲僮程材，上下翩翻。突倒投而跟絓，譬陨绝而复联。百马同辔，骋足并驰。橦末之伎，态不可弥。弯弓射乎西羌，又顾发乎鲜卑。于是众变尽，心醒醉；盤乐极，怅怀萃。①

在西京庞大而多元的广场演出中，既有杂技、马戏、魔术、游行等各种表演和奇观展示，也有景观歌舞戏《女娥悲歌》和巫术角觝戏《东海黄公》。

业师王季思先生在《中国十大古典悲剧集·前言》中认为，上述女娥悲歌的场面，"便是我国古代较早的悲剧性歌舞《湘妃怨》的形象写照。女娥是古代舜帝的二妃娥皇、女英。相传在舜帝南巡不返、死在苍梧时，她们追到湘水边痛哭，双双投江而死。在这场演出中，有洪涯（相传是黄帝时的仙人）的指挥，有娥皇、女英的歌唱，为了衬托歌声的悲凉动人，还出现了'云起雪飞'的舞台效果"②。

同《上林赋》中所描摹的大型歌舞相比，《湘妃怨》明显具备了故事原型和基本情节。其在广场舞台呈现上最为突出的特点，就在于所有的背景与效果，音乐和装扮，都

---

① 田兆民《历代名赋译释》，黑龙江人民出版社1995年版，第339页。
② 王季思《中国十大古典悲剧集·前言》，齐鲁书社1991年版，第5页。

是为表现特定的人物和情节服务，而不是像《上林赋》中的歌舞那样散漫无序，仅仅为炫耀而炫耀。甚至连吹奏瑟、箎的乐工，在这里都被装扮成白虎、苍龙，以符合特定气氛和神秘背景的总体要求。因此可以初步认定，《湘妃怨》是我国悲剧史上较早以歌舞饰演人物、搬演故事的歌舞型悲剧。

《西京赋》还描写了广场上角抵戏演出《东海黄公》的全部过程。这出角抵之妙戏，可以参见《西京杂记》，予以更多说明。

> 有东海人黄公。少时为术。能制蛇御虎。佩赤金刀。以绛缯束发。立兴云雾，坐成山河。及衰老。气力羸惫。饮酒过度。不能复行其术。秦末有白虎见于东海。黄公乃以赤刀往厌之。术既不行。遂为虎所杀。三辅人俗用以为戏。汉帝亦取以为角抵之戏焉。①

这出角抵戏的悲剧性在于，一位能吞刀吐火、兴云作河，威力几至无穷的巫术魔法大师，一位终生降龙伏虎的勇士，于晚年竟丧生在白虎之口。《杂记》认为黄公的失误，乃是因为年老力薄更兼饮酒过量的缘故；张衡则一针见血地指出，黄公的悲剧性在于他"挟邪作蛊，于是不售"。以邪术迷惑众人，总有失败露馅的时候。这也反映了其时方士之风大兴的社会现象。

作为一出悲剧性角抵戏，《东海黄公》有云遮雾罩、山河隐现的舞美效果，有乐祝的曼声长调，有人虎相争的舞蹈。所以张衡记载当时的观众回应是"槃乐极，怅怀萃"，在大惊大险、大奇大幻的审美观感之后，终于体会到一种深深的惆怅。也许他们想到了人生的命运搏斗之残酷，想到了生老病死之必然，想起了人们在征服自然界的过程中，必然会遭遇到的种种流血牺牲的可怖景象。一个剧目与三辅大地的民俗戏剧相吻合，又成为东汉宫廷所宣导的角抵戏剧种之滥觞，还成为达官贵人生前喜闻乐见、死后刻石以随的画像②，这正是悲剧剧目所焕发出来的无穷魅力。

"建戏车，树修旃"，在张衡笔下那些飘舞着长旌大旗的戏车中，还将要演出多少

---

① 刘歆《西京杂记》，上海古籍出版社2012年版，第23页。
② 东汉曼衍角抵和水嬉画像石，东汉画像石珍品。1972年，四川郫县出土。曼衍角抵之戏刻在上部，共七人，均赤足，戴有假面。古代称这种人为"象人"。左起：第一人，假面似猴，右手持有长柄钩兵。第二人假面似猪，背负有坛形器。第三人正用力拖着第四人所坐的蛇虎之尾，向左进。第四人头上束三髻。曲肘前臂向上，坐在头部向左的蛇虎身上。第五人右手执盾，左手似持一长剑，头向后回顾。第六人双手握一物。末一人右手执一棍，左手持一瓶状物前伸。其中第四人可能为"东海黄公"，是则为表演"东海黄公"少时制伏蛇虎的故事节目，乃汉代角抵戏内容之一。下部为水嬉画像：左边部分刻有一小船，船上三人，船周刻有鲤、鲢、蛇、蟾、鸟和莲等。其右有五人，均执板，一人中立左向，前后各有两人，均作曲腰行礼表示尊敬状。张衡《西京赋》："于是命舟牧，为水嬉……垂翠葆，建羽旗。"这组画像，正是这样的水嬉题材。李复华、郭子游《郫县出土东汉画像石棺图像略说》，《文物》，1975年第8期。

奇妙诡异的悲喜剧呢？在硕大无比的广场上，又该有多少迷人的戏车和舞台呢？他所描摹的西京百戏大汇演，在后世究竟还能保留着多少其艺术元素呢？才子率然作赋，居然透露出那么多的戏剧资讯，足以引起后人的长久兴趣，这是张衡本人也很难预见的后事。

四、唐代悲怨歌舞戏

尽管近代学者闻一多认为《九歌》便是古歌舞剧①，但"歌舞戏"之称，至晚在唐代便已出现，并拥有了一些悲剧系列剧目。

> 歌舞戏，有《大面》、《拨头》、《踏谣娘》、《窟垒子》等戏。……其余杂戏，变态多端，皆不足称。《大面》出于北齐。北齐兰陵王长恭，才武而面美，常着假面以对敌。尝击周师金墉城下，勇冠三军，齐人壮之，为此舞以效其指麾击刺之容，谓之《兰陵王入阵曲》。《拨头》出西域。胡人为猛兽所噬，其子求兽杀之，为此舞以像之也。《踏谣娘》，生于隋末。隋末河内有人貌恶而嗜酒，常自号郎中，醉归必殴其妻。其妻美色善歌，为怨苦之辞。河朔演其曲而被之弦管，因写其妻之容。妻悲诉，每摇顿其身，故号《踏谣娘》。近代优人颇改其制度，非旧旨也。《窟垒子》，亦云《魁垒子》，作偶人以戏，善歌舞。本丧家乐也。②

前唐还有《秦王破阵乐》，也应归入其中。"太宗为秦王之时，征伐四方，人间歌谣《秦王破阵乐》之曲。及即位，使吕才协音律，李百药、虞世南、褚亮、魏徵等制歌辞。百二十人披甲持戟，甲以银饰之。发扬蹈厉，声韵慷慨。享宴奏之，天子避位，坐宴者皆兴。……七年，太宗制《破阵舞图》：左圆右方，先偏后伍，鱼丽鹅贯，箕张翼舒，交错屈伸，首尾回互，以象战阵之形。令吕才依图教乐工百二十人，被甲执戟而习之。凡为三变，每变为四阵，有来往疾徐击刺之象，以应歌节，数日而就，更名《七德》之舞。癸巳，奏《七德》、《九功》之舞，观者见其抑扬蹈厉，莫不扼腕踊跃，凛然震竦。"（《旧唐书·音乐志》）

以上可以一共检点出五出戏码，而且全是悲剧歌舞戏。《秦王破阵乐》和《兰陵王入阵曲》属于《国殇》型的冲锋陷阵之悲歌，前者慷慨悲壮，后者戴上面具之后变优美为壮美，都属于严肃堂皇的冲阵大曲。所以天子闻之而避位，大臣观后扼腕踊跃，凛然震竦，这正是悲剧感发人心的力量。《窟垒子》原本就是丧家之曲与催人泪下的乐舞。

《拨头》写为父复仇、与兽相争的悲情，叙述人在征服自然的过程中所遭遇到的牺

---

① 闻一多《"九歌"古歌舞剧悬解》，《闻一多全集》甲集"神话与诗"，开明书店1948年版，第305页。
② 刘昫《旧唐书·音乐志》，《二十五史》，上海古籍出版社、上海书店1986年影印本，第3614页。

性。《乐府杂录》云："昔有人父为虎所伤,遂上山寻其父尸。山有八折,故曲八叠。戏者被发、素衣,面作啼,盖遭丧之状也。"《旧唐书》所记《钵头》,则进而展示了人子为父复仇的精神:"胡人为猛兽所噬,其子求兽杀之,为此舞以象之也。"完全可以把《东海黄公》看成是一个虎食人的原型悲剧,而《钵头》则是原型的变异和发展,她展示了包括西域民族在内的中国人民面对苦难和牺牲,前仆后继、生生不已的复仇精神。这种复仇意向也暗示了后世悲剧中"公正评判"结局的趋向。

至于女性悲剧《踏谣娘》,更是上承汉代《东海黄公》之后唐代最负盛名的悲剧戏目。崔令钦《教坊记》另为具体描述说:

　　《踏谣娘》:北齐有人姓苏,鲍鼻,实不仕,而自号为郎中。嗜饮酗酒,每醉辄殴其妻。妻衔悲,诉于邻里。时人弄之,丈夫着妇人衣,徐行入场,行歌。每一叠,旁人齐声和之云:"踏谣和来,踏谣娘苦和来!"以其且步且歌,故谓之"踏谣";以其称冤,故言苦。及其夫至,则作殴斗之状,以为笑乐。今则妇人为之,遂不呼"郎中",但云"阿叔子"。调弄又加典库,全失旧旨,或呼为《谈容娘》,又非。①

这首先是读书人的潦倒末路。欲求入仕而不得,而不平,乃自号郎中,这是事业悲剧。因此造成的性格悲剧便是酗酒殴妻。其次才是苏妻的生活悲剧,即被神经失常的落第丈夫所虐待的苦情。再次是"时人"的心理变态剧,他们把无聊的笑乐,建筑在对凄苦无告的女子情态的摹拟上。崔令钦认识到剧情本身所蕴藏着的深刻悲剧性,所以对当时的演出每以啼笑皆非的喜剧化方式处理,极尽调弄谐谑之能事大为不满,认为失去了原作的悲剧精神,那便是对科考制度荼毒人性、殃及家庭的揭露。正是因为该剧以喜剧手法寄寓了社会的悲剧意蕴,以悲剧手法展示了妻子的无奈与苦衷、辛酸与心碎,又在歌舞声容和击拍伴唱等艺术组合上有所创造,所以从北齐到唐代都盛演不衰。《教坊记》甚至还以此剧目作为衡量演员功力的标准,如评张四娘时云:"善歌舞,亦姿色,能弄《踏谣娘》",可见其影响之深。

除了张四娘等著名悲剧歌舞演员之外,宜春院的永新(许和子)悲歌,亦为盛唐一绝。段安节甚至认为永新接续了音乐史上千年以来的歌唱家传统:

　　开元中,内人有许和子者,本吉州永新县乐家女也。开元末选入宫,即以永新名之,籍于宜春院。既美且慧,善歌,能变新声。韩娥、李延年殁后千余载,旷无其人,至永新始继其能。遇高秋朗月,台殿清虚,喉啭一声,响传九陌。明皇尝独召李谟吹笛逐其歌,曲终管裂,其妙如此。又一日,赐大酺于勤政楼,观者数千万众,

---

① 崔令钦《教坊记》,《中国古典戏曲论著集成》(一),中国戏剧出版社1959年版,第18页。

喧哗聚语,莫得闻鱼龙百戏之音。上怒,欲罢宴。中官高力士奏请:"命永新出楼歌一曲,必可止喧。"上从之。永新乃撩鬓举袂,直奏曼声,至是广场寂寂,若无一人;喜者闻之气勇,愁者闻之肠绝。洎渔阳之乱,六宫星散,永新为一士人所得。韦青避地广陵,因月夜凭阑于小河之上,忽闻舟中奏水调者,曰:"此永新歌也!"乃登舟与永新对泣久之。青始亦晦其事。后士人卒,与其母之京师,竟殁于风尘。①

这里对永新歌唱艺术的渲染,一是与笛王相和而笛管破裂,二是使勤政楼前数千万人在广场上屏息听歌,"喜者闻之气勇,愁者闻之肠绝",达到了极为高妙的悲吟审美之奇效。

要之,从巫觋代言到悲怨歌舞的历史进程中,我们对中国悲剧的起源进行了纵向的"经"的清理。从三代巫乐的娱神到《九歌》的"娱众",从霸王悲歌的慷慨了断到汉家宫闱的声声血泪,从汉代百戏的堂皇场面到悲剧剧目的相对凝固,从唐代悲剧歌舞戏的初步形成到悲音表演艺术家的历史地位,这里都予以了大致的描述和总体的清理。这里的重点之一在从娱神到娱人的转换,从而在审美对象方面有了根本性的置换;重点之二是从因事即已、有感而发的私家乐舞,到以演员扮演当事人、以演出传达原事件的公开演出,这就完成了歌舞戏创作机制的转型,也表明了歌舞戏的渐趋成熟。

第二节 从戏谑嘲讽到参军苦戏

如果把从巫觋代言到悲怨歌舞的发展,看成是悲剧起源的经,那么从优人戏谑到参军苦戏的历史过渡,则可视为悲剧起源的纬。我们围绕着优谏和参军戏这两条重要线索上来分别加以认识。

一、优谏的悲剧实质

王国维《宋元戏曲考》对巫、优作了如下命题:(1)后世戏剧,当从巫、优二者出;(2)巫在上古已兴,俳优则远在其后;(3)巫以乐神,优以乐人;(4)巫以歌舞为主,优以调谑为主。② 这四个命题中,最令人难解的是最后一条,因为优人确实具备调谑、歌舞和百戏的多般功能,学术界一般也是以此来给"优"下定义的。但以历史的眼光来看,王氏的命题还是正确的。因为春秋战国优倡兴起时,确实重在调谑、讽刺层面上以为特色。随后巫优合流而以优为代称,优人也就逐渐成为各色艺人之总名。

---

① 段安节《乐府杂录》,《中国古典戏曲论著集成》(一),中国戏剧出版社1959年版,第46—47页。
② 参见王国维《宋元戏曲考·上古至五代之戏剧》,上海古籍出版社1998年版,第2—8页。

倡优侏儒者,传说源于夏代。《列女传》云:"夏桀既弃礼义,求倡优侏儒狎徒,为奇伟之戏。"而其事迹姓名见诸记载者,始于春秋时期。作为卑微的弄臣,主要功能是为君主解闷逗乐。伴君如伴虎,这种艺术活动的创造,是建立在身家性命动辄遭诛的前提下。提着脑袋说笑话,这是优谑的悲剧实质所在。任二北《优语集·弁言》谓:"优语有谏、谀之分,古优谏正古刺诗之流变。"[①]但无论是阿谀或谏刺主上,都改变不了其悲剧命运的实质。至于那些身居弄臣之列,而以国家道义为重,挺身而谏刺者,则更具备一言丧生的悲壮精神了。

春秋时期的"优孟衣冠",一向被戏剧史家们认为是中国戏剧的开端。《史记·滑稽列传》云:

> 优孟,故楚之乐人也。长八尺,多辩,常以谈笑讽谏……
> 楚相孙叔敖,知其贤人也,善待之。病且死,属其子曰:"我死,汝必贫困。若往见优孟,言:'我,孙叔敖之子也。'"
> 居数年,其子贫困,负薪,逢优孟。与言曰:"我,孙叔敖之子也。父且死时,属我贫困往见优孟。"
> 优孟曰:"若无远,有所之。"即为孙叔敖衣冠,抵掌谈语。岁余,像孙叔敖,楚王左右不能别也。庄王置酒,优孟前为寿。庄王大惊,以为孙叔敖复生也,欲以为相。优孟曰:"请归,与妇计之,三日而为相。"庄王许之。
> 三日后,优孟复来。王曰:"妇言谓何?"
> 孟曰:"妇言,慎无为!楚相不足为也。如孙叔敖之为楚相,尽忠为廉以治楚,楚王得以霸。今死,其子无立锥之地,贫困负薪,以自饮食,必如孙叔敖,不如自杀!"因歌曰:"山居耕田苦!难以得食,起而为吏。身贪鄙者余财,不顾耻辱。身死,家室富。又恐受赇枉法,为奸触大罪,身死而家灭。贪吏安可为也!念为廉吏,奉法守职,竟死不敢为非。廉吏安可为也!楚相孙叔敖持廉至死,方今妻子穷困,负薪而食,不足为也!"
> 于是庄王谢优孟。乃召孙叔敖子,封之寝丘四百户,以奉其祀。后十世不绝。[②]

这个喜剧性的结尾并没有冲淡全部内涵的悲剧性之所在。孙叔敖道出了当官的两难境地:当贪官易酿成身死家灭的悲剧;当清官易落到家贫如洗的地步。孙叔敖为政清廉,所以就落得妻、子穷困的结局。就故事结构所逐渐展示出的悲剧性意味看,先

---

① 任二北《优语集·弁言》,上海文艺出版社1981年版,第4页。
② 司马迁《史记·滑稽列传》,《二十五史》,上海古籍出版社、上海书店1986年影印本,第349页。

是楚相死前已料知到悲剧性结局,竟不得不借助于优人;优孟以孙叔敖打扮为楚王寿,楚王居然昏聩得要以之为相;经优孟演示说法后,楚王才明白事理,给孙叔敖遗孤以一定待遇。堂堂楚王,竟不如一位优人之正直通情。而优孟为孙叔敖之子游说,又要担当着多大风险! 用逼真的扮演、艺术的夸张、逻辑的顺延和智慧的说项,使事情向合理合情的一方转化,这是优谏的巧妙处;而担着天大的干系敢于去冒犯"龙威",则表现了优伶的强烈的责任感和正直无畏的精神。

春秋时另一位齐国优人优施的不幸,既展示了优人悲惨的结局,也表现了儒家先师孔子对优人的轻侮。《穀梁传·定公十年》载:"齐人使优施舞于鲁君之幕下。孔子曰:'笑君者罪当死!'使司马行法焉。首足异门而出。"孔子对优人的残酷镇压,是后代优人每以弄孔子为戏的渊源之一。

从现有资料看,春秋优人的严肃的讽谏传统和充分的悲剧精神,在汉魏六朝时大为减弱,多变为风趣的谐谑和不痛不痒的规劝。到了唐宋间,优谏的悲剧精神又高扬起来,变而为激烈悲怆,慷慨雄壮,令人至今读来,尚为之动容。

剖腹,至痛也。而武后时的优人安金藏为辨明真相,对抗酷吏而必得为之:

> 安金藏,京兆长安人。在太常工籍。
>
> 睿宗为皇嗣,少府监裴匪躬、中官范云仙坐私谒皇嗣,皆殊死,自是公卿不复见,惟工优给使得进。
>
> 俄有诬皇嗣异谋者,武后诏来俊臣问状,左右畏惨楚,欲引服。金藏大呼曰:"公不信我言,请剖心以明皇嗣不反也。"引佩刀自刳腹中,肠出被地,眩而仆。
>
> 后闻大惊,舆致禁中,命高医内肠,褫桑堵纴之,阅夕而苏。后临视,叹曰:"吾有子不能自明,不如尔之忠也。"即诏停狱,睿宗乃安。当是时,朝廷士大夫翕然称其谊,自以为弗及也。①

安金藏在众人迫于危难之情势,欲与酷吏来俊臣共同酿成一起冤狱的情况下,剖腹以证事实真相,表现出高度的正义感。朝廷之上,衮衮诸公,除了自叹弗及之外,孰能与其相提并论? 所以宋祁列一下贱优人安金藏于忠义传中,大加表彰云:"夫有生所甚重者,身也;得轻用者,忠与义也。后身先义,仁也;身可杀,名不可死,志也。大凡捐生以趣义者,宁豫期垂名不朽而为之? 虽一世成败,亦未必济也;要为重所与,终始一操,虽颓嵩、岱,不吾压也。"也许作为优人的位置可能下贱,但其不畏痛、不怕死的悲剧精神却高于云天,流播青史。

倘说安金藏之剖腹,还带有几分义仆色彩的话,那么成辅端的为民请命,完全是出

---

① 宋祁《新唐书·列传·忠义上》,《二十五史》,上海古籍出版社、上海书店1986年影印本,第4712页。

以民心、表以公心。一个劣迹斑斑、曾经克扣军饷的李实,在逃回京城任职之后,更加变本加厉地施行暴政,横征暴敛,草菅人命,媚上欺下,使百姓难以为生:

贞元十九年,为京兆尹,卿及兼官如故。寻封嗣道王。自为京尹,恃宠强愎,不顾文法,人皆侧目。二十年春夏旱,关中大歉,实为政猛暴,方务聚敛进奉,以固恩顾,百姓所诉,一不介意。因入对,德宗问人疾苦,实奏曰:"今年虽旱,谷田甚好。"由是租税皆不免,人穷无告,乃彻屋瓦木,卖麦苗以供赋敛。

优人成辅端因戏作语,为秦民艰苦之状云:"秦地城池二百年,何期如此贱田园,一顷麦苗五石米,三间堂屋二千钱。"凡如此语有数十篇。

实闻之怒,言辅端诽谤国政,德宗遽令决杀。

当时言者曰:"瞽诵箴谏,取其诙谐以托讽谏,优伶旧事也。设谤木,采刍荛,本欲达下情,存讽议,辅端不可加罪。"德宗亦深悔,京师无不切齿以怒实。①

成辅端为百姓的苦难直言而死,确有重于泰山的价值。为民请命,被贪官李实诬为诽谤国政,又被昏君德宗当场处死,但他的死亡是现真相、警朝歌的举动。德宗事后的深为后悔,舆论对成辅端的无罪认定,乃至京城上下对酷吏李实的切齿痛恨,都凸显出成辅端誓为百姓利益鼓与呼的伟大义举。他的伟大,正在于将优伶关注现实、体恤百姓、直言奉上的精神,加以了充分而彻底的表达。惟其如此,贞元二十年(804)一位伶人的壮举,既成就了又一例伟大的悲剧人格的建立,又为宋代优伶的爱国主义情怀做了直接的示范。此后,宋杂剧演出中诸如《二圣环》、《太师鬶》等许多剧目,都对当局者的投降主义路线予以了毫不留情的讥刺与批判,呈现出优人们视死如归的爱国精神。他们和成辅端、岳飞等民族精英一样,完全可以视之为崇高而杰出的悲剧英雄。

自然,优谏一般适宜于因其诙谐以托讽谏,而且每朝每代都不乏成功的案例。但是当讽谏的内容尖锐、激烈之后,当百姓或者国家的情势紧急之时,当最高统治者例如德宗等人听不见真话之时,那么其诙谐讽谏的喜剧外壳,很快就袒露出其悲壮的本体和悲剧的实质。"犯上"恰如捋虎须,动辄得咎甚至抛头颅、洒热血的悲剧后果,总是客观存在的事例。知其不可而为之,这正是那些正直的优伶们前仆后继的悲剧追求。

二、参军戏的乐中见悲

倡优的戏谑,一方面表现为优谏,成为事件发展的舆论推进力量;另一方面演为参军戏,这就在很大程度上又扩大了优谏的范围,往往在对象化的扮演中再现出事件的

---

① 刘昫《旧唐书·李实传》,《二十五史》,上海古籍出版社、上海书店1986年影印本,第3927页。

荒谬性,体现出所扮演人物的荒唐感。这便是东汉以来广泛流行的参军戏。

就参军戏而言,这种戏剧样式极富于喜剧色彩,演员的表演本身并不具备悲剧性;而就其被侮弄的对象言,在过错和罪行被放大、被暴露于大庭广众之中时,则肯定具备一定的悲剧意味。就参军戏的特定观赏者或者一般观众而言,大体上都是把自己的欢乐,建筑在别人的痛苦之上。

早期参军戏中,被侮弄的官员往往与演员同台演出。《乐府杂录·俳优》称:

> 开元中,黄幡绰、张野狐弄参军——始自后汉馆陶令石耽。耽有赃犯,和帝惜其才,免罪。每宴乐,即令衣白夹衫,命优伶戏弄辱之,经年乃放。后为参军,误也。①

石耽的罪名虽免,而在酒席宴前的大众场合中,遭受优伶的当场侮弄,这种经年累月的丢人现眼,实则比服罪还要难受。这种用优伶戏弄贪官,当众再现其罪过的做法,以攻心为务,以笑乐为矛,成为东汉以来魏晋南北朝的官场风尚。

> 石勒参军周延为馆陶令,断官绢数万匹,下狱,以入议宥之。
> 后每大会,使俳优着介帻,黄绢单衣。优问:"汝何官?在我辈中。"
> 曰:"我本为馆陶令。"斗数单衣曰:"正坐取是,入汝辈中。"以为笑。(《太平御览》引《赵书》)②

也许在大家的哄然大笑中,周延自己也不得不强颜欢笑,但这种赔笑实在比哭还要难受百倍。值得注意的是,参军一职,在东汉末原本为参谋军务之义,晋以后设为专门官职。周延原本是晋之参军,与官绢案的牵连使之与这出戏密不可分,这出戏又直接惩治的是参军大人,因此参军戏一说,理所应该是由此而得名。所以关于后汉馆陶令石耽的记载说,"后为参军,误也",真正名正言顺的参军戏当然要从周延参军算起。

类似的事主与演员之同台演出,在南北朝时期还有尉景之戏。

> 尉景,字士真,善无人也。秦、汉置尉候官,其先有居此职者,因以氏焉。景性温厚,颇有侠气。魏孝昌中,北镇反,景与神武入杜洛周军中,仍共归尔朱荣。以军功封博野县伯。后从神武起兵信都。韩陵之战,惟景所统失利。神武入洛,留景镇邺。寻进封为公。景妻常山君,神武之姊也。以勋戚,每有军事,与厍狄干常

---

① 段安节《乐府杂录》,《中国古典戏曲论著集成》(一),中国戏剧出版社 1959 年版,第 49 页。
② 任二北《优语集·晋》,上海文艺出版社 1981 年版,第 21 页。

被委重,而不能忘怀财利,神武每嫌责之。转冀州刺史,又大纳贿,发夫猎,死者三百人。

厍狄干与景在神武坐,请作御史中尉。神武曰:"何意下求卑官?"干曰:"欲捉尉景。"神武大笑,令优者石董桶戏之。董桶剥景衣,曰:"公剥百姓,董桶何为不剥公!"神武诫景曰:"可以无贪也。"①

看来尉景之贪,实在是贪得无厌,否则神武决不好意思拿这个大舅子说法。他每有军务尚不能忘怀财利,做地方官员又大肆受贿,实在是闹得太不像话了,所以神武才不得不再三责骂他,所以同事厍狄干恨不得做官灭他。对这个脸皮太厚、心思太贪的亲戚,神武也只能使出参军戏惩戒的最后一招了,所以他让石董桶借演戏之际为百姓代言,当然也为朝廷惩贪。呜呼,中国之脱戏,追根溯源,实乃从臭名昭著的贪官尉景算起。只是董桶之脱,未必令人恶心。

有唐以来,参军戏作为一个较有影响的喜剧类别,造就了一批著名的演员。据段安节《乐府杂录》记载,参军戏名目在唐正式形成,并且影响极大。开元中,既有黄幡绰、张野狐弄参军,还有"有李仙鹤善为此戏,明皇特授韶州同正参军,以食其禄",太子文学陆羽(鸿渐)还特为撰词云"韶州参军"。武宗朝有曹叔度、刘泉水等二人;咸通以来,有范传康、上官唐卿、吕敬迁等三人。都是参军戏演出的著名艺术家。这批名演员的次第涌现,说明参军戏在当时已经得到了自上而下的表彰和认可。

至于参军戏的定名,从南北朝时期尉景以参军职务入戏开始,到唐代李仙鹤因为擅演参军戏而被授予韶州参军之职,历史来了个巧妙的回旋,戏剧也多了种在生活现实中化出化入的剧种样式。

当然,参军戏老是由事主与演员同台演戏,这其中有着许多限制与诸多尴尬。所以完全由演员扮演的参军戏开始出现,原有的真实生活故事被夸张、强化为戏剧性片段,戏者与被戏者都由演员扮演。这种纯艺术化的表演从最初的支流衍为后世的主流,这也是需要指出的。

目前所见完全由演员扮演的参军戏,最早肇自于三国时期。

> 许慈字仁笃,南阳人也。师事刘熙,善郑氏学,治《易》、《尚书》、《三礼》、《毛诗》、《论语》。建安中,与许靖等俱自交州入蜀。
>
> 时又有魏郡胡潜,字公兴,不知其所以在益土。潜虽学不沾洽,然卓荦强识,祖宗制度之仪,丧纪五服之数,皆指掌画地,举手可采。
>
> 先主定蜀,承丧乱历纪,学业衰废,乃鸠合典籍,沙汰众学。慈、潜并为学士,

---

① 李百药《北齐书·尉景传》,《二十五史》,上海古籍出版社、上海书店1986年影印本,第2531页。

与孟光、来敏等典掌旧文。值庶事草创，动多疑议，慈、潜更相克伐，谤讟忿争，形于声色；书籍有无，不相通借，时寻楚挞，以相震撼。其矜己妒彼，乃至于此。

先主愍其若斯，群僚大会，使倡家假为二子之容，效其讼阋之状，酒酣乐作，以为嬉戏。初以辞义相难，终以刀杖相屈，用感切之。①

这是蜀中两位大学士文人相轻、彼此嫉妒的激烈冲突。他们之间的关系极其紧张、特别恶劣，以致到了相互攻击、彼此诽谤、形于声色、饱以老拳、加以武器，有你无我、有我无你、势不两立的局面。斯文扫地，一致于此。倘若他们与优伶同台演戏，恐怕当场就会打得死去活来。还是刘备以宽容之心、怜悯之情，让两位演员扮演其争斗之状，使其在大家的笑乐中有所感动，得到心灵的净化和行为的改变。喜剧表演以其轻松的外壳，放大了两位学士的丑陋之处，同时也凸现出自古才人相争的悲剧蕴涵。

这一扮演方式上的创举，后来在唐代参军戏中成为惯例。具有一定悲剧性涵义的，如《资治通鉴》卷二一二所载开元中优人扮魃作戏，为三百多件因上诉而被系于冤狱的"罪犯"大声疾呼，对盛世的阴暗一面有所揭露。时相宋璟的理论是，谁上诉就要关谁，谁撤诉便可放谁。这种武断的逻辑，经优人当场表演再现之后，就连皇上也深感不妥。

至少从唐肃宗时代开始，到宣宗时的十朝当中，参军戏又每每为女优所担任。唐赵璘《因话录》载：

政和公主，肃宗第三女也，降柳潭。肃宗宴于宫中，女优有弄假官戏，其绿衣秉简者，谓之参军妆。

天宝末，蕃将阿布思伏法，其妻配掖庭，善为优，因使隶乐工。是日遂为假官之长。所为妆者，上及侍宴者笑乐。公主独俯首颦眉不视，上问其故，公主遂谏曰："禁中侍女不少，何必须得此人？使阿布思真逆人也，其妻亦同刑人，不合近至尊之座。若果冤横，又岂忍使其妻与群优杂处为笑谑之具哉？妾虽至愚，深以为不可。"

上亦悯恻，遂罢戏，而免阿布思之妻。由是贤重公主。②

这位阿布思遗孀可谓是强颜欢笑了。她不仅要为杀夫的仇人们表演，还要当乐工班头，时时与饮宴君臣们直接对话逗乐。可以想见她的笑乐中，蕴含着多少悲哀了。就连特殊观众政和公主俯首颦眉不欲视，唐肃宗也为之动容而悯恻不已，由此可见这出参军戏的悲剧审美效果之强。

---

① 陈寿《三国志·许慈传》，《二十五史》，上海古籍出版社、上海书店1986年影印本，第1190页。
② 赵璘《因话录·宫部》，上海古籍出版社1979年版，第69页。

由此看来，参军戏当中又有一大类型为"弄假官戏"，假官的扮演者为"参军妆"。打从安史之乱以来，唐王朝就开始了由盛到衰的转变，整个社会充满了一种动荡、悲怨和凄凉的悲剧性氛围。这时候所出现的著名参军戏女演员刘采春，同时也是一个极好的悲剧艺术家。唐范摅《云溪友议》记元稹所见云：

> 安人元相国应制科之选，历天禄畿尉，则闻西蜀乐籍有薛涛者，能篇咏，饶词辩，常悒悒于怀抱也。及为监察求使剑门，以御史推鞫，难得见也。及就除拾遗，府公严司空绶，知微之之欲，每遣薛氏往焉。……元公既在中书，论与裴晋公度子弟撰及第，议出同州，及廉问浙东，别涛已愈十载。
> 方拟驰使往蜀取涛，乃有俳优周季南、季崇，及妻刘采春，自淮甸而来，善弄《陆参军》，歌声彻云，篇咏虽不及涛，而华容莫之比也。元公似忘薛涛，而赠采春诗曰："新妆巧样画双蛾，幔裹恒州透额罗。正面偷轮光滑笏，缓行轻踏皴文靴。言词雅措风流足，举止低回秀媚多。更有恼人肠断处，选词能唱望夫歌。"望夫歌者，即《罗唝》之曲也。采春所唱一百二十首，皆当代才子所作。其词五、六、七言，皆可和矣。词云："不喜秦淮水，生憎江上船。载儿夫婿去，经岁又经年。"……采春一唱是曲，闺妇行人莫不涟洏。①

元稹（779—831）是何等风流倜傥的大才子。他既与夫人韦从分享了六年恩爱，"曾经沧海难为水，除却巫山不是云。取次花丛懒回顾，半缘修道半缘君。"妻亡之后，元稹回顾当年之相濡以沫的困窘云："诚知此恨人人有，贫贱夫妻百事哀。"他的悼念亡妻诗更是不胜悲情："闲坐悲君亦自悲，百年多是几多时。邓攸无子寻知命，潘岳悼亡尤费辞。同穴窅冥何所望，他生缘会更难期。惟将长夜终开眼，报答平生未展眉。"

如此尊爱女性的才子，当他与才女、美女兼名妓薛涛（768—?）遇合唱酬时，该是何等的称心如意！尤其当他在与薛涛阔别十年之后，在浙东任上想要迎接西蜀薛涛前来时，其心情又该是何等的迫切！可就在此时，元稹遇见了参军戏班，看到了女演员刘采春。尽管论文才可能略输薛涛，可是刘采春的容颜扮相、歌唱表演乃至令人肠断的悲剧表演才能，都令元稹魂不守舍，很快就忘记了要迎薛涛的那码事。由此可见参军戏悲剧演员刘采春的艺术魅力之大，就连曾经情感之沧海的元稹也难于自持了。

刘采春的戏班，标志着参军戏的成熟时期。这是基于如下理由：

（1）戏班是从淮甸巡回演出而来，这标志着参军戏由宫廷逗乐到游走江湖，从谨供

---

① 范摅《云溪友议》卷九，参见《笔记小说大观》（一），据上海进步书局刊本校订重印，广陵书社2007年版，第82页。

御用到走向民间,从被人养活到自负盈亏的艺术生产,已经成长为知名的艺术品牌。

(2) 演出表明了参军戏由以谐谑为主的艺术样式,转变到言辞的"雅措风流",歌唱的深情宛转、女性的哀戚悲伤,以及舞蹈的"缓行轻踏"等艺术的有机综合。

(3) 戏班是由固定的家族演员所组成的班社,并拥有可观的悲剧性剧目和歌曲,如《陆参军》和一百二十首《望夫歌》。

《陆参军》者,通常认为系指唐陆羽事。陆羽(733—804)即《茶经》作者,竟陵(今湖北天门)人。或以为他为中国最早导演。根据之一是《新唐书·陆羽传》云:

> 陆羽,字鸿渐,一名疾,字季疵,复州竟陵人。不知所生,或言有僧得诸水滨,畜之。既长,以《易》自筮,得"蹇"之"渐",曰:"鸿渐于陆,其羽可用为仪。"乃以陆为氏,名而字之。
>
> 幼时,其师教以旁行书,答曰:"终鲜兄弟,而绝后嗣,得为孝乎?"师怒,使执粪除圬墁以苦之,又使牧牛三十,羽潜以竹画牛背为字。得张衡《南都赋》,不能读,危坐效群儿嗫嚅若成诵状,师拘之,令薙草莽。当其记文字,懵懵若有遗,过日不作,主者鞭苦,因叹曰:"岁月往矣,奈何不知书!"呜咽不自胜,因亡去,匿为优人,作诙谐数千言。
>
> 天宝中,州人酺,吏署羽伶师,太守李齐物见,异之,授以书,遂庐火门山。貌侻陋,口吃而辩。闻人善,若在己,见有过者,规切至忤人。朋友燕处,意有所行辄去,人疑其多嗔。与人期,雨雪虎狼不避也。上元初,更隐苕溪,自称桑苎翁,阖门著书。或独行野中,诵诗击木,裴回不得意,或恸哭而归,故时谓今接舆也。久之,诏拜羽太子文学,徙太常寺太祝,不就职。贞元末,卒。①

这里提及陆羽既做过"优人",也当过"伶师"。也即既会演戏,也能导演,还能编剧。根据之二是陆羽曾为"韶州参军"李仙鹤编导过一些剧目。根据之三,是陆羽在《陆文学自传》曾自述为"伶正之师"(《文苑英华》卷七九三)。据此三条,陆羽既有当编导的才能,也有当编导的实践。当然,以陆羽独特的身世遭遇,使得朝廷都为之倾倒,举国都效其吃茶,唐史都为之写传,那么演员扮演茶圣戏圣之事迹,也属题中应有之义。

因此,刘采春所演《陆参军》剧目,既可能是陆羽本人所作的本子,也可能是关于这位"伶师"悲惨身世的饰演。刘采春所擅长的《望夫歌》,反映了衰世中夫妻因兵乱、抓丁等各种事端而生离死别的悲剧现实。诸如"莫作商人妇,金钗当卜钱。朝朝江口望,错认

---

① 《新唐书·隐逸传·陆羽》,《二十五史》,上海古籍出版社、上海书店 1986 年影印本,第 5608 页。

几人舡"①之类唱词，就反映了商人妻妾的悲怨心理。正是因为刘采春的演出反映了现实悲剧氛围，表现下层人民特别是妇女们的悲惨遭遇，所以才引起了极其动人的悲剧效果，"闺妇行人莫不涟洏"。

范摅《云溪友议》还记载了刘采春的女儿周德华，在湖州、京、洛一带素传盛名的情况，以至"豪门女弟子从其学者众矣"。周德华也偏重于唱悲剧意味深沉蕴藉的一类曲子。参军戏由乐中见悲到以悲剧性剧目为主的转变，既与女性艺术家的参与密不可分，也在很大程度上是为衰世悲音的时代精神和观众心理所左右。唐宣宗时的诗人薛能在《赠吴姬诗》中，也歌咏过女参军戏的演出，只是不知道他笔下的吴姬是否也是刘采春、周德华的传人：

楼台重迭满天云，殷殷鸣鼍世上闻。
此日杨花初似雪，女儿弦管弄参军。②

从巫觋、百戏、歌舞戏、优谏到参军戏，一以娱神，二以乐众，三以抒悲，四以谏君，五以规臣，最后面对较为广泛的观众层面，因此在物件、题材和内容等方面都产生了很多变化。与此同时，以谐谑为主、劝百讽一的艺术手段，也发展为往往以悲哀为尚、把说表唱舞等多种表演手段相结合的综合艺术。但参军戏中的唱或舞，与歌舞戏中的唱舞有着本质的不同。这是因为从巫风歌舞到歌舞戏是以抒情为主，其唱做一般是对静止事件所引起的心潮加以再现和评价；而从优谏到参军戏，则是以叙事为主，其中的歌舞成分乃是对事件的参与、推进和强化，并且成为叙事功能中的必要环节。借说唱歌舞以叙事，同时也具备变文和曲艺的某些特征。

当我们大致清理了从巫觋代言到悲剧性歌舞、从戏谑嘲讽到参军苦戏这两条戏史发展线索之后，还需要对官民互动的傩戏渊源进行必要的回顾。

第三节　从傩仪、傩舞到傩戏

一、上古之傩仪

傩，本意为走路富有节奏。《诗·卫风·竹竿》："巧笑之瑳，佩玉之傩。"《毛传》："傩，行有节度。"许慎《说文解字》云："傩，行人节也。"徐锴《系传》云："行有节也。"大凡举行某种仪式，有节奏的行走是其中重要的元素之一。

---

① 此处所引《望夫歌》，与陆羽《六羡歌》"不羡黄金罍，不羡白玉杯。不羡朝人省，不羡暮登台。千羡万羡西江水，曾向竟陵城下来"的风格颇为相似。
② 薛能《赠吴姬诗》，《全唐诗》卷五百六十一，中华书局1960年版，第6520页。

由于我国是一个传统的农业生产国家，因此在祭天、祭地、祭祖宗（鬼神）这三大主题祭祀活动之中，祭地也即关于农业生产活动的祭祀不可或缺。通常祭地又分为雩祭、蜡祭和傩祭三类活动。

植物生长离不开雨水，所以至少在周代就产生了为求雨的仪式雩祭。《左传·桓公五年》说："龙见而雩。"《说文解字》曰："雩，夏祭乐于赤帝以祈甘雨。"希望祥龙及时耕云播雨。《后汉书·礼仪志》："大旱则雩祭求雨。"南朝齐诗人谢朓，在全集中也收有《齐雩祭歌八首》。之后代相承继，直到清朝，雩祭仍是重要的祭祀活动之一。《清史稿》中还有"坐雩祭礼器误，夺官"的例证。

蜡祭，主祭对象是土、水、草木谷物、小虫（昆虫）和大虫（猫、虎）等禽兽。强调的是有所用必有所报，做到仁至义尽："天子大蜡八。伊耆氏始为蜡。蜡也者，索也。岁十二月合聚万物而索飨之也。蜡之祭也，主先啬而祭司啬也。祭百种，以报啬也。飨农，及邮表畷，禽兽，仁之至，义之尽也。古之君子，使之必报之。迎猫，为其食田鼠也。迎虎，为其食田豕也，迎而祭之也。祭坊与水庸，事也。曰：土反其宅，水归其壑，昆虫毋作，草木归其泽。皮弁素服而祭，素服以送终也。葛带榛杖，丧杀也。蜡之祭，仁之至，义之尽也。"①

源于一种富于节奏的行进方式，傩祭的仪式主要是强调辞旧迎新、节令变化的节奏，在严寒的冬季一驱寒气、二驱疫鬼，借以迎接一元复始、万象更新春天的到来。《礼记》云：

> 天子居玄堂右个，乘玄辂，驾铁骊，载玄旗，衣黑衣，服玄玉，食黍与彘，其器闳以弇。命有司大难（傩）旁磔，出土牛，以送寒气。征鸟厉疾，乃毕山川之祀，及帝之大臣，天之神祇。②

《吕氏春秋·季冬》篇沿用了《礼记》的这段话。高诱注云："大傩逐尽阴气为阳导也。今人腊岁前一日，击鼓驱疫，谓之逐除是也。"《论语·乡党》中也说："乡人傩，朝服而立于阼阶。"连对鬼神一直持怀疑态度，所谓信如在、不信如不在的夫子，都对这种驱鬼仪式如此看重，穿朝服而立于阶前，可见傩祭在人们的心中拥有何等重要的位置。何晏注："孔曰：傩，驱逐厉鬼。"唐诗人孟郊也在《弦歌行》中歌咏过："驱傩击鼓吹长笛，瘦鬼染面惟齿白。"

《周礼》为我们描摹了一番驱傩表演的森严气象：

---

① 《礼记·郊特牲》，阮元《十三经注疏》，中华书局1980年版，第1453页。
② 《礼记·月令》，同上，第1370页。

> 方相氏掌蒙熊皮,黄金四目,玄衣朱裳,执戈扬盾。帅百隶而时难(傩),以索室驱疫。
>
> 大丧,先柩,及墓,入圹。以戈击四隅,驱方良。①

看来周代驱傩的专业队伍一共百人。指挥官方相氏由四位"狂夫"(勇士)组成,他们的脸上都蒙着熊皮,用黄金装饰着眼睛,执戈扬盾,摆出一番随时攻守的架势来。他们威威赫赫,所向披靡,逐门逐户,驱邪去疫,令人何等敬畏。每逢君王丧礼,他们先在灵柩前开道,又在墓穴中用武器驱赶魑魅魍魉,简直就是当时驱鬼避邪的一支特殊仪仗队伍。自古有死必有生,所以,对死亡的参与实际上也是生命节奏交响曲中不容忽视的重要篇章。

在上古的雩祭、蜡祭和傩祭三类祭典中,雩祭常常有难于预测的非规定性,特别是大旱之中的哪一天会求得雨水,倘若测准了实在有侥幸之嫌,但常常都是做白白奉祭的无用功。蜡祭可以看成是人与植物和动物的交流与对话。只有傩祭在祛寒迎新、驱鬼为人、送死为生等季节、生命的交替过程的参与和礼赞中,越来越显示出其充分的表演性和充沛的戏剧性。这就为其在后世的演化过程中向着大众表演和戏剧艺术靠近,准备了必要的基础和前提。

二、汉唐之傩舞

上古的驱傩仪式,到后世愈来愈添加出踵事增华、铺张夸饰的排场,链接起系统繁复、过程周密的说表,充满了严肃恭敬、哭声一片的娱乐精神。且看汉代的驱傩场面:

> 季冬之月,星回岁终,阴阳以交,劳农大享腊。先腊一日,大傩,谓之逐疫。其仪:选中黄门子弟年十岁以上,十二以下,百二十人为侲子。皆赤帻皂制,执大鼗。方相氏黄金四目,蒙熊皮,玄衣朱裳,执戈扬盾。十二兽有衣毛角。中黄门行之,冗从仆射将之,以逐恶鬼于禁中。夜漏上水,朝臣会,侍中、尚书、御史、谒者、虎贲、羽林郎将执事,皆赤帻陛卫,乘舆御前殿。
>
> 黄门令奏曰:"侲子备,请逐疫。"于是中黄门倡,侲子和,曰:"甲作食凶,胇胃食虎,雄伯食魅,腾简食不祥,揽诸食咎,伯奇食梦,强梁、祖明共食磔死寄生,委随食观,错断食巨,穷奇、腾根共食蛊。凡使十二神追恶凶,赫女躯,拉女干,节解女肉,抽女肺肠。女不急去,后者为粮!"
>
> 因作方相与十二兽傩。欢呼周遍,前后省三过,持炬火,送疫出端门;门外驺

---

① 《周礼·夏官司马》,阮元《十三经注疏》,中华书局1980年版,第851页。

骑传炬出宫,司马阙门,门外五营骑士传火,弃洛水中。百官官府各以木面兽能为傩人师讫,设桃梗、郁檑、苇茭毕,执事陛者罢。苇戟、桃杖以赐公卿、将军、特侯、诸侯。①

与周代的傩祭相比较,汉代傩祭有这样一些变化:

一、驱傩的阵容在数量和等级上都变化较大。周傩队伍只有一百零四人,汉傩则具备黄门令与中黄门系列、若干方相和一百二十位侲子与十二兽系列、文武群臣系列、五营骑士系列。好像皇朝之中的大部分文武百官,都加入了这个难于计数的庞大方阵。

二、要指挥好这一庞大方阵不同层面的表演,原本充当指挥官的方相氏已经无能为力了。由黄门令作为总导演、中黄门作为分导演指挥由中黄门之子担任的侲子表演,五营骑士都参加了传火投水的仪式。前者作为基本演员,后者作为群众演员,这样的大场面也就注定了傩戏最为基本的性质:每一个人既是表演者,同时也是观赏者;大家都在推动驱傩的过程,但同时也是驱傩之后朗朗乾坤的受益人。值得注意的是,看起来威风凛凛、杀气腾腾的那么多将军公卿们,竟然还要凭借苇戟桃杖等吉祥物来壮胆,这也算是滑稽之事了。

三、驱傩的一百二十位侲子全部由十二岁以下的孩子担任,这是取其血气方刚、阳气旺盛的缘故。童子尿、童子操和童子军,一向在中国传统文化中具备锐不可当的神奇力量。这正好与驱傩的本意——去阴气迎阳气更为贴合。

四、驱傩的冲突双方开始明确起来,不像以前那样只是一味的赶杀。在十二兽追恶凶的过程中,大家各司其职,职能分明,能够对症下药,有针对性地追缉那些坏蛋,而且追到之后的唯一处置方法是肢解内外、吃掉算数,所谓"后者为粮"的巨大威慑力就在于此。

五、全部表演过程中有歌有舞、又唱又和,有固定要唱表的台词;诸如人扮兽要求有毛有角,就要求有更为逼真的服装化妆,也有更加精彩的表演。而且百官官府都戴上了兽形面具,这正是后世傩戏最为基本的面具表演方式,因为熊皮也好、黄金装饰也好,毕竟太为金贵。如此看来,这场盛大的驱傩仪式越来越向一场悲剧演出方面靠近,汉代的驱傩仪式已经在向产生傩戏的方向急剧转型。

到了隋朝之后,傩祭也有些新的发展。一年当中要举办春、秋和冬三次傩祭。春秋傩祭只用四队人马,冬季傩祭则用八队人马。这里又多出了手执皮鞭的问事十二人,工人二十二人,唱师一人和鼓角二十人。这就说明表演的成分、歌唱和音乐的成分,得到了更大程度上的加强。此外,还有一些祝师的加入,使得动物祭品的数量和种类更加明晰,而且还首次出现了酒祭:

---

① 范晔《后汉书·礼仪志》,《二十五史》,上海古籍出版社、上海书店 1986 年影印本,第 49 页。

> 隋制,季春晦,傩,磔牲于宫门及城四门,以禳阴气。秋分前一日,禳阳气。季冬傍磔、大傩亦如之。其牲,每门各用羝羊及雄鸡一。选侲子如后齐。冬八队,二时傩则四队。问事十二人,赤帻褠衣,执皮鞭。工人二十二人。其一人方相氏,黄金四目,蒙熊皮,玄衣朱裳。其一人为唱师,着皮衣,执棒。鼓角各十。有司预备雄鸡羝羊及酒,于宫门为坎。未明,鼓噪以入。方相氏执戈扬楯,周呼鼓噪而出,合趣显阳门,分诣诸城门。将出,诸祝师执事,预副牲胸,磔之于门,酌酒禳祝。举牲并酒埋之。①

唐代的傩祭,在《旧唐书·礼仪志》中只有只言片语的记载,远不如蜡祭、雩祭的描摹具体,更不如祭天祭祖的盛大场面之万一。唐人所祭的名目,实在太多太杂,所以忽略之处,在所并有。但在段安节的笔下,傩祭的规模还是十分可观:

> 用方相四人,戴冠及面具。黄金为四目。衣熊裘,执戈,扬盾,口作"傩、傩"之声以除逐也。右十二人,皆朱发,衣白□画衣。各执麻鞭,辫麻为之,长数尺,振之声甚厉。乃呼神名。其有甲作,食凶者;府肺胃,食虎者;腾简,食不祥者;览诸,食咎者;祖明、强梁,共食磔死寄生者;腾根,食蛊者等。侲子五百,小儿为之,衣朱襦、素襦、戴面具。以晦日于紫宸殿前傩。张宫悬乐,太常卿及少卿押乐正到西阁门,丞并太乐署令、鼓吹署令、协律郎并押乐在殿前。事前十日,太常卿并诸官于本寺先阅傩,并遍阅诸乐。其日大宴三五署官,其朝寮家皆上棚观之,百姓亦入看,颇谓壮观也。太常卿上此。岁除前一日,于右金吾龙尾道下重阁,即不用乐也。御楼时,于金鸡竿下打赦鼓一面、钲一面,以五十人唱色十下,鼓一下,钲以千下。②

唐傩与前代的不同,最为重要的是明确点出与民同乐的特征,百姓皆可进来观看。这就在宫廷傩的扮演者、扮演者兼观望者之外,又增添出无数的百姓观众。表演有了广大的观众作呼应,离戏剧艺术便又靠近了一大步。

其次,侲子五百,使得表演的基本队伍更加壮大,而且五百童子都戴上面具,这就使得傩戏表演的面具化特点更加明晰。从早年方相氏的熊皮蒙面到清一色的木头面具,这可能标志着面部化妆部分的根本转型。

第三,唐傩第一次有了关于排练的记载,这种排练又与其他音乐歌舞部联系起来,便于各艺术部门之间的协调与整合。到正式傩祭之前十天,还有专门的官员"阅傩"、

---

① 长孙无忌《隋书·礼仪志》,《二十五史》,上海古籍出版社、上海书店1986年影印本,第3271页。
② 段安节《乐府杂录》,《中国古典戏曲论著集成》(一),中国戏剧出版社1959年版,第43页。

"阅乐",进行检阅、审查和改进。以前的傩祭,具备更多的随意性;而唐傩经过多次排练之后,应该更加规范而符合事先的总体设计,更加考究以符合综合艺术协同呈现的美学特性。因此由汉到唐,傩祭已经从纯粹的祭祀仪式,发展并建树成为带有更多戏剧乐舞等表演性质的艺术景观了。

三、宋后之傩戏

宋代是中国艺术史上的富于突变意义的时代之一。比方唐代宫廷还认为一些歌舞戏并非乐之正宗而不予重视,宋代的表演艺术却出现了民间化、经常化和专业化的新面貌,民间艺术和朝廷的喜尚可以分离开来但又彼此互补。此外,宋代是中国戏剧艺术正式形成的时代,各种杂剧演出和傀儡展示和影戏奇观争奇斗艳,百花齐放。历史故事之说书、诨话段子之畅销、曲艺宫调之繁复、各种技艺之无穷,都蔚为前所未有的艺术景观。[1] 在这样一个戏剧艺术大繁荣的时代中,傩祭也出现了向傩戏靠近的革命性变异:

> 至除日,禁中呈大傩仪,并用皇城亲事官。诸班直戴假面,绣书色衣,执金枪龙旗。教坊使孟景初身品魁伟,贯金副金鍜铜甲装将军。用镇殿将军二人,亦介胄,装门神。教坊南河炭丑恶魁肥,装判官。又装钟馗、小妹、土地、灶神之类,共千余人,自禁中驱祟出南薰门外转龙弯,谓之"埋祟"而罢。是夜禁中爆竹山呼,声闻于外。士庶之家,围炉团坐,达旦不寐,谓之"守岁"。[2]

《东京梦华录·除夕》的这段描述,说明宋傩的扮演者,基本上是以教坊所执掌的"诸班"作为班底而进行的。这些专业的教坊班根据每位演员的身段体形,分别扮演不同的神祇和人物。就连土地灶神、钟馗兄妹等千余角色都装扮出来了,那该是一个何等壮观的大型戏剧场面啊。这支庞大的戏剧游行队伍在"埋祟"之后,还为至今的

---

[1] 孟元老等《东京梦华录·民俗·京瓦伎艺》:"崇观以来,在京瓦肆伎艺:张廷叟,《孟子书》。主张小唱:李师师、徐婆惜、封宜奴、孙三四等,诚其角者。嘌唱弟子:张七七、王京奴、左小四、安娘、毛团等。教坊减罢并温习:张翠盖、张成弟子、薛子大、薛子小、俏枝儿、杨总惜、周寿奴、称心等。般杂剧:杖头傀儡任小三,每日五更头回小杂剧,差晚看不及矣。悬丝傀儡,张金线。李外宁,药发傀儡。张臻妙、温奴哥、真个强、没勃脐、小掉刀,筋骨上索杂手伎。浑身眼、李宗正、张哥、球杖锡弄。孙宽、孙十五、曾无党、高恕、李孝详,讲史。李慥、杨中立、张十一、徐明、赵世亨、贾九,小说。王颜喜、盖中宝、刘名广,散乐。张真奴,舞旋。杨望京,小儿相扑、杂剧、掉刀、蛮牌。董十五、赵七、曹保义、朱婆儿、没困驼、风僧哥、俎六弄,影戏。丁仪、瘦吉等,弄乔影戏。刘百禽,弄蚁。孔三传、耍秀才,诸宫调。毛详、霍伯丑,商谜。吴八儿,合生。张山人,说诨话。刘乔、河北子、帛遂、胡牛儿、达眼五、重明乔、骆驼儿、李敦等,杂班。外人孙三神鬼。霍四究,说《三分》。尹常卖《五代史》。文八娘,叫果子。其余不可胜数。不以风雨寒暑。诸棚看人,日日如是。教坊钧容直,每遇旬休按乐,亦许人观看。每遇内宴前一月,教坊内勾集弟子小儿,习队舞,作乐杂剧节次。"邓之诚注《东京梦华录注》,中华书局1982年版,第132页。

[2] 同上,第253页。

中国人民留下了除夕夜守岁的风俗。

从业余僮子班底到专业演员班底的演进,使得傩祭逐渐演进成为古往今来无所不包的戏剧艺术。有那么多神鬼人物都成为装扮的物件,就有那么多故事传说可以尽情演绎。《钟馗嫁妹》之所以成为戏曲的经典剧目之一,宋傩的阐扬难道没有起到关键性的推动吗?

正因为有专业从业人员的参与,才使得哪怕面具也有千人千面、绝不雷同的特色。当时宫中大量需要的傩面具,很多是从桂林所进。陆游在《老学庵笔记》云:"政和中,大傩,下桂府进面具。比进到,称一副。初讶甚少。乃是以八百枚为一副,老少妍陋,无一相似者,乃大惊。至今桂府作此者,皆致富。天下及外夷,皆不能及。"由此可知,在宋代桂林傩面具的设计、雕刻、绘彩、制作已达到极高的水准。八百具老少美丑剧不雷同的脸谱造型,为宫中傩演员的人物对象化、扮演的唯一性、演出的生动性,都提供了极好的外貌塑型的基础条件。

作为一种近乎于奢侈的戏剧仪式活动,傩祭一向都是宫廷中的盛大活动。民间当然有时也有观看的权利,但还是有着很多限制的。可能宋代民间岁末的一些活动,也与官方傩祭有着一脉相承的关系。例如《东京梦华录》中所记叙的民间驱祟之道为:"近岁节,市井皆印卖门神、钟馗、桃板、桃符,及财门钝驴、回头鹿马之行帖子。卖干茄瓠、马牙菜、胶牙饧之类,以备除夜之用。自入此月,即有贫者三数人为一火,装妇人神鬼,敲锣击鼓,巡门乞钱,俗呼为'打夜胡',亦驱祟之道也。"桃符之类,汉傩便有;钟馗之扮,宋傩所创。因此"打夜胡",很可能就是缩小了的简陋化的民间傩祭。

宋代学者还从理论上对蜡祭、傩祭与戏剧的关系进行了清晰的说明。苏轼《东坡志林》云:

> 八蜡,三代之戏礼也。岁终聚戏,此人情之所不免也,因附以礼义。亦曰:"不徒戏而已矣,祭必有尸,无尸曰奠,始死之奠与释奠是也。"今蜡谓之祭,盖有尸也。猫虎之尸,谁当为之?置鹿与女,谁当为之?非倡优而谁!葛带榛杖,以丧老物,黄冠草笠,以尊野服,皆戏之道也。子贡观蜡而不悦,孔子譬之曰:"一弛一张,文武之道。"盖为是也。①

东坡认为三代之祭是为富于戏剧性的礼仪展示。这种展示既是发抒人情、附以礼义的需要,也是通过倡优扮演各色物件才能圆满实现的过程。著名学者朱熹也在《四书集注》中注《论语·乡党》"乡人傩"时指出:"傩虽古礼,而近于戏。"这两位宋代大学人先后把蜡祭、傩祭与戏剧精神紧密联系起来,这是十分精辟的分析。

---

① 苏轼《东坡志林》卷二"祭祀",《历代史料笔记丛刊》,中华书局1981年版,第26页。

实际上，中国历朝历代繁复无比的各种祭礼，都或多或少地与戏剧精神一脉相连。所以政治场面的仪式化，也就是富贵人生中庄严仪式的戏剧化。有的学者认为中国戏剧之所以晚出的原因之一，就在于古人在公众生活中，具备了太多的仪式性和表演性，所以纯粹的戏剧因素，常常就被掩盖在生活戏剧化的各种三跪九拜的仪式中去了。

在宋傩仪式向傩戏靠近的过程中，傩仪傩戏也得以迅速传播到全国各地去。在这一传播过程中，军队的换防所带来的"军傩"和"百姓傩"相映成趣。宋人周去非云：

> 桂林傩队，自承平时名闻京师，曰静江诸军傩。而所在房巷村落，又自有百姓傩。严身之具甚饰，进退言语，咸有可观，视中原装队仗似优也。推其所以然，盖桂人善制戏面，佳者一值万钱，南他州贵之。①

桂林傩戏作为南方傩戏与中原傩戏的对应，作为军傩与百姓傩的对应，作为傩戏面具的制作最佳的地区之一，都使得其在宋代享有盛名。这也带动了傩戏在南方各省区的迅速传播。

元明以来，各地傩戏纷纷形成其传统脉络而且流传于今。贵州的黔东傩戏，又称为傩堂戏、师道戏和同仁傩戏。据元明间修成的《铜仁府志·风物章》云，当时的妇女生病"不用医药，属巫咒焉，谓之打锣鼓"，令装扮成伏羲、女娲的神巫来跳神唱歌，这便是黔东傩戏的前身②。其大型剧目有《孟姜女送寒衣》、《柳毅下河东》等二十余个。分别在驱鬼逐邪等"悲事"和还愿酬神等"喜事"场合下演出。安顺地戏也应属于傩戏的大系统。《安顺续修府志》云："黔中人民多来自外省，当草莱开辟之后，人民习于安逸之境，积之既久，武事渐废。……于是乃有跳神戏之举……简称为跳神，盖藉农隙之际演习武事，亦存寓兵于农之深意也。"从明洪武年间江南移民带来地戏开始，地戏历史当约五百年之久。而且一个村寨必须唱一堂戏，备一套面具。所演剧目大多为跳汉书、跳三国、跳说唐、跳杨家将等。③

明清以来，今云南澄江一带盛行一时的关索戏，也是傩歌傩舞与关羽之子关索故事结合起来的傩戏。其戏情专演蜀汉英雄故事，每年从初一演到十六，以演三年停三年为周期。它犹如安徽、湖南、湖北、江西、四川等地，都有相应的傩戏演出。四川戏剧史家于一在论巴蜀傩戏时说：

> 傩戏，是一种集祭祀礼仪与戏剧艺术于一体的一种宗教色彩浓厚的民间戏剧

---

① 周去非著，杨武泉校注《岭外代答校注》卷七，中华书局1999年版，第256页。
② 人杰《黔东傩戏》，《中国戏曲剧种大辞典》，上海辞书出版社1995年版，第1472页。
③ 何平《安顺地戏》，同上，第1454页。

样式。这种戏剧有一套固定的仪式程式。如开坛、上表、请神、送王等法事仪式。在仪式程式中又融入了《灵官镇坛》《祖师排朝》,《钟馗斩鬼》《判官了愿》《二郎降孽龙》等戏剧剧目。这些剧目故事,贯穿在整个仪式程式的过程之中。巴蜀傩戏便是以一套祭祀仪式服务于傩戏主旨的戏剧剧目,为民间求神还愿,驱瘟逐疫祷人寿年丰、子孙满堂,五谷丰登、六畜兴旺,乃至消灾解厄、荐亡超度等民事活动。同时,由于傩戏虽然是酬神还愿祷神性质,但它又顾及愿家主家,祈吉纳福,驱邪祛疫,祈求心理平衡以及戏剧观赏的目的。于是,又形成了在仪式过程中或法事仪式之后,插演娱人为主的民间小戏的演出习俗,即所谓"——折坛——折灯","灯坛两开"和"正傩"(正坛)、"耍傩"(耍坛)之分的演出习俗。在表演成分上则是祭祀仪式与戏剧表演的密切结合。由于傩戏以酬神还愿的仪式程式贯穿始终,故有人又以"祭祀戏剧"或"仪式剧"相称。①

  这里关于傩戏性质与过程的归纳及叙述,带有一定的普遍性。从上古傩仪到宋以来的傩戏,宗教仪式与戏剧元素始终相随相伴,宫廷排场与民间习俗彼此相生互补,北方傩祭信仰与南方"蛮族"之巫风相为融会,讲史大戏与地方小戏错落有致。而且自古以来的傩祭傩舞,又与宋南戏、元杂剧,明清传奇和地方剧种相与互动。礼失求诸野,当通都大邑中的傩仪和傩戏湮没无闻之后,民间的傩戏传统却始终在顽强地表现出来,从而给我们的传统戏剧史又增添了新的色彩和新的生机。

  从巫觋代言到悲剧性歌舞、从戏谑嘲讽到参军苦戏、从驱虫仪式到千秋傩戏的发展,我们大致梳理出三条线索,这三条线索又都是以悲剧精神和悲剧性形态作为重点来延伸的。正是因为巫优傩戏的神鬼之哭,才哭出了百花齐放而又不失悲哀凝重的中国戏曲。

---

① 于一《巴蜀傩戏》,大众文艺出版社1996年版,第1页。

第二章
先秦汉唐哭剧原始

先秦汉唐以来,一些诗词曲文,颇多接近于戏剧基本元素,目之为古歌舞剧、素朴戏剧或者原始戏剧、早期戏曲,亦无不可;这里用"哭剧原始"之说,涵括其中具备悲剧氛围的早期戏曲模型,既是从缘起、发端等形式演进方面来查看,也是从个中题材常被后人改变成悲剧的内容范畴上来考量。

从乱世之声怨以怒、亡国之音哀以思和伤情之曲悲以悼三条脉络上,可以具体把握到早期哭剧风格与时代、国家和悲剧原型展开的某些对应关系。

第一节 乱世之音怨以怒

一、乱世怨诗数郑、卫

乱世之音,自古有之。而《乐记》必确指郑卫,论曰:

> 凡音者,生人心者也。情动于中,故形于声。声成文,谓之音。是故治世之音安以乐,其政和。乱世之音怨以怒,其政乖。亡国之音哀以思,其民困。声音之道与政通矣。宫为君,商为臣,角为民,徵为事,羽为物。五者不乱,则无怗懘之音矣。宫乱则荒,其君骄;商乱则陂,其官坏;角乱则忧,其民怨;徵乱则哀,其事勤;羽乱则危,其财匮。五者皆乱,迭相陵,谓之慢,如此则国之灭亡无日矣。郑卫之音,乱世之音也,比于慢矣。桑间濮上之音,亡国之音也。其政散,其民流,诬上行私而不可止也。[①]

[①] 《礼记·乐记》,阮元《十三经注疏》,中华书局1980年版,第1527页。

把声音之道与政通的宏观理论,具体落实到郑卫两国,可能首先是因为两国政局险恶、人君朝不保夕、国家迁移无定的原因,其次是桑间濮上、苟且偷欢的社会风气。所以孔夫子"恶紫之夺朱也,恶郑声之乱雅乐也,恶利口之覆邦家者"(《论语·阳货》),并再三声称"放郑声,远佞人;郑声淫,佞人殆"(《论语·卫灵公》)。

郑,原为周宣王所封桓公之地,在今陕西华县。后犬戎杀周幽王,桓公死,其子武公迁居东都畿内,以新郑为都,是为春秋郑国。战国时韩国灭之。故址在今河南新郑市。卫乃殷商之故地。周武王灭商后,将殷都朝歌一带瓜分为邶、鄘、卫三地,卫在朝歌之南,为武王之弟康叔封地。懿公时狄灭卫,其后迁徙漕邑、楚丘。秦始皇以为附庸,二世废之。为今河南淇县一带。固然郑卫两国,兴废更迭;民风耽乐,较为开放,但两者之间是否有着必然联系,恐怕未必像经书上所云的这样绝对。不过任何地区设若社会动荡、战祸频发,爱情婚姻乃至生儿育女的频率一般会加快,这倒是关于郑声淫的一大解释。

在《诗经》中的《郑风》中,怨怒倾向比较明显的,是几首真挚的情诗。

其一是《将仲子》。女孩子对仲子二哥前来约会时小心再小心,盼其逾墙跳树的动作低调再低调。因为姑娘所面临着重重压力,岂是爱惜树桑,而是"畏我父母"、"畏我诸兄"、"畏人之多言"。"三畏"对爱情的沉重压力,使得姑娘郁闷莫名,不得不再三向二哥致意,求其手下留情。这首冲突直接的怨诗在写法上类似于省略回答的求告,与戏剧的对话体只有一步之遥。

其次是《狡童》和《褰裳》一类诗。前者因为男子不睬她而茶饭不思,睡眠不甜;后者以"子不我思,岂无他人"的自我解劝聊以消忧。《东门之墠》和《子衿》等诗,或对爱情阻隔的巨大心理空间感到无奈,"其室则迩,其人甚远";或对相思的相对时间之漫长感到无望,"一日不见,如三月兮"。凡此种种,类似于戏剧的心理独白。

再是《风雨》中关于"风雨凄凄,鸡鸣喈喈"、"风雨潇潇,鸡鸣胶胶"、"风雨如晦,鸡鸣不已"的三度环境描摹,绘声绘色,将心理环境与物理环境调试得特别妥帖,属于特别高明的舞台情景交融法。

《卫风》之中的《伯兮》和《有狐》,前者写"为王前驱"的勇士出征之后,"自伯之东,首如飞蓬。岂无膏沐?谁适为容"!不仅无心梳洗打扮,还把自己想出了"首疾心痡"的一身病痛。其写将官出征,悲壮之意,屹然弥漫。后者为意中人"心之忧矣,之子无裳"而再三感喟,都写出了为爱情而燃烧的痛苦。

郑卫之外的《王风·黍离》篇,也是中国人感叹时代变异、朝政迁移,从而怀古伤今的典范作:

  彼黍离离,彼稷之苗。行迈靡靡,中心摇摇。知我者,谓我心忧;不知我者,谓我何求。悠悠苍天,此何人哉? 彼黍离离,彼稷之穗。行迈靡靡,中心如醉。

知我者,谓我心忧;不知我者,谓我何求。悠悠苍天,此何人哉? 彼黍离离,彼稷之实。行迈靡靡,中心如噎。知我者,谓我心忧;不知我者,谓我何求。悠悠苍天,此何人哉?①

公元前11世纪,武王灭殷,开创西周;前771年犬戎破镐京,幽王被弑,西周告终。明年,周平王迁都洛邑,东周春秋黯然启动。有衰微之王室,必有落魄之周天子,亦有平起平坐之列国诸侯。悲悼伤感之作,便如雨后春笋,油然而生。多年之后,一位怀旧的周大夫感伤西周之沦亡,凭吊镐京之荒凉,昔日之巍巍宫墙,今日尽成黍稷田野。伤情之余,精神恍惚,遂有游子呼天之哭,观者不解之疑。杨衒之《洛阳伽蓝记》更将殷周两代之废墟,对比洛阳佛寺之盛衰云:"麦秀之感,非独殷墟;黍离之悲,信哉周室!京城表里,凡有一千余寺;今日寮廓,钟声罕闻!"黍离之悲,怀古之哭,成为中国人忧患意识中的一大类型。

二、负心之哭独角戏

《卫风》中的《氓》,是《诗经》中一出为负心而哭的独角戏。

这出哭戏具备完整的情节与尖锐的冲突。作为痴情女子负心汉的最早版本,氓当初无比急切地来商议婚期,软硬兼施地将女孩子骗成其新娘。等到木已成舟,生米煮熟,妻子就变成了不拿工资的长工,"三岁为妇,靡室劳矣。夙兴夜寐,靡有朝矣"。

即使如此,氓也并不满意,他仍旧"二三其德"、朝三暮四,在外面花天酒地。"自我徂尔,三岁食贫。"嫁到男人家吃了三年苦、受了三年穷的妻子,到头来还是被氓给一脚踢出家门,好为新人腾出位置。

这出独角戏极善于戏剧对比场面的调度。例如拿当年信誓旦旦的甜蜜,与今日凄凉景象之难堪来对比:"及尔偕老,老使我怨。淇则有岸,隰则有泮。总角之宴,言笑晏晏,信誓旦旦,不思其反。反是不思,亦已焉哉!"这就对誓言的虚伪性和欺骗性予以了再三反思,对氓善于欺骗的丑恶嘴脸予以了深刻揭露。

作为立体化、全程性的对比方式,独角戏从一开始就言之凿凿:"氓之蚩蚩,抱布贸丝。"那男子的表情,是何等的阳光灿烂啊;到了后来,却完全换成另外一番嘴脸,"言既遂矣,至于暴矣。"打骂抨击等文攻武斗的全武行本事,全都拿来演示了。这是前后之比。

还有家人的参与比照。当女子黯然回到娘家之后,其"兄弟不知,咥其笑矣",男人们的相同做派,凸显出男权主义的无所不在。除了"静言思之,躬自悼矣"的自我伤情之外,女子还有什么新路可以走下去呢?

---

① 《诗经》(谢柏梁注本),钱伯城主编《白话十三经》,国际文化出版公司1996年版,第460页。

有鉴于自身被骗的悲剧遭遇,女子乃向全部女性世界发出了沉重的警示:

於嗟鸠兮!无食桑葚。於嗟女兮!无与士耽。
士之耽兮,犹可说也。女之耽兮,不可说也。①

鸠者,贪食桑葚必醉,醉则难以自保;女孩子们,若沉湎于男人的花招与圈套之中,便永无解脱之方!这是以自身的血泪经历在悲惨呼号,也是全剧的抒情华章,还是富于人道主义终极关怀的警钟长鸣。

这出独角戏还以桑叶的变化作为女子青春消逝的见证,也作为情节推进、悲剧发展的标志性图案,这也成为精彩的舞台设计之范例。例如用"桑之未落,其叶沃若",形容女孩子当初的容光焕发、青春亮丽;用"桑之落矣,其黄而陨",表现女子的憔悴形容、悲苦心态和弃妇情结。这些渐进的变化,可以为现代舞美设计家提供极佳的参照,也为哭戏的悲怨氛围提供了可资比照的自然景观。

三、建安诗歌之苍凉

183年,汉代衰微之际。宦官集权,民不聊生,黄巾起义,天下大乱;不久,凉州刺史董卓废少帝而立献帝,从洛阳迁都长安。以袁绍为盟主的联军共讨董卓,致其败亡。曹操"挟天子以令诸侯",迎献帝于许昌,改年号为建安。由此直到魏立之初,皆为建安文学之范畴。

这是一个血与火的时代,杀与亡的强势专权时期,生与死无可选择的当口。州郡割据,战火连连,诸侯杀戮,朝不保夕。就连征战无数的大英雄曹操,也在《蒿里行》咏叹道:"铠甲生虮虱,万姓以死亡。白骨露于野,千里无鸡鸣。生民百遗一,念之断人肠。"

悲惨的时代容易生出苍凉的诗歌来。以曹操、曹丕、曹植这父子"三曹"为核心,以"建安七子"孔融、陈琳、王粲、徐幹、阮瑀、应玚、刘桢为里圈,以天才的悲剧诗人蔡文姬作为呼应,本时期的诗文形成了慷慨悲凉的"建安风骨"。刘勰在《文心雕龙·时序》篇中具体表述为:"观其时文,雅好慷慨,良由世积乱离,风衰俗怨,并志深而笔长,故慷慨而多气也。"

曹操的诗歌主旨,除了感慨百姓苦难和战争杀戮之外,还对英雄老去的主题予以了再三咏叹。《短歌行》中的"对酒当歌,人生几何,譬如朝露,去日苦多。慨当以慷,忧思难忘",写出了人生的短暂之患。以此来鼓励才子们建功立业,更有时不我待的紧迫感。《龟虽寿》曰:"老骥伏枥,志在千里。烈士暮年,壮心不已。"《秋胡行》其二

---

① 《诗经》(谢柏梁注本),钱伯城主编《白话十三经》,国际文化出版公司1996年版,第458页。

云:"天地何长久!人道居之短。……四时更逝去,昼夜以成岁。……戚戚欲何念!欢笑意所之。"都是英雄暮年的励志诗歌,于超脱之间仍不脱悲凉慷慨之气。

本时期曹植的悲情诗歌和《洛神赋》,蔡琰的《悲愤诗》和《胡笳十八拍》,都从悲剧的氛围、故事和人物等多方面,为后世悲剧提供了加花变奏的原型。

建安七子中的头牌诗家王粲,其《七哀诗》之一所见、所闻与所感,沉郁感伤而不能自已,大有素朴哭剧之风采:

> 西京乱无象,豺虎方遘患。复弃中国去,委身适荆蛮。亲戚对我悲,朋友相追攀。出门无所见,白骨蔽平原。路有饥妇人,抱子弃草间。顾闻号泣声,挥涕独不还:"未知生死处,何能两相完?"驱马弃之去,不忍听此言。南登霸陵岸,回首望长安。悟彼下泉人,喟然伤心肝。①

这出短小哭剧的主体是母亲弃儿。当自身都难于养活之际,母亲只得狠狠心,把婴儿交给老天爷去照应了。即便是婴儿惊心动魄的哭啼声,都不能使得挥泪如雨的母亲回头,因为要回头只能是面临着母子同归于尽的命运。

看到这一出生离死别之惨剧的观众,还有在一旁谛听的诗人。可是他也没有最终看完全剧,因为其心理情感的承受能力已经到了无法担待的极致。

这出哭剧还属于剧中套剧的结构类型。因为诗人本身既是前述惨剧的观众,也同时是悲剧的角色。他的南北大逃亡过程,同时又被亲戚朋友们视之为悲剧。所以其喟然伤心,有了两层悲剧的含义。

从春秋到建安,尽管时段先后不一样,但乱世的性质都相近。乱世之音怨以怒,痛哭之剧悲以叹,尽管简短素朴,但却深沉动人。

第二节 亡国之音哀以思

一、屈原《国殇》之沉痛

最能体现"亡国之音哀以思"特色的诗歌,也许并不是郑卫小国之音,而应该是南方第一大国楚国败亡前的屈原诗歌。其中的国殇系列,如泣如诉,似诗似剧,令人动容。

从参政到自沉,屈原在"国际关系"方面受到的刺激,根由于三件大事。

一是公元前 313 年,张仪赴楚,力劝怀王亲秦绝齐,且以割商、於之地六百里作为回报。屈原力谏而无效,楚得罪于齐后寸土未得。此后怀王曾请屈原前去齐国修补关

---

① 逯钦立辑校《先秦汉魏晋南北朝诗》,中华书局 1983 年版,第 365 页。

系,但已于事大补。

二是公元前299年,楚怀王再度受骗入秦。屈原苦劝怀王毋行云:"秦,虎狼之国,不可信。"但怀王偏偏要轻信,所以一去不复返,三年后死于秦国。

三是公元前278年,秦将白起破郢都,烧夷陵(今宜昌)、东至竟陵(今潜江、天门一带),南逼洞庭。被新一代楚顷襄王再度流放的屈原,只得与祖国共存亡,与郢都同沦陷,遂于五月五日身抱石块,自沉于汨罗江中。

因为爱惜国家,屈原不得不忠谏逆耳,得罪怀王;因为挖掘老王被骗之罪根,总想迎回老王,更被新王视若心腹大患。尽管屈原被两代君王几度流放,但却仍然不改对楚国的耿耿忠心。国破人亡,遗诗犹在,一个礼赞国殇的诗人,自己也加入了国殇的行列。

《九歌》中的《国殇》,从其精神气质言,乃为今日《义勇军进行曲》的祖本,是为当时的楚国国歌或者敢死队之军歌。殇者,夭也,未入壮年而死谓之夭。全诗为国捐躯的青年烈士们而哭,其烈烈阵势使人精神为之振奋,其前仆后继使人魂魄为之高扬,其慷慨刚强使人血气为之动荡:

  操吴戈兮被犀甲,车错毂兮短兵接;旌蔽日兮敌若云,矢交坠兮士争先;凌余阵兮躐余行,左骖殪兮右刃伤;霾两轮兮絷四马,援玉枹兮击鸣鼓;天时坠兮威灵怒,严杀尽兮弃原野;出不入兮往不反,平原忽兮路遥远;带长剑兮挟秦弓,首身离兮心不惩;诚既勇兮又以武,终刚强兮不可凌;身既死兮神以灵,子魂魄兮为鬼雄。[①]

吴戈秦弓的使用,表明楚国战士在反侵略战争的血泊奋战中,在刀折矢绝、后援难至之际,不得不在死人堆里拿起敌人的武器,在新一轮的搏杀中奋勇杀敌。隆隆的战鼓声响,萧萧的战马声裂,尖锐的战车撞击声和着粗重的喘气声、杀人的噗嚓声,至今还在耳鼓畔回荡不已。

身首可以相离,卫国壮志不可摧毁;壮士可以集体殉国,亡秦必楚的刚强决心不可以违拗;原野上可以铺满将士之尸首,但亦足以阻止并绊住侵略者的马蹄与车轮。这一以爱国主义与英雄主义为主题的交响组曲,在天地间铮铮作响,在人世间煌煌惊心。李清照《乌江》警句"生当作人杰,死亦为鬼雄",便是《国殇》悲歌的再度演绎,也是对西楚霸王的痛惜。从《国殇》中的英雄群体到楚霸王的猎猎雄风,历朝历代的楚国烈士,是一尊尊永远打不垮、摧不毁的神将鬼雄!凡为楚为国乃至为江东父老子弟而亡者,他们都是永生不死的英魂!

[①] 姜亮夫《屈原赋今译》,北京出版社1987年版,第77页。

二、《九章》哀郢殉故国

屈原的《九章》诸篇,都是两次流放过程中的悲愤无告之作,类似于戏剧咏叹中的抒情独白。

《哀郢》写于秦国入侵、郢都沦陷之际。即使流放在外,屈原也在为首都和国家的沦陷而震撼,为众百姓的悲惨遭遇而感怀。在他的心底深处,无时无刻不在牵挂着楚国黎民:"皇天之不纯命兮,何百姓之震愆?民离散而相失兮,方仲春而东迁。去故乡而就远兮,遵江、夏以流亡。"

与众百姓流离失所的命运相仿,屈原本人也一直处于流放湖泽的过程中。九度春秋,草木代谢,流离失所,回归无门,怎不令屈原他郁闷无告,悲哀莫名?"望长楸而太息兮,涕淫淫其若霰。……心不怡之长久兮,忧与愁其相接。惟郢路之遥远兮,江与夏之不可涉。忽若去不信兮,至今九年而不复。惨郁郁而不通兮,蹇侘傺而含慼。"长年累月的流放生活,已经使得屈原萌生了"鸟飞返故乡兮,狐死必首丘"的自杀之意,最好是死在故乡、亡在都城;可是城已破、国已败,连返乡而死、归郢而亡都成为了天大的奢望。那么只好因陋就简、就地取材,就汨罗江水而自沉了。

为国为君为人民的自杀或他杀,有着众多的历史表率和充分的理论验证。在《悲回风》中,屈原一次次地失眠反思,"涕泣交而凄凄兮,思不眠以至曙。终长夜之曼曼兮,掩此哀而不去"。在多少个不眠之夜中,屈原一次次萌生死意,"宁溘死而流亡兮,不忍此心之常愁"。哀悼先之忠臣,选择自身归宿,屈原越来越倾向于走水路而亡,"浮江、淮而入海兮,从子胥而自适。望大河之洲渚兮,悲申徒之抗迹"。

作为一位智者,自杀行为的实施既有其不得不然的理由,也必有其再三的犹豫,或决定做出之后不免生出的反复与后悔。所以屈原势必多次励志,多次援引前代忠烈的先例。《涉江》中关于"余幼好此奇服兮,年既老而不衰。带长铗之陆离兮,冠切云之崔嵬"的强烈自恋,关于"与天地兮同寿,与日月兮齐光"的神仙不老之梦,正好与其了无生趣、追步先烈的想法形成鲜明的对比与和谐的复唱:

> 哀吾生之无乐兮,幽独处乎山中。吾不能变心而从俗兮,固将愁苦而终穷。接舆髡首兮,桑扈裸行。忠不必用兮,贤不必以。伍子逢殃兮,比干菹醢。与前世而皆然兮,吾又何怨乎今之人![1]

这些复调咏叹的悲情演绎,都是为了抒发胸中的忠而被谤之怨愤,也呼应了《惜诵》开篇时"惜诵以致愍兮,发愤以抒情"之意。耿耿忠心但却不得好报,指天发誓也

---

[1] 姜亮夫《屈原赋今译》,北京出版社1987年版,第131页。

终归无用,"所作忠而言之兮,指苍天以为正"。他自己也能认识到对怀王的孤忠反而惹起众怒,对顷襄王的丹心又使大家嫉愤,"吾谊先君而后身兮,羌众人之所仇也。专惟君而无他兮,又众兆之所雠也"。他明明知道"疾亲君而无他兮,有招祸之道也",但却仍要痴心不改地表明"思君其莫我忠兮,忽忘身之贱贫。事君而不贰兮,迷不知宠之门"。这里真带有几分愚忠甚至自甘下贱的感觉,他连得宠的门也摸不着,却还要事君至诚,哪怕所事的这两代君王基本上都是昏君之属。

据游国恩先生考证,"《怀沙》、《惜往日》都是屈原自沉以前不久作的,后者是屈原的绝笔"①。

《怀沙》头两句便有借节物以自悼的感觉:"滔滔孟夏兮,草木莽莽。伤怀永哀兮,汩徂南土。"他也承认自身的冤屈,是为君子的节操之高洁所致,因此便把全部的怨怒,集中投向那些卑鄙的奸党:"变白以为黑兮,倒上以为下。凤皇在笯兮,鸡鹜翔舞。同糅玉石兮,一概而相量。夫惟党人鄙固兮,羌不知余之所臧。任重载盛兮,陷滞而不济。怀瑾握瑜兮,穷不知所示。邑犬群吠兮,吠所怪也。"是他们好坏不分,美丑莫辨,颠倒是非,混淆黑白,桀犬吠尧,鸡凤错置。

值得注意的是,屈原终究极有分寸地对当世之君表达了异议,但是这种表达只是通过自己生不逢时,未见舜、禹等明君的遗憾,委婉曲折地有所体现:"重华不可遻兮,孰知余之从容!古固有不并兮,岂知何其故!汤禹久远兮,邈而不可慕。"伯乐既没,骥焉程兮。民生禀命,各有所错兮。天意若此而抑心自强,那么大限已至,人生之路也就走到了尽头。"进路北次兮,日昧昧其将暮。舒忧娱哀兮,限之以大故",于是"知死不可让,愿勿爱兮。明告君子,吾将以为类兮"。亘古以来的君子先烈呀,后辈屈原我来见你们了!

在生命的最后关头,屈原奋笔写下了绝命词《惜往日》:

> 临沅、湘之玄渊兮,遂自忍而沉流。卒没身而绝名兮,惜壅君之不昭。君无度而弗察兮,使芳草为薮幽。焉舒情而抽信兮,恬死亡而不聊。独鄣壅而蔽隐兮,使贞臣为无由。闻百里之为虏兮,伊尹烹于庖厨。吕望屠于朝歌兮,宁戚歌而饭牛。不逢汤、武与桓、缪兮,世孰云而知之!吴信谗而弗味兮,子胥死而后忧。介子忠而立枯兮,文君寤而追求;封介山而为之禁兮,报大德之优游。思久故之亲身兮,因缟素而哭之。或忠信而死节兮,或訑谩而不疑。②

抚今追昔,忠良横亡,屈原既不是始作俑者,亦不是绝代之死臣。那么,绝命词再

---

① 游国恩、王起等《中国文学史》,人民文学出版社 1963 年版,第 87 页。
② 姜亮夫《屈原赋今译》,北京出版社 1987 年版,第 172 页。

写下去也没有意思了,被蒙蔽的君王他能知我苦心吗?"宁溘死而流亡兮,恐祸殃之有再。不毕辞而赴渊兮,惜壅君之不识。"但求投水速死,任浮身随波逐流。于是有了惊天动地的纵身一跃,身已逝,志永存,其人虽已殁,千载有余情。从此之后,楚国亡国之音,系于屈原之哭。

三、问君能有几多愁

屈原之后最具备艺术震撼力的亡国之音,莫过于南唐李后主歌哭呜呜的曲子词。

李煜(937—978)字重光,南唐中主李璟第六子。这位徐州人在金陵即位十五年(961—975),面临大宋朝的巍巍赫赫之势,非但苟且偷安,纵情声色犬马,且喜淫词艳曲,十足醉生梦死,世称亡国之音。同时代的潘佑《题红罗亭》词,谓其"桃李不须夸烂漫,已输了春风一半",便是真切写照。

金陵城破,肉袒归降后,李煜被关在汴京,称违命侯。在他四十二岁的七夕生日,因其亡国之音写得太好太悲,因其"故国不堪回首月明中"抒发了大苦大恨,宋太宗终于容他不得,于酒席宴上将其毒死,葬于洛阳邙山。

在两年多的囚徒生涯中,昔日的风流皇帝终于醍醐梦醒,亡国之君的残酷现实,"日夕只以眼泪洗面"的耻辱生涯,使得他很快成长为一位真正的男子汉,从而词风陡然为之一变,由花间绮靡之辞,变为男儿之血泪悲歌。

《破阵子》一词,可以看成是其词风转变的分水岭:"四十年来家国,三千里地山河。凤阁龙楼连霄汉,玉树琼枝作烟萝。几曾识干戈。 一旦归为臣虏,沈腰潘鬓消磨。最是仓皇辞庙日,教坊犹奏离别歌。垂泪对宫娥。"回想起投降之前,那一番面对祖宗庙祠的羞耻和惶遽,居然还有按例的离别之曲作为仪式的伴奏,怎不令"臣虏"在故人面前潸然泪下?

人的一生,不能两次踏进同一段流水。善以长江大水比故国愁怀的后主,在《乌夜啼》中不得不认识到历史唯一的严酷性:"林花谢了春红,太匆匆。无奈朝来寒雨晚来风。 胭脂泪,相留醉,几时重。自是人生长恨水长东。"没有人能够阻挡历史的脚步,正如没有人能够定格滔滔的江水一般,孔夫子"逝者如斯夫,不舍昼夜"的感慨,在这里被活用得伤感沉痛。胭脂泪的残红,春花谢的零落,都使得诗人的痛苦历历可感。

现实当中认可了这般无奈的失败和国破的屈辱,并不等于能够把潜意识当中的故国繁华之梦能够尽数删除。所以《子夜歌》写梦回金陵之后的倍感伤神:"人生愁恨何能免?销魂独我情何限!故国梦重归,觉来双泪垂。 高楼谁与上?长记秋晴望。往事已成空,还如一梦中。"《浪淘沙令》更是极写美梦当中惯性的荒唐:"帘外雨潺潺,春意阑珊。罗衾不耐五更寒。梦里不知身是客,一晌贪欢。 独自莫凭栏,无限江山。别时容易见时难。流水落花春去也,天上人间。"

因此，昔日之"销魂"，与今日之"断魂"，便形成尖锐对立的鲜明比照。《浪淘沙》哀鸣道："往事只堪哀，对景难排。秋风庭院藓侵阶。一任珠帘闲不卷，终日谁来？金剑已沉埋，壮气蒿莱。晚凉天净月华开。想得玉楼瑶殿影，空照秦淮！"

当这种比照已经成为眼前、心头与梦中无法排除的伤痛时，他势必要发出亡国之音的绝唱，生命之弦的绝响。由离别之泪到故国之愁，后主的生命境界得到了前后叠映和高度升华。《虞美人》将泼天也似的愁怀，比成是滔滔不绝的长江春水，其意壮阔高远："春花秋月何时了，往事知多少。小楼昨夜又东风，故国不堪回首月明中。　　雕栏玉砌应犹在，只是朱颜改。问君能有几多愁，恰似一江春水向东流。"将一己愁怀写得如此波澜壮阔，古往今来，能有几人？

由此，清人沈雄在《古今词话》中，不得不将亡国之君李煜，比成是古今词国中的"南面王"。近人王国维在《人间词话》中也称："词至李后主而眼界始大，感慨遂深。"乃为的论。

从屈大夫到李后主，都极尽了"亡国之音哀以思"的意旨。千秋万代，追步模仿者犹若恒河沙数，但靠近乃至超越者可能永付阙如。多少戏曲悲剧，从中吸取养分，由唱词到题材，从人物到氛围，遂得有所小成，这也是"取法于上"的具体实践。

第三节　伤情之曲悲以悼

一、生死情长刘兰芝

中国古代诗歌中最具备戏剧意义的叙事长诗，应为汉乐府民歌《孔雀东南飞》。全诗共三百五十五句，一千七百六十五字，是古乐府乃至全部中国古诗中较长的叙事诗。此诗最早见于南朝陈代徐陵编的《玉台新咏》，题为《古诗为焦仲卿妻作》；郭茂倩的《乐府诗集》载此诗于《杂曲歌辞》。但后人多援《诗经》篇名习惯，以该诗首句命名为《孔雀东南飞》。

此诗是为真人真事之演绎。小序说明"汉末建安中，庐江府（今安徽）小吏焦仲卿妻刘氏，为仲卿母所遣，自誓不嫁。其家逼之，乃没水而死。仲卿闻之，亦自缢于庭树。时人伤之，为诗云尔"。

这出家庭悲剧的基本冲突，是中国社会中最为习见的婆媳冲突。在同一家庭中，不具备任何血缘关系的同性，只有垂老和年轻的一对女人——婆婆和儿媳妇。红颜老去与青春正盛的巨大差距，使得婆婆总是以一种复杂而挑剔的眼光看待媳妇；两代女性同时聚焦于儿子或丈夫身上，这就或多或少具备显性或隐性的"争宠"意味。所以儿子要想既不得罪老娘，又要保持与媳妇的亲密关系，实属不易。一方面是"天下无不是的父母"，另一方面又往往"娶了媳妇忘了娘"，如果顾此失彼，极易酿成家庭大战。但就传统文化惟上尊老的价值观念而言，媳妇通常是被婆婆所压迫的最佳对象，要想翻盘可以,那就听凭自然的规律让婆婆自行退出历史的舞台,然后"三十年的媳妇熬成婆",以其多年的积怨和红颜渐老的不良心态,再来严格挑剔甚至是变本加厉地以种种规矩成法,来苛待新来的儿媳妇。

且看焦仲卿面对娇妻和老娘,在经过轻微反抗和委婉请求无效之后,只能在表面上屈从于妈妈的意旨:

> 府吏长跪告:"伏惟启阿母。今若遣此妇,终老不复取。"
>
> 阿母得闻之,槌床便大怒:"小子无所畏,何敢助妇语。吾已失恩义,会不相从许。"
>
> 府吏默无声,再拜还入户。举言谓新妇,哽咽不能语。"我自不驱卿,逼迫有阿母。卿但暂还家,吾今且报府。不久当归还,还必相迎取。以此下心意,慎勿违吾语。"①

母亲大人泼天也似的淫威,与儿子默默的反抗形成鲜明的对比。但母亲的意旨,却是不可违拗的天条。因为任何新媳妇进门之后,儒家"三从四德"和"七出"的规矩成法就像一道道紧箍咒一样,一旦启动就开始自然生效。

汉代是一个"罢黜百家,独尊儒术"的时代。以孝为本的"三从四德",也得到了充分的应用。周、汉儒家经典《仪礼·丧服》子夏传云:"妇人有'三从'之义,无'专用'之道,故未嫁从父,既嫁从夫,夫死从子。"《周礼·天官·内宰》提出"妇德、妇言、妇容、妇功"这"四德",郑玄明确为"妇德谓贞顺,妇言谓辞令,妇容谓婉娩,妇功谓丝枲"。

有了三从四德的规范,还得要有违反规范的具体惩戒。所谓"七出"或"七去"的苛条也就应运而设了。西汉戴德的《大戴礼记·本命》谓:"妇有'七去':不顺父母(指公婆),去;无子,去;淫,去;妒,去;有恶疾,去;多言,去;窃盗,去。"不顺父母因其逆德,无子为其绝后,淫为其乱族,妒为其乱家,有恶疾为其不可与共粢盛,口多言为其离亲,窃盗为其反义。因此,新媳妇完全可能动辄得咎,被逐出门。

刘兰芝被逐出门,有其被指认的两条显性"罪状"。一条是织布的速度太慢:"三日断五匹,大人故嫌迟。"当然,这条指责完全只是形式上的发挥,更大的问题在于:"此妇无礼节,举动自专由。吾意久怀忿,汝岂得自由?"说到底,还是婆婆认为媳妇主见太大,汇报太少,所以怀恨在心,积怨日久,必欲赶走以快人心。但是,婆婆的片面之词显然不够客观,刘兰芝就曾贴心贴肺地对丈夫说:"奉事循公姥,进止敢自专。昼夜勤作息,伶俜萦苦辛。谓言无罪过,供养卒大恩。仍更被驱遣,何言复来还。"

---

① 乐府民歌《焦仲卿妻·古辞》,郭茂倩《乐府诗集·杂曲歌辞十三》,中华书局1979年版,第1034页。

其实，媳妇被逐，还有诗中没有明白指出的第三条隐性的根本"罪状"，那就是刘兰芝过门三年，即无怀孕迹象，何来子嗣承祧？但凡有一儿半女，为焦家之独子传下后代，焦母也就不至于如此狂暴赶人了。关于这点，实际上刘兰芝也有过解释："十七为君妇，心中常苦悲。君既为府吏，守节情不移。贱妾留空房，相见常日稀。"看来焦仲卿这一小小的政府公务员"府吏"，实在当得太苦，居然基本上不在家中睡觉，不与娇妻相伴。夜夜守空房的刘兰芝，相见常日稀的夫妻生活，又怎能缔造出爱情的果实来呢？这实在令她悲苦无告，有怨有尤！

有此三"罪"，一切坚守都无济于事，一切埋怨都毫无意义。极其敏感的刘兰芝，老早就感觉到婆婆的不善，便向难得回家的丈夫哭诉衷曲，请求走人："鸡鸣入机织，夜夜不得息。三日断五匹，大人故嫌迟。非为织作迟，君家妇难为。妾不堪驱使，徒留无所施。便可白公姥，及时相遣归。"一旦她了解丈夫誓不再娶，"结发同枕席，黄泉共为友"的心愿之后，就作出了心心相印、生死以之的心理准备。

人可以走，情永久在。无罪遭遣，走也要走得华贵。所以刘兰芝在临行之前，十分难得地严妆打扮，就像当年新婚之日的幸福装扮，也像要与焦仲卿在另一个世界重新举行婚礼那样郑重其事。"鸡鸣外欲曙，新妇起严妆。著我绣裌裙，事事四五通。足下蹑丝履，头上玳瑁光。腰若流纨素，耳著明月珰。指如削葱根，口如含朱丹。纤纤作细步，精妙世无双。"这一充分仪式化的装扮，既是刘兰芝对自己美丽的充分肯定，也是作为女性尊严的高度展现，还是对换一种生存方式的坚定期望。

只有在打扮齐整之后，她才去客气地辞别那驱赶她走的婆婆，她才去感伤地告别长大了的小姑子，她才在"涕落百余行"的屈辱与凄楚中，登车返程。"感君区区怀，君既若见录，不久望君来。君当作磐石，妾当作蒲苇。蒲苇纫如丝，磐石无转移。"

当婆媳冲突以刘兰芝形式上的败退告终，又以小夫妻生死相依的实质上的胜利结局时，看起来风平浪静，但事情很快又发生了戏剧性的变化，新的冲突又开始酝酿起来。先是县令之子要娶她，但因兰芝的拒绝而告罢；后有太守郎君也来求婚，刘兰芝却被逼上了绝路。母亲可以理解女儿的苦衷，但是脾气暴躁、趋炎附势的父兄却开始大发虎狼之威："阿兄得闻之，怅然心中烦。举言谓阿妹：'作计何不量。先嫁得府吏，后嫁得郎君。否泰如天地，足以荣汝身。不嫁义郎体，其往欲何云？'"可怜的父兄只知富贵与体面的表面荣光，哪里能够理解兰芝心中那永恒而高贵的爱情？

在佯作应承的允婚之后，便有了与焦仲卿的密会明誓，就有了"揽裙脱丝履，举身赴清池"的女投水，伴随着"徘徊庭树下，自挂东南枝"的男自缢。密会场景中，两人的戏剧化对白是如此动人。

  自君别我后，人事不可量。果不如先愿，又非君所详。我有亲父母，逼迫兼弟兄。以我应他人，君还何所望。

府吏谓新妇:"贺卿得高迁。磐石方且厚,可以卒千年。蒲苇一时纫,便作旦夕间。卿当日胜贵,吾独向黄泉。"

　　新妇谓府吏:"何意出此言。同是被逼迫,君尔妾亦然。黄泉下相见,勿违今日言。"①

　　兰芝一边陈叙严峻而险恶的现实,一边在观察仲卿的反应。而仲卿的一声祝贺、一道誓言,则使得兰芝称心、放心而且开心。在郑重其事地相互明誓之后,兰芝才可能有其决绝的行动。这也表明她做事的稳重和牢靠,也表明她对赴死价值的再三考量和充分认定。

　　《孔雀东南飞》可以看成是汉代较为成熟的一出哭剧。其冲突展现的层层递进,使得戏剧在转折和递进中高潮迭起。其对话之富于性格性和行动性,其场景描摹之绘声绘色,其结尾时的无穷幽韵,都使得这一乐府诗歌成为后代悲剧再三改编的祖本。而"两家求合葬,合葬华山傍。东西植松柏,左右种梧桐。枝枝相覆盖,叶叶相交通。中有双飞鸟,自名为鸳鸯。仰头相向鸣,夜夜达五更。行人驻足听,寡妇起彷徨"的浪漫主义处理,既有戏剧冲突的相对和解,又有警世的悲歌长鸣,几乎成为中国式悲剧的通例。

　　这一真实的历史与情感的悲剧,不幸又在后世一再重演。就连相隔近千年的南宋大诗人陆游,也难逃其爱情悲剧的厄运。1155年春天,陆游到沈园游玩,巧遇被母亲赶走的前妻唐婉。尽管两人这时都已再婚,但仓促相见,情何以堪。陆游在墙上题《钗头凤》词云:"红酥手,黄藤酒,满城春色宫墙柳。东风恶,欢情薄,一杯愁绪,几年离索。错!错!错!　春如旧,人空瘦,泪痕红浥鲛绡透。桃花落,闲池阁,山盟虽在,锦书难托。莫,莫,莫!"

　　唐琬亦凄然和词曰:"世情薄,人情恶,雨送黄昏花易落。晓风干,泪痕残,欲笺心事,独语斜栏。难!难!难!　人成各,今非昨,病魂常似秋千索。角声寒,夜阑珊,怕人寻问,咽泪装欢。瞒,瞒,瞒!"此后不久,唐琬郁郁而亡。

　　四十余年后,七十五岁高龄的陆游再访伤心地,又题《沈园》诗二首云:"城上斜阳画角哀,沈园非复旧池台。伤心桥下春波绿,曾是惊鸿照影来。""梦断香消四十年,沈园柳老不吹绵,此身行作稽山土,犹吊遗踪一泫然。"亦是沉痛到底的伤情之曲和歌哭之剧。

二、贫贱夫妻百事哀

　　半个世纪以来,一些敦煌学者和部分戏剧学者们,将敦煌遗书中的P3128号写卷,

---

① 乐府民歌《焦仲卿妻·古辞》,郭茂倩《乐府诗集·杂曲歌辞十三》,中华书局1979年版,第1034页。

逐步向号称中国最古的小剧本靠近。

王庆菽先生称其为"不知名变文";王重民先生疑其为"押座文"。① 黄征等先生同意王重民说②。

从任半塘先生开始了戏剧文体说:"在和尚俗讲中,插入贫家夫妇互诉困苦之一幕戏剧。"③曲金良先生称其为"中国现存最古的小剧本"。④ 李小荣先生题名为"贫夫妇念弥陀佛",认为"这类夫妻间相讥相嘲、互诉互辩的小戏,颇似于当时的《踏谣娘》"。⑤

这里根据李小荣先生的标点本,将《贫夫妇念弥陀佛》按照戏剧体例规整如下:

〔夫上〕

(夫) 娑婆世界,高下不平,富贵贫穷,本性各异。种时不能自种,只是怨天不平。见他富贵家荣,我即终朝贫困!(佛子)(唱)

上无片瓦可亭居,自长身来一物无。
八节夫妻频咒愿,只求富贵免贫躯。
儿觅富贵百千般,不道前生恶业牵。
盖得肚皮脊背露,脚跟有袜指头串。
朝求暮乞不成餐,有日无夜着甚眠?
惟恨前生不修种,垂知贫苦最艰难。

自家早是贫困,日受饥栖,更不料量,须索新妇,一处作活,更被妻女说言道语!

〔旁白,问〕道个甚言语也?

〔妻上〕(唱)

家忆得妻身待你来,交人不省傍妆台。
洗面河头因担水,梳头坡下拾柴回。
煎水滓来无米煮,何时且过有资财?
可借却娘娘百匹锦,衡叫这里忍饥来!
他儿婿还说道里?

〔旁白,问〕道个甚言语也?

夫(唱)娘子今日何置言,贫富多生恶业牵。
不是交娘子独如此,下情终日也饥寒。

---

① 王重民等《敦煌变文集》,人民文学出版社 1957 年版,第 814 页,第 816 页。
② 黄征、张涌泉《敦煌变文校注》,中华书局 1997 年版,第 1191 页。
③ 任半塘《唐戏弄》,上海古籍出版社 1984 年版,第 1106 页。
④ 曲金良《敦煌佛教文学研究》,(台北)文津出版社 1995 年版,第 276 页。
⑤ 李小荣《变文讲唱与华梵宗教艺术》,上海三联书店 2002 年版,第 237 页。

初定三时无衫裤,大归娘子没沿房。
娘子空来我空手,索何媒人斗称量。
娘子既言百匹锦,娘娘呼我作马上郎。
彼此赤身相奉承,门当户对恰相当。
妻(唱)白日起身无饭吃,夜头拟卧没毯眠。
大拟妻夫展脚睡,冻来直似野鸡盘。(佛子,佛子)
娑婆国里且无贫,拾得珠金乱过于人。
弟子将来迭宝座,合掌齐声请世尊。
宝座既成诸天绕,弥陀即便自乘云。
将为化身来说法,定证金刚不坏身。
门徒切要审思量,念佛更烧五更香。
闲来不守三归界,如何生死作桥梁。
(合唱)欲得千年长富贵,无过念佛往西方。
合掌阶前听取偈,明日闻钟早听来。[①]

这出小戏在艺术形式上确实比较完整。从人物上看有夫妻二人和幕后问者。幕后问者是一种特别经济的表演方式,既能促进剧情的发展,又不与主要演员抢戏。迄今为止的民间戏剧常常采用这种方式,就连川剧的"帮腔"也是其音乐化的发展。从剧情呈现上看,纯用代言体,不像一般变文那样多采用第三人称叙述的方式。从表演上看,曲白相生,既有对话,也有对唱,还有合唱,符合戏曲的一般规律。

从内容范畴而言,这出戏似谐而庄,逗趣之中见出"垂知贫苦最艰难",贫贱夫妻百事哀的凄凉。既无片瓦之房屋,亦无完整之衣衫,就连被子也残缺不全,"盖得肚皮脊背露"。朝求暮乞,整个生存状态,近似一讨饭人家。

剧中人物,大致表达出三种怨恨。一是夫妻相互讥刺也彼此埋怨,以"百匹锦"和"马上郎"相互搞笑,十足的穷开心。妻女对男主人公"说言道语",恐怕都没有什么好听的言辞。二是抱怨贫富不均,类似"见他富贵家荣,我即终朝贫困"的意思,在剧中强调过几次。三是"怨天不平",将全部贫富不均的责任都推向了老天爷。

这三道埋怨的线索,最后都梳理出一个起头,一条出路。起头在于贫苦人等,其生必伴有原罪,也即"前生恶业牵",今世受苦寒,这就从逻辑上揭示了有果必有因的线索。由此顺延下去,要想脱贫致富,在下辈子能够奔小康生活,那就只有唯一的出路在:"欲得千年长富贵,无过念佛往西方。"当然,念佛更需加倍苦修,才可能有所成就,所以要"念佛更烧五更香",用以解脱前生的罪孽,获取来世的光明。凡此种种,都是

[①] 李小荣《敦煌杂剧小考》,《社会科学研究》,2001年第3期。

至为严肃的惩戒之警钟。

三、《长恨》、《琵琶》起哀歌

白居易(772—846),字乐天,自号香山居士,下邽(今陕西省渭南县境)人。贞元十五年进士,任翰林学士、左拾遗。因抗言直谏故,贬江州司马,移忠州刺史。后被召为主客郎中,知制诰,任太子少傅、刑部尚书。高寿七十五,作诗近三千,数量之富,几为唐诗人之冠。他本人将己作分为讽喻、闲适、感伤、杂律四类诗,长篇叙事诗《长恨歌》、《琵琶行》便属于"感伤"类诗歌当中的悲音哭剧。前者因字近一千,在当时便有"千字律诗"之名。连唐宣宗李忱也赞誉云:"童子解吟长恨曲,胡儿能唱琵琶篇。"

从悲剧的角度来看,《长恨歌》的戏剧冲突主要集中在事件冲突和情感冲突两方面。

在事件冲突方面,唐明皇的太平盛世和夜以继日的欢爱,被长达八年的安史之乱给沉重地打破:"渔阳鼙鼓动地来,惊破霓裳羽衣曲。九重城阙烟尘生,千乘万骑西南行。"可怜堂堂的风流天子,竟成逃荒逃难之客,竟因此而退位"离休"!这一大的时代背景及其致命冲突,显然有其必然性所在。大唐盛世,盛极而衰,由此开始便步步下坡。这是历史哲学的辩证演进。此其一。

具体到明皇个人,他的沉溺于美色,消极于政务,"春宵苦短日高起,从此君王不早朝。承欢侍宴无闲暇,春从春游夜专夜",使得作为职业政治家的皇帝沦为专业的情种。他的裙带路线和枕边施恩,使得贵妃一家备极尊荣,"姊妹弟兄皆列土,可怜光彩生门户。遂令天下父母心,不重生男重生女"。这种一荣俱荣的用人腐败,也必然导致一损俱损的不良结局。凡此种种,都加速了盛极而衰的历史规律之具体推进。中国史家们历来认为重色与重国之间,存在着不可调和的矛盾冲突。所谓"汉皇重色思倾国,御宇多年求不得",开篇第一句就将这层矛盾冲突和盘托出。汉语当中的"倾城倾国",原本就有欲求绝色之美女,必须付出城池和江山的代价的涵义在。既然皇帝重色,那么你就拱手交出江山国家来吧。此其二。

大的历史冲突和时代背景,还要借助具体可感的戏剧冲突来加以呈现。于是就有了将士逼杀杨贵妃的当场行动。"翠华摇摇行复止,西出都门百余里。六军不发无奈何,宛转蛾眉马前死。花钿委地无人收,翠翘金雀玉搔头。君王掩面救不得,回看血泪相和流。"就将士们而言,不杀奸相杨国忠,不足以解国难、抒国愤;同样道理,不杀杨贵妃,就难以保头颅,更无法放心地杀敌护驾。在君王这一方,只有救之不得才不得不放弃救助,这才使得事件冲突平息下来。此其三。

在情感冲突方面,从君王掩面救不得开始,皇帝就陷入了深深的自责和茫茫的无奈之中。洪昇的《长生殿》,极好地领会了白居易的原意,从而将这种自责和悔恨的情感冲突予以充分的具体化和戏剧化:

【滚绣球】恨寇逼的慌,促驾起的忙。点三千羽林兵将,出延秋便沸沸扬扬。甫伤心第一程,到马嵬驿舍傍。猛地里爆雷般齐呐起一声的喊响,早子见铁桶似密围住四下里刀枪。恶噷噷单施逞着他领军元帅威能大,眼睁睁只逼拶的俺失势官家气不长,落可便手脚慌张。恨只恨陈元礼呵……【脱布衫】羞杀咱掩面悲伤,救不得月貌花庞。是寡人全无主张,不合啊将他轻放。【小梁州】我当时若肯将身去抵搪,未必他直犯君王;纵然犯了又何妨,泉台上,倒博得永成双。【么篇】如今独自虽无恙,问余生有甚风光!只落得泪万行,愁千状!〔哭科〕我那妃子呵,人间天上,此恨怎能偿!①

从此,恩情常在而美人不再、风景尚在而物是人非,"未亡人"尚在而人鬼永隔,都成为老皇帝情感冲突的诸多波澜。马嵬坡下的泥土不语,皇宫中的池苑依旧,太液宫如面的芙蓉,未央宫如眉的柳叶,一土一池,一花一草,哪一样不见证着妃子的娇态,哪一样不伴随着昔日的合欢?哪一处没有留下帝妃俩携手双行的足迹?昔日的回眸一笑在哪里?华清池凝脂娇躯在哪里?春宵苦短日高起的酣睡不醒又在哪里?承欢侍宴无闲暇的热闹繁华,何处可以觅?此生复可寻?

眼下,只有寂寞相伴,只有失眠长随。"夕殿萤飞思悄然,孤灯挑尽未成眠。迟迟钟鼓初长夜,耿耿星河欲曙天。鸳鸯瓦冷霜华重,翡翠衾寒谁与共。"长夜既然如此落寞,人间既然如此孤寂,那就拜托道士神仙们到天上去寻找爱妃的魂魄去吧。

最为美妙的结局,不仅在于找到了爱妃的下落,还获知其"玉容寂寞泪阑干,梨花一枝春带雨。含情凝睇谢君王,一别音容两渺茫",两地相思,一样的孤寂,从此便有了踏实的牵挂。这一牵挂又以钿合金钗作为依托的信物,寄寓着"天上人间会相见"的美好明天。

当然最为美妙的是爱情的永恒,美好瞬间的定格,幻化无穷的相伴相依,比天地还要长久的情感遗恨。"七月七日长生殿,夜半无人私语时。在天愿作比翼鸟,在地愿为连理枝。天长地久有时尽,此恨绵绵无绝期"。这一浪漫主义的情感升华,使得全诗的情感冲突,有了绵延不断的高潮,也具备了悲剧的崇高、圣洁和美妙无穷。

《琵琶行》乃白居易左迁九江郡司马时所作。作为遭贬下放的京官,白居易"送客溢浦口,闻舟中夜弹琵琶者,听其音,铮铮然有京都声。问其人,本长安倡女,尝学琵琶于穆、曹二善才,年长色衰,委身为贾人妇。遂命酒,使快弹数曲。曲罢悯然,自叙少小时欢乐事,今漂沦憔悴,转徙于江湖间。予出官二年,恬然自安,感斯人言,是夕始觉有迁谪意。因为长句,歌以赠之,凡六百一十六言,命曰《琵琶行》"。

该诗的悲剧韵味,主要在于从人生盛衰两境的转化中所发出的由衷感喟,以及天

---

① 洪昇《长生殿·哭像》,徐朔方校注,人民文学出版社 2005 年版,第 143 页。

涯沦落的社会弱势群体在精神层面上的相濡以沫。

人生的盛衰两境,并不在于性别和职业的个别性,而是生命个体都可能遭遇到的普遍性之所在。就琵琶女而言:"自言本是京城女,家在虾蟆陵下住。十三学得琵琶成,名属教坊第一部。曲罢曾教善才服,妆成每被秋娘妒。五陵年少争缠头,一曲红绡不知数。钿头银篦击节碎,血色罗裙翻酒污。今年欢笑复明年,秋月春风等闲度。"作为年少得志、色艺双绝的教坊第一部,她的前半生经历了何等辉煌的感觉!论演奏艺术言,善才法师皆为服膺;论青春美艳言,多少英俊少年拜倒在其石榴裙下!春风得意之时,时光如穿梭般飞逝。

然而乐极否生,逆境来临,顺风船不可能长行不败。因为"弟走从军阿姨死"等偶然而又必然的事件,因为红颜渐老、青春不再的身体变化,"门前冷落鞍马稀"的窘境也就势所不免,昔日之红星也只得找了个江西茶商聊以卒岁。但即便商人也不把她太当回事,"商人重利轻别离,前月浮梁买茶去。去来江口守空船,绕船月明江水寒。夜深忽梦少年事,梦啼妆泪红阑干。"梦啼也好,日怨也好,都是盛衰迁徙的生命感慨。

由彼及此,白居易也不由得自叹身世:"我从去年辞帝京,谪居卧病浔阳城。浔阳地僻无音乐,终岁不闻丝竹声。住近湓江地低湿,黄芦苦竹绕宅生。其间旦暮闻何物?杜鹃啼血猿哀鸣。春江花朝秋月夜,往往取酒还独倾。岂无山歌与村笛?呕哑嘲哳难为听。"但白居易显然比琵琶女善于掩饰自己的处境与心境,他只用"谪居卧病"四个字诉其遭际,更多是从音乐文化的角度来看帝京与浔阳的具体落差,其荒僻山野的原生态,其山歌村笛的鄙陋,怎不令这位京都中的文化大师避而远之?这也一下子就拉近了自己作为"顾曲周郎"与琵琶女之间的专业距离和心理落差。

从此出发,社会弱势群体之间在精神层面上的相濡以沫,被白居易点化成赋予哲理意味与终极关怀的格言警句:"同是天涯沦落人,相逢何必曾相识?"这就使得自己与琵琶女的个人遭遇及其沉重感喟,具备了彼此理解、相互欣赏和相与分忧的可能,也使得普天下沦落天涯、郁郁不得其志的弱势群体,得到了藉以宽慰的情感关怀。

本诗的感伤意味和悲剧情调,既表现在演奏者的身世里,也具体展现在音乐旋律的出现过程中。诸如:"弦弦掩抑声声思,似诉平生不得志。低眉信手续续弹,说尽心中无限事。轻拢慢捻抹复挑,初为《霓裳》后《六幺》。大弦嘈嘈如急雨,小弦切切如私语。嘈嘈切切错杂弹,大珠小珠落玉盘。间关莺语花底滑,幽咽泉流水下滩。水泉冷涩弦凝绝,凝绝不通声暂歇。别有幽愁暗恨生,此时无声胜有声。银瓶乍破水浆迸;铁骑突出刀枪鸣。"把人生的种种忧愤和愁绪、把悲剧的凄美和壮美,都绘声绘色到登峰造极般的具体描摹中。

至于悲剧性表演过程中演员与观众的互动,这里也极为传神:"感我此言良久立,却坐促弦弦转急。凄凄不似向前声,满座重闻皆掩泣。"当然,可能体会最深的观众,必然是既有"音乐的耳朵",又有相类的身世,还有深沉的感慨的诗人。"座中泣下谁最多,江州司马青衫湿",正好将悲音感人、哭剧动人的审美力量,渲染到了无可自控的极致。

不说《长恨歌》和《琵琶行》被后世戏剧改编的盛况,单就两首叙事诗本身来看,其作为中国古典哭剧中原始而素朴的形态,已经得到了充分的建树。后代剧作家的踵事增华,都只是对哭剧原典的加花变奏,仅此而已,谁曰不然?

往事越千年,但我们对中国哭剧的原始溯源,从西周到唐五代,其间经历了两千年左右的漫长历史跨度。本章从乱世之声怨以怒、亡国之音哀以思和伤情之曲悲以悼三道历史脉络上,大体把握到早期哭剧的某些时代缘起和审美风格。其中一些蔚为经典的风范,直到今天还具备无与伦比的魅力。

第三章
戏曲艺术中的佛音苦境

佛教既是世界上三大宗教之一,又是在中国影响最为深远的第一大宗教教派。我国的文化艺术,与佛教及其相关艺术如梵剧,往往有着或深或浅的多种关系。戏曲艺术作为中华文化艺术中的重要门类之一,也与梵剧、佛音以及相应的苦境,有着多方面的渊源与关联,甚至在某些方面还达到了融会贯通的境界。

具体来看,与佛教共生的梵剧可能与戏曲有着一定的渊源联系,佛教在中土的传播直接催生了戏曲的发端,而在佛学的境界诸说中,苦情苦境说又与中国的悲剧精神关联较多。

第一节　戏曲与梵剧的相关渊源

一、古希腊悲剧之于印度梵剧

世界上的三大古老戏剧文化,在产生时间与发展阶段上,近乎于奇妙地此起彼伏,好像在接力赛跑般永无止息。产生于公元前6世纪左右的古希腊戏剧,在经过了古罗马戏剧的继承与缓冲之后,于前1世纪左右湮没无闻;从1世纪开始直到12世纪左右蓬勃兴旺的印度梵剧,也在高唱凯歌之后不知所终;而从12世纪开始形成,直到今天还在与21世纪携手并行的中国戏曲,正好接续着前两大古老戏剧文化的艺术遗韵。这种时间上的接力式吻合,当然可以给人们以无穷的遐想,给学者以充分的假说:是否艺术世界中也存在着能量守恒定律?是否这三大古老戏剧文化之间存在着前后一脉继承的历史渊源?

早在上世纪初叶,著名跨文化研究学者兼作家许地山①曾经引证说明古希腊戏剧与中国戏剧的关系:

> 波尔底在《支那事物》有几句话,很可以叫我们注意。他说"中国剧的理想完全是希腊的,其面具、歌曲、音乐、科目、出头、动作,都是希腊的……中国剧底思想是外国的,只有情节和语言是中国的而已。"诚然,希腊思想自亚历山大以后,在唐汉之际也曾跟着骆驼队混进天山来。最显然的,是在宗教艺术方面,考古家对于六朝及唐代雕刻或塑像有所谓"中希派"者,是其例。②

这是迄今为止将中国戏曲与古希腊戏剧直接联系起来的唯一论断。但是波尔底的阐述可能还过于武断,把中国戏剧从基本理想到艺术呈现都等同于时差近18个世纪的希腊戏剧,怎么说也太茫然无绪。

但是古希腊戏剧确实与印度戏剧关系匪浅。郑振铎曾说过:"印度的戏曲至少受希腊戏曲的多少感应。当亚历山大东征时,希腊文化是很流行于印度北部的,故其演剧的艺术很容易地便输入印度去。"③

当代学者李强,引证了诸多材料说明古希腊悲剧东传的事实。较早的引证人物是古希腊历史学家普鲁塔克。他在其所著《希腊罗马名人传》及其相关著作中说:"当年亚历山大大帝东征后,带来了三千名戏剧演员。"李强自己也表明:"在遥远的史前时期的亚历山大东征过程中,确信无疑地曾将古希腊悲剧,特别是欧里庇得斯的悲剧作品输入东方亚洲一些国家与地区。"④

较近的一条引证,来源于专程前去乌兹别克斯坦考察古希腊戏剧文物的维吾尔族学者伊明的文章。美国学者魏茨曼和伊明都先后在当地所发现的银器中,发现了欧里

---

① 许地山(1893—1941)现代作家、学者。名赞堃,字地山,笔名落花生。祖籍广东揭阳,生于台湾爱国志士之家。回大陆后落籍福建龙溪。1917年考入燕京大学,曾积极参加"五四"运动,合办《新社会》旬刊。1920年获文学学士学位,翌年参与发起成立文学研究会。1922年又毕业于燕大宗教学院。1923—1926年在美国哥伦比亚大学研究院和英国牛津大学研究宗教史、哲学、民俗学等。回国途中逗留印度,研究梵文及佛学。1927年起任燕京大学教授,《燕京学报》编委,并在北京大学、清华大学兼课。1933年3月再度赴印,自费研究宗教和梵文四个月,回国前访问了孟买、果阿、马德拉斯等地。1935年因与燕大校长司徒雷登不合,去香港大学任教授。抗日战争时期任中华全国文艺界抗敌协会香港分会常务理事,为抗日救国事业奔走呼号,终因劳累过度而病逝。

② 许地山《梵剧体例及其在汉剧上底点点滴滴》,郑振铎编《中国文学研究》(下),上海书店1981年版,第7页。

③ 郑振铎《戏文的起来》,《中国戏剧起源》,知识出版社1990年版,第120页。郑振铎(1898—1958),现代作家、文学史家、考古学家。笔名西谛、CT、郭源新等。原籍福建长乐,生于浙江永嘉。1917年入北京铁路管理学校学习。和瞿秋白等人创办《新社会》杂志。与沈雁冰等人发起成立文学研究会,主编《文学周刊》、《小说月报》、《世界文库》、《救亡日报》。发起组织"中国民主促进会"。建国后历任文物局局长、考古研究所所长、文学研究所所长、文化部副部长、中国民间研究会副主席等职。出访时因飞机失事殉难。

④ 李强《中西戏剧文化交流史》,人民音乐出版社2002年版,第165页。

庇得斯《疯狂的赫利克勒斯》、《希波吕陀寺》和《阿尔刻斯提斯》等悲剧的场景："国王阿德墨托斯死期逼近时,他的忠贞妻子阿尔刻斯提斯甘愿为丈夫替死的情节。而在上述刻纹银盒上,正刻有阿尔刻斯提斯披着殉葬头巾,左手伸向丈夫胸前,右手紧捏上衣,脉脉含情,向丈夫告别的场景。"①

银器上的诸多情景,印证的是公元前333年以来亚历山大大帝的数次东征。他先在埃及建立亚历山大城,后在两河流域大败波斯军队,接着又南下印度,在东起印度河西至尼罗河与巴尔干半岛的领域内建立了亚历山大帝国。作为亚里士多德的得意门生,亚历山大对三大悲剧家的作品都十分钟爱,并能默诵其中一些精彩的台词。即使在远征东方的时候,他也随军带着老师的侄子卡利希尼斯,请他负责戏剧乐舞的排演。亚历山大自己还与同龄将军们一起,在印度达奈萨城举办酒神庆典,上演《被缚的普罗米修斯》一剧。②

当古希腊悲剧在本土渐次消失之后,被亚历山大军队所撒播的戏剧种子却在印度茁壮成长。然而不同的水土气候和文化风习,却使印度的文化土壤中生长出梵剧的艺术之树。至少梵剧的诞生,得到古希腊悲剧的部分滋养,同时也使得人类古老戏剧文明在东方以另外一种方式流播下去。

二、印度梵剧之于中国戏曲

许地山先生在《梵剧体例及其在汉剧上底点点滴滴》认为,中国戏曲几乎是从不同方位都来源于印度戏剧与梵剧。

就傀儡戏而言,"今日福建泉州底傀儡戏还很有名,其原始思想与印度底拟傀儡有关系"。而且当地的傀儡戏方言发音,也与梵语相似。"皮锡尔以为修多罗达罗底弄傀儡便是梵剧底起源。在梵剧里舞台监督犹名为引线匠。他出来说引子,又为大众祝福。……元剧的楔子也和这个一样,有时候也可以删掉。"③即就中国影戏而言,许先生也认为是从南印度随着商人东流入缅甸、爪哇和中国。

就戏剧渊源流变言,梵剧与佛教相生相关,佛教又与古希腊思想有所牵连。"是故学者以违反戏剧体例底形成当与大乘佛教底发展同时且有直接的关系。大乘起于希腊思想最盛底建陀罗及其附近诸国,梵剧也是在那里产生出来。在吐鲁番所得底马鸣剧本当是'赞佛乘'中底文字。赞佛是大乘教义中要点之一,以戏剧表演如来应化事迹或佛弟子本行,自是其中主要的事务。"④

---

① 曲六乙、李肖冰编《西域戏剧与戏剧的发声》,新疆人民出版社1993年版,第2—5页。
② 杜查理《亚历山大大帝》,中国人事出版社1996年版,第731页。
③ 许地山《梵剧体例及其在汉剧上底点点滴滴》,郑振铎编《中国文学研究》(下),上海书店1981年版,第15页。
④ 同上,第17页。

就句式而言,中国古诗为四言,其后衍为五言,楚国辞赋和柏梁体为七言。六朝间,印度因明学输入,四声定,平仄出,长短句兴。

就思想与风格言,中国戏剧更是与梵剧一脉相承。许先生指出:

> 印度戏剧略掉希腊悲剧最重要的动因,每剧都含着一个人生很深沉的悲痛为人事所不能为力底。故在剧中表演狭义和爱恋底情节,其中的主人主妇当要经过一番悲欢离合(为天时人事所迫,一切的事情都不能由自己作主),然后达到他们理想的境地。虽然,梵剧并不是纯正的悲剧,因为从上头所说底看来,凡事至终要团圆底。团圆主义可以概括梵剧底文心。戒日王底《挪伽难陀》很足以代表这个法则。
>
> 梵剧也不是写实的,表演者之安心去做爱、妒、离别、重逢等等模范,使那些情节印入观者底心中,因而兴起他们底爱底情绪,故剧中虽有牛鬼蛇神与现实生活不符之处,也无妨碍。总之,梵剧底表现纯在理想方面,故不能产生真正的悲剧或喜剧。这样的印度思想,我们底《琵琶记》把它完全代表出来。作者在一个很著名的蔡伯喈身上描画出一段动人的悲欢离合底事迹,而剧中女主人底行为经历,于现实生活是不可能的。但无论如何,他们团圆了。他们把中国的社会家庭生活底理想表示出来了。它们满足和引动观者们底感情了。中国剧本描写"全忠全孝"底理想整合梵剧底描写婆罗门思想一点也不合现实,一点也不加批评一样。①

尽管这段论述中关于印度与中国没有真正的悲喜剧之说法,我们不能完全同意,因为不同民族、不同文化关于悲剧的观念实际上具有很大差别,东方悲剧当然会与西方悲剧差异较大;但是这段较为严谨的论述,还是把希腊悲剧、印度梵剧和中国戏曲之间的一些递进关系,梳理得甚为清楚。

三、六大相同点与旦、末问题

与许地山先生相呼应,郑振铎先生不仅校改、订正并在《小说月报》(中国文学专号)上发表了许地山文,还在其《插图本中国文学史》中对梵剧与戏曲的关系作了认真的归纳。因为他一直认为戏文传奇要比元杂剧悠远得多,正如唐僧到印度时,戒日王让人给他演奏《秦王破阵乐》一样,印度的戏曲音乐也必然会通过商人或者佛教徒之手流传到中国来。在天台山国清寺发现梵剧名剧《沙恭达罗》之写本,也是让他兴奋

---

① 许地山《梵剧体例及其在汉剧上底点点滴滴》,郑振铎编《中国文学研究》(下),上海书店1981年版,第20—21页。

不已的文化事件。"天台山！离传奇或戏文的发源地温州不远的所在,而有了这样一部写本存在着！这大约不能是一件仅仅被目之为偶然巧合的事件吧！"①欣喜之余,郑先生指出六大点相同之处:

第一,印度戏曲是以歌曲、说白及科段三个元素组织成功的……这与我们的戏文或传奇由科、白、曲三者组织成为一戏者完全无异。

第二,在印度戏曲中,主要的男角等同于中国戏曲中的生,主要的女角等同于中国戏曲中的旦,插科打诨的婆罗门似人物大似中国戏文中的丑或净,男女主角各有其侍从或者仆人,约等于戏文中的家僮或者梅香。

第三,印度的戏曲在开场之前必有一段"前文",由班主或主持人作些简介,并与戏班之人相互问答,引出主角来。这和我们戏文传奇中的"副末开场"或者"家门始末"一模一样。这便是中、印剧二者最毕肖的组织之一。

第四,印度戏曲于每戏之后必有"尾诗"以结滞。这些尾诗大都是赞颂劝诫之语,或表示主人翁的愿望的。这与戏文中的"下场诗"很相同。所略异的,我们戏文中的下场诗,大都是总括全剧的情节的。但说着"子孝共妻贤"及"奉劝世人行孝顺"诸语,却仍是以劝诫之语作结的,与印度戏曲的尾诗性质仍相肖合。

第五,印度戏曲上流人用典雅语,侍从等下流人物大都用土白。这也和我们传奇的习惯相同。嘉靖年间陆采的《南西厢记》等已间用苏白。而万历中沈璟所作的《四异记》,则丑、净已全用苏人乡语。今日剧场上的习惯更是如此。

第六,从题材上看,早期戏文例如《赵贞女蔡二郎》、《王魁负桂英》、《张协状元》等,多是"痴情女子负心汉"的故事。"如果一读印度大戏剧家卡里台莎(Kalidasa,通译迦梨陀娑)的《梭康特娅》(引者按:通译《沙恭达罗》),我们大约总要很惊奇的发现,梭康特娅之上京寻夫而被拒,原来和《王魁》、《赵贞女》乃至《张协》的故事是如此的相肖合的。如果我们更知道《梭康特娅》的戏文曾被传到天台山上的一个庙宇里的事,则对于这种情节所以相同的原因,当必然有以了然于心吧。"②

郑振铎所列以上六大理由,也许有其因巧合而牵强的地方,但也不排斥其有因缘而加以印证的事实。

20世纪80年代,黄天骥老师对旦、末的来源,做了专文考证。他认为戏曲中的旦,最早出于《盐铁论·散不足第二十九》中的"五色绣衣,戏弄蒲人,杂妇百兽,马戏斗虎,唐绨追人,奇虫胡妲",桓宽很早就透露出这个角色名称来源于胡,印度文化于汉代已逐步涉足中土。"唐宋之际,梵语传入,我国人民称引舞为旦,很可能是受 Tan-

---

① 许地山《梵剧体例及其在汉剧上底点点滴滴》,郑振铎编《中国文学研究》(下),上海书店1981年版,第20—21页。

② 郑振铎《戏文的起来》,《中国戏剧起源》,知识出版社1990年版,第127页。

dava 一词的影响,把其重要者 tan 音译为旦。"①

同样,末,也来自印度。末与它的前身"戏头"、"舞头",均有唱念的职能,换言之,均与发声有关,而梵文的发生、喊叫一词为 ma,以汉字音译,恰恰就是"末"。Ma(末),又是佛经中湿婆的异名,唐宋人把它与从波斯传入的袄教神、末尼教(即摩尼教)混为一谈,就很容易把梵语的末(ma)与末尼(或末泥)等同起来,所以专司唱念的演员——末,平添了末尼、末泥的称谓。

黄文还指出:"近年来,敦煌吐鲁番学的研究者在我国新疆地区发现了回鹘文本《弥勒会见记》和吐火罗 A 文本《弥勒会见记》剧本,该剧据公元 3 世纪的梵文剧本转写,是公元 8—9 世纪用古维吾尔语写成的长达二十七幕的剧作。因此,季羡林先生指出:'在中国隋唐时代,可见戏剧这个文学体裁在中国新疆兴起,比内地早数百年之久。'②这个剧本的发现,也典型地表明了印度文化从陆地东传的路线。"

从许地山到郑振铎,再到世纪末叶的黄天骥,几位学者先后把梵剧东传,引起中国戏曲从隋唐之际发端的概念及其脉络,都表达得甚为具体。近年来,青年学者黄强又踵事增华,在中西戏剧交流方面,延续并拓宽了前辈们的成果。这些珍贵的学术成果,还需要更多的学者们去做更认真的研究和更充分的证实。

第二节 戏曲对佛音的相应贯通

一、佛教变文演唱家

早在南北朝时期,宣扬佛教教义就已经有了两类演唱专家。这可以从张中行先生在《佛教与中国文学》第三章《佛教与中国俗文学》③中所引用的资料得到印证。

一种是长于咏经和歌赞的《经师》。慧皎《高僧传》说:"天竺方俗,凡是歌咏法言,皆称为呗;至于此土,咏经则称为转读,歌赞则号为梵音。"他为许多经师立传,说他们"经声彻里许,远近惊嗟,悉来观听","每清梵一举,辄道俗倾心"。"若乃八关长夕,中宵之后,四众低昂,睡蛇交至,宗则升座一转,梵响干云,莫不开神畅体,豁然醒然。"

另一种是长于宣唱或唱说的"唱导师"。慧皎《高僧传》说:"唱导者,盖以宣唱法理,开导众心也。昔佛法初传,于时齐集,止宣唱佛名,依文致礼。至中宵疲极,事资启悟,乃别请宿德,升座说法,或杂序因缘,或傍引譬喻。……夫唱导所贵,其事四焉,谓

---

① 黄天骥《"旦"、"末"与外来文化》,《中国戏剧起源》,知识出版社 1990 年版,第 132 页。
② 季羡林《谈新疆博物馆藏吐火罗 A 弥勒会见记剧本》,《文物》1983 年第 1 期。
③ 张中行《佛教与中国文学》,安徽教育出版社 1984 年版。张中行(1909—2006),河北香河人,原名张璿。1935 年毕业于北京大学中文系。曾任中学、大学教师,副刊编辑、期刊主编。建国后任人民教育出版社编辑、特约编审。主要从事文学及思想史的研究。曾参加编写《汉语课本》、《古代散文选》等。合作编注有《文言文选读》、《文言读本续编》;编著有《文言常识》、《文言津逮》、《佛教与中国文学》、《负暄琐话》等。

声辩才博。非声则无以警众,非辩则无以适时,非才则言无可采,非博则语无依据。至若响韵钟鼓,则四众惊心,声之为用也;辞吐俊发,适会无差,辩之为用也;绮制雕华,文藻横逸,才之为用也;商榷经论,采撮书史,博之为用也。若能善兹四事,而适以人时,如为出家五众,则须切语无常,若陈忏悔;若为君王长者,则须兼引俗典,绮综成辞;若为悠悠凡庶,则须指事造形,直谈闻见;若为山民野处,则须近局言辞,陈斥罪目。凡此变态,与事而兴,可谓知时众,又能善说。……至如八关初夕,旋绕周行,烟盖停氛,灯帷靖耀,四众专心,义指缄默,尔时导师则擎炉慷慨,含吐抑扬,辩出不穷,言应无尽,谈无常则令心形战栗,语地狱则使怖泪交零,征昔因则如见往业,核当果则已示来报,谈怡乐则情抱畅悦,叙哀戚则洒泣含酸。于是合众倾心,举堂侧怆,五体输席,碎首陈哀,各各弹指,人人唱佛。爰及中宵后夜,钟漏将罢,则言星河易转,胜集难留,又使遑迫怀抱,载盈恋慕。"

唱导师既有"言无预撰,发响成制"的当场发挥,也有按本宣科乃至以讹传讹的表演再现。慧皎《高僧传》说:"若夫综习未广,谙究不长,既无临时捷辩,必应遵用旧本。然才非己出,制自他成,吐纳宫商,动见纰缪,其中传写讹误,亦皆依而宣唱。"

唐朝融经师和唱导师于一炉,是为以敦煌变文为基础的"俗讲"专家。据日本僧人圆仁《入唐求法巡礼行记》记载,当时长安有不少出名的俗讲法师,如左街的海岸、体虚、齐高、光影,右街的文溆等。其中的文溆尤其有名,甚至敬宗皇帝都"幸兴福寺,观沙门文溆俗讲"(《资治通鉴·唐纪》五十九)。赵璘《因话录》说:"有文淑(溆)僧者,公为聚众谈说,假托经论,所言无非淫秽鄙亵之事。不逞之徒转相鼓扇扶树,愚夫冶妇乐闻其说,听者填咽寺舍,瞻礼崇拜,呼为和尚。教坊效其声调,以为歌曲。其甿庶易诱,释徒苟知真理及文义稍精,亦甚嗤鄙之。"

此外,宋末以来产生的宝卷说唱与变文一脉相承。例如《香山宝卷》传为宋普明禅师所作,原名称《观世音菩萨本行经》。宝卷代有流传,其颂法表演称为宣卷,在江南民间影响甚大。伴奏的乐器有木鱼、竹板和钟。一组演出者随着内容需要扮演相应角色,说唱相间,一唱众和。唱完一个段落后,大家合唱"南无"或者"弥陀佛"。这种宝卷说唱介于曲艺与戏曲之间,现在已经流传不广了。

二、戏曲近缘为变文

戏曲最近的源头,当为变文无疑。

按照任二北先生的推论,"唐变文与唐戏之关系最为显著者,以现有资料言,莫过于《维摩诘经变文》唱白分清,且即用'白'字为说白部分之标识一点。"[①]

因此,任先生进一步分析艺术特征的相似性:"近人目不睹唐戏之本,意不存唐戏

---

① 任半塘《唐戏弄》,上海古籍出版社1984年版,第1100页。

之事,但既睹唐讲唱之本——变文矣,遂就后世戏剧之立场而推曰:我国戏曲唱白兼用,殆受唐变文之启示与影响欤?因此一点,遂确定二者之间有先后源流之主从关系。此种确定显然太过。应曰:我国戏剧之唱白兼用,至唐已昭然。唐戏剧与唐讲唱,在代言与叙述方面虽不同,在演故事与唱白兼用之两点则相同。"

在各种礼佛变文的影响下,礼佛戏剧已经发生。所以李商隐在《骄儿诗》中写道:"或学张飞胡,或笑邓艾吃。忽复学参军,按声唤苍鹘。又复纱灯旁,稽首礼夜佛。"对儿童学戏的生动描绘,说明唐代就将三国戏、佛祖释迦牟尼戏搬上了舞台。

据郁龙余先生统计,变文对杂剧南戏、传奇的影响历历可循。在《伍子胥变文》之后,元代杂剧中有《伍子胥弃子走樊城》、《采石渡渔父辞剑》、《浣纱女抱石投江》、《说专诸伍员吹箫》,明代有《举鼎记》、《浣纱记》,直到今天京剧犹在演唱《文昭关》;在《孟姜女变文》之后,出现了宋元南戏《孟姜女送寒衣》,元代杂剧《孟姜女送寒衣》,明代的《长城记》传奇,清代的《杞梁妻》传奇,一直到近代还有孟姜女的戏;在《王昭君变文》之后,元有马致远的《破幽梦孤雁汉宫秋》,明有陈与郊的《昭君出塞》;元代石君宝的杂剧《鲁大夫秋胡戏妻》则是《秋胡变文》的进一步加工和发展。①

从《目连救母变文》出发,历代目连戏蔚为煌然大观和盛大奇观。在佛陀的十大弟子中,神通第一的目连恪守孝道。《琰子经》有云:"佛言:使我疾成无上真正道者,皆由孝德也。"这与"百善孝为先"等中华伦理道德观念一拍即合。前有南朝梁武帝倡办盂兰盆会,后有变文讲经唱法,目连戏的产生也就顺理成章了。各地的目连戏先将人物予以中国化,是为汉人父母傅相与刘青提,生子傅罗卜;再将其故事的发生之处本地化和趣味化,演出元素多样化乃至于达到无所不包、在所并蓄的庞大程度,因而成为中国第一大剧种与第一大剧目。明代文人郑之珍集大成地编撰成一百零三出《目连救母劝善戏文》,张照奉旨将目连戏再行改编为二百四十出《劝善金科》,就是明证。

就演出情况言,目连戏也开创了中国戏剧中最为盛大的局面。南宋孟元老撰写的《东京梦华录·中元节》载:"勾肆乐人,自过七夕,便搬《目连救母》杂剧,直至十五止,观众倍增。"这些演出往往带有很浓的悲剧氛围和威慑感觉。例如明张岱《陶庵梦忆·目连戏》中所云:"凡天神地祇,牛头马面,鬼母丧门,夜叉罗刹,锯磨鼎镬,刀山寒冰,剑树森罗,铁城血泄,一似吴道子《地狱变相》,为之费纸札者万钱。人心惴惴,灯面皆鬼色。戏中套数,如《招五万恶鬼》、《刘氏逃棚》等剧,万余人齐声呐喊……"当然,官方的推波助澜也起到了很大作用。清徐珂《清稗类钞·戏剧类》云:"康熙癸亥,圣祖以海宇荡平,宜与臣民共为宴乐,特发帑金一千两,在后载门架高台,命梨园子弟,演《目连传奇》,用活虎活象活马。"从变文化出来的目连戏,一直能够得到老百姓的喜欢乃至参与。

---

① 郁龙余《印度文学在中国的流传与影响》,《深圳大学学报》1985 年第 2 期。

三、佛法戏曲知多少

如果将元明清戏曲中的佛法题材以及受到佛学影响的用词、结构、观念加以统计，那么相当多的剧本都或多或少、或深或浅地受到佛法影响。

直接取材于佛教典籍和佛祖故事加以改编和延伸的戏曲剧目，在元杂剧中的代表作是李行道的《灰阑记》。其核心情节为二妇人争子，乃出于佛典《贤愚经·檀腻䩉奇品》。该经叙国王智断二母争儿案，为杂剧所直接沿用。明清戏剧中的《目连救母劝善记》、《劝善金科》、《释迦佛双林坐化》、《天女散花》、《摩登伽女》等，同样取自佛典。例如明杂剧《释迦佛双林坐化》从《增一阿含经》、《佛本行集经》、《心经》等佛经出发，演释迦牟尼在双林说法，魔王波旬却劝他涅槃，而毗婆达多作为波旬的帮凶，化身为孕妇后对释迦牟尼大肆诽谤，遂使释迦传法于阿难迦舍后坐化。后华光擒魔，释迦才出棺见母。具写佛祖之重重磨难，更令凡人所感叹。湛然的《金渔翁证果鱼儿佛》演绎观世音以鱼儿为禅机，点化渔夫之妻钟氏。渔夫金婴冥顽不化，被带至地狱之中历尽劫波，这才幡然悔悟，皈依我佛。这也是同类题材的延伸。

为名僧树碑立传、歌功颂德的戏曲作品，主要有金院本《唐三藏》、杂剧《西游记》、《石头和尚草庵歌》、《花间四友东坡梦》、《归元镜》、《西来记》、《月明和尚度柳翠》、《布袋和尚忍字记》、《昙花记》等。例如清初所刻杭州报国寺释智达《异方便净土传灯归元镜三祖实录》①，演东晋净土庐山远公慧远大师、五代永明寿禅师和曾改编过《琵琶记》的明朝云栖莲池大师三人行状，说明"归元无二路，方便有多门"。其编演戏剧的根本目的，在于"劝人念佛，戒杀持斋，求生西方"。这也是所有名僧传戏，渡己渡人的共同愿望。

至于带佛性、沾佛理的剧作，那就更是难于计数了。比方元杂剧中尚仲贤和李好古的两本《张羽煮海》取佛典龙王故事，马致远的《荐福碑》也带有佛家宿命观念。其它如《三世记》、《玉箫女再世姻缘》、《再来人》、《玉环记》、《孟兰梦》、《城南寺》等皆有轮回之思。陈汝元的《金莲记》、《红莲债》、无名氏的《色痴》等，也应归于此类。例如永恩的《三世记》系根据王士禛《池北偶谈》中的《邵进士三世姻》改编。全剧四十一出，演邵士梅梦中得知前身乃栖霞人高东海，并且与馆陶董氏有三世姻缘，因此与之结亲。后邵中状元而妻死，乃另娶转世之襄阳王氏。借夫妻男女之事而喻生死轮回之道，也很新鲜别致。《金莲记》写苏轼经佛印点化而入峨眉，从而大彻大悟，但此种演绎过于片面，不一定对文人学士们具备充分的号召力。

佛风所至，佛潮所向，就连明代临川派首领汤显祖和吴江派领袖沈璟亦不能免俗。

---

① 智达《归元镜》，康熙三十八年(1699)云栖寺刻本，上海戏剧学院藏。黄仕忠考序家孟良胤顺治初浙江任职；序文内容表明与作者为同时。故证实此戏确为清初作品，顺治七年庚寅(1650)前已经完稿；初次刊印在顺治壬辰九年(1652)或稍后；仓石文库所藏者即为初刻本。黄仕忠《日本所藏稀见戏曲经眼录》，《文献》2003 年第 1 期。

汤显祖的代表作"临川四梦"(《紫钗记》、《牡丹亭》、《南柯记》、《邯郸梦》)之基本立意,从基本题材到总体观念上,不能不受到佛经影响。《金刚般若波罗蜜经》中:"一切有为法,如梦幻泡影,如露亦如电,应作如是观。"尽管汤显祖迁延于儒释道之间,但佛性还是表达得非常充分。在创作观念上与其水火相争的沈璟,也同样在《双鱼记》、《红渠记》、《桃符记》等剧作中,较多地呈现出因果报应、生死轮回观念。曲论史上只重沈汤之异而不关注两者之同,殆矣。正是在佛理的旗帜下,沈璟及其门徒才对改编汤显祖之"梦"多所实践。

自然,还有一些剧作,以调笑佛寺佛徒佛理佛规为务,例如《西厢记》当中的生死性爱却发生在佛寺重镇永济寺,明人徐渭笔下的《玉禅师》写玉通和尚的道行,毁于妓女红莲之身。冯惟敏的《僧尼共犯》写比丘尼惠朗对爱情的无比向往:"福地闲无事,空门亦有春,此心元不死,飞逐落花尘。"哪怕拼死也要穿破佛门的牢笼,享受性爱中的无量幸福。当僧人明进和女尼惠朗在庵堂幽会时,惠朗高唱【赚尾】道:"想人生梦一场,且不上西天罢,锁不住心猿意马,便做到见性成佛待怎么,念什么《妙法莲华》!"而明进和尚的一贯信条是:"少年难戒色,君子不出家,圣人有伦理,佛祖行的差。"以青春骚动对抗佛理戒律,很是有力。

贬佛戏中影响最大者,莫过于由唐无名氏《白蛇记》、《清平山堂话本》中的《西湖三塔记》、《警世通言》中的《白娘子永镇雷峰塔》改编而成的传奇《雷峰记》、《雷峰塔》乃至《白蛇传》。可怜禅宗经典《六祖坛经》的执笔者法海,在剧中被贬为觊觎他人幸福的多事之徒,而蛇妖白娘子则变为善良美好而多情的正面人物。这既表明了佛理佛法中国化过程中的重重波澜,也说明一些知识分子和黎民百姓对至高无上的佛殿佛徒的质疑与不顾。正因为有这些不协调声音,才从反方面说明了佛教中国化的影响之巨。连圣人孔夫子都屡屡在戏剧中遭到调戏或者责备,又何况完全外来的佛教乎?

第三节 戏曲向苦境的相与融会

一、佛说人生苦境界

4世纪以来,弥勒、无著等人从大乘佛教中创立了瑜伽行派,强调不通过语言而通过现观来悟解佛教。大唐高僧玄奘将瑜伽行派的代表作《瑜伽师地论》、《成唯识论》和《解深秘经》等翻译过来,创立了中国的法相宗。

瑜伽行派认为"境界"共有"十八界",共由"六尘"、"六根"和"六识"叠加而成。

"六尘"是:色、声、香、味、触、法。

"六根"是:眼、耳、鼻、舌、身、意。

"六识"是:眼识、耳识、鼻识、舌识、身识、意识。

从肉身感觉上升到仪式,从实景、虚境到意境,《唯识二十论》说:"内识生时,似外境现。"依境、行、果三分成立唯识妙义的《成唯识论》说:"外境随情而施设故非有知识,内识必依因缘生故非无如境。"①

境界既然根于身、沉于感、识于心,那就必然与人性本能及其欲望追求紧密相连。欲望即是苦难之渊源。所以佛法四谛说以苦为本,分出苦谛、集谛、灭谛、道谛来。集谛论析苦之起因与本性,集诸苦者缘于贪嗔痴慢疑等恶业。灭谛要灭苦,道谛要脱苦。

苦谛即是苦义,苦有二苦、四苦、八苦乃至于一百二十种苦。最明显的二苦即内苦外苦,最具体的四苦是生老病死苦。八苦包括生、老、病、死、爱别离、怨憎会、求不得、五阴炽盛。富贵贤愚,皆不能脱。所谓阴炽盛苦,乃现在进行时状态中的起心、动念和行为,即是前七苦之果,又是未来得苦之因。因果牵连,相续不断;从劫至劫,莫能解脱。所以第八苦,乃一切诸苦之本。

据《大般若波罗蜜多经卷》第四百六十五卷所云:有生死者不能解脱生老病死愁叹苦忧恼;无生死者便能解脱生老病死愁叹苦忧恼。因此要跳脱苦海,必须超越轮回,只有成佛之后才能进入极乐世界。

苦境与悲剧一脉相连。所以许地山先生在《序〈野鸽的话〉》中说:"人类底被压迫是普遍的现象。最大的压迫恐怕还是自然的势力,用佛教底话,是'生老病死'。""我不信凡事都可以用争斗或反抗来解决。我不信人类在自然界里会有得到最后胜利底那一天。地会老,天会荒,人类也会碎成星云尘……我看见底处处都是悲剧;我所感底事事都是痛苦。可是我不呻吟,因为这是必然的现象。"②

要解脱人生苦境,先在灭其欲望。所以修行须依戒、定、慧之程式。慧乃般若,即是菩提智慧,惟此可以直达彼岸(波罗蜜)。六祖《坛经》③云:"梵语波罗蜜,此云到彼岸,解义离生灭,着境生灭起,如水有波浪,即名为此岸,离境无生灭,如水常流通,即名为彼岸。"所以《金刚般若波罗蜜经》、《般若波罗蜜多心经》等,俱各阐扬凭藉智慧到达彼岸世界。

彼岸世界究竟为何?据净土宗《阿弥陀经》云:

> 尔时,佛告长老舍利弗:从是西方,过十万亿佛土,有世界名曰极乐,其土有佛,号阿弥陀,今现在说法……其国众生,无有众苦,但受诸乐,故名极乐……极乐国土,七重栏楯,七重罗网,七重行树,皆是四宝周匝围绕,是故彼国名为极乐……极乐国土,有七宝池,八功德水,充满其中,池底纯以金沙布地。四边阶道,金、银、

---

① 护法等菩萨造、唐三藏法师玄奘奉诏译《成唯识论》卷一,林国良直解,复旦大学出版社,第12页。
② 高巍选辑《许地山文集》,新华出版社1998年版,第828页。参见薛克翘《许地山的学术成就与印度文化的联系》,《文史哲》2003年第7期。
③ 六祖大师法宝《坛经》(门人法海编集,后学德清勘校),中华书局1983年版。

琉璃、玻璃合成。上有楼阁，亦以金、银、琉璃、玻璃、砗磲、赤珠、玛瑙而严饰之。池中莲花大如车轮，青色青光、黄色黄光、赤色赤光、白色白光，微妙香洁。……彼佛国土，常作天乐。黄金为地。昼夜六时，雨天曼陀罗华。其土众生，常以清旦，各以衣裓盛众妙华，供养他方十万亿佛，即以食时，还到本国，饭食经行。……彼国常有种种奇妙杂色之鸟：白鹤、孔雀、鹦鹉、舍利、迦陵频伽、共命之鸟。是诸众鸟，昼夜六时，出和雅音。其音演畅五根、五力、七菩提分、八圣道分，如是等法。其土众生，闻是音已，皆悉念佛、念法、念僧。①

好一幅富贵庄严、宝树丛生、百鸟齐鸣的佛国天堂！尽管如斯种种之景象，在今日的诸多名胜之地并不罕见，但其心境之美、佛性之佳，却为任何人间乐土所不能比拟。总之，西方净土、极乐世界恰好与今日之烦恼人生、诸多苦境形成鲜明对比的理想归宿。

二、戏曲苦境之表达

从佛法中引出的境界说，不仅在中国文化艺术中蔚为大观，而且还成为审美追求的最终旨归。孙昌武先生在《佛教与中国文学》②中指出，"境"之输入早在六朝时代的书画论。殷璠《河岳英灵集》以境评诗；皎然《诗式》创"诗思初发，取境偏高"说；吕温提出"研情比象，造境皆会"（《吕衡州集·连句诗序》）。皎然《诗式》又曰"时情缘境发"。这样，从取境、造境到缘境，意与境交相生发，在不断升华中可以得到情景交融之意境。苦境，当然也是意境当中的题中应有之义。

明代曲家论及苦境的极多。王世贞的《曲藻》认为《拜月亭》之所以远逊《琵琶记》，重要原因之一在于"歌演终场，不能使人坠泪"。③ 把基于苦境的悲剧性情感反应放在评判标准的重要位置上。

祁彪佳在论《西厢记》时认为："传情者，须在想象间。故别离之境每多于合欢。实甫之以惊梦终西厢，不欲境之尽矣。"④但是取境又不能一味地铺陈恐怖之情事，所以李槃的《王开府》叙："王颁佐隋破陈，灰后主之骨，为父僧辩复仇，其事非人所忍观，记之何为？"⑤这就与西方戏剧与现代戏剧的所谓体面原则，有着共同的视觉心理之审丑底线。

戏曲中的苦情苦境戏极多，但是将佛法偈语发挥得极好的两出戏，却是李玉的《千钟禄》和邱园的《虎囊弹》。

---

① 姚秦三藏法师鸠摩罗什译《阿弥陀经》，中州古籍出版社 2010 年版，第 28 页。
② 孙昌武《佛教与中国文学》，上海人民出版社 1988 年版。
③ 王世贞《曲藻》，《中国古典戏曲论著集成》（四），中国戏剧出版社 1959 年版，第 34 页。
④ 祁彪佳《远山堂剧品》，《中国古典戏曲论著集成》（六），中国戏剧出版社 1959 年版，第 164 页。
⑤ 同上，第 198 页。

李玉(1591?—1671?)字玄玉,又作元玉,自号苏门啸侣、一笠庵主人,江苏吴县人。平生所作剧本四十余种,今犹存十八种。吴梅村《北词广正谱序》中说:"李子元玉,好奇学古士也。其才足以上下千载,其学足以囊括艺林,而连厄于有司,晚几得之,仍中副车。甲申以后,绝意仕进。以十郎(李益)之才调,效耆卿(柳永)之填词。所著传奇数十种,即当场之歌呼笑骂,以寓显微阐幽之旨。"①

明亡前李玉以"一笠庵四种曲"(即《一捧雪》、《人兽关》、《永团圆》、《占花魁》,合称"一人永占")驰名。其中源于佛法的因果报应、生死轮回的色彩较浓的描述,则使作品有所逊色。入清后,李玉著《万里圆》、《千钟禄》和《清忠谱》等剧。加上《眉山秀》、《两须眉》《太平钱》、《牛头山》、《麒麟阁》、《七国记》、《昊天塔》、《风云会》、《五高风》、《连城璧》、《一品爵》等剧,共存十八种全本。《万里圆》叙黄向坚于明清易代之际万里迎亲之孝。《清忠谱》叙明天启年间周顺昌等苏州市民与魏阉以死相争事。

《千钟禄》又名《千忠戮》,写朱元璋亡后,先是朱允炆即位为建文帝。燕王朱棣以"清君侧"为名攻占南京,在"靖难之役"后成为永乐帝。当把守金川门的谷王献门投降后,满朝文武、宫女太监莫不四散逃命,独有马皇后毅然投火自尽。建文帝原拟"国亡与亡",经史仲彬等劝谏后削发为僧,与程济先行出逃。吴成学和牛景先等大臣亦随后削发追寻。叛臣陈瑛知情告密,朱棣大杀朝臣,株夷十族。建文帝和程济流亡云南,被严震直捕获,打入囚车。幸赖程济慷慨直言,令严羞愧之极而自刎,建文帝遂得逃生。世事变易,在永乐帝亡后,洪熙、宣德相继登基,仍然活着的老建文这才敢入朝,为宣德所善待。陈瑛得惩处,忠良获追谥。

建文帝乔装和尚,与程济、史仲彬等大臣逃亡。永乐帝则大肆追捕虐杀建文旧臣。其《惨睹》一曲中的【倾杯玉芙蓉】曲,由仓皇出逃的建文帝唱出,悲愤凄楚之情,跃然场上:

收拾起大地山河一担装,四大皆空相。历尽了渺渺程途,漠漠平林,叠叠高山,滚滚长江。但见那寒云惨雾和愁织,受不尽苦风凄雨带怨长!雄城壮,看江山无恙,谁识我一瓢一笠到襄阳。

由装扮的假和尚,到真个因国家个人生死存亡的大事变而顿悟佛理,所以就有了四大皆空的感慨。"四大皆空"中的"四大",在佛典中分别指地、水、火、风,其属性分别对应坚、湿、暖、动,其作用分别为持、摄、熟、长。因此"四大"的本义是指构成万物

---

① 吴伟业《北词广正谱序》,见《北词广正谱》。该书卷首题"华亭徐于室原稿,茂苑钮少雅乐句,吴门李玄玉更定,长洲朱素臣同阅"。全书共录四百余个北曲曲牌,《四库全书总目》称其"订正诸调,颇为综覈"(见《雍熙乐府》)。为朱权《太和正音谱》之后较好的北曲谱,也为乾隆时周祥钰、邹金生所编《曲谱》多所采用。今有"青莲书屋定本",刘氏暖红室刻本,以及北京大学印本(据青莲书屋本)。

的元素。《菩萨璎珞经》卷二指出:"四大有二种:一曰有识;二曰无识。"所谓"有识四大"即眼、耳、鼻、舌、身这"五根",又名"内四大","内四大"与心识和合,构成为众生。"无识四大"即色、声、香、味、触这"五尘",又名"外四大"。用"四大皆空,"表示在满目萧杀中看破红尘,在被迫抛舍了江山社稷之后的了无牵挂。

然而看破红尘不等于尘根全消,了无牵挂但又放它不下,这正是建文的真实心境。和愁的寒云惨雾,带怨的苦雨凄风,无非因为自家在皇位上尚未坐热,就被活生生赶下台去;在新皇帝的淫威暴行之下,皇后自焚,大臣殒命,苍生遭难。建文这才真正领悟到什么叫江山易代、强者为帝,亲身体会到什么叫颠沛流离、逃荒逃难,深刻感受到什么是患难之中的拼死扶持、忠心耿耿。无限凄凉之境,化而为悲愤激越、荡气回肠的唱腔。

作为时代的音符与共同的心声,这段唱词与《长生殿·弹词》中的曲文"不提防余年值乱离"齐名,在明清易代之际、时代变迁之时、人生流亡之途,都会激起老百姓的诸多共鸣,所以一时有"家家'收拾起',户户'不提防'"之谚。当这两段旋律飘漾起来之时,对大明故国的怀念,对清王朝的不满,便成为黎民百姓们共同的感伤、凄楚和喟叹。

因此,戏曲对佛家苦境、时代悲境与个人心境的表达,从理论到实践都有深刻的诠释和具体的表达。《千忠戮》的苦境渲染,在戏曲海洋中也只能算成是沧海一粟。

三、警世共渡无量筏

佛家无量之功业,莫过于跳脱生死,根除欲望,苦海无边,自渡渡人。自渡者自身成佛,普渡者大家成佛。所以释迦牟尼成佛之后,广收弟子,既是为了渡弟子,也是为了让弟子们化身千万,勇猛精进,正心诚信,慈悲教化,普渡众生同达彼岸。即使是舍卫国的杀人狂无恼,也被释迦渡之,放下屠刀,随佛出家。

在佛祖普渡众生的故事中,第二十九则写古印度摩揭陀国某村少女优那陀耶结婚生子,但不久夫死子亡。佛陀讲尘世上一切皆苦,所以她精心修行,终成正果。第三十则说中印度摩揭陀国的波摩情状。在一天之内,丈夫耕田被毒蛇咬死,凶恶兀鹰叼走幼儿,滚滚海涛卷走大儿,深感人世之苦的波摩只得皈依了佛祖。

凡此种种,是说生灵皆可成佛,苦人因参透世象成佛更快,恶人因恶贯满盈也可立地成佛。中国戏曲中最具佛性、极惹人爱的一位人物,竟然是《虎囊弹》中腰圆膀阔的花和尚鲁智深。

《虎囊弹》根据《水浒传》改编。小说中的鲁智深,原本就带有诸多佛性。台湾学者乐衡军在《梁山泊的缔造与幻灭》中高度评价鲁智深云:

鲁智深原来是一百零八人里唯一真正带给我们光明和温暖的人物。从他一出场不幸打杀郑屠,直到大闹野猪林,他一路散发着奋身忘我的热情。……他正义的赫怒,往往狙灭了罪恶(例如郑屠之死,瓦官寺之焚),在他慷慨胸襟中,我们时感一己小利的局促(如李忠之卖药和送行)和丑陋(如小霸王周通的抢亲),在他磊落的行止下,使我们对人性生出真纯的信赖(如对智真长老总坦认过失,如和金翠莲可以相对久处而无避忌,如梁山上见着林冲便动问"阿嫂资讯",这是如武松者所不肯,如李逵者所不能的),而超出一切之上的,水浒赋给梁山人物的唯一的殊荣,是鲁智深那种最充分的人心。在渭州为了等候金老父女安全远去,鲁智深寻思着坐守了两个时辰;在桃花村痛打了小霸王周通后,他劝周通不要坏了刘太公养老送终、承继香火的事,"教他老人家失所";在瓦官寺,面对一群褴褛而自私可厌的老和尚,虽然饥肠如焚,但在听说他们三天未食,就即刻撇下一锅热粥,再不吃它——这对人类苦难情状真诚入微的体悟,是《水浒》中真正用感觉来写的句子。这些琐细的动作,像是一阵和煦的微风熨帖地吹拂过受苦者的灼痛,这种幽微的用心,像毫光一样映照着鲁智深巨大身影,让我们看见他额上广慈的縠皱。这一种救世的怜悯,原本是缔造梁山泊的初始的动机,较之后来宋江大慈善家式的"仗义疏财",鲁智深这种隐而不显的举动,才更触动了人心。①

所以今人孙勇进先生在《漫说水浒》第八章中②,认为鲁智深乃狂禅精神之代表。明人李卓吾在容与堂本《水浒传》的批语里,一再称鲁智深为"仁人、智人、勇人、圣人、神人、菩萨、罗汉、佛",对他的使气任性赞不绝口:"此回文字(指大闹五台山)分明是个成佛作祖图。若是那般闭眼合掌的和尚,绝无成佛之理,外面尽好看,佛性反无一些,如鲁智深吃酒打人,无所不为,无所不做,佛性反是完全的,所以到底成了正果。"在"鲁智深大闹五台山"一回中,凡书中写到鲁智深狂喝酒、猛打人、骂和尚、吃狗肉、打折山亭、毁倒金刚、大呕吐等行为之处,李卓吾都连连在旁批上"佛"字,就连写到鲁智深赤着脚一道烟走到佛殿后撒屎时,李卓吾也照样毫不吝啬地在此批送了两个"佛"字,在这一回里,李和尚(李卓吾自称)前后奉送给花和尚的"佛"字,大约不下几十个,正所谓:"率性不拘小节,是成佛作祖根基。"

在清初常熟剧作家邱园所改编的《虎囊弹》③中,前半部写鲁智深因郑屠要霸占金老的女儿,路见不平,打死郑屠,在五台山剃度为僧。醉打山门,正是本时期的事迹。由于他守不住清规,后来在二龙山上落草。后半部写金氏女嫁赵员外,为夫到经略府喊冤,按例要绑在竿上受虎囊弹一百。金氏愿受,冤情得雪。

---

① 参见乐衡军《梁山泊的缔造与幻灭》,《古典小说散论》,(台北)纯文学出版社 1984 年版。
② 参见陈洪、孙勇进《漫说水浒》第八章,香港三联书店 2001 年版。
③ 邱园《虎囊弹》,残存六出,见《忠义璇图》升平署本 14—19 出,《曲海总目提要》卷二十七著录。

《山亭》是《虎囊弹》中一折。演鲁智深强喝二桶酒,醉打半山亭,智真长老喝止之后,令他转到东京大相国寺去。本折有这样一段【寄生草】唱词:

漫揾英雄泪,相离处士家。谢慈悲剃度在莲台下。没缘法转眼分离乍。赤条条来去无牵挂。哪里讨烟蓑雨笠卷单行,一任俺芒鞋破钵随缘化。

这段戏、这段词,曾被《红楼梦》中的薛宝钗、混世魔王贾宝玉等人激赏不已,宝玉还唱和此曲,从中悟得很多禅机意趣。

与建文帝四大皆空而又割舍不开,"收拾起大地山河一担装"的感伤相比,鲁智深才表现出真正的佛性。他嫉恶如仇,救人于危难之际;光明磊落,酗酒于佛门之中。他的一切率性而为的正义行动,他的全部活泼无羁的生机,他的健旺而强壮的人格状态,都源于"赤条条来去无牵挂"的佛理佛性之中。套用"文化大革命"中的一句口号,叫"心底无私天地宽",鲁智深完全当得起。在他这里,喝酒自渡与救人普渡,救人普渡同时又是客观的自渡,自渡渡人形成了回环往复的辩证关系。

晚明郑之珍在《目连救母劝善记》①中有云:"世混浊不可庄语,而挽救人心,莫如佛化,因特撰《目连救母劝善戏文》,俾优伶演唱,以警世人。"

清初《归元镜》中《戏剧供通》云:"尝闻:祖师有闻举挽歌而悟道者,有闻乞人行歌而悟道者,岂戏剧不足以悟道乎?吾以为戏剧即道,第世人习焉而不觉耳。即今思之,父母妻子,亲朋眷属,岂不是同伙戏人?富贵功名,即是妆点的服色;田园屋宇,即是搬演的戏场。至于荣枯得失,聚散存亡,即是一场中悲欢离合。其中凶顽善类,君子小人,互相酬酢,即是一班生旦净丑。才离母腹,即是开场之期;盖棺事定,便是散场之局……夫众生因迷逐妄,随业受报,枉沦苦趣,无有真实。然则生死果报,无始而今,宛同一戏耳……嗟嗟,戏场中日说妙法,而世人不知,止供壶觞笑谑……茫茫长劫,无有出期,悲夫!"

善哉!佛祖渡人是如此,其大弟子之一的目连救母是如此,中土三祖如此,而鲁智深救金氏、救刘氏乃至救林冲等一切普救普渡的行为,皆是如此。

以上,我们从戏曲与梵剧的相关渊源、戏曲对佛音的相应贯通和戏曲向苦境的相与融会三道脉络,对佛教因缘中的悲情之戏,从历史、逻辑、佛理与戏情等方面加以了分析和阐说。这种分析与阐说最终还是要落实到对文本的深入探究中去。于是我们要开始细究变文乃至相关悲怨文本的纹理了。

---

① 郑之珍《目连救母劝善记》,明万历高石山房原刊本,《古本戏曲丛刊》初集,商务印书馆 1954 年影印本。

第二编

悲剧发展的文学渊源

第四章
韵文之悲情万种

　　从文体的角度来看待中国古典文学，按形式来划分文学史上各种纷繁的文体，可以大致得出四大类文学体式，这就是韵文、散文、戏曲和小说。因此，就体式言，中国文学史可以被置换为中国分体文学史，古典文学也可换称为各体文学。而全部古代文论，实际上也多属各体文论。

　　讨论中国各体文学的悲剧美，首先碰到的困惑是：悲剧究竟是一种文学样式，还是属于一种美学层次？最谨慎的说法应该是：悲剧是戏剧当中的一种重要样式，这种样式是从美学评价和形式认定两方面来综合考察的，所以悲剧是戏剧中的一种美学样式。然而，当我们极目于各体文学中的其他门类时，就不难发现，那里虽然没有完整意义上的悲剧样式存在，但也同样包藏着悲剧意蕴，发挥着悲剧精神，洋溢着绚丽的悲剧美。于是，从美学意义上来看待中国韵文、散文和小说的悲剧美，在一定层次上揭示这些文体和戏曲悲剧的联系，便成为一项饶有兴味的课题；它也同样可以为我们思考诸如"中国文学中最杰出的作品，往往就是具备悲剧美的作品"等相关论题，提供一定的佐证。

　　中国韵文的本体是诗歌。在诗歌这一韵文体式及其发展流变中，理所当然地包含了词曲。所以关于词为诗余，曲为词余的提法相当普遍[①]。诗以押韵、节奏和句型作为基本要素，词曲的发展都只是在押韵的宽仄、节奏的繁简和句型的变化上有所开拓。因此可以说，韵文从诗、词到曲的三级演进，主要是遵循着一定的音乐原则在发展。从内容方面言，题材的开拓，新的社会生活的反映和悲怨意境的创造和深化，则是造成诗

[①] "诗余"的说法在南宋已经流行。南宋初期廖行之有《省斋诗余》，王楙《野客丛书》（编于1195—1200年间）引用过《草堂诗余》。"词余"，李玉《南音三籁序》："原夫词者诗之余，曲者词之余也。"

歌形式变化的根本原因。此外,尽管赋体当中也有押韵的情况,但因其更多地带有"不歌而诵"的泛音乐性质,所以我们还是将其放在文章一类里予以讨论。

诗可以怨。孔子曰,"诗可以兴,可以观,可以群,可以怨"(《论语·阳货》)。李攀龙曰:"诗可以怨,一有嗟叹,即有永歌。言危则性情峻洁,语深则意气激烈。能使人有孤臣孽子摈弃而不容之感,遁世绝俗之悲,泥而不滓,蝉蜕污浊之外者,诗也。"①

的确,在各种文体中,诗歌特别能够突出而便利地抒发人类感喟,特别容易激烈地而真实地展示悲情万种。我们从诗词史上之悲慨累积、绝命诗之悲音迸发和写实诗之悲情演绎三个方面,来看待韵文当中诗词曲主体的怨恨题旨和悲情万种。

第一节　诗词史上悲慨累积

一、诗的悲怨意境

可以说,伴随着中国诗歌的产生,诗的悲剧意境也就开始酝成了。明人戏曲序跋中每每称引的"南音之祖"《塗山女歌》,歌词只有四字:"候人兮猗"(依《吕氏春秋·音初篇》),却表达了塗山女与小妾思夫不得见,候大禹于其南巡路途上的哀怨之情。诗史上从此可以排成所谓相盼于途中、相送于长亭的情伤系列。

《尚书·夏书·五子之歌》叙太康失位后其弟五子的彷徨和哀怨,"呜呼曷归,予怀之悲;万姓仇予,予将畴依?郁陶乎予心,颜厚有忸怩",政治变乱带来的失落感和幻灭感,使这些贵公子不胜其悲。

这两首夏代歌诗展示了一定的悲剧性矛盾:禹远远望见妻妾却并不与之谋面,要继续他巡省南土的功业;妻妾守候在夫君可能要经过的道上放声哀歌,要表达对夏禹的挚情,尽到妻妾的责任。两方都有道理,也都构成了悲剧的片面性。同样,五子认识到太康失位原是有其逸豫灭德的必然性,但在感情心理上却接受不了这种残酷的现实,这便构成了理与情的悲剧性冲突。

《诗经》是西周初年至春秋间的诗歌选集。按《史记·孔子世家》中的说法,诗三百零五篇是从三千多首古诗中删选出来的。在这三百零五篇中,"悲"字出现的频度为八次,"哀"字十八次,"怨"字九次(不算相同句型中重复出现的字)。这也从概率统计的基础上,可以感知《诗经》作者们的多重悲怨。

在《国风》和《小雅》中,许多篇章都具备极其浓重的悲剧氛围。写弃妇悲剧的如《谷风》和《氓》,都表达了被弃女子哀苦无告的情感。《谷风》中的女子,因丈夫另娶新人而被抛弃。一方面是丈夫与新妇"宴尔新婚,如兄如弟",一方面是弃妇被逐,丈

---

① 王世贞《艺苑卮言》(卷一),陆洁栋、周明初集评,凤凰出版社2009年版,第1页。

夫竟不肯送出门外。弃妇在回顾往事时说：你怎么不想想过去，那时你只爱我一人呵！这比塗山女的处境更要困难百倍。

写生死悲剧的如《葛生》、《黄鸟》，展示了先民对死亡的恐惧。"临其穴，惴惴其栗。彼苍者天，歼我良人。"写政治悲剧的如《黍离》，悲周室之颠覆，昔日宗庙宫室，今时尽为禾黍，主人公进入了一种感慨万千的迷失状态。这比五子的悲怆更显深沉。

应该指出的是，《诗经》中除了表现悲哀美的许多篇章外，还有表现悲壮美的作品。《无衣》写人民同仇敌忾、誓死卫国、慷慨悲歌的精神面貌，《生民》叙后稷作为周代始祖和民族英雄的奇情异彩，高度赞颂了他战胜自然和改造自然的开拓精神。英雄在非常人所能忍受的磨难中成长奋斗，这也是悲剧美、崇高美的完整展现。

中国文学史上的第一位杰出诗人屈原，也可看成是较为彻底的悲剧诗人。他的全部作品与其人格、遭际相纽结，都洋溢着十分浓郁的悲剧性。《离骚》在回顾夏桀商纣时代的一连串政治悲剧的同时，也预见到楚国灭亡的必然性。为楚国的命运而奔走担忧，知其不可而为之，终于在流放时自沉明志，这便是屈原人格的伟大和悲剧性之所在。自比为美人香草，希冀主上的垂青和启用但反遭唾弃，这是所有忠臣良将的深重悲哀。所以屈原在《哀郢》中发出"信非吾罪之弃逐兮，何日夜而忘之"的叹息。以《离骚》为中心，《九章》对悲剧人格的树立，《九歌》对悲剧意境的创造，《天问》对宇宙天地的诘难，都构成了一个自成体系的悲剧性幻想世界。其中《九歌》写人神及神鬼间的苦恋，哀感顽艳。这里有人物装扮，有悲剧性意境的渲染，完全可以看成是初级形态的歌舞悲剧。屈原作品中除了人格坚强忠贞、疑问遍及宇宙的整体弥漫之壮美外，《九歌》笼罩着的哀愁怨悱大致属于优美的范畴，两者从不同美学力度的呈现上，共同构建了完整的悲剧美。

汉代的乐府民歌和文人诗也都以反映悲剧美为重。写战争、徭役和贫困给人民带来的灾难，如《战城南》中死者与啄死人腐肉的乌鸦的对话，令人心碎。《孤儿行》中的孤儿欲寄书给死去的父母，以诉哀曲，"泪下渫渫"。在乐府诗中，"怅欲悲"几乎成为主人公的一般心理描写。长诗《孔雀东南飞》写以死殉情，来对抗家族伦理的迫害，使之成为极好的悲剧题材。《古诗十九首》极写游子怨妇的感伤情绪，反映了士大夫阶层中极为普遍的"慷慨有余哀"、"忧伤以终老"的悲剧心态。

建安、正始诗歌以慷慨悲凉为主调，由感叹生民疾苦逐步过渡到避祸嫉世的个人精神悲剧上。南北朝诗歌如陶渊明、谢灵运，更寄情于田园山水，藉此以排遣心中的郁愤。从曹操的"生民百遗一，念之断人肠"，到陶渊明的"悠然见南山"，尽管表现意象不一样，但悲剧精神则是一脉相承的，从怜人到自怜也是情感指向的不同方面。

唐代是中国诗歌的全盛时期，也是悲剧美十分流行的时期。初唐四杰和陈子昂写报国之志和不遇之悲，扭转了齐梁浮艳诗风。高适、岑参和王昌龄等人构成的边塞诗派写雄奇苍凉的边塞美,从军征战的英雄气;李白"安能摧眉折腰事权贵,使我不得开心颜"的对抗现实精神,"欲济苍生应未晚"的雄伟气魄,与其"举杯消愁愁复愁"的忧思是相为表里的。以酒浇愁,实在是浇灭不了他怀才未遇的"万古愁"的。

与李白等诗人的悲壮美相对照,杜甫的诗更像一面镜子,反映出安史之乱前后人民的苦难与愁思,对酿成变乱的原因有所总结。哀愁美是杜诗的主调。白居易善于在故事的铺叙、意境的描绘中展现一种淡淡的哀愁,遂成为悲剧家们反复取材的悲剧原型。在整个晚唐诗歌中,无论是杜牧、李商隐,还是皮日休、聂夷中,或感伤,或激愤,成为诉怨含怒的衰世之音。

诗史上的悲剧性意境,或表现哀怨美,或体现激愤美,或再现自然的雄奇美,都从柔弱和强悍两方面,完整地体现出悲剧美的崇高和优美。

二、词的悲怨意境

词在中晚唐时,诗人染指渐多。传为李白所作的《菩萨蛮》写游子的愁思,《忆秦娥》叙大唐帝国"西风残照、汉家陵阙"的衰亡气象,具备李诗的壮阔意境。以温庭筠为首创的花间词派,写娇红弱翠,闺怨别愁,描摹了宫妓们的哀怨情怀。《更漏子》写怨女在红烛的泪光中,拥寒衾,听夜雨,"梧桐树,三更雨,不道离情正苦;一叶叶,一声声,空阶滴到明",写尽了绮靡中的愁思。

五代时南唐词人尽情抒发了苟且偷安中的感伤和绝望,他们把花间派词人习见的玉貌锦衣逐渐略去,着力写美人心中的"多少泪珠无限恨"①,感慨更加深沉。美人的角色也由宫妓艳女换成了忠臣才子,继承了屈原以来以男女相恋寓君臣关系的古风。南唐亡国之君李煜,即令在醉生梦死之中,也摆脱不了"离恨恰如春草,更行更远还生"的沉郁。及至沦为囚徒后,愁转深,恨转远,对南殿故国发出了"无限江山,别时容易见时难"的悲悼,在囚室中吟出了"问君能有几多愁,恰似一江春水向东流"的哀歌。在李煜笔下,借美人香草以寄愁绪的道具已经撤去,他直接面对亡国奴的现实,抒发了离恨幽情,整个长江、天地都成了他创造悲境的背景和天幕。

词在宋代最为流行,出现了像柳永、李清照这样专事写词的词人。柳永《乐章集》中写歌妓的美丽而不幸,对她们的悲惨命运深表同情。大政治家范仲淹、欧阳修在词作中逐渐改变了晚唐以来的香艳词风和婉弱情调。苏轼更开拓了豪放词派,把诗文的题材和内容都融会进词中,大力变革了向来题材狭窄、体格卑弱的词风。他在词中屡屡表现出一种豁达开朗的胸怀,"人有悲欢离合,月有阴晴圆缺,此事古难全!"以较为理智的态度来对待悲欢离合的周转流变,就像他能以豪迈的态度对待事业上的挫折一

---

① 李璟《摊破浣溪沙》其一:"菡萏香销翠叶残,西风愁起绿波间。还与韶光共憔悴,不堪看! 细雨梦回鸡塞远,小楼吹彻玉笙寒。多少泪珠何限恨,倚阑干。"唐圭璋《唐宋词简释》,上海古籍出版社1981年版,第28页。

样。之后的秦观、贺铸、周邦彦等人，既继承了李煜、柳永的词风，缠绵感伤，凄凉哀婉，又继承了古典式的哀婉词风。

可以说，李清照在创作和理论上都是集婉约派之大成者①。她在《词论》一文中，对李煜和秦观分别进行了肯定，同时也指出李煜的亡国之音的浓重哀思，秦观的专注情致而少故实。她从词的音乐性和情致上出发，拈出词"别是一家"的特征，认为苏轼等人是以诗作词，不协音律，实际上是对豪放派在题材意境上悲壮广阔的开拓有微词。她偏爱的是词的哀婉有节。以贵族妇女的优越，而又历经国破家亡夫死的变故，对故国的怀念，对身世的感叹，使得她"寻寻觅觅，冷冷清清，凄凄惨惨戚戚……这次第，怎一个愁字了得"！淡酒、黄花、梧桐细雨，在黄昏中交织出一副凄凉的悲剧性场面：一位年老孀妇，在独自品尝人生的苦酒。尤为可贵的是，词人的忧患不仅在于自身，她有意识地把自己的苦难同整个亡国的政治大悲剧联系起来，显得细致而深沉，言近而旨远。

南宋词人中的张元幹、张孝祥，以及以辛弃疾为代表的爱国词派，都把词当成政治斗争的一种工具，慷慨激越，掷地有声。辛词所反映出的悲剧性在于，一方面他在强烈爱国精神的驱使下彻夜难眠，"夜半狂歌悲风起，听铮铮阵马檐间铁。南共北，正分裂"；另一方面，南宋小朝廷却苟安耽乐，不思收复，使他心寒意冷，生出"世上儿曹多蓄缩"的感慨。辛派词人中的陈亮、刘过、刘克庄等人，都把这种对南宋既爱又恨的两重心理表现得十分充分。南宋灭亡后，王沂孙、周密复又弹遗民之悲，但只不过是整个国家民族大悲剧之后的余韵逸响了。

总的看，词境虽然比诗境狭小，但在表达情感，尤其在表达悲剧性情思上，也有其便利之处。这便是婉约派几乎贯穿词史始终的原因。豪放派扩大了悲剧氛围，自觉地把壮志雄才与国家民族和整个社会生活联系起来，以"大江东去，浪淘尽、千古风流人物"的悲凉潇洒，与婉约派"杨柳岸晓风残月"的凄清相为映照。

三、曲的悲剧意境

曲包括散曲和剧曲。好的剧曲去掉宾白，可以当一组散曲看；所以古人一般把散曲、剧曲都统称为曲。王世贞《曲藻》说："曲者，词之变……如贯酸斋、马东篱、王实甫、关汉卿、张可久、乔梦符、郑德辉、宫大用、白仁甫辈，咸富有才情，兼喜声律，以故遂擅一代之长。所谓宋词、元曲，殆不虚也。"②认为曲是元代最具代表性的艺术样式。关于剧曲，我们将在戏曲论中另行探究，这里只讨论散曲。

散曲除了加衬字、用韵加密等形式方面的因素外，在表达方式上比较直接泼辣，有

---

① 参见王仲文《李清照集校注》，人民文学出版社1979年版。
② 王世贞《曲藻·序》，《中国古典戏曲论著集成》（四），中国戏剧出版社1959年版，第25页。

一泻而出的气势。在关汉卿《不伏老》中的放荡和豪迈中,却也深藏着在烟花丛中嘲风弄月、击鼓骂曹的深深悲哀。马致远在《夜行船》中,状"争名利何年是彻?看密匝匝蚁排兵,乱纷纷蜂酿蜜,闹攘攘蝇争血"的混乱场面,以一种超越的冷静眼光来看待血腥的现实世界,这是一种悲愤到极点后的平和。

同叙悲世之感,关汉卿以佯狂出之,马致远以平静道之,乔吉则用"伤心秦汉,生民涂炭,读书人一声长叹"的感慨系之,各有个性,不分轩轾。此外,张养浩《潼关怀古》称"兴,百姓苦;亡,百姓苦",认为改朝换代所导致的苦难,对老百姓而言都是深重的灾难,他们总是替罪的羔羊。这些认识都十分沉痛深刻。

另外一首值得注意的散曲是题为杨维桢所作的《吊古》套数①。该曲夹杂着二层"堪悲"的意绪。一层是以范蠡、西施为代表,包括吴越两方忠臣、良将和淑女们在内的人物群像,他们各为其主、各为其国,在不同程度上作出了重大的牺牲。例如范蠡与西施的贞节奉献,灵胥的生命奉献等等。其牺牲的价值和意义正与奉献的大小悬殊成正比例;而范蠡游五湖的悲哀,正在于兔死弓藏走狗烹的政治权术的施行。英雄人物的不幸结局更加深了其悲剧性所在。

第二层意绪是,无论吴越在争胜斗强中付出了多少惨痛的代价,获得过何等戏剧性变化的成功,最终被历史的变迁和人生的有限所一一掩盖。本曲结尾的"越王百计吞吴地,归去层台高起,只今亦是鹧鸪飞处",讲述了繁华终归凄凉的必然过程。这就是杨氏所云的"黍离故墟、过客伤悲"的沉郁。在诗词曲中大量的悼亡、吊古和黍离之悲的抒写中,本曲以悲凉画面和无穷感慨的反复交织为特点。这种兴亡感慨不仅直接影响到梁辰鱼《浣纱记》的立意构思,同时也对《长生殿》、《桃花扇》的意境构思起着一定的影响。《新编南九宫词》和王骥德《曲律》都对该曲予以了关注,这正是其审美魅力所致。

明代散曲,从总体上讲失去了元曲家敢于正视悲剧现实的勇气,像刘时中《上高监司》中所咏的"乳哺儿没人要撇入长江……不由我不哽咽悲伤"的直伤时事,在明代散曲中要少得多了。元曲家身处民族压迫和阶级压迫的夹缝中,丧失了传统的科考进

---

① 杨维桢【双调·夜行船】《吊古》:"霸业艰危,叹吴王端为、苎萝西子。倾城处,妆出捧心娇媚。奢侈,玉液金茎,宝凤雕龙,银鱼丝脍;游戏,沉溺在翠红乡,忘却卧薪滋味。【前腔】乘机,勾践雄图,聚干戈要雪、会稽羞耻。怀奸计,越赂通伯嚭。谁知,忠谏不听,剑赐属镂,灵胥空死,狼954,不想道请行成,北面称臣不许。【斗蛤蟆】堪悲,身国俱亡,把烟花山水,等闲无主。叹高台百尺,顿遭烈炬。休觑,珠翠总劫灰,繁华只废基。动情的,耐耐范蠡扁舟,一片太湖烟水。【前腔】听启,隽李白亭荒,更夫椒树老,浣花池废。问铜沟明月,美人何处?春去,杨柳水殿欹,芙蓉池馆摧。恼人意,只见绿树黄鹂,寂寂怨谁无语。【锦衣香】馆娃宫,荆棘蔽;响屟廊,莓苔黳。可惜剩水残山,断崖高寺,百花深处一僧卧。空遗旧迹,走狗斗鸡。想当年脂祭,望郊台凄凉云树,香水鸳鸯去。酒城倾坠,茫茫练渎,无边秋水。【浆水令】采莲泾红芳尽死,越来溪吴歌惨悽。宫中鹿走草萋萋,黍离故墟,过客伤悲。离宫废,谁避暑,琼姬墓冷苍烟葳。空园滴,空园滴,梧桐秋雨。台城上,台城上,乌夜啼。【尾声】越王百计吞吴地,归去层台高起,只今亦是鹧鸪飞。"隋树森《全元散曲》,中华书局1964年版,第1415页。

身之路,这些文人的厄运在明代大体消除了。以明皇室朱权、朱有燉为代表的曲家,所作惟以点缀升平为务。

到了康海、王九思所处的弘治、正德时代,悲凉慷慨之情转深。康海的《读史有感》云:"天应醉,地岂迷,青霄白日风雷厉,昌时盛世奸谀蔽,忠臣孝子难存立。朱云未斩佞人头,祢衡休使英雄气。"对戕杀悲剧英雄的时代悲剧,有了整体的感知。王磐、陈铎和冯惟敏等人,都对现实的黑暗不平有所表现。薛论道以戍边将领身分,写出了许多乡愁与卫国豪情。《塞上重阳》吟道:"天长地长,云茫水茫,胡尘静扫山河壮。望遐荒,王庭何处?万里尽秋霜!"苍凉中见出感伤愁绪,显示出官兵们普遍化的悲壮意绪。

元曲散曲中,更为大量的作品是嘲风弄月、红哀香愁之作,其中写情感的痛苦,也多具备悲怨心理,这里且存而不论了。

以上我们举一漏百地概述了中国韵文中诗体文学的发展过程,即先秦至唐的诗、唐宋词和元明曲的面貌,并试图指出在诗体文学中,大都或多或少地在不同层面、不同风格和不同程度上体现出的悲怨情愫。为了叙述的方便和篇幅的简省,宋以后的诗没有论及,元明词也没讨论;清代的诗体文学,从形式上看一无所创而又相容前代各体文体,这里也无暇顾及。实际上在宋元明清易代前后的诗体文学中还可以举出许多极富悲剧意境的篇章。

总起来看,在我国诗体文学中所呈现出来的悲怨情感是纷繁而丰富的。但由于缺乏完整的叙事性,它本身不能直接过渡到悲剧样式上。其中有些作品例如屈原诗作,具备人格悲剧诗的意蕴,也拥有歌舞悲剧的雏型。再如汉乐府中的《孔雀东南飞》,白居易的《长恨歌》和《琵琶行》,都反映着一定程度上的悲剧冲突,所以都成了后世悲剧的极好原型。

第二节 绝命诗之悲音迸发

一、生死抉择之取向

作为一个传统文化极为深厚的诗国,很多国人在离开阳世时往往会不假思索地出口成章,在临死之前以诗歌的方式吟唱出生命的绝响。曾子言曰:"鸟之将死,其鸣也哀。人之将死,其言也善。"[①]这就是从哀与善良等方面来比附将亡之人的临终遗言。出于对生命意志的尊重,对死者遗愿的敬仰,一些绝命诗被留存下来,成为悲情浓郁的警世巨响,或化为生命虚幻的飘渺乐章。

对生命的无比眷恋,对人间的流连忘返,对死亡的相当惧怕,对未知世界的去而不返乃至于万劫不复的感慨,都成为绝命诗的特点之一。

[①] 《论语·泰伯》,阮元《十三经注疏》,中华书局1980年版,第2486页。

传说最早的绝命诗出于孔子之手。《获麟歌》云：

> 唐虞世兮麟凤游。
> 今非其时来何求。
> 麟兮麟兮我心忧。①

孔子自诩为人中之麟，但却生非唐虞之世，所以郁郁不得志。本该在唐虞之世遨游的麟，居然在当朝被视为妖物殴打而亡，那么孔子也就麟死人悲，生出日暮途穷、生路不远的感慨。道既不行于当世，孔子绝笔，哀莫大焉。

北魏孝庄帝（507—530），在孝明帝逝世（528）之后，被军阀尔朱荣立为皇帝。一旦身为皇帝的元子攸想要摆脱傀儡地位而有所作为时，他就不得不杀掉尔朱荣。但孝庄帝到底没有斩草除根的远谋神算，也没有运筹帷幄的军事才能，他于九月杀死尔朱荣，同年腊月二十三日就被其子尔朱兆在三级寺给活活吊死。还好尔朱兆虽取了皇帝之命，却还留下了皇帝之诗：

> 权去生道促，忧来死路长。
> 怀恨出国门，含悲入鬼乡。
> 隧门一时闭，幽庭岂复光？
> 思鸟吟青松，哀风吹白杨。
> 昔来闻死苦，何言身自当！②

当作为皇帝的权柄丧失之后，生道促迫到最后的关头，死路正漫长而无有尽头。他明知进入另一世界的隧道之后，此门将永远不再为他开启了。昔日对死的苦难总是耳闻，现在死到临头，情何以堪？全诗不停地回荡着忧、恨、悲、哀的情感波澜，充分表达出怕死而又不得不死的永恒遗憾。

与孝庄帝的被动死亡相比，战国末年的卫国壮士荆轲（？—前227）之死，却是他自己主动的选择。他要成就功业，便不得不接受田光的推荐，被燕太子丹拜为位高权重的上卿；他既要报燕太子丹之重用，便不得不领命前去刺杀秦王。哪怕他要报知遇之恩，哪怕他要做一件惊天动地的大事从而为之豪情满怀，哪怕明知会青史留名从而了无遗憾，但这位大英雄还是不寒而栗，难于做到视死如归："风萧萧兮易水寒，壮士

---

① 郭茂倩《乐府诗集·杂歌谣辞》：《孔丛子》曰："叔孙氏之车子鉏商，樵于野而获麟焉。众莫之识，以为不祥，弃之五父之衢。冉有告曰：'麋身而肉角，岂天之妖乎？'夫子曰：'吾将往观焉。'遂泣曰：'予之于人，犹麟也。麟仁兽出而死，吾道穷矣！'乃歌云。"郭茂倩《乐府诗集》，中华书局1979年版，第1168页。
② 杨光治《历代绝命诗选析》，百花文艺出版社1996年版，第34页。

一去兮不复还。"因为无论是刺杀成功还是败绩,他都难逃一死的命运,都只能成为一位去而不返的单程行者。这里的"不还",既指路程的不还,也指生命的不还。惟其唱出了生命的绝唱,表达出壮士的真实遗憾,所以他的英雄气概才更为真实,更能使人为之动容。

与孝庄和荆轲绝命诗的高蹈、深沉而不涉现实纠纷相比,另外一些绝命诗却特别具体地点出对现实人事的无比仇恨,冤有头,债有主,死也要死个明白,死也要有所诅咒,死后也要报仇雪恨。那么,一个是非颠倒的世界、一个曲直混淆的人生便了无眷恋,只求速死便成为生命尽头唯一的希望。

作为汉高祖刘邦的公子,刘友(?—前185)先后被封为淮阳王和赵幽王。他是被吕后幽禁至久,逐渐饿死的。没有能量的摄入既使他奄奄一息,但也能使他冷静思索悲剧产生的根源,就在于"诸吕用事兮刘氏微"、"逸女乱国兮上不寤"、"我无忠臣兮何故弃国"。后党当权柄、皇上遭蒙蔽以及忠臣难援手,都使得他很快要走上不归之路。"于嗟不可悔兮宁早自戕,为王饿死兮谁者怜之?吕氏绝理兮托天报仇!"刘友在想明白之后,宁愿自杀也不愿慢慢死去,死去也要上托苍天为他报仇,为他剪灭伤天害理的吕氏集团。从一般诗歌的审美角度看,这首诗也许文采不够充分,语气也不够连贯,但是当着生命的最后关头,绝命诗的写作更多的是朴素的呈现和真诚的表白。一些虚伪的文饰和故作腔调的卖弄,在此已经显得苍白、造作而毫无意义。

二十岁就死于燕京的朱皇后,比其窝囊的丈夫宋钦宗来,表现得特别坚强果断。当她被俘虏之后,敢于直面现实,无复多言,只求速死。绝命《怨歌》云:

> 昔居天下兮珠宫贝阙,今日草莽兮事何可说?
> 屈身辱志今恨可何雪?誓速归泉下兮此愁可绝。①

真正立志雪恨并实现了当世报仇、满足而死的人,是美貌的弱女子王琼奴。她在绝命词《满庭芳》中励志道:"彩凤群分,文鸳侣散,红云路隔天台。旧时院落,画栋满尘埃。漫有玉京雏燕,东风里、似诉悲哀。主人去,卷帘情深,空屋亦归来。　泾阳憔悴女,不逢柳毅,书信难裁。叹金钗脱股,宝镜离台。万里辽阳郎去,知何日、却得重回?丁香树,含花到死,肯共野蒿开?"

在这里,王琼奴把自己与徐苕郎的姻盟,比成是情投意合、志趣高雅、才气横溢的一对彩凤文鸳的相聚。一旦丈夫为仇人所诬远征辽阳,吴姓军官要强逼她为妾,王琼奴便讥刺其为低微野蒿,不可共丁香同语,写毕便上吊自尽。多亏母亲及时救起,王琼奴才得以回生,之后得与苕郎在驿站成亲。吴姓军官嫉妒之极,便声称苕郎是逃兵,将

---

① 杨光治《历代绝命诗选析》,百花文艺出版社1996年版,第51页。

其打死后藏尸破窑。王琼奴当晚便向监察御史哭诉冤情,御史随即判吴姓军官死罪,并令州官安葬苕郎。当苕郎安葬之后,王琼奴跳入墓旁水坑,以身殉情,藉以了结其誓死不渝的爱情。琼奴的可贵之处,不仅在于她在男人帮们汹汹求婚过程中,独具只眼地看中了徐苕郎,更在于她为爱情的坚守、对邪恶的抵抗,对人生信念的坚贞不移;面对强霸之徒,她的崇高不仅在于她数次殉情的完美,更在于她勇于反抗、当场复仇的果断。从此意义上言,这个看似地位卑微的弱女子,其高贵心性与高洁品格,在自杀殉情者中都属于十分难得的上乘人物。她的生死抉择观,令人生出伟岸的感觉。巾帼胜于须眉,由此可见一斑。

二、千古情殇之实践

爱情是人类情感呈现中最为强烈的部类之一,也是诗歌中反复抒发得最为淋漓尽致的主题。爱情的唯一性就中国古代言,通常与婚姻联系起来。当婚姻生活遭到破坏、人生尊严遭到毁灭的时候,为情而怨乃至为情而亡,就成为冲突双方中的相对脆弱者,做出的最为勇敢决绝的举动。

中国历代绝命诗的研究专家杨光治先生,从刘向《列女传·贞顺》篇出发,认为《诗经》中的《大车》一诗,属于较早的爱情绝命诗。楚国灭掉息国之后,将其国君掠去看门,将其夫人掳去为妃。息夫人当楚王外出,偷会息君云:"妾无须臾而忘君也,终不以身更二醮"、"生离于地上,何如死归于地下乎",遂作《大车》,二人"同日俱死"。① 尽管此论可备一说,但《大车》中的人物为情而证,指天发誓曰"穀则异室,死则同穴。谓予不信,有如皎日",还是令人为之心折的绝响。战国时卫国公主所直接题名的《绝命歌》,写她自尽前在燕国深宫中所洋溢出的强烈思家之情,这其中也一定伴随着爱情破碎的苦衷。

最为可信的殉情绝命诗是战国时的何氏所吟。据晋干宝《搜神记》云:

> 宋康王舍人韩凭娶妻何氏,美,康王夺之。凭怨,王囚之,论为城旦。妻密遗凭书,缪其辞曰:"其雨淫淫,河大水深,日出当心。"既而王得其书,以示左右,左右莫解其意。臣苏贺对曰:"其雨淫淫,言愁且思也。河大水深,不得往来也。日出当心,心有死志也。"俄而凭乃自杀。其妻乃阴腐其衣,王与之登台,妻遂自投台,左右揽之,衣不中手而死。遗书于带曰:"王利其生,妾利其死,愿以尸骨赐凭合葬。"王怒,弗听,使里人埋之,冢相望也。王曰:"尔夫妇相爱不已,若能使冢合,则吾弗阻也。"宿昔之间,便有大梓木,生于二冢之端,旬日而大盈抱,屈体相就,根交于下,枝错于上。又有鸳鸯,雌雄各一,恒栖树上,晨夕不去,交颈悲鸣,音

---

① 杨光治《历代绝命诗选析》,百花文艺出版社 1996 年版,第 5 页。

声感人。宋人哀之，遂号其木曰"相思树"。"相思"之名，起于此也。南人谓：此禽即韩凭夫妇之精魂。今睢阳有韩凭城，其歌谣至今犹存。①

这一哀感顽艳的爱情故事及其绝命诗，到了敦煌变文那里演变为新的版本。男女主人公的名字有所变异，韩凭易为韩朋，何氏变为贞夫。变文写宋王感韩朋妻贞夫之才貌，强娶为皇后。然而皇后还是不快乐，宋王就用大臣之计，将美少年韩朋击碎门牙，贬为囚徒，以绝皇后之恋。谁知皇后遗书其夫，二人先后死亡，先化为青白二石，再化为连体大树。宋王伐树，再化为交颈鸳鸯。宋王拾得一毛羽，拂头头落，宋国也很快灭亡。由此演化出来的《乌鹊歌》云："南山有乌，北山张罗。乌自高飞，罗当奈何。乌鹊双飞，不乐凤凰。妾是庶人，不乐宋王。"

这就是中国人爱情婚姻的华彩乐章，这也是不畏强权、不慕名利、不贪富贵、坚贞不渝、生死相伴的真实写照。爱情浓烈到这样的程度，竟可以超越世俗的一切诱惑与压力，穿破生死之大关，打破轮回之障碍，真正打破了天地间的一切障碍，将爱情一直贯彻到底。

韩凭夫妇的生死之爱，还属于对称而完满的爱情。而唐代窈娘（碧玉）与乔知之的不对称爱情，就更令人嗟叹莫名了。尽管乔知之为侍妾窈娘而不婚，但为了取悦武则天的侄子武承嗣，还是让窈娘为其表演歌舞。武承嗣一见窈娘，惊若天人，便让窈娘到他家教习歌舞，从此就再不放回。乔知之无奈，写《绿珠篇》一诗："石家金谷重新声，明珠百颗买娉婷。昔日可怜公自许，此时歌舞得人憎。"遂将诗偷寄窈娘，窈娘作《答乔知之》歌曰：

公家闺阁不曾闲，好将歌舞借人看。
富贵英维非分理，骄奢势力横相干。
别公此去终不忍，徒劳掩袂伤红粉。
百年离别在高楼，一代红颜为君尽。②

写罢将两首诗一并缝在衣服里，亦效仿绿珠之举，伺机跳井而亡。武承嗣闻之，大怒不已，罗织罪名，将乔知之全家族灭。③

就窈娘和乔知之而言，窈娘对乔郎一往情深，以死相谢。"一代红颜为君尽"，已

---

① 干宝《搜神记》卷十一，辽宁教育出版社1997年版，第81页。
② 杨光治《历代绝命诗选析》，百花文艺出版社1996年版，第36页。
③ 司马光《资治通鉴·唐纪第二十二》：右司郎中冯翊乔知之有美妾曰碧玉，知之为之不昏。武承嗣借以教诸姬，遂留不还。知之作《绿珠怨》诗以寄之，碧玉赴井死。承嗣得诗于裙带，大怒，讽酷吏罗告，族之。中华书局1956年版，第6518页。

经成为千古名句。而乔郎既未曾给窈娘以妻子名义,又将窈娘歌舞借人观看,明显有显摆、取悦和邀功之意。他既无力阻止武承嗣借人,又无法催人回归,只得写了首不三不四的酸诗,明显是在催窈娘自尽。窈娘为之殉情之后,他又不能及时追随其后,最后只是被动地为武氏所族灭,成为一个人格形态上不甚伟岸、难与悲剧女主角的孤高风范相与媲美的男子。

唐代的彭城(今徐州)关盼盼和宋代的王氏,都是看重故人、守情至深的女子。关盼盼先为名妓,后被尚书张建封纳为妾。此后,又作为未亡人为张守节十多年。因为白居易的赠诗暗含讥刺之意,她就复了《和白公诗》云:"自守空房敛恨眉,形同春后牡丹枝。舍人不会人深意,讶道泉台不去随。"盼盼之深意,是唯恐自己早死之后,人们会说张尚书重色的坏话,所以迁延至今。此意既表,她便绝食而亡。为老公之名节如此在意,想死而又不敢遽死,这也不知是借口还是真意。若果是后者,那么她就太重视亡夫形象、太轻看自己的价值了。而南宋的苏州王氏,为了坚守自己的情感操守,竟然违背宋高宗纳其为妃的意志,将《孤雁诗》①交给使节,闭门自缢。

总起来看,在千古情殇之实践上,女性比男性的情感要坚贞得多,慷慨赴死的机率也大得多。也许今天的人们会讥笑她们的不值乃至愚忠,但是却并不能泯灭其囿于一时、一地之特殊情境下的高贵的悲剧精神。

三、浩荡国殇之壮举

我们把那些为国捐躯、慷慨就义的壮举称之为国殇。国殇者的绝命诗,在中国诗歌史上具备较高的品位,洋溢着浩瀚博大的悲剧情怀。

假使说孔子的《获麟歌》和何氏的《乌鹊歌》还有后人伪托之可能的话,那么屈原的《怀沙》就应该是现存最早的绝命诗:

滔滔孟夏兮,草木莽莽。伤怀永哀兮,汩徂南土。眴兮杳杳,孔静幽默。郁结纡轸兮,离愍而长鞠。抚情效志兮,冤屈而自抑。……离娄微睇兮,瞽以为无明。变白以为黑兮,倒上以为下。凤皇在笯兮,鸡鹜翔舞。同糅玉石兮,一概而相量。夫惟党人之鄙固兮,羌不知余之所臧。任重载盛兮,陷滞而不济。怀瑾握瑜兮,穷不知所示。邑犬之群吠兮,吠所怪也。非俊疑杰兮,固庸态也。……进路北次兮,日昧昧其将暮。舒忧娱哀兮,限之以大故。乱曰:浩浩沅湘,分流汩兮。修路幽蔽,道远忽兮。曾伤爰哀,永叹喟兮。世溷浊莫吾知,人心不可谓兮。怀质抱情,独无正兮。伯乐既没,骥焉程兮。民生禀命,各有所错兮。定心广志,余何畏惧

---

① 王氏《孤雁诗》:"昔年无偶去,今春犹独归。故人恩义重,不忍更双飞。"参见《吴县志·列女传》。

兮。知死不可让,愿勿爱兮。明告君子,吾将以为类兮!①

怀着"知死不可让"的大无畏精神,屈原毅然以自沉的特殊方式,走入了他曾经称之为"国殇"的壮士行列。国计民生在心头,满腹冤屈在喉头,以死警世在脚头。唯其如此,屈原才成为先秦爱国主义旗帜中最为鲜明的一面。这首绝命诗,从层次之丰富,陈冤之繁复,比况之精彩,赴死之必然乃至悲情之浓郁等方面,都是大气磅礴的交响乐章,为后世的绝命诗所不能及。

屈原之后的国殇绝命诗,在两宋之末、明末和清末掀起了三大高潮。抗金、抗元和抗清,成为国殇绝命诗的三大主题。比方宋高宗时的赵鼎宰相,因为力主抗金、举荐爱国将帅岳飞等人,被秦桧一再打击迫害,最后在海南绝食自杀。他在亲手书写的棺前铭旌上明志云:"身骑箕尾归天上,气作山河壮本朝。"这与其得意门生岳飞"还我河山"的号令异曲同工。

抗元的绝命诗中,谢枋得和韩希孟的大作值得一提。南宋进士谢枋得先因骂贾似道被贬,后因抗元、避元而流亡,最终拒不与统治者合作,绝食饿死在燕京。他在《北别行人》中说:"义高便觉身堪舍,礼重方晓死甚轻。"他把自己比成雪中的松柏,历经劫难更加郁郁葱葱。无独有偶,北宋名臣韩琦的五世孙女韩希孟,在1259年的岳阳落入元兵之手后,面对蒙古大将的垂涎三尺,她在《练裙带诗》述志云:"长号赴洪流,激烈摧心肝",毅然投水自尽。男不为元人做事,女不向蒙将献身,成为谢枋得和韩希孟所实践的人生信条,这一信条寄托着民族的自尊和国家的体面。

当然,南宋绝命诗中最为著名的篇章,还是状元丞相文天祥。他在兵败被俘后吞冰片自杀未死,在押往大都的途中,绝食八日而未亡。他在狱中写就的《正气歌》,炼中华浩然之正气,日月光华,苍天可鉴,激励后人,烈士辈出。文天祥真正的绝命诗,还是那首就义前写在身上的《衣带赞》:"孔曰成仁,孟曰取义。惟其义尽,所以仁至。读圣贤书,所学何事?而今而后,庶几无愧。"他是高唱着这首短曲,走上刑场之路的。自此以后,多少志士仁人,以《正气歌》和《衣带赞》作为向上的标杆和赴死的圣经,慷慨激昂走向为国捐躯的黄泉之路。就他们而言,死亡仅仅是个人生命的终点,他们那不死的爱国精魂将会在中华民族的传人中一代代传承下去,成为为祖国利益而殊死奋斗者们永恒的起点。

明末抗清的壮士之多,实在难于统计。就连装装样子的清廷官方,他们所追谥的前朝烈士就达四千六百多人。南明桂王朝的兵部给事中陈邦彦,在1647年清兵攻陷广州之后,与陈子壮出兵血战清兵,兵败之后退守清远。清远城破后,陈邦彦毅然投池自杀;只恨池浅未亡,反被清兵所虏。被关至广州监狱后,清军主将佟养甲为逼其投

---

① 金开诚等《屈原集校注》,中华书局1996年版,第553页。

降，将其一妾二子抓来胁迫。邦彦云："妾辱之，子杀之，身为忠臣，义不能私妻子也！"结果当场看到亲人受戮。佟养甲随后又看到陈的几首绝命诗，其《跳池自尽前作》中有"平生报国怀深……还同屈子俱沉"语，其《狱中五日不食临命歌》中还有"应识皇明有死臣"①的警句，知道对此忠臣无法可施，就在广州四牌楼成全英雄，将其杀害。陈邦彦的伟大，不仅在于他拒不与清军合作的报国志向，还体现在他勇于跳池自尽、为大义而抛舍亲人、连续绝食待亡这三件大事上。每一件大事的果断处理，都是他生命形态极其清醒、情感意志备受考验的抉择关头。有这样气贯长虹的反清壮士在，清代的灭亡当然也就指日可待了。另外一位广东人孙中山，终于在陈邦彦身后264年之际，推翻了大清王朝，建立了中华民国，最终实现了烈士的遗愿。

　　清末戊戌变法志士谭嗣同，在北京菜市口戊戌六君子的行刑行列中，坚决不愿按照刽子手的命令北向谢恩，而是高吟出其《被害时口占》："有心杀贼，无力回天。死得其所，快哉快哉！"早在被捕前，他就曾对人说："各国变法，无不从流血而成。今日中国未闻有因变法而流血者，此国之所以不昌也。有之，请自嗣同始。"他认识到抛头颅、洒热血的"快哉"价值，正是为国家的变法铺垫出一条必然的血路。

　　1907年夏，鉴湖女侠秋瑾在起义败露之后，于大通学堂遭到清兵围捕。秋瑾在击毙数名清兵之后被捕，历经严刑拷打，毅然写下千古名句"秋风秋雨愁煞人"。之后的一个凌晨，她在绍兴轩亭口英勇就义。历代殉情、殉难的女子多矣，但像秋瑾这样能文能武、为国捐躯的女侠实属罕见。

　　从屈原到秋瑾，中华民族的英雄儿女们为了国家和民族的根本利益而浴血奋斗，以他们生命的终结谱写出正义必胜、人民必胜、山河常在、祖国永存的壮丽凯歌。他们的绝命诗，开了中国诗歌的新境界，谱写了英雄气节的新篇章，也昭示了中华民族历经浩劫而仍然能够昂首屹立在世界东方的根本秘密。在迎接中华民族伟大的历史复兴的宏伟事业中，这些绝命诗仍然有着巨大的生命力和无穷的感染力。正如《古今绝命诗钞》的编写者王集门、王朝安所云，因为它们"体现的是我们伟大的中华民族那铮铮铁骨和浩然正气，足以惊天动地而泣鬼神，昭日月而遗后昆！胸中凝正气，吐为翰墨香。这些绝命诗，或于赴义尽节时昂首浩歌，或于数尽临终时的朝天慨叹。因此，大都是急就篇，不可能反复推敲锤炼，绝大多数篇幅短小，甚至只有一联或一句断句。但这些诗的作者有高尚的理想和美好的情操，使得这些诗具有慷慨壮阔、高远明澈的意境，是满腔热血的思想感情的升华。所以，这些诗可以与天地兮比寿，与日月兮齐光"②。

---

① 杨光治《历代绝命诗选析》，百花文艺出版社1996年版，第142页。
② 王集门、王朝安《古今绝命诗钞·序言》，中华出版社2003年版。

第三节　写实诗之悲情演绎

一、蔡文姬之悲愤诗章

中国诗歌史上的主体,从来就是抒情诗歌。较为大型的写实叙事诗,一向是属于比较稀缺的资源。今人所编选的《中国历代叙事诗歌》①,把但凡有叙事倾向的诗歌都归纳到其中,这也恐怕值得探讨。至于神农架地区近年来发掘的《太阳传》和藏族史诗《格萨尔王传》等大型史诗,倒是需要认真探究的专题。

一般看来,中国古代的写实叙事诗,只有汉代的《悲愤诗》、唐代的《自京赴奉先县咏怀五百字》和清代的《圆圆曲》。这三首纪实诗都同样具备悲情演绎的特点,都能给人以审美的同情与哀怜,人生的感叹与思索。至于南朝的乐府诗《焦仲卿妻诗》、唐代的《长恨歌》和《琵琶行》,较多地带有虚构的成分和抒情的因素,我们将另外予以探讨。

《悲愤诗》二章,属于最早的个人纪传体叙事诗歌。作者蔡琰(约177—？),字文姬,陈留圉(今河南杞县)人,汉末著名诗人与琴家。作为著名学者、文人、书家和曲家蔡邕(132—192)之女,文姬既继承了家学渊源,也同时承受着父亲所带来的苦难与惶恐。其父蔡邕,桓帝时曾有进京鼓琴之行,但于偃师称疾而归。灵帝时召拜郎中,校书于东观,迁议郎。自写《六经》文字,刻碑石于太学门外。后因弹劾宦官被流放朔方。遇赦后亡命江南十二年。献帝时为董卓强逼出仕,董卓被诛后横遭株连,死于大狱。父亲的升沉荣辱和颠沛流离,使得文姬的生活极不安定,这也导致其形成多愁善感的人格状态。

作为一位典范的淑女,《后汉书》甚至将其归入《列女传》中,文姬却经历了三次迥然不同的婚姻生活。第一次婚姻是甜蜜的,然而甜蜜的婚姻却是短暂的。她十六岁嫁给河东世族、知名才子卫仲道,可谓门当户对,才貌相当。但不久丈夫便咯血而死,文姬只得回到娘家,孀居七年。

第二次婚姻是被动而复杂的,也是开心而破碎的。父死狱中后,文姬为南匈奴所掠,二十三岁为左贤王之妃,十二年中育有二子。建安十三年(208)曹操感念故友蔡邕无嗣,遣周近携黄金千两、白璧一双,将三十五岁的文姬赎回中原。

第三次婚姻是惶遽而又果断的,也是聊堪安慰的。曹操令其嫁英才勃发的屯田都尉董祀,而董祀未必中意这一海归转内销的才女。婚后翌年,董祀便犯死罪。文姬再也受不了三度失夫之苦,急谒曹丞相,"蓬首徒行,叩头请罪,音辞清辩,旨甚酸哀,众皆为改容。操曰:诚实相矜,然文状已去,奈何？文姬曰:明公厩马万匹,虎士成林,何

---

① 参见路南孚《中国历代叙事诗歌》,山东文艺出版社1987年版。

惜疾足一骑,而不济垂死之命乎！操感其言,乃追原祀罪。时且寒,赐以头巾履袜"。刀下救夫之后,二人始得和谐,育养一双儿女,其女嫁司马懿之子司马师。

应曹操之所请,文姬将记诵的四百余篇典籍誊缮送之;为心中之情感起伏所激荡,文姬感伤乱离,作诗二章,是为今之所云《悲愤诗》。

文姬的悲愤,首先是因为这个失序的混乱时代。汉家失权,董卓谋篡,导致混战连连,人命危浅。

其次是因为匈奴来犯,烧杀抢掠的悲愤:"斩截无孑遗,尸骸相撑拒。马边县男头,马后载妇女。长驱西入关,回路险且阻。还顾邈冥冥,肝脾为烂腐。所略有万计,不得今屯聚。或有骨肉俱,欲言不敢语。失意机微间,辄言毙降虏。要当以亭刃,我曹不活汝。岂复惜性命,不堪其詈骂。或便加棰杖,毒痛参并下。旦则号泣行,夜则悲吟坐。欲死不能得,欲生无一可。"作为匈奴人的战利品,文姬自己亲身经历了这一系列的耻辱和痛楚。

第三重悲愤是文化、气候与习俗之所致。身处一个义理规范与文化积累迥异于中原文明的边荒之地,这些被匈奴抢过去的女人们怎不感念家乡、怀想亲人、渴望回去呢？

第四重悲愤是作为一个母亲的悲愤。好不容易得到自身回归的机会,但却不得不与亲生的胡儿们分手。这一分手就是陌路,这一登车便是永别,怎不令文姬发狂生痴呢？

> 邂逅徼时愿,骨肉来迎己。己得自解免,当复弃儿子。天属缀人心,念别无会期。存亡永乖隔,不忍与之辞。儿前抱我颈,问母欲何之。"人言母当去,岂复有还时。阿母常仁恻,今何更不慈？我尚未成人,奈何不顾思！"见此崩五内,恍惚生狂痴。号泣手抚摩,当发复回疑。兼有同时辈,相送告离别。慕我独得归,哀叫声摧裂。马为立踟蹰,车为不转辙。观者皆嘘欷,行路亦呜咽。[①]

第五重悲哀是物不是、人亦非的悲愤。昔日之城市因为战乱变为坟场,父母家人无一留存在世,这就令她对抛舍儿女、回归中原的合理性产生了深深的质疑。即令重振旗鼓再行改嫁,但也已鄙贱之身,恐难讨好丈夫。所有的悲愤聚集起来,文姬只得认定生命的延续只是悲剧的世面:"人生几何时,怀忧终年岁！"作为一位饱经忧患的弱女子,这天下世道和家庭遭遇,委实对她太为不公！

正因为感叹命运不公,所以文姬才一而再、再而三地用诗歌和琴曲来宣泄其悲愤和痛苦。其《悲愤诗》第二章已经在仿骚体诗,在描写当中添了颇多的感慨,而长达一

---

① 蔡琰《悲愤诗》,《后汉书·列女传》,《二十五史》,上海古籍书店、上海书店1986年影印本,第286页。

千二百九十七字的《胡笳十八拍》,却成为中国第一首杂言骚体自传诗。该诗夹叙夹议而以抒愤为主,每一拍都是对心灵的自戕:"心愤怨兮无人知"、"志摧心折兮自悲嗟"、"衔悲畜恨兮何时平"、"寻思涉历兮多艰阻,四拍成兮益凄楚"、"五拍泠泠兮意弥深"、"六拍悲来兮欲罢弹"、"日暮风悲兮边声四起,不知愁心兮说向谁是!"、"十拍悲深兮泪成血"、"叹息欲绝兮泪阑干":

> 为天有眼兮何不见我独漂流?为神有灵兮何事处我天南海北头?我不负天兮天何配我殊匹?我不负神兮神何殛我越荒州?制兹八拍兮拟排忧,何知曲成兮心转愁。
> 十六拍兮思茫茫,我与儿兮各一方。日东月西兮徒相望,不得相随兮空断肠。对萱草兮忧不忘,弹鸣琴兮情何伤!今别子兮归故乡,旧怨平兮新怨长!泣血仰头兮诉苍苍,胡为生兮独罹此殃!
> 胡笳本自出胡中,缘琴翻出音律同。十八拍兮曲虽终,响有余兮思无穷。是知丝竹微妙兮均造化之功,哀乐各随人心兮有变则通。胡与汉兮异域殊风,天与地隔兮子西母东。苦我怨气兮浩于长空,六合虽广兮受之应不容!①

如此人生之苦痛、心灵之磨难,当然要使得文姬思前想后指天骂地、怨气如虹直贯长空。没有此等大悲愤者,何能写出此等惊天动地之辞章,自弹自吟出如许激扬澎湃之乐曲?亦有论者质疑文姬《胡笳十八拍》之著作权,看来实属不必。

二、"诗史"杜甫起悲歌

唐代自叙诗歌中,可以与《悲愤诗》前后辉映的篇章,应属杜甫的《自京赴奉先县咏怀五百字》。杜甫(712—770)字子美,祖籍襄阳(今属湖北),生于河南巩县。曾被荐为节度参谋、检校工部员外郎。作为武后时著名诗人、官膳部员外郎杜审言之孙、兖州司马、奉天县令杜闲之子,杜甫以"诗是吾家事,人传世上情"(《宗武生日》)的自觉创作态度,成为用诗来反映时代的忠实记录人。清人浦起龙十分精辟地指出:"少陵之诗,一人之性情,而三朝之事会寄焉者也。"(《读杜心解·少陵编年诗目谱附记》)

作为大唐三朝的诗史,杜甫不仅写出了"三吏"、"三别"等反映百姓疾苦的动人诗章,也在不经意之间,写下了自身的痛苦、悲哀和无助。天宝十四载(755)冬,杜甫探视寄居在奉先的妻子,苦吟出《自京赴奉先县咏怀五百字》。这首诗以其亲身的经历和直接的见闻,描写出安史之乱爆发前极为对立的悲剧性社会冲突。

一方面是皇家无比奢华淫靡的享乐:"凌晨过骊山,御榻在嵽嵲。蚩尤塞寒空,蹴

---

① 郭茂倩《乐府诗集》,中华书局1979年版,第860页。

蹋崖谷滑。瑶池气郁律,羽林相摩戛。君臣留欢娱,乐动殷胶葛。赐浴皆长缨,与宴非短褐……况闻内金盘,尽在卫霍室。中堂舞神仙,烟雾蒙玉质。暖客貂鼠裘,悲管逐清瑟。劝客驼蹄羹,霜橙压香桔。"温泉赐浴,歌舞升平,食不厌美,衣皆貂裘,整个朝廷和君臣都陷入穷奢极欲的豪华场面中,过着胜似神仙的美妙生活。

另一方面是老百姓遭横征暴敛、被鞭打呵斥、饥寒交迫、冻饿而亡的无情现实。"彤庭所分帛,本自寒女出。鞭挞其夫家,聚敛贡城阙。圣人筐篚恩,实欲邦国活。臣如忽至理,君岂弃此物?多士盈朝廷,仁者宜战栗!朱门酒肉臭,路有冻死骨。荣枯咫尺异,惆怅难再述。……"那么多贪官污吏瓜分着百姓的财帛,那么多冻死的白骨映衬着朱红的宫门,那么多无边的惆怅、深切的愤怒难与尽数,你们这些君臣怎么就忘记了民惟邦本的古训呢?

第三方面是自己家里的变故。悲剧并不遥远,苦难属于民族,它们都与诗人同在,令自身伤情:

老妻寄异县,十口隔风雪。谁能久不顾?庶往共饥渴。
入门闻号啕,幼子饥已卒!吾宁舍一哀,里巷亦呜咽。
所愧为人父,无食致夭折。岂知秋禾登,贫窭有仓卒。①

十年来困守长安,委曲求全,阿谀奉承,"朝扣富儿门,暮随肥马尘";十年来钻营无门,饥寒交迫,不顾生理,"饥饿动即向一旬,弊衣何啻悬百结";后四年来抛妻别子、意图一用,便可"致君尧舜上,再使风俗淳"。但是李林甫和杨国忠奸相当道,朝廷上下乌烟瘴气,哪里有这个外地诗人的进身之阶呢?

这边只有十年的屈辱,家中却遭遇饿死的灾祸。当诗人终于想与家人共饥寒、同甘苦的时候,当诗人历尽千辛万苦终于踏进家门的时候,迎接他的只有那撕心裂肺的痛哭,他那最小的儿子竟然等不到父亲的回来,就永远离开了这个永远吃不饱肚子的人世间!作为一个成年男人,作为一位成熟的父亲,杜甫他当然对儿子之死负有直接的责任,他当然该为此感到莫大的羞愧,他也必然为此承担永世的悲哀和终身的凄凉。

自然,杜甫的伟大,更在于他有一颗博大的慈悲之心和炽烈的民生情怀。即便自身可怜如此,他还要"穷年忧黎元,叹息肠内热",他还要以自身不缴租税不服役的所谓贵族待遇,转而同情那些必须要承担这个时代所带来的一切苦难的底层百姓,"生当免租税,名不隶征伐。抚迹犹酸辛,平人固骚屑。默思失业徒,因念远戍卒。忧端齐终南,澒洞不可掇。"这种博大的人道主义情怀,在他的《茅屋为秋风所破歌》中一脉相承,再难受、再痛苦、再苦寒,也希望老百姓能过上美好的日子。杜甫自己肯定没有能

---

① 《全唐诗》,上海古籍出版社1996年版,第512页。

力实现这些美妙的理想,但是他在心底深处默默地在为包括他自己在内的中国人民祈福。凡此种种,都使这位诗人的悲剧精神深化成一种圣人般的崇高宗教精神,这也正是儒家精神的唐代激扬,这也是杜甫之被作为诗中圣人的由来。这样一位像葵花一样敬仰太阳、三呼明君的臣子,居然能在诗中做出如此大胆的揭露,亮出如此直接的对比,发出如此尖锐的针砭,固然是因为社会现实与家庭悲剧之所激,但也说明杜甫实际上已经看到巍巍大唐盛极而衰的诸多征兆。随着安史之乱的叮当开场,大唐江山的好日子便江河日下、一去不复返了。

三、《圆圆曲》里遗恨长

写一个美女及其与历史关头大转折的关系,前有白居易的《长恨歌》,当然白诗充满了更多夸饰虚构的精神。而《圆圆曲》则基本上展现了史实,并在此基础上予以了一定的感喟。胡薇元《梦痕馆诗话卷四》云:"此诗用春秋笔法,作金石刻画,千古妙文。长庆诸老,无此深微高妙。"一味说吴诗超越,未免归于溢美。

倒是杨际昌《国朝诗话·卷一》类比得比较全面。他说:"世称杜少陵为诗史,学杜者不须袭其貌,正须识此意也。吴梅村歌行,大抵发于感怆,可歌可泣……使吴逆无地自容。体则元白,可为史则已如杜也。"

吴伟业(1609—1672),字骏公,号梅村,江苏太仓人。明崇祯四年(1631)进士,官左庶子。弘光朝,任少詹事。明亡归里,清顺治时被逼出仕,官国子监祭酒,三年后以母丧返乡。其以《圆圆曲》作为代表作的"梅村体"叙事诗,每每多苍凉之音,著悲怨之慨,涵无边之愤。

本诗通篇以绝色歌女陈圆圆身若浮萍、任人拨弄、可悲可哀、可恨可泣的命运遭际为主线,感叹人物和历史不期而遇的际会姻缘。

陈圆圆(1624—1681)原姓邢,名沅,字圆圆,又字畹芬,从养母陈氏改姓陈。她如花似玉,色艺独步。作为江南第一歌姬,她既是"秦淮八艳"中的头牌人物,也是苏州玉峰昆腔班的顶台柱,声甲天下之声,色甲天下之色。然而红颜薄命,任人夺取:"家本姑苏浣花里,圆圆小字娇罗绮。梦向夫差苑里游,宫娥拥入君王起。前身合是采莲人,门前一片横塘水。横塘双桨去如飞,何处豪家强载归。此际岂知非薄命,此时惟有泪沾衣。薰天意气连宫掖,明眸皓齿无人惜。夺归永巷闭良家,教就新声倾坐客。坐客飞觞红日暮,一曲哀弦向谁诉?"她唱戏弹曲,坐台出台,从富贵人家皆可狎之,到被老国舅田畹霸占于府中,她总是泪下沾裳,难于哭诉。这是第一重悲慨。

一旦得与大将军吴三桂相遇,"相见初经田窦家,侯门歌舞出如花。许将戚里箜篌伎,等取将军油壁车"。这多情将军按捺不住倾慕之情,以抗贼相护为由头,"早携娇鸟出樊笼,待得银河几时渡",又从国舅手中将圆圆巧取豪夺过来。然而军书频催,二人分手。闯王进京后,"遍索绿珠围内第,强呼绛树出雕栏",圆圆却又落到了李自成部下刘宗敏之手。哪怕她欲死心塌地作三桂之妇,也总是逃不脱被强者抢食的命运。这是第二重悲慨。

当三桂把她从沦陷当中解救出来,此时夫妻相见,别是一番惊恐羞惭:"蛾眉马上传呼进,云鬟不整惊魂定。蜡炬迎来在战场,啼妆满面残红印。"此后,作者将镜头摇到昔日伙伴们的境遇以做横向对比,也点明了她跟随吴三桂前往云贵的线索。一般认为,吴三桂曾有将圆圆立正妃之意,圆圆贵有自知之明,不从。吴三桂乃另娶正妃、觅得"八面观音"等诸多美女。那边厢圆圆独居别院,乃至及削发为尼。吴三桂称帝死后,圆圆自沉于五华山华国寺寺外莲花池。诗人此时把圆圆的一己之悲,升华到古今佳人的大悲哀中,比西施,类二乔,最终是"错怨狂风飏落花,无边春色来天地。尝闻倾国与倾城,翻使周郎受重名。……君不见馆娃初起鸳鸯宿,越女如花看不足。香径尘生鸟自啼,屧廊人去苔空绿。换羽移宫万里愁",这是第三重历史、美人与江山相与际会的苦愁和悲慨。

有的文学史家说这首诗以喜剧终局,却没有看到全诗以虚写结尾,以红颜薄命的归纳性总结收束,以美人牵缠着的历史总是与悲慨、遗憾、愤懑和虚无告终,因此喜剧说是有失公允的片面之论。

就诗中的男主角吴三桂(1612—1678)而言,这位辽东武举出身的袭职大将实在是只能在历史上落下骂名,处于处处不讨好的尴尬境地。他本来先投降了李自成,但一旦听说圆圆被刘宗敏所凌辱,即刻就夺取山海关,并置民族大义于不顾,勾结清军三路进关,大败李自成部。此后,作为清军的忠实走卒,"三桂率所部从,自边外趋绥德,二年,克延安、鄜州,进攻西安。自成以数十万人迎战,三桂督兵奋击,斩数万级。自成出武关南走,师从之,自襄阳下武昌,自成走死"[①],成为大顺朝的直接催命人。当他土皇帝般的藩王做得正美之时,康熙削藩,吴三桂又爆发长达八年的"三藩之乱",最后在称帝的自欺欺人闹剧中一病而亡。他先叛明,后又叛清朝,从来就没有坚定如一的政治操守。假使他当时不与清人勾结,假使清军无法入关,中国的历史可能就要重写,吴三桂的地位可能会无比高贵。然而历史恰恰没有假如之说,一切偶然事件都成为了永恒定格的必然呈现。

《圆圆曲》中,对吴三桂的痴情予以了充分描摹。"恸哭六军俱缟素,冲冠一怒为红颜",把他为了一位美女而将大好河山拱手相让给异族的行径,极有分寸地表现出来,赞美与讥刺并发。"妻子岂应关大计,英雄无奈是多情。全家白骨成灰土,一代红妆照汗青",是说他既置国家民族的代价于不顾,又置老父亲以及全家三十八口人的性命于不顾,使得闯王部队族灭其家。他所得到的,唯有一位美女,唯有一条可以在英雄美女的纠葛上使之流传青史的线索,即使是这条线索也不能使他得到正面积极的评

[①] 柯劭忞等《清史稿》,《二十五史》,上海古籍出版社、上海书店1986年影印本,第10256—10258页。

价，吴梅村的措辞算是温文尔雅到极致，但也嬉笑怒骂、入木三分到极点。就三桂而言，他本身与英雄悲剧无缘，至多只是个多情的民族叛徒和有奶便是娘的投机叛徒而已。

自打《圆圆曲》之后，中国的纪实叙事诗便成绝响。迄今为止，后来者再也无法超越这一梅村体的范本。

从诗词史上之悲慨累积、绝命诗之悲音迸发和写实诗之悲情演绎三方面，来看待韵文当中诗词曲主体的怨恨题旨和悲情万种，当然只是挂一漏万的一种尝试，同时也是逐步延伸的一番示例。值得思考的倒在于，为什么那么多绝好的诗歌韵文，又同时与悲怨苦愁有着牵扯不开的骨肉联系呢？

第五章
散文之哀境千重

一般而言,韵文可以用来合乐歌唱,散文则只供阅读和朗读。诗词曲就其本身言,都是歌乐舞的文学唱词,因此属于韵文部。有的骈文虽然也讲究句型的整齐与模进,注重整体押韵或者部分押韵,但却只是为了朗读时的琅琅上口,并不能运用于规范的和乐歌唱,因此我们将其归属到散文部。本书把除了小说之外,不能用来合乐歌唱的文体都总称为散文,取的是《汉书·艺文志》"不歌而诵谓之赋"[①]的诵读涵义。

散文可以分为散体文和骈体文两种。历史上的散体古文,从先秦史传散文开始,到韩愈、柳宗元所提倡的奇句单行、废八代之辞华,以先秦散文骨力气势为传统的"古文"运动而开新生面。历史上的骈文,主要指以汉魏六朝以来的两两对偶、协音成韵、词藻华丽的文体。本书认为赋、箴、铭、赞和八股文等格式化的相关文体都可以归入骈体文;凡格式上没有一定限制和规范的文章,都归入散体文。

与韵文比较,散文容量极为广阔,且具备十分明显的叙事状物、抒情写志的功能,这对悲哀意境的容纳和引申,有着十分重大的文体意义。

[①] 班固《汉书·艺文志》:"传曰:'不歌而诵谓之赋,登高能赋可以为大夫。'言感物造端,材知深美,可与图事,故可以为列大夫也。……春秋之后,周道寖坏,聘问歌咏不行于列国,学《诗》之士逸在布衣,而贤人失志之赋作矣。大儒孙卿及楚臣屈原离谗忧国,皆作赋以风,咸有恻隐古诗之义。其后宋玉、唐勒;汉兴,枚乘、司马相如,下及扬子云,竞为侈丽闳衍之词,没其风谕之义。是以扬子云悔之,曰:'诗人之赋丽以则,辞人之赋丽以淫。如孔氏之门人用赋也,则贾谊登堂,相如入室矣,如其不用何!'自孝武立乐府而采歌谣,于是有代赵之讴,秦楚之风,皆感于哀乐,缘事而发,亦可以观风俗,知薄厚云。"《二十五史》,上海古籍出版社、上海书店1986年影印本,第167页。

第一节　史传散文的悲苦之境

一、《左传》善写悲情事

史传散文中往往有些极富于悲剧性情韵的篇章,在史事记述中体现出曲折的故事性和戏剧性。这从较早的先秦典籍《左传》中可以看到。

《郑伯克段于鄢》便是发生在隐公元年(前722)一个曲回宛转的悲剧故事。庄公与共叔段为两兄弟,但母亲姜氏因生庄公时难产,所以一直偏爱共叔段而讨厌庄公。这是母子之间对立矛盾的心理依据;因此,姜氏一直要请武公立共叔段为嗣,想剥夺庄公的世袭权利;但武公还是立了庄公,致使其心理上的对立变成了政治上的冲突。继承权失旁落后,姜氏又为共叔段请封地,庄公也应允了。结果共叔段在封地扩张势力,准备以武力夺取继承权,姜氏则作为内应,试图届时开城门迎接共叔段。当群臣反复鼓动庄公对欲图谋反的共叔段采取军事行动时,庄公又以"多行不义必自毙"的理由有过三次延宕,为悲剧高潮的到来蓄足了情势。直到庄公打听到共叔段准备起兵的日期时,便迅速起兵伐之,驱逐了共叔段,疏远了姜氏,并起誓说:"不及黄泉,无相见也!"①

这是一个极其紧张而有序的家庭悲剧和政治悲剧。庄公的继承权及其合理性,在牺牲母子关系和兄弟关系的前提下,得到了巩固和确立。但这个悲剧故事又留下了典型的中国式悲剧的团圆尾巴:庄公对母亲的冷遇无疑是应当的,但他又终有所悔,认为这样持续下去不符合伦理精神。颖考叔看出了庄公既不想违背伦理又不想反悔誓言的心思,便提出了"阙地及泉,隧而相见"的变通办法。于是,庄公和姜氏在隧道中相会,吟而歌之,"遂为母子如初"。一个十分动人的悲剧又同样以十分感人的和解场面收束,政治与伦理得到了高度的和谐。有理有节,有悲有欢:这里似乎有意无意地规定和暗示了后世中国悲剧每每以团圆告终的思路和结构。

强烈的爱国主义精神,在《左传》中也有充分的张扬。"定公四年"(前506年)曰:

> 初,伍员与申包胥友。其亡也,谓申包胥曰:"我必覆楚国。"
> 申包胥曰:"勉之! 子能覆之,我必能兴之。"
> 及昭王在随,申包胥如秦乞师,曰:"吴为封豕、长蛇,以荐食上国,虐始于边楚。寡君失守社稷,越在草莽。使下臣告急……"
> 秦伯使辞焉,曰:"寡人闻命矣。子姑就馆,将图而告。"
> 对曰:"寡君越在草莽,未获所伏。下臣何敢即安?"立,依于庭墙而哭,日夜

---
① 《左传·隐公元年》,阮元《十三经注疏》,中华书局1980年版,第1716页。

不绝声,勺饮不入口七日。
秦哀公为之赋《无衣》,九顿首而坐,秦师乃出。①

当着伍子胥因父兄被杀之恨而口出灭国狂言的时候,申包胥当即就给与了坚决的回击。不幸这番赌赛竟然成为现实,当着郢都遭沦陷、昭王逃随国的时候,申包胥及时到秦国搬兵。一旦秦伯推诿,申包胥便靠在秦国朝廷墙上,绝食七昼夜,哭叫七昼夜,这是在为祖国水米不粘牙,这是在为社稷作男儿之嚎哭!

怪不得秦哀公都为之感动,当场为之诵出著名的《秦风·无衣》:"岂曰无衣?与子同袍。王于兴师,修我戈矛,与子同仇。岂曰无衣?与子同泽。王于兴师,修我矛戟,与子偕作!岂曰无衣?与子同裳。王于兴师,修我甲兵,与子偕行!"

等到申包胥带着秦兵击败吴师后,楚王要论功行赏。而申包胥则"遂逃赏",坚决不受任何封赏,体现出忠臣决不谋私利、求回报的高尚情操。正是因为以申包胥为代表的楚人爱国主义之高扬,正是因为这种大无畏的精神、大坚韧的表现和大公无私的胸怀,这才滋生了之后怀王为秦所扣后,楚南公所谓"楚虽三户,亡秦必楚"的楚人之不灭意志、复国之时代强音。

二、《战国策》中英雄谱

《战国策》写悲剧性的人物与事件,紧张、生动,高潮迭现,因此成为后世戏剧影视所频繁改编的历史宝库之一。

比方《燕策》叙燕太子丹虽以小国之窘,终不肯迫于强秦。他虚心结交一个个高人豪杰,总想与秦王一搏。先见智深勇沉的田光,"太子跪而逢迎,却行为道,跪而拂席"。田光以精力已去,复荐荆轲。只因为太子丹嘱其慎言国事,田光便在荆轲面前当场自刎,让后者转托其死不泄言之举。太子丹这才"再拜而跪,膝下行流涕,有顷而后言",请荆轲刺秦王。荆轲为了取信于秦,自己去见秦悬赏千金万邑以求的樊於期将军:

荆轲知太子不忍,乃遂私见樊於期曰:"秦之遇将军,可谓深矣。父母宗族,皆为戮没。今闻购将军之首,金千斤,邑万家,将奈何?"
樊将军仰天太息流涕曰:"吾每念,常痛于骨髓,顾计不知所出耳。"
轲曰:"今有一言,可以解燕国之患,而报将军之仇者,何如?"
樊於期乃前曰:"为之奈何?"
荆轲曰:"愿得将军之首以献秦,秦王必喜而善见臣,臣左受拔其袖,而右手

---

① 《左传·定公四年》,阮元《十三经注疏》,中华书局1980年版,第2137页。

揕抗其胸,然则将军之仇报,而燕国见陵之耻除矣。将军岂有意乎?"

樊於期偏袒扼腕而进曰:"此臣日夜切齿拊心也,乃今得闻教。"遂自刎。①

当第二位义士倒下之后,荆轲与高渐离击筑悲歌,"风萧萧兮易水寒,壮士一去兮不复还",使送别者们由"垂泪涕泣"到"士皆瞋目,发尽上指冠",由悲哀转向慷慨。此时荆轲就车而去,义无反顾地踏上了暗杀秦王的征程。这里情景人高度融合,有力地烘托起荆轲的悲剧英雄之气势。

由于荆轲总是想实现逼迫秦王签约的第一计划,由于剑长心悸等种种原因,刺秦的行动终告失败。可怜的燕王为了讨好秦国,竟将燕太子丹杀死谢罪,但最终还是被秦所掳。

这一悲剧事件中的人物性格,实在刻画到无以复加的精致程度。义士田光和樊於期之自杀,前者为证明自己的谨言;后者哪怕是作为大将军,也为刺秦而抛头颅洒热血在所不辞。燕太子丹作为悲剧的总策划,他为了天下而抗秦,便不得不出奇兵用巧计,行胁迫谋杀之举。当他得知田光之亡时,马上辨明非其本心,令荆轲知其非奸诈之徒。他跪求荆轲,"固请无让","尊荆轲为上卿,舍上舍,太子日日造问,供太牢异物,间进车骑美女,恣荆轲所欲,以顺适其意"。之后他又总是担心荆轲变卦,一次次婉言催促。但当荆轲请樊於期之头时,太子还是以仁慈之心谢绝说:"樊将军以穷困来归丹,丹不忍以己之私,而伤长者之意,愿足下更虑之。"这就表明太子丹之义,乃天下之大义,但同时他又有着仁慈恻隐之心,绝不愿意借危难来投的樊将军之头,来作为刺秦功业的又一重砝码。但是太子丹最后竟亡于燕王之手,这恐怕应令他死不瞑目!

大英雄荆轲的形象实在既真实又高大。他无端被作为刺秦的主角,先是被田光以死拖进来,后是被燕太子丹以磕头之诚所感动,不得不许诺,而且一诺千金,不得不实行。当着太子丹不愿伤及樊将军时,他竟自作主张,很快使将军自裁,从而多了取胜的条件。他行事缜密而又最怕太子的误解,所以有怒叱太子之举:"近日往而不反者,竖子也!今提一匕首入不测之强秦,仆所以留者,待吾客与俱。今太子迟之,请辞决矣!"

看来,倘若他能等到朋友一起刺秦,实在比那胆小如鼠的冒牌勇士秦武阳要有用得多。是他在秦廷中化解了大家对秦武阳筛糠的疑惧,是他在身中八创、气息奄奄时还在倚柱而笑,箕踞以骂曰:"事所以不成者,乃欲以生劫之,必得约契以报太子也。"如此大英雄,当为先秦第一而无所辞也。

---

① 《战国策·燕三》,辽宁教育出版社 1997 年版,第 273 页。

三、《史记》、《汉书》数霸王

史传文学中最为优秀的著作是司马迁的《史记》。这位继父亲司马谈之志,全力著作史著的学者,只因对另外一位悲剧人物李陵的同情,从而遭受腐刑,受到了生理上和人格上的极大摧残。基于自身欲死不甘、偷生不能的悲剧性境遇,司马迁的笔下特别善于烘托悲剧气氛,对悲剧事件和悲剧人物的描写尤为真切生动、精彩感人。

自古成者为王败者寇,而司马迁却敢于把项羽列入排在刘邦之前的帝王《本纪》之列,对霸王雄风及其悲剧英雄的情态予以了热烈的讴歌。比方他写项羽军困垓下,但闻四面楚歌。夜饮帐中,面对虞姬骏马,"乃悲歌慷慨,自为诗曰:'力拔山兮气盖世,时不利兮骓不逝。骓不逝兮可奈何,虞兮虞兮奈若何!'歌数阕,美人和之。项王泣数行下,左右皆泣,莫能仰视"。英雄盖世,绝命辞竟是对美人骏马的垂怜,这种悲剧氛围与心境的描写,既源于荆轲的"易水相别",又因虞美人对英雄的衬托而更为悲凉悱恻。

司马迁还在一定层面上烘托了命运悲剧的氛围。比方霸王尽管深夜突围,但还是被灌婴发觉追杀;再如项王至阴陵,迷失道,问一田父,田父绐曰"左"。左,乃陷大泽中。以故汉追及之。所以当霸王二十八骑对汉骑数千时,项王曰:

> 吾起兵至今八岁矣,身七十余战,所当者破,所击者服,未尝败北,遂霸有天下。然今卒困于此,此天之亡我,非战之罪也。今日固决死,原为诸君快战,必三胜之,为诸君溃围,斩将,刈旗,令诸君知天亡我,非战之罪也。①

也正是因为天命难违的想法,在亭长请其东渡乌江时,项羽第三次笑谓"天之亡我,我何渡为",骏马赠亭长,自己徒步"短兵接战";在杀敌数百人,自己亦"身亦被十余创"后,项羽瞥见汉营中的"故人"吕马童,乃曰:"吾闻汉购我头千金,邑万户,吾为若德!"乃自刎而死。杀人如麻的楚霸王,死到临头,既无面目见江东父老,又极具义气地赠马相谢,甚至赠送首级与人邀功,于钢骨柔肠和悲壮气魄中透出一派温情、几丝嘲讽和多少幽默。这脉脉的人情味,曾引起多少读者的感叹悲伤啊!

接下来的一幕闹剧实在令人摇头。为了争夺霸王的身体,汉军居然有几十人相斗而亡。王翳和吕马童等五人各自抢割到头、手、脚等肢体,所以之后也就因此而封地称侯。这些小人们的哄抢与得志,正好从反面显示出霸王的盖世英豪和磊落大气,同时也显示出英雄身后的悲哀凄凉。黄钟毁弃,瓦釜雷鸣,盖常理乎?

---

① 司马迁《史记·项羽纪》,《二十五史》,上海古籍出版社、上海书店 1986 年影印本,第 39 页。

司马迁笔下的另一位悲剧性英雄李广,暮年仍随卫青出战匈奴。因不如卫青意,卫青派文官以责。李广沉痛地告白说:"广结发与匈奴大小七十余战,今幸从大将军出接单于兵,而大将军又徙广部,行回远,而又迷失道,岂非天哉!且广年六十余矣,终不能复对刀笔之吏!"遂引刀自刭。广军士大夫一军皆哭。百姓闻之,知与不知,无老壮皆为垂涕!这与司马迁叙韩信悲剧时,借人物口中总结出的"狡兔死,走狗烹;飞鸟尽,良弓藏;敌国破,谋臣亡。天下已定,我固当烹"的沉痛总结,是可以相为印证的。

《史记》之后的史书,总的讲是历史性增强,官史气渐浓,而文学性则有所减弱。但春秋笔法的运用,悲剧精神的呈现,也依然时有所见。

班固在《汉书》中将李广与李陵的精神人格悲剧链接起来,又把李陵同苏武于苦难中见出大忠贞的悲剧情怀相映衬,特别容易引起人们的对比和深思。这与司马迁将项羽之死与刘邦之诈对比写来的笔法,也是前后相承的。范晔《后汉书》状范滂临刑时与老母的诀别,也颇有感人之处。

总的看来,秦汉史传文学中所塑造的诸如荆轲、项羽、韩信、李广等悲剧英雄群像,是中国悲剧文学中最早也最重要的内容之一。

第二节　抒情散文的哀伤之境

一、六朝感喟散文

中国早期的抒情散文,可以源于史传文学中的抒情或者感喟部分。不过"太史公曰"之类的小结和发挥,到底空间有限。六朝散文开始具备较强的抒情意识,写景抒怀,感慨悲凉,为后世散文的义界,做了很多开拓的工作。

一位原本无心成为文学家的官员和旅行家,在为地理史籍《水经》作注时,居然得江山之助,发幽深之思,成为文学史上的著名散文家。他就是北魏范阳涿州的郦道元(?—527)。他于北魏太和十八年(494)出任尚书郎,历任颍川太守、东荆州刺史、御史中尉等职,在任关右大使时,在阴盘驿(今陕西临潼附近)为雍州刺史萧宝寅杀害。中国的山水散文之祖,居然死于非命,亡于同僚,这也实在令人怅惘。

《水经注》中最好的文学篇章,恐怕应该算《江水》[1]了。

自三峡七百里中,两岸连山,略无阙处。重岩叠嶂,隐天蔽日,自非亭午夜分,不见曦月。至于夏水襄陵,沿溯阻绝。或王命急宣,有时朝发白帝,暮到江陵,期间千二百里,虽乘奔御风,不以疾也。春冬之时,则素湍绿潭,回清倒影。绝𪩘多生怪柏,悬泉瀑布,飞漱其间,清荣峻茂,良多趣味。每至晴初霜旦,林寒涧肃,常

---

[1] 郦道元《水经注》,陈桥驿校证,中华书局2013年版,第756页。

有高猿长啸,属引凄异,空谷传响,哀转久绝。故渔者歌曰:"巴东三峡巫峡长,猿鸣三声泪沾裳。"……既自欣得此奇观,山水有灵,亦当惊知己于千古矣。

愈对此山川美景,人间奇观,愈易生出上苍造化、空间悲凉之感。这里的一度悲感之长啸是高猿,二度饮泪沾裳者是当地渔父,三度感怀山川并引为知己者,先是身临其境之文人,复为临此三峡之文友。这段文字没有透露任何个人遭际,但却深沉凄楚、悲凉壮丽,将人生之沉吟溢于景中,令读者怦然心动。

与郦道元齐名的北魏散文家是曾任抚军府司马的杨衒之。他的《洛阳伽蓝记》在郦道元故去二十年之后写成,以寺庙之盛衰关联北魏都洛四十载的兴废变易,悲慨系之。《四库提要》称"其文秾丽秀逸,烦而不厌,可与郦道元《水经注》肩随"。

北魏建都洛阳之后,经太和(477—499)汉化,礼仪富足,人物殷阜,繁华似锦,佛法为盛。凿石窟于龙门,立寺庙于城郭,一千三百六十七座佛庙,诚天下之奇观。武泰元年(528),北魏内乱外忧,关东尔朱荣先伐洛阳,烧杀抢掠,屠王公大臣二千余人;高欢复灭朱氏,于永熙三年(534)立静帝,建东魏,迁都于邺,洛阳宫室佛寺,尽行拆毁。东魏武定五年(547),杨衒之出差到此,不胜唏嘘曰:

> 暨永熙多难,皇舆迁邺,诸寺僧尼亦与时徙。至武定五年,岁在丁卯,余因行役,重览洛阳。城郭崩毁,宫室倾覆,寺观灰烬,庙塔丘墟,墙被蒿艾,巷罗荆棘。野兽穴于荒阶,山鸟巢于庭树。游儿牧竖,踯躅于九逵;农夫耕稼,艺黍于双阙。麦秀之感,非独殷墟;黍离之悲,信哉周室!京城表里,凡有一千余寺。今日寮廓,钟声罕闻。恐后世无传,故撰斯记。①

爰作《洛阳伽蓝记》(伽蓝,梵语寺庙之音译),以喻后人。这里的悲哀首先是改朝换代、兴废更替的大悲哀,从商周到北魏,概莫能外。沧海变桑田,华都成废墟,时事使然,莫之能抗也。

其次是佛庙兴废之悲。"逮皇魏受图,光宅嵩洛,笃信弥繁,法教愈盛。王侯贵臣弃象马如脱屣,庶士豪家舍资财若遗迹。于是招提栉比,宝塔骈罗,争写天上之姿,竞摸山中之影,金刹与灵台比高,广殿共阿房等壮。岂直木衣绨绣,土被朱紫而已哉!"如此之宏贵豪奢,富丽堂皇,到后来竟至于断井颓垣,废墟连连。比方当年永宁寺为群寺之冠,通体饰金,骇人心目;其后被焚,大火三月不灭,以致"悲哀之声,振动京邑"。百姓之悲哀,不一定是宗教之情感,而是文明毁弃、辉煌涂炭、兴废无常、生死无依之感喟。

---

① 杨衒之《洛阳伽蓝记序》,周祖谟校释,中华书局1963年版,第19页。

三是动人之悲吟,胜过快马健儿之威力。《法云寺》中描写河间王元琛的歌女朝云,极煽情之能事:

> 有婢朝云,善吹箎,能为《团扇歌》、《垄上声》。琛为秦州刺史,诸羌外叛,屡讨之,不降。琛令朝云假为贫妪,吹箎而乞。诸羌闻之,悉皆流涕,迭相谓曰:"何为弃坟井在山谷为寇也!"即相率归降。秦民语曰:"快马健儿,不如老妪吹箎。"

这就将悲音审美的巨大感染力,一下子具体化、战役化,就连"诸羌"等外族粗人都望风归顺。遥想当年刘邦以四面楚歌瓦解项羽军心,也不过如此。总之,杨衒之在《洛阳伽蓝记》中,描摹精巧生动,对比触目惊心,感慨深沉哀婉,对政治变乱、朝代更替、历史兴废过程中宗教文化的盛衰,寄予了无限的悲悼。

二、唐代悲情散文

成熟的抒情散文以唐代古文运动作为标志,而古文运动的先驱,就是天宝中期后的元结、李华和萧颖士等人。李华(715—774),赵州(今河北)人,开元进士,天宝间任侍御史、擢祠部郎中。他以抒情散文的成功实践,开韩柳古文之先河。在著名的《吊古战场文》中,李华描摹了这样一幅悲壮画图:

> 浩浩乎!平沙无垠,夐不见人,河水萦带,群山纠纷。黯兮惨悴,风悲日曛。蓬断草枯,凛若霜晨。鸟飞不下,兽铤亡群。亭长告余曰:"此古战场也。常覆三军,往往鬼哭,天阴则闻。"伤心哉!秦欤?汉欤?将近代欤?……呜呼噫嘻!吾想夫北风振漠,胡兵伺便。主将骄敌,期门受战。野竖旄旗,川回组练。法重心骇,威尊命贱。利镞穿骨,惊沙入面。主客相搏,山川震眩。声析江河,势崩雷电。至若穷阴凝闭,凛冽海隅;积雪没胫,坚冰在须。鸷鸟休巢,征马踟蹰,缯纩无温,堕指裂肤。当此苦寒,天假强胡,凭陵杀气,以相剪屠。径截辎重,横攻士卒;都尉新降,将军覆没。尸填巨港之岸,血满长城之窟。无贵无贱,同为枯骨,可胜言哉![①]

多少戍卒,寄身锋刃之中;几多兵将,血满长城之窟。两军对垒,生死相搏之际,向前退后都是悲剧结局:"降矣哉,终身夷狄;战矣哉?骨暴沙砾!鸟无声兮山寂寂,夜正长兮风淅淅。魂魄结兮天沉沉,鬼神聚兮云幂幂。日光寒兮草短,月色苦兮霜白。伤心惨目,有如是耶?"大山无穷的寂寞,地底永恒的长夜,终于尽数吞噬了这些凄惨的

[①] 李华《吊古战场文》,吴楚材《古文观止》,中华书局2008年版,第164页。

魂魄。只有远方的父母妻儿,苦盼着男儿的回归,祝愿壮士的平安。然则吊不知生死,祭不明处所,"布奠倾觞,哭望天涯"!

这篇古战场祭文当视为千古绝响。朝代的无定性、地点的无寻处和人物的不可稽考,使之成为古今战亡者的最为适宜的精神皈依。设身处地,对烈士们予以深切的理解和高度的同情;抗虐反战,对战争感到无比的痛恨、对和平寄予殷切的渴望。他认为秦筑长城,竟是荼毒生灵、万里朱殷之血证;汉击匈奴,虽得阴山,但却枕骸遍野,功不补患。这就使得全文始终在悲怆的笔调之中,洋溢着博爱的人道主义精神。

据说这篇鸿文的产生,源于张华与萧颖士的一场竞争。其时"华文辞绵丽,少宏杰气;颖士健爽自肆,时谓不及颖士,而华自疑过之。因著《吊古战场文》,极思研摧"①,以悲壮人道之思,终成磅礴大气。

古文运动的主将韩愈(768—824),当然也在抒情散文的创作方面有其大手笔。被誉为"祭文中千年绝调"的《祭十二郎文》,可以视为李华祭文的双璧。李华从大处着眼,吊古战场之群鬼,极写悲剧气势;韩愈从小事下笔,祭亲侄儿之亡魂,极写身边琐事,把血亲之痛诉来,遗恨与悲哀并发:

呜呼!吾少孤,及长,不省所怙,惟兄嫂是依。中年兄殁南方,吾与汝俱幼,从嫂归葬河阳,既又与汝就食江南,零丁孤苦,未尝一日相离也。吾上有三兄,皆不幸早逝。承先人后者,在孙惟汝,在子惟吾,两世一身,形单影只。嫂尝抚汝指吾而言曰:"韩氏两世,惟此而已!"汝时幼小,当不复记忆,吾时虽能记忆,亦未知其言之悲也。……吾自今年来,苍苍者或化而为白矣;动摇者或脱而落矣,毛血日益衰,志气日益微,几何不从汝而死也?死而有知,其几何离?其无知,悲不几时,而不悲者无穷期也。②

另一位古文运动的健将柳宗元,写景则清丽而讽不平,叙事则沉郁以刺时政,开了抒情散文的另一生面。

三、宋明忧患散文

如果说抒情散文由兴起到成熟,是开始附庸在史传中,而后融化在景物和事件的描绘中,之后由祭奠亡魂而婉转情深的话,那么以范仲淹、欧阳修和苏轼为代表的宋代散文则以情为中心,因情即景,状境抒情,境界万千。情如江海,酝酿于胸中,而文则如"万斛泉源,不择地而出"(《文说》),道出了苏轼等人情主客境、夹议

---

① 《新唐书·文艺传下·李华传》,《二十五史》,上海古籍出版社、上海书店1986年影印本,第5773页。
② 韩愈《祭十二郎文》,吴楚材《古文观止》,中华书局2008年版,第196页。

夹叙的主次偏重。即如范仲淹因嘱而作的《岳阳楼记》,也是以反映强烈的主体忧患意识为重的:

> 不以物喜,不以己悲。居庙堂之高,则忧其民;处江湖之远,则忧其君。是进亦忧,退亦忧。然则何时而乐耶? 其必曰:"先天下之忧而忧,后天下之乐而乐欤!"①

这里继承光大了儒家传统的忧患意识,但又摒弃了儒家思想中"穷则独善其身,达则兼善天下"的滑头哲学,在进退皆忧而先天下忧的信念、责任和操守中,把儒家的忧患意识更加崇高化和理想化了。这才是该文所以脍炙人口的根本原因。

欧阳修(1007—1072)则在《五代史伶官传序》中,从史实与哲理相统一的角度精警有据地阐明了"忧劳可以兴国,逸豫可以亡身"的道理,但因过分囿于古训,比起范仲淹直陈忧患意识的热情感人来,显得略逊一筹。

> 呜呼! 盛衰之理,虽曰天命,岂非人事哉! 原庄宗之所以得天下,与其所以失之者,可以知之矣。……及仇雠已灭,天下已定,一夫夜呼,乱者四应,仓皇东出,未及见贼而士卒离散,君臣相顾,不知所归;至于誓天断发,泣下沾襟,何其衰也!②

古典抒情散文以晚明清新活泼、秀丽可人的唐宋派散文和公安、竟陵派的小品散文作为尾声。如归有光(1506—1571)的《先妣事略》和《项脊轩志》,写家人脉脉之情,把怀念哀悼之心,化入了亲切醇厚的工笔描摹之中。例如:"大母过余曰:吾儿,久不见若影,何竟日默默在此,大类女郎也?""娘以指扣门扉曰:儿寒乎? 欲食乎?""庭有枇杷树,吾妻死之年所手植也,今已亭亭如盖矣!"这些细节的生动记忆,使得其怀念祖母、母亲和妻子的天伦之悲悲有所本,令读者设身处地,能够想象到自家生活的天伦之趣。

张岱(1597—?)状西湖之景时,恬淡、甜美而静谧。《湖心亭看雪》画雪中西湖,"天与云与山与水上下一白,湖上影子惟长堤一痕,湖心亭一点,与余舟一芥,园中人两三粒而已",人物山水,悠远空寂。但在他的《陶庵梦忆》和《西湖梦寻》中,却表现了他从纨绔子弟沦为"野人"后的故国之思,以及强烈的失落感和怅惘的情绪。

---

① 范仲淹《岳阳楼记》,《范文正公集》,《四部丛刊》影印本。
② 欧阳修《五代史伶官传序》,《新五代史》,《二十五史》,上海古籍出版社、上海书店1986年影印本,第5113页。

明末复社领袖张溥(1601—1640)的《五人墓碑记》,歌颂苏州普通市民对阉党的奋起抗争云:

> 五人者,盖当蓼洲周公之被逮,激于义而死焉者也。……然五人之当刑也,意气扬扬,呼中丞之名而詈之;谈笑而死。断头置城上,颜色不少变。有贤士大夫发五十金,买五人之脰而函之,卒与尸合。故今之墓中全乎为五人也。嗟夫!大阉之乱,缙绅而能不易其志者,四海之大,有几人欤?而五人生于编伍之间,素不闻诗书之训,激昂大义,蹈死不顾,亦曷故哉?……不然,令五人者保其首领以老于户牖之下,则尽其天年,人皆得以隶使之,安能屈豪杰之流,扼腕墓道,发其志士之悲哉?①

碑记将司马迁人固有一死,或重于泰山的感慨,延伸到"亦以明死生之大,匹夫之有重于社稷也"的新层面,把五位识字不多的苏州义士的义薄云天之举定格为历史的永恒,化而为流动不息、生生不已的抗暴之曲与正义之声。文章以慷慨悲壮的巨响,为明代中国的忧患与悲愤散文,打下了一个沉重的惊叹号。

第三节 骈体文的哀感之境

一、宋玉《九辩》悲秋始

我国的文体分类,一向比较细致繁密。《文赋》分诗、赋、碑、诔等十类;《文心雕龙》至少分骚、诗、乐府、赋、铭、箴等三十三类;萧统《文选》分赋、诗、骚等三十八类。在这些文体中,赋、铭、箴是比较典型的骈体文。就文学色彩的浓郁和悲剧意味的深厚言,赋大体能代表骈体文的悲剧意蕴。

赋史上一般称屈原《离骚》和宋玉《九辩》等楚辞为赋史之源。屈原以国家命运高于个人命运、悲深愤广。宋玉则抒"贫士失职而志不平"的感慨,郁愁不振。可以说赋一开始就具备悲怨不平的发抒功能。

屈原的学生宋玉,郢鄢(今湖北钟祥)人。主要活动时间在楚顷襄王时代(前298—前262)。作为美男子,后人用"美如宋玉,貌若潘安"来赞美他。作为顷襄王的文学侍臣,他以"阳春白雪"自居,遂遭"曲高和寡"之贬,穷困潦倒,终其余生。《汉书·艺文志》载十六篇,其《九辩》代表着屈赋以后的最高成就"②。

《九辩》长达二百五十五句,共一千七百四十一字。文章开篇就气势逼人:

---

① 明刊本《七录斋诗文合集·古文存稿》卷三。
② 马积高《赋史》,上海古籍出版社1986年版,第36页。

> 悲哉秋之为气也！萧瑟兮草木摇落而变衰。憭栗兮若在远行；登山临水兮送将归。泬寥兮天高而气清；寂寥兮收潦而水清,憯凄增欷兮薄寒之中人。怆怳懭悢兮去故而就新；坎廩兮贫士失职而志不平。廓落兮羁旅而无友生；惆怅兮而私自怜。燕翩翩其辞归兮,蝉寂漠而无声；雁雍雍而南游兮,鹍鸡啁哳而悲鸣。独申旦而不寐兮,哀蟋蟀之宵征。时亹亹而过中兮,蹇淹留而无成。　悲忧穷戚兮独处廓,有美一人兮心不绎。去乡离家兮徕远客,超逍遥兮今焉薄？专思君兮不可化,君不知兮可奈何！蓄怨兮积思,心烦憺兮忘食事。愿一见兮道余意,君之心兮与余异。车既驾兮揭而归,不得见兮心伤悲。倚结軨兮长太息,涕潺湲兮下沾轼。忼慨绝兮不得,中瞀乱兮迷惑。私自怜兮何极,心怦怦兮谅直。　皇天平分四时兮,窃独悲此凛秋。白露既下百草兮,奄离披此梧楸。去白日之昭昭兮,袭长夜之悠悠。离芳蔼之方壮兮,余萎约而悲愁。①

这里既写了贫士失职后"待业"的愤懑与无助,又写了苦行者踽踽独步的凄凉、困苦乃至身心俱寒,还写了求美不得的失恋以及因此引起的生命状态的萎缩。这三者都能激起人们的极大共鸣。但是文章最大的成就,莫过于将各种人生绝境集合起来,共同酿造出悲秋的总体意向,以四季变易之秋气逼人、冬寒将至来比况人生的穷途末路。

清人贺贻孙在《骚筏》中感慨道:"从来未有言秋悲者。悲哉秋之为气也,七字,遂开无限文心。后人言秋声、秋色、秋梦、秋光、秋水、秋江、秋叶、秋砧、秋蛩、秋云、秋月、秋烟、秋灯,种种秋意,皆从气字内指其一种以为秋耳。"甚至整个中华民族特别是文化人的悲秋之感,皆从宋玉这里起步模进、加花变奏。杜甫《秋兴》八首的灵感亦是从此化出,所以他由衷地表彰说:"摇落深知宋玉悲,风流儒雅亦吾师。"秋景与悲情的相生相关,泽被后世,甚至使得一部中国文学史都或多或少不可避免地浸染上"悲秋"情结的冷色调,凝结成化之不开的深度忧郁。

到了《风赋》、《高唐赋》、《神女赋》和《登徒子好色赋》中,宋玉形容描摹、铺张蹈厉的特点更加增强,悲怨气氛却大大减弱了。即使承屈原"众女嫉余之娥眉兮,谣诼谓余以善淫"题旨展开的《登徒子好色赋》,留给人们较深印象的,却是美女"增之一分则太长,减之一分则太短;着粉则太白,施朱则太赤"的绝世容貌,而讽谏的功能并不明显。

汉初赋中,贾谊的《吊屈原赋》和《鵩鸟赋》继承了屈原、宋玉的悲愤精神,前者痛诉"横江湖之鳣鲸兮,固将制于蝼蚁"的悲剧性情势,后者在"知命不忧"后面寄寓无可告白的悲哀,都概括出知识分子一贯的悲剧命运。枚乘《七发》视纵欲主义生活为万病之根,试图用洪涛的雄壮悲烈美,来激扬起楚太子的精气神,这是讽谏极为成功的赋

---

① 宋玉《九辩》,马茂元《楚辞选》,人民文学出版社1958年版,第227页。

作。汉武帝刘彻有《悼李夫人赋》和《秋风辞》，前者开悼亡亲人之先声，后者状"横中流兮扬素波，箫鼓鸣兮发棹歌，欢乐极兮哀情多，少壮几时兮奈老何"！在秋景衰象中悟出哀情胜于欢悦，衰亡必掩少壮；在对生命和爱情的眷恋中，透出深深的悲凉。所以文中子评说道："秋风，乐极而哀来，其悔心之萌乎？"

这一时期的学者中，董仲舒有《士不遇赋》，司马迁有《感士不遇赋》，都是生不逢时的传统主题之变奏。司马相如的《子虚》、《上林》赋，极铺叙夸饰之大成，气势排天，玑珠满眼，掩盖了微弱的讽谏本意。《哀二世赋》是他随汉武帝过秦二世葬地所献，总结了胡亥"持身不谨兮，亡国失势；信谗不寤兮，宗庙灭绝"的历史悲剧。汉宣帝时曾请九江被公诵楚辞；王褒有《九怀》赋以仿《九歌》，其"身去兮意存，怆恨兮怀愁"之语，实则是"为赋新诗强作愁"，应了刘勰在《文心雕龙》中的论断：

　　昔诗人什篇，为情而造文；辞人之赋颂，为文而造情。何以明其然？盖风雅之兴，志思蓄愤，而吟咏情性，以讽其上，此为情而造文也；诸子之徒，心非郁陶，苟驰夸饰，鬻声钓世，此为文而造情也。①

所以文辞虽悲而不感人。但他在《洞箫赋》中，壮乐声之于听众的悲壮和优柔之感，"澎濞慷慨，一何壮士；优柔温润，又似君子……哀悁悁之可怀兮，良醰醰而有味"，开创了后世乐赋、舞赋的先例。倒是元、成二帝时的皇家宗族刘向，作为《楚辞》、《战国策》的编者，在仿《九章》而作的《九叹》赋中，"怀忧含戚"，有些真实的身世之感。西汉后期最大的赋家扬雄，在赫赫大赋之外，复有《广骚》、《畔牢愁》，都是屈赋之变体，惜皆不存，大约对屈原的悲剧情韵有所铺展。

东汉赋中，班固《两都赋》极为著称，对西汉宫中的奢华有所贬抑，试图在一定程度上传达出他在序中所云的"西土耆老咸怀怨思"。傅毅的《舞赋》状歌舞的惆怅激越，令人击节。此外，东汉兴起的小赋在阐发悲怨精神上更为自由、优越而具体。

二、《恨赋》、《别赋》生死别

魏晋南北朝时期，阮籍的《琴赋》论尚悲的时代风气，向秀《思旧赋》吊嵇康的悲哀，都十分著名。但最令人感叹的，则是江淹和庾信的感伤情绪分外浓重、悲剧情调特别明显的赋作。

江淹(444—505)，南朝文学家。字文通。祖籍济阳考城(今河南兰考东)。祖父和父亲都曾在南朝任县令。年十三，父丧，采薪养母。少年尝倜傥不俗，一度被诬入狱。历仕宋、齐、梁三代，审时度势，极为果决。布衣奔梁而见用，便是决断之显例。其

---

① 刘勰《文心雕龙·情采》，陆侃如、牟世金译注，齐鲁书社1995年版，第405页。

为文也,抒情发感,更显深沉。他的《恨赋》、《别赋》,慷慨悲凉,令人欲哭无声,觉此类话题都已被他道尽。

《恨赋》之妙,在于先写人生之共同结局、人类之集体遗恨:"试望平原,蔓草萦骨,拱木敛魂。人生到此,天道宁论。于是仆本恨人,心惊不已。"

复以前辈名人之恨以感读者,从"直念古者含恨而死",引出秦始皇隔功业,赵王别美女,李陵思汉恩,昭君念故乡,冯衍赍志,嵇康下狱……凭你有天大的本事,绝大的才华,一身的武艺,盖世的美色,在遗恨千古这一共同的命题之前,皆莫能外。行文至此,令人顿生悲凉无奈之心。

三状孤臣涕,孽子心、迁客愁等种种人物情态,悲风泪起,血下沾衿,含酸茹叹,销落湮沉,黄尘匝地,歌叹是起,烟断火绝,闭骨泉里……莫不应了"自古皆有死,莫不饮恨而吞声"的题旨。所以"千秋万岁,为怨难胜"。这就从总体命运、名人遗恨扩大到一般情形,回环往复,重新回到怨恨的主旋律上来,令读者对号入座,感叹唏嘘,怨恨莫名。

若说《恨赋》写人生之死别遗恨的话,那么《别赋》便重在写生离之大悲。妙就妙在生离乃人人必经之平常态,状生离哀哀有若死别,这就更令读者心驰神往、设身处地而暗自伤神:

> 黯然销魂者,唯别而已矣。况秦吴兮绝国,复燕宋兮千里。或春苔与始生,乍秋风兮暂起。是以行子肠断,百感凄恻。风萧萧而及异响,云漫漫而奇色。舟凝滞于水滨,车逶迤于山侧。棹容与而讵前,马寒鸣而不息。掩金觞而谁御,横玉柱而霑轼。[①]

开首便将别离之情景拔高到黯然销魂的地步,再用行子肠断来把离别延伸到不是死别、胜似死别的凄恻百感上。接下来用现在进行时来动态地展示舟行、车发的种种场面,"故别虽一绪,事乃万族",使每位读者都有可能产生充分的认同感。

此后,文章先后写到壮士之别,令"金石震而色变,骨肉悲而心死";从军之别,"攀桃李兮不忍别,送爱子兮沾罗裙";去国之别,"左右兮魂动,亲宾兮泪滋";夫妇之别,"织锦曲兮泣已尽,回文诗兮影独伤";情人之别,"春草碧色,春水渌波,送君南浦,伤如之何"。状各种情形下的离别,江淹善于写亲人们的情感反应,这种亲人痛离别的情态又与离别之主角形成互动,便在读者的心海情湖间激起强大的共鸣。

文章最后归纳说:"是以别方不定,别理千名,有别必怨,有怨必盈。使人意夺神骇,心折骨惊。虽渊云之墨妙,严乐之笔精,金闺之诸彦,兰台之群英。赋有凌云之称,

---

[①] 胡之骥注《江文通集汇注》,中华书局1984年版,第35页。

辩有雕龙之声。谁能摹暂离之状,写永诀之情者乎?"这是以退步和谦让的姿态,作进步和不让的呈现。

暂离之状和永诀之情,在人生无常中是极易转化的。因此活人拱手揖送,其愁怀可能更过死别。可以有剑客别、从军别、夫妇别和恋人别等千差万别的不同的别离情态,但却更有"造分手而衔涕,感寂寞而伤神"的共同心理内容。大家都希望车马舟船再停一会;大家都希望时间能够定格而为永恒。《恨》、《别》两赋,可说是道尽了生离死别之苦。古往今来,又有哪一位才子文人在别离主旨之总论上,能够超越江淹妙笔生花的才情呢?

正因为江淹写《恨》、《别》两赋,才华动人,所以人们一直对他有着过高的期待,同时也有着过多的苛责。"淹少以文章显,晚节才思微退……尝宿守冶亭,梦一丈夫,自称郭璞谓淹曰:'吾有笔在卿处多年。可以见还。'淹乃探怀中,得五色彩笔以授之;尔后为诗,绝无美句,时人谓之才尽。"①当然,我们宁可把这种对于一位官居要津德老者"江郎才尽"的微词,看成是中国人对于才子学人永恒的期许。

三、庾信名赋《哀江南》

"南北朝赋的集大成者"(马积高《赋史》)是江陵(今湖北荆州)人庾信(513—581)。庾信十五岁就来到建康,在萧梁宫廷摹写富贵气象。庾肩吾与庾信、徐摛与徐陵,两对父子竞绮丽、斗淫靡,酿就宫体诗,时称徐庾体。侯景之乱遽作,"五十年中,江表无事"之好梦遂破,萧衍父子被掳,建康沦为废墟。庾信失二男一女,历两年奔回江陵。梁元帝萧绎于荆州即位,庾信得任御史中丞,转右卫将军。

庾信四十二岁时,奉梁元帝萧绎之命,出使长安。西魏权臣宇文泰"一见子山,赐识如旧"(《文苑英华·庾子山集序》),留置都中。是年初冬时,西魏破江陵,死萧绎,江陵百姓横尸血泊,十万父老被掳长安,而庾信则以亡国之使臣,先任西魏之显职,后据北周之要津。武帝灭齐后崩,庾信知国亡在即,乃于静帝即位后以病退。隋朝立国之年,庾信疲惫之时,乃撒手西去,享年六十九。

以长安羁留为分水岭,庾信前期诗作品多香泽罗绮,不足道也;惟《春赋》、《对烛赋》、《荡子赋》,自然流畅,清丽可人。其《春赋》歌咏之美,甚至比春天本身还要动人:

宜春苑中春已归,披香殿里作春衣。新年鸟声千种啭,二月杨花满路飞。河阳一县并是花,金谷从来满园树。一丛香草足碍人,数尺游丝即横路。开上林而竞入,拥河桥而争渡。苔始绿而藏鱼,麦才青而覆雉……三日曲水向河津,日晚河

---

① 李延寿《南史·江淹传》,《二十五史》,上海古籍出版社、上海书店 1986 年影印本,第 2827 页。

边多解神,树下流杯客,沙头渡水人,镂薄窄衫袖,穿珠帖领巾。百丈山头日欲斜,三晡未醉莫还家。池中水影悬胜镜,屋里衣香不如花。①

扑面而来的春之气息,繁华似锦的富贵气息,乃至香草碍人、游丝横路的些微阻隔,野花胜于家花香的轻愁,都令人能够感受到青春的魅力和醇酒的芬芳。

后期二十七年的北方羁留生涯,酿成了一个矛盾、复杂、痛苦而又孤独的庾信。个人位置的优越和显达,与荆州十万父老的长安战俘生活相去甚远;南北敌国四朝名臣的朝廷常青树,与从一而终不为贰臣的政治操守相距甚遥;个人家庭的极大变故,与昔日天伦之乐的浓情蜜意相差甚大。爰作《伤心赋》,悲悼二子一女,"既伤即事,追悼前亡,惟觉伤心……"《枯树赋》借旁人之口再三感叹"忽忽不乐,顾庭槐而叹曰:此树婆娑,生意尽矣"。"昔年种柳,依依汉南;今看摇落,凄怆江潭;树犹如此,人何以堪!"这一名段警句固然流传遐迩,但却与《诗经·采薇》篇中的"昔我往矣,杨柳依依;今我来思,雨雪霏霏"的意象,有着一脉相承之趣。"若乃山河阻绝,飘零离别;拔本垂泪,伤根沥血",当中也有着国破家亡的深意。据说当年的长安文士起初并没有将庾信看得很高,此赋一出,乃使众人信服。

庾信的代表作《哀江南赋》,从艺术成就上看,既可以作为赋的高峰,也可以作为后人作赋无法超越的终点。从基本蕴涵上看,既可以作为一部梁代亡国史的小结,也可以看成是作者身世感慨的血泪自传。

从梁代衰亡的历史证人的角度看,庾信指出了朝廷的诸多弊端与重重危机。五十年江表无事的承平岁月,使得武将不武,"马武无预于甲兵,冯唐不论于将帅";君王不君,"天子方删诗书,定礼乐;设重云之讲,开士林之学";大臣不臣,"宰衡以干戈为儿戏,缙绅以清谈为庙略"。如此失职的太平君臣,又怎能守得住江山城垣呢?

侯景之乱,是促使亡国的直接导火线。所以庾信恨得咬牙切齿,痛骂"大盗移国,金陵瓦解"的不该、不能和不齿。侯景先判东魏后叛梁,"豺牙宓厉,虺毒潜吹;轻九鼎而欲问,闻三川而遂窥"。其行与虎狼蛇蝎何异?

即便是梁元帝在荆州的败亡,其根仍在金陵,其乱仍在自身。这一分析,切中肯綮,非几代朝臣不能道也:"若江陵之中否,乃金陵之祸始。虽借人之外力,实萧墙之内起。"内乱导致外侮,大家同赴陌路。所以才会有"伯兮叔兮,同见戮于犹子"的惨状,所以才会荆山鹊飞而玉碎、随岸蛇生而珠死;鬼火乱于平林,殇魂游于新市。繁华的江陵都城,刹那间竟变成为鬼蜮世界!

当然身在北国为北臣,庾信总要讲些"不有所废,其何以昌"的历史演进论,但是其亡国痛楚之深之广,跃然纸上,至今读来,仍凿凿有声、熠熠发光。哪怕是春秋迭代,

---

① 庾信《庾子山集》,倪璠注,中华书局1980年版,第74—76页。

也不免去故之悲。这样的历史检讨与失国之痛,比起某些无病呻吟或者矫情发挥的辞赋来,当然是拔地起奇峰,非俗流所能望其项背也。我想长安的文士政客们,之所以容得下庾信的高位,与他敢于痛快地直陈胸臆、真挚地追思故国,大有关系。

哀江南者,并非全哀帝王政客之江南,尚痛黎民百姓之江南。在一般赋中几乎难得一见的百姓涂炭、生灵遭殃的景象,却在庾信赋中得到了全景式的恣意扫描。当着梁都江陵失陷之后,百姓惨遭罹难。或死而为怨鬼:"鬼火乱于平林,殇魂游于新市";或驱而之长安:"冤霜夏零,愤泉秋沸,城崩杞妇之哭,竹染湘妃之泪;水毒秦泾,山高赵陉,十里五里,长亭短亭,饥随蛰燕,暗逐流萤。"山河变异,南北迥异,因此"莫不闻陇水而掩泣,向关山而长叹"。血泊离散之际、亲人揆别之后,"况复君在交河,妾在清波,石望夫而逾远,山望子而逾多",生者望返,死魂思归,世间凄惨何如斯、何至此?所以一旦庾信与楚老相逢,情何以堪,义何以申,结缘何解?

最后是对个人身世的抒写,对自己处境局面的反省,对自家人格状态的羞愧,对自身心理苦痛的表达。

华阳奔命,有去无归。中兴道销,穷于甲戌。三日哭于都亭,三年囚于别馆。天道周星,物极不反。傅燮之但悲身世,无处求生;袁安之每念王室,自然流涕。……信年始二毛,即逢丧乱,藐是流离,至于暮齿。《燕歌》远别,悲不自胜;楚老相逢,泣将何及!畏南山之雨,忽践秦庭;让东海之滨,遂餐周粟。下亭漂泊,高桥羁旅;楚歌非取乐之方,鲁酒无忘忧之用。追为此赋,聊以记言,不无危苦之辞,惟以悲哀为主!

日暮途远,人间何世?将军一去,大树飘零;壮士不还,寒风萧瑟。荆璧睨柱,受连城而见欺;载书横阶,捧珠盘而不定。钟仪君子,入就南冠之囚;季孙行人,留守西河之馆。申包胥之顿地,碎之以首;蔡威公之泪尽,加之以血。……

……将非江表王气,终于三百年乎?是知并吞六合,不免轵道之灾;混一车书,无救平阳之祸。呜呼!山岳崩颓,既履危亡之运;春秋迭代,必有去故之悲。天意人事,可以凄怆伤心者矣。[①]

庾信再三解释自己去而不返的无奈,反复阐扬自己的故国山河之思,连续请出包括江陵故老申包胥等志士仁人来相邻相伴,尽管这种比照还是有着他所无法企及的天壤之别。即便如此,犹若日月星辰般经天行地的英雄们,还是一次次照亮了庾信悲惨而幽暗的内心世界,还是在引导着读者们踏上一路向前的崎岖险道。从序言到正文,该赋几乎句句用典,但又绝不是为掉书袋而用典,为展学问去辑古,而是用典用得周

[①] 庾信《庾子山集》,倪璠注,中华书局1980年版,第94—101页。

正、严肃、贴合而深刻,使得一重朝代的变迁化身千万,一番历史的演绎成为典型,从而又使得赋作充满了丰富动人的景观叠映,具备了总结历史哲理的充分条件,更能够凸现其痛"哀江南"的主旨。至于炼词造句之精警动人,对照铺陈之体式严密、抒情说理之境界宏大,所在皆成大器,从此再无对手矣。所以杜甫反复赞颂"庾信平生最萧瑟,暮年诗赋动江关"(《咏怀古迹》),"庾信文章老更成,凌云健笔意纵横"(《戏为六绝句》),诗圣岂徒戏言哉?

两汉魏晋南北朝时期,是中国辞赋的黄金时期。然而在其堂皇周正、铺张蹈厉的格局中,仍不免露出些微的讽谏之意,到了南北朝时期更突出了浓郁的难于排遣的凄凉之情。这也与当时以悲为美的社会风尚有关,更与社会的长期战乱、政治的持续险恶乃至赋家自身的苦难遭遇大有关系。自此之后,赋还是在以其历史的惯性和艺术的持续发展下去,但是时代变异,文体迭出,恐怕有唐以后,已经很难由赋作为主角来高唱时代的主旋律了。所以明人李梦阳《潜虬山人记》说"唐无赋",清人程廷祚《骚赋论》称"唐以后无赋",恐怕都有其正确的一面。

从史传散文的悲苦之境、抒情散文的哀伤之境,再到骈体文的哀感之境,我们对中华散文体裁中的重重哀境,予以了提纲挈领的大致检点。大致看来,时代氛围与哀境的产生息息相关,而各种散文和骈文体式的共同尚悲倾向,恐怕也与中国民族严肃、沉郁而尚悲的集体无意识大有关系。

第六章
小说之苦态百味

　　鉴识和评价中国各体文学的悲剧美,从韵文之悲情万种、散文之哀境千重和小说之苦态百味这三大方面,可以看出一些端倪来。一般言,悲剧性的情态、意境、蕴涵和人格,在各体文学中都广泛存在着,但也可能在相应的文体中表现出较多的依附性。例如作为人间苦态之表征的悲剧性人格,在韵文中多为作家主体情感的直接呈现;在散文中多为情景交融、主客观意志交汇的间接体现;而在小说中,作家自身的悲剧性人格悄然隐退到帷幕后面,通过其塑造出的人物形象,客观地呈现出悲剧情景和主观意志的生动、丰富和多样性。

　　小说以其叙述的自由、场景的广阔、画面的丰富和篇幅的浩瀚,在反映社会生活的本质和塑造人生苦态的深度上,都有着极大的优越性。这种全景鸟瞰、海纳山涵的气度和容量,使之为戏曲艺术特别是苦戏悲剧提供了丰富的内容和充分的养料。反过来,当着戏曲勃兴之后,小说也在戏曲中得到一些可以滋补的养料。就前者言,小说是戏曲的母体艺术;就后者论,小说与戏曲为姊妹艺术。

　　论小说之忧郁气质与苦态百味,须先画出一道大致的愁苦史纲,然后将焦点分别集中到唐传奇之痛苦女性、《红楼梦》之悲惨世界上,予以总分相倚的具体感应。

第一节　小说之愁苦史纲

　　中国古典小说萌芽于先秦两汉的神话传说和史传故事,正式形成于魏晋南北朝和唐宋时期,高度成熟于明清两代。

一、小说萌芽时期的忧郁气质

神话故事,无疑是小说最早的萌芽形态。先秦的神话故事色彩斑斓,诸多奇情异端引人入胜,但也有些忧郁的气质。

中国人的创世主是《淮南子·览冥训》中所记的女娲。是她在四极废,九州裂,天不兼覆,地不周载,火爁炎而不灭,水浩洋而不息,猛兽食颛民,鸷鸟攫老弱的往古之时,"炼五色石以补苍天,断鳌足以立四极。杀黑龙以济冀州,积芦灰以止淫水"①。把破裂的天地修补好,把猖獗的洪水猛兽都治理好,化残缺混乱为整齐归一。

然而这位传说中人首蛇身的女神,却在配偶上别无他选,只得与她那人首龙身的哥哥结合,这就具备了人伦的无奈感。汉代武梁祠石刻画像和一些砖刻画像中,就有人首龙身的伏羲和女娲的兄妹交尾图。唐五代时的伏羲女娲庙亦相当繁盛。李冗《独异志》云:"昔宇宙初开之时,只有女娲兄妹二人在昆仑山,而天下未有人民。议以为夫妻,又自羞耻。兄即与其妹上昆仑山,祝曰:'天若遣我兄妹二人为夫妻,而烟悉合;若不使,烟散。'于是烟悉合,其妹即来就兄……"

这对中国的夏娃、亚当是为了创造人类而结合,但同时又具备了关于羞耻的伦理观,这便构成了沉重的原生性忧郁心态。尽管如此,中国的创世祖一开始就具备创造人类的崇高目标,有着为实现目标而不顾羞耻心的献身精神和伦理面貌,这比亚当、夏娃误食禁果要高尚得多,痛苦得多,也理智得多。所以女娲在补天中所显示的英雄气概,在与哥哥结合时所呈现的主动状态和献身精神,乃至《风俗通》载其"抟黄土为人、剧务,人不暇供,乃引绳子絙横泥中,举以为人"的另类造人方式,都得到了后人的赞颂、认可和理解。至今苗族还以女娲、伏羲作为他们的创世祖,便是明证。

早期神话大都具备气吞山河,志揽日月的雄伟气魄。如果说女娲补天是因其力量的强悍,那么精卫填海则完全是弱者的奋勇抗争。这位名唤女娃的炎帝女儿在东海游泳时不幸溺水而亡,便化成精卫鸟,"常衔西山之木石,以堙于东海"(《山海经·北山经》)。这种忧郁悲愤的复仇行为肯定不能实现,因为东海永远不会被填平,但是女娃之精魂为声讨东海所付出的连续性抗争行动,不正是体现出了求生的意志和对人世的赞美吗?

另外一位悲剧人物夸父与日竞走,道渴而死,这种非功利性的豪迈行为,这些充满竞争感的人格精神,感天动地,令人神往。还有一些故事如后羿射日,共工怒触不周山,黄帝杀蚩尤,也都具备惊险、雄奇、激烈和悲怆的精神。

古代神话中较为典型的分裂人格,是在鲧禹治水中的悲剧性故事中表现出来的。鲧为了堵住滔天的洪水,在没有征得帝之许可的情况下,动用了其神土"息壤"。也正

---

① 《淮南子·览冥训》,何宁集解,中华书局1998年版,第479页。

因为冒犯了帝的尊严,帝竟无视鲧的行动的正确,杀鲧于羽郊,再命令鲧的儿子禹继续布土治水。就禹言,治水是继乃父的未竟之志,然而这却是杀父者帝的命令,治水行动是正确的,同时也是屈辱、忧郁和无奈的。鲧知其不可而为之,终遭杀身之祸;禹知其可而为之,则常怀失父之悲。父子两人都同时具备了悲惨的命运和心态,展示出既分裂又崇高的悲壮人格。

如果说鲧禹父子是在分裂人格和忧郁气质中显其崇高的话,那么刑天则是在誓死以战天帝的反抗精神中显其勇猛。"刑天与帝争神,帝断其首……乃以乳为目,以脐为口,操干戚以舞"(《山海经·海外西经》),头可断而志不可逆,这便是陶潜盛赞的"刑天舞干戚,猛志固常在"的强悍精神和壮烈人格。

大体言,古代神话中的悲剧人格比较强悍、勇猛,但也不乏细腻的心理斗争,体现出忧郁的挫折感觉。为追求而献身,虽身死而不止,这种带有忧郁气质的悲剧人格是崇高而永恒的。

二、小说形成时期的惆怅感觉

中国古典小说的形成,以魏晋南北朝时期的志怪小说和轶事小说、唐代传奇和宋元话本作为标志。本时期的悲剧人格逐步世俗化,最后与现实生活中人们所具备的惆怅感觉和悲剧心理相吻合,所以神力逐渐减少而魅力逐渐增加,卑弱但不失崇高。

小说之形成,按理出于汉代。《汉书》不仅著录小说家书十五种,共一千三百八十篇,且还为小说定义曰:

> 小说家者流,盖出于稗官。街谈巷语,道听途说者之所造也。孔子曰:"虽小道,必有可观者焉。致远恐泥,是以君子弗为也。"然亦弗灭也。闾里小知者之所及,亦使缀而不忘,如或一言可采,此亦刍荛、狂夫之议也。[1]

但是各书既基本散佚,故事亦渺不可见。倒是《吴越春秋》和《越绝书》等杂史,为后世小说讲史启示甚多。

魏晋南北朝志怪小说体现了由仙到人的激剧过渡。古代神话中神奇伟岸的悲剧性"神"格,转移为平易而又可敬可亲的悲剧性人格和惆怅化心态。《列异传》中的《谈生》把这种转移体现在人与鬼魂的恋爱上。谈生与鬼魂恋爱生子,后来竟禁不住好奇,违背诺言提前偷看了女鬼的身体,导致了幽明永隔的悲剧;睢阳王不肯认穷谈生为已死公主鬼魂的丈夫,以其为掘墓者而严加拷打,这又显示了阳间等级制度给儿女婚姻设置的悲剧情势。从人仙之悲自然过渡到人世之悲,这就把谈生从仙境拖回人间,徒生惆怅心境。

---

[1] 班固《汉书·艺文志》,《二十五史》,上海古籍出版社、上海书店1986年影印本,第531页。

《搜神记》有云,韩凭夫妇恩爱无比。康王因韩妻之美而强夺之,因韩凭怨愤而囚禁之,致离散夫妇先后自杀。两墓竟生的相思树屈体相就,盘根错节;树有鸳鸯鸟晨夕不去,交颈悲鸣。现实中的悲剧人格在以死相抗的崇高行动中,化惆怅为动力,上升到和谐的仙境。又有书生韩重与吴王夫差小女紫玉相恋,求婚不许,玉乃气郁而亡。韩重的恸哭居然打通了死生之路,二人在家中尽夫妻之礼。这就打破了生死界隔,最终实现了悲剧人格的完整。悲惨的命运只能引起悲哀和惆怅,而因此导致至死不移的对抗,才完成了悲剧人格从悲哀、惆怅到崇高的升华。

轶事小说着力描写现实生活中的悲剧人格在某一细节中所体现出的强悍力度。如《世说新语》所载王丞相对新亭相泣的挥斥,嵇康对司马氏心腹的冷眼,都是悲剧精神的片段呈现。整个悲剧人格的完成,全部惆怅氛围的酿就,则需要人们从想象中,联系总体时代背景和人物更多的悲剧行状来补足。

唐传奇已经是高度成型的文人小说,也充分表现出女子在两性关系方面的惆怅、痛苦和决绝。为此,我们在下文中将予以专门评述。

宋元话本分小说话本和讲史话本两类。前者体制短小,后者篇幅浩繁。宋元话本的意义,在于结束了自古以来由文人纪录和创作小说的历史,话本的作者、说话人和听众都是以市民为主体的人民群众。中国小说的历程中,从此最大限度地植入了下层人民的智慧和生活内容;同时,这又为明清文人的话本整理和小说创作,提供了丰富的题材,奠定了章回小说的基本体制。

宋元话本中悲剧人格的实现,往往在于被迫害者坚贞不屈的奋勇抗争。如《碾玉观音》中的璩秀秀,《闹樊楼多情周胜仙》中的女郎,都是在死后才获得爱情自由的。这反映了追求爱情可以不惜一切代价的生命抉择,表现了市民意识中的民主精神与封建专制传统奋勇斗争的过程,同时也表明了在生难以圆梦的永恒惆怅。

《张主管志诚脱奇祸》中的小夫人,最是惆怅莫名。只因说错一句话,她就由大官僚王招宣之侍妾被逐、被骗,嫁给老头张士廉。

> 小夫人揭起盖头,看见员外须眉皓白,暗暗地叫苦。花烛夜过了,张员外心下喜欢,小夫人心下不乐。过了月余,只见一人相揖道:"今日是员外生辰,小道送疏在此。"原来员外但遇初一月半,本命生辰,须有道疏。那时小夫人开疏看时,扑簌簌两行泪下,见这员外年已六十,埋怨两个媒人将我误了。看那张员外时,这几日又添了四五件病痛在身上:腰便添疼,眼便添泪,耳便添聋,鼻便添涕。①

---

① 《志诚张主管》,程毅中校点《京本通俗小说》。冯梦龙《警世通言》题为《张主管志诚脱奇祸》,正文则题为《小夫人金钱赠年少》。江苏古籍出版社1991年版,第41页。

老夫少妻,悬殊如此,怨不得小夫人大失所望,惆怅之极,转而追求同代之人。所以罗烨《醉翁谈录》归纳道:"说国贼怀奸从佞,遣愚夫等辈生嗔;说忠臣负屈衔冤,铁心肠也须下泪。讲鬼怪,令羽士心寒胆战;论闺怨,遣佳人绿惨红愁。说人头厮挺,令羽士快心;言两阵对圆,使雄夫壮志。谈吕相青云得路,遣才人着意群书;演霜林白日升天,教隐士如初学道。瞳发迹话,使寒门发愤;讲负心底,令奸汉包羞。"因为话本小说确实有着天大的能耐,国贼忠臣、佳人壮士,各色人等之悲怀惆怅,都能使听众获得审悲生痛、慷慨发愤的效果。

小说形成时期的许多故事,都为戏曲悲剧提供了丰富而多元的素材,酿就了"惆怅兮而私自怜"的氛围,从而催生了带有民族色彩的中国悲剧。

<h3 style="text-align:center">三、小说成熟时期的愁苦情韵</h3>

明清小说是古典小说发展的最高和最后阶段。悲剧人格的刻画,愁苦情韵的累积,也都达到了炉火纯青的艺术境界。

《三国演义》是我国第一本长篇章回小说,也是塑造悲剧人格群体极为成功的英雄谱。就魏蜀吴三国论,从常理看,三雄鼎立,应有一胜。然而最令人意想不到的是激烈冲突的三国俱亡,最后由第四方——司马氏的西晋政权来统一局面。所以金圣叹在《三国志演义序》中说:"从未有六十年中,兴则俱兴,灭则俱灭,如三国争天下之局之奇者也。"这是历史发展难于度量的大的悲剧氛围和愁苦情韵。

小说的开篇词:"滚滚长江东逝水,浪花淘尽英雄。是非成败转头空,青山依旧在,几度夕阳红。"就十分恰当地表现出这种淡淡的哀愁,清清的遗恨。开首便说:"话说天下大势,分久必合,合久必分";结尾时再叙自此三国归于晋帝司马炎,为一统之基矣。此所谓"天下大势,合久必分,分久必合",这就将所叙英雄谱从事件之愁苦情韵上,上升到历史哲学的高度来予以表达,颇有整体观和辩证感。至于"纷纷世事无穷尽,天数茫茫不可逃。鼎足三分已成梦,后人凭吊空牢骚"的下场诗,就已经预设了群体性的愁苦遗恨。

再看悲剧人物的彼此牵制与相互成就,金序云:"且天生瑜以为亮对,又生懿以继曹后,似皆恐鼎足之中折,而叠出其人才以相持也。"而周瑜毕生的最大遗憾,便是处处机关皆被孔明算破,所以临死时还大呼"既生瑜,何生亮?"

但诸葛亮同样没有能够成就一统大业。他的最大痛苦,正在于壮志未酬身先亡,犹如张尚德在《三国志通俗演义引》中所云:"天假数年寿孔明,山河未必轻归晋。"所以孔明在病危时强支病体,自觉秋风吹面,彻骨生寒,乃长叹曰:"再不能临阵讨贼矣!悠悠苍天,曷此其极!"

一世之奸雄曹操的最大悲剧性,亦在于蒋大器在序《三国演义》时所云:"曹瞒虽有远图,而志不在社稷,假忠欺世,卒为身谋,虽得之,必失之。"即壮志与私心的冲突所致的非正义性。在如此浩瀚的政治斗争和军事战场上，展现悲剧人格的群像如此成功，这在中国小说史上都堪称蔚为大观。

从人格状态的呈现上看，《水浒传》与《三国演义》的悲剧构建大不相同。《三国演义》是在一系列事件战役中凝结起人格群体，从中显出各自人格形态的不同；《水浒传》则是在对人物性格身份列传化的不同刻画中，最后归纳到集体悲剧人格上来。虽然每一条好汉上山前的悲剧经历是不同的，但在"官逼民反"，逼上梁山这一点上是一致的；虽然来自不同阶层的人物对待招安有着不同的态度，但在全伙接受招安这一点上是一致的；虽然投降后每人对现实的清醒程度是不一样的，但在征方腊、充打手，接受"魂聚蓼儿洼"的悲剧结局上，又是惊人地一致：

> 宋江道："兄弟，你休怪我！前日朝廷差天使，赐药酒与我服了，死在旦夕。我为人一世，只主张'忠义'二字，不肯半点欺心。今日朝廷赐死无辜，宁可朝廷负我，我忠心不负朝廷。我死之后，恐怕你造反，坏了我梁山泊替天行道忠义之名。因此，请将你来，相见一面。昨日酒中，已与了你慢药服了，回至润州必死。你死之后，可来此处楚州南门外，有个蓼儿洼，风景尽与梁山泊无异，和你阴魂相聚。我死之后，尸首定葬于此处，我已看定了也！"言讫，堕泪如雨。
> 李逵见说，亦垂泪道："罢，罢，罢！生时伏侍哥哥，死了也只是哥哥部下一个小鬼！"①

连李逵都垂泪认命，那么单身汉吴用和有妻小的花荣，都紧随着宋江之死，自觉地双双上吊。这是小说史上较为罕见的集体悲剧性人格和愁苦情韵，其实质所在，乃是农民革命的不彻底性和软弱性。读者掩卷思之，该有多少遗憾、不平和愤懑呢？李贽在《忠义水浒传序》中认为，该书实在是施耐庵、罗贯中对宋代二帝北囚、高宗南渡苟安的泄愤之作，可备一说。

《西游记》中的孙悟空，他的悲剧人格在于大闹天宫之后依然要皈依如来，追求自由但却不得不戴上束缚自由的紧箍。这种愁苦烦恼而无奈何的感觉，间接而艺术地再现了《水浒传》所直接描写的农民起义，在封建势力的重重围攻下必然失败的历史悲剧。

除了反映农民阶级悲剧命运的长篇小说外，《金瓶梅》通过命运轮回、因果报应的结构，描绘出一个恶霸商人横行的鬼蜮世界。最为强横霸道的西门庆，却因过分的淫欲而纵欲而亡。一条"害死人还要看出殡"的汉子，但却看不到自身的出殡。敢强奸嫦娥的强横霸道与泼天富贵，依然以家破人亡告终。这是一个丧失人性的恶人、商人

---

① 《水浒全传》，李希凡序本，岳麓书社1988年版，第914页。

的罪恶结合体。其他大部分人物不是帮凶就是奴才,都不可能具备哪怕是最基本的人格。所以《金瓶梅》中人物的悲剧性,便在于整体人格的缺失,愁苦情韵的蔓延。

《儒林外史》描写科举社会中知识分子的悲剧人格,既迂腐又精明,且狂妄又卑微。吴敬梓往往悲喜兼用,以喜衬悲,把周进、范进等人中举前后的悲喜剧,饰演得无所不及,令人在笑骂中掉泪。知识分子人格的本质,在于对封建政权和仕途青云的强烈依赖性。他们何时附到科考进身的皮上,何时就形成了人格的分裂和心态的扭曲。其悲剧人格和愁苦情韵的形成,正在于自身主体性的极不健全。

中国古典小说的悲剧情韵,最后以《红楼梦》作为总结。要之,一部中国小说史的愁苦大纲,历经了小说萌芽时期的忧郁气质、小说形成时期的惆怅感觉和小说成熟时期的愁苦情韵。它反映了中华民族在认识自然、征服自然、理顺社会规范、权力机制和心理秩序的过程中,所呈现出的徘徊甚至后退、失败乃至牺牲的现象。愁苦情韵的次第展开,悲剧人格的顺序发展和系列塑造,为中华民族心理人格的健全和发展,提供了必要的探索历程和认识价值,并使民族人格及其悲剧氛围中的愁苦情韵,在追求相对完美的艰难行程中,显得更为伟大和崇高。

第二节 唐传奇之痛苦女性

一、众红颜受伤之苦

作为小说形成期间的重要标志之一,唐传奇既给戏曲提供了大量可资改编的素材,同时还在悲剧情韵的酿造方面,直接影响到戏曲悲剧的建立。宋人洪迈早在《容斋随笔》中指出:"唐人小说,不可不熟。小小情事,凄婉欲绝,洵有神遇而不自知者,与诗律可称一代之奇。"这里既将凄婉欲绝的悲情唐传奇与唐诗地位并列起来,又将悲情悲感的认识意义和审美高度予以充分阐扬,还在无意之间为戏曲悲剧的建立预留了适当空间。

就唐传奇而言,最为成功的人物塑造,当属那些受损害、受压迫、被侮辱、被抛弃、遭调笑,身心受伤之痛苦女性。

在沈既济的《任氏传》中,身心最为受伤乃至于殒亡的女子,是美丽的狐仙任氏。为了报答养活其夫妻的韦崟,任氏不惜一切手段牵线搭桥,以牺牲其他女子色相的代价,以供韦崟之玩弄:"或有殊丽,悦而不得者,为公致之可矣。"鬻衣妇张十五娘者,因为肌体凝洁之美,为韦崟垂涎已久。任氏得知后,立马将其骗来,供韦崟淫乐。等到韦崟玩厌张娘之后,任氏竟无耻地夸口曰:"市人易致,不足以展效。或有幽绝之难谋者,试言之,愿得尽智力焉。"于是,又以一月多的周期,处心积虑巧加谋画,将韦崟所激赏的刁将军府中乐女诳来,致其怀孕后方罢。

的确,任氏是保持了自身的贞节,但她的贞节却是建立在牺牲其他女子清白的前提下的,可见其人品极为低下,她已经习惯成自然地沦为花花公子、采花大盗的十足帮凶。从现代法律的角度看,任氏也是十恶不赦的强奸犯成员。可是,当她参与加害了那么多女人之后,最后总还是没能保住自身。男人郑六还是不顾她的哀求,强迫她一起上任,结果在途中被猎狗所害。在唐传奇所有受侮辱的女性当中,任氏具备双重的身份:既是受迫害者,同时也是迫害者的帮凶,因此也是身心受伤之最巨者。

皇甫枚的《飞烟传》,读之令人动容。作为多才多艺的美人,小妾飞烟自然与粗鲁蛮悍的武夫缺乏共同语言。一旦她与多情公子私通,她就做好了因情而亡的精神准备。所以当武夫发觉有异,将飞烟吊在柱上,拷打致死前,她所自诩的只有一句话:"生得相亲,死亦无恨。"生命中全部的幸福感,竟然只是与赵郎如此短暂的心灵之约和肌肤之亲,仅此两端,便升华出无怨无悔的人生价值来,可见其日常生活圈子的幽闭、黑暗、了无生机。所以皇甫枚在篇末沉重地感叹说:"飞烟之罪,虽不可逭,察其心,亦可悲矣!"

孟棨笔下的桃花女,尽管在因情生爱、不惜以死殉之的浓烈程度上与飞烟相似,但却侥幸有了个美好的结局。崔护清明再至桃花女处所,在门楣上写下:"去年今日此门中,人面桃花相映红。人面不知何处去,桃花依旧笑东风。"题罢而去。桃花女从去年开始,就为崔护的风流倜傥所感动,一直苦等着使她心仪的男子。谁知就离开那么一会,男子竟飘然而去。睹诗伤情,"入门而病,遂绝食数日而死"。幸亏崔护善哭,才把女郎给哭回阳世。这也说明女子也许更属于情感中人,一旦情感无望,便会做出过激的行为。

陈玄祐《离魂记》中的倩娘,因为美满婚姻的无望而"郁抑",身体病卧闺床之上,魂灵追步于爱人之怀。她与自己深爱的张镒走天涯,生儿女,这才思父母、恋家乡,终于身魂相合。看来即便是在唐代,女子的感情婚姻,总体而言尚处于难以自主的恶劣情势之下。桃花女也好,倩娘也罢,作为弱势群体,她们如果在情感婚姻方面遂心称意,要么付出生命的代价,要么具备灵魂出窍的特异功能,这才能够避免悲剧的酿成。

唐传奇中最使人快意、最起人豪情的女子,是敢于复仇、善于复仇的弱女子谢小娥。尽管受损最巨,迫害最深,她却能化悲愤为力量,融破案以智慧,待出手以时机,在很大程度上将命运掌握在自己的手中。当父亲与丈夫被大盗所害之后,小娥但得线索,便请高人解密。当她得知贼名后,便女扮男装,应征为奴,一举报仇:

> 小娥便为男子服,佣保于江湖间,岁余,至浔阳郡,见竹户上有纸榜子,云召佣者。小娥乃应召诣门,问其主,乃申兰也。兰引归,娥心愤貌顺,在兰左右,甚见亲爱。金帛出入之数,无不委娥。已二岁余,竟不知娥之女人也。先是谢氏之金宝锦绣,衣物器具,悉掠在兰家。小娥每执旧物,未尝不暗泣移时。兰与春,宗昆弟也,时春一家住大江北独树浦,与兰往来密洽。兰与春同去经月,多获财帛而归。

每留娥与兰妻兰氏同守家室,酒肉衣服,给娥甚丰。或一日,春携文鲤兼酒诣兰,娥私叹曰:"李君精悟玄鉴,皆符梦言,此乃天启其心,志将就矣。"是夕,兰与春会,群贼毕至,酣饮。暨诸凶既去,春沉醉,卧于内室,兰亦露寝于庭。小娥潜锁春于内,抽佩刀,先断兰首,呼号邻人并至。春擒于内,兰死于外,获赃收货,数至千万。初,兰、春有党数十,暗记其名,悉擒就戮。时浔阳太守张公,善娥节行,为具其事上旌表,乃得免死。①

尽管其父托梦具备神秘之感,但是谢小娥报仇的心志之坚定、智慧之充分、时机把握之准确、手刃贼首之勇敢,都是难于比拟的大格局和大手笔。即便谋刺的经典大英雄荆轲和小男人秦武阳,与弱女子谢小娥来比谋略与战术,其相去也难以道里计。怪不得她在报仇之后,谢绝了多少富豪人家的婚聘,飘然入山,成就了一尊女佛。

二、霍小玉被负而亡

蒋防笔下的《霍小玉传》,塑造了一位生死不渝,坚决捍卫爱情的纯洁悲剧女性。她之所以与貌不惊人的李益相爱,原本是爱惜其才华:"见面不如闻名,才子岂能无貌?"李益的回答也是正确的:"小娘子爱才,匹夫重色,两好相映,才貌相兼。"他们的恋爱与结合,一开始就有结构性的缺陷,他们都只对男女相悦的一个片面条件予以了无限夸大的重视。

这一缺陷很快就演变成严峻的问题。有才者可能得官,但得官之后是否还记得一个情有独钟的娟妓,这就是个极大的未知数。有貌者定会色衰,那么建立在美貌基础上的爱情肯定不会持久。所以在李益得官后,霍小玉曾经较为清醒冷静地提出了一个八年同居的方案:

> 妾年始十八,君才二十有二。迨君壮室之秋,犹有八岁。一生欢爱,愿毕此期。然后妙选高门,以毕秦晋。妾便舍弃人事,剪发披缁。夙昔之愿,于此足矣。②

应当说这个八年方案一点也不过分,而且较好地解决了才和色的问题,同时也是在为得官的李益和色衰后的自身考虑。当初李益与小玉相恋时,先是"粉身碎骨,誓不相舍";现在又发誓偕老:"皎日之誓,生死以之。"及至诀别东去,却从此泥牛入海,再无消息。

---

① 李公佐《谢小娥传》,汪辟疆《唐人小说》,上海古籍出版社1978年版,第93—94页。
② 蒋防《霍小玉传》,同上,第79页。

李益自有他的无奈和绝情,但霍小玉却还在持续着她的单方面爱情。等而不至便遍访其亲友,访而不得便卜卦算命,求而不得便变卖财用,相思成疾。这里的小玉卖钗一节,至为沉痛。"虽生之书题竟绝,而玉之想望不移,赂遗亲知,使通消息。寻求既切,资用屡空。"她居然把全部财产,都用在为寻访李益踪迹、打通其亲戚朋友等种种关节上。人,病卧于床上,心,惦念着李郎。当家中只剩下她当年在宫中,为举行十五岁成人仪式而特制的紫玉钗时,小玉仍令婢女浣纱出外卖钗。就连当时打制此钗的老玉工也见钗生悲,"凄然下涕曰:贵人男女,失机落节,一至于此。我残年向尽,见此盛衰,不胜伤感"!

　　蒋防夹叙夹议,恰到好处地运用了社会评判和是非公论,"自是长安中稍有知者,风流之士,共感玉之多情;豪侠之人,皆怒生之薄行"。由此,顺理成章地推进了故事的发展,一位黄衫客应时而出,以众多妖姬相待作为诱饵,将李益挟持到卧床不起的小玉处。

　　在生命的最后关头,小玉以无穷的怨尤怒斥李益:"我为女子,薄命如斯;君是丈夫,负心若此,韶颜稚齿,饮恨而终。慈母在堂,不能供养……我死之后,必为厉鬼,使君妻妾,终日不安!"言罢,一气而亡。她早就认识到李益迟早要离开她的命运必然性,但指天发誓的余音尚在耳边就一风吹去了,八年同居的方案根本还没有来得及实施就彻底破产了。诀别之日来得是如此迅速,寻找李益的日子是如此漫长,思念与焦虑的心情渐变为怀疑,怀疑很快衍为心痛,心痛意冷之后便是彻底的后悔和无边的愤懑。痴情变为深恨,深恨转为深痛,形成了悲剧人格对立而又统一的前后两极。所以唐传奇中的悲剧人格,往往在于人物悲剧心理描摹过程性和完整性的高度统一,《霍小玉传》便是显例。

　　应当指出,霍小玉的情感悲剧还是一种家族性的遗传。霍母名净持,原是唐高祖之子、霍王李元轨十分爱宠的奴婢。霍王一旦逝去,小玉母子便被逐出府门,可怜也算是金枝玉叶的小玉,不久之后便因生计所迫,沦为风尘女郎。只因为是婢女所生,哪管她是霍王的嫡脉,李氏皇族便听其沉沦,小玉终究只能承接其母卑贱的地位。相较起来,母亲甚至还比女儿在情感上更为幸运一些,起码霍王在世时还是疼她的,而小玉尚在青春妙龄即被抛弃,所以情更难堪。可能正是因为家族和家境的原委,小玉因前车之可鉴,不敢找富贵之家,转而寻才学之士、深情之人寄托终身,哪怕李益的相貌实在不敢恭维。可是无论如何,母亲的身世遭际,还是又一次以不同的方式,在女儿身上得到了变本加厉、踵事增华的悲剧性重演。所以霍小玉对于李益妻妾的数度报复,看起来有些伤及无辜、不近情理,但却也是悲愤之极不得不然的情感复仇行为。

三、崔莺莺遭弃罹痛

　　唐代传奇中影响最大的作品,当数元稹《莺莺传》。后世规模浩繁的《西厢记》曲艺与戏曲系统,皆由此生发、演变而成。莺莺的遭弃罹痛,在于她能突破大家闺秀的重重藩篱,主动与向她求爱的张生结合;而当张生抛弃她时,她却无力抗争。她勇敢追求了爱情,但又不能捍卫爱情。她从礼教秩序中脱了轨,但最终又踏不上新的轨道。张生始乱终弃,骂莺莺是尤物,庆幸自己为善补过者,这也就意味着崔莺莺在感情上的彻底失败而且毫无价值,她使自己变成一位被侮弄、受欺负的玩物。

莺莺原本是位聪明机警的女子。张生在兵灾中托朋友保全了崔家的生命财产后,于崔家答谢宴上,被莺莺的光彩所慑服,"自是惑之,愿致其情,无由得矣"。他把一腔苦思,化为两首春词,托红娘宛转求见,结果遭到了莺莺的当面斥责,请他不要用"鄙靡之辞"而致非礼之乱,因为兵灾之乱与煽情之乱,其实是等值的不义之行。

莺莺的惑乱与荒唐,在于当张生一方心灰意冷、陷入绝望之境时,她却出人意外地自荐枕席,朝去暮来,与张生同居。后来张生去长安访学归来,莺莺又与他重续鸳盟。这一行动的根据何在,就连张生也迷惑不解,莺莺只是勉强回答说:"我不可奈何矣。"

莺莺的痴情与愚蠢,在于遇人不淑、查人不明。当张生再上长安、科考不第、逗留在京时,莺莺仍一往情深地赠以玉环,寄以私信:

儿女之情,悲喜交集……虽荷殊恩,谁复为容?睹物增怀,但积悲叹耳。……但恨僻陋之人,永以遐弃,命也如此,知复何言?自去秋已来,常忽忽如有所失,于喧哗之下,或勉为语笑,闲宵自处,无不泪零。乃至梦寝之间,亦多感咽。离忧之思,绸缪缱绻,暂若寻常;幽会未终,惊魂已断。虽半衾如暖,而思之甚遥。一昨拜辞,倏逾旧岁。长安行乐之地,触绪牵情,何幸不忘幽微,眷念无斁。鄙薄之志,无以奉酬。至于终始之盟,则固不忒。鄙昔中表相因,或同宴处,婢仆见诱,遂致私诚。儿女之心,不能自固。君子有援琴之挑,鄙人无投梭之拒。及荐寝席,义盛意深,愚陋之情,永谓终托。岂期既见君子,而不能定情,致有自献之羞,不复明侍巾帻。没身永恨,含叹何言?倘仁人用心,俯遂幽眇;虽死之日,犹生之年。如或达士略情,舍小从大,以先配为丑行,以要盟为可欺。则当骨化形销,丹诚不泯;因风委露,犹托清尘。存没之诚,言尽于此;临纸呜咽,情不能申。千万珍重!珍重千万!玉环一枚,是儿婴年所弄,寄充君子下体所佩。玉取其坚润不渝,环取其终始不绝。兼乱丝一绚,文竹茶碾子一枚。此数物不足见珍,意者欲君子如玉之真,弊志如环不解,泪痕在竹,愁绪萦丝,因物达情,永以为好耳。心迩身遐,拜会无期,幽愤所钟,千里神合。[①]

这封情书,实在是写得缠绵婉转,情深意长。思人之悲,溢于言表。出自于女性之

---

① 元稹《莺莺传》,汪辟疆《唐人小说》,上海古籍出版社 1978 年版,第 138 页。

手笔,可作情书之经典观也。可惜这时的张生,非但毫无怜香惜玉之心,反而把科举失利的责任归咎到莺莺身上,遂大发一通"予之德不足以胜妖孽,是用忍情"的议论,并把莺莺的怨纸情书作为由头,让文友们奇文共欣赏,相谐题诗歌。把一美女私密的情书公开化,当然有着炫耀的骄狂,但同时也是对美女的亵渎和出卖,而张生正是美好与圣洁的情感的出卖者。

总的看来,这本传奇的悲剧性在于四方面。一是青春觉醒、情感萌动时的少年迷狂,与井然有序、经月累年的媒妁求婚方式,在情感的爆发性和周期的绵长性上相去甚远,所以张生有"若因媒氏而娶,纳采问名,则三数月间,索我于枯鱼之肆也"的感叹。

其次是崔张的结合,悍然打破了一定社会的常规方式,在两性关系的突破上大大超前于社会,也超越了当事者双方的正常心理承受能力,这就使得遵守誓约的有效性大打折扣。莺莺因为张生的摒退贼兵而感恩,因为张生的要死要活而感动,终于自荐枕席、奉献给张生。这种做法实在是太为幼稚、太为轻信也太为超前,而太过超前的举动往往会遭致残酷无情的多方弹压。

再次是爱情与功名的矛盾。为了求取功名,张生必然要撇舍情人,到京中去赴试。而考场失利,迁怒的主要原因当然也势必要归罪到情人的牵扯上,他认为温柔乡里的缠绵分散了他的精力,腐蚀了他的斗志。这就使得莺莺由亲人变成了罪人,从美人变成了尤物。

最后,张生与莺莺的悲剧性还在于,因为现实利益的需要而丧失了爱情,但却又始终忘怀不了这一段真挚浓郁的情愫,于是便只得抱憾终生了。张生有了妻子却还要再访莺莺,莺莺为了被遗弃的爱、为了新的家庭而不愿再晤张生,但在心间却又总是拂不去张生的影子,两家的苦楚都是可以想见的。因此,《莺莺传》原本是一部真正的悲剧。后世的改编,常常以崔张团圆的方式结尾,那都违背了传奇的本意,远离了悲剧的沉痛。

第三节 《红楼梦》之悲苦世界

一、千红一哭万艳悲

作为苦水中的苦水,悲剧中的悲剧,在《红楼梦》的悲苦世界中,情感最为失落、身世最为苦难、遭遇最为凄楚的群体,无疑是那些以"金陵十二钗"作为核心的各色美女们。

位置最为显赫的大美女当然是贾府长女元春。因为出身家境、德行工容样样俱佳,她才得以被选进宫,贵为皇妃。按理说,皇妃之梦的实现,是每一位贵族女子开心畅怀的如意之事,但元妃却从无快乐的时候,悲苦隐忧总在相伴左右。比方省亲之日,正是富贵还乡之时,可元妃却生出了几番悲凉。

悲凉之一,在于身居尊位的高处不胜寒,使得元春深知盛衰迁移之理。因此她先后三次婉转地抨击省亲别墅太过奢华:"在轿内看此园内外如此豪华,因默默叹息奢华过费";"以后不可太奢,此皆过分之极";"倘明岁天恩仍许归省,万不可如此奢华靡费了!"这些诚挚的规劝,都表明了元春对于家族盛衰具备强烈的忧患之心,也说明她对自身的地位与前景的极端迷茫。

悲凉之二,在于对寂寞深宫的深深抱怨,对温暖家园的浓浓眷念。先是拜见女眷之哭:

贾妃满眼垂泪,方彼此上前厮见,一手搀贾母,一手搀王夫人,三个人满心里皆有许多话,只是俱说不出,只管呜咽对泣。邢夫人,李纨,王熙凤,迎、探、惜三姊妹等,俱在旁围绕,垂泪无言。半日,贾妃方忍悲强笑,安慰贾母、王夫人道:"当日既送我到那不得见人的去处,好容易今日回家娘儿们一会,不说说笑笑,反倒哭起来。一会子我去了,又不知多早晚才来!"

说到这句,不禁又哽咽起来……①

次是含泪拜谒父亲之深悔:"田舍之家,虽齑盐布帛,终能聚天伦之乐,今虽富贵已极,骨肉各方,然终无意趣!"最后是离别返宫时的大悲伤:"贾妃听了,不由得满眼又滚下泪来。却又勉强堆笑,拉住贾母、王夫人的手,紧紧的不忍释放,再四叮咛:不须挂念,好生自养,如今天恩浩荡,一月许进内省视一次,见面是尽有的,何必伤惨……贾母等已哭得哽噎难言了。贾妃虽不忍别,怎奈皇家规范,违错不得,只得忍心上舆去了。"仅此三段遏制不住的痛哭,就说明元春在皇宫中的妃子生活,实在犹如地狱苦海般难忍难受、难捱难熬。

悲凉之三,在于元妃在焚香拜佛时的题匾:"苦海慈航",这更是从佛性佛理的角度,对皇家繁华生活后面危机四伏的总结,所以期盼早日跳脱苦海哭波,重返自由人生。由此三端大悲凉垫底,失宠夭亡,乃是情理之中的必然之果。

王熙凤作为贾府当中的强势大管家,原本是说笑声里定乾坤,风流阵中藏祸心,既是大美人,又是大才女,但却忒有几分缺德。她"模样又极标致,言谈又爽利,心机又极深细,竟是个男人万不及一的"。无论是掌管贾府,还是协理宁国府,她都举重若轻,随意调理,便成文章,真个是"万绿丛中一点红"。

但她聪明过头,自视太高,又兼私心太重,贪欲极强,害人不浅,这就酿成了折阳寿、损阴德的必然后果。她"嘴甜心苦,两面三刀","上头笑着,脚底下就使绊子","明是一盆火,暗是一把刀";她把佣人的月钱拿来放高利贷,她为贾琏等开句"金口"便索

---

① 曹雪芹《红楼梦》,岳麓书社1999年版,第128页。

要二百两回扣;她一方面骗得尤二姐对其感激不尽,另一面却借秋桐之刀杀死尤二姐;她为三千两银子的利益驱动,不惜害死张金哥及其未婚夫;她毒设相思局,把想占便宜的贾瑞置之于死地……

作为一条美丽的毒蛇,作恶太多,必遭天谴。所以一百十三回写其骨瘦如柴,神思恍惚,先是尤二姐亡灵来请,次是鬼男女出入,众冤魂轮番索命,凤姐儿但求速死。这么一位盖世的巾帼英雄,临终时只得把自己的女儿托付给村妇刘姥姥去,真是穷途末路、欲哭无泪之举。

《判词》云:"凡鸟偏从末世来,都知爱慕此生才;一从二令三人木,哭向金陵事更哀。"这就把凤姐个人的悲剧命运同末世的时代氛围联系起来看,极为深刻;《曲子》赞:"【聪明误】机关算尽太聪明,反误了卿卿性命!生前心已碎,死后性空灵。家富人宁,终有个家亡人散各奔腾。枉费了,意悬悬半世心;好一似,荡悠悠三更梦。忽喇喇似大厦倾,昏惨惨似灯将尽。呀!一场欢喜忽悲辛。叹人世,终难定!"对其个性人格和全部生命形态作了精当的描摹。

《红楼梦》中的悲剧女性,何止是万人之上的贾元春和王熙凤两人,也何止是区区金陵十二钗!贵贱同一理,美丑尽百劫。从瑞珠触柱到金钏跳井,从鲍妻上吊到司棋撞墙,从开篇不久的秦可卿出殡到终局时的树倒猢狲散、鸟飞各投林,众多红颜,俱各薄命,而薄命之尤者莫过于黛玉其人。

二、有情无分黛玉恨

黛玉原本不是人,她本是"受天地之精华,复得甘露滋养,遂脱了草木之胎,换得人形"的"绛珠仙草"。尽管得了人形,而不脱仙草情性,所以处处郁郁寡欢,乖张离群,时时寂寂寥寥,总不得志。《红楼梦》作者纵论全书是"满纸荒唐言,一把辛酸泪",其中恐怕更多的是黛玉所流下的斑斑血泪:"便把我一生所有的眼泪还他。"

有盖世美貌而无好命,令黛玉怎不叹苦?

作为得天地日月之光华、山川云雾之润泽、绛珠仙草所转世的女体,黛玉之美秀绝伦,就连贾府公认的大美人王熙凤也惊叹不已:"天下竟有这样标致的人儿!我今日才算看见了!"这是美人看美人的感慨。

自小生长在脂粉丛、美人堆里的贾宝玉,其审美眼光何等犀利?但他一见黛玉便心驰神往,若有宿缘,"这个妹妹我曾见过的"。具体而言,这个"袅袅婷婷的女儿","神仙似的妹妹",其天然美处,在于"两弯似蹙非蹙笼烟眉,一双似喜非喜含情目,态生两靥之愁,娇袭一身之病。泪光点点,娇喘微微。娴静似娇花照水,行动如弱柳扶风。心较比干多一窍,病如西子胜三分"。这是公子看美人的感受。

然而美艳之极,却无好命,其"身世凄凉、纤弱多病",便也臻其极致,伴随终生。

论其身世之凄凉,在于年仅六岁而父母双亡,"上无亲母教养,下无姊妹扶持",沦为无所护持的孤儿。从扬州到金陵,从自家小主人到外祖母家的小客人,而母亲遗训曰"外祖母家自与别处不同",怎不令寄人篱下的黛玉感伤、压抑而痛苦莫名呢?唯其如此,所以作为外姓的黛玉,小小年岁便要生出诸多心思,"步步留心,时时在意,不多行一步路,不多说一句话",只怕"被人耻笑了去"。

论其纤弱之多病,有其先天与后天、心境与身子骨的多重病因。其父母壮年而亡,身心遭遇自有其致命的缘由。这些缘由有形无形、或多或少要影响到女儿的身心健康。缺乏双亲的至情照顾,使其先天后天都有诸多缺失。她自小就有"经过多少名医,总未见效"的"不足之症",亲人亡故后又"过于哀痛,素本怯弱,因此旧症复发,有好些时不能上学"。

以其孤儿的心境和生态,偏偏又寄居在富贵的贾府,其时时提防、处处在意的"小心眼儿",又反过来使其原本柔弱多病的身子骨,平添了无穷的心病和身病。仅仅晴雯未曾开门的一场误会,便使得黛玉痛苦莫名,"虽说是舅母家,如同自己家一样,到底是客便。如今父母双亡,无依无靠,现在他家依栖,若是认真怄气,也觉没趣"。但总归"越想越觉伤感;便也不顾苍苔露冷,花径风寒,独立墙角边花阴之下,悲悲切切,呜咽起来"。是夜"倚着床栏杆,双手抱着膝,眼睛含着泪,好似木雕泥塑的一般,直坐到二更多天方才睡了"。在贾府的诸多女儿当中,只有她会吃饭时便吃药,是永远的药罐头,长期的心痛者。岂止"既如西施之美,又如西施之病",她的身心至痛,远胜西施万千。宝玉给她取字"颦儿",便是对她的神态和心态的集中描绘。一旦宝玉与他人成婚,黛玉那孱弱的心身哪里还支撑得住?她也只剩下效父母早夭的丝丝薄命了。

有无边慧才而无好福,令黛玉怎不感怀?

黛玉的高才,首先体现在敏于应对的谈吐上。初进贾府便卓尔不群,"年貌虽小,却举止言谈不俗,身体面庞虽弱不胜衣,却有一段风流态度";启蒙老师贾雨村,也称其学生"言语举止另是一样,不与凡女子相同"。

黛玉的慧才,更为集中地体现在诗才之中。"咏白海棠"时的一挥而就便是显例。其"偷来梨蕊三分白,借得梅花一缕魂。月窟仙人缝缟袂,秋闺怨女拭啼痕"更属妙语,所以众人公认为最佳。其从唐伯虎诗歌中脱化而出的《葬花吟》,更是歌行当中之极品①。

全诗名为葬花,实属悼己:"花谢花飞飞满天,红消香断有谁怜?……桃李明年能再发,明年闺中知有谁?"身处这险恶的人生,敏感到环境的煎逼,预知到韶华的飞渡,

---

① 唐寅的桃花坞组诗有《葬落花诗》三十首,还有《一年歌》、《一世歌》,都成为曹雪芹《红楼梦》中黛玉葬花的原型细节。《葬花词》的意境和语句,大多取自伯虎原作,但都加以了归拢、整体化和情节化。伯虎诗中"一年三百六十······寒则如刀热如炙",都成为曹雪芹妙手化用的基础。如果说黛玉葬花及其葬花词是《红楼梦》中最具悲剧感染力的场面和歌哭,那么伯虎的锦囊葬花及其葬花组诗则为黛玉铺平了悲剧的幽径。参见拙著《走近中国艺术大师·风流唐伯虎》,中国戏剧出版社 2004 年版。

感受到春暮的气息,"三月香巢初垒成,梁间燕子太无情,明年花发虽可啄,却不道人去梁空巢也倾。一年三百六十日,风刀霜剑严相逼,明媚鲜妍能几时,一朝漂泊难寻觅"。

那么,就趁人还在、身未残,形影相吊,神魂先祭,聊以自遣:"天尽头!何处有香丘?未若锦囊收艳骨,一抔净土掩风流,质本洁来还洁去,强于污淖陷渠沟。尔今死去侬收葬,未卜侬身何日丧?侬今葬花人笑痴,他年葬侬知是谁?试看春残花渐落,便是红颜老死时。一朝春尽红颜老,花落人亡两不知!"但是即便是随风而逝,也要保持本质的洁净、品格的清奇和风标的骄傲。岂止是一诗成谶,分明是青春的诔文!

有眷眷深情而无姻缘之份,令黛玉怎脱生死之恨?

黛玉生来就为了洒泪还愿,所以她与宝玉之间有着难于割舍的不解之缘。他们一见面就似曾相识,一说话就心心相印,一看书就两心相通。捧读《西厢记》剧本,她"越看越爱看,不到一顿饭工夫,将十六出俱已看完,自觉词藻警人,余香满口。虽看完了书,却只管出神,心内还默默记诵"。连道:"果然有趣。"当宝玉半真半假地向她求爱:"我就是个'多愁多病身',你就是那'倾国倾城貌'!"黛玉先是含羞嗔怪,接着反借《西厢》语录,表面上佯骂他是个"银样蜡枪头",实则在鼓励宝玉的步子迈得更大一些。《西厢记》和《牡丹亭》的人物曲文,使得宝黛之爱,从此有了深深的默契。当宝玉在挨打之后,黛玉的"两个眼睛肿的桃儿一般,满面泪光",那种由体己所生发出来的悲切,那般气噎喉堵的无声之泣,虽不是夫妻,实胜似夫妻……

但是无论是从家境看,还是从身体、性格上言,贾府都绝对不会赞成宝黛之爱。所以凤姐与王夫人设计婚姻"掉包计",都是为了骗宝玉就范,根本就没有考虑到黛玉的心理感受和死活命运。就连嫡亲的外祖母,也没有把外孙女放在心上,"别的事都好说。林丫头倒没什么,若宝玉真是这样,这可叫人作难了!"贾母尚且如此漠视黛玉,更遑论他人?

有生死之盟,无婚姻之分,那么黛玉也只有死路一条了。一旦傻大姐儿泄露成婚真相,黛玉便天旋地转,"那身子竟有千百斤重的,两只脚却像踩着棉花一般,早已软了,只得一步一步慢慢地走将来"。泪已流尽,血已吐光,稿已焚完,生命之光也就在宝玉宝钗的大婚之际迅速地飞逝。那句"宝玉,宝玉,你好——"的断续遗言,伴随着回光返照般的灿烂微笑,竟焕发出爱情与生命的最强音。

三、无量怨苦宝玉痴

现在来看《红楼梦》中享无量艳福、受无量怨苦的痴情公子和悲剧主角贾宝玉。

西方灵河岸畔赤霞宫中,有一时常浇灌花草的神瑛侍者,动了凡心尘念,便化而为灵石宝玉投胎人间,是为混世魔王和第一情种。

作为混世魔王,宝玉是位不思进取、不求上进、不论仕途经济、不领世态人情、不符合主流社会价值评判的公子哥儿。有《西江月》词为证:"无辜寻愁觅恨,有时似傻如狂。纵然生得好皮囊,腹中原来草莽。　潦倒不通世务,顽愚怕读文章。行为偏僻性乖张,哪管世人诽谤。富贵不知乐业,贫穷难耐凄凉,可怜辜负好韶光,于国于家无望。天下无能第一,古今不肖无双。寄言纨绔与膏粱,莫效此儿形状。"

在任何社会当中,贾宝玉都只能是颓废派一族、嬉皮士一流、富贵闲人之类,无事瞎忙之属。为了他的不务正业和不肖种种,父亲贾政恨铁不成钢地痛加鞭挞,险些儿要了他的性命。

根本的冲突在于,家族之盛衰要有栋梁之才来撑持,可宝玉只是个大大的歪才;末世之社会愈要有一批补天之石,可是宝玉原本就是块无力补天的废弃之石。

乾隆盛世之后,整个满清王朝以及全部中国封建社会都面临无可挽回的衰微,又在衰微中呈现出渐归灭亡的必然性。《红楼梦》正好通过贾宝玉其人来将贾、史、王、薛四大家族乃至王朝的衰微,做一个最为具体的形象演示。从客观效果上来看,小说甚至还具备以此来反映全部人生、全部人类文明史必归空寂灭亡的弦外之音。从此层面上来看,宝玉公子无所作为的全部做派,依红偎翠的自然天性,实则是对事业、对前途、对社会、对历史失去信心、泯绝希望的天然避难行为。而当他终于连恋爱、结婚的自由权利都被剥夺时,他只能是在出家的空幻中,完成了悲剧人格的一贯性。所以鲁迅先生在《中国小说史略》中云:"悲凉之雾,遍被华林。然呼吸而领会之者,独宝玉而已。"

由此而论,无为即是有为,颓废便是进步,泯绝希望便是无所失望,不领世情便是独行大侠。总之,歪打恰好正着,沉沦便是升华。是耶,非耶?

宝玉作为普天下第一情种,正如警幻仙姑所云:"乃天下古今第一淫人也。""如尔则天分中生成一段痴情,吾辈推之为'意淫'。'意淫'二字,惟心会而不可口传,可神通而不可语达。汝今独得此二字,在闺阁中,固可为良友;然于世道中未免迂阔怪诡,百口嘲谤,万目睚眦。"比方抓周之时,便只取胭脂钗环,可见其本性好色,源自孩提。

情种也好,意淫也罢,在宝玉这里就是一种泛爱主义的表达:"这女儿两个字,极尊贵,极清净的,比那阿弥陀佛、元始天尊的这两个宝号还更尊荣无对的呢!……但凡要说时,必须先用清水香茶漱了口才可。"与此相关的宝玉名言还有:"女儿是水做的骨肉,男人是泥做的骨肉,我见了女儿便清爽,见了男子便觉得浊臭逼人";"原来天生人为万物之灵,凡山川日月之精秀,只钟于女儿,须眉男子不过是些渣滓浊沫而已"。

这是绝对的女性崇拜,当然主要是少女崇拜。贾宝玉的巨大悲哀之一,就是大观园中的群芳不能永驻,少女们不能老是陪他玩乐,青春梦幻世界不能永葆其美妙。且看第一百回中,宝玉念及黛玉及其丫鬟的星流云散,郁闷到无可如何。忽闻探春出嫁之事:

宝玉听了，啊呀的一声，哭倒在炕上。唬得宝钗、袭人都来扶起说："怎么了？"宝玉早哭得说不出来，定了一回子神，说道："这日子过不得了！我姊妹们都一个一个的散了！林妹妹是成了仙去了，大姐姐呢已经死了，这也罢了，没天天在一块。二姐姐呢，碰着了一个混帐不堪的东西。三妹妹又要远嫁，总不得见的了。史妹妹又不知要到哪里去，薛妹妹是有了人家的。这些姐姐妹妹，难道一个都不留在家里，单留我做什么！……为什么散的这么早呢？等我化了灰的时候再散也不迟。"

正因为宝玉如此泛爱而且痴情，所以痛惜离别，迷失心志，岂知天下从无不散的宴席？鲁迅先生云其爱博而心劳，而忧患亦日甚矣，信然。

若细论宝玉之爱，大致有三：

其一是泛爱，凡美少女他都喜欢调情，凡女孩子的胭脂他都喜欢啃吃，凡青春美女他都服贴。就连挨打之时，只要乱叫姐姐妹妹，便是解痛之"秘法"。自然，他的一些调情往往是不负责任的胡闹，例如对金钏儿胡乱许愿，再三说要讨她、要她、守着她，导致一旁假寐的娘对金钏儿大发雷霆；但宝玉却死人不管，一溜烟跑开，遂有金钏冤愤、投井而亡的恶果。此外，他曾为踢那些不懂事的小丫环们，误将袭人踢得吐血①。原因只有一个，可能是小丫环们还没长成亭亭玉立的美少女。

其二是性爱，从与秦可卿的梦幻之旅开始，到与袭人之实战演习，再到为薛宝钗留下遗腹子，还有与丫头洗澡等等诸般情事，其经验不可谓不丰。

其三是情爱。宝玉的特点是将性爱和情爱区分得极开，有性非所爱，有爱非所性，与林黛玉的爱情便是例证。这对总是在心心相印、试图走进对方心灵的情侣，却从来没有过任何苟且之事。

宝玉与黛玉一见钟情，称这个"神仙似的妹妹"是他曾见过的旧相识，有若远别重逢一般。在十九回当中的同床共枕亲昵之时，就连黛玉也承认这宝玉就是自己命中的魔星。之后，他们生死相托、心心相印的太极情感之推移，越来越频繁，越来越密集，类似之语层出不穷："我也为的是我的心。难道你就知你的心，不知我的心不成？"直到宝玉巧借《西厢》语言婉转求爱，哑谜般的爱情表白这才明晰起来。针对人们盛传的宝玉与宝钗金玉良缘之说，宝玉一概不理，还向黛玉赌咒发誓说："除了别人说什么金什么玉，我心里要有这个想头，天诛地灭，万世不得人身！"他还郑重确立心底亲人的排序，"除了老太太、老爷、太太这三个人，第四个就是妹妹了"。

---

① 《红楼梦》第三十回：袭人见了又是着忙又是可笑，忙开了门，笑的弯着腰拍手道："这么大雨地里跑什么？那里知道爷回来了。"宝玉一肚子没好气，满心里要把开门的踢几脚，及开了门，并不看真是谁，还只当是那些小丫头子们，便抬起腿踢在肋上。袭人"嗳哟"了一声。宝玉还骂道："下流东西们！我素日担待你们得了意，一点儿也不怕，越发拿我取笑儿了。"……持灯向地下一照，只见一口鲜血在地。岳麓书社1999年版，第226页。

自然,宝黛之恋绝不止于宿缘外貌的相配,灵根慧悟的相惜,更在于生活情趣的相近,人生理想的相通。当史湘云论说经济时,宝玉便在人前一片私心,称扬"林妹妹不说这样混账话,若说这话,我也和他生分了"。及至见黛玉伤感,宝玉点头叹道:"好妹妹,你别哄我。果然不明白这话,不但我素日之意白用了,且连你素日待我之意也都辜负了。你皆因总是不放心的原故,才弄了一身病。但凡宽慰些,这病也不得一日重似一日。"这更是对建立在理想志趣基础之上至为明确的情爱承诺。

一旦宝玉的千金承诺不能实现的时候,钟情到底的宝玉就会灵魂出窍、迷失自我。新婚之夜,按捺不住心头激动的宝玉揭开盖头,发现新娘竟然被偷换成宝钗,立马昏聩糊涂起来,"口口声声只要找林妹妹去"。从此"服药不效,索性连人也认不明白了"。但尽管如此,他心里头却明白之极:"我要死了!我有一句心里的话,只求你回明老太太:横竖林妹妹也是要死的,我如今也不能保。两处两个病人都要死的,死了越发难张罗。不如腾一处空房子,趁早将我同林妹妹两个抬在那里,活着也好一处医治伏侍,死了也好一处停放。"这种生死相依的人间绝恋,放射出人性当中最为美好灿烂的爱情霞光。

当他发现就连死也不得自由的时候,宝玉的唯一归宿,只能是远离一切繁华富贵、人间俗情,于大雪霏霏之际,山河茫茫之时,遁入空门,出家念经去了。无边艳福,归于空幻;无量怨苦,由此收束……阿弥陀佛!

《红楼梦》中的悲苦世界,为中国小说的忧郁气质、痛苦形象等百味苦态,做了一个百川归海式的总结和升华。而悲剧小说与戏曲悲剧既并驾齐驱,又相互影响。因小说而改编而成的红楼戏曲系列,又在戏曲史上、悲剧丛中蔚为大观,那又是一番同源共生、二水合流的凄美景致。

第三编

敦煌变文哀曲与宋代悲怨剧目

第七章
敦煌变文中的复仇哀曲

　　遥想气势恢宏、万国冠冕的唐代,当其国力空前强盛之际,文化艺术的创作力也随之喷薄而出。举国竟成诗国,好戏尽出梨园,就连佛门寺院也使出浑身解数,以俗讲为大众布道;遑论市井才人,因变文为看客叙事。说说唱唱,讲讲弹弹,端的是好一派热闹光景。

　　当时的日本留学生圆仁和尚,在武宗会昌元年(841)的长安城,就曾看到七座寺院同开俗讲,绵延数月①。变文讲唱具备极强的说表魅力,具备较佳的饰演效果,并出现了像文淑(溆)这样的讲唱大师。赵璘《因话录》形容文淑演唱变文的场面云,当时的"愚夫冶妇,乐闻其说,听者填咽四舍,瞻礼崇奉,呼为和尚教坊"②。和尚教坊的影响,一时间不在皇家教坊之下,以至"教坊效其声调以为歌曲"。后世的诸宫调说唱中,一直保留了【文淑子】曲调,便是明证。

　　寺院之外的街头戏场,说唱变文蔚然成风,就连皇家宫苑,其时也不能免俗,礼聘方家,"或讲经议论,转变说话。虽不近文律,终冀悦圣(按:指唐玄宗)情"③。

　　由此可见,俗讲与变文,在讲唱方式或者题材内容上有着较大幅度的重合。甚至完全可以说,变文应是俗讲的文本,俗讲乃是讲唱变文的演出。

　　变文是中国较为综合的艺术样式。变文的"变",先在叙述文体之变,它是佛经中的散文叙说和偈语宣赞与中国固有的从优谏到参军戏所形成的说唱艺术的结合,也受到诗、赋和散文的影响。其次在故事情节的变化多姿,所以大部分故事题目都标有

---

① 参见〔日〕圆仁《入唐求法巡礼行记》,顾承甫等点校,上海古籍出版社1986年版。
② 赵璘《因话录》,上海古籍出版社1979年版,第93页。
③ 郭湜《高力士外传》,《开元天宝遗事十种》,上海古籍出版社1985年版。

"变"字。第三,变文之变,在于它是传奇、话本、唱赚、诸宫调和戏曲等多种艺术样式从内容到形式的源头之一,也可以称之为中国戏曲初级阶段的特殊形态之一。后世出现的一些佛法戏例如明代的《双林坐化》以及《归元镜》,都要求观众要像聆听佛法一般看戏,这也恐怕是变文之遗风。

就在大家都在凑热闹、赶场子的时候,偏偏有那么一部分高僧居士居安思危,在偏远的敦煌莫高窟凿洞藏经,意图以藏之深山的做法保存唐代文献,他们也真的实现了其传承文明、保存文化的宏愿。当着当日的演唱与聆听者灰飞烟灭将近千年之后,到了 20 世纪初叶,来自不同国度和背景的人们,就从区区十七号藏经洞中,先后发现了近五万卷隋唐遗书。

这些隋唐遗书当中,包含有题名"变文"的八种本子和题目残佚的数种变文本。作为中国文学史上长篇宏制的叙事性文学体裁,变文通常可以划分为佛教人物故事和世俗人物故事两大类别。其中,佛教人物故事中最富于悲剧意味的是《大目乾连冥间救母变文》。由于佛教的出发点在于承认、渲染并试图在来世解除人生的苦难,这种原罪思想成为蕴含悲剧精神的基础。影响所及,就连现存其他种类的变文中,很多也笼罩着比较强烈的悲剧情绪和部分原罪感。世俗人物故事中则塑造出一系列感人弥深的悲剧人物群像。这里主要对世俗人物中的伍子胥和孟姜女复仇悲剧、王昭君和李陵的游子思乡悲剧、王陵、张议潮和张淮深的报主抗敌悲剧展开阐述。

第一节 伍子胥和孟姜女的复仇悲剧

变文中的世俗人物故事在戏曲中的体现,以《伍子胥》①、《孟姜女》、《李陵》、《王昭君》和《董永》题材为最著名。但在这五大历史变文中,只有《董永》故事具备一定的喜剧氛围,但也渲染出仙女升天后,没娘之儿受人奚落,失妻之夫深为惆怅之苦趣。前面四种,则都是较为透彻的大悲剧。尤其是伍子胥和孟姜女的复仇悲剧,分别写出大男人和弱女子复仇的不同表现形态,呈现出悲剧风格或壮烈、或凄婉的不同方面。

一、亡命天涯与复仇结局

《伍子胥变文》的四部分残卷,加起来共有大约一万六千七百字,是故事情节相对较为完整的本子。本事源于《左传》、《吕氏春秋》、《史记》和《吴越春秋》等书。但在变文这里,历史渊源蹊事增华,人物事件摇曳多姿,命运之舟风雨飘摇,具备了历史大悲剧的苍凉品位。

关于亡命天涯与复仇到底的二元叙述,构成了伍子胥变文的主体,这也和目连救

---

① 《伍子胥变文》,张鸿勋《敦煌讲唱文学作品选注》,甘肃人民出版社 1987 年版,第 105—149 页。

母的过程性叙述一样,构成了变文以主人公命运与行动作为线索,铺叙事件细致详尽、描摹环境生动细腻的特点。

伍子胥一家的命运,委实是一悲到底,悲上加悲。楚国上相伍奢因再三抗颜直谏平王纳媳,"共子争妻,可不惭于天地"?如此不依不饶,绝无半点通融余地,终被恼羞成怒的平王囚禁拟诛。平王还生怕伍奢那两位身在外邦的儿子生事,便诳骗伍奢写信,让二子速回。

兄长子尚厚道,接信后劝弟子胥回国,被拒绝之后独自回国,自缚于楚王之前,还向楚王老实呈告其弟欲复仇事。楚王则不论是非曲直,以"叛逆"之罪痛骂子胥"一寸之草,岂合量天,一笙毫毛,拟拒炉炭",当时便"诛戮"伍奢与子尚父子,并以千金赏、千户侯奖赏捉拿子胥者,且以一身死、九族灭之戒,惩戒藏匿要犯者。

关于子尚、子胥两兄弟的性格落差乃至最终归一的描写,是变文匠心独具的地方。哥哥轻信,拿着父亲信件当令箭,全然不顾回去后可能遭到的凶险;弟弟多疑,他马上就指出信件可能作伪,关键是要把兄弟俩诳骗回去一网打尽。哥哥忠厚,即使明知有诈,也要自缚见楚王,想以良好的态度救父自救;弟弟激越,口口声声要兴兵声讨无道的平王。可怜哥哥也只有在生命的最后一刻,才得以看穿君王的虎狼之心与杀人本性,醒悟到只有复仇是家族重光的唯一选择:

> 子尚临死之时,仰面向天叹而言曰:"吾当不用弟语,远来就父同诛,奈何奈何!更知何道?吾死之后,愿弟得存。忽尔天道开通,为父仇冤杀楚。"

这样的遗言既使得兄弟俩统一了报仇雪恨的思想,同时还使得伍子胥的复仇行动肩负起家族意志的重托。此后的亡命天涯,并不是弱者的狼狈出逃,而是强者的以退为进。

子胥出逃后的第一场面,是在颍水之畔碰到美妙的浣纱女。饥饿到极致的逃亡者,只需要一顿饱饭,但这顿饱饭足以使得提供饭食者付出窝藏贼人的生命代价。可那浣纱女依然毫不迟疑地给远方来人提供了饮食,又在伍子胥讲出实话之后以心换心,以命救命,抱石沉江。这自杀之举一是为了解除伍子胥的怀疑,因为任何见面之人都可能是一个潜在的告密者,二是免除了家族可能由此株连的沉重灾难。浣纱女的施恩不图报、自杀佑他人的崇高举动,使得伍子胥"落泪悲嗟倍凄怆",心中充满了感恩之情。

出逃的第二场面,是与姐姐相遇,姐弟俩抱头痛哭但又不敢大哭。但两个外甥却为了贪图厚赏,要去捉拿子胥舅舅,幸被子胥识破后逃脱。第三场面是乞食于妻,妻欲相认但却被子胥打住话头,夫妻彼此间只能借中药打哑谜。又因妻子曾说认识其门牙,子胥出门之后便用石头磕断门牙,消除一切可能被人识破本来面目的身体特征。这里写亲人们面对子胥的不同态度,令人感叹世态炎凉,人情冷暖,环境险恶,就连至亲也难相认,凡此种种,特别容易引起听众的感慨。

第四场面是与渔人相遇,这是全篇中的重头戏之一。在这里,他解决了最为迫切的饥饿问题,也明确了今后的战略取向。渔人指点他说,但投吴国莫奔越,"吴王常与楚仇,两国不相和顺";就连在吴国街市中如何泥涂漆面的化妆技巧、怎样大哭几声的表演方法等战术问题,渔人都一一为之设计停当。一旦送别子胥,渔夫为了保护壮士也为了保全自家子嗣,毅然投水覆船而亡。难怪子胥回头望见这幅惨景,"哽咽悲啼不已,遂作悲歌而叹曰":

> 大江水兮淼无边,云与水兮相接连。痛兮痛兮难可忍,苦兮苦兮冤复冤。自古人情有离别……遂向江中而覆船。

在子胥逃亡的四大场面中,浣纱女与渔人这对恩人的先后自沉,为壮士的复仇事业提供了前仆后继的铺垫,也表明平王无道的伤天害理、人神共怨。这些场面也充分显示出伍子胥大难当头、逃亡在急,不得不多疑疑人的性格。渔人仅从回家取饭食来,却不见了船上的壮士这一细节,就知道子胥肯定躲在水草之中,就知道自己不死无以安子胥之心,所以赴死乃是必然之举。

复仇的结局之残酷,虽然可以想象,但其凌厉惨烈的景象,还是超出了人们的想象。子胥在杀人遍野、血流成河之后,悉取昭王等人的心肝,用以祭奠父兄,又将其父子枯骨身躯斩为百段。他这里在有意无意之间向祖国、向人民乃至向人类在宣战,绝无半点恕道之思、怜悯之情,也太为复仇过分了。但他以百金投颍水来报浣纱女之恩,以楚王封号回报渔人之子,也有其知恩不报非君子的丈夫气魄。

二、历史镜鉴与是非评判

这是一个极为明确的推理,《伍子胥变文》写逃亡和复仇的过程越漫长,所叙述的细节越生动,其所要展示的历史镜鉴与是非评判也就越沉痛深刻、越荡气回肠,越能启发人们的深思。

朝政更迭、国家兴废,皆决于统治者的贤明与昏聩与否、廉正与荒淫之分,这是变文故事所给与我们的重大历史镜戒。遥想周末之大楚,雄视七国之间,巍巍赫赫,何等风光:

> 南有楚国平王,安仁治化者也。王乃朝庭万国,神威远振,统领诸邦。外典明台,内升宫殿。南与天门作镇,北以淮海为关,东至日月为边,西与佛国为境。开山川而地轴,调律吕以辩(辨)阴阳。驾紫极以定天阙,撼(感)黄龙而来负翼。六龙降瑞,地象嘉和,风不鸣条,雨不破块。街衢道路,济济锵锵,荡荡坦坦

然,留名万代。

真个是江山如此多娇,风景这边独好。以此大好形势,山河一统、江山在握乃是迟早之事。可是这楚平王偏偏不肯争气,将安仁治化之志换而为荒淫无耻之欲,把年轻美貌的儿媳秦女中途截留、霸为己有。如此倒行逆施迫害忠良,这般以老耄之身奋战年轻女郎,其结果只能是缩短寿命,加速死亡;但即使死了也不得安生,还要被伍子胥挖出来乱剑砍杀;其子昭王也被剑劈百段,抛入江中喂鱼。变文作者关于昭王的处理方式尽管于史传不合,但却更能显示出复仇的力度。倘不是申包胥哭秦廷,请救兵;倘不是楚国军民奋起抗击,南方第一大国楚国,就要亡于楚人伍子胥之手!

变文中的吴王夫差,同样也是晚节不保的君王。不错,他也曾重用伍子胥,攻陷郢都城,大败越国兵。然而一旦天下太平之后,他同样听信奸臣巧语,拒绝子胥忠言。仅仅因为子胥的解梦之话不大好听,吴王便振睛怒目,拍陛大嗔:"老臣监监,光咒我国。"即刻迫令集大忠臣与大功臣于一身的伍子胥自尽。可怜伍子胥在楚王兴全国之力追捕之时尚可脱逃,而今却轻易死在吴王殿中。有此昏聩之君,之后的越胜吴败,也就是题中应有之意了。

楚国也好,吴国也罢,湛湛青史实在难得觅一贤君;好不容易出现几位,大都好景不长,欲望过甚,晚节不保,身死国灭,为历史留下谈资,替千秋留下镜戒。盛极而衰的神圣警钟,在变文这里也被屡屡奏起,这是具备历史哲学之深意的。

其实,《伍子胥变文》中最大的历史之叹和是非评判,还在于关于主人公自身的行状之考察。不错,楚平王是荒淫无道到极点,伍子胥一家父死兄亡也冤到了极点,他自己狼狈逃窜也惊险到极点,但伍子胥得志之后的如下所为,确实还是应该受到评议的:

其一,尽管平王错杀伍家父兄,但是否就一定要起吴国之兵,讨伐祖国故里?而且作为吴国大将,他不可能不知道平王已亡的消息,那么这种冤家对头已亡之后,对于整个祖国的复仇行动,这场差点就导致楚国覆灭的战争,是否具备其合理性和正义性?由个体之仇而要灭掉家邦,这种行为是否值得称道?固然杀父之仇不共戴天,但是楚国的整个社稷百姓也都被他的复仇之举牵连了进去,逞个人之意气,视人民若草芥,将祖国变屠场,这样的伍子胥也是一位值得称道的悲剧大英雄吗?

其二,伍子胥的复仇之举,杀性太重,残暴太过。就像他自己一再讴歌的口头禅一样,只杀得"横尸遍野,血染山川"。这种行为是以大杀戮复仇小杀戮,用大暴行覆盖小暴行,使千重不义来回报十重不义。至于决不放过投降的昭王,决不放过死去的平王,无论昭王如何替亡父求情都无动于衷,甚至以活人之心肝祭父,把死人之残骸练刀!这种毫无理性、缺乏节制的复仇行为,已经在很大程度上走到了复仇的反面去了,因为伍子胥已经沦为包括自己在内的群体复仇靶子。

其三,伍子胥的被迫自杀,与乃父的居功自傲、出言不逊,不能不说没有一脉相承的地方。他在举兵攻楚,报了父兄之仇后,又在吴国继承了家族的直谏传统,以至被夫差赐剑自尽。同样的直谏精神,经历了父子兄弟共三人的悲剧命运之递进。变文力图在伍员自尽时呈现出挽弓欲发的饱满状态,然后弓折弦断,戛然而止,让人赞叹悲剧精神的强悍和力度。当然更为重要的还是在于他杀气过重,复仇太过,真正应了多行不义必自毙、杀人多者必自杀的古训。他确实在很多地方张扬了悲剧英雄的气概,但是这种富于夸饰的张扬、那种报仇雪恨的狂欢,实在有做秀过头的感觉,这在很大程度上显示出人格精神上不够健全的诸多痕迹。富贵须还乡,至多给人以暴发户的感觉;而复仇必还乡,还乡方得意,这种人生的趣味实在是值得声讨的恶趣。

惟其如此,与其说变文中的伍子胥是位历史人物,毋宁说他是一位彻头彻尾的戏剧人物,最为贴切的定位是中国文明史上空前绝后的历史悲剧人物。所以元杂剧中高文秀的《伍子胥弃子走樊城》、郑廷玉的《采石渡渔夫辞剑》、李寿卿的《伍员吹箫》等剧,明传奇中梁辰鱼的《浣纱记》等剧,乃至京剧《鼎峙春秋》中的部分情事,都与变文息息相关。

三、《孟姜女》的长城之哭

《伍子胥》和《孟姜女》变文的主题,都是控诉昏君无道。但伍子胥含辱忍悲,终于手刃昭王百段,剑斩平王枯骨,这是大丈夫复仇的壮烈气概。而孟姜女对秦政的控诉,则是通过"妇人决列(烈)感山河,大哭即得长城倒"[①]的方式,间接地呈现出来的,这是弱女以柔弱之躯胜威武长城乃至嬴秦暴政的伟大行动,悲哀情愫居然也可以感天动地,化而为雷霆万钧的强力手段。就悲剧力度的博大深沉和悲剧色调的层层渲染而言,《伍子胥》和《孟姜女》同样具备以小胜大、以弱胜强、以死相拼的相近抗争模式。

现存的孟姜女变文,尽管残缺太甚,但基本脉络还是丝丝可循。严冬已至,温柔贤良的女子,生怕丈夫杞梁受冻,于是千里驱驰,不辞辛苦来到长城工地上,为心上人送寒衣、添温暖。岂料寒衣在手,丈夫已亡,他是在一次施工事故中丧生,并且被就近埋葬在长城之中的。想当年丈夫被征兵拉丁之时,夫妻执手相别、朝去暮归的叮嘱还在,如今与妻子对话的却只是丈夫的鬼魂:

命尽便被筑城中,幽魂散漫随荆棘。
劳贵远道故相看,冒涉风霜捐气力。
千万珍重早归还,贫兵地下长相忆。

[①] 张鸿勋《敦煌讲唱文学作品选注》,甘肃人民出版社1987年版,第150页。

如此结局,怎能令孟姜女释然?她怎能不大放悲声、哭天抢地?她怎能不恨煞了直接导致丈夫死亡的无情长城?于是,她的哭诉状态是"三进三退,或悲或恨,鸟兽齐鸣,山林俱振"。眼泪本是弱者情感宣泄的一种自然反映,但却在特定氛围下生发出震撼人心的巨大效应。如此强烈的主观情愫同化并震撼了客观环境,并在一种悲情的共振中具备了山崩城裂的力量,引申为"陇上悲云起,旷野哭声哀。若道人无感,长城何为颓"的合理结局,使得八百里长城都随着女人的哭声而相继坍塌。然而长城塌处,尽是死人的累累白骨、森森头颅。孟姜女只得咬破手指,用鲜血遍撒长城,"若是儿夫血入骨,不是杞梁血相离",借以辨认她的夫君残骸。

但是,更进一步的悲情渲染,则是孟姜女找到并背负亡夫骨植之后所引起的连锁反应:

> 更有无数个骷髅,无人搬运。姜女悲啼,向前供问:"如许骷髅,佳俱(家居)何郡?因取夫回,为君传信。君若有神,儿当接引!"

于是骷髅们纷纷与孟姜女对话,自报"我等并是名家子"的家门出处,同陈"被秦差充筑城卒,辛苦不襟(禁)俱役死"的死因,具道"铺尸野处断知闻,春冬镇卧黄沙里"的凄凉处境。成过婚与未成年的骷髅分别表达"为报闻中哀怨人,努力招魂存祭祀";"此言为记在心怀,见我耶(爷)娘方便说"的不同愿望。

孟姜女在一一应承领纳之后,先以杞梁妻的身分当场凭吊死魂亡灵弟兄,独自操办了一场庄严的仪式;之后又决定寻访众鬼魂的家园,向其妻儿或其父母相传凶讯。以一弱女的同情博爱之心,写尽了天下苦秦冤魂的无边怨恨。这便在自身的凄苦之上又平添了无限悲凉,承载了道义上的更多重负,也使整篇变文融汇了更为深厚的人道主义精神和更为博大的人文主义力量。这幅女人与骷髅对话的神来之笔,把悲剧色调涂抹得如此浓重而广泛,这是任何血泪悲啼都难以化解开来的。悲剧人物与情境,在这里水乳交融、天人合一,达到了较高的艺术境界。

无论变文在吸收民间传说上有多少承袭因循,但却确实创造性地发展了传统精华,营造出较具典型意义的悲剧环境和悲剧人物。而且变文还借孟姜女之哭,形象地说明在巍巍长城的每一块青砖之下,都可能埋藏着筑城兵卒的森森白骨,掺和着死难者的斑斑血泪。这不仅是对强秦的单项控诉,而是对历代暴政的深入揭露和整体控诉。这其中最为基本的线索之一,是中国历朝历代对长城持久而漫长的修建,导致了对百姓们正常而甜蜜生活的持久干扰乃至血泊离散。

孟姜女故事最早出于《左传》,原写齐将杞梁战死之后,妻子成礼前往吊唁的故事。此外,《礼记》、《孟子》、《说苑》、《列女传》等书都有类似的记载。尽管姓名和事件都有变易,但妻子哀悼边疆殉国之夫的原型是一致的。汉代以来出现了哭倒城垣和山岭的说法。这一故事流传至唐以来,大众艺术家们对历史原型进行了改造,主要把齐将置换为百姓,变主题为抗暴。唐代的变文和小说写本《琱玉集》,大致写范杞梁为避筑城苦役逃入孟家,不小心窥见正在沐浴的孟姜女,女子就只得请父亲让他们成婚。但后来杞梁还是被强征修长城,死葬于城下,后被孟姜女哭倒长城,背回夫尸。通过集体无意识的原型再造活动,孟姜女故事成为中国四大民间传说之一。

以变文和小说作为祖本,宋元以来出现了一系列孟姜女题材戏曲悲剧。较为知名的有南戏《孟姜女送寒衣》(《永乐大典戏文二》)著录、金院本《孟姜女》(《辍耕录》)、元郑廷玉杂剧《孟姜女送寒衣》、无名氏《孟姜女死哭长城》。明传奇亦有《长城记》、《杞梁妻》等。尽管以上所述悲剧剧目大多只剩有存目和佚文,但是《孟姜女》题材的悲剧剧目在号称"宋元戏剧活化石"的梨园戏等诸多剧种中流传至今,这正是唐变文承先启后的历史见证。

第二节　王昭君和李陵的游子思乡悲剧

一、失身、失节与失国

《王昭君》[①]和《李陵》[②]变文,都属于同一类型的男女性别及其相关遭际的移位悲剧,都涉及到身居异族他乡的背景下所产生的对国家桑梓、故园亲人和文化节物的怀念、怅惘和遗恨。

自古以来女怕失身[③],男怕失节[④],人怕失国。王昭君偏偏失身,李陵恰恰失节,这两人又同时遭遇着丧失祖国难于归根、有生之年无法复归的人生之大苦痛。

王昭君永远在哀哀地低吟:"假(即)使边廷突厥宠,终归不及汉王怜。"胭脂皇后也罢,贵为国母也好,备极恩宠也好,都不是她心之所愿,志之所求。所以她千愁万苦,血泪斑斑,"一度登千山,千回下泪,慈母只今何在,君王不见追来"!只有故国山河、母亲眷顾、汉帝挚情,才是她永远的爱,不易的情。

李陵恨自己当时轻敌并急于建功,深入敌后遭致合围;又恨粮草不至、援军不来,还恨叛徒告密,单于追杀,致使自身不得不投降。投降之后,又不得不为胡人训练军马,使得汉军进攻失利,直接导致了"老母妻子于马市头付(伏)法,血流满市"。从此,他李陵便断绝了一切回家报国的念头,从此便成为孤魂野鬼,有家有国归不得。

与伍子胥、孟姜女变文的一悲到底、层层渲染的艺术匠心不同,王昭君、李陵变文

---

① 张鸿勋《敦煌讲唱文学作品选注》,甘肃人民出版社1987年版,第195—202页。
② 同上,第173—194页。
③ 参见司马迁《史记·司马相如传》:"今文君已失身于司马长卿。"《乐府诗集·蔡琰·胡笳十八拍》:"亡家失身兮,不如无生。"
④ 《左传·成公十五年》:"圣达节,次守节,下失节。"

却广泛使用了以喜衬悲,愈见其悲;因亨见困,愈见其困的反衬笔法。

单于得与昭君配合,欢乐无比,对昭君十分尊重,甚至在昭君病恹将逝时,竟有"公主时亡仆亦死,谁能在后丧孤魂"的心迹表白。他和匈奴的一切行动,都取决于王昭君的一颦一笑。比方昭君叫他们不要去打仗欺负人家,他们立马就成为和平之旅。单于无时无刻不在讨昭君的好,但又总是无法揣度、难于逼近昭君那高傲与冷峻的情怀。正因为有作为伟大的单恋者存在,昭君的悲剧性色彩才能从富于暖色的重重比照中,显得更为深沉而凄婉、偶然而必然。真爱不可变易的悲剧,文化隔阂的悲剧,文明高下的悲剧,都一古脑汇入了这位美女的胸怀,她只能以死亡来殉其骨子里的悲哀。

另一位单于既得李陵,"一见雄才,高山仰指(止)。封官立号,具着胡衣,与律(卫律)同行,推挽左右。"可是这位单于毕竟有着非常明确的功利感。既是雄才,必要为我所用,必要为我训练汉家兵法,以汉家之盾对付汉家之矛,所以才能在今后的战斗中打赢汉家的进攻战。当然,如此的推重、重用的背后,实际上是一种很实际的豢养,表面上的尊荣必然要导致实际上的痛苦,引起汉皇对李陵家眷的清算,从而在李陵心中留下了永远也不能愈合的新的伤痛。

但两位单于对昭君、李陵之愈推重、愈交好,愈能引起他们被峥嵘故国所无情遗弃、所彻底放逐、所永生隔离的无限伤情和深深怅惘。对故国的一往情深和对君王的又敬又怨,使得两位具体情景完全不同的异乡客居者,永远也不能寻觅到自己的归宿之所在。衣锦须还乡,月是故乡明的思想根源和价值标准,几乎是所有滞居匈奴者的悲剧心结之源。

同样是失去祖国之人,王昭君和李陵对待荣华富贵的态度还是大不相同。态度决定一切,立场决定一切,生与死的选择决定一切。王昭君哪怕位居胭脂皇后,却仍然郁郁寡欢,以身殉国,终于成就了千古英名,成为古代四大美人中最为纯情的人物;而李陵却苟且偷生,训练胡军,不仅使得老母妻子为其付出了生命的代价,还使得飞将军李广的三代武将英名在这一代遭到了彻底的扼杀。变文中的李陵,成为武将中一位令人痛惜、惋惜的反面典型。人生在世,无论男女,道德操守,国家民族,岂可忽乎?

二、重重苦怨王昭君

历史上的王昭君故事,原本不具备悲剧的品格。《汉书》上的两处记载分别是:

其一,"呼韩邪单于……赐单于待诏掖庭王嫱为阏氏也"[1]。

其二,"单于自言愿婿汉氏以自亲。元帝以后宫良家子王嫱字昭君赐单于。单于欢喜,上书愿保塞上谷以西至敦煌,传之无穷。请罢边备塞吏卒,以休天子人民。……王昭君号宁胡阏氏,生一男伊屠智牙师……呼韩邪死,雕陶莫皋立,为复株累若鞮单

---

[1] 范晔《后汉书·皇甫规传》,《二十五史》,上海古籍出版社、上海书店 1986 年影印本,第 2134 页。

于。……复株累单于复妻王昭君,生二女"①。

在呼韩邪单于逝世之后,为了避免按照匈奴习俗续嫁其子的尴尬,昭君也希望能够回到汉朝,但是在位的汉成帝并不欢迎,所以昭君只得复嫁小单于,并为其生下两位千金。这里延续下来的生活画面,也谈不上悲到哪里,反倒是喜剧的色彩更为浓烈一些。

《汉书》的历史记载,原本无所谓汉匈交恶,反倒是一派情谊深长、喜气融融的光景。到了后世的戏剧当中,一般处理为匈奴强,汉朝弱,汉天子为了避免军事上的劣势,只得把自己的新宠王昭君拱手相让给单于。

但在王昭君变文中,由于本子残缺的原因,汉朝和匈奴军力的对比或者关系的好坏无从考究,但是昭君本为汉帝之所深爱,这却是其中数次提到的。也就是说,至少从变文这里,开拓了王昭君作为"失身"事二君的悲剧性遭际。所谓"苦复重苦,怨复重怨",便是变文中关于王昭君心境的最好写照。

第一层苦怨是再事二君之苦。据变文开首唱词云,"今日以暮(蒙)单于德,昔日还录(承)汉帝恩"。汉帝的恩宠,成为昭君心中最为美好的回忆,最为幸福的皈依,最为甜蜜的体验,最为辉煌的画面。曾经沧海难为水,除却巫山不是云。不管如今的匈奴王怎样虚心相待、曲意奉承、百般讨好、千种温情,都不能取代置换王昭君心中关于汉帝刻心铭骨的记忆,至尊至爱的尊宠。尽管如今再事新王的局面恰恰是汉帝所造成,但是纯情之极的昭君,却还是在心底深处"长愧汉家恩"。

第二层苦怨是亲人难睹之苦。数月行程的万里阻隔,"归家路遥"的去而难返。都使得昭君与故国、家乡和亲人再无相见之缘。要相逢除非在梦里人间、冥界天堂!昭君在变文中呼唤她那魂牵梦萦的白发老母,但也只能是徒劳的呼唤而已。自古凡人到了绝境,对母亲的思恋益发迫切,昭君便"恨极若山,愁盈若海",整个精神系统都濒临整体崩溃的绝境。值得注意的是昭君的乡愁,在很大程度上把母亲意向和君父兼情人的意向合为一体。诸如慈母只今何在,君王不见追来的咏叹,便是明证。再如她在吟咏一曲《别乡关》谣曲时,其乡关之忆并不是三峡秭归的风景,而是秦川红楼的繁华,透露出汉家后宫的贵族大气。

第三层苦怨是气候节物之难以适应。变文通过王昭君之口,对匈奴地区的恶劣气候环境进行了充分的渲染:"居江南之人,不知塞北有千日之雪。""更无城郭,空有山川。"在如此地僻多风之处,缺乏诸多绿色植物的生机,以至于"纵有衰蓬欲成就,旋被流沙剪断根"。这里的衰蓬,其实何尝不是昭君自我写照呢?至于风俗之大异中原,既表现在胡歌胡舞之苍凉、不食谷麦只吃肉方面,还体现在"贵壮(壮)贱老,憎女忧(优)男"的游牧征战民族之倚重方面,更为根本的民族特性,还在于以征战为乐,弱肉强食。所以昭君以大国之风范,向其灌输和平的理念,不管邻国大小强弱,"何用逞雷

---

① 班固《汉书·匈奴传下》,《二十五史》,上海古籍出版社、上海书店 1986 年影印本,第 3807 页。

电之意气,争烽火之声,独乐一身,苦他万姓"?

这么多苦怨累极在一起,凭他什么"胭脂皇后"的册封大典,也只不过是蛮荒之地的狂欢;凭他单于如何的温情脉脉与恩爱体贴,也都难以穿越文化、民族和历史的关山万重。所以昭君引娥皇、女英的斑斑血泪,援孟姜女哭长城的万般苦痛,怏怏而亡,这便成为人物心境与性格的必然走向。

值得一提的是变文中单于形象的刻画。他得昭君如获至宝,待昭君如待仙女,如此多情长情、不惜曲意奉承,甚至还要追随胭脂皇后而魂归地府,这种形象刻画的方式也很奇特。要么是民间艺人为了突出昭君形象而刻意安排的一位陪衬人物,要么是艺人们惯于刻画汉族书生形象,因而也将单于做了书生化的处理,要么是这种刻画更能显示出汉家文化的声威,突出昭君的无限尊贵。因此,单于的形象尽管有些不伦,但与变文的整体风格还是一致的,他为烘托昭君的美好形象,托起了必要的情感平台,达到了备极尊贵的高度。

三、汉家天子辜陵得

假使说昭君的抑郁身故,升腾起一颗人神共仰、汉胡同敬的灿烂星辰,那么李陵的无奈之降,便在很大程度上把自己绑缚在负国之将的耻辱柱上。尽管变文对李陵的种种苦情作了阐述,对其心境也作了深切描摹,但还不足以改变其无可解脱的悲剧状态和人格评价。

就李陵与匈奴交战的情势而言,双方完全处于兵力上极不对等的悬殊状态下。起初,匈奴兵马十余万骑,李陵手下只有五千余人。但即便如此,李陵还是以其杰出的军事指挥才能,身先士卒,殊死奋战,将重重强敌打得落花流水。当单于恼羞成怒,亲自率领数十万大军大举追杀之际,尽管李陵逞英雄之威,作困兽之斗,"体着三枪四枪者,车上载行;一枪二枪者,重重更战"!但在敌我悬殊如此之大的前提下,要打翻身仗总还是回天乏力。在斩杀匈奴三千余骑之后,在叛徒告知李陵残部孤军奋战、不堪一击之时,单于大部长驱合围、纵火烧山。生死关头,李陵自己也面临着生死抉择的考验。箭尽弓折,李陵还率部挥舞着车辕,与敌人肉搏血战。战至深夜,李陵已经做好了殉国的打算:"吾今不死者,非壮士也!"

但是李陵终于没有赴死作壮士。部下以粮草不到、援军不来两条理由,说明战败原因在于朝廷的某个部门对于生命的漠视,对于将士们的忽视,对于李陵的蔑视。李陵也只好以此作为投降的理由,尽管他自知这一步一旦迈出,就要成为国家民族千古的罪人。"非但无面见天王,黄泉路上羞见祖。"

变文并没有将李陵降胡仅止于这一步,还写到李陵帮助胡人训练军队,以至公孙敖攻胡失利。同样,汉武帝原本听信司马迁劝谏,未曾杀害李陵老母和妻子;而今证实李陵在胡还在助敌为虐,折我兵将,汉天子盛怒之下,便将李陵的老母妻子,一并于马

市头斩首,并顺带阉了司马迁。如此一来,李陵便肝肠寸断,杜鹃啼血地悲号:

> 忆性(昔)初至峻北,虏骑芬芬渐相逼。
> 抽刀避面血成津,此是报王恩将得。
> 制不由己降胡虏,晓夜方圆拟回国。
> 今日黄(皇)天应得知,汉家天子辜陵得。

从投降时的忏悔"为报陵辜陛下恩",到自认为昔日沙场血战"此是报王恩将得",直到最后的指骂皇帝"汉家天子辜陵得",李陵关于自己与汉皇谁辜负谁的态度,正好历经了一百八十度的大转变。这种转变使得李陵所有的自责自怨都成为文过饰非之举,所有关于人在匈奴身在汉阙、"晓夜方圆拟回国"的良好愿望都成为苍白无力的自欺欺人之语。

汉天子最终杀其老母妻子的所作所为,尽管用现在的眼光看来过分残酷,但比起楚平王之于伍子胥的株连九族,还是要温和得多。而且汉天子在此所代表的是国家民族的最高利益,是对投敌叛国而且还为敌所用的"国贼"的严厉惩戒。相比起苏武的高风亮节,对比起司马迁的为友遭阉,有鉴于此,李陵的所有自我辩白都是如此虚弱,所有的悲剧性遭际都源于自身的选择。"祸福无门,惟其自召",李陵便是明证。

第三节　王陵、张议潮和张淮深的抗敌报国悲剧

一、大义凛然王陵之母

李陵与王陵[①]异姓同名,同样也牵连到白发老母的性命,但是两位母亲的形象却截然不同。李陵之母在变文中只是一位起陪衬作用的道具化人物,而王陵之母却是一位能够主宰自己命运、能够化解儿子忧烦的主导型人物。在中国历史文化的人物形象谱中,王陵母亲一直是作为大义凛然、高风亮节的典型,赢得了诸多仁人志士的爱戴。

王陵所事的汉高祖刘邦,在变文中原本是个仁义之君。在七十二大战、三十三小战阵阵都输给西楚霸王项羽之后,眼见得三军将士伤痛在身,哭泣涟涟,高祖便深为不忍,号令三军但有要投霸王者,自可取高祖首级献功。

仁义之君必有勇猛之将,当夜就有左右先锋王陵和灌婴前来见高祖,却不是为了取其首级,而是为了请命而战,夜袭霸王兵营。好一对先锋搭档,他们率部在霸王的六十万军营中来回冲撞,刀砍箭射,如入无人之境。当场致伤二十万人,当夜死者就达五万

[①]《汉将王陵变》,张鸿勋《敦煌讲唱文学作品选注》,甘肃人民出版社1987年版,第156—172页。

余人。

为了逃脱霸王的责任追究,被激怒逼急了的钟离昧将王陵的母亲捉拿到军中,听候霸王发落。霸王只要老人家修书一封,让王陵自己来此请罪便可。但是老人家在此的一系列言行,充分显示出其个性的坚强,人格的坚定,意志的坚韧。

王陵母首先表明出其大义凛然、是非判明、立场稳当、爱恨分明的个性特征。对儿子的英勇行为,母亲十分赞许,因为"王陵砍营为高皇,直拟项羽行无道"。她在对霸王的当面指斥中,表达出自己鲜明的政治倾向性:

自从楚汉争天下,万姓惶惶总不安……但愿汉存朝帝阙,老身甘奉入黄泉。

其次,王母极善于争取军心,博得同情。她把满营的将士都当成自己的孩子,也让他们想想,如果汉王也以牙还牙,将他们自己的老母捉拿过来,他们又该如何面对:"回头乃报楚家将:大须归家着乡土。一朝儿郎偷得高皇号,还解捉你儿郎母。三三五五暗中啼,各各思家总拟归,诸将相看泪如雨,莫怪今朝声哽喧,盖有霸王行事虚。"这一番将心比心的比拟,使得楚将们不得不思考自家家眷的命运。倘若汉皇也像霸王这样的殃及敌将家人,那么打仗的基本规则就完全被破坏了。

再次,王陵母表现出不畏强暴、不怕威逼、不惧胁迫、不惮赴死的大智大勇。在苦头吃够、惊吓受够之后,王陵母确实答应要修书给儿子,要他早点投诚。可是,她又生怕儿子不肯相信,于是要借霸王腰间的宝剑一用。她要用剑割下花白的头发,好让儿子知道母亲盼其归的苦心。想那四肢发达、头脑简单的霸王哪知是诈,这一边才递过宝剑,那一边王陵母即刻自刎身亡。

变文大肆渲染说刹那间天地失色,王陵得知凶信后"肝肠寸断如刀割,举身自扑似山崩,耳鼻之中皆洒血"。正是这位伟大的母亲,以自杀的方式表明了对汉皇正义的生命礼赞,对霸王暴虐的绝命控诉,也体现出她对儿子的那一片流血盈盈的最后关怀。她唯恐儿子救母心切,冲将过来丢了性命;自家死后,正可以保证儿子的平安。正因为有道与无道之分,才有了汉皇与霸王之别;正因为有了阴间阳世之隔,才能以老身罹难保住王陵的平安。大义凛然,一至于此,所以王陵母真正的荣耀倒不在汉皇的追封,而在于文化丰碑中母亲形象的建树。

二、民族英雄张氏叔侄

关于张议潮(史书作张义潮)和张淮深的两篇变文[①],因为残缺过甚,都很难作为

---

① 《张议潮变文》,张鸿勋《敦煌讲唱文学作品选注》,甘肃人民出版社 1987 年版,第 214—221 页。《张淮深变文》,第 222—233 页。

较为完整的悲剧作品来加以看待。但其中的某些片断确实具备收复失地、浴血奋战的悲剧氛围,整体体现出这对叔侄作为民族英雄的大无畏悲剧气魄,这倒是值得提及的。

安史之乱而后,唐王朝边关失控,河陇一带的百姓饱受异族欺凌与杀戮,民心向唐,日夜盼归,甚至发出"生死大唐好……千万岁,献衷心"①的悲壮颂歌。直到大中二年(860),张义潮带领军民收复瓜沙十一州,其侄张淮深又接着镇守此地,至少保住了地方上七十余年的太平。

变文中的张义潮,为剿灭来犯的吐蕃军队,战前便"凿凶门而出",做好了壮士一去不复返,置于死地而后生的准备。他身先士卒,现场动员,指挥若定:

> 将军号令儿郎曰:克励无辞百载(战)劳。
> 丈夫名宦向枪头觅,当敌何须避宝刀?
> 汉家持刃如霜雪,虏骑天宽无处逃。
> 头中锋芒陪(培)陇土,血溅戎尸透战袄。
> 一战吐浑输欲尽,上将威临煞气高。

变文残卷中的张将军,仍然是三战三捷,杀气腾腾,所向披靡。大唐将军的英勇气概,誓不容贼前来侵犯吾土吾民、欺我大唐使节的表情态度,在变文中犹自跃然纸上。

其侄张淮深,在变文残卷中并不像叔叔那样三大战役一杀到底,而是先欢乐后悲壮,喜庆的场面和惨烈的征战,形成极为鲜明的对比。更为难得的是变文在欢乐之时不忘写悲戚之感,使得同一场面悲欢互衬;又在征战的血泊搏杀中壮大唐豪情,使得具体战役带有明丽的理想和充沛的豪情。比方大唐天使与张尚书大举庆功,日日欢宴之际,看到流落番地百年之久的敦煌一带,还能珍藏着玄宗塑像,而沙洲一郡,人文风俗、服装打扮,仍然保留着中原风俗,"天使两两相看,一时垂泪;左右骖从,无不惨怆"。这种悲欢互转,及其自然又极其动人。

正因为这边欢悦过甚,居然将胡虏尽行放归,这就引出了无穷后患。天使才回到酒泉,这边的回纥王子便带领大军围剿过来。张尚书将计就计,十面埋伏,以逸待劳,忽然突袭,"头随剑落,满路僵尸","雪染平原秋草上,满川流水变长红",这才使得战局大捷,打出了大唐王朝的赫赫声威。关于"万里能令烽火灭,百城黔首贺来苏……河西沦落百余年……一振雄名天下知"的吟诵,既是对自己功勋的肯定,也显示出民族英雄的豪情,边关险恶的战斗,纷飞的血肉,同时又被皇家嘉奖的辉煌气派、青史留名的万代业绩所覆盖。在一派悲壮杀伐之中见出浪漫的豪情,这也显示出唐代的气派和风范。

---

① 《敦煌曲子词·其他杂曲子·献衷心》,王重民《敦煌曲子词集》,商务印书馆1954年版,第25页。

汉唐是中国最为强大的两个朝代，但所有强大都是有赖于将士及其家人的鼎力支撑。王陵母子以其巨大的家族代价，表明出"汉皇"得天下的历史必然性；而张氏叔侄对失地的收复和保卫，表明了中国土地神圣不可侵犯的原则立场，同时也充分说明沦陷区不可逆转的民心所向。军民一心，国家才能太平，疆土才能稳固，一个民族在危难时刻所焕发出来的悲壮精神才能如此强大而动人。

在大唐盛世诸多变文中的悲悯戏剧中，除了伍子胥和孟姜女的复仇悲剧、王昭君和李陵的游子思乡悲剧，以及王陵、张议潮和张淮深的抗敌报国悲剧之外，具写家庭冲突及其和解的《舜子变》，也带有罪与恕的浓厚悲剧情调。此外，以《大目乾连冥间救母变文》为代表的一些悲剧性篇章，因为宗教的性质更为浓厚，所以我们还将在佛教悲剧文化的相关章节中另外予以阐述。本章所选的这三类变文，大多属于世俗层面的悲剧呈现。例如伍子胥和孟姜女主要是为家庭而复仇，王昭君和李陵是在为家国而痛苦，王陵、张议潮和张淮深是在为国家或民族而献身。从家族的复仇英雄，到为国家勇于献身，渐次上升为朝代和民族的英雄，悲剧主角们几乎复盖了世俗层面社会生活中的各个侧面，从而为中国戏剧中较为纯粹的悲剧，准备了材料、情节、人物、氛围和精神等多方面的前提。由此出发，中国戏剧中的悲剧形态之冲天一跃，已经是近在咫尺的现实景观了。

第八章
敦煌变文中的孝道诉求

在世界三大宗教的基督教、伊斯兰教和佛教之中，只有佛教才真正成为中国化最为彻底的外来教派。若论其缘由，首先在于创始于公元前6世纪的佛教，却于12世纪在其创立国印度绝灭，而中国则成为佛教持续东传的大本营和中转站；其次在于佛教从公元初叶进入中国后，与儒家的孝道进行了最大限度的融合。一切学说和教义，只要能在行孝事亲方面有所建树，那么中国老百姓便能喜闻乐见、相容并包。

大唐敦煌变文中的孝子情结所在尽有。其中最为典型而又具备较为完整的悲剧性故事的，还是得数《舜子变》、《董永》和《大目乾连冥间救母变文》。这些变文对中国历史人物和传说人物的孝道予以了渲染，还对佛经中的孝道予以了中国化的充分改造，从而在很大程度上具备了亲民民亲的家庭伦理情感和相应的血缘审美意味。

第一节 舜子的孝恕之道

一、舜子孝恕的渊源流播

综合《尚书·尧典》和《史记·五帝本纪·虞舜》等书，一般认为，作为尧帝的继承人，舜帝（姓姚，名重华，号有虞氏）至少在两个方面颇有贡献。一是四方征讨，先后战胜并处置共工、驩兜、三苗和鲧等造反首领或失职官员，从而确立了其正统地位和严明赏罚；二是以功让位，不搞株连，不因鲧父废其子，挑选了治水有功的禹作为继承人。

当然，这两大贡献必然带来喜乐悲戚。尧的器重与厥功甚伟，使舜尽享尧之爱女娥皇、女英之艳福；然而其晚景南征，多应被具杀父之仇的禹所流放，使其亡于广西苍梧，葬于湖南九嶷山。娥皇、女英二妃长途寻夫至九嶷山，血泪啼哭，化为斑竹，终投湘水以殉夫君。至此，英雄悲剧与爱情悲剧合二为一，令人长叹舜之功业得失、钦佩二妃之以死殉情。

作为孝子的舜子，先在《孟子·万章上》中见出端倪。此后，《史记》、《列女传》和敦煌本《孝子传》皆有论列，尤以变文感人至深、传人甚广。

在孟子的笔下，舜是一位忧患深广的圣人。何以解忧？

——天下之士悦之，人之所欲也，而不足以解忧；
——好色，人之所欲，妻帝之二女，而不足以解忧；
——富，人之所欲，富有天下，而不足以解忧；
——贵，人之所欲，贵为天子，而不足以解忧。①

在富贵尊荣享美色等一切人间之欲，全都被排斥出解忧的根本前提之外后，孟子归纳性地指出："惟顺于父母，可以解忧。"最高的境界便是大孝，"大孝终身慕父母"。

然而要真正做到大孝，谈何容易？当着父母贤良疼爱的时候，大孝容易做得到；当着父母暗算并且陷害儿辈的时候，大孝在一般人的层面上就很难实行了。在《孟子》书中指出的一系列事件中，先后有完廪、抽梯和焚廪等惊险过程，还有淘井下石等更多的蓄意谋杀。然而不管怎样，天下总无不是的父母，舜直到五十岁还是一如既往地尊敬其并不值得孝顺的父母，这就是中国人所盛赞的德行之所在，也是人子解忧的根本大法之所系。

由此出发，《孟子》书作为论辩体的诸多论据，到了变文当中完全演化成为富于悲剧性的叙述与铺陈。在图像传播方面，东汉宁孝子墓刻石亦有相干图像。至于戏曲剧种中京剧、桂剧的《大舜耕田》，也是其流播史上的一脉。

二、父母三杀的单向冲突

与一般戏剧故事的双向冲突不一样，《舜子变》中的冲突却是单向的发难，其冲突并不具备起码的可逆性。

第一次单向冲突是杖杀未遂。后娘看到舜四拜而呈父亲书信，气就不打一处来。她假借摘桃迎瞽叟之名义，自己用发簪刺伤脚底；等到瞽叟回家时，硬是诬赖说舜故意将藜棘恶刺放置桃树下，存心加害于她，使她两脚生疮。

后妻报言瞽叟："男女罪过须打，更莫交（教）分疏道理。"象儿取得荆杖到来，数中拣一条粗牛力，约重三两便不是。把舜子头发，悬在中庭树地，从项决到脚月秋，鲜血遍流洒地。②

---

① 《孟子·万章上》，阮元《十三经注疏》，中华书局1980年版，第2734页。
② 《舜子变》，张鸿勋《敦煌讲唱文学作品选注》，甘肃人民出版社1987年版，第236页。

在这场意欲杖杀的冲突中,后妻是主犯,是她挑唆老公打舜;其亲生子像是从犯,是他挑了根最粗的荆杖来,又帮着将把舜吊到树上殴打;瞽叟同样也是主犯,作为父亲他不能一碗水端平,只是要打与前妻所生之舜,甚至不惜将儿子活活打死,以此来讨好后妻。幸亏帝释以神力护佑,令百鸟滴血,这才没有将舜打死。

第二次单向冲突是火烧未遂。后娘看到没有被打死的舜还在优哉游哉地看书,就分派他去修理谷仓。一待舜登上谷仓,西南角就烧起了大火。第一把火是后娘烧的,第二把火和第三把火分别是父亲瞽叟和小弟象所点燃的。然而早有提防的舜在地神护佑之下,凭借斗笠鼓风,又毫发无损地回到了地面,继续看书治学。

第三次单向冲突是淘井下石。后娘已经再没有看到舜的耐心了,她以离婚走人相威胁,逼着瞽叟乖乖地听从自己的新毒计。

> 后阿娘又见舜子,五毒恶心便起。"自从夫去辽阳,遣妾勾当家事,前家男女不孝,东院酒市常开,西院书堂常闭,夜夜伴涉恶人,不曾归来宅里。买(卖)却田地庄园,学得甚祟祸术魅,大杖打又不死,三具火烧不皱,忽若尧王敕知,兼我也遭带累。解事把我离书来,交我离你眼去。"
>
> 瞽叟报言娘子:"缘人命致重,如何但修理他?有计但知说来,一任与娘子鞭耻。"①

于是后娘骗舜去淘枯井,逼瞽叟去搬石填井。后娘之女此时还表明担心,劝父亲不要做此不计后果的恶事,但惧内情切的瞽叟哪里肯听?片刻之间就填埋了枯井。幸亏帝释化黄龙打通地洞,这才使得舜得以从邻居阿婆家的井里逃生而出。

这三次单向的冲突或曰谋杀,委实令人不寒而栗。后娘必欲置非自己所出的异己分子于死地,其用心之苦、设计之毒,都到了十恶不赦的地步。更为令人发指的,是亲生父亲瞽叟的非人性化表现。作为三次谋杀的忠实执行者,他不仅不具备起码的父性,同时还丧失基本的人性。在这样一个恶势力横行的环境当中,新一代人中的象也理所当然地成长为新的帮凶。唯有小妹一人,天良尚未泯灭,她还要对父母亲的恶行予以一定限度的阻止。这里的悲剧蕴涵,正在于对人性和天良的拷问,更在于对善良之舜的再三谋杀。

三、孝恕之道的具体演示

就舜子而言,行孝是不分条件与环境的绝对的追求与实践。当生母乐登夫人病逝之后,大舜整整守孝三年,这当然是孝子的基本行动。然而当接下来的不大美好的事

---

① 《舜子变》,张鸿勋《敦煌讲唱文学作品选注》,甘肃人民出版社1987年版,第237页。

件接踵而来之时,他也总是无条件地逆来顺受,永远高举孝子的大旗,绽放恕道的光辉。凡此种种,如果不是韬晦之战略,那就表明无原则的孝道本身存在着极大的问题。因为神灵护佑的时时幸运,毕竟只是虚妄的传说而已。

当父亲执意要娶后娘时,他马上表态说"也共亲娘无二"。

当父亲拷问后娘烂脚真相时,舜子怕说出事实,连累亲娘,只得连声谢罪:"己身是儿,千重万过,一任阿耶鞭耻(笞)。"只认自己排序在下、因此活该问罪的合理性,不管最为基本的事实,遑论最为清楚的是非。

甚至当东家老母要将劫后余生的舜拉出井外的时候,舜还要故作姿态说:"是西家不孝子。"

只有当舜拜谒亲娘坟茔,得见到母亲魂灵之时,他才潸然泪下"悲啼血",复归本性找生路。母亲告诉他大难未尽,切莫回家,且到西南历山中耕种田地去。倘若生母不指活路,那么舜也只得再乖乖地回家,送死于亲父、后母和象弟手中。

把孝子的忍让之道充分而且过分地表现之后,舜开始展示其恕道。是岁天下不熟,舜自独丰。得知父亲眼瞎而无生产能力,象弟声哑乞讨无门,后母痴呆负薪换米,大不忍心的舜赶紧要加以救助,"拟报父母之恩"。他屡次换米给后母时,总是将钱遗忘在后母米袋里。父亲得知后,眼不明而心透亮。他要亲自拜会那令他心动的少年:

> 妻牵叟诣市,还见粜米少年,叟谓曰:"君是何贤人,数见饶益?"
> 舜曰:"见翁年老,故以相饶。"
> 叟耳识其声音曰:"此正似吾舜子声乎?"
> 舜曰:"是也。"便即前抱父头,失声大哭。舜子拭其父泪,与舌舔之,两目即明。母亦聪慧,弟复能言。市人见之,无不悲叹。
> 当时舜子将父母到本家庭,瞽叟喑吾之孝,不自斟量,便集邻里亲眷,将刀以杀后母。
> 舜子叉手启大人:"若杀却阿娘者,舜元无孝道,大人思之。"
> 邻里悲哀,天下未门(闻)此事。①

父子相认抱头大哭的场面固然感人,以舌舔目令父复明的神奇固然令人称羡,但这里最为动人的高潮在于父亲悔以往屡害贤儿,悟后妻实在太恶,令舜子刀斩后母。但如此惊心动魄的场面,只被舜以"孝道"二字轻轻化解,于是全家团圆,其乐融融。

舜子固守孝道的直接效应是天下闻名,尧帝以二女妻之,以天下托付之,天下与美

---

① 《舜子变》,张鸿勋《敦煌讲唱文学作品选注》,甘肃人民出版社1987年版,第239页。

色皆收,孝道与恕道兼具。这也体现出中国式的悲剧历程,悲剧历程以喜剧结局告终,辛酸经历以孝恕二道升华,审美经验以否极泰来作为最后的慰藉,所谓不经几番寒彻骨,那得梅花扑鼻香是也。

还应提及的是舜的两次逃生,都得益于帝释的及时护佑。在他被吊打、被落井时,帝释皆是其救命之神。帝释又名天帝释,为三十三天忉利天宫之主,是著名的佛教护法神之一。佛教最早产生于公元前 6 世纪,其神圣居然能够从印度到中国,解脱了早在公元前 21 世纪前所发生的舜子危机,这也是变文弘佛的生拉硬扯之所在。之后的《长生殿》写唐明皇与杨贵妃最后也登忉利天宫,也是从变文中所学得来的套路。

第二节 董永父子的两代孝道

一、董永故事的流播脉络

作为中国最为著名的民间传说之一,董永卖身葬亲的故事源远流长。目前关于董永的记载最早可以追溯到汉代刘向的《孝子图》,晋干宝的《搜神记》卷一、唐《太平御览》第 411 卷等书皆有征引。然而所引"前汉董永"之语,表明这些记载都是东汉人假托西汉刘向所作。东汉的武梁祠画像第三石第二层便绘有董永故事,生动地刻载了董永"鹿车载父"、"肆力田亩"、"象耕鸟耘"的故事。这也表明孝子董永至少在东汉广为流传,成为脍炙人口的佳话与佳画。

魏诗人曹植在《灵芝篇》中,亦对大舜和董永等多位孝子予以了表彰:

灵芝生王地。朱草被洛滨。荣华相晃耀。光采烨若神。古时有虞舜。父母顽且嚚。尽孝于田垄。烝烝不违仁。伯瑜年七十。彩衣以娱亲。慈母笞不痛。歔欷涕沾巾。丁兰少失母。自伤早孤茕。刻木当严亲。朝夕致三牲。暴子见陵悔。犯罪以亡形。丈人为泣血。免戾全其名。董永遭家贫。父老财无遗。举假以供养。佣作致甘肥。责家填门至。不知何用归。天灵感至德。神女为秉机……[①]

晋之干宝云:

汉董永,千乘人。少偏孤,与父居。肆力田亩,鹿车载自随。父亡,无以葬,乃自卖为奴,以供丧事。主人知其贤,与钱一万,遣之。永行,三年丧毕,欲还主人,供其奴职。道逢一妇人曰:"愿为子妻。"遂与之俱。主人谓永曰:"以钱与君矣。"

[①] 逯钦立《先秦汉魏晋南北朝诗》,中华书局 1983 年版,第 428 页。

永曰:"蒙君之惠,父丧收藏。永虽小人,必欲服勤致力,以报厚德。"主曰:"妇人何能?"永曰:"能织。"主曰:"必尔者,但令君妇为我织缣百匹。"于是永妻为主人家织,十日而毕。女出门,谓永曰:"我,天之织女也。缘君至孝,天帝令我助君偿债耳。"语毕,凌空而去,不知所在。①

千乘为今之山东博兴,载有董永故事的东汉武梁祠画像亦属其地。直到如今,博兴还在举办董永文化旅游节。董永的另一处故里在湖北孝感,传说其在汉末迁至孝感定居。孝感于夏商时为古荆州之地,周时贰国、轸国、郧国均建都于此。秦属南郡,汉属江夏郡,晋以后为安陆郡。南朝宋孝建元年(454),因此地"孝子昌盛",遂置县"孝昌"。后唐同光二年(924),庄宗李存勖因孝昌之"昌"字犯了其祖父名讳,遂缘孝子孟宗哭竹"至孝之所致感"、董永卖身葬父等孝子行迹,改孝昌为孝感。今天的孝感市还有董永主题公园。2003年,由国家邮政局和中国集邮总公司批准、湖北邮政局与孝感邮政局承办发行的《董永与七仙女》邮票首发式,还在孝感市隆重举行。

在敦煌文献中,董永抄本残卷编号为斯二二〇四,但通篇有唱无白,前后文意也不尽吻合。从"孝感先贤说董永"而论,变文的产生应在孝感立县之后。宋元话本中有《清平山堂话本》中的《董永遇仙传》,南戏亦有《董永遇仙记》,元明杂剧也有类似的剧目。今人杜颖陶在其《董永沉香合集》②中,上卷专门收集董永作品十四种,包括《董永》变文、《小董永卖身宝卷》、传奇《卖身记》《织锦记》,黄梅戏《天仙配》和花鼓戏《槐荫会》等。迄今为止,孝子董永与七仙女的故事,还通过各种方式在中国民间广为流传。

二、孝道与艳遇的两重主题

就《董永》变文而言,作为僧人或者说唱人的底本,开宗明义就道出其宗旨:"大众志心须净听,先须孝顺阿耶娘。"所以孝子行孝,始终是故事的主题。

首轮孝子当然是董永本人。他所遭遇的人生悲境是"年登十五二亲亡","眼中流泪数千行"。作为孤儿,董永既无兄弟姐妹,也无亲戚朋友,同时还"家里贫穷无钱物",这就面临着作为下一代最大的窘境:何以安葬双亲?怎样操办仪式?就董永言,再穷再贫也不能芦席包裹双亲,再困再窘也不能让邻居看笑话。怎么办?

要厚葬父母,尽其孝心,董永只有唯一的路可行,那就是卖身为奴,换取钱财来葬双亲。当所有的仪式都操办完毕,守孝三年圆满之后,董永就要到卖身前去的阿郎家中去打工了。但其卖身葬亲的孝行已经感天动地,引来了天仙下凡,这就引出了艳遇

---

① 干宝《搜神记》,辽宁教育出版社1997年版,第8页。
② 杜颖陶《董永沉香合集》,古典文学出版社1957年版。

的第二重主题：

> 经丝一切总尉了，明机妙解织文章。从前且织一束锦，梭齐动地乐花香。日日都来总不织，夜夜调机告吉祥。锦上金仪对对有，两两鸳鸯对凤凰。织得锦成便截下，揲将来，便入箱。
>
> 阿郎见此箱中物，念此女人织文章。女人不见凡间有，生长多应住天堂。但织绮罗数已毕，却放二人归本乡。"二人辞了须好去，不用将心怨阿郎。"
>
> 二人辞了便进路，更行十里到永庄。却到来时相逢处，"辞君却至本天堂"。娘子便即乘云去，临别分付小儿郎。但言："好看小孩子"，董永相别泪千行。①

看来，这场艳遇的女主角不仅是阿郎见了也惊为天人的美女仙女，还是出手不凡的才女和织女。她以巧手织锦的本事，帮着夫君赎身了债。她还以柔情似水的情性，与董永生出可爱的小儿郎。

后世的戏剧多是强调了艳遇的乐趣，张扬那种挣脱束缚之后的无比自由，放声歌唱"夫妻双双把家还"的农家之乐，再三咏叹家庭团圆之欢，从而将冲突的矛头二度模进地指向勇于骚扰的老财主和无情到底的天帝。

尽管如此，变文的本意还是更多地集中在孝子上面。先是自卖自身以葬二亲，接着生育后代以接续祖宗香火，还是高度遵奉了"不孝有三，无后为大"的古训。儿子既出，就董永本身而言，他已经尽到了全部孝道，完成了其最高和最后的历史使命。当然他也与娘子洒泪相别，但却是在娘子叮嘱他好生看待娇儿之时；他决不会天上寻妻，把艳情的开端用爱情的动力去进行到底。

长江后浪推前浪，尽孝自有后来人。第二轮孝子董仲应运而生。这个没娘的孩子望风而长，七岁时因为小伙伴的偶然一句揭短，便使得他哭着吵着回到家，要找父亲讨亲娘。董永因行孝而驰名，他当然不会拒绝儿子的寻娘孝行。于是小董仲居然找到战国时著名的军事家孙膑作参谋，孙膑通过卜卦阴阳之术，让小董仲某月某日到某一池塘边，躲在树后看天女洗澡。寻找母亲的最佳计策是突然从树后闪出，一把抱住当中的紫衣服，就可以与裸泳的亲娘相见了。

于是，孝道和艳情在这里又来了一次加花变奏。对听众和看客而言，三天女脱衣裸泳的景象与过程，足够让他们发挥美好灿烂的想象力了；但就小董仲抱紫衣而言，却是绝对的行孝举动，更多地给人以伦理的教益和传统的发扬。把牛郎织女天河配的抱衣艳情交给成年人去吧，这里所要阐扬的就是那永恒的孝道、纯情的童心和寻母的大义。至于艳情的主题，作为绚丽的背景色尚可，那却千万不能动摇了孝道的主旨。区

---

① 《董永》，张鸿勋《敦煌讲唱文学作品选注》，甘肃人民出版社1987年版，第31页。

区艳情的场面还是得要出现,那就作为说唱的调料和变文的趣味吧,当然还有对孝子的无边奖赏。套用古语云:"孝中自有颜如玉",孰曰不然?

第三节 目连对慈母的救赎之道

一、《目连救母》之渊源流变

中国佛教文学中体制较大、悲剧性较为强烈的故事,当数唐敦煌变文中的《大目乾连冥间救母变文》[1]。这一变文居然又演化成代代相传、踵事增华的庞大戏剧系统,并由此形成了以变文中主人公名字命名、专演目连救母一个故事、地域横跨多个地区的目连戏剧种,这更是中国剧种形成史上的一大奇观。

目连变文源于《佛说盂兰盆经》和《佛说报恩奉盆经》。经云:

大目乾连始得六通,欲度父母,报乳哺之恩。

即以道眼观世间,见其亡母生饿鬼中,不得饮食,皮骨连立。目连悲哀,即钵盛饭往饷其母。母得钵饭,便以左手障饭,右手抟饭,食未入口,化为火炭,遂不得食。

目连大叫,悲号涕泣。驰还白佛,具陈如此。[2]

佛听了目连之言,教其宣导十方众僧为"救济之法,令一切难皆离忧苦,罪障消除"。一救其母发挥孝心,二为僧众提供美食。于是,每年七月十五日奉盆供养佛僧,以报父母乃至七世祖先的恩情,便成为礼佛尽孝的一大节气。在中国,至少在齐梁时代便已流行盂兰盆节。梁宗懔《荆楚岁时记》便称"七月十五日僧尼道俗悉营盆供养佛"。

受目连变文的直接影响,《目连救母》的戏剧演出蔚为系列。早在北宋时期,目连故事就从说唱变文演进为体制庞大的巨型戏剧样式。据孟元老《东京梦华录·中元节》记载:"构肆乐人自过七夕,便搬目连救母杂剧,直至十五日止,观者倍增。"[3]这一可以连演七天的长篇戏剧,在中国12世纪的都城崛起,这不仅是中国戏剧史上空前的奇观,即便在整个世界戏剧史上,都是难得见到的规模。

元末明初以来,至少在江浙闽、皖赣湘和四川一带,形成了民间目连戏源远流长的庞大系列。张岱在《陶庵梦忆·目连戏》中叙其演出盛况云:"凡天神地祇,牛头马面,

---

[1] 《大目乾连冥间救母变文》,陈永吉等《佛教文学精编》,上海文艺出版社1997年版,第331—364页。
[2] 西晋三藏法师竺法护译《佛说盂兰盆经》,《大正藏》卷四,第191页。
[3] 邓之诚《东京梦华录注》,中华书局1982年版,第212页。

鬼母丧门,夜叉罗刹,锯磨鼎镬,刀山寒冰,剑树森罗,铁城血泄,一似吴道子《地狱变相》,为之费纸札者万钱。人心惴惴,灯面皆鬼色。戏中套数,如《招五万恶鬼》、《刘氏逃棚》等剧,万余人齐声呐喊。"譬如今日还能上演的绍剧传统剧目《救母记》、莆仙戏的《目连救母》和川剧高腔的《目连传》,都是显例。昆剧、婺剧和湘剧等剧种中常演的《下山》、《女吊》、《哑背疯》和《王婆卖鸡》等折子戏,也都出自于目连戏系统。

明代的徽州祁门文人郑之珍(1518—1595),是将目连戏从杂剧转型为戏文、从民间演出集成为文人作品的重要人物之一。他的《目连救母劝善戏文》长达一百零二出,至少要演出三日三夜才能尽兴。其下场诗云:"目连戏愿三宵毕,忠孝节义四字全。"①作者认为"世混浊不可庄语,而挽救人心,莫如佛化,因特撰《目连救母劝善戏文》,俾优伶演唱,以警世人",强调悲剧的救赎警示精神。郑振铎《插图本中国文学史》盛赞其"出之以宗教的热诚,充满了恳挚的殉教的高贵精神",是一出"伟大的宗教剧"。殉教宗教剧,自然也应归入悲剧作品之属。

清代皇室更喜搬演目连戏剧。徐珂《清稗类钞》"戏剧类"云:"康熙癸亥,圣祖以海宇荡平,宜与臣民共为宴乐,特发帑金一千两,在后载门架高台,命梨园子弟,演《目连传奇》,用活虎活象活马。"兼管乐部的刑部尚书、娄县(今上海松江)人张照(1691—1745),奉乾隆皇帝诏命编写宫廷大戏,踵事增华,衍为《劝善金科》和《升平宝筏》各二百四十出,成为中国戏剧史上前所未有的鸿篇巨制。后者据杨景贤和吴承恩的杂剧和小说《西游记》改编,演唐僧取经故事。前者在《目连记》"傅门一家良善,念佛持斋,冥府轮回,刀山剑树"之外,又将故事背景定在唐代中叶,增添出李希烈等叛乱,颜真卿和段秀实殉节情事,"谈忠说孝"与礼佛拜神奇妙地结合在一起,使得目连戏更加中国化、历史化,让儒家和佛家更加亲密无间。

从唐至清,从变文到戏剧,从佛典到民间,从地方戏到宫廷,从折子戏到数百出大戏,目连戏无论从内容到体制,都成为中国戏曲中最为壮观的一大系统。

二、核心故事与性格呈现

这是一个极其骇目惊心的赎罪故事。变文叙罗卜之母青提夫人因供斋时生悭吝意,死后堕阿鼻地狱。罗卜剃度出家,僧号大目乾连,证得佳果,得至天堂。他在天堂得知母亲在地狱受无量苦,乃乞得佛旨,亲历地狱多方找寻,最终使母跳脱苦海;母亲先在人间为黑狗,后得复归妇人身,母子同往寿算可达千年的忉利天。整个故事充斥着对地狱阴森恐怖气氛的描写,表明了对人生罪孽的无边惩罚。故事结局的母子重圆乃至同升福界,并不能冲淡这种罪恶和苦难弥漫始终的整体悲剧色调。

---

① 郑之珍《目连救母劝善戏文》,又称《目连救母劝善记》,明万历高石山房原刊本,《古本戏曲丛刊》初集,商务印书馆1964年影印本。

在悲剧性格的刻画方面,目连变文也取得了较高成就。作为悲剧女主角,青提夫人的最初性格只是像一般家庭主妇一样,打理家业,有些吝啬。而且"母生悭吝之心",还是在儿子出门做生意之后,她是在为儿子守业理财。这种悭吝很快必须以一定程度上的说谎作为维护,所以当儿子回家时母亲便说是在"依汝付嘱,营斋作福",实际上并没有设斋供养和尚和乞丐等人。当然,儿子原本就没有在家里设过供养法僧斋,他临走之前的吩咐或命令实际上并不能让老母亲马上付诸于行动。

当几许悭吝和掩饰性的说谎成立之后,青提夫人就即刻被投进阿鼻地狱中,受尽了诸般非人所能承受的磨折与苦难。此时其性格变得异常胆小害怕。畏惧恐怖到了极点之后,她甚至不敢及时应声回答。当目连和狱主在地狱高楼之上,招白幡打铁鼓,从囚室第一隔到第七隔,高声呼叫有无青提夫人时,变文是这样刻画其情态的:

> 其时青提夫人在第七隔中,身上下四十九道长钉,钉在铁床之上,不敢应狱主。
> 狱主更问:"第七隔中有青提夫人已否?"
> "若看觅青提夫人者,罪身即是。"
> "早个缘甚不应?"
> "恐畏狱主更将别处受苦,所以不敢应狱主。"[①]

把青提夫人惧怕再受别种酷刑,以至不敢及时应声的心理情态,表现得十分真实。而当目连乞得一钵饭,献给母亲时,"青提夫人虽遭地狱之苦,悭贪久(究)竟未除,见儿将得饭来,望风即生吝惜……"正因为其本性未改,原罪尚在,于是"食未入口,变为猛火"。这里对于化为鬼魂的青提夫人的心性变与未变的描摹,到了细微传神的地步。

即便在情节的过渡转转化中,变文也处处笼罩着浓重的悲痛云烟。目连见母,益添母子之悲;着力营救,历经坎坷反复。免除乃母地狱之苦的代价,竟是青提夫人转生为狗,受尽食人矢、遭呵斥之苦楚。此时的狗形夫人,才开始老实起来,才成为虔诚的佛教徒,"朝闻长者念三宝,暮闻娘子诵尊经"。但即便是在此时,她也宁愿做狗,受大地之不净,再也不愿到地狱之中去受苦受难遭酷刑。

虽然目连最终帮助老母诵经忏悔,脱掉狗皮,复了人身,让"阿娘今得人身,便即修福";但整个故事血腥恐怖的惩戒意义,委实令人心惊。即便青提夫人因孝顺的儿子而得以被救渡,但她历经如此的大灾难、大折磨、大恐怖与大羞辱,即使到了天堂,恐怕也笑不出来,至少不敢坦然、开心和放肆地仰天大笑。呜呼,吝啬与勤俭

[①] 《大目乾连冥间救母变文》,陈允吉等《佛教文学精编》,上海文艺出版社1997年版,第353页。

之心,人人皆有,但变文予以扩张和严惩,加以赎罪与挽救,这是对善男信女们的又一道紧箍咒。

三、酿罪赎罪,罪错何在?

尽管目连救母的变文说唱和戏剧演出如此发达,但仔细思考其赖以成立的基本罪错框架,考量其从酿罪到赎罪的过程,还是有几点疑问需要提出来讨论的。

其一,目连之母青提夫人何罪之有?

从整篇变文来看,关于青提夫人所谓罪错的具体描绘,前后只有两处。一处是开始时的主罪交待。目连在出家之前俗名罗卜,原本是个商人。他在一次出国经商时"遂即支分财宝,令母在后设斋,供养诸佛法僧及诸乞来者"。但是母亲并没有按照儿子的指令办事,她将儿子留下的礼佛经费"并私藏匿"。数月之后儿子回家,母亲说曾按照儿子的吩咐"营斋作福"。仅仅因为这一不是,母亲便犯下了"因兹欺诳凡圣,命终遂堕阿鼻地狱中,受诸剧苦"之弥天大罪。

其实,青提夫人藏匿礼佛经费的举动,原本十分正常。商人之家以利为本,否则罗卜也没有必要外出经商了。而且夫人原本不信佛,她完全具备自己的财产经营选择权,并不是儿子一声"命令"就非得要遵从的。而且母亲尽量为商人儿子保存财产,原本是最可理解之事。所以夫人之举最多算是一件小过错,谈不上是大罪行。但是就因为这一小小过错,夫人就即刻被处以"死罪",亡于非命,被下到地狱之中遭受种种非人所能忍受的酷刑。果若如此,变文里的佛教法度对不遵其信仰的人,处分实在太为苛刻了,这种"量刑过重、实施太苛"的做法,本身就是一种极大的罪错。①

关于青提夫人罪错的第二次具体描摹,是在目连为他送饭之时。作为堕入饿鬼道的女犯,夫人实在是饿昏了。"见儿将得饭钵来,望风即生吝惜"。她唯恐周边的犯人抢食,"左手障钵,右手团食。食未入口,变为猛火"。耳鼻随之流血不止。目连又为母亲送来恒河之水,"水未入口即便成火"。饥饿之人吃饭避人抢夺,原本是人类之本性。而且中国古代妇女无论是吃饭还是喝水,都有用衣袖遮蔽的传统。只因为夫人未能地狱成佛、广施善心,将此一钵饭、一钵水普济众犯,便又是新罪一桩,这更是荒唐之说。青提夫人刚从酷刑中出来,动辄得咎,她哪里敢多管闲事,去找狱友惹是生非?目连求得饭与水,原本是供养老母亲一人,母亲何苦去拂儿意、伤儿心?而且饿鬼道的其他人犯,既入此道,合该饿饭,倘若广为施舍,人人温饱,由目连母子一家的"徇私舞

---

① 参见章诒和《人生不朽是文章——怀想张庚兼论张庚之底色》:"刘青提因为在斋戒期中开了五荤,而受尽惩罚。在戏里,她是个反面人物。但是我们看演出的感受,也非这样简单。她游十殿阎罗,受尽苦刑。披头散发、浑身是血的她,泪眼望青天,质问人间:'我不就是吃了几块肉,为什么受这样多惩罚?有些人为非作歹,为什么享尽富贵荣华?……'戏唱到这里,刘青提的形象,就有了一些社会批判性内容。"张庚先生此语,可与本节相为发明。

弊"扩展到为众人施舍,这岂不是在为群鬼开脱其应有的过犯,难道不又是一桩罪错吗?

综上所述,夫人的前后两桩所谓罪错,原本是人之本性使然,本无所谓弥天大罪之说。否则人人自危,时时自警,家家学佛,户户出家,既无婚姻之事,亦无男女之情,那么就连佛门弟子的队伍也将后继乏人。若果如此,变文之中的佛法审判,原本不合佛教的本意。

其二,既然青提夫人被指认为有罪入地狱,何以和尚儿子可以时时前来探狱施救?难道功德高深之僧不是为普渡众生,就仅仅是为了拯救自己娘亲的使命吗?

其三,仅仅为了弟子目连的求情,如来佛就可以令八部洞天兴师动众,前往地狱去营救青提夫人吗?难道做尊者身边之人,就可以近水楼台先得月,享受如此隆重的好处和待遇吗?是法度重要还是人情重要?

其四,变文的最终目的,还是要人们多念经数多学佛、多拜和尚多享特权。如果是这样的话,这一悲剧故事的描摹岂不就显得太功利了吗?

因此,如果说这一故事中的人物确有过错,那首先是因目连所生发出来的。他的行孝行为,原本不是为了普度众鬼。而且从母亲罪错的源头来看,儿子恐怕也难逃其咎。罗卜在如来佛处求情时,曾经坦言道:"直为平生罪孽重,殃及慈母入泉门。"如果此话当真,那么母亲之罪首先在于儿子;如果此语为假,那么罗卜当面欺诳佛祖,岂不更是犯下了十恶不赦的大罪?何以他能进佛堂、入天堂而为佛门得宠弟子?后来在营救作为狗身的母亲时,目连也承认:"由儿不孝顺,殃及慈母,堕落三涂。"但是佛法天条对于弟子及其家属的不同处置法,也显得太为悬殊了。太为悬殊便亦不公,这也不是大法至道。

四、惊心动魄的地狱惩戒

在佛教文化所描写的阴间景象中,目连变文所造成的惊恐程度是较为剧烈的。变文一开始就再三渲染阴间的森严气象。在那阎罗王办案的三重门楼前,"有千万个壮士皆持刀棒",这给所有被驱赶而来的鬼魂以最为直观的震慑,也给来访者带来强烈的感官刺激。凡入地狱者,均要脱下衣服,趟过奈何水。"牛头把棒河南岸,狱卒擎叉水北边",哪怕你泪涓涓、眼盼盼,长悲短怨,战战兢兢,欲过不过,皆无济于事。

过了奈何水,便是鬼门关。这里的五道将军"性灵恶",宝剑快,左右百万军士喊声如雷,怒目似电,劈腹开心、生剥面皮,皆乃寻常之事也。

此后便是重重地狱,有刀山地狱,还有剑树地狱,刀剑锋利,令无穷罪鬼血流涓涓。大家都得在刀山剑树上攀爬,一不小心就白骨纵横、人头斜挂。还有铁水横浇,箭耙如飞,求死不得,死而复活,活而再死,受尽酷刑。另有铜柱铁床地狱,是为:"女卧铁床钉钉身,男抱铜柱胸怀烂。……肠空即以铁丸充,唱渴还将铁汁灌……刀剜骨肉斥斥破,剑割肝肠寸寸断。……纵令东海变桑田,受罪之人仍未出。"①

铁城高峻的阿鼻地狱,更是积诸般刑罚之大成,简直就是一个人体炼铁工厂的感觉。刀山剑树,寻常之境,不去说他;铁蛇吐火,铁汁灌顶,铜狗吸烟,铜箭射眼,藜棘穿男胸,锥钻刺女背,皆从空中飞舞而至,令人无可提防。此后便要送进去烧灰了,"入炉炭,骷髅碎,骨肉烂,筋皮折,手膊断,碎肉迸溅于四门之外,凝血滂沛于狱垆之畔……万道红炉扇广炭,千重赤焰迸流星"。还有数万牛头马面,周遭驱赶防范,令人无处逃生。在这立体化全方位的人体大熔炉中,凭你有天大的本事也无法逃脱身化焦炭的必然命运。

相比而论,青提夫人只是被四十九道长钉牢牢钉死在铁床上,这样的处罚已经是十分优惠的待遇了。至于是否饿饭缺水,那倒不是个严重的问题;既然是鬼魂,何得要饮食?当然,青提夫人后来化身为专食排泄物的黑狗,这又是对一位爱美的女性的嘲弄与侮辱。

现在的问题在于地狱里的这些刑罚,是否普遍存在着刑法过量、执法过严的倾向?一个勤俭持家、不愿施舍的主妇受到如此虐待,那么普天下人中恐怕都要下到地狱接受苛罚了。如果天下人大都要下地狱,那么这个神佛系统和世界秩序本身,恐怕也就存在着大问题。变文也常常说到犯罪人众之多,地狱鬼魂之众有若恒河沙数,这就表明世界本身的无序、失序和混乱。

果若如此,只有那些信教之人才能升天堂,只有那些与佛祖有着直接师承关系的人才能徇私情、入天宫,那么这个地域的刑罚系统,就一定缺乏起码的公正性和合理性。一个缺乏公正合理性的刑罚过程,其结果必然是一片混乱和一团黑暗。从变文中所描摹的这么多惊心动魄的景象来看,冤假错案在所尽有,管理系统更是一团糊涂。有那么大神通、手持佛祖锡杖的目连,在地狱中找母亲尚且花费了无穷的周折,这就十分典型地说明了地狱办案的轻率、随意与失察。

所有的答案只有一个,那就是对恐怖黑暗地狱的描绘,必然会从反面劝导世人行善积德,减少下地狱的机率。当然捷径还有一个,那就是最好家族当中有一人信佛并且成为佛门得道的大弟子,这才有可能救助自己也同时救助本家族。从目连家一家三口、尽皆信佛、全都得以升到天堂的例证来看,最为理想的情况当然是全家皈依三宝,同登天国。但这就势必带来两大严重后果,一是大家都当僧尼了,人世间就必然绝种,就必然断绝了和尚尼姑的接班人之路;二是大家都入天堂,天堂的资源有限,必然会拥挤不堪,造成普遍生活质量下降;而地狱又太空,那么多牛头马面刽子手们无事可做,恐怕会连生存也成问题了。

以一个悲剧色谱为基调的故事来劝惩人心、警惕世道,虽然有个母子团圆升天堂

---

① 《大目乾连冥间救母变文》,陈允吉等《佛教文学精编》,上海文艺出版社 1997 年版,第 346 页。

的光明尾巴,但还是不能改变全局的基调,更不能冲淡人们对于地狱鬼魂们悲惨命运的深切挂念。

要之,从虞舜的孝恕之道、董家父子的孝道传承到目连救母同登天国的佛门大孝,变文始终在把中国的故事佛理化,佛教故事中国化。至于年代之颠倒、情节之混乱甚至诸多细节之不伦不类,在所并见,只要故事内核,能为百姓所喜闻乐见,便足以流传千古。佛教中国化最为成功的地方之一,就是对中国儒家的传统孝道予以高度重视、充分展示和再三讴歌,同时在潜移默化中掺说我佛教义。

自然,变文的说表唱念体制,兼备抒情性与叙事性,因而成为曲艺、戏曲和"小说"的远祖近亲。明天都外史《水浒传序》云:"小说之兴,始于宋仁宗。于时天下小康,边衅未动。人主垂衣之暇,令教坊乐部纂取野记,按以歌词,与秘戏优工,相类而奏。"便呈现出变文影响下的音乐曲艺和"小说"戏剧混沌一体的亲和状态。这种综合性亲和状态的打破和专门性戏曲形态的提纯,则是到宋末元初才逐渐完成的。佛教悲天悯人的思路,否定现世快乐的逻辑,承认苦难并勇于追随苦难的良知与行为,都构成了深厚而博大的悲剧精神。变文特别是孝子主题变文,作为通俗的佛法载体和轻松活泼的艺术方式,承担了把佛教故事中国化、历史故事佛教化的任务,因此从悲剧精神、故事内容、艺术形式和传播途径等方面都极大地影响到戏曲的产生,佛法戏往往更多地带有孝子变文嫡派的血统和悲剧的精神,这也是中国悲剧始终闪烁着宗教色彩的原因之一。

第九章
宋代悲怨剧目的审美形态

敦煌变文中的悲怨题材讲唱,可以从人生的艰辛乃至难于苟活等多重境遇上,深深地感染听众。从敦煌悲怨变文到宋代悲怨剧目,从亦宣叙亦代言的曲艺体讲唱,到几乎全属代言的戏曲表演,唐宋表演形态的悲怨场面,也就越来越蔚为系列。

相比宋代戏剧中所包含的许多具备悲剧内涵的剧目,宋人关于悲剧美学的明确阐述尤其匮乏。一般文人还很少把关注的目光投向对戏剧的深入思考。有些关于戏剧的偏见或者批判,例如欧阳修在《五代史·伶官传》中所提出的"优人亡国论",陈淳在《上傅寺丞论淫戏》中剿灭戏剧的意图,都只能从另外一个方面说明宋代戏剧的无比繁盛,表明上自朝廷君王下到黎民百姓对戏剧的喜爱。

但是理论形态的相应缺乏,并不意味着悲剧观念的整体缺失。从现在可以考知的大量宋代杂剧与南戏剧目中,还是可以归纳出宋人所萌发的一些悲剧意识,哪怕这些意识主要是在艺术实践中显现出来的。因此,从宋代那些具备明显悲怨倾向的剧目当中,具体、实在而形象地归纳其审美形态,也许会为中国悲剧发展史从源头上获得一些重要的启迪。

第一节　宋代杂剧的悲剧色彩

一、劝惩杂剧寓庄于谐

所谓劝惩杂剧,是指宋代正杂剧前后的插科打诨的部分。前面的部分好似话本小说中的引子,后面的部分也可以看成是结局时的搞笑活动。前后的插科打诨都可以相对独立起来,对当前的世道人情等众所关心的事情,以谐谑的形式来发表意见,以博观众一笑,并在哄笑当中领略某些深刻的道理。

这也就是灌圃耐得翁《都城纪胜》中所云:"先作寻常熟事一段,名曰艳段;次作正杂剧。"黄庭坚也认为:"作诗如作杂剧,初时布置,临了须打诨,方是出场。"吕本中《童蒙训》也说:"如作杂剧,打猛诨入,却打猛诨出也。"可见这些劝惩杂剧体制短小,方式灵活,机智过人,机锋锐利,但却是不可或缺的固定演出体式。

一般而言,宋代劝惩杂剧可以等同于体制不大的小品、谐剧甚至闹剧。它与唐以前参军戏的传统一脉相连,与汉赋"劝百讽一"的精神一脉相承,与《毛诗大序》广开言路、上下相通的政治理想如出一辙:"上以风化下,下以风刺上,主文而谲谏,言之者无罪,闻之者足以戒。"这也与《国语》中《邵公谏弭谤》所云的下情上达完全吻合:"防民之口,甚于防川……故天子听政,使公卿至于列士献诗,瞽献曲,史献书,师箴,瞍赋,矇诵,百工谏,庶人传语,近臣尽规,亲戚补察,瞽史教诲,耆艾修之,而后王斟酌焉。"①

劝惩杂剧寓教于乐,寓庄于谐,往往于插科打诨中显示出严肃的思考,于臧否是非中透露出事物的本相,于啼笑叫骂中体现出"优谏"的使命。宋人朱彧《萍洲可谈》中记载到宋哲宗时代的名演员丁先现的事迹:

　　伶人丁先现者,在教方数十年。每对御作排,颇议正时事。尝在朝门,与士大夫语曰:"先现衰老,无补朝廷也。"问者哂之。②

不管士大夫们如何不以为然,丁先现认为自己几十年来通过演剧的方式关注时事,有补于朝廷,无愧于人生,这是何等自豪的感觉。

宋徽宗时代,伶人们的杂剧演出特别敢说实话。有人演剧时当着宋徽宗说"只是百姓受无量苦!"徽宗也只得为之恻然长思,弗以为罪。崇宁间的"反腐败"杂剧《一例铸作十钱》云:"崇宁铸九鼎,帝鼎居中,八鼎各镇一隅。是时行当十钱,苏州无赖子弟冒法盗铸。会浙中大水,伶官对御作排:今岁东南大水,乞遣通鼎铸苏州。或作鼎神附奏云:'不愿前去,恐一例铸作十钱。'朝廷因治章楶之狱。"③

仅仅因为一段杂剧的调笑,朝廷就严治枢密大臣的公子之罪,先将章公子关进监狱,后又将其刺配流放,并且没收其全部家产。劝惩杂剧的以谐见庄,由此可见一斑。宋人李元纲《厚德录》认为章公子属于无辜遭小民诬陷,从而酿成冤狱,这是为尊者所辩护的话,殊不可信。无论如何,伶官敢于放胆直言,指斥当朝大臣腐败家事,实属不易。同时还有一出杂剧,当着皇帝的面大骂宰相:"你做到宰相,原来

---

① 《国语》,上海古籍出版社1978年版,第9页。
② 任二北《优语集》,上海文艺出版社1981年版,第107页。
③ 同上,第112页。

也只好钱!"①这种舍得一身剐的大无畏精神和反腐败气概,在演剧史上都是值得敬佩和表彰的。

二、诛心杂剧以喜见悲

劝惩杂剧的激烈化、极端化和民族化,就演变成搞笑中见悲愤的诛心杂剧。对于当朝官员们大敌当前的逃跑主义倾向,杂剧剧目也予以了辛辣的讽刺和深刻的揭露。《三十六髻》云:

> 宣和中,童贯用兵燕蓟,败而窜。一日,内宴,教坊进伎,为三婢,首饰皆不同。其一当额为髻,曰:"蔡太师家人也。"其二髻偏坠,曰:"郑太宰家人也。"又一人满头为髻,如小儿曰:"童大王家人也。"问其故,郑氏者曰:"吾太宰奉祠就第,此懒梳髻。"至童氏者,曰:"大王方用兵,此三十六髻(计)也。"②

对一群尸位素餐的朝堂命官,演员们予以了毫不留情、以喜见悲的"诛心"评价。

南宋以来,伶人们越来越高扬起一统中华、迎还二圣的旗帜,越来越痛恨当权的投降派奸臣。《此环掉脑后》叙宋高宗绍兴十五年(1145),皇帝当着新赐给秦桧的府第落成后,又贺之以银绢千万,并亲自率教坊优伶前来贺喜。一位演员先赞颂秦桧的功德,令他无比受用。接下来,演员假扮秦桧,在坐上太师椅之前忽然掉下双叠大巾环:

> 伶指而问曰:"此何环?"
> 曰:"二胜环。"
> 遽以朴击其首曰:"尔但坐太师交椅,请取银绢例物,此环掉脑后,可也!"
> 一座失色。桧怒,明日下伶于狱,有死者。于是语禁始益繁。③

这里的"二胜环"谐音"二圣还",即秦桧老早就把迎还二圣的想法置之脑后,除了对禄位钱绢的贪婪之外一无所想。难怪恼羞成怒的秦桧要把演员投到死牢,并由此大兴语禁,因为此剧的"诛心"之语,实在令他无法招架。

类似的杂剧题材不仅针对奸臣,也还曾针对过只想做偏安皇帝、不管父兄死活的宋高宗。例如《二圣环放脑后》中,演员紧接高宗的话头言道:"可惜二圣环,只放在脑后",高宗听了"亦为之改色,所谓工执艺以谏"。这样的喜剧剧目,将尖锐的民族悲剧

---

① 《原来也只好钱》,洪迈《夷坚志》支乙四,任二北《优语集》,上海文艺出版社1981年版,第113页。
② 周密《齐东野语》十,任二北《优语集》,上海文艺出版社1981年版,第115页。
③ 岳珂《桯史》,同上,第158页。

作为喜剧场面赖以展开的戏眼,这就显得沉痛而深刻了。

对投降主义的声讨,对家国沦亡的悲哀,宋代杂剧有时候竟用近乎"黑色幽默"的形式表达出来。场面热闹到极点,观众哄笑到极致,但却欲笑还悲、欲哭无泪,大家齐入诛心阵中而无法自拔,这就是整个民族的"哀莫大于心死"的大沉默了。《我国有天灵盖》杂剧云:

> 金人自侵中国,惟以敲棒击人脑而毙。绍兴间,有伶人作杂戏云:"若要胜金人,须是我中国一件件相敌,乃克。且如金国有粘罕,我国有韩少保;金国有柳叶枪,我国有凤凰弓;金国有凿子箭,我国有巢子甲;金国有敲棒,我国有天灵盖!"人皆笑之。①

这里的相克相胜说既是总论,又是结论。其中的分述论证,前三条都非常对应,一本正经;后一条看是正常,又是事实,但却把人们平常不忍正视、不敢正视的大屈辱揭示出来,令人知其荒诞,恨其不争,笑过之后便连哭也哭不出来。诛心的境界至此,可谓叹为观止。

三、悲怨杂剧题材分类

除了上举这些以喜见悲、悲喜交融的杂剧段子之外,宋杂剧中还有一些正杂剧写悲传怨,属于悲剧倾向较为鲜明的剧目。前者好比后世的小品针砭时事,容易搞笑;后者好比完整的大戏敷衍全篇,易弹哀曲。可惜杂剧段子因其短小而易于流传,而正杂剧因其漫长而全部失传,这就为后人留下了无尽的遗憾。

宋元间的周密在《武林旧事》中留下了二百八十种宋官本杂剧。② 就其可以考见的悲剧性剧目言,大概有如下几类:

1. **霸王悲剧**　这类悲剧大约有《霸王中和乐》、《霸王剑器》、《诸宫调霸王》、《入庙霸王儿》、《单调霸王儿》。此后的金院本中也有相应的《悲怨霸王》等七种剧目。如此多的霸王剧目,无非是写项羽乌江自刎英雄气短、痛别虞姬儿女情长的悲剧而已。

2. **鬼雄悲剧**　这类悲剧以《钟馗爨》为要。钟馗故事,从上古到六朝都可以找出演变的线索,唐代曾经一度失传。到了北宋的沈括,才在其《梦溪笔谈》中全面附会成钟馗事迹。略云唐玄宗夜梦小鬼偷窃太真紫香囊,但被大鬼发现,将小鬼抓住吃掉。帝问之,"乃武举不捷之士也;誓与陛下除天下之妖孽!"③玄宗乃命吴道子画钟馗像,昭告天下以

---

① 张知甫《可书》,《历代史料笔记丛刊》,中华书局 2002 年版,第 425 页。
② 参见谭正璧《话本与古剧》,上海古籍出版社 1985 年版,第 171—190 页。
③ 沈括《梦溪笔谈》,(台湾)商务印书馆 1956 年版,第 25 页。

为门神。明代无名氏的《庆丰年五鬼闹钟馗》，就是同一题材的剧目。一位在人间考不中武状元，导致悲愤而亡的举子，到了阴间犹自忠心耿耿，做鬼也要为皇帝护梦，后又延伸为百姓辟邪，大吃鬼类，不惮后果，这委实是一位特殊的悲剧鬼雄形象。

　　3. 夺爱悲剧　　这类悲剧有《列女降黄龙》、《浮沤传永成双》、《浮沤暮云归》、《三献身》、《柬帖薄媚》和《孟姜女》等剧目。前者叙宋康王夺韩凭妻故事。韩凭稍有抱怨，便被抓起来。后韩凭自杀，其妻何氏阴腐其衣，在与宋康王登台时投台而跳。左右拉之，衣不中手，导致身亡。夫妻二人死后，两坟大树相连，一对鸳鸯"交颈悲鸣，音声感人"。浮沤者，水泡也。悲剧叙乡人为夺商人之美妻，将商人推落到江水中。商人死前呼水泡为物证。后乡人娶商人妇，生儿育女。一日见大雨激起水泡，笑而告之前情。妇告官，判乡人死刑。妇痛哭云："以吾之色而杀二夫，亦何以生为？"①也跟着投水而亡。因为乡人夺人之所爱，导致三人赴死，岂不怨哉？这也再弹出美色祸水的新调。

　　《三献身》也是夺人之妻害人之命的悲剧。《柬帖薄媚》叙洪和尚霸占人妻，更是典型的夺爱悲剧。至于孟姜女故事，讲述秦始皇为修筑长城夺其所爱夫君，导致孟姜女万里寻夫，哭倒长城，也是夺爱悲剧之性别变体。《左传》有云：杞梁无子，其妻无所归，乃枕其尸于城下而哭，内诚动人，七日而城为之崩。既葬，遂赴淄水而死。但是孟姜女的自觉赴死，乃是怨到极点、恨到极处、情到深处的人类精神之高扬。

　　4. 女性负心悲剧　　以《淹南桥》、《崔智韬艾虎儿》、《雌虎》等剧目为代表。《淹南桥》叙尾生为爱守信、不惜淹死的故事。本事最早见《庄子·盗跖篇》："尾生与女子期于梁下，女子不来。水至，不去，抱梁柱而死。"从此尾生之信，已经成为守信钟情的代名词。问题是他完全有可能是在为一位不值得献身的女子去做无谓的牺牲；即使那女子确实有值得用生命去殉的价值，而且是因为非她所能抗拒的原因而暂时缺席，那么尾生的殉情实际上断绝了之后解释和修好的任何机会，留给那女子的是终生的负疚。尾生的信义固然高尚，但却不可仿效。悲剧主人公固然坚定，但却令千古人伤情。所以庄子就批评尾生"离名轻死，不念本养寿命也"，何况"人上寿百岁，中寿八十，下寿六十，除病瘐死伤忧患，其中开口而笑者，一月之中不过四五日而已矣。天与地无穷，人死者有时，操有时之具而托于无穷之间，忽然无异骐骥之驰过隙也。不能说其志意、养其寿命者，皆非通道者也"。② 这里说的是爱情诚可贵，生命价更高。但是戏曲往往将珍贵的生命来烘托更为珍贵的爱情，所以就酿成了情感的悲剧。

　　《崔智韬艾虎儿》是一出人兽之恋导致的精神上受伤、肉体上丧命的悲剧。该剧本事，大约敷衍《太平广记》卷四百三十三中所引薛氏《集异记·崔韬》故事。叙蒲州

---

① 庄季裕《鸡肋编》卷下转述吕缙叔《夏卿问及·淮阴节妇传》故事。
② 曹础基《庄子浅注》，中华书局1982年版，第450页。

人崔韬夜宿滁州凶店仁义馆,半夜见老虎进门,脱下虎皮成绝色女子,径睡崔韬被窝中。崔韬胆大,问明女子披的是家中父兄打猎得来的虎皮,欣然与之同床共枕。明日清晨,崔韬将虎皮丢到枯井之中,携女而去,以之为妻。后崔韬考取功名,携带该女及其所生孩子赴任,晚上又来到仁义馆住宿。想起前事,崔韬往井中一看,发现虎皮犹在,便笑着告诉妻子。妻子也笑着说,将虎皮挑起来再穿穿看吧。结果妻子一批上虎皮,便恢复虎性,当场狂吼不已,将崔韬和儿子几口吃掉,呼啸而去。这一悲剧的真实涵义,还是说不要与"非我族类"的异种相爱,人性与虎性还是有天壤之别,若不明此,就会酿成全家葬身虎口的后果。

5. 男性负心悲剧　宋杂剧中的负心悲剧蔚为系列。《李勉负心》、《王宗道休妻》、《王魁三乡题》和《蔡伯喈》等剧,都是男性强势群体对女性弱势群体的负心忘恩、恩将仇报和休之弃之。《李勉负心》①在杂剧和南戏中都有此戏目,写李勉娶有外室,鞭死发妻故事。《王宗道休妻》和王魁、蔡伯喈故事,当属同一类型。后两剧也有相关南戏剧目。

第二节　宋代南戏的女性之哭

明成化进士陆容(1436—1494)原籍江苏太仓,又长期在浙江右参政任上,对南戏与传奇所知颇深。他在《菽园杂记》中说:"嘉兴之海盐、绍兴之余姚、宁波之慈溪、台州之黄岩、温州之永嘉,皆有习为倡优者,名曰戏文子弟。虽良家子,不耻为之。""其扮演传奇,无一事无妇人,无一事不哭,令人闻之易生凄惨。"②陆容在不经意间,为我们归纳了南戏与传奇中的负心悲剧从女性人物、悲剧题材到观众反馈的三大美学特征。

一、无一事无妇人

早期南戏乃至传奇的特征之一,是女性人物在大部分剧中占有充分的主导性。因为她们在社会性别学上的相对劣势,因为她们作为美的化身容易被玷污,因为她们作为圣女的情感容易被欺骗、被颠覆,因为她们相对脆弱的生命之弦容易被轻易拗断,所以表现在负心南戏中,女性人物命运便构成了整出戏剧的情感抒发主体和情节走向趋势。

根据钱南扬、庄一拂和刘念兹关于宋代南戏的认定,根据杨建文在前辈基础上所

---

① 沈璟《南九宫谱·刷子序》中《集古传奇名》:"无情李勉把韩妻鞭死。"参见钱南扬《宋元戏文辑佚》,上海古典文学出版社1956年版。
② 陆容此语源于嵇康《琴赋》:"称其才干,则以危苦为上;赋其声音,则以悲哀为主;美其感化,则以垂涕为贵。"

统计出的宋南戏剧目，①我们可以将宋南戏的具体剧目增添排列如下：

(1)《状元张叶传》　　　　　[(2) 同类剧目《张协斩贫女》]
(3)《宦门子弟错立身》
(4)《王魁负桂英》　　　　　[(5) 同类剧目《王俊民休书记》]
(6)《三负心陈叔文》　　　　(7)《风流李勉三负心》
(8)《孟姜女送寒衣》　　　　(9)《薛云卿鬼作媒》
(10)《卓氏女鸳鸯会》
(11)《郭华买胭脂》　　　　　[(12)《王月英月下留鞋》]
(13)《张琼莲临江驿》　　　　(14)《周勃太尉》
(15)《崔护觅水》　　　　　　(16)《秋胡戏妻》
(17)《关大王独赴单刀会》　　(18)《马践杨妃》
(19)《柳耆卿栾城驿》　　　　(20)《张珙西厢记》
(21)《杀狗劝夫婿》　　　　　(22)《京娘四不知》
(23)《裴少俊墙头马上》　　　(24)《孟月梅写恨锦香亭》
(25)《洪和尚错下书》　　　　(26)《吕蒙正风雪破窑记》
(27)《杨实锦香囊》　　　　　(28)《赵氏孤儿报冤记》
(29)《刘先主跳檀溪》　　　　(30)《雷轰荐福碑》
(31)《丙吉教子立宣帝》　　　(32)《老莱子》
(33)《包待制陈州粜米》　　　(34)《孟母三移》
(35)《韫玉传奇》　　　　　　(36)《王焕戏文》(或即《风流王焕贺怜怜》)
(37)《乐昌分镜》(或即《乐昌公主》)(38)《赵贞女蔡二郎》
(39)《祝英台》　　　　　　　(40)《朱买臣休妻记》
(41)《王陵》

需要说明的是，《祝英台》既是南方的题材，又经过晋丞相谢安的表彰②，所以一向流传甚广。在明代朱少斋的《英台记》之外，还有无名氏的《同窗记》和《还魂记》抒写同一题材。迄今为止，南方的剧种例如莆仙戏的《祝英台》，川剧与瓯剧的《柳荫记》，还有徽剧、湘剧、粤剧、越剧等大部分南方剧种都有相同题材的剧目演出。可见，梁山伯与祝英台的故事，一直是南方剧种喜唱乐演的剧目。再往前推，元代既有《九宫正始》注出的"元传奇"《祝英台》，又有白朴的《梁山伯》杂剧；那么传奇《祝英台》至晚应

---

① 杨建文《中国古典悲剧史》，武汉出版社1994年版，第151—152页。
② 田艺蘅《留青日札》卷二十一："英台，上虞祝氏女子。易为男子装出游学，与会稽梁山伯同肄业。山伯字处仁。祝先归二年，山伯访之，方知为女子，怅然如有所失。告其父母求聘，时祝已许马氏矣。山伯后为鄞令，疾革，葬鄮城西。明年祝适马氏，舟过墓所，风涛不能进。英台闻有山伯墓，因登冢号恸，地忽裂开，祝氏陷焉。遂埋其壁，人皆异之。晋丞相谢安奏之，因表其墓云。此与紫玉及华山畿女之事甚相类，今俗演为杂剧也。"

166

该是元代的南戏,至早应是承宋制的剧目。作为宋代戏剧的活化石之一的福建莆仙戏《祝英台》,也应该有根据宋代同一剧目发展而来的可能。

同样,《朱买臣休妻记》被徐渭《南词叙录》著录到"宋元旧篇"之列。元代又拥有无名氏《朱买臣风雪渔樵记》、庾天锡《会稽山买臣负薪》等杂剧,那么南戏《朱买臣休妻记》创作时代非宋即元。作为南方题材戏,今天的宋代南戏活化石梨园戏、绍剧、庐剧等南方剧种都有同类题材的传统剧目,这也可以为《朱买臣休妻记》作为宋南戏引出一条思路。

《王陵》题材,源于《汉书·王陵传》和唐《王陵变文》,流有元顾仲清的《陵母伏剑》,应是宋元之间的南戏。

在以上四十种宋南戏中,只有《周勃太尉》、《关大王独赴单刀会》、《赵氏孤儿报冤记》、《刘先主跳檀溪》、《雷轰荐福碑》、《丙吉教子立宣帝》六出戏是男人题材戏,其他三十四种剧目,全是属于"无一事无妇人"的剧目。有的剧目更是属于以女性为主导、以女性为重点的名副其实的"旦本戏"。

在中国这一个近乎绝对的男性权力社会中,宋南戏却将关注的笔触,更多地投向一个柔弱的社会群体和性别取向,这也可能与南方小桥流水的绮丽风光、相对温情的群体秉性有关。从古至今,凡是大统一的中国朝廷,首都无一不设在北方;南方确实也有几处朝廷首都在,但也肯定是偏安、短命的割据小朝廷而已。只谈风月之事,大牵男女情缘,这也可能是南方戏剧家们的主流审美取向。当然更为重要的是中国戏剧首先诞生于经济发达的南方沿海地区,艺术家们必须要满足南方市民社会的审美趣味。政治军事当然也要表现,但是情感波澜尤其是悲剧女性的悲惨命运,当然更容易感动市民。

实际上,不仅南戏呈现出"无一事无妇人"的性别取向,就连上举宋代杂剧中也体现出相同的面貌。其爱情悲剧、夺爱悲剧、负心悲剧都是明显的女性题材;就连以男性英雄为重的霸王悲剧中也不失虞姬的情殇,甚至鬼雄悲剧中也可以演出钟馗嫁妹的缕缕柔情。中国戏曲首先发端于东南沿海经济较为发达的地区,其性别选择、审美取向肯定会波及并影响到当地各种戏剧形态,于此可见一斑。

二、无一事不哭

根据宋末戏文《宦门子弟错立身》中第五段的曲文,根据徐渭《南词叙录·宋元旧篇》中关于"南戏始于宋光宗朝,永嘉人所作《赵贞女》、《王魁》实首之"的相关记载,已知宋南戏或宋元间南戏至少可以引出如下十三本"无一事不哭,令人闻之易生凄惨"的女性悲剧来:

(1)《赵贞女蔡二郎》

(2)《王魁负桂英》　　　　　　　[(3) 同类剧目《王俊民休书记》]

(4)《三负心陈叔文》　　　　　　(5)《风流李勉三负心》

(6)《状元张叶传》　　　　　　　[(7) 同类剧目《张协状元》]
　　(8)《张琼莲临江驿》　　　　　　(9)《马践杨妃》
　　(10)《朱买臣休妻记》　　　　　 (11)《王陵》
　　(12)《孟姜女送寒衣》　　　　　 (13)《祝英台》

　　将这十三本女性悲剧予以归类,前八本戏可以归入负心悲剧系列,后五本戏可以归入献身悲剧系列。

　　负心悲剧,植根于忘恩负义的男性世界,罹难在无辜受难的女性个体。其基本公式可以依次展开为五个程式:

　　(1) 下层女子救助贫苦书生;
　　(2) 书生感恩,与女子结为夫妇;
　　(3) 书生在妻子帮助下专心读书,考上功名;
　　(4) 由于主客观的原因,新贵必须要与老权贵们借婚姻纽带结政治同盟。倘若一时并无合适之佳配,新贵宁可另行等待;
　　(5) 昔日书生、今朝命官遗忘、嫌弃、驱赶乃至迫害前妻。

　　以上五个程式可以用民谣体进行简要归纳:

　　　　妹妹拼死帮情郎,海誓山盟恩爱长。
　　　　男子高攀富贵女,残害糟糠旧妻房。

　　在《赵贞女蔡二郎》中,女主角当然是欲哭无泪的苦主。徐渭《南词叙录》只说该剧"即伯喈弃亲背妇,为暴雷震死"。综合高则诚《琵琶记》、莆仙戏的《蔡伯喈》和梨园戏的《赵贞女》,可知古南戏写蔡伯喈与赵贞女结婚后赶考高中,再不顾家。妻子在家抚养老人,遭遇灾荒岁月,二老饿死。安葬老人后,妻子进京寻夫,反遭伯喈纵马踩死。后来伯喈被二雷劈死,遭了天谴。赵贞女何辜何罪,且不说她对夫君的恩爱,哪怕看在她侍奉公婆、当牛做马的份上,也该认她才是。负义变心的亲夫,竟然驱马将她撞昏踩死,如此的"礼遇"当然是令赵贞女欲哭无泪,纵在九泉也不会瞑目。

　　《王魁负桂英》及其同类剧目《王俊民休书记》,叙王魁得妓女桂英资助,这才得以能安心读书、考上状元。此后,他置当日的对天盟誓于不顾,抛弃桂英另娶妻房,导致桂英自杀身亡,死后变鬼魂活捉王魁。桂英的生前之哭化为死后之捉,这就将情感追索的正义性予以了充分证明。与《赵贞女》形成苦戏双璧,永嘉人所作的这两出原创南戏,到今天还具备无限的生命力。

　　《永乐大典·戏文十二》中著录的《三负心陈叔文》,在徐渭的《南词叙录》中也有相近的著录。陈叔文在京本有妻室,但却由妓女王兰英资助赴宜兴主簿任,与王做了三年的外任夫妻。后在回京途中,将王兰英主婢推到江中淹死。王兰英虽死,其鬼魂引诱、追索、捆绑陈叔文而亡。至于《风流李勉三负心》,则连做官也没轮到,就撇下原配妻儿韩氏,与另一女子外出生子。几年后回来,只因韩父说了他几句,他就将韩氏结发妻给活活鞭死。

以上五个悲剧剧目,都写负心者或遭天谴雷劈,或遭复仇报应,都属于报应型的女性悲剧。当痛哭不足以解其恨的时候,报应与复仇便成为顺理成章的行动了。

负心悲剧中,还有破镜重圆、调和折衷的变体。其基本情节可以概括为:

书生逃难,女子养汉。状元一点,糟糠滚蛋。
或遭剑砍,或被苦难。高官过问,破镜重圆。

迄今唯一完整流传下来的早期南戏剧本,是南宋温州九山书会所作的《张协状元》①。但是该剧在开场时的【满庭芳】中申明:"《状元张叶传》,前回曾演,汝辈搬成。这番书会,要夺魁名。"这就表明《张协状元》系根据《状元张叶传》改编而成的同类戏文。该剧叙书生张协在赶考途中被劫,为贫女搭救下来,成就夫妻。考中状元之后,张协嫌弃妻子"貌陋身卑,家贫世薄",非但不肯相认,还在赴任途中剑劈妻子,意欲置之于死地。后贫女为高官王德用所搭救,令其与张协复圆。且不论这个"光明的尾巴"是否属于九山书会的新创,单就剑劈发妻这一款,就足以使得贫女悲愤莫名、遗恨千古。所以后来人工拼装上的团圆尾巴,改变了全剧悲剧的性质,以调和折衷作为收束,这实在是有些不伦不类。

《张琼莲》也是调和矛盾、消解悲剧的作品。《宦门子弟错立身》咏道:"琼莲女,船浪举,临江驿内再相会。"这与杨显之的杂剧《潇湘女》剧情相仿。后剧中的崔通中了状元之后,另娶考官之女,反将寻夫的原配妻张翠鸾以逃奴名分充军沙门岛。虽然最终还是以高官弹压、破镜重圆结局,但那总是戏剧家们的粉饰而已。剧中女主角于前往沙门岛流放途中,在雨中痛哭无告的场面,一直属于经典性的悲剧片断。

与负心悲剧并列的是女子的献身悲剧。宋南戏中的献身悲剧包括《马践杨妃》、《朱买臣休妻记》、《孟姜女送寒衣》、《祝英台》和《王陵》五种。献身悲剧的最终结局都是女子对男子的献身以殉。《马践杨妃》固然是贵妃被逼而亡,但很多剧种都处理成贵妃主动请死,这样的女主角就显得更为高贵而动人。至于唐明皇面对"六军不发无奈何"的局面,不得以听凭乱军们将如花美眷、情深意长的杨贵妃纵马踩死的处理,更令人闻之易生凄惨。

《朱买臣休妻记》尤其令人感叹唏嘘。就因为妻子当初受不了贫困,离开了朱买臣,

---

① 《永乐大典》第一三九九一卷收录《张协状元》,参见钱南扬《永乐大典戏文三种校注》,中华书局1979年版。

后来就得为前夫的发达而羞愧自尽,这种"献身"行为活画出男性世界的偏狭与毒辣。《孟姜女送寒衣》的寻夫而死,《祝英台》的为情而亡,都是令人涕零不已的悲情苦戏。

献身悲剧中的另类题材,是《王陵》之母的伏剑而亡。当霸王项羽将王母抓至军中,想招降刘邦大将王陵时,为了不使儿子为难,王母毅然选择了无怨无恨的死亡。这种母性的崇高无私和高风亮节,甚至比男欢女爱的悲情戏剧更能够感动人。

三、无一事不关世风

时代风气,世道人情,往往随着朝代的变化而产生较大的转移。遥想唐代的文人们,哪一个未曾做过弃笔从戎、开拓疆土的豪壮之梦。"宁为百夫长,胜作一书生。"就连大诗仙李白,也是死在投军立功的漫漫长道上的。愁病交加者如短命的李贺,也在高声呐喊着习武的战歌:"男儿何不带吴钩,收取关山五十州。请君暂上凌烟阁,若个书生万户侯!"[1]

宋代的世风大不一样。如果说唐代属于外向型开拓的朝代,宋代便是内向型控制的朝代。宋太祖赵匡胤以陈桥兵变立国,当然首先提防的是其他武人以同样的方式改朝换代。所以他从禁兵统帅石守信等人下手,杯酒释兵权,把全部军事指挥权集中到枢密使处,把全部握兵权掌握在自己手上,还把军队与将帅时时调换,造成"兵不知将,将不知兵"的情况。凡此种种,都使得军权牢牢地掌握在皇帝手中,说到底是对武人的整体不信任。

不靠武人治天下,便以文人掌国家。宋代统治者欣喜地发现,文人比武人好驾驭。手无缚鸡之力的文人们,哪怕想造反也"秀才造反,十年不成"。文人敏于言而讷于行,长于辩而短于斗,纸上谈兵,于事无补,"宋人议论未定,而兵已渡河"。所以宋太祖的手下,从丞相到枢密使乃至州郡各官职,皆由文人所担当。当着国家机器的基本运转都是文人当家时,对文人的大量需求也就到了前所未有的程度。相比唐代的进士录取率,宋代的进士录取量有了约十倍的增长。动辄四百多人的录取数量,使得读书人平步青云的道路更为宽阔。相比以往考试的不公,宋代考试的公正性与客观性有了极大的改善。宋太祖就曾得意地说:"昔者科举多为势家所取,朕亲临殿试,尽革其弊矣。"[2]

文人当道、科考取仕之世,使得读书做官成为充满阳光的康庄大道,读书人的地位也可能在一夜之间得到根本的改变。"朝为田舍郎,暮在天子旁"的说法,"十年窗下无人问,一举成名天下知"[3]的俗语,正是社会现实的真实反映。

---

[1] 李贺《南园》之一。参见欧阳德威《唐代文学作品选》,湖北师范学院中文系印行,1979年版,第495页。
[2] 参见《宋史·选举志一》。
[3] 刘祁《归潜志·七》引古人语。

当然反映社会现实最为贴切的文艺作品,还得要数宋代戏剧特别是悲剧剧目中的诸多人物情状。负心悲剧中的《赵贞女蔡二郎》、《王魁负桂英》、《王俊民休书记》、《三负心陈叔文》、《风流李勉三负心》、《状元张叶传》、《张协状元》、《张琼莲临江驿》等剧目,都证明了或一贫如洗或狼狈逃窜或凄苦失志的书生们,因为科考成功所带来的社会地位的极大提升。至于陈叔文作了小官还要妓女来资助,李勉连官职也捞不到便要娶外室、杀发妻,这也是读书人呼风唤雨、风流倜傥的社会风气的侵染所致。

且看《张协状元》①中的书生如何打老婆。穷极无奈的张协,脾气却十分急躁,动辄要责打老婆。贤慧温柔的老婆却又是解释又是规劝,不仅卖掉头发为老公准备盘缠,还要自打圆场为老公劝酒息怒:

【狮子序】你忒急性,且听我言,你出路日子在眼前。我一夜思之怕没盘缠,往大公家急忙去借典,婆婆也没金也没典亦没钱。我每把头发便来剪,得些钱,苦把杯酒来相劝。

当着张协状元及第之后,却老早把结发之妻贫女忘得个一干二净。可怜贫女在大雪纷飞之际苦苦寻夫,途中又被打劫的强盗抢去盘缠,打伤身体。好不容易找到丈夫的衙门,张协却拒不相认,当场羞辱云:

唯,贫女!曾闻文中子曰:辱莫大于不知耻辱。貌陋身卑,家贫世薄。不晓频繁之礼,岂谐箕帚之婚?吾乃贵豪,汝名贫女,敢来冒渎,称是我妻?闭上衙门,不去打出!

这般的丑恶嘴脸,便是无行文人和自大官僚的结合体。问题在于,如此负心无义之人,却偏偏可以考上状元,做上高官,这真是老百姓对宋代科考制度的绝妙讽刺。有了前面的"一打"、之后的"一骂",后来张协经过五鸡山时对贫女的"一劈",也就有了十分清楚的心理行动逻辑线索。

传奇写照,就事件人物言不必俱实俱信,以至件件可考。关键看其是否反映出时代的画面,折射出当年的世风。这也就是亚里士多德关于诗可以比历史本身更为真实的基本认定。艺术真实,往往更能够与世道人情相为一致,宋代悲剧剧目便是有力的佐证。

---

① 《张协状元》,钱南扬《永乐大典戏文三种校注》,中华书局1979年版。

第三节　宋代悲怨剧目对后世的影响

一、罹难女性神魔化

宋代悲剧的特点,不仅仅体现在"无一事无妇人",而且妇人往往担承着悲剧的主角,更重要的是这些罹难的女性都有神圣化或者妖魔化的特点。妻性、母性发挥到极致之后,面对负心的汉子,要么温柔有若圣母般地承受打骂或迫害,要么狂怒化为厉鬼神魔而求阴间的公道。

宋代悲剧中的女人,基本上都是赵贞女、贫女一类的小人物者流,普通女子之属,甚至还常常有可能像敫桂英一样,深陷在烟花粉黛、青楼卖笑的淤泥之中。然而,一旦她们被卷入爱的漩涡,进入了神圣不可侵犯的婚姻殿堂,小女子的形象便伟岸起来,再普通不过的角色都闪烁着非凡的亮点,再卑贱不过的职业也不能玷污其清纯的气质和高尚的精神。

不错,宋代悲剧剧目中也有几出以《淹南桥》、《崔智韬艾虎儿》、《雌虎》等剧目为代表的女性负心悲剧。《淹南桥》中那位不守信用、不赴约会、致令痴情的尾生守信而亡的故事,原本不是宋代悲剧的主流。至于人兽之恋所酿就的《崔智韬艾虎儿》悲剧,过错却不在女子自身,根本原因在于妻子原是雌老虎所变化而来,所以之后的中国人都爱称性格较为强悍的女人为"雌老虎"。

任劳任怨、救苦救难、贤慧无比、委屈不惮,几乎是所有悲剧女主角与生俱来的高贵品质。惟其琐屑不捐,因此高贵所在;惟其贤良无比,因此美德所系;惟其富于充分的自我牺牲精神,所以其遭到的罪孽才令人一掬同情之泪,所以连上界的天雷、朝廷的命官和阴间的鬼魂便都要出来干涉,匡正不平,还我人间正道、人伦沧桑。

元末明初《琵琶记》中的赵五娘,便是对赵贞女原型的深度改造。赵五娘成为中华民族中最能忍辱负重、最能含辛茹苦、最为忠心耿耿的美好女性形象,实际上可以类比西方美好女性中的圣女或圣母形象。而川剧《焚香记》和京剧《青丝恨》,则将桂英化为替自己伸张正义的可爱鬼魂,这也是对宋南戏精神的良性继承。至若明传奇《焚香记》放桂英还阳,以团圆告终,这只是对原创作品的曲解与反动。

二、成功男性卑微化

与之相应,宋代悲剧中的成功男性,往往在成功之后更多地露出其内心深处的卑微,人格状态的猥琐,以及行为处事的荒唐与罪恶。在一个男性主流社会中,在一个男尊女卑的性别等级环境下,在孔夫子关于女子难养难近的传统遗训下,宋代悲剧却能刻画出得意男子的丑恶嘴脸、尤其揭示出成功之后的人格裂变,延伸出堂皇官场的混账逻辑,这就给后世的戏剧铸定了基本的性别取向和价值评判,也在很大程度上体现出百姓的好恶与民间的价值观、道德的恒定和历史的选择。

南戏《赵贞女蔡二郎》极尽蔡二郎不孝不仁之能事。置年老双亲于不顾,撇灾荒凶年而不闻,见寻夫发妻而不认,纵马踏贞女而灭口,劣迹斑斑,罪行累累,皆是事业成功、仕途顺风者之所为。也许男子的成功、官场的得意就天然地连接着人性的泯灭和兽性的滋生,天良的丧尽和人伦的破裂;也许官场的规则、政治的凶险原本就与世俗的生活、百姓的天理相去甚远?

谓予不信,张协状元同样也是口口声声当面说瞎话,说千里寻夫的贫女是在冒认官妻。所有这些官场成功者、仕途发迹者都有着完全相同的语码,顺理成章的逻辑,振振有词的雄辩,当然还一定伴随着伤天害理、杀人灭口的行动。当着官场成功者都异化成为小人、坏人和奸人之后,当着上流社会群体和统治机器部件都以卑微作为其共同的人格审美色谱之后,这个社会还成其为社会,所谓"成功"的评价还能称其成功吗?这是读书发迹之人共同的大败笔、官僚阶层总体的大失败。

宋代悲剧中成功男性卑微化的范型,到后来也几乎成为中国戏曲的定型。不仅如此,这一范型还演化成中国戏曲剧目人物形象谱当中整体意义上的阴盛阳衰。女性总是要比男性美丽、果决、优秀,男性总是要比女性丑陋、窝囊、无能。单看《望江亭》中白士中一事当前、六神无主的怯懦,就可知"百无一用是书生"的民间评价原本不错。就连市民百姓中的男性形象如《雷峰塔》中的许宣,整个一个叛徒、内奸、卖妻贼的猥琐形象。他如何当得起白娘子那一片爱之弥深、护之弥切的脉脉深情?

三、悲剧母题风格化

中国悲剧作为累积型的文化,往往在题材、结构、人物和审美评价方面表现出较为共同的趋向,这些取向都带有一以贯之的历史继承性。这也表明从宋代悲剧的范式初创开始,中国悲剧便围绕着这些基本范式在做不同时代、不同倾向和不同重点的加花变奏,并在继承、变奏与扬弃当中显示出相对汇聚的美学风格。

以上我们提到过宋代悲剧在题材上的归类,这些归类实际上就是对悲剧母题的部分清理。按照我们的归类,宋代悲剧母题更多地集中在负心悲剧(包括报应悲剧在内)母题、献身悲剧母题和英雄悲剧母题三大块面,分别体现出悲怨之美、凄惨之美和雄壮之美的不同审美品格。

负心悲剧母题给受众带来的最大感慨是"怒其不幸,哀其不争"。爱上一个不值得爱的男子,嫁给一个不值得付出的小人,却还要不但辛苦、万死不辞地去寻找、去归附老早就负心忘恩的"官人",这正是赵贞女、贫女们的共同悲剧根源,也是中国悲剧以普通女人、烟花"贱人"作为悲剧主角之有别于西方经典悲剧的重要方面。美的被忽视,善的被凌逼,真的被欺骗,这就构成了负心悲剧多半以悲怨为重的审美风格。从赵贞女、赵五娘到秦香莲,都是悲怨无助的苦主。至于后世戏剧中一些以女主角获取军功后审判负心之人的处理,应该不是负心母题悲剧化的主流。

献身悲剧母题给受众带来的最大感触是"以死殉爱,感其情深"。比较典型的献身女主角如孟姜女哪怕哭倒长城,也要与夫君共存亡的惊天动地的行为,像韩凭夫妻双化鸳鸯、祝英台与梁山伯的生死相许乃至化蝶双飞,都有超凡入圣、羽化登仙般的浪漫主义精神。个体生命的终止,反而可以带来浓情蜜爱的永恒。这就能令俗世众生感叹唏嘘、生发出可以仿效的瑰丽之梦。献身母题所呈现出来的美学风格是以爱情至上、高度唯美的浪漫主义情怀。凄惨之事件是暂时的,唯美之情怀是永远的,这就是偏于高贵的气质与不同流俗的决断。

英雄悲剧母题给受众带来的最大感慨是"服膺其猛志,悲叹其时运"。霸王悲剧的英雄情怀与"时不至兮运不济"之间的反差,鬼雄悲剧中的钟馗化为厉鬼也要除恶务尽,都体现出男子汉猎猎的雄风和大英雄冲天的意志,表现出强悍的力度和壮美的品格。这类母题在后世以爱国悲剧和忠奸悲剧为主体,得到了更为健全的发展。

由于原始资料的较为匮乏,因为宋金元剧目尤其是院本南戏在时限上的难于明确判定,文中所论述的部分宋代剧目,也有逸出宋代的某些可能。但是探究宋代悲怨剧目的审美形态,几乎是在对中国戏曲悲剧做审美形态的追溯与范式风格的解析,也是在对中国戏曲的一些基本方面再做正本清源的回顾。因此,类似的探索与解析,随着材料的发掘与观念的更新,可能还会获得更多相应的更新与不断的推进。

第四编

元代悲剧的成熟品格

第十章
元杂剧中的悲剧大观

元杂剧标志着中国戏剧的黄金时代，波涛汹涌的悲剧剧目也蔚为大观。

元代以前的杂剧和院本，看起来数量颇丰，例如周密作于宋末元初之《武林旧事》，著录宋官本杂剧二百八十本。陶宗仪在元至正、丙午（1366）成书的《南村辍耕录》，也录有金院本六百八十九种。但以上九百六十九种宋杂剧和金院本，居然没有一部剧本能够相对完整地流传下来，全都被历史的烟云和岁月的尘埃所掩埋，这实在令人扼腕叹息。

一般认为，中国戏曲史上有作者可考的剧本始于元杂剧。

元代（1271—1368）立国不到一个世纪，但却留存有姓名可考的杂剧作家二百人左右，有记载可查的杂剧本子约七百三十至七百四十种。仅仅以臧懋循《元曲选》和隋树森《元曲选外编》所收剧目为例，其总数就达一百六十二种。今日可见的全部元杂剧剧本共二百零八种，连残曲二十九种算上，一共二百三十七种。词山曲海，由此可见一斑。

本书共列举了三十一种现存元杂剧中的悲剧，是目前各书中所列悲剧剧目较多的一家。

第一节 元代杂剧悲剧总目

一、元代悲剧剧目提要

作家	作品	悲剧人物	悲剧冲突过程	结 局
关汉卿	窦娥冤	窦娥	(1) 窦娥母亡、父赴试、夫故。 (2) 张驴儿逼婚被拒,下毒害蔡婆,不想误药死其父。 (3) 桃杌得利后刑讯逼供,窦娥为救婆婆承担罪名。	窦娥冤杀,三桩誓愿明验,窦天章为女儿报仇雪恨。
关汉卿	单刀会	关羽	(1) 鲁肃为讨荆州,行计请关羽吃饭。 (2) 关羽单刀赴会,面对江水抒英雄情怀。 (3) 关羽威慑伏兵,挟持鲁肃。	轻舟归去。
关汉卿	双赴梦	关羽 张飞 诸葛亮 刘备	(1) 关羽兵败身亡,张飞为部下所杀。 (2) 刘备梦两弟魂索糜芳等三贼。	相约复仇。
关汉卿	鲁斋郎	李四夫妻 张珪夫妻	(1) 鲁斋郎抢李四妻,玩厌后送与张珪。 (2) 张被逼送妻,供鲁享用。	包公用智杀之。
关汉卿	哭存孝	李存孝	(1) 康君立、李存信诬存孝改姓造反。 (2) 李克用酒醉,康、李二人车裂存孝。	车裂康、李二贼,为存孝复仇。
关汉卿	五侯宴	王大嫂	(1) 赵太公把李氏占为终身奴隶,又欲摔死其子。 (2) 李氏雪野弃子,幸为李嗣源所救。	李从珂救母,杀死赵脖揪。
郑廷玉	疏者下船	申包胥等	(1) 伍子胥率吴军伐楚。 (2) 楚昭公战败,乘船而逃。 (3) 人多船慢,夫人公子皆投水;弟半旋欲投水,昭公不准。 (4) 申包胥哭秦廷七日七夜,求救兵。	秦兵退吴兵,楚国得保全。
白朴	梧桐雨	唐明皇 杨贵妃	(1) 安禄山作乱,明皇溃逃蜀地。 (2) 父老拦驾请求抗敌,明皇命太子东讨。 (3) 皇上被将士逼迫,赐杨妃自尽。	梦中思念,被梧桐雨惊醒。

(续表)

作家	作品	悲剧人物	悲剧冲突过程	结局
马致远	汉宫秋	汉元帝 王昭君	(1) 毛延寿点破美人图,投降匈奴。 (2) 匈奴逼元帝送昭君和亲,昭君在途中投江自尽。	孤雁惊梦。
	荐福碑	张镐	(1) 张镐手持范仲淹荐书,两次投递落空。 (2) 万言长策被张浩冒承得官,反欲杀张镐。 (3) 雷轰荐福碑。	最终得官。
	青衫泪	裴兴奴 白居易	(1) 白居易与裴交好时,被贬浔阳。 (2) 鸨母与茶商假传白居易死书,逼裴嫁茶商。 (3) 旧人相逢于江畔,复谐连理。	皇上作合。
武汉臣	生金阁	郭臣夫妇 嬷嬷母子	(1) 卦云郭有血光之灾。 (2) 庞衙内淹死嬷嬷,铡死郭臣。	鬼魂告状,包公审冤。
杨显之	潇湘雨	张翠鸾	(1) 与老父落水失散。 (2) 被崔甸士遗弃,刺配沙门岛,遇父。	夫妻重圆。
纪君祥	赵氏孤儿	赵盾全家 程婴 韩厥 公孙杵臼	(1) 屠岸贾灭赵盾全家。 (2) 为卫护赵氏遗孤,韩厥、公孙先后捐躯。 (3) 程婴以子易孤,子亡。	孤儿报仇。
费唐臣	贬黄州	苏轼	(1) 王安石行新法,说动宋神宗严惩保守派苏轼。 (2) 苏轼贬黄州,受太守冷落。 (3) 神宗复其官。	金殿辞官。
孟汉卿	魔合罗	李德昌 刘玉娘	(1) 卦云百日之灾。 (2) 李德昌淋雨致病,被李文道药死。 (3) 玉娘被诬杀夫,屈打成招。 (4) 张鼎复勘,玉娘诉冤。	张鼎平冤。
李行道	灰阑记	张海棠 马均卿	(1) 马之大妻与赵令史成奸,药杀马均卿。 (2) 奸贼夫妇嫁祸海棠。 (3) 包公灰阑断案。	得子平冤。

(续表)

作家	作品	悲剧人物	悲剧冲突过程	结局
狄君厚	火烧介子推	介子推	(1) 晋献公昏聩,杀死太子申生。 (2) 介子推保护重耳逃亡,割股奉饥。 (3) 重耳归国为君,忘了介子推。 (4) 经提醒后火烧绵山,迫使其出山受封。	焚于火中。
孔文卿	东窗事犯	岳飞	(1) 岳飞被秦桧诬陷下狱。 (2) 疯僧叱骂秦桧。 (3) 岳飞魂谏高宗。 (4) 高宗传达神鬼诛秦之意。	阴司诛秦。
杨梓	霍光鬼谏	霍光	(1) 霍光见昌邑王无道,另立宣帝。 (2) 霍光子霍山、霍禹献妹固宠。 (3) 霍光殴子,气病而亡。	魂灵托梦皇上,二子谋反当诛。
朱凯	豫让吞炭	豫让	(1) 智伯为赵、韩、魏三家所杀。 (2) 智伯门客豫让几次漆身。	碎赵之衣,饮剑自尽。
	孟良盗骨	杨令公 杨七郎	(1) 令公托梦六郎,诉说潘仁美射杀七郎,自己撞李陵碑身亡事。 (2) 六郎与孟良到昊天塔盗得令公骨殖。 (3) 韩延寿追逼,为五郎所赚。	打杀韩延寿,圣上迎忠骨,超度英魂。
无名氏	张千替杀妻	张千 员外妻	(1) 张千与王员外结义。 (2) 员外出外,其妻欲与张通好。 (3) 员外回归吃醉,妻要张杀之,以成好合;张遂为兄杀妻。	张千杀嫂,偿命。
无名氏	货郎担	李彦和	(1) 李彦和娶妓女张玉娥,李妻气死。 (2) 张与奸夫魏邦彦设计,将李彦和推在江中。 (3) 李子春郎为千户收养,奶娘沦为说唱艺人。	父子、奶娘团圆。复仇。
	硃砂担	王文用	(1) 强盗白正杀死卖硃砂的王文用,继而杀王父,占王妻。 (2) 王文用在冥间控诉,与东岳太尉活捉白正。	魂索白正,致入地狱。

(续表)

作家	作品	悲剧人物	悲剧冲突过程	结　局
无名氏	盆儿鬼	杨国用	(1) 卦云百日之灾。 (2) 盆罐赵夫妇杀杨国用。 (3) 窑神、张撇古相助告状。	包公雪冤。
	马陵道	孙膑 庞涓	(1) 鬼谷子学生、魏国元帅庞涓,保举同学孙膑为官。 (2) 庞涓难破孙膑之阵,先令斩首,次令刖足,以求其天书。 (3) 孙装疯到齐,伐魏擒庞涓。	齐公子将庞涓分尸六段。
	冯玉兰	冯鸾全家 冯玉兰	(1) 冯鸾赴任赶路,冯女梦邦老杀人。 (2) 屠士雄夺冯妻,杀死冯鸾父子、随从。 (3) 冯玉兰哭诉,御史金圭断案。	杀屠雪冤,母女团圆。
	四马投唐	李密、王伯当等	(1) 李密率王伯当等人投唐。 (2) 李世民羞辱李密,致其反出潼关。 (3) 李密、王伯当等中伏兵战死。	李密部将徐茂功、魏徵、程咬金等降唐。
	陈仓路	张鲁 杨修	(1) 曹将张鲁被张飞在脸上题诗后放还。 (2) 曹操怒斩张鲁,鲁弟带人马粮草降蜀。 (3) 杨修以鸡肋知曹退兵意,被杀。	曹操割须弃袍,从陈仓逃窜。
	单刀劈四寇	王允 李肃 关羽	(1) 王允连环计诛杀董卓。 (2) 张济等西凉四寇为董复仇。 (3) 王允坠城亡;李肃中埋伏后自刎。	关羽力劈四寇。

以上共罗列了三十一种元杂剧中的悲剧。

二、元代悲剧判定增减表

论家	论著	列举悲剧作品（或新增出的剧目）	否定的悲剧
王国维	宋元戏曲史 （商务印书馆 1915 年）	窦娥冤、赵氏孤儿、汉宫秋、梧桐雨、西蜀梦、火烧介子推、张千替杀妻	
郑振铎	文学大纲：论关汉卿的杂剧 （商务印书馆 1926—1927 年）	鲁斋郎、蝴蝶梦、哭存孝、绯衣梦、五侯宴	
严敦易	元剧斠疑 （中华书局 1960 年）	张千替杀妻、疏者下船、火烧介子推、陈州粜米	
顾肇仓	元人杂剧选 （人民文学出版社 1956 年）	生金阁、魔合罗、朱砂担	
周贻白	中国戏曲发展史纲要 （上海古籍出版社 1979 年）	青衫泪	
王季思	中国十大古典悲剧集 （上海文艺出版社 1982 年）	陈州粜米、灰阑记、昊天塔	
杨建文	中国古典悲剧史 （武汉出版社 1994 年）	东窗事犯	（1）绯衣梦 （2）五侯宴 （3）陈州粜米
宋常立	试论元杂剧悲剧的鉴别标准 （《中国古典悲剧喜剧论集》，上海文艺出版社 1983 年）	荐福碑、潇湘雨	陈州粜米
费秉勋	论元代悲剧 （《中国古典悲剧喜剧论集》，上海文艺出版社 1983 年）	豫让吞炭、霍光鬼谏、盆儿鬼、冯玉兰	
商韬	论元代杂剧 （齐鲁书社 1986 年）	勘头巾、后庭花、神奴儿、救孝子、金凤钗、酷寒亭、小张屠、抱妆盒、货郎担	（1）潇湘雨 （2）荐福碑
谢柏梁	中国悲剧史纲 （学林出版社 1993 年）	（1）以上悲剧剧目，除了右边明确否定者之外，皆予认同。 （2）新增悲剧有：《贬黄州》、《青衫泪》。	（1）绯衣梦、陈州粜米 （2）商韬新增悲剧（《货郎担》除外） （3）蝴蝶梦

由上表可见,各家中列举元代悲剧最少的是王国维,计七种,盖其始作俑者,为数简也;其他各家,虽在王氏之后各有所增减,但大体意向趋于认同;列举元代悲剧最多的是商韬的《论元代杂剧》,他在书中认为元杂剧中悲剧"约占三分之一"。但其在具体论述中仅增出九本悲剧,其余剧目既未论及,亦不知其所云悲剧者之具体名目。

紧随《论元代杂剧》之后,《中国悲剧史纲》所列元代悲剧较多。本书又在前者基础上增补至三十一种。

第二节 元杂剧悲剧的鉴别原则

一、整体性的悲剧氛围

悲剧的根本特征在"悲"上,悲的根源在真善美与假恶丑的斗争中所遭遇到的失败和不幸,即真的被诬灭,善的被诛灭,美的被毁灭。这便是鲁迅所说的把有价值的东西撕毁给人看。以此来衡量元杂剧,将会发现大部分元杂剧都具备一定"悲"的因素,然而却不一定都是悲剧。这里得借用王骥德的一句名言:"论曲,当看其全体力量如何。"①如果杂剧剧本在总的方面体现了悲的特征,在不同层次上烘托了悲剧氛围,塑造了悲剧人物,渲染了悲剧情调,这便是悲剧。从总体上把握悲剧精神在全剧中的渗透程度如何,这便是鉴别元杂剧悲剧的最高原则。

以此来看待有争议的悲剧剧目,也许眼光会开朗一些。例如《绯衣梦》的归属问题,就值得商榷。说它是悲剧,言出有据。汴梁首富不愿把女儿嫁给家业已然破败的李家,以富欺贫,引起小儿女的深深悲哀,此其一;小儿女相约碰面,却被杀人贼裴炎捷足先登,误杀了梅香,造成李庆安负冤判斩的局面,此其二。两重悲哀交织缠绕,酿成了具备悲剧性的一些现象。

但从总体上看,全剧主要展示了悲欢离合的情感节奏。王家虽欲悔婚,但小儿女相聚的欢情更浓;李庆安虽一度行将正法,但王闰香恋他的初衷不变。种种离的征象和事实,都是为了显示出合的曲折性和必然性。因此,与其说它是悲剧,不如称为悲喜剧更为合适。

同样,《陈州粜米》虽然也有杨金吾等打死老撒古的悲剧性场面,也有百姓断炊的苦难背景,但其更多的是展示朝廷派大员放粮的近乎儿戏的场面,是杨金吾等把圣上所赐紫金锤赏给妓女王粉莲的寻欢作乐,是包公微服私访时与妓女的周旋,以至妓女收他为家人、杨公子吊打他若顽奴的喜剧性行动,藉以展示包龙图在浑浊官场中,一意孤行、为民抗争的决心。所以也应算成正剧。

《五侯宴》作为悲剧,曾一度被否定过。但仔细推究,还是划为悲剧妥当些。该剧

---

① 王骥德《曲律》,《中国古典戏曲论著集成》(四),中国戏剧出版社1959年版,第152页。

主要展示了"苦主"王大嫂的苦情苦态,也展示了作为恶势力代表的赵脖揪父子两代变本加厉地欺凌王大嫂的严酷性和连续性。王大嫂由典身到卖身,由弃子到濒临自绝,都表明了恶势力步步紧逼,意欲置之死地的一贯性。李从珂被李嗣源收养后,虽然身为公子,但他在五侯宴上的思母之悲,改变了锦衣玉食、满堂欢庆的气氛。当他出现在母亲面前时,也正是王大嫂绝处逢生之际:与其曰喜,不若言悲,更能以状母子生死相系的感情。

二、商韬悲剧九种的肯定与否定

反复勘定商韬先生所新增出的九本悲剧,可以看到除《货郎担》外,其他八本成为悲剧的理由尚不够充分。

《货郎担》中的悲境创造,十分妥贴、浓郁。李彦和讨妓女作妾,气死了妻子,旋又遭暗算,这些都是情理之中的悲。当他数年后路遇已沦为说唱艺人的奶娘时,满心中勾起了苦咸酸辣;当他与奶娘偶然被传唤到小千户庭中,饰演当年情事时所流露出的苦情真感,这些都是意料之外的悲。痛定思痛,其痛何如!以后的清代悲剧《长生殿》套用这里的【九转货郎儿】转述当日情事,《桃花扇》中的郑妥娘巧遇故人,勾起满腹闲愁,都是于此脱化而出的。所以李彦和与小千户的父子重逢之喜,反而益添其悲怆意绪。地方戏曲中有很多场面,即令是王金龙审苏三,也莫不与《货郎担》中的悲剧情境及其结构形式有着相鉴相承的关系。

另外八本戏便较难构成悲剧。例如《抱妆盒》,商韬以为该剧相似于《赵氏孤儿》,但不如其壮烈深刻,却还是把该剧与《赵氏孤儿》并列为"歌颂忠臣义士悲壮牺牲的悲剧"。其实《抱妆盒》全剧以刘皇后觊觎刘美人得子、欲置太子于死地为主线;刘皇后的阴谋行动既缺乏强度,也没有为虎作伥的羽翼。这就注定了寇承御、陈琳将太子从妆盒中抱出,八大王救助太子的必然胜利。也正因为此,八大王认为养护太子是义不容辞的责任,无须惧怕刘皇后。刘皇后的最大本领,也只是在太子复宫、自己阴谋败露之际的打杀宫女寇承御。因此从总体上看,悲剧情绪尚酿造得不够充分,悲剧冲突亦设置得缺乏强度。

再如《后庭花》中全部血淋淋的死人场景,都只不过是为包公的神断和智谋准备好铺垫,其重点在说明清官的圣明上。至于之前的悲境,只是在作为一系列较具偶然性的凶杀事件中所呈现的。虽然我们可以说,从上到下的草菅人命,是元代悲剧现实的反映,但剧情本身却缺乏悲的必然性。因此,该剧可以当成推理公案剧来看,包公可以视成是中国古代的超级神探福尔摩斯,后世据以改编的《狸猫换太子》特别具备起承转合的可观赏性;但全剧从总体性的悲剧氛围上来看还是有所欠缺,依然很难当成悲剧来吟诵品味。

第三节　元杂剧悲剧的呈现方式

一、悲剧"内结构"的交织呈现

如果说,从总的方面来看剧本氛围的悲的特征,以此作为鉴别悲剧的最高原则,尚且难于把握、厘定的话,那么就有必要与一般悲剧的呈现方式和深层结构组合起来予以认定。

大体言,悲剧冲突的基本方面,主要从超前与滞后、动机与效果、物质与精神三方面的根本矛盾及其纠结上充分地显示出来。这三者也可看成是多数悲剧或多或少所必具的内结构。

超前与滞后,是指超越一定历史条件的思想行为,或者落后于历史条件的变化发展所带来的悲剧。超前即历史的必然要求与这个要求实际上暂时不可能实现,滞后是落后于历史的必然要求与可能实现的现实性。

例如《贬黄州》这出悲剧,极好地体现出超前与滞后的悲剧性内结构。王安石行新法的时期,苏轼属保守派之列;新法废弃的时期,苏轼反而又为新法唱赞歌。该超前时,苏轼滞后;该滞后时,他又超前,这就形成了苏轼终身坎坷于仕途之中的悲剧经历。苏轼上疏,反对王安石青苗法,被神宗先欲"处之死地",后被贬谪黄州。

苏轼在黄州蒙难时,马正卿具超前意识,优待这位落魄贬谪的才子;杨太守则看不到苏轼再会发达的生机,十分冷落轻慢于他。等到苏轼复为翰林学士时,马正卿受到褒奖,杨太守则不甚得意,所以苏轼向神宗告白曰:"如今世情皆如此,炎凉趋避,亦时势之自然。"认为识时务与赶风潮的趋向,不仅是杨太守一人,而是整个世风人情的表露。

全剧在超前滞后的内结构制约下,先写苏轼上谏,几被斩刑之悲;次写他在贬谪路上的热血感怀之苦,三叙黄州蛰居时的生计糊口之愁。最妙的是在宣回朝中,官复原职之时,苏轼竟发出"感谢圣恩,但臣旷久,不能供职,不愿为官也"的挂职归山宣言。以他的名声之大,坎坷之多,这比陶潜不愿为五斗米折腰的举动更为大胆直接而有犯上之嫌,当然也隐含着更深的悲怆不平。所以说《贬黄州》是没有流血牺牲的文人悲剧。

从动机与效果的内结构上看,《贬黄州》也显示了苏轼被贬的逻辑必然性。超前以行,冒死以谏,一般言,成功的可能小,失败的可能更大。苏轼为"四海怨望"而请命,不从天子喜尚来揣摩,势必造成发配异地的后果。

马致远的《青衫泪》,更多地显示出了物质与精神的悲剧内结构。郑振铎的《论元人所写商人、士子、妓女间的三角恋爱》,列出了这样的行动公式:一、商人的被斥责;二、商人们的初奏凯歌;三、士子们的团圆梦。即在三者的关系中,商人总是在事实上获胜利,读书人只得在文字上、在剧场中获得精神上的胜利。士子们没有雄厚的经济基础,光靠才学文章是战胜不了茶客盐商们寻花问柳的实力的。

比方《青衫泪》中,白居易与裴兴奴相约互不辜负。白被贬离京后,裴本不想留客,但却被茶商和鸨母以白郎将亡的假讯相诳,终于嫁给了有"三千引细茶"的江西茶商。后来白居易与裴兴奴的琵琶相遇,双双潜逃,显示出精神对物质的超越。全剧叙白、裴二人在两情缱绻中被迫分离,在苦恋中一被逼嫁,一被贬谪;即使到了金銮殿上,裴兴奴也要向皇帝大诉身世遭遇之苦痛,形成了悲剧的整体氛围。所以本书从周贻白说,把他所云的全剧系以裴兴奴的悲剧境遇为重点,再进而归纳成一部悲剧。酿成悲剧的原因当然有政治因素在,但倘若白居易有充足财力赎出兴奴,同赴江州,则悲剧也就不会酿成了。

要之,以真善美的全面退守和人生情况的大不幸作为衡量悲剧性的前提,从整体上把握悲的程度作为判别悲剧的原则,以超前与滞后、动机与效果、物质与精神来认识悲的表现,是把握悲剧内结构的大致途径。尽管悲剧形态千差万别,但只要把以上三方面结合起来作为辨别的纲目网路,那么真正的悲剧决不会成为漏网之鱼。

二、元悲剧的多重分类与整体意义

可以依据不同的参照系,对元杂剧悲剧进行多重分类。

按照悲剧的题材类型言,可分为历史悲剧、社会悲剧或公案悲剧。历史悲剧,主要以历史上的悲剧英雄人物和悲剧事件作为物件,也包括一些历史传说在内。社会悲剧,一般是相对历史悲剧言,主要以现实社会生活中发生的悲剧性人事作为反映物件,多以公堂审理作结,所以又称公案悲剧。大抵以杀人放毒等极端事件为题材,而判案官员一般由宋代的包文拯和金代的王修然、元代的张鼎和李圭等人担任。

历史悲剧计有《双赴梦》、《哭存孝》、《五侯宴》、《梧桐雨》、《汉宫秋》、《荐福碑》、《青衫泪》、《赵氏孤儿》、《贬黄州》、《火烧介子推》、《东窗事犯》、《霍光鬼谏》、《豫让吞炭》、《孟良盗骨》等诸本。

社会悲剧(公案悲剧)计有《窦娥冤》、《鲁斋郎》、《潇湘雨》、《张千替杀妻》、《货郎担》、《硃砂担》、《冯玉兰》、《生金阁》、《魔合罗》、《灰阑记》、《盆儿鬼》等诸本。

按照悲剧的冲突方式分,可分为性格悲剧、过失悲剧、阴谋悲剧和命运悲剧。性格悲剧,多由主观意志的强悍与客观环境的尖锐对立、势难共存引起。过失悲剧,乃是由于极其偶然的过失和错误所酿成的悲剧后果。阴谋悲剧是经黑暗势力的蓄意策划,对正常生活的扼杀所引起的。命运悲剧,主要体现超人力的灾难必然性,通过偶然出现的恶人,实现对主人公生命意志不可逆转的摧毁。

性格悲剧计有《窦娥冤》、《贬黄州》、《火烧介子推》、《东窗事犯》、《霍光鬼谏》、《豫让吞炭》、《孟良盗骨》、《张千替杀妻》等诸本。

过失悲剧计有《梧桐雨》、《汉宫秋》、《双赴梦》等三本。

阴谋悲剧计有《哭存孝》、《五侯宴》、《青衫泪》、《赵氏孤儿》、《潇湘雨》、《鲁斋郎》、《灰阑记》等数本。

命运悲剧计有《荐福碑》、《货郎担》、《碌砂担》、《生金阁》、《魔合罗》、《冯玉兰》、《盆儿鬼》等诸本。

依据悲剧的结构过程分,可分为一悲到底型、亦悲亦喜型和团圆收束型。一悲到底型只有《双赴梦》、《梧桐雨》、《汉宫秋》、《张千替杀妻》、《火烧介子推》、《霍光鬼谏》、《豫让吞炭》等七种,遗恨、愤懑和毁灭贯彻到了剧情终点。

亦悲亦喜型指主人公虽遭毁灭,但其意志仍以现实或超现实的方式得到了复仇明冤等一定程度上的补偿,所以令人悲欣交集。计有《窦娥冤》、《哭存孝》、《生金阁》、《赵氏孤儿》、《东窗事犯》、《孟良盗骨》、《碌砂担》、《盆儿鬼》、《魔合罗》等九种。

团圆收束型指悲剧结局中出现的不同程度的团圆之趣,如《鲁斋郎》、《五侯宴》、《灰阑记》、《荐福碑》、《青衫泪》、《潇湘雨》、《贬黄州》、《货郎担》、《冯玉兰》等数种。

还可能有多种分类。例如按悲剧人物的类型,可分为英雄悲剧、帝王悲剧、文士悲剧、市民悲剧以及农民悲剧等项;按风格类型分,可得出豪壮、悲哀、凄婉、恐怖等项……分类的参照系没有穷尽,分类后的重新排比也没有穷尽。但适度的明确分类,却可使读者能大概了解某一方面的情况,这便是为元杂剧悲剧进行某些分类的意义所在。也正因为分类总是基于某一方面的理由,所以剧目的交叉、骑墙的情况也在所不免,这便是由分类本身的片面性和局限性所决定的。

作为世界上成熟的戏剧样式之一,作为中国戏剧文化史上的瑰宝,元杂剧至少在文化意义上,具备三方面的持久魅力:

第一,元人罗宗信在《中原音韵·序》中,首创"唐诗、宋词、大元乐府"[①]的论题,强调了一代有一代之代表性的文化艺术,而元代当以元杂剧作为其代表性文化的先河。从此,明清人就汉赋、唐诗、宋词、元曲等门类分别作为一代文化的代表,从历史、文体与艺术样式的迁延更替,来看中国文化发展轨迹的宏观走向。

第二,元杂剧的"本色"、当行之美,成为明清曲家讨论戏剧审美特征的经久不衰的热门话题。

第三,1912 年,王国维在《宋元戏曲考》中,关于"元则有悲剧在其中"[②]的命题与论证,成为迄今为止戏剧史家最感兴趣的研究课题之一。元杂剧中的英雄悲剧、命运悲剧和女性悲剧,作为这一时期的悲剧主题声部,解脱不开前代徽、钦二帝被掳的屈辱,以及抗金、抗元事业全面崩溃,陆秀夫负帝蹈海的亡国苦痛。而当时社会的黑暗政

---

① 罗宗信《中原音韵·序》,《中国古典戏曲论著集成》(一),中国戏剧出版社 1959 年版,第 177 页。
② 王国维《宋元戏曲考》,《王国维学术经典集》,江西人民出版社 1996 年版,第 281 页。

治,元蒙入主的种族压迫,久废不行的科举之阶,尽皆积成悲剧作家们心中的块垒和精神的负担。所以元杂剧中的所有不同题材的悲剧,都在极大程度上体现了对现实不公、对命运不平的不满和反抗。

元杂剧的三大魅力,分别涉及到它与中国文化史的承继关系,与文学艺术一般特征的差异关系,与世界悲剧发展史的平行关系。当然其中最为动人的魅力,还在于对其悲剧品性的认定。庄重的悲剧家们以史诗之笔,经世之才,上穷碧落下黄泉,前引故典后证今,创造出了一部部有声有色、可悲可愤的绝好悲剧。这些悲剧不仅仅是历史精神的承载体,而且还是时代交响曲中一个沉郁的声部;它们不仅仅是一些艺术成果,同时也构成了历史本身。

这里,我们先对元杂剧中的悲剧名目予以初步认定,接下来对其不同的悲剧品类与相应的特色予以体认和品鉴,从悲剧审美的大范畴来端详元杂剧的歌声舞容、刀光剑影和种种奇冤惨案。

从英雄悲剧、命运悲剧和女性悲剧等不同层面,可以具体领略到许多触目惊心、感人至深的悲剧大观。

第十一章
英雄悲剧、命运悲剧与帝王悲剧

元杂剧中的悲剧，呈现出较为明显的性别特征。从整体来看较多地属于男性群体的悲剧中，大致可以分出英雄悲剧、命运悲剧和帝王悲剧三大类别来。

英雄悲剧的崇高感，体现在"知其不可而为之"（《论语·宪问》）的忠烈壮举上；命运悲剧的笼罩感，呈现于"是祸躲不脱"的天罗地网与邪恶势力的预先设定上；而帝王悲剧的凄凉，则表现在贵为九五之尊的皇上们，所谓"君王掩面救不得"（《长恨歌》）的无奈和惆怅上，这也是命运悲剧在最高等级上的周延和回旋。

第一节　英雄悲剧的悲壮崇高

一、宋元易代的悲剧现实

12世纪初叶到13世纪末叶，中国大地的政治舞台上，风波迭起，主角多变。

北宋政权曾与契丹贵族建立的辽国进行过多次拉锯大战。但鹬蚌相争，渔翁得利，两国拉锯的最后结局，却是由第三方女真族建立的金国于1125年俘获了辽天祚帝。从此辽灭金盛，金人便开始了对宋室的大举进犯。仅仅两年后，金人复又故伎重演，俘获了宋朝的徽、钦二帝，北宋旋被颠覆。

由高宗赵构在临安建立的南宋，与金人展开了虽日持久而成效甚微的战斗，以岳飞为代表的主战派遭到迫害。正当南宋政府惶惑无主的时候，同样是作为第三方力量的蒙古骑兵，先后在成吉思汗和窝阔台等大帅的率领下，与南宋相约，夹攻金兵，并于1234年灭金。

1271年，忽必烈定国号为元，蒙古族正式建立了大元帝国。南宋重新面临着风雨飘摇的局势。

数年之中,以大元帅伯颜为主体的十万元军,千艘战船,雄赳赳、气昂昂地沿江而下,占襄、樊,屠沙洋,下鄂州,血洗扬州,直逼临安。宋度宗惊恐而死,恭帝进表称降。端宗请降不得,仓皇奔逃于福建沿海。元军海陆并追,端宗命亡硇洲,就连继位方八月的昺帝也溺死于崖山海国。可怜四位堂堂的大宋天子,俱各死于非命。

1279年,南宋覆亡。

元朝以蒙古族统治中国,长达90年之久。其间,人分蒙古人、色目人、汉人、南人四等,职业列"一官二吏、三僧四道、五医六工、七猎八民、九儒十丐"十类①。种族和职业的双重不平等,压得汉族知识分子喘不过气来。

自隋以来,知识分子的唯一进身之阶是科举考试。但元代的科举考试极为少见而且极不正常,从仁宗延祐(1315)乙卯首次会试,至惠宗元统元年(1333)癸酉科会试,一共举行过七次。停考数年之后,又于至正二年(1342)到至正二十六年先后举行过九次。三年一考,十六次科举考试横跨48年。而且这些科考还极不正规,极不平等,带有强烈的族别欺侮和压迫色彩。蒙、色、汉、南四等人分开考试,即使学位相等,官位也是蒙古人高色目人一级,色目人高汉、南人一级。汉人在科举历史上,第一次最为深切具体地感受到了异族人主的屈辱和种族歧视的痛苦。

在悲剧现实中呻吟和挣扎的人们,不能不思念、不得不仰慕那些为了延续易代悲剧的发生而以身殉宋的悲剧英雄们。元兵覆宋时,大将张世杰沉江而死,陆秀夫负帝蹈海而亡;南安人李梓举家自焚,县人从死者甚众。宋丞相文天祥,更以他的文才武功和浩然正气,为汉人树立了"人生自古谁无死,留取丹心照汗青"的悲壮风范。

以亡国奴的屈辱和痛楚作为悲剧精神,以宋末爱国英雄的献身行动作为悲剧原型,以历史上可歌可泣的忠臣良将作为悲剧素材,以阳刚之气、正义之光作为悲剧主题,元代艺术家们推出一台台慷慨豪壮的英雄悲剧。

二、悲剧情势的严酷性和悲剧英雄的正义性

元剧作家所能推出的与当时最为靠近的悲剧英雄,只能是《东窗事犯》②中的岳飞了。岳飞所面临着的严峻国势,是徽、钦二帝的被扣金邦;高宗南渡金陵后,又遭金兵的追剿。在国势飘摇之际,岳飞统兵在朱仙镇迎击金兀术,却被十三道金牌连连催归。进攻,将面临背君独行的尴尬局面;退兵,将坐失迎战良机,加深亡国危机。岳飞班师的悲剧性不仅仅表现在为秦桧所暗算,更表现在岳飞还在天真地自我安慰与自我欺骗,以为"多敢是圣明君犒赏特宣赐",还打算在受赏添军之后再返战场,重展宏图。

---

① 南宋遗民谢枋得(1226—1289)《叠山集·送方伯载归三山序》:"滑稽之雄,以儒为戏曰:我大元典制,人有十等,一官二吏……先之者贵之也;七匠八倡九儒十丐,后之者贱之也。吾人岂在倡之下丐之上者乎?"郑所南《心史》:"鞑法:一官、二吏、三僧、四道、五医、六工、七猎、八民、九儒、十丐,各有所统辖。"

② 孔文卿《东窗事犯》,隋树森《元曲选外编》,中华书局1959年版,第405—415页。

等到岳飞带枷跪足,"有秦桧将某送下大理寺问罪"时,他才明白自己一是遭了奸臣的毒手,二是皇帝信任奸臣、亏损忠良,即使苟且偷安,也"太平不用旧将军"。处境愈是严酷,岳飞越要辩明自己的正义:"既是我谋反,哪里积草屯粮,谁见来?"他以军事家最为基本的事实逻辑,来证明自己的忠诚。最为可贵的是,岳飞终于把正义与人民的意愿联系在一起,把民族意志看得高于君王意志:"我不合扶立一人为帝,教万民失望!"这里他已经看到了自己最大的悲剧根源,在于忠君的行为胜过了百姓的利益。

另一本英雄悲剧《火烧介子推》①,也体现出情势的严酷性与人物的正义性之间的高度统一。当着晋献公欲加害太子申生、重耳时,"朝中宰辅,缄口无言,没一个敢谏"。介子推却敢于挺身而出,反复陈说纣王无道的史实,希望献公不要重蹈历史的覆辙。当着劝谏不成时,介子推竟以"天下有道则见,无道则隐"的正义原则为依据,毅然辞官隐居。当着申生自刎,重耳逃亡时,介林毅然以头代缴,介子推慷慨割股以奉太子。在最为严峻艰难的环境下,介家一门依然以坚守意志、维护正义为乐事。

时过境迁,时事变异。一旦重耳为君,遗忘功臣时,介子推便背着老母,归隐绵山。重耳想出了放火烧山的野蛮办法,一心要赶介子推出山;介子推则对这种有失忠厚的做法大为反感,拒不向重耳妥协,更何谈与其合作?他宁愿与老母一起,被烧死在黄桷树下。在介子推的心目中,正义性一向是高于君王,他不会为任何严酷的生死情势所左右。恰恰是在最为艰难的悲剧氛围中,介子推充分地体现了对正义原则的誓死捍卫。

悲剧英雄的正义感,可以以民族、国家的崇高使命感作为前提,也可能与捍卫上述代表所谓正统的宋高宗、晋文公等君王的根本利益有联系,还可能仅仅出自于对一家一姓坚定不移的主仆式忠诚。与前者相关的还有《霍光鬼谏》②一剧,霍光以自身的威望与是非选择,毅然废掉无道的昌邑王,另立宣帝,树立正义之道;而《豫让吞炭》③的正义性,则完全是体现在对旧主的忠诚不变上。所以赵无恤几次三番非但不杀他,反而还想重用他,其目的便是想把豫让对旧主的忠诚转移到自己的身上,使之在为自己的效忠中,体现出其一贯坚守的哪怕有失于狭隘的正义性和忠诚度。

"春秋无义战",诸侯的胜负本来是无所谓的利益争斗。然而类比到宋元矛盾上,则有了国家与国家、民族与民族之间所产生的进攻与被占领的宏大正义感。在这种严峻的局面中,文天祥对一家一姓的效忠,实际上是对大宋河山与汉族人民的效忠。亡国之君,可以是无能的,柔弱的,缺乏阳刚气质,令人扼腕叹息的;而为宋代亡国之君而浴血奋战,而蹈海献身的忠臣良将们,则是为了民族正义而作出的有价值、有气节、有

---

① 狄君厚《火烧介子推》,隋树森《元曲选外编》,中华书局1959年版,第394—404页。
② 杨梓《霍光鬼谏》,同上,第581—589页。
③ 杨梓《豫让吞炭》,同上,第590—603页。

品位的巨大牺牲。所以即令是对家臣豫让的歌颂,也未尝不是对宋末爱国英雄们正义斗争的赞美、景仰和缅怀。

三、悲剧精神的崇高性和彻底性

为正义而献身的牺牲行为,昭示出崇高的悲剧精神。豫让是认为主公智伯,在两方面违背了正义精神:"上不尊周朝皇帝",且又"平白地要把邻邦困",因此几次三番,冒死以谏。若非同僚相救,他早就成了智伯的刀下之鬼。他宁愿"血淋淋尸横刀自刎",是希望能用自己的头颅,挡住晋国侵略别邦的不义车马。但当智伯欺人太甚,反而招致赵、韩、魏三家的围攻致死时,豫让的心里却泛起了最为复杂的悲剧波澜:他既认为"主公贪疆土,自是伤风化",兴无义之师,死于意料之中;又认为晋君被弑,这又是赵国欺人太甚的表现,也是侵略晋国、亡我国人的先兆。

作为忠诚的人臣,作为理智清楚、正义感强烈的政治家,豫让的正义行动,必然体现在为一位哪怕有失正义的君王复仇的过程中;即使谋杀不成,也要在剁碎赵君一件衣衫的象征性复仇之时,同时获得精神上的胜利。之后,他才会了无遗憾而又不乏悲壮地饮剑自尽。他的正义精神的悲剧性呈现,在客观上表明了晋国人民不可欺侮的意志,以及庄严浩大的正义精神。因此,国君可以是有失正义的,而豫让的反复苦谏和复仇意向,则无疑是正义而崇高的。这种臣比君正义、下比上崇高的悲剧形象比照,暗示了南宋遗民们对皇上举表称降的不满,但却更加衬托出为国尽忠的大宋将领们之悲剧精神的崇高性和正义性。元剧家对历史原型的艺术比照,反映了亡国之痛在遗民心中的复杂回旋。楚虽三户,亡秦必楚。只有悲剧英雄们的崇高献身,才是使亡国痛楚暂时有所缓解的心理安慰、正义之声和理想之光。

如果说,豫让的崇高感无可置疑,而正义性的表露却过于曲折繁复的话,那么《赵氏孤儿》①则把悲剧精神的正义、崇高和彻底,化为黄钟大吕之声,血泊新生之象,强烈地刺激和震撼着人们的感官和心灵。

屠岸贾将忠臣"赵盾三百口满门良贱,诛尽杀绝",这是第一重不义;为了搜寻、迫害一个小小的赵氏遗孤,他竟要"把晋国内但是半岁之下、一月之上新添的小厮,都与我拘刷将来,见一个剁三剑,其中必有赵氏孤儿!"这是第二重不义。

为了伸张正义,保留赵家血脉,拯救天下婴儿,悲剧英雄们前仆后继,死得何等慷慨、何等壮烈,何等悲惨!韩厥将军为孤儿自刎身亡,公孙杵臼为孤儿撞阶身亡,草泽医生程婴忍心把自己的亲生孩儿假冒赵氏孤儿,眼睁睁看着程家骨血被屠岸贾剁做三段。为了维护正义、正统和正宗,"凭着赵家枝叶千年永,晋国山河百二雄",英雄们以"有恩不报怎相逢,见义不为非为勇"的崇高正义感,用一道道血肉之躯,重新构建成

---

① 纪君祥《赵氏孤儿》,臧晋叔《元曲选》,文学古籍刊行社1955年版,第1476—1498页。

卫护赵家遗孤的坚强屏障。血泊刀剑中孤儿的崛起长成，也就意味着屠岸贾死期的临近。以赵氏孤儿的复仇段子，来为三百多年的赵宋王朝唱一曲悲壮的挽歌，织一出绚丽的"恢复"之梦，这种以悲剧艺术作为媒介的历史原型的对比和推理，十分大胆、直接而激越。

当着亡国悲剧已成定局的时候，痛定思痛，人们最痛恨那些直接加速亡国过程的奸臣。这种痛恨最为自然地发呈于英雄们身上，使得悲剧精神愈具备崇高感和彻底性。《西蜀梦》中的关羽、张飞，在被叛徒出卖、身亡神游之后，还要托梦于先主，"活拿住糜芳并糜竺，阆州里张达槛车内囚，杵尖上排定四颗头，腔子内血向成都闹市里流"，他们认为对叛徒的坚决惩治，便是对皇兄刘备最大的忠诚，也是对自己最好的祭奠。

同样，岳元帅尽管是在宋帝纵容下死于秦桧之手，但精忠报国之心依然至死不移。他魂谏高宗，揭露奸臣"秦桧没功劳请俸禄，干吃了堂食御酒，他待将咱宋室江山一笔勾，好金帛和大金家结勾"的狼子野心，体现出没有任何自家功利感可言的无私无畏的高风亮节。

汉代的资深老臣霍光，易无道之君为有道之君，末了却被献妹固宠、意欲谋反的两个逆子活活气杀。临死时他嘱咐女儿尽心辅佐君王：

教官里纳士招贤，休教他迷花恋酒，恐怕贼子将忠臣谮，你索款慢去君王行奏。你只学立齐邦无盐女，休学那乱刘朝吕太后！①

这太易使敏感的宋朝遗老遗少们，联想到 1276 年，垂帘听政的太皇太后谢氏与宋恭帝，向元侵略军上表请降的屈辱现实。老臣霍光的巨眼，既能看到吕太后乱刘的史实之可鉴，也势必能烛照谢太后叛赵的后事之可哀。然而他最为崇高的悲剧境界，还在于把常人的临终托孤，置换成了要汉皇诛灭霍山、霍禹两个逆子的强烈请求。他的忠臣境界的最后闪光，还表现在魂谏汉皇的过程中，向主上紧急示警："陛下，霍山、霍禹造反，明日请我主赴私宅，以击金钟为号……"与汉皇设计牢靠，好去顺利地捉拿自己的亲生儿子。等到两子被诛，天下平定时，霍光鬼魂这才唱出了最为悲壮的抒情诗：

灭九族诛戮了髻髡，斩全家抄估了事产。可怜见二十年公干，墓顶上滟滟土未干！这的是承明殿霍光鬼谏。

霍光辅佐、拥立了几代汉皇，但灭绝霍光几代的正是他所拥立的汉皇；霍光辛苦哺

---

① 杨梓《霍光鬼谏》，隋树森《元曲选外编》，中华书局 1959 年版，第 586—588 页。

育两个儿子长大,但设计杀坏儿子的也正是作为父亲的霍光。二十年在汉朝拥有赫赫威势的是他霍家;而死之后坟土未干,即遭满门抄斩噩运的也是他霍家。父子情深,霍光不忍报反;大义灭亲,霍光不得不报!悲剧心理的极度矛盾,造成了悲剧境界的极为崇高;悲剧行动的极为彻底,形成了悲剧人格的极为强悍且无比雄壮!

悲剧虽已成就,浩气千古长存。

元剧家们特别钟爱英雄悲剧,特别爱写在周代、赵晋、刘汉、李唐背景下的英雄悲剧,特别爱写这些代表着中国正统精神的王朝悲剧。可以说,所有这些经过渲染变形了的历史悲剧,都是赵宋覆亡之历史原型的比照和变奏;所有这些为维护正统而壮烈献身的悲剧英雄,都是宋代民族英雄的变形易貌。调性可以变奏,悲剧主题不变;形貌可以改换,悲剧精神不易。在对悲剧英雄精神的正义性、崇高性和彻底性的尽情讴歌中,不是蕴藏了中华民族心中并未熄灭的希望之火,不是曲折呈现了元代人民试图反抗悲剧现实的巨大力量吗?

时代在缅怀历史英雄的慷慨悲歌中,殷切地期待和呼唤着新时期内反抗悲剧现实的当代英雄。但是,随着无所不在、无处不达的悲剧命运的整体笼罩与惨淡播弄,又有谁能够先知先觉、逃避开去呢?

第二节 命运悲剧的惆怅凄凉

一、命运悲剧的必然归属

以身殉国、血漫山海的忠臣良将们,没有能够阻挡大元王朝的历史车轮。抚今思昔,秦汉上下那些叱奸骂谗的烈士,没有能够摆脱噩运的必然贯彻与具体实践。

黄钟大吕,尽是悲怆之声;急管繁弦,多作山阳之哭;急叙慢唱,实乃凄楚之音。不说阳刚之气力透史册,遑论慷慨之歌响彻舞台,且看英雄之志弥漫天地!

然而当时的世界,并非能容长存的浩气。彼时的人们,不得不无奈地接受命运的安排。

天地六合之内,湛湛青史之中,更多的是正气遭到压制、好人反被诬杀的命运悲剧。正如窦娥所唱之曲:"为善的受贫穷更命短,造恶的享富贵更寿延。天地也做得个怕硬欺软,却原来也这般顺水推船。"是非颠倒,贤愚错置,神鬼也只能欺负好人,这正是命运的极端不公和难以抗拒。元剧家们不得不反复端详背时的厄运,体会其所导致、生成的命运悲剧之惆怅凄凉。

由《碌砂担》、《盆儿鬼》、《生金阁》、《魔合罗》等剧目,构成了一般下层平民等草根阶层的命运悲剧。

以《荐福碑》、《青衫泪》、《陈仓路》等作为代表剧目,揭示出知识分子的命运悲剧。

在《汉宫秋》、《梧桐雨》乃至《双赴梦》、《孟良盗骨》等剧中,同样也反映出帝王之家的命运悲剧。

所有的命运悲剧都回旋着这样的题旨:人意虽欲佳,天命实难违,噩运压顶,那是不可阻挡、无法回避的必然结局。也有人试图扭转天命,躲开噩运,另辟蹊径,再循光明,但往往都在徒劳而夸张的行动中,反而更加速了悲剧的进程,催化了苦境的情调,导致了千古的遗恨。

尽管一逃再逃、再三躲避、反复退让,仍然解脱不了人生的失败,还是面临生命个体的灭亡。整体的凄凉,无边的惆怅,莫名的感伤,事出有因的悲愤,始终不瞑的灵魂,这都构成了命运悲剧的最终基调。社会生活中的悲剧现实,决定了元剧家们讴歌悲剧英雄、揭示悲剧命运的一些基本思路。

二、命运悲剧的必然性与现实性

百日血光之灾,百日血光之灾;百日血光之灾!

河南市民王文用仓促告警,蒲州农民郭成急切呼救,绒线老板李德昌抖抖索索,小商贩杨从善战战兢兢。一局卜卦,便预示了行将来临的巨大灾难。然而凶卦的预言,却显得何其广泛、何等频繁而又如此凶悍。面对着命运张开的血腥大口,人们只得纷纷落败,不惜到千里之外去躲避祸灾。

《碌砂担》[①]中的王文用,急急忙忙告别了老父娇妻,远避南昌,顺便做了些贩卖生意。夜宿客店,他梦见妖精图财害命,惊醒时正值半夜鸡叫。不敢恋床,王文用连夜转移到十字铺酒店,受用些酒肴压惊。他千不该、万不该,不合道出"三点酒入地,愿好人相逢,恶人远避"的下酒辞。一旁的恶人强盗白正闻言,顿时性起,拍桌大嚷:"兀那村弟子孩儿,那恶人恼着你什么来?"

从此强盗便紧随着王文用,连睡觉都枕着王的腿,怕他脱逃。王文用也聪明,借拉肚子为由头,趁黑出奔,又逃到黑石头店。哪知强盗又遁踪追到黑石头店。王文用翻墙而逃,偏遇倾盆大雨,只好躲到东岳庙去暂避,终于被强盗所追杀。一前一后,一逃一追,构成了极为惊险紧张的戏剧场面。好人越要避祸,越要招致恶人赶杀。逃难者的紧迫感,与追杀人的急切性同在共生。天降淫雨,神居东岳,都在客观上充当了强盗杀人的帮凶和背景,这体现出天地神鬼与恶势力联合起来,肆意迫害忠良无辜的命运必然性。白正作为命运的前台打手,还进而溺杀王父、强占王妻。这也沉重地表明:命运才是恶势力的后台庇护人,恶势力只是命运的具体执行者。

躲脱不是祸,是祸躲不脱。《魔合罗》[②]中的绒线铺主李德昌远出避祸,岂知真正

---

① 纪君祥《碌砂担》,臧晋叔《元曲选》,文学古籍刊行社1955年版,第386—403页。
② 孟汉卿《魔合罗》,同上,第1368—1388页。

的祸端乃在自己家中。他的外出,正好为其弟赛卢医,提供了调戏乃嫂的机会。比及李德昌回来,淋雨致病,暂栖在古庙之中,却被闻讯而来的赛卢医用药毒死,并诬陷是其嫂所为,因要霸嫂为妻。元代社会的黑暗所在,正在于孳生和保护了像赛卢医、张驴儿这些流氓恶棍和衙内打手,这使得普通人的悲剧命运具备了必然的现实性。

另一本悲剧《盆儿鬼》①,极力铺叙杨德用遇害后化为盆儿鬼,叮叮当当地告状申冤,终于在阳间的法场上,看到了恶人灭亡的结局。这也清楚地表明,杨德用只有在命运令其丧生的必然性实现之后,才有可能在冥间申冤,作鬼魂报仇。大家知道,这也实在只是剧作家善良的构想,百姓们美好的愿望,舞台上圆满的演出而已。

三、书生们的自投罗网

如果说市民、商人们尚欲四处躲藏以逃避噩运的话,那么书生们却往往在傻乎乎地去寻求命运的必然性,加快导致灾祸施行的现实性。《生金阁》②中的秀才郭成与娇妻李幼奴,带上了家传宝贝生金阁,前往东京赶考兼避祸。但郭成最大的愿望,是到帝都"博得一官半职,改换家门",以偿还拼死读书的万般辛苦。

然而他又具备极大的投机性,妄想撇开科考这条正规的窄路,靠向权贵献宝以博得一官半职。及至在酒店中见到威风赫赫的庞衙内,郭成马上对衙内所佩的金牌铜虎、玉带银鱼十分艳羡,遂与妻子商议:"大嫂,我想那壁是个大人的动静。我将这宝物献与他咱,愁什么不得官做?"他不顾妻子的反对,执意奉上生金阁,并讲述了自己饱读诗书不得做官的苦闷。当他得到衙内许他做官的信口虚应后,竟然非要娇妻亲身上前去谢恩。这一谢恩不打紧,最后只能得到妻遭淫威被害命、己未得官反铡头的"晋身功果"。

该怎样评价这位忒过聪明、贻害自家的书呆子呢?

实在也怨不得他呆。人性的异化与人格的卑微,正是社会现实的扭曲与压迫所至。仅从庞衙内的凛凛威风与赫赫权势,便可知元季中官本位的至高无上,而仕宦世袭制又远胜于学文习武的晋身之道。正如庞衙内自道:"我是权势豪要之家,累代簪缨之子。我嫌官小不做,马瘦不骑。打死人不偿命……平生一世,我两个眼里,再见不得这穷秀才。我若是在那街市上摆着头踏,倘有秀才冲着我的马头,一顿就打死了!"

看来这不仅是庞衙内杀人不偿命、尤爱打杀读书人的简单个案,更是蒙古贵族阶层对恢复起来的科考制度的有意抵制,是对依靠科考进身的少数汉人官员的高度蔑视。所以庞衙内对那些纷至沓来参加考试的穷秀才们,实在是眼不待见,拳脚相欺,打杀他们,"如同捏杀个苍蝇相似"。在这种黑暗现实下,即使郭成不自投罗网,庞衙内

---

① 无名氏《盆儿鬼》,臧晋叔《元曲选》,文学古籍刊行社1955年版,第1389—1409页。
② 武汉臣《生金阁》,同上,第1716—1736页。

也会主动找碴,寻衅滋事。民族压迫与贵族专制,乃是无数读书人科考悲剧的总根源。

假托宋事,实述元愤的《荐福碑》①,对读书人的悲剧作了沉痛的剖露:"这壁挡住贤路,那壁又挡住仕途。如今这越聪明越受聪明苦,越痴呆越享了痴呆福,越糊涂越有了糊涂福。则这有银的陶令不休官,无钱的子张学干禄。"传统箴言中关于书中有女、有粟、有车马的梦想,皆在元代给无情地打碎了。秀才张镐的慨叹,正是对那些还在蠢蠢欲动、意图仕进的读书人的当头棒喝。剧情谓张镐辛苦写成的万言长策,为他人所冒领得官;张镐反为得官者几欲谋害,这正是元代常见的情事。但该剧妙就妙在写张镐最终经范仲淹举荐,得了头名状元,这却是宋代才可能具备的历史环境。全剧以宋朝故事与当朝情势的化出化入,不露痕迹地表明了元代读书人的黯淡局面。

元剧中知识分子的命运悲剧,显示出读书人由慨叹山河易姓、壮士殉国、女性抗暴,进而逐步承认大元现实之合理;并在科考进身、效忠朝廷的治国梦中,历经坎坷而终于沉沦。郭成们想报效哪怕是异族统治之下的朝廷,但元蒙统治者却极度轻视并警惕着这些归附者们,权势豪要们时时准备着以各种方式来镇压这些有文化的汉人。

作为读书人群体中一部分的元剧家们,清楚地体察、精确地描绘了秀才们进身不得、反遭不测的命运悲剧,这是在自嘲、自悲、自怨和自悼中敲响的警世之钟。我想,这些以知识分子自身的命运悲剧作为题材来浓墨挥洒的悲剧家们,也许更多的是蘸着自己的血泪,试图去抹平其创痛巨深的情怀。

第三节 帝王悲剧的惆怅感与凄凉感

一、君王掩面救不得

命运,可恶的命运;命运,可怖的命运!

市民躲不开,商人挡不住,连最为清醒的读书人都反倒成了扑火的灯蛾。悲剧家们苦苦寻觅着:谁能主宰自己的命运呢?

他们终于请出了帝王们来挡驾。这是最为两全的进退之计。假若帝王家挡得住命运,则因为他们贵为天子;倘使贵为天子也挡不住命运,那么下层百姓乃至号称精神贵族的读书人们,在厄运当头时亦死而难怨。

且慢,别忘了元代是蒙古人主的天下,这种特殊的黑暗是历史上往往难于比拟的。聪明的白朴和马致远,分别请出了两位在异族纠纷中品鉴命运滋味的唐明皇和汉元帝。于是,正宗驾头戏开场了。

白朴的《梧桐雨》极写了命运对天子的挟持和凌逼。唐明皇在与杨贵妃的朝歌暮舞中,竟又把会跳胡旋舞的安禄山收为干儿,且演出了一段洗儿会"私事"。此事终于

---

① 马致远《荐福碑》,臧晋叔《元曲选》,文学古籍刊行社 1955 年版,第 577—595 页。

引起了国舅杨国忠的警觉,奏请皇帝遣派安禄山为渔阳节度使。

明皇与贵妃在长生殿乞巧盟誓,两下里正情浓意浓,"愿世世生生,共为夫妇,永不相离"之后,于御花园中赏玩秋色之时,好不识趣的渔阳鼙鼓却敲动起来,惊破了皇帝与贵妃的美梦。他们亲手培植下的祸害根芽终于结下了恶果,安禄山兵临城下,唐明皇仓皇逃窜。马嵬坡前,皇上不得不接受命运的安排,令妃子自缢以谢天下。想他李隆基,如何禁受得了这无力回天、生离死别的惨痛:

> 他是朵娇滴滴的海棠花,怎做得闹荒荒亡国祸根芽?再不将曲弯弯远山眉儿画,乱松松云鬓堆鸦。怎下的磣磕磕马蹄儿脸上踏,则将细袅袅咽喉掐,早把条长挽挽素白练安排下。他那里一身受死,我痛煞煞独力难加!①

大敌当前,杨贵妃确实怨不得唐明皇的绝情。噩运临头,唐天子的王位比皇妃的红颜贵重,唐王朝的命运比长生殿的盟誓金贵。就国势言,明皇无法挽救;就军情论,玄宗亦难于控制。杨李之间的爱情悲剧,体现出现实的严酷性。国将不国,君将不君,何暇去顾及帝妃间的儿女之情?

白朴冷静而客观地显露出一些促成命运悲剧的根芽:杨玉环惑主,唐玄宗纵祸,杨国舅专权,陈玄礼欺君……但在异族入主的元蒙天下里,人们还是会敏锐地感觉到民族压迫的现实,心底的阴云太浓太重。明宁献王朱权在《太和正音谱》中评"白仁甫之词,如鹏抟九霄";风骨磊块之中,"若大鹏之起北溟,奋翼凌乎九霄,有一举万里之志",这是对白朴敢于正视现实,在历史的客观比照中寄寓着对蒙元政权强烈不满的形象说明。《梧桐雨》的悲剧力度,正是元代人民的胸中血泪所层层叠叠地累积所酿成。

二、汉皇昭君两相思

在《太和正音谱》中排列榜首的马致远,于《汉宫秋》中,把这种对异族的不满,再引申到更深一层。大宋朝曾借用祖上联金抗辽的传统兵法联蒙抗金,结束了宋金南北对峙一百年多的局面(1127—1234);但却前门拒虎,后门进狼,致使元蒙军队自西而东,由北而南地轻取了南宋天下。胡人可怨,但胡人不尽:安禄山之后有金兀术,金国亡了有元蒙。

于是,马致远把春秋长鞭,直指到中华民族的败类,鞭笞在内奸、叛徒如毛延寿等人身上。绝代佳人王昭君之不得见,是毛延寿点破美人图之故;"如今北番呼韩单于差一使臣前来,说毛延寿将美人图献与他,索要昭君娘娘和番,以息刀兵;不然,他大势南侵,江山不可保矣!"

---

① 白朴《梧桐雨》,臧晋叔《元曲选》,文学古籍刊行社1955年版,第359页。

异族对汉王朝构成了极大威胁,是毛延寿之罪;把汉元帝的新欢王昭君活活逼散,使得"那体态是二十年挑剔就的温柔,姻缘是五百载该拨下的配偶,脸儿有一千般说不尽的风流",一朝托命于沙漠边塞之中,也是毛延寿造成的恶果。马致远借汉皇之口,痛骂了宋朝一班奸臣、权臣是"畏刀避箭"的缩头之臣。汉元帝沉痛地感叹说,我养军千日,用军之时,空有满朝文武,那一个与我退的番兵!他绝望地勾勒了这一朝臣将的无能形象:

  兴废从来有,干戈不肯休。可不食君禄,命悬君口。太平时卖了宰相功劳,有事处把俺佳人递流。你们干请了皇家俸,着甚的分破帝王忧?那壁厢锁树的怕弯着手,这壁厢攀栏的怕擗破了头。①

  昭君自有昭君的崇高,她临到汉界时便跳了黑水河。叛徒自有叛徒的结局,单于将毛延寿"送他去汉朝哈喇(杀掉)"。而那些干请皇禄的满朝文武,终究太平无事,这也势必容易招致异族入侵,国破家亡的后果。马致远对宋朝灭亡的认真思索,或者说他在悲剧中所显露出的客观意蕴,看来又深了一层,也更高一着。他所以醉心于神仙道化的飘逸虚幻,实在是看破了红尘、觑透了历史之后的变形表现。

  《梧桐雨》和《汉宫秋》,都在第四折中极写了帝王在命运面前的惆怅凄凉,束手无助,创造了戏曲史上抒情性戏剧化、戏剧性抒情化的悲剧体式,把戏剧性与文学性的精金美玉,融合为有机构成的艺术神品。所以青木正儿在《元人杂剧概说》②中称之为"一对典雅剧的杰作……而这两种戏曲的收场法,是元曲中不见他例的有力的作品。神韵缥缈,洵为妙绝"。我还特别欣赏青木氏对《梧桐雨》与《潇湘雨》的比较评说:

  元曲中秋雨的描写,此剧(《潇湘雨》)和白仁甫的《梧桐雨》第四折,大概可以称为双璧。不过彼此的情趣正相反:《梧桐雨》是宫殿的雨,是在染着铜绿色的梧桐树上,用银钱去画的,《潇湘雨》是荒野的雨,是用水墨轻描淡写的。其辞虽亦有文采与本色的分别,而其价值却应在伯仲之间。

  而《梧桐雨》之于《汉宫秋》,在意境、取材和结构的整体艺术构建上,更有着相似的情趣。特别是《汉宫秋》描述雁叫惊心的最后一折,极写汉元帝反思悲剧命运的惆怅、烦恼和凄凉,其间的【么篇】一段,把雁声人情化:"伤感似替昭君思汉主,哀怨似作

---

① 马致远《汉宫秋》,臧晋叔《元曲选》,文学古籍刊行社1955年版,第6页。
② 〔日〕青木正儿《元人杂剧概说》,隋树森译,中国戏剧出版社1957年版。

薤露哭田横,凄怆似和半夜楚歌声,悲切似唱三叠阳关令。"

这就把元代悲剧的伤感、哀怨和凄凉的情绪,悲切、豪壮和深沉的风格,都在曲文中作了全面的总结归纳。这些归纳又和民族的悲剧性记忆和感伤性情境紧密相连,将命运悲剧的绝对性与深刻性做了充分的复唱,也正好为本节所叙的命运悲剧和帝王悲剧作了合理的收束,亦为女性悲剧的开篇准备好了相应的前奏。

第十二章
女性悲剧与《窦娥冤》

时运推易,斗转星移,在杂剧的现实与虚幻的天地中,元蒙新朝中的英雄豪杰和志士奇人们,往往不在须眉战场,而属脂粉闺阁。女儿国中的一片净土,更容不下征服者铁蹄的狂乱蹂躏;美的天地,更易被悲剧氛围层层包裹。

运笔为怨诗,发愤作悲剧,元剧家们半是怜玉惜香、半是钦佩不已地表现到,弱女娇娃之中,竟多刚烈之士;脂粉裙钗之间,每见长虹贯日。娇弱美之中蕴藏着悲壮美的风采,绕指柔幻化成百炼钢。

尽管柔能克刚,韧能胜强,但微弱的胜利之中,花费了多少巨大的代价?优美被损,柔弱遭灾,悲伤无依,哀苦无告,此生不再,鬼魂诉冤,乃是更多的社会真实和艺术场面,搬演成纷繁多姿的女性悲剧。

第一节 元代女性悲剧的审美特征

一、女性悲剧的发生机制

元杂剧中的英雄悲剧、命运悲剧乃至帝王悲剧,往往都与女性悲剧息息相关。

历史上的悲剧英雄俱已逝矣。现实生活中脱颖而出的风流人物,何处可觅,何所稽考?元剧家们茫然四顾,若有所失。谁是理想火种的接续人?急切间难以找寻。

在一种普遍的失落感和压抑感中,戏剧家们放浪形骸,沉沦于酒肆歌场之中,终日与一班处于社会最底层的声妓和女伶们厮混。这样一种不得已的因缘聚会,反使得戏曲与文学形成了最优组合;这样一种身不由己的"深入生活"的方式,反使得戏剧家们从认识女伶艺术家们金子般的心灵,进而认识到女性作为弱势群体在悲剧社会中所面临着的灾难之惨重,领会她们出污泥而不染、柔弱可胜刚强的品质,把握其特殊的纯洁、柔美、真情和坚韧等人性坚守和美感色调。

那位一辈子在烟花路儿上走的"普天下郎君领袖,盖世界浪子班头"关汉卿,率先发现了女性风流人物所蕴含的价值及其浓郁的悲剧美。戏剧史家如周贻白,指出关剧的旦本占四分之三;吴国钦进一步说明:"关汉卿擅长写妇女戏,在他存在的十八个杂剧中,以妇女为主人公的戏占了十三个。"①他尽力抒写了窦娥的无比冤屈,李四、张珪的夫妻悲痛,以及邓夫人的重重哀愁和王大嫂的深深苦难。

先声后继,以关汉卿的《窦娥冤》作为代表作之一,一大批凄婉、深沉的女性悲剧蔚为系列,隆重推出。

《潇湘雨》、《鲁斋郎》哭诉了女性的悲苦无告;《张千替杀妻》演单相思爱情追求到狂热程度时的悲剧,《灰阑记》叙说女性爱情成功后遇到的深重灾难;《窦娥冤》和《冯玉兰》则展示了女性面对恶势力的欺凌,奋起抗争的反抗精神……

在元杂剧的舞台之上,现实生活中的悲剧英雄,竟然不在朝廷边关之属,不在宋朝遗老之列,而是被几个弱女子领取了桂冠。

如果说,历史上的悲剧英雄系列,是阳刚之气、正义之声的悲壮美体现;那么现实中的女性悲剧群体,则展示了柔能克刚、弱能胜强、巾帼可胜须眉、鬼魂可克生人的阴柔之美。

如果说,英雄悲剧的悲壮崇高,是黄钟大吕的撞击,是山崩地裂的巨响,是宋室大厦崩坍时的壮烈溃败,是宋帝蹈海时的汹涌海潮;那么女性悲剧的悲伤柔韧,则有如夜雨闻铃的凄凉、三峡猿声的哀感,有如山洪爆发前的涓涓溪流,有如于哀哀啜泣中使得秦代长城从微微摇撼到轰然坍塌的孟姜女之哭。

如果说,英雄悲剧是强者们在艰难时势前不可挽回的一败涂地,在长堤决口时难于堵截的洪流葬身,是关于旧王朝的威武雄壮的挽歌;那么女性悲剧则是弱者们奋力呼喊正义的告白,是指天骂地的强烈呼叫,是劈破黑暗现实的短暂但却强烈夺目的剑影电光。

的确,元代女性所承受的灾难痛苦,要比男子更为屈辱悲惨。种族压迫,在她们身上不仅仅是男性们所谓事业难成的抽象阻碍,而是随时可能遭遇到的轻薄调戏和野蛮蹂躏。元相阿合马对美女的巧取豪夺在上,无数权豪势要、地痞流氓对女性的恣意掠取和万般欺凌在下。关汉卿笔下的花花太岁鲁斋郎,动不动便向人宣告:

  李四,这三钟酒是肯酒。我的十两银子与你做盘缠;你的浑家,我要带往郑州去也。你不拣那个大衙门里告我去。②

---

① 吴国钦《中国戏曲史漫话》,上海文艺出版社 1980 年版。
② 关汉卿《鲁斋郎》,臧晋叔《元曲选》,文学古籍刊行社 1955 年版,第 842 页。

这种轻描淡写的无赖口径,展示了整个元代专政机构,对权豪流氓们抢夺良家妇女的纵容、鼓励和保护。元代女性对纯洁和贞节的誓死捍卫,恐怕不是简单的传统贞节观念的表示,更是一种曲折爱国精神的发露,是对中华民族伦理道德予以殊死保存的特定方式。

柔软不过山涧水,到了不平之地也飞溅。这既是女性悲剧的审美特征,也是女性悲剧的产生机制。

二、女性悲剧的哀苦氛围

优美遭损害,哀苦无告处,悲剧氛围以各种不同形态方式笼罩和压迫着无辜的女性。

张珪的妻子李氏,生得美貌,为人善良。她为昏倒在大街上的李四煎汤熬药,又把这个可怜的陌生人认为兄弟。她有主见有个性,不愿顺从丈夫张珪的意志,去拜那"大人鲁斋郎"。

在鲁斋郎"一个好女子也。他倒有这个浑家,我倒无"的强盗逻辑下,张珪竟不得不无限顺从地把妻子奉送给他。那李氏最大的过错,竟是张珪所深深抱怨的美貌容颜:"哎,只被你巧笑倩祸机藏,美目盼灾星现!"

李氏面临的悲剧氛围,正是鲁斋郎和丈夫张珪亲手交织而成的。鲁斋郎的附耳低言一句话,却使张珪"似亲蒙帝王宣"。恐怕李氏不肯屈从,他竟用走亲家的谎言,把妻子生生地骗到鲁斋郎的府中。李氏的最大悲剧,是丈夫用计策出卖了她,还使她一直蒙在鼓中。"从来有日月交蚀,几曾见夫主婚妻招婿?今日个妻嫁人夫做媒!"

当李氏在被送的道上醒悟过来后,顾不得多责怪丈夫,而是急忙请求道:"你何不拣个大衙门告他去?"在遭到丈夫无可奈何、无计可施、万般无奈而又万分屈辱的拒绝后,李氏思儿女,悲处境,痛苦万分。当然她最深的痛苦,是丈夫把他的仕途和头颅看得比妻子重。往日里他仗孔目权势高人一等,今日却噤声缩头,默认大鱼吃小鱼的悲剧现实。被丈夫奉送予人的李氏,除了痛苦无助和悲愤无告之外,还能向谁去申述求援呢?

《潇湘雨》中的张翠鸾,她在被押解到沙门岛的风雨兼程中,全面感受到悲剧氛围的整体压迫。枷锁在颈,淤泥陷脚,举步维艰。旧伤在身,更兼那差人不住拷打的新痕,都在倾盆大雨的敲击与刺激下,一阵阵直痛到心底。想她当少女时,与父亲张天觉过河翻船;她嫁崔甸士后,又被崔遗弃不认,当成逃奴发配,险些被差人于途中坏了她性命;她在层层悲痛中,偏又遇这泼天风雨,遍地泥泞。仿佛整个天地、河流、丈夫和差人都联合起来在鞭打她,迫害她,全部悲剧氛围都在紧紧地追随着她。

这里作家的神来之笔,竟是风雨泥泞当中,"犯妇"张翠鸾对一把枣木梳儿的执着找寻。在生命都绝无保障的时候,在诸般痛苦的熬煎当中,她却如此关注并致力找寻自家小小梳儿的下落！这正是爱美天性的自然发露，这是对摧折美好和纯洁的恶势力的客观控诉，这里寄寓着她心中蕴藏着的理想火种和希望之光，这也是悲剧氛围得以渐次解散的心理契机。

《张千替杀妻》中的王氏，是中国悲剧史上另一个特殊的悲剧典型。第一个特殊悲剧典型人物是《琵琶记》中的蔡伯喈，他改变了美善受挫的普遍悲剧类型，而作为忠孝、恩爱两难全的复杂的悲剧心理载体，成为著名的悲剧典型人物。

王氏则是美而欠善的悲剧典型。她一次次热烈追求贫穷耿直的张千，以致要使出极端的策略，让张千杀坏了员外，她好与张千作长久夫妻。但她的强烈而近乎疯狂的爱，并没有得到张千的理解和回报，张千挥刀砍杀了这位单恋到痴狂程度的嫂夫人。这是一出王氏爱情的悲剧，也是王氏自己亲手所酿成的悲剧氛围。这也客观地说明，在中国长时期的封建社会中，纲常礼教一直压榨着爱的自由，王氏的极端行为，乃是爱情不得自由的必然呈现方式之一。她爱得太为大胆，太为超前，太为自私也太为无情。她的悲剧行为，最终是黑暗社会所编织成的扼杀爱情的伦理之网所逼就的，以礼教为精神主体的中国社会决然容不得她。

另一位从良的女性张海棠，冲破重重束缚获得了爱情胜利，与马均卿结婚生子；然而邪恶势力造就的悲剧氛围，仍然要剥夺她的幸福权利。就在她庆幸自己"再不去卖笑追欢风月馆，再不去迎新送旧翠红乡"，终于过上了正常人生活的时候，大夫人与奸夫联手毒死了马均卿，却平白地诬赖她为杀人凶手，还要夺去她的亲生孩儿。官府里收了大夫人的贿赂，越发地要将张海棠绷扒吊拷，置于死地。

官员赵令史的审案逻辑很简单：只是"原来是个娼妓出身，便也不是个好的了"。他惟出身身分是论，惟白花花银两是好，根本不容她申辩。整个社会的习惯势力勾结起来，阻碍妓女从良嫁人，过上自在生活，剥夺其享受正常人应有的基本权利。

其实何止妓女做人如此艰难，就连那安守本分的小寡妇窦娥，也照样受到了张驴儿父子的淫威欺凌。张驴儿打上门来、误药死乃父之后，也以同样的行贿手段与桃杌狼狈为奸。张海棠的生命保全，得亏有包公的终审救护；而窦娥之父窦天章得官归来时，他的女儿早已亡命三载了。

在一些女性悲剧中，官府是流氓们的保护神，流氓是官府的财神和打手。由专政机构和流氓地痞们共同酿成的整体悲剧情势，足以使善良弱小的女性们悲苦无告。优美遭到了扼杀，纯洁每被玷污，弱小更易被欺凌。在那个鬼蜮世界中，集中体现了真善美的纯洁女性们，进退维谷，走投无路，动辄得咎，常常被恶魔们的血腥大口所深重地压迫、残忍地吞噬。

三、悲剧女性的柔韧刚烈

女儿家，往往柔情似水，心软如绵。那在潇湘夜雨中深一脚、浅一脚地趑趄前行的张翠鸾,尽管在人世间和自然界的多重淫威下,体现了坚韧不拔的生活意志,可她在官司得到解脱之后,仍坚持要与遗弃她并欲置她于死地的崔甸士重婚:

> 从今后鸣琴鼓瑟开欢宴,再休提冒雨汤风苦万千……你若肯不负文君头白篇,我情愿举案齐眉共百年。也非俺只记欢娱不记冤,到底是女孩儿的心肠十分样软!①

多么坦荡的胸怀,多么美好的天性,何等伟大的人格!这种基督教式的以善感恶的精神固然可贵,这等救赎不良的意志固然坚定,这般感动恶丈夫的决心是如此铁定,但却到底被限制在极富悲剧意义的"好马不配二鞍、好女不事二夫"的社会规范中,柔韧精神升华成了崇高道德的化身。

然而像张翠鸾那样,于危难之中巧遇做官父亲的戏剧性场面,究竟少见;更多的女性却是在与黑暗势力的冲突中,展示了柔韧精神从美好纯情到刚烈强悍的过渡。张翠鸾在逆境中所锤炼出来的强悍意志,在团圆顺境中化为了缕缕柔情;而更多的女性的柔和天性,在与恶势力的殊死搏斗中化为了百炼钢刀、闪电炸雷;即便死了,也要化作厉鬼英魂,复仇报冤,那便是李清照式"生当作人杰,死亦为鬼雄"的慷慨情怀。

冯玉兰便是在悲剧中由柔弱超刚强的一位少女。作为郡守千金,她自幼深藏闺中,"俺女孩儿不惯出房门"。在随父亲去泉州赴任的途中,尽管饥饿难忍,却仍然不失大家闺秀的娇羞之态:

> 咱是个嫩蕊娇枝一女人。俺那家也波尊,家尊是缙绅。生怕失家声,故将饥饿忍:晕的呵眉黛颦,厌的呵神思昏,则愿驾香车去路稳。②

这样一位娇嫩柔弱的羞涩小姐,在父亲命她与母亲一同拜见巡江官屠世雄的时候,她依然不敢去见:"我羞答答难相见,娇怯怯自踌躇,低头怕语。"

顷刻之间,屠世雄抢了冯夫人,杀尽了冯玉兰的父亲、兄弟、梅香和家童,以及船上的两位艄公。玉兰急中生智,跳下水去,藏在船舵之下,这才侥幸免遭毒手。突然的事变使柔弱的小姐哭天抢地,魂不守舍。

及至金巡抚传она诉冤,她还吓得"我这里慌速速的脚懒抬,喘吁吁的身战摇",生怕是屠世雄又来赚她。但阖家的血腥灾难,终于使她鼓起了勇气,向御史诉说了遭难原委,请求官员为她作主。在逆境中得以成长的冯玉兰,还主动提出愿作对证人质,向

---

① 杨显之《潇湘雨》,臧晋叔《元曲选》,文学古籍刊行社1955年版,第262页。
② 无名氏《冯玉兰》,同上,第1738页。

恶贼讨还血债。

当屠世雄进公堂时,冯玉兰尽管"不由我不丧胆销魂忽地惊",却仍然敢直面恶贼,索要母亲,清算血债。严酷的悲剧现实终于使这位少不更事的千金,迅速成长为一位敢于诉冤复仇的坚强女性,她终于以"将贼徒分腰断颈"的复仇要求,为全家雪了冤屈。

元人第一悲剧的《窦娥冤》,也塑造了一位柔韧相济的悲剧女性。窦娥在韧性中所呈现出的强烈悲剧精神,使她并不满足于三桩誓愿的实现。她敢于来到公堂上与张驴儿对质,强烈要求爹爹尽除天下不平;窦娥的复仇理想扩大到尽平冤狱、为民除害的普遍要求,升华到社会清平、百姓安居的崇高愿望。她愿以自己的血肉断离之躯,为善良的人们示警,向邪恶的势力示威!

这是水性柔肠的女性优美向坚韧钢骨的壮美靠近的最好例证,这是中国妇女和元代人民的理想之光在黑暗年月里的灿烂放射。

第二节 《窦娥冤》的文化原型

元代文化,以戏剧作为杰出代表;元代剧作家,以关汉卿作为领袖人物;关剧计六十多种,又以《窦娥冤》作为典范作品。

按审美形态划分,《窦娥冤》属于比较典型的中国悲剧。近代学者王国维在《宋元戏曲考》中指出:"元则有悲剧在其中……其最有悲剧之性质者,则如关汉卿之《窦娥冤》,纪君祥之《赵氏孤儿》。剧中虽有恶人交构其间,而其赴汤赴火者,仍出于其主人翁之意志,即列于世界大悲剧中,亦无愧色也。"[1]

在对中国文学和世界文学进行总体研究的过程中,人们常常发现,许多人物、情节和故事往往前后相承,自成系统。围绕着一个人物或故事的基本原型,常常可以繁衍出原型的子孙家族。《窦娥冤》作为孝妇平冤故事,也能找出其产生、发展和流变的大致脉络来。把它放在一个源远流长的原型发展中去看待,其实并非是抹杀了关汉卿的创造性,反而更能显出关剧的光彩。

可以把孝妇平冤故事的演变,大致分成三个阶段。

一、从传说到史实

《窦娥冤》中的法场一折,有一段【二煞】唱词:"你道是暑气暄,不是那下雪天;岂不闻飞霜六月因邹衍?"据《史记》载,邹衍是战国齐人,燕昭王曾筑碣石宫,以师礼待邹。据说后来邹衍被诬陷下狱,仰天而哭,六月天中竟飞下秋霜。《窦娥冤》第四折中

---

[1] 王国维《宋元戏曲考》,陈多、叶长海《中国历代剧论选注》,湖南文艺出版社 1987 年版,第 464 页。

窦天章审案时也讲述了这一段故事：

> 昔日汉朝有一孝妇守寡，其姑自缢身死。其姑女告孝妇杀姑，东海太守将孝妇斩了。只为一妇含冤，致令三年不雨。后于公治狱，仿佛见孝妇抱卷哭于厅前；于公将文卷改正，亲祭孝妇之墓，天乃大雨。①

这段故事大体是根据《汉书》中的《于定国传》和《后汉书》的《霍谞传》写成的。而《汉书·于定国传》基本上钞录了刘向《说苑》中的"东海孝妇"故事。据祝肇年先生考证②，东海孝妇故事是出于刘安的《淮南子》"庶女"原型。许慎曾为之作注云："庶女，齐之少寡，无子养姑。姑无男有女，女利母财而杀母，以诬告寡妇，妇不能自解，故冤告天。"

这样，从庶女演变到东海孝妇，从《搜神记》、《说苑》的志异传说到《汉书》的史实记载，庶女原型走过了一段传说历史化的进程。而《史记》所载的邹衍，却经历了一段历史传说化的进程，成为庶女原型的一个佐证。

到了魏晋以至唐宋时期，过去的庶女和东海孝妇故事又演为周青孝妇事。干宝《搜神记》叙有："孝妇名周青。青将死，车载十支竹竿，以悬五幡，立誓于众：'青若有罪，愿杀，血当顺下；青若枉死，血当逆流。'既行刑已，其血青黄，缘幡竹而上，及标，又缘幡而下云。"后来刘宋时王绍的《孝子传》也比较详尽地记载了孝妇周青事，从此成为比较常用的历史典故。本时期其他一些孝妇故事，也每有与此相关联处。孝女周青故事从志异到史传，也同样走了一个传说历史化的过程。

二、传说、史实戏剧化

元剧中关于庶女、东海孝妇和孝妇周青原型发展的戏，计有王实甫、梁进之和王仲元的三本同名杂剧《于公高门》。加上《窦娥冤》，一共是四本；但前三本皆不见传。

《窦娥冤》在唱词和说白中直接引用了六月飞霜和于公高门故实，且还说："昔日汉朝有一孝妇守寡……今日你楚州大旱，岂不正与此事相类。"明显带有历史比照的意味。而且《窦娥冤》实际上囊括了从庶女原型发展过来的全部孝妇申冤故事，同时又融合了邹衍等历史传说。以窦娥作为一个具有总结意义的孝女形象，以元代社会作为一个庞大的冤狱，这才搬演出这出动人至深的悲剧。

明人传为叶宪祖、袁于令所作的《金锁记》传奇，大体根据关汉卿《窦娥冤》所改编，其刑场一出，一半是沿用《窦娥冤》第三场原词，另一半则改成临刑时天降大雪，得

---

① 关汉卿《窦娥冤》，臧晋叔《元曲选》，文学古籍刊行社1955年版，第1515页。
② 祝肇年《窦娥冤故事源流漫述》，《戏曲研究》第六辑，文化艺术出版社1982年版。

以重新审理案情,最后窦娥终以父女夫妇团圆对局。近现代大部分剧种的窦娥戏,往往都是根据《金锁记》所改编的。

冯沅君先生曾称赞过京剧《六月雪》取消了"魂诉"一场,"破除了鬼神迷信"。其实从明代开始的窦娥戏,主要是扼杀了关剧的悲剧精神,符合了明清传奇悲欢离合的结构框架,在很大程度上满足了士大夫们历经劫难大团圆的心理习惯。这可以说是庶女原型发展史上的一支逆流,彻底改变了从刘安到关汉卿平反冤狱、呼唤法制的严肃主题。

三、戏剧、传说神圣化

顾颉刚在《窦娥冤故事的源流和演变》一文中,论及抗战时期所谓窦娥屈杀而关公降生的传说,大有活佛转世,卫国保家的意趣。据云连云港市朝阳汽车站南侧尚有一座"窦娥娘娘庙"。每年三月三庙会,妇女们不来此顶礼敬神,则以为大不祥,她们把窦娥看成了女性的护法神。

从传说历史化、历史戏剧化到戏剧、传说的神圣化,庶女原型走过了一个从发展、复归到升华的基本过程。

此外,解放后根据《窦娥冤》改编的蒲剧戏曲片、河北梆子、越剧、歌剧和黄梅戏中,都加强了魂诉场面,深化了反抗主题。如黄梅戏把元杂剧《陈州粜米》中最富反抗性的人物老撒古的唱词,移植到自己的《窦娥冤》本子中,便有了"柔软溪水涓涓流,流到不平之地也飞溅",改得十分适当。

因此,我们可以总结说,在庶女原型的发展和流变过程中,关汉卿的《窦娥冤》继承了前代负冤而鸣的悲剧题旨、以死明冤的悲剧精神,融汇成誓盟三验的悲剧效果,发挥了反映时代的悲剧功能,从而直接引出了后人对窦娥戏根据不同的时代进行歪曲或继承的种种改编。该剧不仅成为戏剧史上的卓越悲剧,文学史上的伟大剧作,而且还成为文化原型加花变奏、改编再造的典型例证。

第三节 冲突过程与人物性情

一、酿冤阶段论

全部《窦娥冤》悲剧冲突的实现,是由"酿冤"和"复仇"正反两方面的合力所形成的。前者体现了代表邪恶的社会黑暗力量的层层紧逼,致人死命;后者展示了代表善良和正义的女子步入陷阱,死而后胜。进退反正之间,终于反映了真理和公正的必然胜利,从而获得了对具体时代和偶然事件的批判感、纠偏感和超越感,成为人民群众掌握自己命运的一方精神旗帜。

从《楔子》到第二折,大体属于酿冤的过程。

政治因素是造成窦娥的悲苦身世的根本原因。她父亲窦天章,为了参加科学考试,不惜把七岁的女儿以四十两银子卖给蔡婆当童养媳。且不说这个贫秀才自身的动机是"汉庭一日承恩召,不说当垆说子虚",想借科举改变自身的困顿境遇;在他一意赴考、灭绝亲情的背后,反映着历代封建王朝收纳人才、笼络人心的政策。一方面科考可以使天下志士蔽文章精神无用武之地,不起异端之思;另一方面朝廷也的确想从读书人中发现、培植帮手和奴才,形成新的政治力量。

那么关汉卿写窦天章的科考,究竟是以元代初的科考为背景,还是以历代科举为参照,或者仅仅是一种纯粹的理想、一种剧情条件?关汉卿究竟对窦秀才的科考抱有何种态度呢?他是在对历代科考的一种总体赞赏和肯定的态度下,同时流露出科考对酿成窦家家破人亡的反感,又反映出对窦秀才中举得官后平反冤狱的庆幸。经窦天章到蔡伯喈,关汉卿和高明对读书人通过科考参政后面所蕴藏着的危机感和悲剧感,都有着较为复杂而深刻的描述。

经济因素是逼成窦娥冤情的直接原因。如果说政治因素还在一定程度上体现出封建王朝的普遍一致性,那么关汉卿《窦娥冤》中所揭示的经济因素,则更多地反映了元代经济的特殊个别性。窦秀才所以要向蔡婆借二十两银子,是因为"一贫如洗",没有盘缠;蔡婆所以要向窦天章买下窦娥,是因为秀才已到了本利相加,无法偿还债务的局面。赛卢医所以要杀害蔡婆,也是因为借她的高利贷无法偿还,于是起了杀人了帐的决心。后来张驴儿毒杀了父亲,反要窦娥承担罪责,告到官中。而楚州太守所以要杀死窦娥,又是出于"但来告状的,就是我衣食父母"和"我做官人胜别人,告状的要金银"的判案信条。金钱的利害关系,酿成了悲剧情境的底蕴;在这种情势下,窦娥想申述事实以求公正的想法只是泡影,她已经被金钱逼到了必死无疑的境地。这里展示的经济状况,实际上反映了元蒙统治者在用马蹄统一中国的过程中,同时带来的城乡经济凋敝、高利贷风行的历史情况,反映了元代所谓"羊羔儿息"利滚利所带来的罪恶和暴力。

人格因素是酿成窦娥奇冤的具体原因。剧中对张驴儿父子、楚州太守乃至窦秀才和蔡婆的描写,都反映了元代的黑暗政治对不同阶层人物的人格心理的扭曲、变形和物化。是非不分,美丑混淆,不同程度地反射到各色人等身上。剥削阶级与被剥削阶级的阶级矛盾,在关剧中都得到了生动的形象的反映。在《窦娥冤》中,我们更多地看到的是在元代经济基础的薄弱,上层建筑的腐败,阶级矛盾和民族矛盾的突出的情形下,所带来的全社会性整体人格心理的扭曲、变形乃至堕落。这里除了窦娥是一块洁净的白玉,所有的出场人物都自觉不自觉地在不同程度上参与了窦娥冤苦的酿就。张驴儿父子乘人之危,强占蔡家,威逼蔡婆和窦娥与其父子成婚;张驴儿企图药死蔡婆,反而毒死父亲,嫁祸于窦娥;楚州太守的昏官断案,屈打成招;以上都是明摆着的、容易辨认的流氓行径和黑暗吏治。而窦天章为了自己的前程而断送掉女儿的青春,蔡婆为了自身安全而奉劝窦娥与张驴儿成婚,事发后又不敢告白事实,这种人格心理的扭曲、阴暗和异化,则是人们常常不易注意到的。在一定意义上可以说,全剧的悲剧情势,都是由窦天章的功名迷所引出、蔡婆的高利贷所逼出,也是不为过分的溯源。

二、复仇过程论

第三折到第四折,大体属于复仇的过程。

在酿冤过程中,黑暗势力以各种因素步步紧逼,正义力量以窦娥作为化身,基本上是步步退让,没有形成大的悲剧冲突;第二折是以窦娥"情愿认药杀公公,与了招罪"而结束。窦娥至此只抱着"想人心不可欺,冤枉事天地知"的善良愿望和软弱信条。

刑场一折中,窦娥已是必死无疑。在生命的尽头,窦娥的生命力放射出指天骂地、负屈喊冤的强烈光辉,成为处处主动、时时复仇的主导力量,形成了我们将要讨论的悲剧性格的转变和完成。

天地鬼神是窦娥主导力量下随之行动的辅佐力量。它们帮助窦娥,现场实现了血飞白练,六月飞雪以及稍后的三年大旱的明冤誓愿。门神户尉们支持窦娥夜访其父,魂诉冤屈;又使窦娥在光天化日之下、森严衙府之中与张驴儿对质论罪。此后,作为天地鬼神一分子的窦娥,还对父亲兼朝廷命官提出了"从今后把金牌势剑从头摆,将滥官污吏都杀坏,与天子分忧,万民除害"的要求和期望,这就不仅把复仇只局限在自身,而更进一步提升到伸张正义、真理和公道的高度上去了。

作为肃政廉访使的窦天章,是在窦娥和天地鬼神的干预和启发下,勘明冤狱,正法罪魁,完成复仇结局,实现悲剧冲突中正义方必然胜利的直接力量。势剑金牌、朝廷皇上则是他的后盾和背景。但我们同时也看到,朝廷及其命官实在是昏聩和软弱无力。没有窦娥与天地鬼神相助,朝廷能做些什么,很难预料。关汉卿对朝廷伸张正义的结局写得很肯定、很信服,但又很微妙、很复杂。他的结局处理无疑是当时最为聪明的一种。

这样,从酿冤到复仇的全部过程,概括了本剧的基本冲突。

作为恶势力的承受者和反抗恶势力的主体,悲剧人物主要体现着悲剧冲突的力度,代表着悲剧冲突所蕴含的一些历史的、道德的、哲学的原则。窦娥是全部悲情苦境的承受者,又是抗暴明冤的行动者和悲剧原则的体现者。从悲剧人物的角度,探讨窦娥性格的形成和转变,这是十分必要的。悲剧人物有时当然也可以指悲剧中的其他人物,例如窦天章卖女、赛卢医无力偿还债务以及张驴儿父亲误食毒药等情事,都可能带有一定的悲剧性;但《窦娥冤》中只能由窦娥来担当正面、彻底而主要的悲剧人物。

同悲剧冲突的进程相应,窦娥的性格在楔子到第二折中主要呈现出悲哀的色调,在后两折中大体反映出悲壮的气势。两种性格主调的形成、过渡和转变,恰好比较完整地反映出王季思先生在授课和撰文中,对中国悲剧悲哀、悲壮两种美学风格的归纳。

三、人物性情发展

先来分析前半部中窦娥性格的悲哀色调。

窦娥的悲哀几乎是与生俱来的。尽管她自小就"生得可喜,长得可爱",像朵含苞的莲花,甚至连满身铜臭味的蔡婆都欣赏她的美,有心把她抵押过来当童养媳。窦娥三岁丧母,七岁成了父亲债务的典押品,叫她如何不悲?当父亲撇她而去时,她只有一句词:"爹爹,你直下的撇我孩儿去也!"此处的舞台提示"做悲科",可以想见她当时绝望痛苦的状态。

窦娥的悲哀又是一连串的不幸所酿就的苦酒。她在蔡家当了十年童养媳,"十七岁与夫成亲,不幸丈夫亡化"。成年窦娥出场时,已是守孝二年的小寡妇了。她只得自思自叹:"窦娥,你这命好苦呵!""似这等忧愁,不知几时是了也呵!"关汉卿以李煜和李清照的词意为点染,在【点绛唇】等四支曲词内,淋漓尽致地引出了窦娥心中的苦酒:"满腹闲愁,数年禁受,天知否?天若是知我情由,怕不待和天瘦!"

她甚至把自己的苦楚归结为两条,一是前世里烧香不到头,二是八字儿该载着一世忧。几乎是一结婚就丧夫,青春守坐房,她沉痛地叹道:"端的个有谁问,有谁瞅?"

横空里又遭来新的打击,蔡婆引来强梁,竟逼窦娥也嫁给流氓张驴儿。窦娥的满腹愁苦中又增添了悲愤的内容,她埋怨六十岁的婆婆太糊涂,竟要将婆媳一起出让给地痞,"遇时辰我替你忧,拜家堂我替你愁;梳着个霜雪般白髭髻,怎将这云霞般锦帕兜",对蔡婆白发新妇的打算作了辛辣的嘲弄。

窦娥的嘲弄与愤恨,虽然也带有从一而终的伦理观念,但更多是出于抗暴御辱的正义感。所以她喝斥贴近身来的张驴儿,"兀那厮,靠后!"她还把想强扯她拜堂的张驴儿推跌在地上。但即便如此,当张驴儿父子的罪恶行径尚未完全表现出时,窦娥还是大体忍让着的。张驴儿为下毒药要窦娥去取盐醋时,窦娥还是依从的。等到她知晓是张驴儿有意毒杀蔡婆、误杀其父,窦娥尚冷眼旁观,认为这是张家父子自作自受,与自家婆媳并无干涉。但当张驴儿以此要胁成婚时,窦娥十分磊落地要与张驴儿见官辨罪。只有在贪官污吏桃杌太守先后认定是蔡婆和窦娥是凶手时,在严刑拷打中,窦娥才哀叹道:

打得我肉都飞,血淋漓,腹中冤枉有谁知!则我这小妇人毒药来从何处也?天那,怎么的覆盆不照太阳晖![1]

---

[1] 关汉卿《窦娥冤》,臧晋叔《元曲选》,文学古籍刊行社 1955 年版,第 1515 页。

为了婆婆的年迈不禁打,窦娥屈招了罪名,主动承担起斩首的酷刑,在旧的愁苦和新的冤屈中形成了悲烈的性格。

再来看后半部中窦娥的悲壮气势。前半部中的窦娥,已形成了苦境苦情的基调,表现出坚持正义、决不退让的抗暴精神,显示出主动承担罪名、舍己救婆的道德牺牲品质,在一定程度呈现出悲壮气势的端倪。这为她后半部的对天明誓、魂诉公堂的复仇精神,准备了过渡的津梁。而在后面两折的悲剧气氛中,窦娥则以呼天唤地的气势,复仇到底的强悍精神,鸣冤道屈的坚定信念,有力有效地改变了整个悲剧的倾斜度,恢复了事实、真理和正义的公正面目。

前合后偃的人群簇拥,磨旗提刀的剑子手喝道。锣三通,鼓三下,带枷的窦娥踟蹰在临刑途中。满腹的积怨忽然暴发,柔弱的质性喷射出冤屈的光焰。窦娥悲愤地喝道:

有日月朝暮悬,有鬼神掌着生死权。天地也只合把清浊分辨,可怎生糊突了盗跖颜渊:为善的受贫穷更命短,造恶的享富贵又寿延。天地也,做得个怕硬欺软,却原来也这般顺水推船。地也,你不分好歹何为地;天也,你错勘贤愚枉做天!哎,只落得两泪涟涟。①

字字血泪中写下了句句檄文。这决不仅是自己冤情的写照,而是对天地鬼神的全面质问,也是对黑暗时代的整体否定;是对生死善恶的根本怀疑,还是对现存秩序的猛烈声讨。这段曲文所以成为家传户诵的著名唱段,正在于对天下不平的揭露和诅咒。三桩誓愿终于感动了湛湛青天,满天风雪为窦娥披上了洁白的殓衣。从愤怒的声泪到誓愿的渐次实现,连监斩官都明白了"这死罪必有冤枉",于是发下慈悲,让剑子手们把窦娥尸首抬回蔡婆家去。

在第四折中,窦娥是作为一位复仇女神的形象出现的。她既不像《哈姆莱特》中国王鬼魂的迷离而躲闪,也不像《鸣凤记》中杨继盛奏修本时,祖光鬼魂加以劝阻的胆小和怯弱。窦娥大胆闯入廉访使的房内,三番暗灯翻卷,向父亲哭诉自己的冤仇。她毫不掩饰自己的复仇意愿:"便万剐了乔才,还道报冤仇不畅怀!"

在公堂之上,窦娥鬼魂还敢于向企图抵赖的张驴儿当面对质。堂上是廉访使的一筹莫展,台下则是窦娥魂灵的挺身而出,歌歌舞舞,恨之骂之,一番乱打,使张驴儿、赛卢医等人无法赖罪。窦娥的反抗和复仇精神还不止于此,她还提出了更为深广的吏治冤狱问题:"呀,这的是衙门从古向南开,就中无个不冤哉!"限于当时的认识水准,她还要求包括父亲在内的朝廷命官们"把金牌势剑从头摆,将滥官污吏都杀坏",尽平天

---

① 关汉卿《窦娥冤》,臧晋叔《元曲选》,文学古籍刊行社1955年版,第1509页。

下冤,解民于倒悬。

如果说后二折中窦娥主要是以刚勇的面貌出现的话,那么她在复仇过程中所呈现的柔弱和善良的另一面,则比较完满地展示了窦娥性格的复杂性,从而使悲壮的意味更为深沉。在赴法场院途中,她细声柔语地请求刽子手哥哥给临死之人行个方便。因为怕婆婆看见她带枷临刑的样子心中难过,就声明说:"前街里去心怀恨,后街里去死无冤。"

窦娥予人甚多,求人甚少。当蔡婆最终挨过来时,窦娥的最高愿望只是要婆婆逢年过节时,给她摆半碗浆饭,烧一陌纸钱。即便是身死为魂后,她还要求父亲代她收养年迈的蔡婆,"替你孩儿尽养生送死之礼,我便九泉下可也瞑目。"尽管她只是蔡婆买来的一件特殊商品,后来又在客观上充当了危难时的牺牲品,但窦娥对婆婆仍然是生而养之,危而救之,死而念之,这种救助弱老、见义勇为的自我牺牲精神,在很大程度上反映出中国妇女的传统美德,恐怕也不是三从四德的伦理教条所能规范的。以柔写刚,愈显其刚;以悲衬壮,愈见其壮。关汉卿对窦娥性格的两重性和多侧面的描写,对窦娥悲哀和悲壮两种性格主调的调色混一和分别显示,都表现出《窦娥冤》悲剧风格的重要方面。

第四节 《窦娥冤》与元剧风格

一、元剧与关剧之总体风格

元代戏剧作为一代文学之代表,其总体风格是什么?

明代人对此的思索,大体是比较贴近的。徐渭说:"听北曲使人神气鹰扬,毛发洒淅,足以作人勇往之志,信胡人之善于鼓怒也,所谓其声嚏杀以立怨是已。"[1]王世贞也认为北曲的特点在于"劲切雄丽",可以说明代人是以元代戏剧的雄壮激越、慷慨昂扬作为其主体风格来加以讨论的。

离元剧时代比较近的朱权,也在《太和正音谱》[2]中对元杂剧的作家、作品、演变和演出场所,都从风格论的角度出发,进行了一些具体归纳。虽然他也谈"王实甫之词如花间美人","赵文宝之词如蓝田美玉",历述了许多秀丽清幽的美学风格,但其最多最好的比况,却还是那些气势逼人、"鹏抟九霄"、"神鳌鼓浪"等慷慨激昂的风格论。朱权当时主要还是就元杂剧本身作一些风格品鉴,而之后的明清曲家随着明传奇的勃兴,大都以南北曲作为相互参照的体系,所谓北曲雄壮、南曲妩媚之类的风格比照就更加明晰了。

---

[1] 徐渭《南词叙录》,《中国古典戏曲论著集成》(三),中国戏剧出版社1959年版,第245页。
[2] 朱权《太和正音谱》,同上,第232页。

关汉卿作为元代杂剧的创始人和用力最多的戏剧作家,其基本风格与时代风格具备整体一致性。朱权说:"关汉卿之词如琼筵醉客。"此语尽管在一定程度上带有轻视的皇族偏见,却也比较如实地反映了关汉卿铜琵琶、铁绰板高唱大江东去的"惆怅雄壮"的气魄。在关汉卿的《单刀会》等历史剧、《窦娥冤》等社会问题剧中,都比较显明地体现出雄浑慷慨的美学风格。

一般讲,关汉卿的悲剧有三出特别典型,即作为女性社会悲剧的《窦娥冤》,作为英雄悲剧和历史悲剧的《双赴梦》和《哭存孝》。这三部悲剧都写了正直的人被毁灭,善良的人被诬陷,美好的人被诛灭,写了假恶丑对真善美的一时战胜。如果把关剧中曲白俱佚的一些存目如《武则天肉醉王皇后》、《金谷园绿珠楼》和《唐太宗哭魏徵》等悲剧联系起来看,同样可以说明这一点。

但关汉卿的悲剧也同时具备悲壮激扬的美学风格,鼓舞着大家不仅要以人生夭折的暂时性去看问题,更要从真理正义的永恒性上去寻前途。他让窦娥、关羽、张飞和李存孝等人从血泊中站起,向不平的人世复讨还自己的公平;让窦天章、刘备以及李存孝的遗孀等活着的人行动起来,为屈死者昭雪冤仇。因此,关汉卿的悲剧不仅给人以人生苦难的忧伤感,更能给人以战胜苦难和不平的行动感。

二、《窦娥冤》之悲剧风格

现在我们来看《窦娥冤》的悲剧风格,是从哪些方面来具体实现的。

一是悲剧冲突的大起大落,悲剧气势的大开大合,悲剧情势的大落大转。在正反两方面力量的较量中,以张驴儿为代表的反面势力,从不同方面联系起来,共同置窦娥于死地,似乎带有势不容转的气焰。愁云惨雾,起于窦娥心中,弥漫于公堂法场之上,似乎浓重到难以化开的地步。然而顷刻之间,天地生怒,誓愿显验,窦娥作为复仇女神,指挥着幽明二界的力量,"哭哭啼啼守住望乡台。急煎煎把仇人等待",一意复仇,决不放松;"雾锁云埋"之中,反而"撺掇的鬼魂快"。这使人看到,窦娥之死只是形式上的,其精神与冤屈则是不可埋没的。由于窦娥复仇的主动性和坚决性,从根本上逆转了悲剧情势,化开了悲剧气势,最终在一种强悍的力度中实现了悲剧冲突的解决。

二是悲剧人物从哀愁、隐忍、到含冤爆发,明烈彻底的性格转变。这种转变体现了悲哀与悲壮两种美学风格的相互依存和最终趋势,这种趋势又是窦天章、蔡婆、张驴儿、桃杌等各色人物参与酿成的。

三是悲剧结构的严整平衡,悲剧强度的贯穿到底。结构是人物性格在冲突之中赖以实现的外在形式,它不仅表现为《窦娥冤》中四折一楔子的套数划分,也不仅体现在人物上下的场面调度和曲白相生的安排,它还要反映出从酿冤到复仇的意蕴,并加以有节奏的铺张,有意识的呈现。

楔子传达了主要人物的身世。第一折中蔡婆的讨债,激起了赛卢医的杀人灭口,这是蔡婆作为高利贷者所隐藏着的危机显现。张驴儿父子的出现,救下了蔡婆性命,但马上又埋下了更深刻、更恶毒的危机。

第二折中窦娥买了羊肚儿汤准备孝顺蔡婆,不承想张驴儿乘隙下了药。张驴儿想毒死蔡婆,却不料蔡婆为体恤张父,把肉汤先让给了他,结果致使张父被毒死。第三折中誓愿的实现,第四折中张驴儿赖罪时,窦娥的当场对证,都反映了关汉卿在结构情节时的一波三折,奇峰迭生。细节累积成情节,酝酿着新的危机,移步换形,使人难以预测。

臧懋循在《元曲选》的编集中,认为元剧结构往往前紧而后松,"故一时名士,虽马致远、乔梦符辈,至第四折往往强弩之末矣。"①而关汉卿则恰恰相反,每每能在剧作中使节奏由慢转疾,在结尾中贯穿全剧的精神,并在收场时特别能呈现出不凡的力度。《窦娥冤》就充分体现了乔吉"凤头、猪肚、豹尾"的乐府结构原则,展现出"起要美丽,中要浩荡,结要响亮"的美学风神以及"首尾贯穿,意思清新"的内在精神之一致性。《窦娥冤》的豹尾,正在于在复仇的实现中展示出真理的力量,鼓舞人们抗暴的勇气和斗争的精神。

三、曲辞之本色当行

戏剧的曲白,既是人物心理的外化,又是戏剧发展过程中主要的表现手段。曲白文辞,集中体现出悲剧风格的情调来。

悲剧曲白从哀伤感动到悲怆激越的转化,在该剧中体现得特别明显。单就曲文来说,《窦娥冤》全剧共有四十一支曲。除了楔子中一曲是窦天章所唱外,四十支曲皆出于窦娥之口。元曲这种一人主唱的形式,固然极大地束缚了剧情发展的自由度;但在关汉卿笔下,一人主唱实际上是以窦娥的眼光来透视整个事态的发展,窦娥的悲愁愤懑和好恶评价都比较淋漓尽致地反映出来,因而特别能左右并影响观众的共鸣。

第一折曲中,窦娥既唱出了年少独守空房的忧愁,又透出了对蔡婆引狼入室、欲成好事的规劝和嘲弄。第二折曲中窦娥既表白张父的药死与自家婆媳并无干系,又哭诉了酷刑的暴虐,表明了以死救蔡婆的意志;第三折曲是指天骂地的檄文,是透视人间的悲歌;第四折曲则是对复勘冤狱、获得胜利的戏剧行动的直接促成。

因此,该剧的曲文既具备抒情性,又具备戏剧性和行动性。这里的语言不仅是思想的外衣,同时还是思想本身;不仅是行动的体现,而且是行动自身。对以关汉卿作为代表的戏剧语言的风格,戏曲批评家们都称之为曲的"本色"和"当行"。这就是指剧中曲文是否便于场上"随所妆演,无不摹拟曲尽,宛若身当其处,而几忘其事之乌有;能使人快者掀髯、愤者扼腕、悲者掩泣、羡者色飞"(臧晋叔语)的戏剧化程度。

---

① 臧晋叔《元曲选序》,《元曲选》,文学古籍刊行社 1955 年版,第 1 页。

《窦娥冤》曲文的本色当行,在于对窦娥由哀趋壮的性格转化的生动体现,也在于其六百多年来以各种形式得到反复上演的舞台生命。王国维盛赞窦娥在第二折中所唱【斗虾蟆】一曲,"此一曲直是宾白,令人忘其为曲。元初所谓当行家,大率如此",也是从该曲的通俗性和戏剧性入手的。这段曲文既是对张驴儿自毒其父的严正声明,又是对蔡婆执迷不悟的点破,全无诗词家气,直为曲词典范。王国维还进一步把元曲的这种本色当行归纳结为"元剧之文章",且"其文章之妙,亦一言以蔽之,曰有意境而已矣。何以谓之有意境? 曰写情则沁人心脾,写景则在人耳目,述事则如其口出是也"①。但王氏的归结,在一定意义上混淆了古诗词与元剧曲的界限,又带有忽视戏剧性的不足。

《窦娥冤》的宾白,基本上运用语体,十分恰当地体现了不同人物的声口和性情。楚州太守关于有钱便是衣食父母的昏官口吻,张驴儿"你药杀了俺老子,你要官休还是私休"的流氓声口,肃政廉访使威严、老迈而又文质彬彬的清官语气,都可令闻声知人;窦娥宾白中从楔子痛唤老父的胆怯,到第四折中直呼"窦天章"姓名的泼辣,既显示了为人为鬼的差异,又反映了处境对性格的必然转变。王季思先生尤其欣赏窦娥与蔡婆生离死别时,于平淡语气中掀起的波澜:

　　婆婆,那张驴儿把毒药放在羊肚儿汤里,实指望药死了你,要霸占我为妻。不想婆婆让与他老子吃,倒把老子药死了。我怕连累婆婆,屈招了药死公公,今日赴法场典刑。婆婆,此后遇着冬时年节,月一十五,有瀽不了的浆水饭,瀽半碗与我吃;烧不了的纸钱,与窦娥烧一陌儿——则是看在你死的孩儿面上。②

一半为事实的冷静陈述。一半为孤魂野鬼的唯一心愿。尽管蔡婆并不是个好婆婆,但窦娥也丝毫不计较她的不是。窦娥所求也少,所予却多。平淡语气当中,见出她对白发人的特别尊重和情谊,蕴藏着多少英雄辞世的慷慨悲哀。看起来这段话有如小别数日的口吻,实际上却是与婆婆幽明永隔的诀绝词。

悲剧风格是作家人格、经历和修养的生动体现,同时也是作品在戏剧冲突、人物性情、情节结构和曲文宾白等整体力量的综合体现。《窦娥冤》的悲剧风格,对我们认识关汉卿本人,认识关汉卿的其他悲剧和全部创作,都有着十分重要的启迪作用。

七百多年前,关汉卿写下了《窦娥冤》。九十年前,王国维在《宋元戏曲考》中认定《窦娥冤》是彻底的悲剧。日本学者青木正儿也在《元人杂剧概论》中推定《窦娥冤》是"元曲悲剧的第一杰作"。从王国维的命题出发,我们试图较为完整地阐述《窦娥

---

① 王国维《宋元戏曲考》,陈多、叶长海《中国历代剧论选注》,湖南文艺出版社1987年版,第447页。
② 关汉卿《窦娥冤》,臧晋叔《元曲选》,文学古籍刊行社1955年版,第1510页。

冤》的悲剧意蕴。从悲剧这个美学范畴生发开来,我们从悲剧原型、悲剧冲突与人物性情、悲剧风格这三重审美特性上,来分析《窦娥冤》的酿造与昭雪,并全面讨论到《窦娥冤》悲剧意蕴的整体分布。

作为元代女性悲剧的杰出代表,《窦娥冤》当之无愧。

以英雄悲剧、命运悲剧、帝王悲剧和女性悲剧的四度分类,反映出元人悲剧的悲壮崇高、惆怅凄凉和悲伤柔韧三重风格。三重风格的逻辑展开和依次排列,以悲愤之声,阳刚之气起首,以普遍的失落感和绝望感居中,以阴柔不减坚韧的精神煞尾。

一个具备了崇高悲剧感的民族,毕竟是伟大的民族;那些笔端常带炽烈情感,曲调浸透悲凉心绪的作家,更是民族精神的承载者和发露者。能够创造出了光辉灿烂的元代戏剧的国度,其希望的火种是决不会灭绝的。民族的失败并不可怕,可怕的是民族的麻木和呆滞;民族的悲哀并不可怕,怕的是哀过而心死。这样一个善于反思反省、勇于痛定思痛、透视旧伤新痛的中华民族及其文化体系,决不会因为朝代的更替和世纪的黑暗而丧失殆尽。那些悲剧女性们的奋力抗争,不正是让人们屡屡看到了历经挫折磨难、终将中兴繁荣的民族命运的曙光么!

第十三章
缠绵凄惶的苦恋悲剧

"世称元治以至元(1264—1295)、大德(1297—1308)为首"(《元史·食货志》),而元杂剧的繁盛期,也当推彼时为最。其时,最伟大的元杂剧四大家皆已登场,最优秀的剧本如《窦娥冤》、《汉宫秋》等均已上演。

关汉卿和马致远,虽然是双峰并矗,同显俊妍,但却面貌不同,各有千秋。关氏爱写女性,今存十六个剧本,只有四种是末本,余都是旦本;而马氏笔下男性居多,所传八个本子,除了《青衫泪》是旦本外,其余均是末本。

尽管马致远的剧本,大都是神仙道化剧和宿命感伤剧,但其抒发真挚感情、描写人情世态的《汉宫秋》、《青衫泪》两剧,与无名氏的《张千替杀妻》一样,都属于元杂剧中缠绵凄惶的苦恋悲剧。

第一节 马致远的《汉宫秋》

一、朝阳鸣凤马致远

马致远是元代最负盛名的作家之一。元周德清在《中原音韵自序》中,率先将马致远排在元曲四大家的地位,说"关、郑、马、白,一新制作"①。明何良俊《四友斋丛说》,则将马致远排名第一:"元人乐府称马东篱、郑德辉、关汉卿、白仁甫为四大家。"

朱权的《太和正音谱》,把马致远排在元代一百八十七位曲家中的首位:"马东篱之词,如朝阳鸣凤。其词典雅清丽,可与灵光景福而相颉颃。有振鬣长鸣、万马齐喑之

---

① 周德清《中原音韵》,《中国古典戏曲论著集成》(一),中国戏剧出版社1959年版,第16页。

意。又若神凤飞鸣于九霄,亦可与凡鸟共语哉?宜列群英之上。"①的确如此,无论在戏曲或散曲创作方面,马致远的文辞之雅丽、意境之苍凉、情韵之深沉、人格之高洁,成就甚高、影响极大,委实具备朝阳鸣凤、声振九霄、贯穿古今的艺术穿透力。

同样,臧晋叔的《元曲选》,同样将马致远的《汉宫秋》列为开山之剧。

马致远的生卒年不详,大约在1250—1321年之间。号东篱,大都人,曾任江浙行省务官,晚年过着归隐生涯。他还曾参加过名震一时的元贞书会,与艺人们一起编剧。一生所作杂剧十七种,计有《破幽梦孤雁汉宫秋》、《吕洞宾三醉岳阳楼》,与李时中、花李郎、红字李二合撰《开坛阐教黄粱梦》、《江州司马青衫泪》、《半夜雷轰荐福碑》、《马丹阳三度任风子》、《西华山陈抟高卧》七种剧。《刘阮误入桃源洞》尚存残曲。

儒生、道士、汉明妃和烟花女都成为马致远大力讴歌的主角,这就反衬出对世道不公、红尘黑暗、命运残酷的认识与搏击,充分表露出对文武大臣、鸨母商人和一切作践美好、玷污纯洁、糟蹋人才的权贵富豪的不平之鸣和愤怒声讨,不断吟咏着对遗世归隐、修道成仙等清纯自然、与世无争的超脱感、升华感与寂灭感。

明清以来,文人雅士们高度推崇马致远的清风峻骨和艺术成就。自18世纪20年代开始,这位中国的"朝阳鸣凤"被逐渐介绍到西方世界,成为世界悲剧史上的重要作家之一,为更多的外国读者们所景仰膜拜。

二、昭君和番起冲突

西汉竟宁元年(前33),汉元帝将宫人王昭君嫁给匈奴单于呼韩邪。当时的形势是汉强胡弱,呼韩邪称臣,汉元帝赐女,原本是借联姻手段以巩固和平的局面。

但自东汉以降,大量以昭君和番为题材的文艺作品源源不断地涌现出来,从而将历史上的王昭君塑造成为千姿百态的艺术形象,附会为或凄凉哀感或慷慨肃杀的种种境界。从汉代的《昭君怨》歌辞之后,吟咏昭君的诗歌作品名篇就达六百余首,而马致远之后的昭君戏也达二十多种,例如明人陈与郊的《昭君出塞》,无名氏的《和戎记》、《青冢记》,清人薛旦的《吊琵琶》、周文泉的《琵琶语》和尤侗的《吊琵琶》等戏。这些戏皆步《汉宫秋》之后尘,但却并无马致远之大匠锦心。

为什么在庞大的昭君题材艺术作品中,总会大多透露出深深的无奈、不尽的遗憾呢?为什么这些蕴含着破灭美感与悲剧情味的作品,与王昭君和番生子的历史事实不尽一致呢?

无论是在古希腊悲剧还是在中国悲怨文艺中,背井离乡、适彼异国总是令人难于忍受的灾难,而以宫中美人身分出现的昭君,却要担负起一国一主的政治与军事的重托,投身于胡人骏马之列、草原荒岭之中,这当然是最能体现出情感转换和悲怨心态的

---

① 朱权《太和正音谱》,《中国古典戏曲论著集成》(三),中国戏剧出版社1959年版,第175页。

重要关目。多少思乡之情、家国之爱、宫闱之恋，都可以从中表现出来，所以王昭君、蔡文姬等美人才女，才成为艺术作品所谓说不尽、谱写不完的悲剧人物原型。

在马致远的笔下，继承了唐代《昭君变文》的艺术虚构，将汉胡两家的军事实力对比设定为胡强汉弱。兵临北境，人至宫中，以亡国作要胁，用和亲息刀兵。与此相应，杂剧还将画工毛延寿的身分改为中大夫之职，这便使其索贿卖国的奸臣嘴脸更令人憎恶。至若汉元帝与昭君之间相恋甚晚、相别甚疾的艺术处理，昭君行至汉匈边界时便投河自尽的情节虚构，都使得《汉宫秋》真正成为一出秋风秋雨愁煞人、秋宫秋雁鸣伤心的沉痛悲剧杰作。

本剧构织了几对极富戏剧性的冲突，这使得前半部戏情节曲折、格局多变。

表层冲突是美丑冲突。第十代汉朝皇帝嗣位之后的先行之事、当务之急，是将先帝麾下不论有染或无邪的宫女尽行遣散，免得无意中行出尴尬之事。此令一出，后宫美女皆星流云散，这便使得正值英年的元帝甚感寂寞。

中大夫毛延寿不失时机地以"田舍翁多收十斛麦尚欲易妇"相诱，请旨遍天下征选十五以上、二十以下的绝色女子，送到宫中听候召唤。那汉元帝实在偷懒，他知道毛延寿善画肖像，遂让他全权代理选美、画美等一应事务，皇帝只需按图召女，落得个逍遥自在。

仅仅因为第一美人王昭君不肯馈送金银，毛延寿便点破美人图，化美为丑，致使看图御女的元帝始终无意召幸昭君。

然而真正的美感是任谁也难于长期掩盖的，昭君除了外貌之美外，还有其乡贤屈原所称的充沛"内美"。她性情沉潜坚贞，不行阿谀奉承之事，更兼丝竹精通，琵琶出色。是夜她正在弹弦遣闷，适逢汉元帝闻声前来，这才蓦然发现了昭君绝艺更兼绝色，使得惨遭丑化的十八女郎得以还其本来面目与真正美态。而那位原一手制造化美为丑假象、外表看来堂堂正正、煞有介事的毛延寿，此时才真正暴露出他选美敛财、无财不美的险恶用心、贪婪本性和丑恶实质，美丑冲突几经转化终于各归本色。

以美丑冲突作为表层结构，以忠奸冲突作为核心结构。惯会察言观色、审时度势的毛延寿看起来投君所好，急君所想，其实是以大忠臣之表掩大奸臣之里。且听奸臣自道本性："大块黄金任意挝，血海王条全不怕；生前只要有钱财，死后哪管人唾骂。"一旦其丑化昭君、聚敛钱财的奸行暴露之后，中大夫毛延寿立即脚底揩油，溜之大吉，带着绘有王昭君真容的美人图投奔番邦呼韩单于，献图说项：

有我汉朝西宫阁下美人王昭君，生得绝色。前者大王遣使求公主时，那昭君情愿请行，汉王舍不得，不肯放来。某再三苦谏说："岂可重女色，失两国之好？"汉主倒要杀我。某因此带了这美人图献与大王，可遣使按图索要，必然得了也。①

将皇上新近宠爱的明妃张扬出卖，挑唆单于去强占汉元帝的美人，这不仅是奸臣的嘴脸，更是欺君卖国的汉奸行径。果然，单于郑重遣使来汉，索要昭君和番，若不应允便大军南下，汉家江山不可保也。

与奸臣色谱大致相邻的，是一帮缩头藏尾的文武大臣。面对番邦明目张胆的侮辱、欺凌和恐吓，那些个食君禄、请皇俸、卖功勋、争名利的满朝文武俱闭口不言。不管可怜巴巴的元帝如何望眼欲穿，文武两班尚兀自如泥人般安静，"那壁厢锁树的怕弯着手，这壁厢攀栏的怕擸破了头"。问得急了，盼得久了，那领头的尚书竟装出一番赤胆忠心的样儿，提醒皇上莫学纣王宠妲己，导致国破身亡的恶果；要是宠昵王嫱，也会废了朝纲，坏了国家。如今番国雄兵百万，压境遮日，"望陛下割恩与他，以救一国生灵之命"！

面对这帮绝顶无能的忠臣，元帝表示出彻底的失望、无望和绝望，"久已后也不用文武，只凭佳人平定天下便了"！走投无路之际，竟是王昭君自动请行，报陛下以深爱，为社稷息刀兵，主动而自觉地提出"情愿和番"之议。仅此壮举，不仅使得毛延寿的卑鄙奸恶与真正的忠臣相去有天渊之别，而且使得文武百官们怯弱怕事的言行愈显出渺小而可怜。他们与汉奸毛延寿，同样都可以划归在投降派的范畴之中。

忠奸冲突的直接背景和全剧结构的一大主体，还是汉番冲突。昭君不仅在关键时刻挺身而出，禳解了汉番冲突，还在汉番的边界黑河中投水自尽，从而真正结束了汉番冲突，这使得单于索要美人的种种恃强敌对行为，至此变得毫无意义，并且朝着汉番和解的方面迅速转化。单于以青冢掩埋昭君后，立时宣告说："我想来人也死了，枉与汉朝结下这般仇隙，都是毛延寿那厮搬弄出来的。把都儿，将毛延寿拿下，解送汉朝处治，我依旧与汉朝结和。"

汉明妃不仅以誓不入番的决绝行动证明了其对故国山河之忠，还以冰清玉洁、不受玷污的身体证明了她对汉家皇帝之贞。作为皇妃，她不仅卫护了自身的贞洁，更重要的是卫护了皇家的尊严和体面，卫护了汉朝大国的国体和脸面，同时还借单于之手，断绝了奸贼毛延寿的生路，使得单于深刻认识到中华民族与生俱来、生生不已、强悍博大的爱国主义情操。

三、意境渲染如画图

《汉宫秋》一剧格外具备层层渲染、发挥使透的画面感、场面感和意境感。第一折中的昭君弹曲，从听觉上给人以仙音叮咚的美感；及至元帝在画烛光焰下，挑灯细品昭

---

① 马致远《汉宫秋》，臧晋叔《元曲选》，文学古籍刊行社 1955 年版，第 5 页。

君的美貌,又从视觉上得以展示出她"眉扫黛、鬓堆鸦、腰弄柳、脸舒霞"的绝色,以及其如仙如佛、如诗如画的体态。

第二折先写番王拥兵布阵的远景,次写毛延寿献图的中景,再将抒写扫描的镜头拉到汉朝宫殿中议事论和的近景,并借元帝的一唱三叹、望眼欲穿,具体展示出文武百官们从体态到心态都噤若寒蝉的特写镜头。直待昭君请行的大特写出现,死气沉沉的舞台画面中才出现了无边的暖色、和平的希望和圣洁的灵光。因此第二折中特别具备场面性切割转换的特色。

从第三折开始,剧情发展到场面性与意境感水乳交融的程度。汉皇帝亲自将明妃送出灞陵桥,一步一饯行,一杯一腔愁。当宰相与番使均有所不愿时,皇帝一面厚赏使者,一面竟与昭君以夫妻相称,"早是俺夫妻悒怏",将渭城衰柳与灞桥流水都搅入了自己的愁肠。从"返咸阳,过宫墙"到"不思量除是铁心肠,铁心肠也愁泪千行"等顶针体唱段,都将其心中的凄惶惆怅尽行托出。

镜头摇到昭君那一边,她先是痛别元帝,"妾这一去,再何时得见陛下"?次是留下汉家衣裳,以俾皇上睹衣思人,想象当日情长。待到场面转回到元帝这一边,昭君虽已去远,皇上还在目送远望,痴情不减,这也为昭君赴死的行为,准备了充分而可信的心理依据。

第四折纯是意境的深化,叙元帝秋夜入梦,才见得昭君半面,却被番兵捉拿回返。待到噩梦惊醒,却只有那长一声短一声、紧一声慢一声的失偶孤雁,凄凄楚楚地在盘旋哀叫。从雁声再引逗起边塞离情,可怜的皇帝再也无法成眠,只得耸耳静听,动魄惊心:

> 呀呀的飞过蓼花汀,孤雁儿不离了凤凰城。画檐间铁马响丁丁,宝殿中御榻冷清清,寒也波更萧萧落叶声,烛暗长门静。一声儿绕汉宫,一声儿寄渭城,暗添人白发成衰病,直恁的吾家可也劝不省。①

重重景物、声声雁鸣都是皇上心理的凄愁外化。正是这纯情、痴情、长情的汉元帝,才使得昭君之爱不虚、昭君之行不枉、昭君之死不朽。传神写照到了如此地步,难怪后世人们再三结撰的昭君题材戏,再也难以超出马致远的大手笔,特别难以超出该剧所层层渲染、步步展示出来的画面感、场面感,尤其是这荡气回肠、触目惊心的意境长卷。

---

① 马致远《汉宫秋》,臧晋叔《元曲选》,文学古籍刊行社1955年版,第5页。

第二节　从《琵琶行》到《青衫泪》

一、诗情点化成诗剧

尽管《青衫泪》一直没有得到史家们的充分关注,但受到冷落的作品不一定就是没有价值的作品。该剧有着市民文学的情理一景,书生士人的痴情一片,平康女子的侠义一脉,诗剧旋律的美妙一曲,这都是应与深切关注的方面。

《青衫泪》的全名叫《江州司马青衫泪杂剧》,它的主要人物、重要关目及剧名都是本于白居易的《琵琶行》。

《琵琶行》是真事实录。元和十年(815),白居易贬官九江郡。第二年深秋,他送客至溢水入江处,"闻舟中夜弹琵琶者,听其音,铮铮然有京都声"。这里颇有点"他乡逢故知"的味道:京都的繁华,旧日的乐事,被熟悉的曲调所引,幽幽浩浩,翻腾在心。他同这位"京都老乡"攀谈起家世来,方知琵琶女当初因她那师法大家的演技,年轻美貌的容颜,也曾是一位红极一时的人物。然而好景不长,名花易谢,终于年长色衰,门前冷落,遂沦落于江湖之间,嫁给了一个粗鄙的商人,换来了流不尽、泻不完的辛酸泪。

白居易本来恬然自安,不以左迁为念,此时却"感斯人言,是夕始觉有迁谪意,因为长句,歌以赠之",宣泄出真情实感。诗人并不是个逆来顺受的可怜虫。因闻旧曲,他深埋在心底的感慨有如江潮,洋洋滔滔奔涌出来;琵琶女的沦落身世,惊醒并复苏了他往日迟钝麻木的神经感官。一曲《琵琶行》,实际上就是一首对仕途的险恶,人生的无常,时光的易逝感到不满、不平而又无奈的沉郁忧愤之歌。

马致远也有着相类似的经历,只不过他的官场生活有如一现的昙花,更加短暂一些而已。1285年后,他离开生活了二十多年的大都,到江浙去做行省官员;其后终不得志,漂泊徙移,终于成为了以倡为友、制曲作歌的书会才人。由色转空,因悲入幻,晚年他通道归隐,回归到避世独立的生活轨道上。归隐也可看成士大夫们忧愤到了极点而不能解脱自拔的一种特殊的反抗方式,是一种心理转移和慰藉。马东篱对人生、社会和仕途经济有着许多清醒而深刻的认识,这是和白居易有着许多极悲极痛、欲道不出的"共同语言"的。文章憎命达,忧郁出诗人,一曲《青衫泪》,何尝不可看成一首《新琵琶行》呢?

《青衫泪》至少写在1297年之后。剧中第二折有"教我空捱那没程限的窦娥冤"一句,第三折有"错猜着待月张君瑞"一句;可见马氏在撰写此剧时,《窦娥冤》和《西厢记》已风行于世,成为"耳根听熟之语,舌端调惯之文"(李渔语)。而《窦娥冤》中的肃政廉访使官名当是在1291年时才有的,《西厢记》也该是产生于王实甫的主要创作期1297年之后。马致远应该比关、王都要小十来岁。看来清人所编订的《重订曲海总目》列马致远及其作品为元人杂剧第一位,当是从何良俊之序,以艺术成就之高下,来定入选名次的。

　　较之原诗，马氏的题旨有了很大变化。白氏的诗，可作为政治失意诗来读，而马氏却隐去了政治上的怨怒色彩，通篇以"情"字作为核心，着重写白乐天和裴兴奴的悲欢离合。元代商业经济繁荣，市民阶层崛起，铜臭气十分浓厚，银钱成了点化和主宰一切的魔棒。马致远的戏却大力提倡人权平等，反对买卖婚姻，厌弃向"钱"看的观念，提倡以"情"字为基础的爱情婚姻；仅以此论，《青衫泪》就可以看成是劝世骂俗的严肃"社会问题剧"。

　　明末清初曲论家李渔认为"虚不似虚，实不成实"是词家之大忌，其实这反倒体现出《青衫泪》的特点和优点来。白居易为实，裴兴奴相对虚写；邂逅是实，旧好是虚；听琴是实，私逃是虚……整个情节的展开和人物的塑造全在于有本可循而有虚可遁。马氏重实，剧中几乎引了《琵琶行》全诗；但为了虚得合理，于中又删去了数句与剧意不合的诗行。

　　裴兴奴在诗中只是一个偶然相逢的商人之妇；而在马氏剧中，这个琵琶女却成了与白居易心心相恋的裴兴奴。全剧写白侍郎与妓女裴兴奴交好，欲订终身。白不久贬官江州；兴奴本欲守志，被贪财的母亲兼老鸨与江西浮梁茶商勾结定计，假报以白郎死讯，终被卖给茶商。白居易送元稹下江，适逢裴兴奴弹琵琶，便与她合为一处并上奏宪宗。宪宗李纯准其重婚，责罚了裴妈妈并茶商一干人。

　　这些扩充和虚构都很有历史社会基础，是从大家都熟悉的材料中创造出来的。元代蒙古族入主，相沿放牧部落的风范，轻视妇女的贞节观念，不甚看重"男女之大防"。这种观念也是和唐代相去不远。唐时公主改嫁，寡妇再醮，乃是司空见惯之事，更不说一般士人狎妓饮酒，蓄妾猎艳，早成为标为风尚、传为佳话的世情。

　　白居易的一生，总起来看在官场上是顺利的；在情场上，他也堪称是位风流倜傥、情深意笃的如意郎君，到老时他犹养着娇妾美优。作为一个情人，白氏感情深挚细腻，绵绵不断。《白香山诗集·感情诗》载他和东邻美女的一段情事："中庭晒服玩，忽见故乡履；昔赠我者谁，东邻婵娟子。因思赠时语，'特用结终始；永愿如履綦，双行复双止'。自我谪江都，飘荡三千里；为感长情人，提携同到此。"四十三岁贬官在外，还不忘带着当年情人所赠的一双绣鞋，实在是藕断丝连、牵扯不开的痴情。这首诗简直可为他的另一首《井底引银瓶》诗作个真实的注脚。

　　乐天生性善良，可体谅到上阳白发人的幽幽哀怨；《长恨歌》也撇开了帝王家荒淫好新的本质，突出了有情人不得长相聚的绵绵怨恨。还有人从白诗《潜别离》中"不相识，潜别离，暗相思，两心之外无人知"等句，推断他在爱情上有过痛苦经历。无论怎样说，乐天都是个知情、重情、长情的人；所以马氏移花接木，把琵琶女介绍相配给白居易，这也不算是冤屈了这位风流才子。剧中裴兴奴与白乐天以夫妇相称，女主人压倒群芳，成为唐宪宗所御封的贵夫人，"与樊素齐肩，受小蛮节制"。

马致远的小令《浔阳江》云:"送客时,秋江冷,商女琵琶断肠声,可知到司马和愁听。月又明,酒又醒,客乍醒。"其中的"司马和愁听"就带有与卓文君私奔的端倪。这首小令可看成是剧本的前期草图。白氏相遇琵琶女,在诗中只是件偶然的事,而在剧中却成了必然的戏剧性的巧合。从"同是天涯沦落人,相逢何必道相识"的陌路人,到生离"死"别的有情人,这一变更使得剧本具有撼人心魄的强大艺术感染力。由两情绸缪到天涯相隔,由天涯相隔到阴阳相阻,由阴阳相阻到意外重逢,由意外重逢到双双出逃,剧中的白居易已经不再是历史上的白居易,而是一个传奇式的罹难才子。

二、天涯怨女裴兴奴

作为一位有血有肉的丰满艺术形象,裴兴奴本是京师出名的官妓。她"十三学得琵琶成",从此就继承了家传的风月生涯,成了教坊中的头面人物。每日里"接客求食",承欢侍宴,"折倒得形似鬼,熬煎得骨似柴",谁曾把她当一个人看待。她在出卖身体色相的苦海中泡着,感叹自己的职业"甚是低微",对这种"世袭烟月牌"的生活深恶痛绝。虽说她"性娇","好择人",追求"插髻荆钗"、一夫一妻的"自在"生活,但却总也挣不脱这烟花千层套,只得默默地忍受着屈辱。追求自在得不到自在,意欲择人却没有择人的权利,这就是她的处境。

直到二十九岁上,她才碰见了四十一岁的白乐天,这是第一个把她当人看的男人。乐天其时为礼部侍郎,但却并不以势压人。他换了官衣,是以寒酸秀才的面貌出现在兴奴面前的。他彬彬有礼,作揖动容,使得裴兴奴的心为之一动:"偏他还咱一拜","不弃下贱"。正是在平等和相互尊重的基础上,使得这个厌于风尘的妓女也生了几分敬慕之情。白乐天又是那么地体贴、爱护她,他不像贾浪仙、孟浩然一般,只知喝酒取乐;他还想着费了裴家的四瓶酒、十瓶香茶,还有兴奴的多少情分,都该补偿相报。他和她"则只管缠在一起","勾勾搭搭",生出了恋恋不舍的深情。相交半年,两人更是鱼水难分,用裴兴奴自己的话说,是"相公在妾身上十分留意,妾身也有终生之托",都指望是相守永久。

哪知宪宗皇上的一道贬谪,打碎了这对鸳鸯的美梦。分手之时,兴奴决计守身如玉,再不留客,专等相公回来。她凄惨地唱道:

有意送君行,无计留君住。怕的是君别后有梦无书。一樽酒尽春山暮,我揾翠袖,泪如珠;你带落日,践长途。情惨切,意踌躇,你则身去心休去! ①

此处"书"字隐下伏笔。随后,老鸨假造了白居易的诀别绝命书,断了她的想头,

---

① 马致远《青衫泪》,臧晋叔《元曲选》,文学古籍刊行社 1955 年版,第 885 页。

把她强卖给了茶商刘一郎。

裴兴奴之从茶商,决不能简单地看成是她对于爱情的不贞;对于这位风尘红颜,不能把她同不事二夫的刘兰芝等同起来,也不能把她同糟糠自咽的赵五娘并列。作为一个受人作践的妓女,她在被男人玩弄的时候,也同时在玩弄着男人及整个不平的社会。一旦她拥有了真正的爱情,她就开始珍重起来了,她尽了她自己所能具有的最大努力。当鸨母令她接客时,她便脱口道出了这句义正辞严的话:"我做了白侍郎之妻,休来缠我!"

假书到来,生逢之念既绝,委弃残生,相思之情不断。从良嫁人,向来被认为是妓女的荣光出路,而茶商生得"波俏",家中"金银又多",她却毫不动心。钱是多么可憎的东西,这阿堵物斩断了母女之情,践踏了十三岁女儿的贞操,如今又要买走她对人生、对社会的唯一的爱情的依恋。就在这紧要关头,马氏却并没有让她去殉情自尽。这倒不是因为什么"自杀是弱者的行为"之类的箴诫,而恰恰是作家独辟生面的匠心,展示出弱女子无法抵御恶势力的悲苦无助。

即便是裴兴奴出于无奈嫁了茶商,也和他是"同床异梦",只认着"与猪狗同眠"。银钱只买得到她作为商品的身,却买不到她的一颗黄金般高贵的心。尽管她对在"钱眼里安身"的鸨母鄙弃不至,但为了她的残年生计,她还是作出了最大的牺牲。

不管身在何处,她的心只属于白郎。是的,白郎钱不多,官不显,但白郎恩多情多义多!滴水之恩,也当涌泉相报。临嫁时,她烧一陌纸钱,洒雨泪涟涟,是何等地凄惶哀伤!一旦重逢白郎,她就快刀斩乱麻,毫不迟疑地委身私逃,没有对茶商丝毫的顾恋之情,没有对那虚伪不平的婚约文书的半点敬畏恪守之惧!

裴兴奴的性格色彩十分明朗。她爱得炽烈,爱得专一。她想乐天时,是"但合眼早怀儿里梦见"。她诅咒鸨母"狠毒呀好使的钱,女爱的亲娘不顾恋,娘爱的钞女不乐愿"。"亲"者,情也。她只愿绝情的鸨母有朝一日下了地狱,"火炼了你教镬汤滚滚煎"!她虽不似杜丽娘生生死死只为情,而是作践身躯,游戏人生,但情郁在心,终难排遣,一点点全收入琵琶之中,终于惊动了天地,盼来了故人。

臧晋叔在《元曲选序》中说:"故一时名士,虽马致远、乔梦符辈,至第四折往往强弩之末也。"就情节言,《青衫泪》第四折固然大都是表叙前三折内容,但裴兴奴的精神性格却在这里得到了进一步的升华。金銮殿前,她见到"两行武士列金瓜",心中原也有些忐忑,但又马上就镇定下来,在宪宗李纯面前,说了"一大套儿伤心话"。她把那儿女私情,受骗冤情,母亲贪情,商人色情,当着那皇帝老子、文武百官的面前,嬉笑怒骂,尽情抖露出来。她还生怕圣上迁怒于白郎,就把跟白郎重逢私奔的责任全拉到自己身上,认为是自己"色胆天来大"的结果。她还在文武朝班中找寻那"装聋作哑"的白居易,终于认出了生死的冤家,遵旨交付了圣上。

相形之下,白居易的形象及其爱情就大为逊色:他到江州后,忘记前约,不曾派人送信相问,却杜撰出没有亲随心腹可托的辨白来;皇帝面前,他躲躲闪闪,支支吾吾,生怕因此又受到谪贬,显示出了士大夫阶层那种想爱又不敢大胆彻底地爱的酸腐味儿。他实在不如一个被常人们所不齿的妓女。是的,妓女是不洁的,甚至是丑怪的,但"崇高和丑怪非常自然地结合起来"(雨果语),怜悯和同情却导致了亚里士多德所谓感情的净化。于此可见,裴兴奴才真正是烟花丛中不可得的痴情女,她在感情上是冰清玉洁的圣女。

三、语言本色显韵致

清人黄图珌在《看山阁集闲笔》中说:"元人白描,纯是口头言语,化俗为雅。"《青衫泪》的语言本色、当行,却又不失文采的光辉,雅而不涩,俗而不滥,很多唱词都可单独分出来吟赏。例如第一折中裴兴奴的【混江龙】唱词:

> 好教我出于无奈,泼前程只办得好裁排。想着这半生花月,知他是几处楼台?经板似粉头排日唤,落叶似官身吊名差。(带云)俺这老母呵,(唱)更怎当他银堆里舍命,钱眼里安身,挂席般出落着孩儿卖。几时将缠头红锦,换一对插鬓荆钗!

这是口语,又是韵文。裴兴奴的职业、心理和希望,以及与"官差"及老母之间的矛盾关系,都给形象具体地勾勒出来了。这也是与作家作为散曲大家,其深厚的语言功底所分不开的。

如前所叙,《青衫泪》的主要成就,不在于增添了一段文人轶事,而在于真实地描摹了一幅市民社会的画图,塑造出了一个"个人意志与社会习俗发生冲突"的典型的风尘斗士。从《琵琶行》到《青衫泪》,从诗到戏剧,我们说这两者作为中国文学史上的母女双璧,都是光彩瑰丽的佳作。只是母亲先出,自唐以来就成了众目垂青、交口称誉的美人,就未免有些掩盖了后出近五百年的女儿的娇容。

中国是诗的国度。我们高兴地看到,元代诸多杂剧,都是以唐代名诗人作为模特儿来创作的,如《西厢记》是以元稹恋爱故事为本,《青衫泪》以白居易的行状为据。士大夫写士大夫,诗人状诗人,在感情上有共通之处,精神上也有相连之处,这也是剧本成功的原因之一。在《琵琶行》悲剧的氛围中,马致远也糅进了一些喜剧的成分。这也是出于马氏对人生对爱情的美好憧憬,于此可看出其一向被阴云遮盖得严严实实的**精神世界中的一缕霞彩**。

第三节 无名氏的《张千替杀妻》

一、悲情惨意出苦恋

戏曲史上的男女风情戏甚多,其中奸情题材戏亦每有所见。然而本剧却尽力抒写了一段并不寻常的奸情题材,构织出一幕彻头彻尾的全景悲剧,描摹出一位恋情如火、浓意如蜜的单相思女郎的生命追求,并将这种情感和孽缘的追求,张扬到烈烈轰轰、无以复加的激情遭遇之极致,有若飞蛾投火时以全部热情和生命所博得的瞬间辉煌一般。这就注定了本剧作为戏曲大观中的著名奸情戏的位置,同时为人们思考奸情不奸的自然合理性与历史超前性,忖度淫妇不淫的具体规定性和人性自由度,反思道德无道的刻板荒谬感和害人误己感,都提供了最为典型的形象案例,叠映出多元的意蕴色调。

本剧首先是一出苦恋悲剧。员外的妻室却并不爱员外,反倒一厢情愿地苦恋上员外的结义兄弟张千其人。按理说张千家贫母亲老,又操持着屠夫贱业,这位艳丽的嫂夫人本不应该看上他。然而夫人既与员外结婚二十年,且又年近四十岁,以如此漫长的婚龄和如此成熟的年龄,尚要十分决绝地背叛和抛舍员外,其中必有其不得不然的动因。

仅仅从剧中张千的透露看来,员外至少有两桩不是:"你从今好将息,与我干取些穷活计,休惹人间是非;你再休贪杯。"员外嗜酒胜于性命,这在剧中可以充分表露出来,死到临头他还在呼呼醉卧。至于他常常外出放高利贷,半年不归赚索命钱,看来也绝不是什么光彩行当和正当生意,不然就决不会惹得旁人议论纷纷了。张千所言第三桩不是和期望,是让员外再娶妻时最好记取"丑妇家中宝"古训。这就说明其妻确实是美貌非常,人品出众,"人才精精细细伶伶俐俐,能言快语",更兼那十分妆扮,无边风情,这些都是员外所难于相配的。

自打员外出门后,嫂子便不失时机地爱上了张千。张千的勤谨、忠厚、孝顺和一副屠户的扎实身板,都使得嫂嫂时时留意,处处动情。同祭祖坟之日,嫂子将张千老母支使开去之后,便深一句浅一句地逗引张千,紧一阵松一阵地倚靠张千,将往日贤静贞淑的风度,尽数置换成及时行乐的风情。张千愈是推托退缩,嫂夫人愈要卖俏勾魂;张千愈以道义德行相劝,嫂夫人愈以干掉员外,从今后作长久夫妻相答。

甚至在员外回家之后,夫人还灌醉了员外,拦截住辞别的张千,口口声声要张千杀了员外,好与她成就如胶似漆的燕尔新婚。这位夫人到底是充分成熟的女性,她把满怀苦恋都及时转化为不断出击的主动引诱,把一腔痴情都冷凝为对无情无趣的员外丈夫的三尺寒剑。然而这妇人熊熊燃烧的情焰过于炽烈,到头来不仅要毁掉丈夫,同时还毁掉了自身和张千。这样一位主动大胆、冷艳毒辣的婚外恋妇女形象,可以说在戏曲画廊中属于绝无仅有的独一人,她属于标准的恋爱至上和情感中心论者,以致为了苦恋的成功和偷情的快乐,不惜采用极为自私而极端的杀人方式,这也反映出她对二十年夫妻生活的全盘否定和彻底不满。然而一位苦恋中的女人却为她所钟爱的男人所杀坏,这更是一场识人不当的苦恋悲剧。

本剧还是一出道德悲剧。张千便是道德说教的化身,伦理执法的警员。作为贫人贱工,他对员外的不耻结拜深感荣幸,对员外的施舍周济由衷感戴。所以在员外外出讨债的半年时光中,张千始终把嫂子当亲人看待。作为一位精壮男子,张千先是对嫂子借酒佯狂的言行举止深为惊讶,"恰便是卖俏女婵娟"的妓女行状。美人相诱,不能说张千没有几分动心:"呀,不睹时搂抱在祭台边,这婆娘色胆大如天!恰不怕柳外人看见。"

冷不防遭到嫂子的拥吻袭击,张千最怕的还是给人发现;而一旦嫂子提出杀夫的计划,张千更吓得手脚颤抖。定神之后,他先以员外与嫂嫂二十年结发情义劝化于她,又以道德伦理教条警诫于她:"夫乃妇之天。你休要犯王条成罪愆,则索辨人伦依正典。不听见九烈三贞女、三从四德贤?……留多名,百世传。"

为了摆脱嫂嫂从早晨间缠到日头落的凌厉攻势,张千曾有一度"诈许",以如其所愿。这一诈许虽然从表面现象看暂时脱了危机,但从实质上看则是欺骗了嫂子,使得嫂子真正误解了张千的道德规范,并以两情交好的假象为前提,发展到要杀却员外、再成夫妻的极端行为。张千这莽夫到底不改其屠夫本性,他也不会再做深入细致的思想转化工作,便由道德教化者迅速升级到道德执法者,"因此上揽定青丝,杀坏了不忠淫妇"。

张千的道德执法不仅杀死了嫂嫂,同时还连带员外坐死牢、吃棍杖。非常时刻中,张千又挺身而出,招下了杀人之罪,最终自己被判处杀人偿命之刑。一位伦理道德的极力阐扬者与执法实行者,后来竟走向了道德律条的刑场,这也真是以子之矛、攻子之盾的道德悲剧了。

本剧更是一出彻头彻尾的全景式悲剧。从婚姻关系上看,二十年同床异梦的生涯对员外夫妻言,自然是一大悲剧,而且还直接派生为夫人她所爱非人、苦恋不智的婚外情悲剧,导致了谋杀不成、反遭杀坏的意外事变,最后将员外、张千一干人都牵连进来。不知张千杀人偿命之后,倘若泉下有知,在与嫂夫人冤魂相会之时,又将作何感想?

无论对哪一位剧中人言,这出戏都应是难于胜情的大悲剧。幸存者中的员外既失妻室,又痛失了结义兄弟;张千的七十岁病残老母面对如此惨景,又该如何了此残生?所以张千代兄杀妻的义举,不但没有得到官府的减刑饶恕,同时也受到社会舆论的一致谴责。人之将死,其言也真,张千在绑赴法场的路途中深刻地反省说:"我则见街坊邻里,大的小的啼天哭地,见了我并无一个感叹伤悲。他道不爱娘、替人偿命,生忤逆,丑名儿万代人知。"

百姓公论是杆秤。张千对嫂子言,太矫情也太无情;对兄长言,太有情也太傻情,员外未必赞许他杀嫂的愚暴行为。二十年结婚尚没有子嗣,拜一位屠夫作兄弟后又将嫂子托付于他,一出就是半年,说不定员外打的就是借种生子的算盘,可惜这耿直的屠夫太不识趣。对自己对母亲言,张千都是一个极其不负责任的混账角色,所以死到临头,他才得以明白自己并不算英雄的尴尬万古名。

二、春色撩人三月天

春意撩人。嫂夫人不疯不傻,不轻不狂,她与员外整整捱过了二十度春秋;嫂夫人不妖不媚,不淫不荡,员外收债后整整半年的一百八十个日夜里,她亦能捱得孤凄,经得惆怅。固然有许多动荡的情波在心底回旋,但她至少在表面上看来端淑贤良、使人敬重。那么,是何种神力相助、哪一场合相迷,使得懵懵懂懂虚度了二十又半年婚史的夫人,陡然间欲火爆发、情波喷涌、心乱意迷呢?

正是那撩人春色,最是那春色撩人! 无边春色的整体弥漫,醉人花神的再三逗弄,莺莺燕燕的恼人情长,柳丝芳草的着意牵扯,使得好端端一位贞妇变为色胆大如天的"淫荡"妇,正经经一位夫人一跃成为情肠深似海的偷情人!

都怪那清明三月天,雨后初晴,和风习习,嫂夫人与张千在前往坟园祭祖的路上,走热了身体,"罗衣初试穿",展示出未曾生养过的成熟女性的曲线美;从外到内,由表及里,热透了身子也热透了心胸,几杯薄酒,醉得她眼儿迷,步履蹒跚,三步两步只要兄弟扶,有意无意总把张千靠。一场祭祀死人的孝敬仪式,反而点醒了这妇人生命苦短、及时行乐的急迫感。花既堪折直须折,莫待花落空折枝,这一场泼天盖地的春愁春恨、春情春意,怎不令嫂夫人作出许多非常举动?冷不防就将张千好兄弟"搂抱在祭台边",她确确实实全不怕人瞧见!

《张千替杀妻》中第一折由景入情、情景交融的意境描摹,浓烈、狂放、美艳、醇厚,是戏曲作品中意境描摹的成功范例之一。明代大剧作家汤显祖的《牡丹亭·惊梦》一折,正是直接受到元人的启发,这才极其荒诞而又极其可信地将一未婚少女与梦中情人偷尝禁果的青春苦闷交响曲,谱写得这般华丽,那般张扬!

我们且来对照两剧在文意辞情上的诸多相近之处与相似之境。先看本剧的春色描摹与层层渲染:

　　杨柳晴轩,海棠深院,东风转,花柳争先,忙煞莺啼燕。莎针柳线,凤城春色满娇园。红馥馥夭桃喷火,绿茸茸芳草堆烟,桃杏枝边斗蹴鞠,绿杨楼外打秋千。猛听得莺声恰恰、燕语喧喧、蝉声历历、蝶翅翩翩,不由人待把春留恋,绮罗交错,车马骈阗……嫂嫂道坟在溪桥水那边,斟量来不甚远。恰来到居花庄景可人怜。我则见垂柳拂岸黄金线,我则见桃落处胭脂片……不去他大路上行,则小路儿上穿,骑着匹骅骝难把莎茵践,正是芳草地杏花天……嫂嫂,这的是留与游人醉后眠,我想来今年、今年强似去年……为什么嫂嫂意留连,将言、将言、不言……嫂嫂更道是颠、更做道贤,恰便似卖俏女婵娟!①

如此喧嚣、热闹、生气勃勃、春机萌动的美好世界,才不得不勾引起嫂嫂从观春、恋春到思春、怀春的连贯行为。汤显祖的《惊梦》自然在景物拟人化、心绪景物化方面更胜元剧一筹,但在用韵、遣意、选辞上,明显都见出本剧的影响。也正是在老爷下乡的日子里,杜丽娘方才有可能与春香游玩后花园,才得以像嫂嫂遣开老母一样支开春香,独自入梦。这里且移录《惊梦》中相关的唱词:

梦回莺啭,乱煞年光遍,人立小庭深院。炷尽沉烟,抛残绣线,恁今春关情似去年……裊晴丝吹来闲庭院,摇漾春如线。停半晌整花钿,没揣菱花偷人半面,迤逗的彩云偏。步香闺怎便把全身现……你道这翠生生出落的裙衫儿茜,艳晶晶花簪八宝填,可知我常一生儿爱好是天然。恰三春好处无人见,不提防沉鱼落雁鸟惊喧,则怕的羞花闭月花愁颤……原来姹紫嫣红开遍,似这般都付与断井颓垣。良辰美景奈何天,赏心乐事谁家院……朝飞暮卷、云霞翠轩、雨丝风片、烟波画船,锦屏人忒看的这韶光贱……遍青山啼红了杜鹃,荼蘼外烟丝醉软。春香啊,牡丹虽好,他春归怎占得先……闲凝眄,生生燕语明如翦,呖呖莺歌溜的圆……则为俺生小婵娟……恨不得肉儿般团成片也,逗的个日下胭脂雨上鲜。②

两相映照,既可以相互发明,亦可以相与诠释。嫂夫人的遗憾在于所爱太超前、太猛烈、太真实,偏偏又遇上个太不识趣的莽张千。而杜丽娘之爱则在被动与主动间徘徊,在真与假、虚与实之间倘佯,这才得以初尝和合之乐,不像嫂夫人那样欲望既盛而色胆包天,好事未遂、杀夫未成而香消玉殒、死不瞑目。

作为元代缠绵而凄惶的苦恋悲剧之一,《张千替杀妻》展示了别一种风格的亮色,但也确实展示出一段狂热、自私而悲惨的苦恋情史,表现出一般而言较为柔顺忠贞的中国女性形象的另一层面。这样的苦恋,在西方社会及其戏剧中,相近的类型当然更多一些。

---

① 无名氏《张千替杀妻》,隋树森《元曲选外编》,中华书局1959年版,第707页。
② 汤显祖《牡丹亭》,《中国十大古典悲喜剧集》,上海文艺出版社1989年版,第457—458页。

第十四章
南戏悲慨与《琵琶记》

南戏,也称南曲戏文,兴于宋,盛于元,到了明代中叶后化身为传奇千万,演绎成舞台大观。

一般认为南戏作品约三百种,但有全剧戏文留存者仅占其总数的十分之一。其中最有名气的五大戏文,莫过于流行于元代的"四大南戏"《荆》、《刘》、《拜》、《杀》和号称"南曲之祖"的《琵琶记》。

从巫觋到悲怨歌舞,从戏谑到悲喜讲唱,从变文到悲感文化,每一种古典艺术样式都可能通向悲剧精神,但每种艺术本身都不能构成严格意义上的悲剧。在饱含着悲剧因素的音乐、舞蹈、曲艺和文学等多种艺术推推拥拥、闹闹攘攘的争相催发下,悲剧精神最终要找到自己最为合适的形式载体。

从12世纪初叶开始产生的南戏剧目适逢其时:或者将多维情感寄托于正剧形式上形成悲喜剧,或者将悲剧意蕴与南戏载体结合起来形成真正意义上的悲剧。所以伴随着南戏的发生,中国戏曲史上便有了悲剧的正式出台。

本章试图通过影响较大的一些南戏剧目,来探讨南戏与悲剧特质的契合点,并进而论证两者之间有若神灵附体般有机契合的必然性。

第一节 宋元南戏之悲音

一、"戏文之首"与悲剧

从目前材料来看,《赵贞女》和《王魁》应为"戏文之首"。

徐渭《南词叙录》开篇即云:"南戏始于宋光宗朝(1190—1194),永嘉人所作《赵贞女》、《王魁》实首之。"①

在其后的《宋元旧篇》中,徐渭首列《赵贞女蔡二郎》,并特为注明说:"即蔡伯喈弃亲背妇,为暴雷震死。里俗妄作也,实为戏文之首。"

《赵贞女蔡二郎》剧本,已完全失传。倒是京剧《小上坟》中萧素贞的唱词中,大致提到过该剧情节:"正走之间泪满腮,想起了古人蔡伯喈。他上京中去赶考,一去赶考不回来。一双爹娘都饿死,五娘子抱土筑坟台。坟台筑起三尺土,从空降下一面琵琶来。身背着琵琶描容相,一心心上京找夫回。找到京中不相认,哭坏了贤妻女裙钗。贤慧的五娘遭马踹,到后来五雷轰顶是那蔡伯喈。"②

据此看来,在该剧中饿死的是蔡父蔡母,被马踏致死的是蔡妻五娘子,被五雷轰顶的则是蔡伯喈本人。全剧中无分老少男女、好坏正邪,一概通过饿杀、踹杀和炸雷劈杀等方式死于非命,归于寂灭。这是非常典型的悲剧结局。

从该剧题旨和冲突线索来看,该剧明显是一个男子不孝和负心悲剧。蔡伯喈赶考之后便不顾父母,抛弃妻房;妻子千里寻夫,反遭纵马踩杀,此谓事件冲突之一;天雷为人间伸张正义,此谓事件冲突之二。

《南词叙录》次列《王魁负桂英》,亦云:"王魁名俊民,以状元及第。亦里俗妄作也。周密《齐东野语》辨之甚详。"

《王魁》戏文今尚存佚曲十八支,依稀可见王魁初与桂英的欢好情态以及得官不认的结局。据钱南扬《宋元戏文辑轶》③所引,率多曲文极写两人当日的挚情欢爱:

【前腔】"久闻倩馆芳名,猛拚一醉千金。""活脱是昭君,行来的便是桂英。"【宜春令】夫妻事,宿世缘,尽今生相会在眼前。【狮子序】乍相见绮罗间,四目频偷频盼,两意多留多恋,便图谐老百年。【奈子花】愿得,如月似镜长圆。【正宫过曲】【长生道引】……那堪酒阑歌罢时,同携手笑入罗帏。(合)我和伊效学鸳鸯,共成一对,愿得樵楼上漏声迟。

【前腔第二换头】"一心为利名牵,暂别间,不久团圆。""叹许多恩爱,怎不叫我埋怨?""做状元,挂绿袍,那时回转,何须苦苦常忆念?"【第三换头】"……灵神祠里同设愿,亏心的,上有天,莫辜负此时誓言。"

以前的缱绻情浓、欢娱不尽抒写得越细致,以后的恩断义绝、负誓渝盟才显得愈歹毒。以欢情酿悲情,因发达起婚变,这才酿成了不可缓解、无以改变和难于原谅的悲剧

---

① 徐渭《南词叙录》,《中国古典戏曲论著集成》(三),中国戏剧出版社 1959 年版,第 239 页。
② 《小上坟》,中华图书馆编《戏考》第 4 册,上海大东书局 1913—1919 年版。
③ 钱南扬《宋元戏文辑轶》,上海古典文学出版社 1956 年版。

结局。

宋张邦基《侍儿小名录拾遗》引《摭遗》,言该剧大意为落第士子王魁与桂英交好,于海神庙盟誓永不相离。后王魁考中得官,拟另娶崔氏,并逐走前来为桂英传书之老家人。桂英闻讯后挥刀自刎,死后竟索魁命。桂英以死索命的不妥协意志,实际上是人民群众的道德评价和意志愿望。所以《王魁》戏文的各种改编本,历来绵延不绝。其中的《打神告庙》,成为许多剧种的传统剧目。

20世纪80年代的上海京剧院,还曾于1984年上演过由李玉茹改编、曹禺审定、李占华主演、《戏剧报》推荐的全本《青丝恨》。随后,广东潮剧院一团陈鸿岳等人根据京剧《青丝恨》第四场,移植改编为心理悲剧《负心梦》,叙新科状元、相府贵婿王魁在为夫人庆寿饮酒后,闻知昔日恋人敫桂英在被自己休掉之后业已自尽。本来是"后患已除,前程似锦",但良知的谴责,心灵的不安,仍使他做起痛苦而惊怖的梦来。

无论从情节结构和精神气质上看,《赵贞女》和《王魁》这两出"戏文之首",都是较为纯粹的悲剧。南戏之确立,一开始就与悲剧结下不解之缘,这难道仅仅是偶然的关联和个别的现象吗?

二、《祖杰》戏文与三剧论析

吴兴(今属浙江)词人周密(1232—1298),宋末曾任义乌令等职,宋亡不仕。其《癸辛杂识·别集》记载《祖杰》[①]戏文之缘起。《祖杰》亦属早期南戏之一种,故此一并归纳进"戏文之首"来集中探讨。

《祖杰》戏文则是恶势力迫害所造成的另一种类型的婚变悲剧。祖杰和尚把有孕女子硬嫁给俞生,这是对俞生人格上的一大侮辱;俞生也试图避开和尚,太平过活,谁知又接连不断地遭到和尚的骚扰。如此老实本分、息事宁人的俞生,终于再也承受不住这种频繁的侮辱欺凌,也要挺身而出,奋勇告官了。但这本戏文还只是反映宋元时期,恶势力奸人妻女之种种秽行的时事剧开端。更多的骚扰强暴型婚变悲剧,则在元杂剧中大量产生。

全部《祖杰》戏文,叙温州僧人祖杰借为该州总管访求美人之名,得女自用,致有孕,乃令俞生娶女为妻;然亦时时前往温旧寻盟,骚扰俞生夫妇。俞生不堪其辱,携妻远避仍难以避之,乃告于官中。祖杰闻讯,遂溺死俞生全家,"至刳妇人之孕,以观男女"。官中虽知其罪行,但皆受祖杰贿赂,"尚玩视不忍行"。

当此贼秃气焰嚣张之时,"旁观不平,惟恐其漏网也,乃撰为戏文,以广其事。后众言难掩,遂毙之于狱。"(周密《癸辛杂识》)关键时刻,时事剧发挥了彰显事实,揭露

---

① 刘壎《水云村稿》卷四《义犬传》、弘治《温州府志》之《明宦传》皆曾论及此事与此剧。后书云同知昌师召于至元二十八年(1291)"置杰于法"。

罪行、评判是非的强大力量。正是影响广远的戏文悲剧，才使得有司衙门不得不痛下决心，于1291年将淫僧祖杰绳之以法。

这三出早期戏文都强调悲剧情势的贯彻到底，如蔡家的满门灭绝，王魁的必遭凶报，祖杰的狱中之毙。比方当桂英向王魁索命时，王哀告曰："我这罪也。为汝饭僧诵佛书，多焚纸钱，舍我可乎？"桂英厉声答道："得君之命即止，不知其他！"决无缓和的余地。

从悲剧冲突的和解与平衡上看，以上三出戏都借助了现实力量或超现实力量来收拾残局，给观众以情感心理上的平衡感和道德天理上的永恒感。《祖杰》中是借戏文艺人广演其事，激起民众公愤，才促使官府下决心惩治恶僧。这是现实力量的及时呈现。但时事戏文中的祖杰，在死后五天亦有赦书抵达，更使人感觉到社会悲剧情势的再度回旋和深度蔓延的严酷复杂。

《赵贞女》和《王魁》两戏都出现了超现实力量的干预，如蔡伯喈遭雷轰，王魁被桂英鬼魂索命等。所谓超现实力量，是指在现实力量不能正常发挥时所采取的一种扭曲和虚幻的反映方式，是借助神力干预现实，以达到悲剧心理平衡、悲剧冲突和解的必要途径。这是黑暗社会中的闪电极光，它预示了黑暗社会将在大雷雨后复归光明的美好前景。从"南戏之首"开始，中国悲剧每每借用超现实力量来实现悲剧冲突的平衡，这也证明了中国封建社会的黑暗笼罩之广阔，恶势力统治之长久，在人间及时复仇的希望之渺茫。

从悲剧主题的敷衍过程上看，三本戏文都把重点紧紧地纠缠固定在婚姻伦理的主题之中。东汉以来愈演愈烈的门阀制度和等级观念，逐渐形成了社会上"贵易交，富易妻"[①]的恶劣传统习尚。唐宋时期，特别是宋代大力擢用文官，这使许多南方读书人都试图通过科考来改变自己的地位，伴随而来的便是弃妻另娶的大量婚姻悲剧。宋元南戏中大量的婚变戏，都与蔡伯喈、王魁等人的婚变悲剧一样，正是下层人民假托古人或直写时事，对这种恶劣的婚姻道德所作的谴责、否定和声讨。

三、"戏文三种"中的悲剧性质

"戏文三种"系指《永乐大典》卷一三九九一中录存或卷三十七著录的戏文三种，包括《张协状元》、《宦门子弟错立身》和《小孙屠》等剧[②]。其中前后二种可当悲剧看，但也丧失了"戏文之首"中一悲到底的纯粹性；中间一种可算是具备悲剧性的正剧。

由九山书会编撰的《张协状元》，是宋南戏中保存最为完整的一种，也是著名的婚

---

① 《后汉书·宋弘传》："（光武帝）谓弘曰：'谚言贵易交、富易妻，人情乎？'弘曰：'臣闻贫贱之交不可忘，糟糠之妻不下堂。'"
② 参见钱南扬《永乐大典戏文三种校注》，中华书局1979年版。

变悲剧之一。从现存的宋元南戏剧本看,该剧开了悲剧的团圆和解型的结局之先例。剧中赴考士子张协在五鸡山遇盗遭劫,幸赖贫女接济扶助,终与贫女成婚。后张协得中状元,拒不相认来京认夫的贫女。在赴外任途中经过五鸡山,张又欲杀死正在采茶的贫女。最后所幸太尉王德用认贫女为义女,力主张协与之成亲,这对结发夫妻始得复圆。

也许正因为此剧是戏曲南戏史上第一出悲剧的变体,所以其团圆结局也显得十分生硬牵强,难于达到合情合理、令人信服的地步。但此风既起,每况愈"上",到了《琵琶记》而后,大团圆结局也就在中国悲剧中被编得圆而又圆,甚至大致形成了中国悲剧往往苦起善终的结构特色与美学风貌。

作为剧中的悲剧女主角,贫女至少有三重酿成个人悲剧的过失。

其一是在搭救张协后,不该与之成婚。她错把张协"不须要虑及辜我妻"的谎言当箴言,而忽略了男人的真实心理,那便是"自家不因灾祸,谁肯近傍你每?正是情知不是伴,事急且相随"。

其二是不该主动上京寻夫,以致被张协着人乱棍逐出,乞讨返乡。

其三是不该在被逐之后,还对张抱有脉脉温情,希望重圆美梦,以至在山上采茶时再起柔情:"山高处个人,好似奴家张解元!……天愿得儿夫撞见……是张解元!我今日会重会面!张解元莫是寻思旧念,再睹仙乡?"实在是一派糊涂的儿女情长。当张协问及身后可有旁人时,她还充满羞涩、甜蜜和期待地表明并无他人,终于在迷惘不解中被张协拔剑砍伤。

对劫后余生的贫女言,有此三重过错,所获鉴戒便足受用残生矣,她如何还能去再与张协重理丝弦?所以其大团圆结尾,违反了历经张协之劫难后的贫女之心理逻辑,她所看破的所谓"夫妻情分"之虚妄,又重新被和稀泥般地掩盖起来,这就显得牵强悖理。如果说这是贫女柔弱性格的必然发展,那么她又犯了第四重大过错,因为再嫁负心杀人贼张协,乃是她最大的悲剧性所在。倘若哪天张协又要害她,她还会出现那么多太过巧合的逢凶化吉、遇难呈祥吗?

作为调停张协与贫女再婚的和事佬,太尉王德用的行为逻辑更为古怪。他已经面临过欲将女儿胜花嫁与张协,但却反被拒绝的窘境,以致胜花为此羞惭而死。但他却不思悔恨,第二次把所认义女嫁与张协。难道这一再的奉送女儿之赔本买卖,也能作为心理平衡和祛怨解气的手段?这实在是令人难以理解因而也难以信服的一大败笔。

就王太尉之亲女胜花而言,她是一位美丽娇艳而心高气傲的悲剧女性。父母自小灌输的郎才女貌思想,已成为其择婿的最高准则。她是在"被人笑嫁不得一状元"的狼狈局面下怏怏而亡的。诚如人言:一心想嫁状元,死了一场空幻。但即便是胜花之死,也没能使乃父明白起来。无所震撼的死亡也是没有价值的死亡,这才是她最为惨痛的悲哀。

在《张协状元》中，最令人啼笑皆非的场面，莫过于当贫女被张协砍得鲜血淋漓之际，她却先后告诉亚公、大婆和王德用说，自己这伤是在采茶时失足跌坏的。她再也无颜和盘托出以痴情换寒剑的经过，以免让人失望或讪笑。她只能在背地里，悄悄地怨恨张郎"心肠变……绝音书将奴要抛闪……叫门子特骨（故）恁薄贱，到如今依旧把奴斩"！这是贫女甚为可怜的地方，也是最令人"哀其不幸，怒其不争"之处。她为何没有半点敫桂英那样的抗争精神呢？难道她就代表着中国封建社会中妇女的软弱无力、悲苦无助、任人宰割的"羊羔精神"吗？

宋末古杭才人所编的《宦门子弟错立身》，写宰相之孙延寿马与女演员王金榜恋爱，但遭到家庭的反对和禁闭。延寿马伺隙逃出，与王金榜的家庭班社辗转江湖，演戏为生。其父完颜同知在外地观戏时见到了儿子，遂召回儿子、儿媳，合家团圆。作为一个正剧，全剧的悲剧性力度，主要在于延寿马为追求爱情自由，甘愿与家庭、与整个封建贵族社会决裂时所体现出的义无反顾、毅然决然的悲壮精神。

元萧德祥所作《小孙屠》也是一个婚变悲剧。孙必达娶回妓女李琼梅后，两人却不甚相得。琼梅旧相好朱邦杰乘间而入，与之重温旧情。为了做长久姘头，朱、李将扮成琼梅的婢女杀死，反检举必达杀妻。官府把必达之弟必贵正法，以代必达之罪。谁知必贵竟又活过来，兄弟俩扭住真正的杀人犯朱、李二人，终于使罪犯伏法偿命。

这个剧本的悲剧性在于不同层面的分别表达：孙必达与琼梅成婚，文人常性与妓女的杨花水性不合，这对两者都是情感悲剧；官府错判必贵死刑，不事勘查，这是公案悲剧；婢女梅香，无辜遭戮，又连环套式地引出必贵与朱、李的偿命罪案……剧中每个人的意志都在中途夭折中，得不到彻底实现或完满贯彻，因此都可以广义地视为人们的追求与意志，与实现的可能性之间关联甚少的悲剧；就整个剧情来说，不同层面的悲怨，合而构成了全剧的悲剧性。

通常而言，悲剧性集中呈现的浓烈程度，决定该剧的悲剧性质之深厚与否。从此意义上言，《永乐大典戏文三种》只能说程度不等地包孕了诸多悲剧特性，但却还不属于较为纯粹完整的悲剧作品。

第二节 "荆刘拜杀"之悲感

一、四大南戏之源流

《荆钗记》、《白兔记》、《拜月亭》和《杀狗记》四大南戏或曰"四大传奇"，其产生年代都在宋末元初之时。

《荆钗记》的作者，据《寒山堂曲谱》引注说，乃"吴门学究敬仙书会柯丹邱著"。如果以此为据，柯丹邱当是元代苏州一带的剧作家，敬仙书会乃是当时的编剧组织。诸家附会之说乃至王国维所谓柯丹邱乃朱权说，殆不足信。

《白兔记》作者,一说是元代的山西太原人刘唐卿。其根据可能是因为其作有元杂剧《李三娘麻地捧印》。所以《寒山堂曲谱》认为《刘知远重会白兔记》是"刘唐卿改编"。但从剧中大量存在的温州方言来看,从明成化本《刘知远衣锦还乡白兔记》中的《开场》所云:"亏了永嘉书会才人在此灯帘下磨得墨浓,蘸得笔饱,编成此一本上等孝义故事"来看,则分明是温州编剧家之所作。

　　《拜月亭》的作者,一说为元杭州的施惠(君美)所作。曹栋亭本《录鬼簿》谓其"以坐贾为业……诗酒之暇,惟以填词和曲为事"。但《寒山堂曲谱》在引注中认为作者并非武林施惠,乃是"吴门医隐施惠字君美所著。武林刻本已数改矣,世人几见珍本哉?五十八出,按察司刻"。看来这一官方刻本的可信性更大一些,施惠亦当为苏州一带的作者。

　　《杀狗记》的作者当为元末明初的徐畖。《寒山堂曲谱》说他是淳安人。但从《宦门子弟错立身》第五出《排歌》所引"杀狗劝夫婿"语看,古本《杀狗记》也应该是宋末元初的作品。

　　元末杂剧衰微而南戏复兴,《荆》、《刘》、《拜》、《杀》为梨园界广泛演出,蔚为南戏的经典之作。所以王骥德曾对此现象评价说:

　　　　世称曲手,必曰关、郑、白、马,顾不及王(实甫),要非定论。称戏曲曰《荆》、《刘》、《拜》、《杀》,益不可晓,殆优人戏单语耳……
　　　　古戏如《荆》、《刘》、《拜》、《杀》等,传之几二三百年,至今不废。以其时作者少,又优人戏众,无此等名目便以为缺典,故幸而久传。若今新戏日出,人情复厌常喜新,故不过数年,即弃阁不行,此世数之变也。①

　　经典的魅力,首先在于其演之不衰、传之不废的生命力,其次在于一代代演员们作为看家戏不可"缺典"的热捧。尽管王骥德对此现象略表酸意,但也不得不如实记载。

　　《荆》、《刘》、《拜》、《杀》四大南戏,又常常被戏曲史家们称之为"四大家"。

　　凌濛初《谭曲杂札》中说:"故《荆》、《刘》、《拜》、《杀》为四大家,而长才如《琵琶》犹不得与。"朱彝尊也在《静志居诗话》中说:"识曲者目《荆》、《刘》、《拜》、《杀》为元四大家。"

　　《曲海总目提要》在《白兔记》条云:"元明以来,相传院本上乘,皆曰《荆》、《刘》、《拜》、《杀》为剧中四大家。"焦循《剧说》也称:"《荆》、《刘》、《拜》、《杀》为剧中四大家。"

　　其实何止元明清三代,迄今为止各地剧种中的看家剧目中,都把《荆》、《刘》、

---

① 王骥德《曲律》,《中国古典戏曲论著集成》(四),中国戏剧出版社1959年版,第149—154页。

《拜》、《杀》作为"江湖十八本"之前或者之首的大戏。例如在川剧的千余个剧目当中,1955年到1957年间曾演出传统剧目四百个。这些剧目中排名最前的还是"荆、刘、拜、杀"等"五袍"、"四柱"、"江湖十八本"、"四大本头"等各色剧目①。这都证明了四大南戏在舞台上的无穷生命力。

二、《荆》、《拜》婚恋之悲感

《荆钗记》和《拜月亭》作为两出婚恋戏,描摹出坚守爱情、护卫婚姻的苦难、艰辛、磨折乃至以死抗争的崇高行动,悲怨的感觉也就随之而生。

比较来看,《荆钗记》的男女主角王十朋和钱玉莲所面临的悲剧情势,决不比一般的婚变悲剧来得轻松。在男方这边,万俟卨丞相强令招赘新科状元王十朋,但却被王坚决回绝,他宁愿因此贬谪潮州、屈沉下僚亦在所不辞。

在女方这边,富豪孙汝权伪造了一封王十朋休妻书,与钱母合谋,逼迫玉莲改嫁孙姓。玉莲抗争无效,乃以投江明志:

【梧叶儿】(旦上)遭折挫,受禁持,不由人不泪垂。无由洗恨,无由远耻。事临危,拚死在黄泉作怨鬼。

自古道河狭水紧,人急计生。来到江头了也。天那,夫承宠渥,九重仙阙拜龙颜;妾受凄凉,一纸诈书分凤侣。富室强谋娶妇,惑乱人伦;萱堂怒逼成亲,毁伤风化。妾岂肯从新而弃旧?焉能反正以从邪?争如就死忘生,不可辜恩负义。一怕损夫之行;二恐误妾之名;三虑玷辱宗风;四恐乖违妇道。惟存节志,不为邀名。拴原聘之荆钗,永随身伴;脱所穿之绣履,遗弃江边。妾虽不能效引刀断鼻朱妙英,却慕取抱石投江浣纱女。

【香罗带】一从别了夫,朝思暮苦。寄来书道赘居丞相府。母亲和姑妈逼勒奴也,改嫁孙郎妇。奴岂肯再招夫?萱堂苦苦责打奴,只得拚死在黄泉路,免得把清名来辱污。【胡捣练】伤风化,乱纲常,萱亲逼嫁富家郎。若把身名辱污了,不如一命丧长江。(投江介)②

夫妻双方坚定、果决而自觉的心理情感线索,以及为了捍卫爱情婚姻的纯洁度和一贯性所采取的大义凛然的行动,合成一股无法分离、无由扭折的力量。王、钱二人对待爱情的坚贞和反抗恶势力的坚决,彻底地改变了悲剧情势的整体弥漫和持续发展,

---

① 谭遥《巴渝文化》,《四川皮影艺术》1989年,第267页。殷子钰《川剧江湖十八本的剧本探源》,《传奇传记文学选刊》,2011年第10期。
② 《荆钗记》,黄竹三等《六十种曲评注》,吉林人民出版社2001年版,第221页。

主人公的强力意志逼迫着邪恶势力及其协从节节败退,全剧终于以夫妻二人的团圆和胜利告终,这就将悲剧冲突予以解套和变型,变悲剧为正剧,改分离为聚合。当事男女以其意志的强悍去抵制各方压力,依靠自身的力量改变悲剧禀性,并使之成为正剧中悲欢离合结构的一个阶段化属性,这在戏曲史上也是难得的范例之一,至少在南戏史上开创了"婚变"不变的新类型。该剧的《大逼》、《投江》、《哭鞋》、《祭江》等悲剧性场次,充分体现出悲感重重,令人动容。

如果按情感力量的贯彻情况来分,《拜月亭》为大悲小喜类型,属于具备一定喜剧性色彩的悲剧或者怨剧。《永乐大典·戏文二十五》著录《王瑞兰闺怨拜月亭》,明吴兴凌延喜刻朱墨本《幽闺怨佳人拜月亭记》,都从闺怨二字入手,确立该剧的主体性质,这是非常切合的命题。

该剧的主体部分由悲剧框架构成。番兵压境,大敌当前时,金主竟杀了主战大臣陀满海牙,导致中都(北京)失守,迁都汴梁,整个国家民族都被拖入了大悲剧之中。覆巢之下,焉有完卵,连尚书王镇的家眷都流失于兵荒马乱之中,包括其千金王瑞兰等弱女娇蕊在内,亦都经历了颠沛流离的悲惨体验。后瑞兰与书生蒋世隆结为患难夫妻,却被路遇的王镇以门第不对的理由,活生生拆散了鸳鸯,带走了女儿,造成了小儿女的婚恋悲剧和深深抱怨。

根据关汉卿剧本改编过来的《幽闺记》,先是写王瑞兰和蒋世隆原本下定了赴死的决心:"若是两分张,管取拚残生命亡。"但再大的决心也不济事,因为他们都还缺乏王十朋和钱玉莲的勇气。

当蒋世隆哀告王镇的时候,有这样一段对话:

生:哀告慈悲岳丈。
外:唗,谁是你岳丈?
生:可怜我伏枕在床。
外:就死有谁来怜你?
生:我必是死了,煎药煮粥无人管,等待我三五天时光。
外:去去,一时也等不得。①

王尚书说罢,就着人将女儿强抢而去,哪里会去管蒋世隆的死活?剧中几度合唱起"苦别离,愁断肠;两分离,愁断肠",渲染出愁苦哀怨的氛围,展示出深深的悲感。该剧在很大意义上突破了"父母命、媒妁言"或者"一见倾心"式的旧有婚恋模式,写蒋世隆与王瑞兰是在兵荒马乱的时节中颠沛流离、彼此救助,在同甘苦、共患难的逃难生

---

① 《幽闺记》,黄竹三等《六十种曲评注》,吉林人民出版社2001年版,第156页。

活中产生爱情并缔结姻缘,这样的婚恋剧才有其坚守的必然性,这样生成的情感才会有历经劫难而绝不改悔,具备对抗封建家长、最终得以重圆的强大生命力。

然而该剧却又具备一些喜剧气氛。如两国交战,金国败退,却又儿戏般地议和成功,番兵尽皆撤回;瑞兰在流亡途中又巧遇蒋世隆,始以兄妹相称,终为夫妻相处,酿成招亲成婚之喜。王镇奉旨为女招亲,却招回了文状元蒋世隆。而王镇夫人收的义女,偏偏是世隆之妹蒋瑞莲,她也招了武状元成亲。历经劫难,终得圆满,悲中见喜,喜中生悲,这是《拜月亭》作为大悲小喜剧的基本特色。

三、《刘》、《杀》家庭之离合

《刘知远白兔记》和《杀狗记》虽是抒写家庭离合的正剧,但也具备一定的悲剧性质。

《白兔记》演五代时后汉的开国皇帝刘知远与其妻李三娘的悲欢离合。因剧中的咬脐郎,在射猎并追赶白兔时,得与其生母李三娘相遇,故以《白兔记》命名。刘知远从军后,发迹变泰,另娶岳氏;前妻李三娘在家苦守十六年,受尽恶兄嫂的种种非人虐待,情况极其悲惨,终不肯易嫁别姓;妻不负夫,夫则叛妻另娶,最后以双凤伴龙、母子团圆的正剧结局,证明李三娘不虚苦守的价值和刘知远善为补救的合理。

该剧之作为饱含悲剧性的正剧,是因其解决了婚变悲剧中的结局,以一夫二妻、皆大欢喜的场面冲淡了悲剧性,置苦难和悲惨为达到圆满的必需途径。这种善为补过,各得其所的剧情,固然是中国封建社会婚姻状况的反映,但也不能不说是开创了恶劣的悲剧喜剧化的途径。

从《白兔记》、《琵琶记》起,到今日还在广泛演唱的《大登殿》中的王宝钏,依然作为妻子之一,与薛平贵共唱欢曲,藉以偿还十八年寒窑孤守之苦……此类双凤伴龙母题,形成了一类强大的戏剧势力。直到今天为止,演员和观众们还以《大登殿》作为极富喜庆意义的庆贺戏,从而津津乐唱、侃侃乐道,这还是与《白兔记》的情趣一脉相承。

一般认为,明成化年间(1465—1488)的《刘知远还乡白兔记》,保存早期演出本的原貌居多。李三娘所受的欺凌实在哀苦无告、凄楚动人。她在磨房产子后,连向恶兄嫂借剪刀的最低要求都得不到满足,所以只好亲口用牙齿咬断脐带,并将儿子起名为"咬脐"。她又生怕儿子遭到折磨,就暗自托人,将儿子送到刘知远军中去抚养成人,自己却忍受着兄嫂百般的折磨,同时也承受着思念娇儿的千种煎熬。这就极大地体现出人物的悲情色彩。《磨房产子》和《出猎回猎》等折子戏,至今还风靡于各大剧种的舞台之上,正是其饱含悲剧性、传奇性和对比性的剧情之生动演绎。

小悲大喜型指具备一定悲剧性色彩的喜剧。就三十六出《杀狗记》言,整个格局是一个喜剧框架,孙华的妻子杨月真巧设妙计,以死狗为人尸,恐吓、劝告孙华与酒肉朋友疏远,与患难时敢于挺身救助的兄弟孙荣复归于好。

在一场虚惊的喜剧包袱中,该剧又穿插了孙荣被逐寒窑的悲苦,孙华对人情冷峻的感慨。全剧喜中见悲,亦悲亦喜。虽然极端违背法律精神,但又极其符合家庭伦理。妻贤夫祸少,兄弟血缘情,成为剧本最为直观的说教。

与其他三大南戏始终活跃在舞台之上的艺术魅力相比,《杀狗记》已经很难对应今天的人文气息,所以几乎已在舞台上绝迹了。

尽管"荆、刘、拜、杀"四大南戏,并不一定是特别纯粹的悲剧怨曲,但却都在很大程度上体现出重重悲感,较为典型地体现出中国正剧中所常常深刻包孕着的悲怨意蕴。

第三节 "曲祖"《琵琶记》之悲情

一、高则诚之忧患名剧

与"荆、刘、拜、杀"四大南戏皆出于曲会才人、伶工参与之众手的集体创作情形不一样,《琵琶记》乃是文人独立创作的悲情大戏。

一般认为,《琵琶记》代表着南戏剧目中最高的文学成就。魏良辅说:"《琵琶记》乃高则诚所作,虽出于《拜月亭》之后,然自为曲祖。词义高古,音韵精绝,诸词之纲领。"①

王骥德认为即使在古典戏曲史上,"古戏必以《西厢》、《琵琶》称首。"②何良俊在《四友斋丛说》中,更是称赞《琵琶记》为戏文中的"绝唱"。王世贞《艺苑卮言》具体分析说:"则诚所以冠绝诸剧者,不惟其琢句之工,使事之美而已,其体贴人情,委曲必尽;描写物态,仿佛如生;回答之际,了不见扭造,所以佳耳。"黄图珌《看山阁集闲笔》,亦称该剧为"南曲之宗"。

就连明太祖朱元璋,也对该剧有着珍馐百味、山珍海错的高度评价:

> 我高皇帝即位,闻其名,使使征之,则诚佯狂不出,高皇不复强。亡何,卒。时有以《琵琶记》进呈者,高皇笑曰:"五经、四书、布、帛、菽、粟也,家家皆有;高明《琵琶记》,如山珍、海错,贵富家不可无。"既而曰:"惜哉,以官锦而制鞾也!"由是日令优人进演。寻患其不可入弦索,命教坊奉銮史忠计之。色长刘杲者,遂撰腔以献,南曲北调,可于筝琶被之;然终柔缓散戾,不若北之铿锵入耳也。③

《琵琶记》是宋元南戏中最为典型的文人悲剧。盖因其既由文人独立创作,剧本

---

① 魏良辅《曲律》,《中国古典戏曲论著集成》(五),中国戏剧出版社1959年版,第6页。
② 同上,第149页。
③ 徐渭《南词叙录》,《中国古典戏曲论著集成》(三),中国戏剧出版社1959年版,第240页。

完整；且文采斐然，结构严谨；前集南戏之大成，后启明传奇之先河，在南戏史上具有里程碑的意义。

高明(1307—1359)，字则诚，自号菜根道人。浙江里安人。里安古属永嘉郡，永嘉亦称东嘉，故后人也称他为高东嘉。他自小就博学多才，曾从著名理学家、清官和孝子黄潜治学。

元顺帝至正五年(1345)，高明以《春秋》史论考中进士，从此历任处州录事、江浙行省丞相掾、福建行省都事等地方官员。他在离任处州时，百姓曾为之立碑。在审理四明冤狱时，公正果断，被郡中称为神明。至正十一年(1351)，他在南征方国珍起义军中，既与主帅意见不一，又对时政充满不安，痛感"功名为忧患之始"，乃在数年后辞官归隐。

高明退居于明州(宁波)栎社之沈氏楼，寄情词曲，以书忧患。正如徐渭《南词叙录》中所言，永嘉高明，避乱四明之栎社，惜伯喈之被谤，乃作《琵琶记》雪之，用清丽之词，一洗作者之陋，于是村坊小伎，进与古法部相参，卓乎不苦可及已。相传：则诚坐卧一小楼，三年而后成。其足按拍处，板皆为穿。尝夜坐自歌，二烛忽合而为一，交辉久之乃解。好事者以其妙感鬼神，为创瑞光楼旌之。

在不朽的《琵琶记》和已佚的《闵子骞单衣记》戏文之外，高明尚有《柔克斋集》二十卷，但亦佚亡不存。近人冒广生曾辑其诗四十九首，词一首，刊于《永嘉诗人祠堂丛刻》中。其《题画虎》斥责"人间苛政"，《乌宝传》抨击元朝的宝钞政策，《次韵酬高应文》表现看破红尘之思，都体现出较为强烈的忧患意识。

《琵琶记》问世以来的传本，现存有明嘉靖苏州坊刻巾箱本，1958年在广东揭阳出土的属于"元本"范畴的嘉靖艺人演出本，《古本戏曲丛刊》初集收有清陆贻典钞本《蔡伯喈琵琶记》。其余版本，多经后人再三删改，增删情况不一。

作为南戏名剧之首，《琵琶记》问世之后便广为演出。李开先《宝剑记序》称其"自胜国已遍传宇内矣"；胡应麟《庄岳委谈》感叹其"演戏梨园几半天下"。近代以来，该剧还被译为法文、日文、英文和拉丁文等语种，在国外传播甚广。全国各大剧种多有该剧的演出，例如川剧就将其列入"四大本"之一。1956年，中国戏剧家协会曾召开全国性的《琵琶记》研讨会①，对该剧在新时代的价值作了深入探究。

二、诸人物之各色悲情

从渊源上看，《琵琶记》是戏文之首《赵贞女》的翻案作。蔡伯喈弃亲背妇，为暴雷震死的恶行天报，在《琵琶记》中变成了"全忠全孝"的善果、一门旌表的结局。但是这一改动并没有变易全剧的悲剧性质，戏中诸人物之各色悲情的演绎，不同悲剧性格的

---

① 参见《琵琶记讨论专刊》，人民文学出版社1956年版。

出色塑造,反而更使人感觉到悲剧情势的复杂和严峻,悲剧心理的沉重和苦涩。

该剧叙蔡伯喈新婚伊始,却被家严责令赴考。蔡一举夺魁,以状元再婚于牛丞相之女。故乡陈留适逢天灾人祸,赵五娘独力撑持生计,终不能供二老糊口,公婆先后逝去。五娘上京寻夫,琵琶唱哀,最后得到牛夫人的怜恤,两妇与伯喈共圆。此诸般角色中,有三个悲剧人物的性情尤为感人。

其一是蔡公在转变中的性情。他老人家的最大愿望原本是"有儿聪慧,但得他为官,吾心足矣"。要儿做官的全部目的"也只是要改换门闾,光显祖宗"。虽则蔡婆对此极为不满:"娘年老,八十余,眼儿昏又聋着两耳。又没个七男八婿,只有一个孩儿,要他供甘旨。方才得六十日夫妻,老贼强逼他争名夺利!"但蔡公主意已定,容不得蔡婆的反对和儿子的犹疑,硬逼伯喈进京赴考。

谁知伯喈去后,陈留顿遭饥荒。五娘典尽家当,仍不能养活两位八旬老人。蔡婆在饥荒中思儿致死,蔡公这在气息奄奄中才悟到了自己的不是:"天哪,我当初不寻思,教孩儿往帝都,把媳妇闷得苦又孤,婆婆送入黄泉路。"

蔡公死前,又执拗地写下遗嘱,要媳妇早日改嫁。这便是蔡公性格的闪光点和可爱处。当日骂儿子媳妇耽于情欲,"恋着被窝中恩爱,舍不得离海角天涯"的是他,现在认识到忠、贞是假,再不能耽误了五娘青春,严令儿媳改嫁的也是他。人之将死,其言也善,坦率地承认过错,并勇于纠正后果,这使蔡公执拗倔犟、官迷心窍的性格心理,最终升华为代写休书,让儿媳早日解脱守活寡的局面,过上正常生活的急切愿望,这使他死得明白而崇高。

其二是赵五娘的生存悲情:丈夫远离,公婆早逝。青丝买葬,十指掊土,一场比一场悲,越演越显得惨。历代戏曲史家,都认为五娘是中国女性的典型形象,她克己待人、处处为他者着想的风范,尊敬长辈、勇于自我牺牲的情操,坚忍不拔、甘愿承担苦难的精神,都充分体现出传统女性的美德。赵五娘自食糠秕,却让公婆吃淡饭,"又不敢教他知道,便做他埋怨杀我,我也不分说",生怕让公婆知道后,引起他们的悲伤不适。赵五娘所面临着的生存困境,使她的献身精神和美好品德愈加感人至深。

当然,赵五娘的一切行动,全不脱孝、贞二字。孝道已尽,当公公立下遗嘱让她改嫁时,她则申明不是要违公公严命,是怕改嫁"误奴一世"。她的为人原则和言行,较为纯粹一致,因而也就显得有些简单幼稚。她是贞孝精神的形象解说,她的贞孝信念从未动摇、从不怀疑,这就在一定程度上减弱了其可信可亲的感觉。

其三是全剧中最主要的悲剧人物蔡伯喈。由他谨慎而怯懦的性格所派生出来的悲剧心理,远比赵五娘要复杂、深刻。《赵贞女》中蔡伯喈背亲弃妇遭雷打的处理,虽然倾向鲜明,但却只能引起读者的愤恨,难于激起深刻的同情。而《琵琶记》中的蔡伯喈,则正因为其处境的艰难、心境的复杂,才使我们生出可叹、可悲、可憾的种种情感,从而对他的命运悲剧,引起真切的理解和共鸣。

蔡伯喈的悲剧心理,是由家庭和社会环境对他的"四不从"所凝结而成的。

一、他想辞试,父亲不从。这就使他陷入了功名与孝道难以两全、孝道与夫妻情爱难以共存的多重苦恼中。伯喈虽在口头上声称父母年老,不敢远行;而当父亲呵责他"敢是恋新婚,逆亲么"时,他只能作跪地告天状,"天哪! 蔡邕若是恋着新婚,不肯去呵,天须鉴蔡邕不孝的情罪",显得十分怯懦软弱。

二、他想辞婚,牛相不从。牛丞相的择婿,带有新旧政治力量联姻的强烈愿望。新科状元想滑头溜钩地往后撤? 没那么容易!

三、他想辞官,皇上不从。牛丞相早就胜券在握,准备上达天听,"只教他辞官辞婚俱未得"! 可怜蔡伯喈面对官媒,则有些性格骨气:"宦海沉身,京尘迷目,名缰利锁难脱。目断家乡,空劳魂梦飞越。闲葛,闲藤野蔓休缠也,俺自有正兔丝和那的亲瓜葛。是谁人,无端调引,漫劳饶舌。"如此书生意气,却被那圣旨一道,打蔫下来,故只得伤心哭诉:"苦! 我亲衰老,妻幼娇,万里关山音信杳。他那里举目凄凄,我这里回首迢迢。他那里望得眼穿儿不到,俺这里哭得泪干亲难保。闪杀人么一封丹凤诏……这怀怎剖? 望丹墀天高听高。这苦怎逃? 望白云山遥路遥……冤家的,冤家的,苦苦见招,俺媳妇埋冤怎了? 饥荒岁,饥荒岁,怕他怎熬? 俺爹娘们不做沟渠中饿莩?"

尽管嘟嘟哝哝、啰啰嗦嗦,却也唯唯喏喏、乖乖巧巧,蔡伯喈还是做了牛家娇婿。这就形成了他面对新人思旧人的两难心理:"旧弦已断,新弦不惯!"

四、他想赴死,礼义不从。等到两凤相伴时,又有了考妣俱丧之痛,便急急向牛相辞行:"愚婿今日拜辞岳丈,领二妻同归故里,共行孝道。"在爹娘的坟头前,他才真正认识到"恸哭无由长夜晓,问泉下有人还听得无? 他乡万点思亲泪,不能滴向家山里。如今有泪滴家山,山里双亲见无计。可怜衰经拜坟茔,不作锦衣归故里。孩儿相误,为功名相误了父母。都是孩儿不得归乡故,怎便归到黄土? 爹爹,妈妈,乾坤岂容不孝子? 名亏行缺不如死,呀! 只愁我死缺祭祀。对真容形哀貌枯,想灵魂悲忆痛苦。"①

等到三年守孝期满,蔡伯喈还在无谓地叹息:"寂寞谁怜我,空对孤坟珠泪堕。"完全忘了两位夫人的陪伴之苦。待到皇帝的旌表送来时,蔡伯喈的精神已达到了几乎完全崩溃的程度。全剧于此戛然而止,惟有泼天也似的尽孝大名加上美妻娇妇,一起簇拥着这位丧魂落魄的状元。但余悲尚在,遗恨曷尽?

蔡伯喈终于成为宋元南戏和戏曲史上最重要、最复杂的悲剧人物之一。他的形象塑造,既成为从古南戏到明清传奇之间承上启下的典型,又成为从类型人物发展到个性人物的代表。

---

① 本节全部引文,俱据陈眉公批评《琵琶记》,扫叶山房发行本。

三、糟糠自餍之悲境

第二十一折《糟糠自餍》,可比成该剧最有光彩的一颗明珠。赵五娘在生计最为艰难的时刻,表现出中国妇女忍辱负重的高尚品德。王世贞曾说"文字之祥"由此而生,还附会出一则故事:"高明撰《琵琶记》填至吃糠一折,有'糠和米一处飞'之句,案上两烛光合而为一,交辉久之乃解",故好事者特为建造了瑞光楼。高明自己说传奇"乐人易,动人难",而这折却令人感叹呜咽,具备了悲剧催人以哀伤、动人以情愫的力量。

误会、悬念与突转,组成《糟糠自餍》的基本戏剧结构。它承接和照应了之前的剧情,又集中地展示了本折中的误会过程。

第九折中赵五娘谈到了"独自应承公婆;一成丈夫之名,二尽为妇之道"的责任感。第十一折叙公婆因饥饿互生争吵,使得五娘左右为难。她深深地为之着急:"公公婆婆,恁的闲争呵,教旁人道媳妇每有甚差池,致使公婆争斗起!"丈夫的嘱咐,媳妇的责任,升华为赵五娘救助老人的崇高道德精神,"宁肯奴身上寒,只要与公婆救残喘"。在灾荒时节,丈夫一去杳无音讯,赵五娘以一妇道,难以觅得糊口之粮。好不容易领得一点赈济粮,半路上却又被人抢走。无奈中只得自己吃糠皮,让公婆吃淡饭。谁知公婆尚不满意,在第二十折《勉食姑嫜》收场时说:

> 阿公,亲的到底是亲。亲生儿子不留在家,倒倚靠着媳妇供养。你看前日兀自有些鲑菜,今日只得些淡饭,教我怎的吃?再过几日,连饭也没有了。我看她前日吃饭时节,百般躲避我,敢是她背地里自买些饭受用?

紧承前折剧情,赵五娘在《糟糠自餍》中独诉苦衷,"不知奴家吃的是米膜糠秕"。惟恐公婆知道自己吃糠后难受,"又不敢教他知道,便做他埋怨杀我,我也不分说"。她要把满腹苦水全吞在肚里,千斤重担独挑在肩头。婆婆是满腹怨气,公公则将信将疑,而五娘则决不愿解释误会,这就给人造成了强烈的悬念:这场误会将如何收场?婆婆的脾气为什么在穷困之际更显得武断乖张?真相大白后又该怎样面对?

公婆的误会、五娘的沉默和观众的疑问终于酿出了极富于行动性的场面。公婆上场时,适值五娘正在进食,还自称"奴家不曾吃什么"。直到婆婆硬夺过媳妇的糠秕之食,才知道一直错怪了五娘,原来她竟吃的是"只好将去喂猪狗"的糠秕!公婆俩又疼又恨,疼的是五娘如此孝顺尚遭错怪,恨的是自身主观昏聩而常怀小人之心,乃在羞愧之中喊出"错埋怨了!"

一时间,婆婆气急而亡,公公尚存余息,戏剧矛盾由误会转变为没钱买棺木衣衾,怎生葬送婆婆的困境。此时,义邻张太公的出现,解决了赵五娘"无钱送老娘"的悲哀。全出戏通过误会、悬念与突转的发展过程,不断强调和深化了悲剧女主角所面临着的困境,使得赵五娘缄默无言而甘受埋怨的行动更加高贵,尊老敬上的献身精神感人至深。这折戏既合理地发展了之前的剧情,又在戏剧行动的接续中,预示了五娘《代尝汤药》《祝发买葬》和《感格坟成》的必然行动。正是在这种自觉地承受苦难、勇于自我牺牲的行动中,人们说赵五娘不仅是封建社会的一孝妇,而且展示出中华女性的伟大灵魂。

细腻深刻的心理描写,这是《糟糠自餍》的另一艺术特征。

赵五娘身上集中体现了下层妇女的善良、勤朴、坚韧、尽责等美好品质,主要展示了封建伦理中的合理合情而有益的一面,体现出艰难时世中尤为可贵的舍己为人、互相扶助的自我牺牲精神和人道主义境界。这些境界主要是通过赵五娘愁、苦、哀、急、悲等具体心理情感的层次转换而体现出来的。

荒年岁,活寡身,衣已典尽,食近断炊。对于一位身处闺中的软怯妇女,为扶养公婆,最后只剩下卖身这一条路了。但乱世中即便连卖身这条末路,对赵五娘言也难于实现,"几番要卖了奴身己,怎奈没主公婆教谁管取"? 此时若撇下公婆,另适他门,那公婆只剩下死路一条。苦难的岁月,艰难的生活编织起"愁"的大网,令五娘脱身不得,步履艰难:是为愁。

"苦,思量起来,不如奴先死。"就五娘不忍见公婆受难的善良心境言,她宁愿自己先死,也好解卸开抚养老人的重任。但正如卖身不得自由一般,她想死也同样没有权利,那等于用自己清白的手,去卡紧垂暮老人的咽喉。五娘自己唯以糠秕作食,却还要遭到婆婆的误解和错怪。糟糠之苦加上不被理解又不忍让人理解的苦楚,使五娘活脱脱变成了一位苦人儿:是为苦。

婆婆的突然搜查和逼骂,又使赵五娘的愁苦心理蒙上了哀的阴云。人穷百事哀,欲善反生哀,尚有第三层哀,那便是怕公公婆婆识破了自己吃糠之态、恐其难过伤心的哀情:是为哀。

赵五娘的担心果然成为了现实。婆婆在责骂中见到了真情,顿时羞愧难当,一命呜呼;公公又疼又恨,疼的是媳妇恪尽孝道,恨的是老伴太不厚道。公婆一死一病后,五娘呼天抢地,呼唤道:"公公婆婆,我不能尽心相奉事,反教你为我归黄土!"是为急。

愁、苦、哀、急层层推进下去,便是死不能葬的悲痛:"千般生受,教奴家如何措手? 终不然把他骸骨没棺材送在荒丘?"没能照护好公婆的悲伤和无钱葬婆婆的悲痛,虽随着张太公的捐献棺木有所缓解,但"归家不敢高声哭,惟恐猿闻也断肠",这种压抑着的悲恸更是撕肺裂心、感地动天。

细腻的心理描写通过个性化的人物语言展示出来,这又是《糟糠自餍》的艺术特色之一。这折戏中有着赵五娘的许多心理独白,而且自始至终都运用了把自己比成是糟糠的譬喻修辞辞格。例如:"糠,遭砻被舂杵,筛你簸扬你,吃尽控持,恰似奴家身狼狈,千辛万苦皆经历"(苦的相同点);"苦人吃着苦味,两苦相逢,可知道欲吞不去"(苦的交合处);接下去还有暗喻和拟物:"奴便是糠么,怎得把糠救得人饥馁?""谩把糠来相比,这糠尚兀自有人吃,奴家骨头,知他埋在何处?"尚有借喻和借代:"奴须是你孩儿的糟糠妻室!"综上数例,总观全折,这种用己身比糠秕的譬喻,超越了辞格本身的意义,成为赵五娘苦人苦境苦情的最佳比况,渗透于五娘的个性之中。

同时,《琵琶记》尤其是该折的语言一直被人们称道为本色自然,切合人物的声口、身份、经历和情势。不仅在总的譬喻上符合人物个性,而且在口语化、生活化方面,都取得了极高成就。五娘口口声声以"奴"、"奴家"自称,不光是封建社会里妇女的一种习惯自称,且在具体戏境中透出了谦卑和朴实。有些动词天然无奇,如"喉咙尚兀自牢嘎住"的"嘎"字,获得了十分贴切、欲换不能的艺术效果。

双线结构的交织变化,才使得折与折之间的场景气氛落差极大,情绪感受距离甚远。例如第十七折《义仓赈济》,写尽了五娘与公公缺粮争死的苦处,第十八折《再报佳期》、第十九折《强就鸾凰》则将牛太师府中的喜庆局面恣意铺陈:"人间丞相府,天上蕊珠宫。锦遮围、花烂漫、玉玲珑。繁弦脆管,欢声鼎沸画堂中。簇拥金钗十二,座列三千珠履,谈笑尽王公……"高明若不在官场中体验多年,也很难描摹出太师府招婿嫁女的这一派气度。紧接着又是《勉食姑嫜》、《糟糠自餍》等苦情苦境苦戏,这与相邻的《琴诉荷池》一折,又形成了鲜明的对比。老家中人尚在生命垂危的饥饿线上徘徊,伯喈与牛氏却在闲庭赏荷,百无聊赖,"帘垂清昼永,怎消遣?十二栏杆,无事闲凭遍",讨论起新弦旧弦的琴语,暗喻着新妻旧妻的情语。伯喈在牛氏的追问下,终于道出了其复杂的心理:"夫人,我心里岂不想那旧弦,只是新弦又撇不下。"就在他在闲庭院中再三迟疑、矛盾、忖度、贻误时,家乡父母都已恨恨不已地走上了生命的尽头……把父母的极饥极饿、极愤极惨之情,与蔡伯喈极饱极足、极其空虚的处境心态相与对照,这才能使人倍感凄凉。

赵五娘形象的成功塑造,虽然与高明在处州为官时,为割肝疗亲的一位孝女奏请旌表的实事有所联系,但却主要是概括了处在封建社会最底层的农村女性共同的悲剧命运,反映出她们尊重老人、珍惜生活、始终不忘夫妻感情、全力撑持起家庭重负、独自承担着重重折磨与苦难的崇高精神世界。中国妇女特别是农村妇女,为着家庭和社会的发展付出了最为艰巨的努力,承担了最为繁重的责任,这都可以在赵五娘形象中得到具体演证。

《琵琶记》中的悲情苦境,当然远远不止《糟糠自餍》这一出。剧中把家乡与朝廷的不同处境双线交错、对比发展,以富贵衬贫困,愈显贫困之可哀;以喜庆衬悲伤,益彰悲伤之无穷。《蔡母嗟儿》、《琴诉荷池》、《代尝汤药》、《宦邸忧思》、《祝发买葬》、《感格坟成》、《中秋望月》、《乞丐寻夫》、《寺中遗像》、《孝妇题镇》、《书馆悲逢》、《张公遇使》、《散发归林》等多出悲苦之戏,约占全剧四十二出的一半以上。

即便临近尾声的第四十一出《风木余恨》,也是一出极为"悲咽痛苦"的悲剧苦戏。陈继儒在眉批上再三点出"雨落泉声咽","不哀便不像",并在"楼台银铺,遍青山犹如画图。乾坤似他衣衰素,故添个缟带飞舞。你擗踊痛哭直怎苦,那堪大雪添凄楚"唱腔之上,眉批"天地为悲,草木凄悲"八个字,这都表明了本出戏乃至全剧浓郁得难于化开的悲剧色彩。

哪怕是在结局时看起来喜庆光明的《一门旌奖》中,也始终摆脱不了悲剧情绪的缠绕。这就是蔡伯喈"作悲科"之后的唱腔:"呀!何如免丧亲,又何须名显贵?可惜二亲饥寒死,博换得孩儿名利归。"那么,这些个浅薄表面的虚名浮利,所谓全忠全孝的美名,都翻过来成为真实的笑柄了。既如此,叫他如何不悲伤,如何不痛彻肝肠?

这部悲剧在一定程度上体现出读书做官后的灾难效应,宣扬"真乐在田园,何必当今公与侯"的避世思想,这正与元朝后期重开科举的朝廷大势完全相左,隐隐约约包含着几丝不与统治者合作的思想倾向。

从宋元南戏到悲剧形成,大致经历了这样几个过程:早期悲剧如《赵贞女》,一悲到底,比较简单幼稚;中期悲剧如《张协状元》,开始出现团圆结局,但十分牵强生硬;晚期悲剧如《琵琶记》,以塑造人物悲剧性格为重,结局是全剧的自然发展与有机构成,悲喜交织、波澜迭生而以悲为重,属于较为成熟的悲剧作品。因此可以说,宋元南戏的源流与中国悲剧的发展,具备天然的相关性和对应性。

中国古典悲剧的起源和形成,首先在于中国各体文学提供了古典悲剧的文学血源;从巫觋到悲性歌舞,提供了悲剧富于仪式性的抒情表演方式;从戏谑到悲剧性讲唱,奠定了悲剧说学唱念的叙述结构手段。从文学、歌舞和说唱三方面都可以通向悲剧,但三方本身则都不是悲剧。只有当多种艺术样式与社会悲苦有机结合时,才会自然孕育出悲剧的胚胎。随着南戏发展到《琵琶记》的品格,中国悲剧的成熟阶段,终于从北杂剧和南戏两个方面都得到了完整的呈现。

第五编

明代琴谱的丰富调性

第十五章
明代怨谱的基本调性

元代悲剧在学术层面上的认定,从总体上看,根由于20世纪初叶起王国维等人的逐步推演、踵事增华。

明代的历史更长,戏剧的体制更丰富,社会生活的容量也更大,继承前人而又充分发展的悲剧当然更多。

之所以没有沿用元代悲剧的提法,直接命名为明代悲剧,是因为明代戏曲界拥有属于自己、对应悲剧的主要习称"怨谱"。

从朱有燉的《香囊怨》到贾仲明的《燕山怨》,以"怨"作为剧名,已成为一时之风尚;以"怨"来臧否剧本、品评人物,已经成为明代曲论家最为惯用的定性。从成裕堂本《琵琶记》中所记徐渭关于"《琵琶记》一书,纯是写怨"的分析,再到陈洪绶从《娇红记》入手,关于戏曲"怨谱"的提法,皆可见出"怨谱"已经成为明代戏曲的主流趋向和基本风格之一。

结合明代戏曲的历史演进,来看待明代戏曲中所显露出来的怨谱气象,我们将就明代怨谱在杂剧和传奇中的基本分布和审美特征,做出最为基本的统计与归纳。

第一节 杂剧怨谱名目举要

一、杂剧怨谱纲目

序号	作家	作品	悲剧人物	悲剧冲突过程	结局
1	刘东生	娇红记	申纯 王娇娘	（1）申纯与王娇娘相恋,但不得成婚。 （2）飞红间阻,杨都统逼婚。	申、王生病,婚配,升仙。
2	朱有燉	复落娼	刘金儿	（1）乐户楚五之妻刘金儿,先随高兼私奔。 （2）刘金儿又随徐福,但亦要离异,告其拐骗女子。	官员断案,令复归乐籍。
3	朱有燉	乔断鬼	徐行	（1）徐行古画为裱画匠封聚侵夺,愤慨而死。 （2）徐鬼魂向曹判官告封不孝。	裱画匠人地狱。
4	朱有燉	香囊怨	周恭 刘盼春	（1）周恭与汴梁乐户女刘盼春交好。 （2）盐商陆源以财求欢。 （3）周恭父禁与刘往来。 （4）假母逼刘委身陆源。	刘自缢,周哭刘,从骨灰中得旧赠香囊。
5	朱有燉	团圆梦	钱琐儿 赵氏	（1）钱琐儿与赵官保指腹为婚。 （2）钱、赵均拒绝外人纠缠。	钱病死,赵氏自缢殉夫,皆升天。
6	王九思	沽酒游春	杜甫	（1）杜甫痛李林甫恶政,醉引寄愤。 （2）房琯传旨升杜为翰林学士。	辞官归隐。
7	王九思	中山狼	东郭	（1）东郭先生误救中山狼。 （2）狼欲吃东郭。	杖藜老人相救,毙狼。
8	康海	中山狼	东郭	同上。或谓剧情讥时:康海救李梦阳,李则不为康诉冤。	同上。
9	康海	王兰卿贞烈传	王兰卿	（1）乐户女王兰卿与张於鹏交好。 （2）张赴试,张母迎王于家。 （3）於鹏得官不归,后奔父丧回里,旋亡。 （4）富家逼娶王兰卿。	王服信石自尽。
10	徐渭	狂鼓史	祢衡	（1）祢衡死后,判官拘曹操鬼魂来。 （2）重演裸身击鼓骂曹事。	痛骂十一通后方止。

(续表)

序号	作家	作品	悲剧人物	悲剧冲突过程	结局
11	汪道昆	洛水悲	曹植 甄后	(1) 甄氏倾慕曹植,但却被逼委身曹丕,郁郁而亡。 (2) 曹植与甄后所化洛神相会。	佳偶不谐,相会即相离。
12	汪道昆	五湖游	西施 范蠡	(1) 范蠡功成身退,避祸逃世。 (2) 携西施隐游五湖。	归隐之痛。
13	陈与郊	昭君出塞	王昭君	王昭君出塞和亲。不言其死,不言其嫁,而哀怨无穷。	出玉门关而止。
14	陈与郊	文姬入塞	蔡文姬	蔡邕女蔡文姬兵乱时掳入匈奴,曹操赎回,剧叙蔡别子入关、肝肠痛断一场。	进玉门关而止。
15	陈与郊	袁氏义犬	袁粲 粲儿	(1) 南朝时袁粲仕宋。 (2) 齐高帝谋变,粲图攻齐,褚渊泄谋,斩粲。 (3) 粲乳母抱粲儿投其门生狄庆灵处,被狄出首杀死。	狗噬狄庆灵。
16	王衡	郁轮袍	王维	(1) 王推冒王维名,到九公主处弹琵琶,获状元。 (2) 考官宋璟以试卷判王维为状元。 (3) 王推告王维受岐王庇护,使之被黜。 (4) 岐王说明真相。	王维决意回辋川隐居,拒受状元。
17	叶宪祖	骂座记	窦婴 灌夫	(1) 汉窦婴罢官后,只有灌夫相随。 (2) 灌夫使酒骂座,田蚡害杀窦、灌。	灌、窦鬼魂活捉田蚡。
18	叶宪祖	易水寒	田光 樊於期 荆轲	(1) 荆轲投身燕太子丹门下。 (2) 樊於期金台高义,舍头献荆轲。 (3) 高渐离易水悲歌。	荆轲胁逼秦王退地,弃世成仙。
19	沈自徵	霸亭秋	杜默 项羽	(1) 宋杜默过乌江,谒项王庙。 (2) "英雄如大王而不能得天下,文章如杜默而进取不得官。"	杜与神像相与垂泪,庙祝惧祸扶杜出。
20	沈自徵	簪花髻	杨慎	(1) 杨慎诤谏被贬云南。 (2) 女装簪花招摇过市,人称疯狂。	惜春而归,长歌当哭。
21	孟称舜	英雄成败	黄巢 郑畋	(1) 唐末宦官田令孜专权。 (2) 黄巢、郑畋有才落第,令狐滈有势及第。 (3) 黄巢在曹州起义反唐。 (4) 郑畋起兵击败黄巢。	黄巢被郑畋所杀。

(续表)

序号	作家	作品	悲剧人物	悲剧冲突过程	结　局
22	孟称舜	桃花人面	叶蓁儿	(1) 崔护向秦川女子叶蓁儿乞水相恋。 (2) 崔明年再访不遇,留诗一首,叶见诗伤感而亡。 (3) 崔抚诗痛哭。	叶蓁儿回生,与崔成婚。
23	徐翙	春波影	小青	(1) 才女小青嫁杭州冯子虚为妾。 (2) 冯妻欺负小青,杨夫人助其居孤山。 (3) 小青生病,请人画像。	小青死后登仙。
24	孙源文	饿方朔	司马迁 李陵	(1) 汉东方朔与郭滑稽历数有才者不及有福者,具道司马迁、李陵等人遭遇。 (2) 东方朔食无米,遍借不着。	(《剧说》称"悲歌慷慨之气,寓于俳谐戏幻之中,最为本色。")
25	来集之	挑灯	小青	(1) 小青为商人妾,赵大妇妒之。 (2) 读《牡丹亭》感身世而亡。	(《曲海总目提要》:"精致酸楚,哀感顽艳,不愧才人之笔。")
26	茅维	秦廷筑	太子丹 高渐离 荆轲	(1) 燕太子丹遣荆轲刺秦王;高渐离击筑。 (2) 高渐离复以筑击秦王。	荆轲、高渐离先后身亡。
27	王穉登	相思谱	周郎 王赛娇	(1) 周郎与妓女王赛娇相爱。 (2) 鸨母等挟王迁居,王寄周血书不达。	周、王相思成疾,由相思鬼引导梦中相见。
28	傅一臣	死生仇报	焦文姬	(1) 满议行旅绝粮,焦叟收留,以女文姬妻满。 (2) 满得第重婚,焦家父女饮恨死。	文姬索命,满议亦亡。
29	傅一臣	截舌公招	虞瑶枝	(1) 独孤彬妻子虞瑶枝貌美。 (2) 淫棍与尼姑骗奸瑶枝,瑶枝咬断淫棍舌头。 (3) 独孤彬杀尼姑,将断舌塞入其口。	淫棍因奸杀罪被打死。
30	无名氏	闹钟馗	钟馗	(1) 钟馗本拟被取为头名进士。 (2) 杨国忠收他人贿,诬钟文字太差。	钟一气而亡,死后为判官,驱邪鬼。

二、杂剧怨谱小结

从上表来看,共得明杂剧中的怨谱名目计三十种。

刘东生的杂剧《娇红记》,与孟称舜的传奇《娇红记》彼此映衬,先后辉映,共同酿造出这对才子佳人的冲天之怨。

徐翙的《春波影》,来集之的《挑灯》,都是对才女小青悲惨遭遇的痛惜,也体现出《牡丹亭》给苦难女性们带来的巨大震撼。当自我认识、个人怜惜成为一种无法减轻的人生剧痛时,生命之弦也就戛然断裂了。

孟称舜的《桃花人面》写对男女情感偶遇的珍惜,惊鸿一瞥之后便魂牵梦萦,死生相酬,引人神往。王稺登的《相思谱》,有相思鬼引领相见,也说明真挚情感的感天动地,就连阴间也甚为理解并玉成美事。

傅一臣的两出悲剧,看起来是以儿女情写社会公案,但却一再强调了情感的真切与守信。焦文姬的《死生仇报》,在于满生的负心忘情;虞瑶枝的拼死抗暴,《截舌公招》,也是对真情与贞节的抵死捍卫。

在朱有燉的四出怨谱中,前两处以贬为主,阐明机关算尽太聪明,但却要么重新回到起点,要么人算不如天算,反诬自家性命。《复落娼》中的刘金儿欲求自由,先后跟了三个男人,但却仍旧回归乐籍,其懊恼悲怨之情,可以想见。而《乔断鬼》中的徐行,为画儿被掠而亡,却能将黑心的裱画匠拖到地狱来,这为清初李玉的《一捧雪》提供了最为贴切的标本。

后两出怨谱以颂扬为重。《香囊怨》和《团圆梦》分别表彰了殉情的女子,令人深思情感对于男女的崇高感,对于生死的超越性。

王九思和康海的《中山狼》系列和《沽酒游春》,都是对自身遭际的沉痛影射;《王兰卿贞烈传》,又与朱有燉的殉情剧形成呼应,这也是明代怨谱的主流声部之一。

沈自徵的《霸亭秋》叙文人杜默与霸王项羽的历史叠映,所谓"英雄如大王而不能得天下,文章如杜默而进取不得官"的自我叹息与深沉感慨,其实都还是对社会与官场黑暗与腐败,缺乏基本认知的天真之举。《簪花髻》中的贬官佯疯、男扮女装,乃至招摇过市,才是生命理想遭到毁灭性打击之后的举动。

王衡《郁轮袍》的清醒与凄凉,都是剧作家们对于官场世界污浊不堪的不同写照。汪道昆《五湖游》中范蠡的全身而退,也是洞烛朝廷本性之后的避难之法。

惟其如此,徐渭《狂鼓史》的狂狷与激愤,才令人深为同情;叶宪祖的《骂座记》和无名氏的《闹钟馗》,都写得热闹、强烈但是也至为凄楚。明杂剧对于官场的鬼魂"三骂",骂得慷慨激昂,使观众油然生出雄壮之感。

《易水寒》和《秦廷筑》,都是对大英雄荆轲、高渐离和樊於期等大英雄豪情壮举的悲剧礼赞,这与《英雄成败》中的大丈夫黄巢交相辉映。事业可以遭失败,肉体可以被消灭，但是浩气长存，雄风永在。其刺秦之剑，至今尚在历史的长河中嗖嗖作响，发金石声。

因此，明代杂剧中的悲剧剧目，大体集中在男女挚情、官场腐败和英雄气概上。这与传奇中的悲剧剧目，恰好形成交织和共鸣的效果。

第二节　传奇怨谱名目举要

一、传奇怨谱纲目

序号	作家	作品	悲剧人物	悲剧冲突过程	结　局
1	李开先	宝剑记	林冲	（1）林冲上本弹劾童贯、高俅。 （2）高俅子谋夺林冲妻。 （3）林冲被逼上梁山。	林冲攻打京城，手刃高俅父子，与妻团圆。
2	梁辰鱼	浣纱记	伍员、西施等	（1）越王勾践为吴所俘。 （2）范蠡进所爱西施于吴王。 （3）吴王杀伍员，北伐争霸。	越国灭吴，范蠡、西施退隐。
3	王世贞	鸣凤记	夏言等八忠臣	（1）严嵩专政，误国欺君。 （2）夏言等八个忠臣弹劾严嵩，均受迫害。	严嵩父子遭诛灭。
4	姚茂良	双忠记	张巡许远	（1）安禄山作乱。 （2）真源县令张巡与睢阳太守许远坚守。 （3）张巡杀妾烹童，以饷守军。	城破牺牲，阴魂助郭子仪破敌。（吕天成《曲品》："境惨情悲"；祁彪佳《曲话》："阴魂聚首……殊觉黯然。"）
5	姚茂良	精忠记	岳飞等	（1）秦桧与金相通，召回岳飞。 （2）东窗定计，害死岳飞父子于风波亭。	冥间奸臣，皇上追封。
6	张凤翼	祝发记	徐孝克夫妻	（1）梁徐孝克遭兵乱，卖妻养母。 （2）徐断发出家，妻在叛将孔景行处守贞。	孔战败被杀，徐与妻团圆。
7	陈与郊	灵宝刀	锦儿等	（1）贞娘击鼓鸣冤，后为尼。 （2）锦儿代死。	贞娘与夫团圆。
8	汤显祖	牡丹亭	杜丽娘	（1）杜丽娘游园惊梦，与柳梦梅结合。 （2）寻梦伤感，丽娘伤感而亡。	杜丽娘为情而生，终与柳梦梅成婚。

（续表）

序号	作家	作品	悲剧人物	悲剧冲突过程	结　局
9	卜世臣	冬青记	宋帝	(1) 元浮屠杨琏真伽掘开宋帝陵墓，偷宝后抛骨于路。 (2) 唐珏、林德阳等偷葬宋帝骨殖。	祭宋帝陵，告慰先灵。（吕天成《曲品》："悲愤激烈。"）
10	汪廷讷	天书记	孙膑与庞涓	(1) 鬼谷子学生孙膑与庞涓在魏为官。 (2) 庞涓陷害孙膑。	孙助齐伐魏，于马陵道杀死庞。
11	汪廷讷	义烈记	张简 孔褒 孔融	(1) 张简抨击宦官，遭追捕而逃亡。 (2) 孔褒、孔融等以死相护。	宦官被诛，张简返乡。
12	沈鲸	双珠记	郭氏	(1) 王楫携妻郭氏、子九龄投军。 (2) 营长李克用陷王入狱，欲夺郭氏。 (3) 郭氏卖子、投渊。	子中状元，持明珠寻父母。（《缀白裘》中李克成遭雷打。吕天成《曲品》："情节极苦……观之惨然。"）
13	沈鲸	鲛绡记	沈必贵	(1) 沈必贵被诬，发配而亡。 (2) 女婿魏必简立军功。	索回鲛绡，与妻子、岳母团圆。吕天成《曲品》："情景亦苦切"。
14	沈采	千金记	项羽 虞姬	(1) 韩信胯下受辱、萧何追信。 (2) 十面埋伏，大败霸王。	霸王别姬，乌江自刎。
15	屠隆	彩毫记	李白	(1) 李白因高力士谗言而离朝廷。 (2) 永王李璘囚禁李白。 (3) 李白因永王案子贬夜郎。	郭子仪解救李白后，李白夫妻同登仙界。
16	沈璟	埋剑记	郭仲翔 吴保安	(1) 郭仲翔被擒，吴保安赎回。 (2) 保安亡，郭千里奔丧。	埋吴宝剑于其墓塚。（吕天成《曲品》："描写交情，悲歌慷慨。"）
17	董应翰	易鞋记	程鹏举 白玉娘	(1) 宋程鹏举、白玉娘于兵乱中被掠为奴，配成夫妻。 (2) 程、白先后逃出。	鹏举做官，夫妇团圆。
18	吴世美	惊鸿记	杨贵妃	(1) 杨贵妃死于马嵬坡。 (2) 梅妃避难于庵观之中。	唐明皇与梅妃团聚。

(续表)

序号	作家	作品	悲剧人物	悲剧冲突过程	结局
19	张四维	双烈记	梁红玉 韩世忠	(1) 宋妓女梁红玉慧眼识韩世忠。 (2) 梁红玉擂鼓，金兀术夜遁；梁奏本谓韩纵敌。 (3) 韩世忠为岳飞辩冤，面斥秦桧，悲愤辞官。	岳飞被害，韩与梁隐居西湖。
20	许自昌	水浒记	阎婆惜 张文远 宋江	(1) 宋江杀阎婆惜。 (2) 阎婆惜鬼魂捉张文远赴阴间。	江州劫法场。
21	郑之珍	目连救母劝善戏文	目连母子	(1) 目连母刘氏因全家行善而夫病故，怒焚佛经。 (2) 在地狱中受无量苦。	目连救母出地狱。
22	周朝俊	红梅记	李慧娘	(1) 裴生与卢昭容相恋，受贾似道逼害。 (2) 李慧娘被贾杀死，魂投裴生。	裴卢结合。
23	心一山人	何文秀玉钗记	何文秀 王琼珍	(1) 何文秀与富家女王琼珍私奔。 (2) 土豪张堂陷何入狱，王剪发毁容。	何、王重圆。
24	王錂	寻亲记	周羽夫妻与儿子	(1) 富豪张敏因周羽之妻郭氏貌美，将周羽发配他乡。 (2) 郭氏生子瑞隆，中进士后弃官寻亲。	范仲淹将张治罪。（吕天成、祁彪佳《曲品》分别云："真情苦境"；"故古本必直写苦境，偏于琐屑中传出苦情。"）
25	无名氏	高文举珍珠记	金真	(1) 高文举与富家女金真成婚。 (2) 高中状元，被丞相逼赘成婚。 (3) 金真寻夫，被温氏逼为奴仆。	包公断案，使温氏剪发为奴；金真父劝解，一夫二妻团圆。
26	无名氏	十义记	李氏	(1) 黄巢谋夺韩朋妻李氏。 (2) 韩逃亡，李毁容不屈，狱中生子。	韩子攻灭黄巢，全家团圆。
27	无名氏	和戎记	王昭君	(1) 毛延寿点破美人图。事败后献图于沙陀。 (2) 汉兵战败，萧善因代昭君出塞，被识破。 (3) 昭君自愿和亲，但要求先杀毛延寿。	昭君投乌江自尽。

(续表)

序号	作家	作品	悲剧人物	悲剧冲突过程	结局
28	无名氏	鹦鹉记	苏妃、潘葛夫妻	(1) 周梅妃诬苏妃,周王赐苏死罪。 (2) 丞相潘葛以妻冒代,救苏妃出宫。苏妃产子于道途。	十三年后苏妃母子相会。潘丞相奏知圣上,迎回苏妃母子。
29	桃渡学者	磨尘鉴	颜杲卿、雷江橙等	(1) 颜杲卿、雷江橙骂贼而亡。 (2) 李猪儿刺安禄山。	郭子仪平定叛乱。(《贵妃醉酒》源出此剧。)
30	王玉峰	钗钏记	皇甫吟 史碧桃	(1) 皇甫吟家贫,岳父史直悔婚,史女约皇甫相会。 (2) 皇甫友韩时忠冒名赴约。 (3) 史女碧桃被逼改嫁,投水自杀,终遇救。 (4) 史直告皇甫因奸杀女,判为死刑。	李若水重审案情。皇甫出狱后中状元,与碧桃成婚。
31	无名氏	长城记（残出）	范杞梁 孟姜女	(1) 蒙恬活埋范杞梁。 (2) 孟姜女寻夫哭倒长城。	蒙恬射杀孟姜女。
32	李梅实 冯梦龙	精忠旗	岳飞等	(1) 岳少保涅背报国,赤心迎二圣。 (2) 秦丞相金牌伪召,辣手杀三忠。	岳珂辩冤,岳侯改葬。
33	梅孝己 冯梦龙	洒雪堂	贾娉娉	(1) 魏鹏与贾娉娉相知,魏求亲不许。 (2) 贾相思抑郁而死。	贾借宋月娥身还魂,与魏成婚。
34	范文若	鸳鸯棒	钱惜惜	(1) 薛季衡娶丐头女钱惜惜为妻。 (2) 薛得官后欲另娶,推钱入江。	钱得救后棍责薛郎,重圆。
35	范文若	梦花酣	谢茜桃	(1) 萧斗画花神。 (2) 谢茜桃思慕作画人,病亡于兵乱中。	谢借冯翠柳尸身重生,与萧成婚。
36	无名氏	红梨花记	谢素秋	(1) 北宋赵汝州与妓谢素秋相恋。 (2) 谢受胡行公子骚扰,逃至洛阳。 (3) 元兵攻宋,掳素秋。	赵领兵退元兵,与素秋团圆。

(续表)

序号	作家	作品	悲剧人物	悲剧冲突过程	结局
37	孟称舜	贞文记	沈佺 张玉娘 紫娥 霜娥	(1) 沈佺、张玉娘幼有婚约,后张父悔婚。 (2) 沈、张不得谋面,抑郁而亡。	侍女紫娥、霜娥感动而亡。
38	孟称舜	娇红记	申纯 王娇娘	(1) 申纯与王娇娘相恋,王父不允请婚。 (2) 婢女飞红暗妒,帅公子挟势逼婚。	双逝合塚。
39	孟称舜	二胥记	伍子胥 申包胥	(1) 伍子胥借吴兵灭楚。 (2) 申包胥借秦兵复楚。 (3) 兴亡皆在英烈。	(马权奇《题词》云:"壮志岳立,须髯戟张,觉吴市之后秦廷之哭,两人英魂浩魄至今未死。")
40	朱京藩	风流院	小青	(1) 才女小青被迫为妾,郁闷而死,入汤显祖主司之风流院。 (2) 书生舒新弹爱小青诗,与其相会。 (3) 玉帝前来捉拿小青以及柳梦梅等。	南山老人与汤显祖救出诸人,使舒新弹与小青成婚。
41	范世彦	磨忠记	杨涟、魏大中、周顺昌等	(1) 魏忠贤与客氏擅权。 (2) 东林党人杨涟、魏大中、周顺昌等都遭迫害。	魏忠贤自缢,客氏被拷亡。东林党人死后成仙,勘问魏忠贤鬼魂。
42	欣欣客	还魂记	袁文正夫妻	(1) 袁文正夫妻赴京赶考。 (2) 国舅曹二用毒酒毒死文正。	鬼魂告状,包公斩曹二,令文正复活。
43	路迪	鸳鸯绦	杨直方等	(1) 杨直方赴考,在宝华寺借宿。 (2) 恶僧以力相逼,杨逃至淑儿家;淑儿以白玉鸳鸯绦赠之。 (3) 恶僧服刑。	杨直方与淑儿成婚。下场诗云:感愤吐新词,激语或伤时。(因写明军与满洲军作战被禁。)

第十五章　明代怨谱的基本调性

（续表）

序号	作家	作品	悲剧人物	悲剧冲突过程	结　局
44	邹玉卿	青虹啸	董承	（1）董承、伏完奉汉献帝血诏欲除曹操，反被曹所害。 （2）董子接过父遗青虹啸剑，投司马懿，改名司马师。 （3）魏帝曹芳僭立，司马师以青虹啸剑杀之。	立汉献帝太子为帝。"你去弑他行，人又来弑你，再不信请看檐前水。"
45	汤子垂	续精忠	岳飞及其家人部将	（1）岳飞被害后，妻率子岳雷、岳电皆避于山中。 （2）金兵又入侵。诏赵逸修荐岳雷、岳电和牛皋抗金。	抗金胜利，秦桧夫妻伏法，岳飞得以昭雪。
46	朱九经	崖山烈	文天祥赵昂发陆秀夫少帝	（1）伯颜统元兵南下，文天祥被拘，不屈而死。 （2）赵昂发死节，郑虎臣杀贾似道。	崖山破后，陆秀夫驱妻入海，旋负少帝蹈海死。
47	姚子翼	上林春	金鉴、金藏兄弟	（1）武后贬牡丹于洛阳。 （2）金鉴做诗讽武后。 （3）西门虎借贷不得，告发金鉴。	金藏剖腹为弟鸣冤，东方白砍死西门虎。
48	袁于令	西楼记	于叔夜、穆素徽等	（1）于叔夜与妓穆素徽定情。 （2）于父逐穆于杭州。 （3）相国公子池同买穆；穆誓死不从。	于叔夜中状元，池同等命人谋刺，反谋杀自家；于、穆团圆。
49	无名氏	罗衫记（白罗衫）	苏云一家	（1）水寇徐能劫知县苏云，得苏妻。 （2）苏妻郑氏逃出，途中产子。 （3）郑氏为尼。 （4）徐追郑氏，得其子，以为己子，名为继祖。	继祖得官，郑氏、苏云等相继告状，继祖诛杀徐能，全家复圆。
50	无名氏	倒浣纱	伍家父子西施	（1）伍子胥之子伍封，率齐师灭越，以报父仇。 （2）范蠡沉西施。	范蠡隐居。
51	清啸生	喜逢春	王安、毛士龙等	（1）太监王安将乞丐魏忠贤带进宫。 （2）魏忠贤掌东厂，害死王安，将毛士龙等逼供而死。	新天子登基，封赠忠良，魏忠贤自缢。

263

二、传奇怨谱小结

从以上纲目简表中，共得明传奇中之怨谱名目五十一种。

传奇怨谱的乐章调性较为丰富。当代题材戏成为具备时代风貌的一大亮点。王世贞的《鸣凤记》写严嵩事败，几乎成为新闻活报剧。清啸生的《喜逢春》写魏忠贤败亡，也是对当代史实的及时披露。可惜许多类似题材的怨谱，大都堙没不存了。

郑之珍的《目连救母劝善戏文》，既是历代目连文艺的一个总结，又是明代戏曲中最为巨大的演出体制。这出戏把佛法变文与传统孝道紧密结合起来，使得中国观众为之喜闻乐见。母亲的地狱受苦情状，赎救亲娘的急迫感与焦急程度，都使得这出庞大的戏剧，从整体来看具备怨谱的根本特性。

《鸣凤记》之外，表彰忠臣良将的怨谱蔚为潮流。姚茂良的《双忠记》和《精忠记》，分别书写了唐代张巡、许远的守城壮举，宋帅岳飞的英雄末路。桃渡学者的《磨尘鉴》，细致描摹颜杲卿、雷江橙骂贼而亡，李猪儿刺安禄山，都是对前者的相与呼应。汉剧和京剧的《贵妃醉酒》，都是从中独立出来的折子戏，也极尽怨谱悲剧的深深幽怨。汤子垂的《续精忠》，写秦桧伏法，岳飞终得昭雪，则是对后者的踵事增华。

朱九经的《崖山烈》，非但写文天祥等人至死不降的民族大义，还浓墨重彩地演示了崖山破后，忠臣陆秀夫一边驱妻入海，一边背负少帝，蹈海而亡的惨剧。崖山作证，大海为凭，这是一个时代的无奈葬礼，也是一家王朝告终的挽歌。

至于怨谱《二胥记》的情节设置，尤其耐人寻味。伍子胥与申包胥，一借吴兵灭楚，一借秦兵复楚，伍子胥一家为忠谏而亡，为报仇雪恨他不得不举刀兵，灭祖国，个中是非，自可评说；而申包胥哭秦廷、退吴兵的复国壮举，确是"楚虽三户，亡秦必楚"的爱国精神的最好演绎。有此忠臣良将在，有此爱国信仰在，吴国和秦国的失败，当然只是可以预期的历史之必然。

一正一反，演翻案戏，这也是明代怨谱的一个特征。例如梁辰鱼的《浣纱记》，在结尾写范蠡、西施感伤忠臣之结局，远避朝廷以求安，五湖游历而隐居。但无名氏的《倒浣纱》却一切反其道而行之，让伍子胥之子伍封率齐师灭越，以报父仇；复使范蠡沉西施，令爱情悲剧再添唏嘘，使得吴越春秋的历史场面，在怨谱方面也蔚为系列。

当然，明代怨谱中最有影响的品类，莫过于以《牡丹亭》为代表作的爱情婚恋戏。朱京藩的《风流院》，就是对前者的续篇和延伸。至于《娇红记》的爱情至上，《红梅记》的人鬼之恋，都使得明代怨谱中的爱情赞歌响彻云霄，成为打破封闭时代、张扬人生自由的主旋律乐章。

第三节　怨谱的辨识及其文化品性

一、辨析现存明代怨谱的思路

辨析明代怨谱，远比辨析元代悲剧困难。元代悲剧自王国维到商韬，论家们大都有自己的一些明细账目。对论家们的不同账目进行核实和反思，可以得出一本大体能为学界认可的元代悲剧名目。

迄今为止，还没有论家学者，特别着意地对明代怨谱进行过详细论列。这或者是因为以下原因：

（1）明代传奇体大折繁，悲喜并陈，较难用纯粹的悲剧理论进行规范。

（2）就怨谱结局言，漫长的传奇需要起承转合，往往以大团圆结局告终，这也常常被学者们作为否认传奇中有真正悲剧的证据。

（3）与此相反，明杂剧往往以体制短小，一折或数折便宣告结束，有时难于构成常规悲剧的一定情节长度和情感力度。

此外，明代戏剧数量较繁，选集偏窄，难于集中披阅。相当一批戏剧的上下限也辨认不确，很难厘定年代归宿。因此以上两表共八十一出明代悲剧的草创，往往多出己意，遗漏或错划的怨谱戏目，在所难免。但因举数较繁，论叙较细，在悲怨谱系上仍可能会得到学界认同。

以剧本的总体倾向判定其是否作为怨谱悲剧，这仍然是辨析明代怨谱的基本思路。南戏中负心悲剧的原型，元杂剧中历史悲剧的题材，在明代戏剧中往往得到继承和复现，这种继承和复现除了着意翻案之作外，一般仍符合悲剧的总体倾向，这就比较容易作出判定。

例如傅一臣的《死生仇报》，便是早期南戏悲剧《赵贞女》、《王魁》得官弃妻的原型再现。《秦廷筑》、《昭君出塞》等剧，更属于元杂剧的题材重现，这就很容易依照古典悲剧而作出经验性认可。由于历史题材的悲剧，仍然占了明代怨谱的大多数，而相应历史题材往往都在前代以悲剧样式或悲剧性文学品类出现过，所以，大部分明代怨谱，都还是可以类推而出的。

同样，因为明代持续的历史较长，有些历史和社会的活报戏在明代便可以看到结局。这就给一些现实题材的怨谱戏，提供了最为直接的素材。严嵩也好，魏忠贤也罢，比及其冰山败亡，需要多少志士仁人用鲜血和头颅去发动一次次冲击？记录这些冲击过程的明代传奇，也可以作为衡量其怨谱特性的鲜明题材标志。

明代还有这样一些寓悲剧精神于喜剧场面中的戏，例如徐渭的《狂鼓史》，孙源文的《饿方朔》，就其场面上看，都有一些嬉笑怒骂的喜剧性效果；但就其精神实质上看，则是大悲大愤之作。想那不可一世的曹操，绝不肯天下人负他，一生里辜负、杀戮了多少才子豪杰,然而却被祢衡当场笑骂,历数其罪状,令观众喜极生悲。而有才者遭难的悲剧事实,却以谐谑和痛斥的形式出之,益添了剧中悲愤的深刻。这些喜中寓悲、亦喜亦悲的作品,可以看成是民族悲剧的一种变例,从而在明代怨谱中占有不可忽视的重要地位。

二、明怨谱的文化品性

元蒙帝国,在13世纪后期到14世纪后期不足百年的统治中,至少在精神信念和文化心理上,对以汉族为主体的中华民族造成了深重的创伤,酿成了惨痛的悲剧。这种异族压迫所致的悲剧性冲突,决不仅仅表现在元杂剧悲剧高度发达的文化现象上,而且还更为直接地引发了农民起义的烽火燎原。蒙元帝国终于在熊熊烈焰中涅槃,古老中国这只历经劫难而光景常新的凤凰,又在新的朝代中伸展起自己沉重的翅膀。

朱明王朝,在14世纪后期到17世纪中期将近三百年的天下里,继承、理顺和重构了包括元文化在内的中华民族历史文化。仅在戏剧文化领域中,传奇这种体制浩大、波澜壮阔的戏剧样式,直接继承了宋元南戏的精神血脉,广泛借鉴并继承了元杂剧的光辉典范,成为新时代中戏剧文化的主体。如果把传奇比成是明代戏剧中的正规军,那么由元杂剧而衍生的明代南北杂剧却也一脉不绝,成为文人学士们抒展情怀的轻骑兵。

在传奇和杂剧中都广泛存在着的明代怨谱,在近三个世纪的戏剧发展中,大约在三个方面呈现出新的特征:

其一,戏剧体制的庞大与短小,带来怨谱品性的复杂性。传奇一般在四十出以上,而极端的例证如《目连救母劝善戏文》长达一百零七出,这就造成了悲剧作品中往往亦悲亦喜、悲喜相生、环环相套、百味杂陈的复杂情况。

其二,戏剧题材的发展带来悲剧内容的广泛性。明代戏剧家对元蒙入主的痛定思痛式的总结和反映,对全部民族历史的思考和描绘,势必要在题材乃至数量上都超出于前代。

其三,戏剧意蕴的深化带来怨谱主题的开拓性。明代怨谱大体以政治怨谱、爱情怨谱和情理怨谱作为三大主题,各自单独展开又有逻辑关联。与元代悲剧的英雄悲剧、女性悲剧和命运悲剧等旋律相比,明代悲剧主题在继承中多见开拓,于创新中每显主动,从精神上愈趋自觉。如果说元代悲剧是在异族凌辱和压迫下,不得不被动地发出惨痛的呼叫,明代怨谱则是在一个古老民族的充分内耗中,显示出民族内部的正邪善恶、腐朽新生之间的殊死搏斗;其悲剧情势的产生过程,带来极大的主动性,其悲剧艺术的酝酿发挥,带有极大的自觉性。

当我们对明代怨谱名目予以大致辨认和基本陈列之后,我们将大致分论明杂剧和明传奇的概况,再以政治怨谱、爱情怨谱和情理怨谱这三重主题,来看明代怨谱于开拓、创造中所体现出的主动性和自觉性，从而在总体上把握明代怨谱的特色和个性。政治怨谱、爱情怨谱和情理怨谱这三部交响主题的出现，提高了明代怨谱的品位，发展了中国悲剧的传统，孕含了清代苦戏的新花。作为明代戏剧家当中的大师巨匠，汤显祖的戏剧创作，包涵了政治怨谱、爱情怨谱和情理怨谱的基本元素。我们也将对汤剧"四梦"予以具体探究，并一并汇入明代怨谱三部曲的交织调性和时代之声中。

第十六章
明杂剧之怨谱气象

明代戏曲主要由杂剧和传奇这两大部类组成。尽管彪炳一代的元杂剧在元末便已衰微,但杂剧剧本作为一种相当成熟的文学样式,还是以其文体的惯性在明代文坛上占有一席之地。但明杂剧的艺术地位和总体影响既不及蔚为主流的明传奇,与元杂剧相较也大为逊色。明代杂剧作家所创作的五百余种杂剧[1],既有所继承,又有所发展,写下了杂剧史上相对低沉但又具备自身个性的新篇章[2]。

明代初叶的杂剧创作较为单调。《御制大明律》专设"禁止搬做杂剧律令"条目,规定:"凡乐人搬做杂剧戏文,不许妆扮历代帝王后妃、忠臣烈士、先圣先贤神像,违者杖一百。官民之家容令妆扮者与同罪。"建国初还颁发榜文明令:"但有亵渎帝王圣贤之词曲、驾头杂剧,非律所该载者,敢有收藏、传诵、印卖,一时拿送法司究治。""敢有收藏的,全家杀了!"(顾起元《客座赘语》)如此严酷的政策导致了明初杂剧题材的褊狭。应运而生的宫廷派剧作家,在歌功颂德、粉饰太平的总体追求中几乎垄断了杂剧剧坛。这些精于音律、熟谙南声的剧作家们在艺术形式的探索中移步换形、与时俱进,使得明初杂剧在剧本体制的突破、唱词安排的均匀和南北曲合流的尝试等形式层面,都有了一些革新与演变。

---

[1] 据傅惜华《明代杂剧全目》(中国作家出版社1958年版)著录,今知明代杂剧剧目五百二十三种,其中有姓名可考者三百四十九种,无名氏所作一百七十四种。这是中国戏剧文学史上一笔不小的遗产。

[2] 关于明代杂剧的地位,晚明人绝大多数认为既不如元杂剧,也不如明传奇。例如卓人月在《盛明杂剧二集序》中说:"语云楚骚、汉赋、晋字、唐诗、宋词、元曲,皆言其一时独绝也。然则我明可以超轶往代者,庶几其南曲(传奇)乎?"这就排斥了明杂剧的地位。但也有极个别人持不同意见,例如张元徵在《盛明杂剧三十种序》中说:"我明风气弘开,何所不有?诗文若李、王崛起,已不愧西京、大历;而词曲名家,何遽逊美酸斋、东篱、汉卿、仁甫?"这种讲法明显失当,所以几乎没有回应者。当代学者大都认为明代戏剧"在杂剧创作上承接着元杂剧的遗绪并有所发展"。宁宗一等《明代戏剧研究概述》,天津教育出版社1992年版,第19页。

明代中叶嘉靖前后的杂剧在内容和作法上都有了新的创获,显示出深刻的思想和战斗的精神。这与诗文领域内反复古主义思潮的兴起彼此呼应,形成了锐意革新的气候。明末的杂剧也不乏警世之作,杂剧南曲化也蔚为风尚。南曲杂剧的好处是称意而写,短小精悍,亦喜亦悲,亦庄亦谐,成为文人们逞气使才的匕首和投枪。但其缺点是过度文人化、案头化,不重视群众性与舞台性。总的说来,本时期的杂剧已经更多地成为文学中的一体,不大适合于登场演出了。

虽说与大树参天的明传奇相比,明杂剧只能算是丛丛灌木,但也在承前启后的流变过程中独树一帜,担负着反映时代情绪、延伸艺术体制的历史使命。包涵或者可以定型为悲剧的怨谱气象,在明杂剧中也时有所见。

第一节　明初宫廷派剧作家的韬晦写怨

一、皇家贵族朱权、朱有燉的杂剧创作

明初杂剧的核心人物是皇子皇孙朱权和朱有燉。他们左右并影响着一批文人墨客,从而形成了宫廷派杂剧创作的小群体。当然,用杂剧作为歌舞升平的工具,既是他们发自内心的需求,同时也借此表明自己只爱吟风弄月,胸无野心异志。作为一种政治韬晦的艺术展示,喜庆剧、道德剧和神仙剧成为宫廷派杂剧作家的主要创作类型,但怨闷之声,在所尽有。

朱权(1378—1448)是明太祖第十七子①。永乐前后,皇家同室操戈的情况再三出现。为了避祸求安,朱权便沉浸在戏曲、音乐和道家学说之中。所作杂剧《冲漠子独步大罗天》,写冲漠子被吕纯阳等超度入道,东华帝君赐其丹丘真人,用得道之乐来自勉自慰。

杂剧《卓文君私奔相如》演才子佳人风流韵事,从司马相如在升仙桥"大丈夫不乘驷马车,不复过此桥"的题词开始,以文君当垆、白头吟等情节居中,用司马相如荣归西蜀结局。该剧演司马相如为情所动,以琴向美人示爱;卓文君作为新寡之妇,一不为亡夫守节,二不待父母之命,三不用媒妁之言,抛弃锦衣玉食的富贵生活,毅然与才人私奔,坦然靠卖酒过活。尽管这出戏溯源于《史记》和《西京杂记》,在宋元戏剧中也有前例可循,但由一位皇家子弟写在贞节观念愈演愈烈的明代,还是具备一定进步意义的。此剧兼古朴与工丽于一体,语言上颇有可观处。

朱权还作有兼戏曲史论和曲谱为一体的《太和正音谱》(1398),分戏曲体式十五种,杂剧十二科,收录、品评了金董解元以下、元代和明初的杂剧与散曲作家二百零三

---

① 朱权,明太祖子,初封大宁(今辽宁宁城一带),卒谥献王,世称宁献王。号大明奇士、臞仙、涵虚子、丹丘先生。著有《太和正音谱》和杂剧十二种,今存《冲漠子独步大罗天》与《卓文君私奔相如》两种。

人，认为戏曲乃盛世之声、太平之象。

朱有燉(1379—1439)是明代杂剧史上创作较多的作家①。在他的杂剧中，《牡丹仙》、《八仙庆寿》等十种属于歌舞升平的喜庆剧，《小桃红》、《十长生》、《辰钩月》等十种属于度脱入道的神仙剧，《烟花梦》、《香囊怨》、《团圆梦》等九种属于节义道德剧。其中的《乔断鬼》和《香囊怨》，属于悲剧情韵较浓的怨谱之属。

《乔断鬼》根据当时传说改编，演徐行将六幅古画请封聚装裱，但封却借故不还。徐乃愤懑而亡，到阴间起诉封吞没古画的过犯，并加添了封忤逆不孝的罪名，判官遂将封聚下地狱治罪。这一申冤果报之剧，带有怨谱的基本气质。

《香囊怨》写妓女刘盼春与秀才周恭有情，而鸨母逼她与富商苟合。刘拼死相抗，自缢而亡。尸体火化时惟所佩香囊犹存，内装周恭情词亦保存完好。以一妓女而能以死明志，全其贞节，作者认为这种道德境界值得表彰，也成为较有影响的一出怨谱。

此外，朱有燉还写了《豹子和尚》和《仗义疏财》两出起义英雄剧，对鲁智深、李逵既有肯定又有歪曲，对梁山好汉始则粗蛮有义、终则归顺朝廷的性情及其皈依趋势有所描摹。朱有燉的杂剧语言质朴、音律谐和。《仗义疏财》中李逵与燕青的轮番对唱和二人齐唱，在演唱方式上突破了元杂剧一人主唱的呆板限制。

二、御前侍从贾仲明、杨讷的杂剧诸色

贾仲明(1343—1422后)和杨讷都是元末明初著名的杂剧作家②，都当过明成祖的御前侍从。除杂剧方面的艺术成就外，贾还善作宴会即景之作③，杨亦擅长猜谜索隐，故双双受到皇帝的欣赏和宠爱。

贾仲明所作杂剧《萧淑兰》写少女明快的初恋，《升仙梦》状吕洞宾对桃、柳二妖之成仙度化。他的创作倾向与朱有燉相近，不仅文采华丽，南北曲还可以同折对唱。此外，贾仲明还有《弃心妇双负心》，其正名为《屈死鬼双告状》；其《燕山怨》正名为《汤汝梅秋夜燕山怨》，可能都属于悲剧怨谱的范畴，但皆无传本存世。

杨讷《西游记》共六本二十四出戏，根据《大唐三藏取经诗话》和民间传说改编而成。故事从陈光蕊赴任遇盗开始，到玄奘取经归来结束。孙悟空爱打抱不平的性格特征已经充分表露出来，但还缺乏神力，擒妖伏怪每要观音、如来相助。这出戏的许多情

---

① 朱有燉，号诚斋、锦窠老人。明太祖第五子之长子，袭封周王，谥宪，世称周宪王。今存杂剧三十一种，总称《诚斋传奇》。另有散曲集《诚斋乐府》、诗文集《诚斋新录》等。

② 贾仲明，号云水散人，淄川(今山东淄博)人。所作杂剧十六种，今存《对玉梳》、《萧淑兰》、《金童玉女》、《玉壶春》、《升仙梦》五剧。也有人认为杂剧《裴度还带》和戏曲作家论《录鬼簿续编》皆为他所作。杨讷，字景贤(一作景言)，号汝斋，蒙古族人，写过杂剧十八种，今存《西游记》、《刘行首》两种。

③ 《录鬼簿续编》评贾仲明曰："天性明敏，博究群书。善吟咏，尤精于乐章隐语。尝传文皇帝(明成祖)于燕邸，甚宠爱之。每有宴会，应制之作，无不称赏……所作传奇乐府极多，骈丽工巧，有非他人之所及者。"《中国古典戏曲论著集成》(三)，中国戏剧出版社1959年版，第292页。

节与百回本《西游记》并不一致。

三、刘东生的《娇红记》

在宫廷派杂剧作家之外,这一时期知名的杂剧作家尚有刘东生①。所作杂剧今存《娇红记》二本八折,而同时期金文质、汤式之同名作皆佚。该剧题材原本为北宋宣和年间实事,元代宋梅洞曾以小说《娇红传》加以渲染,刘东生在此基础上又作了戏剧化的加工和创作。全剧比较细腻婉转地将申生与娇娘的恋爱心曲表现出来,熙春堂约会时的大雨相误,两情交好后的杨都统求亲,都是申生与娇娘悲感幽怨的基础,心病与身病的根由。该剧以二人为贬到人间的金童玉女,用成婚的结果来酬其苦恋。全剧浅唱轻吟,深情盎然;丽语佳句,随处可见,为传奇悲剧《娇红记》的再创作作了铺垫。

明初朱经的《死葬鸳鸯冢》也是同类题材作,今仅存两者曲文于《雍熙乐府》等书中。从其题目看,该剧采取的是怨谱、悲剧的处理方式,让申生和娇娘郁闷而亡,死后合葬鸳鸯冢。

明初杂剧从作家构成上看,大多与朝廷有着千丝万缕的联系。所以其作品缺乏元杂剧直面现实的抗争精神,而将元杂剧后期愈演愈烈的封建说教、神仙道化乃至风花雪月等种种倾向加以张扬,在较大程度上具有粉饰太平的浓厚色彩。从语言风格上看,明初杂剧与元杂剧的质朴本色相较,有着渐趋华丽雅致的追求。从艺术体制上看,明初杂剧突破了元杂剧一人主唱的僵化格局,朱有燉在剧中安排了灵活有趣的轮唱合唱,贾仲明将南北曲融入一折,杨讷的《西游记》更是超越了元杂剧四折一楔子的通常规范,这都为明中叶后杂剧的南曲化趋势奠定了基础。

第二节 明代中后期的杂剧怨谱

一、转型期杂剧特色论

明代中后期的杂剧,既与元杂剧差异颇大,又与明初的杂剧多有不同,从而在转型过程中树立起自身的特点。从发展线索来看,明前期杂剧一是兼容元末明初两朝,贾仲明、杨讷和刘东生等人都是横跨两代的作家,其杂剧创作时间也较难判定;二是以两朱为代表的明初杂剧大都写于开国之后、景泰以前。此后的几十年属于杂剧创作的沉寂时期。从弘治、嘉靖年间开始,以王九思、康海为代表的杂剧创作出现了新的转机,到万历前后更出现了以徐渭作为杰出代表的杂剧创作高潮期,一大批境界不俗的作品脱颖而出。因此,明代中后期的杂剧创作有其连贯发展的历史。

---

① 刘东生,名兑,浙江绍兴人,邱汝乘《娇红记序》称其宣德乙卯(1435)间尚在世。作有杂剧《月下老定世间配偶》与《金童玉女娇红记》两种。前者已佚。《全明散曲》辑其小令五首、套数四篇、复出套数四套。

从创作倾向上看,明代中后期的杂剧打破了风花雪月、伦理教化和神仙道化的偏狭局面,题材不断拓宽,思想渐次深化,张扬个性、愤世嫉俗的社会批判剧与伦理反思剧都不在少数,其间带有不少怨谱气象。从演唱体式上看,嘉靖之后的杂剧大都是南北合套或者纯属南杂剧,杂剧的纯北曲体式从总体上看已经终结。从艺术成就上看,明代中后期的部分杂剧可以称之为传世之作,具有较为深远的影响。

二、王九思与康海之怨谱

王九思(1468—1551)和康海(1475—1540)分别是进士和状元出身,都属于明代文坛的"前七子"之列。王的诗文在模拟古人中显出绮丽才情。其杂剧《杜甫游春》抒写大诗人的激愤之情。杜甫在长安城郊春游时四顾萧然,因而触景生情,对奸相李林甫的罪恶深为不满。典衣沽酒之后,杜甫竟然不受翰林学士之命,情愿渡海隐居而去。这分明是借老杜之酒杯,浇自己之块垒,骂当道之黑暗,感个人之不遇。王九思还写了杂剧《中山狼》,开辟了明代单折短剧的体制。王、康这两位陕西人都是凭才学考试入仕的,又都因为同乡刘瑾事败的牵连而被削职为民。在险恶的宦海中上下浮沉,所以他们都对世态炎凉深有体悟,对人间"中山狼"的面目认识真切。

康海的《中山狼》共四折,取材于老师马中锡的《中山狼传》①。据何良俊《四友斋丛说》等书记载,此剧系影射李梦阳的负恩②。该剧写东郭先生冒着极大的风险,搭救了被赵简子人马所紧紧追杀的中山狼,不料这条负义忘恩的饿狼竟要吃掉东郭先生。这正是对官场中尔虞我诈、弱肉强食、好心反遭恶报的变形描摹。此剧语言生动传神,结构首尾连贯,对人心不古、品行大坏的上流社会现状予以了艺术的概括和辛辣的讽刺。此外,陈与郊也写过《中山狼》杂剧,汪廷讷写有《中山救狼》杂剧,无名氏还写过《中山狼白猿》传奇。当时的剧坛上形成了以康海为代表的中山狼题材创作热。由此发端,以徐渭作为主将,明代中后期的杂剧创作,往往以社会伦理批判等讽刺性杂剧作为重头戏,使得杂剧成为一种极富于战斗力的文体。

三、讽刺杂剧见世态

以徐复祚(1560—1630后)《一文钱》、王衡(1561—1609)《郁轮袍》为代表的讽刺

---

① 马中锡《东田记》卷三收有此文。明《五朝小说》(编者佚名)也有此文,但署宋代谢良作。马中锡文多出二百七十四字,故有人认为马中锡文系对谢作的修饰,也有人认为《五朝小说》不可信。

② 一般文献都认为《中山狼》系讥刺李梦阳之作,王世贞、何良俊、沈德符诸家皆持此说。傅惜华《明代杂剧全目》中归纳说:"梦阳下狱,书片纸告海曰:'对山救我!'海乃谒瑾说之,明日得释。后刘瑾败,海坐刘党,梦阳议论稍过严,遂落职为民。""论者谓其《中山狼》一剧,即诋李梦阳之作。"(中国戏剧出版社1958年版,第83页)但是也有学者持不同看法。赵景深说:"中山狼的故事,本是流传于世界各国的一个民间故事,康海也许取为题材借以讽世,不见得是指李梦阳说的吧。"《读康对山文集》,《明清曲谈》,古典文学出版社1957年版,第60页。蒋星煜断言康海的《中山狼》杂剧非为讥刺李梦阳作,见《中国戏曲史钩沉》,中州书画社1982年版,第159页。

杂剧,在戏剧史上也具有一定影响。

《一文钱》塑造了一位吝啬鬼卢员外的典型形象。富甲连城的卢员外认为"财便是命,命便是财",为了积财保命,就连家中妻小都不免忍饥受冻。这位"见了钱财,犹如蚊子见血"的卢大员外,在拾到区区一文钱后,算计许久才买了点芝麻,又生怕人家看见,便偷偷地躲到山上去吃。对钱财的无限占有欲与对自己、对家人、对他人的无限吝啬与克扣,形成了他性格基调的极大反差,产生了令人可笑可叹的荒唐感。这一明代吝啬鬼形象,与元代杂剧《看钱奴》中的贾仁一脉相承[1]。

《郁轮袍》写无耻文痞王推,冒充大诗人王维,在岐王处礼拜,于九公主前献媚,竟然将真王维的状元挤掉,自己骗得了状元。在一个真假难辨、关系网覆盖一切的腐败社会中,王维最终看破现实,拒绝了再度送来的状元桂冠,飘然归隐而去。

王衡还有讽刺短剧《真傀儡》,叙杜衍丞相微服来到傀儡戏场,饱看暴发户们前倨后恭的嘴脸;而后丞相于仓促慌乱中,亦借傀儡戏服去迎接圣旨。剧作家从自己的身世之感发端[2],既摹状人情冷暖之风气,又将官场与戏场贯穿起来,在喜剧架构中体现出官场与富贵场中的悖谬情形与荒诞意味。

吕天成(1580—1618)的《齐东绝倒》杂剧,更把讥刺的矛头直接对准"圣君"尧、舜。舜帝之父犯下杀人大罪后,为使父亲躲脱法网,舜帝竟然背起父亲,潜逃到海滨躲藏起来。经经禅让退位的尧帝疏通人情后,刑部大臣皋陶终于答应不杀舜帝之父,并请舜的后母去接回他父子两人。权比法大,情比权大,君王脸面更比国家利益大,这就是中国封建统治阶级的根本原则,也是以权谋私、腐败堕落之风自上而下的渊薮。吕天成敢于写这样敏感的题材,冒犯君王的虎威,这在中国文学史上是不多见的。

四、爱国爱情怨谱剧

本时期的爱国主题杂剧和爱情题材杂剧也都较为知名。

陈与郊(1544—1611)的《昭君出塞》和《文姬入塞》都洋溢着一种祖国难离、游子归根的强烈感情。昭君"压翻他杀气三千丈,那里管啼痕一万行"的哀怨,也包含着对美女和番政策的千般无奈。《昭君出塞》这出戏,至今仍活跃在一些大剧种的舞台表演中。《文姬入塞》既写了这位女才子穿上汉朝服装、回国续成青史,藉以延续家族和祖国的文化传统,也表露出她对"腹生手养"之胡儿的深深眷恋与浓浓母爱。

爱情题材杂剧中,冯惟敏(1511—约1580)的《僧尼共犯》,写一对和尚尼姑从佛殿

---

[1] 王季思先生认为《一文钱》中的卢员外与《儒林外史》中的严监生都是中国的吝啬鬼形象,"他们的描写也都有独到之处,但仍不及《看钱奴》的淋漓尽致"。《〈看钱奴〉和中国讽刺性的喜剧》,见《玉轮轩曲论》,中华书局1980年版,第207页。

[2] 据《明史》及其他文献记载,内阁辅臣王锡爵之子王衡,于万历十六年(1588)乡试第一而遭谤。王衡为避嫌而放弃会试。王锡爵罢相之后的万历二十九年(1601),王衡才举会试、廷试第二。

相会到还俗成亲,其间有过被人捉奸见官的曲折。州官的同情与成全,使这对青年人成其好事,这说明自由婚恋需要社会的理解和支援①。以传奇《娇红记》驰名的孟称舜,也是一位较好的杂剧作家。他的爱情杂剧《桃花人面》根据唐孟棨《本事诗》和宋元戏曲、话本改编。"去年今日此门中,人面桃花相映红。人面不知何处去,桃花依旧笑春风。"诗情画意中流淌出儿女浓情。孟称舜还写过《死里逃生》、《英雄成败》、《花前一笑》、《陈教授泣赋眼儿媚》等杂剧,编选过《古今名剧合选》杂剧集。

这一时期为人们所关注的杂剧作品还有李开先的《园林午梦》,写崔莺莺与李亚仙的辩争。汪道昆的《高唐梦》、《五湖游》、《远山戏》和《洛水悲》合称为《大雅堂乐府》,分别写楚襄王与巫山神女相会、范蠡与西施归隐、张敞为妻画眉、曹植与洛神邂逅,都是文人们津津乐道并有所感慨的故事。茅维的《闹门神》叙旧门神不肯退位的丑态,令人想见官场上一些人乱纷纷霸着位子不放的闹剧。叶宪祖的《易水寒》演壮士荆轲抓住秦王,逼他退还各国土地。沈自徵的《霸亭秋》,写屡考不中的杜默在项羽庙痛哭:"英雄如大王而不能得天下,文章如杜默而进取不得官。"哭诉了科举制度的极不公正,在不得志的士人群中能够激起共鸣。此外,杨慎、许潮、梁辰鱼、王骥德、梅鼎祚、徐复祚等人的杂剧创作,亦各有其韵致风采。

尽管明代戏曲作家们还有重振杂剧雄风的良好愿望,但却依然不能永保其灼灼韶华。明杂剧上不能与一代文学之冠元杂剧相比肩,下不能与蔚为大观的明传奇相抗衡。最能显示出明杂剧风貌特征的部类,还是那种以杂文笔法画荒唐社会,用嬉笑怒骂显戏剧大观的讽世杂剧。徐渭便是明代讽世杂剧的代表作家。

第三节　徐渭及其讽怨杂剧

一、"狂人"徐渭

徐渭(1521—1593)其人多才多艺②,在诗文书画和戏剧等艺术领域内纵横驰骋,迸发出离经叛道、追求个性自由的强烈火花。徐渭曾八次乡试,但都没能考中举人。天之妒才,一至于此!

从文不成便崇武。徐渭在浙闽总督胡宗宪军中当幕僚时屡出奇谋,为抗击倭寇立下战功。胡宗宪倒台入狱后,报国无门的徐渭也屡遭迫害,一度精神失常。佯狂与真狂相间,历九番自杀而未果,终因误杀后妻被捕。刑期七年后出狱,益发放浪形骸。晚年卖画鬻字为生,困顿潦倒以终。徐渭死后四年,公安派领袖袁宏道偶然从旧文集中

---

① 《僧尼共犯》与源于传奇的《思凡下山》密切相关。周贻白分析说:"若相比较,则杂剧写得更为恣肆,表现得更为大胆。"《明人杂剧选·后记》,人民文学出版社1958年版,第752页。

② 徐渭,字文长,号天池山人、青藤道士、田水月等,浙江山阴(今浙江绍兴)人。作有杂剧《四声猿》、诗文集《徐文长三集》等。

发现其光辉,盛赞他诗、文、字、画、人"无之而不奇"(《徐文长传》)。

徐渭曾自称书第一、诗二、文三、画四,但其杂剧创作也在戏曲史上享有盛名。王骥德《曲律》称"徐天池先生《四声猿》,故是天地间一种奇绝文字"。

二、《四声猿》与《歌代啸》

"四声猿"语出于郦道元《水经注》。"猿鸣三声泪沾裳",鸣四声更属断肠之歌。作为一组杂剧,《四声猿》包括了《狂鼓史渔阳三弄》、《玉禅师翠乡一梦》、《雌木兰替父从军》、《女状元辞凰得凤》四本短戏。

《狂鼓史》和《玉禅师》是对黑暗政权和虚伪神权的猛烈抨击和恣情戏弄。

徐渭在《哀沈参军青霞》、《与诸士友祭沈君文》等诗文中,曾将奸相严嵩比为曹操,把忠臣沈炼比成祢衡。以沈炼为代表的朝野上下诸多忠臣义士,历经二十年前仆后继的生死抗争,终于斗败昏君庇佑的大奸臣严嵩,斩其恶子严世蕃。严嵩在位时杀了无数直陈时政的人,沈炼却毫不畏惧,还是要上书声讨严嵩的十大罪状。当年曹操借刘表、黄祖之手,杀了敢于骂他的祢衡;如今严嵩假杨顺、路楷之流害死了耿耿大臣沈炼。徐渭有感于历史与现实的惊人相似,借《狂鼓史》一剧表达了对黑暗政治的强烈不满。该剧把邪恶的权奸曹操打入地狱,让正直的祢衡升为天使。在地狱审判中,徐渭让判官权作导演,请祢衡将当年击鼓骂曹的精彩片断,在现场再表演一番。面对曹操的鬼魂,祢衡劈头便骂:

俺这骂一句句锋芒飞剑戟,俺这鼓一声声霹雳卷风沙。曹操,这皮是你身儿上躯壳,这槌是你肘儿下肋巴,这钉孔儿是你心窝里毛窍,这板仗儿是你嘴儿上獠牙,两头蒙总打得你泼皮穿,一时间也酹不尽你亏心大。

如许精彩骂语,当然不只是借鼓抒情的人身攻击,而是徐渭对那些看起来尊严权贵、实则是窃国大盗的严正声讨。祢衡逐步递进,历数曹操的桩桩罪证,阵阵鼓点恰如摧枯拉朽的暴风骤雨横空而来。全剧写得激情喷涌,读来畅快淋漓,于嬉笑怒骂中尽抒慷慨悲愤之情,其怨也深,其悲也甚,是为别样之怨谱,当为《四声猿》之冠。

《玉禅师》写得更轻松俏皮一些。徐渭以漫画似的笔触,剥开了庄严佛国和正经官场的堂皇外衣,描摹了其欲火烧身的尴尬局面。此剧起源于官、佛斗法。临安府尹柳宣教只因玉通和尚拒不参拜,便设美人计报复于他。妓女红莲受命前去,以肚痛要人捂腹为由,破了和尚的色戒大防,致令玉通羞愧自杀。和尚为报此仇,死后投身为柳府尹的女儿柳翠,先是沦为娼妓以使府尹蒙羞,后为前世的同门月明和尚度脱为尼姑。本剧既写政权与佛权之间的勾心斗角和相互算计,又写佛徒的生理欲望与佛门戒律的尖锐冲突。官府对不顺于己者总要打击报复、置于死地;高僧宣扬四大皆空,但也会走火入魔。借一小小戏情,徐渭袒示出封建政权与神权某些不甚体面的尴尬①。

《雌木兰》和《女状元》是对女性的赞歌,也是对人才易遭埋没的惋惜与哀叹。

女扮男妆的花木兰替父从军,卫国立功;凯旋返乡后还其女儿本色,嫁与王郎。《雌木兰》在一定程度上反映了徐渭自己可进可退的政治理想。女扮男妆的黄崇嘏同样可以考上状元、获取官职。然而一旦向意欲招婿的周丞相说破女儿身后,黄状元便只好弃官为人媳,空埋没了满腹才情。"裙钗伴,立地撑天,说什么男儿汉"的呼叫,终归于沉寂空无②。《女状元》也表达了徐渭抱负难展、徒叹奈何的辛酸与悲哀。

传为徐渭所作的《歌代啸》是一本四出的市井讽刺杂剧,每出故事相对独立。首出戏写李和尚药倒张和尚等人,偷走菜园的冬瓜和张的僧帽。第二出戏写李和尚与姘妇设局:要为丈母娘治牙疼,须灸女婿之足底。女婿王辑迪畏惧出逃,无意间带走李和尚所遗的张和尚僧帽。第三出戏叙王辑迪以僧帽为证,到州衙告妻子与和尚通奸。州官在李和尚等人的串通下,将无辜的张和尚发配。第四出演州官好色而惧内,只许夫人放火,不许百姓点灯救灾。全剧充满了冷嘲热讽的市井情味,对做假坑人者深为鄙夷,对直接酿成冤假错案的糊涂州官大加嘲笑。鄙谈猥事,尽皆入戏,于嬉笑怒骂之余,也不乏油滑庸俗之处。

徐渭在明代剧坛上有着深远影响。他的杂剧创作活泼畅快、汪洋恣肆,呈现出陈规尽扫、独备一格的气度。他的作品从不避人间烟火与市井气息,在一定意义上反映出有价值的世俗观念和相对进步的市民精神,带有甚为浓厚的民间文学色彩。他对所谓的巍巍正统与赫赫权威勇于揭露、善于讥刺,嬉笑怒骂,谑而有理,开辟了讽刺杂剧的新路。

他又精通声律,《女状元》杂剧全用南曲,也具备开创意义。凡此种种,都使徐渭在杂剧剧坛上独树一帜。澄道人的《四声猿引》谓徐剧"为明曲之第一"。汤显祖认为"《四声猿》乃词场飞将,辄为之唱演数通。安得生致文长,自拔其舌!"(王思任《批点玉茗堂牡丹亭叙》)仅越中的徐门入室弟子,就有史磐、王谵、陈汝元、王骥德等三十多人。

从整个明代戏曲大势来看,徐渭作为明杂剧的代表作家,汤显祖作为明传奇的代表作家,这是公认不争的事实。徐渭杂剧,似谑实庄,若笑乃怨,猿鸣四声,足断人肠。

---

① 关于《玉禅师》的创作原因,清乾隆以前人所编之《曲海总目提要》援引明清笔记的说法,认为徐渭在晚年后悔杀妻,憎恶僧侣,乃作剧"借以自喻"。人民文学出版社1959年版,第232页。但今人也有相反的看法。肖罗认为《玉禅师》是徐渭早年所作,"自喻说"是以讹传讹。《徐渭〈玉禅师〉非自喻》,《上海师院学报》1981年第2期。

② 《曲海总目提要·雌木兰》谓"明有韩贞女事,与木兰相类,渭盖因此而作也"。戏剧史家周贻白称此剧"独具眼光,对以后扮演木兰故事者,实含有一种启导作用"。

此外,《南词叙录》一书,一般认为是徐渭所作①,这是第一部研究宋元南戏和明初戏文的专著,对传奇作家们也产生过极大的鼓舞作用。

---

① 《南词叙录》传世清抄本有钱塘丁氏本,题徐天池著,现存南京图书馆;另有平江黄氏本,题有"徐文长南词叙录"字样,现存上海图书馆。清末姚燮《今乐考证》等书都将《南词叙录》引文题为徐渭所作。因此徐渭作《南词叙录》,已经成为近代曲学的常识。近年来,骆玉明、董如龙著文,提出徐渭现存诗文未曾提及《南词叙录》;与徐渭有过直接交往者包括曲学家沈宠绥、王骥德在内,同样未曾提及这部曲学专著;在骆、董所翻阅的明代各种书目和曲论专著中,也没有提及《南词叙录》之处。文章还认为徐渭入闽时间与《南词叙录》序文不合,该书又多提及吴中戏曲而非徐渭家乡越中戏曲,因此该书并非徐渭所作,可能是陆采所作。《〈南词叙录〉非徐渭作》,见《复旦学报》1987 年第 6 期。但到目前为止,学术界回应或支持此说的人并不多。

第十七章
抒情写怨明传奇

明代戏曲的主体是传奇①。明传奇的发展和繁荣,开创了戏曲艺术的新局面。

拥有较为庞大的体制与完整有序的结构,描摹生动丰富的人物和瑰丽多彩的画面,明传奇以生气勃勃、席卷南北的气势,演出了一幕幕史诗般的人间悲喜剧。这就使发源于宋元南戏而带有浓厚南方戏剧特征,但又融合了北曲声腔和元杂剧精华的艺术样式,伴随着昆山、弋阳、海盐、余姚"四大声腔"的弦歌,迅速发展为明清两代的全国性大型戏曲样式。元杂剧与明传奇前后辉映,各领风骚,汇聚成中国戏曲文化汪洋恣肆的万千气象。以《牡丹亭》为典范作品的明代传奇剧本,成为文学史上璀璨夺目的著名景点。

在明传奇的发展过程当中,带有悲剧情味的怨谱之作,特别具备审美的惊讶和警示的沉痛。对此,除了在总的历史框架中必须提到之外,我们还将另行予以专门的探讨。

第一节 明初传奇概述

一、传奇渊源及体制

"传奇"最早特指唐代的短篇文言小说,宋代话本小说中也有"传奇"一类;但元末

---

① 傅惜华所编《明代传奇总目》著录明传奇剧目九百五十种。其中有作家姓名可考者六百一十八种,无名氏所作三百三十二种。人民文学出版社1959年版。

明初的学者们曾将元杂剧称为"传奇"①,原因之一在于许多唐传奇都曾被元杂剧改编成剧本,而大部分杂剧也都带有浓郁的传奇色彩。自从宋元南戏在明代规格化、文雅化、声腔化和全国化之后,由南戏所升格的传奇,便渐渐成为不包括杂剧在内的明清中长篇戏剧的总称。

宋元南戏本是在村坊小曲、里巷歌谣和宋词等诸多艺术门类的基础上发展起来的,在音乐和表演上带有较大的随意性。因此,早期南戏一般在格律上不甚讲究,在宫调组织上亦不严密②。

经过元末明初《荆》、《刘》、《拜》、《杀》四大南戏之后,尤其是经过《琵琶记》的创作之后,南戏才开始逐步规格化,宫调系统也渐渐严密起来。《琵琶记》作为南戏与传奇之间承前启后的作品,其"也不寻宫数调"的自谦之论,恰恰表现出南戏向传奇转型期间关于音乐规格化的普遍追求。

也是从《琵琶记》开始,传奇多系有名有姓的文人雅士所创作,文词自然也朝着典雅甚至骈俪方向发展。随着四大声腔的发育成熟与广为流播,源于南方的传奇成长为明代戏曲的主体。

二、道学气和八股化

明初的传奇带有浓厚的伦理教化意味,这与统治集团对程朱理学的大力推行息息相关。一个建国不久的新朝廷,需要局面的稳定与思想的统一。据云,朱元璋对标举风化、有益人心的《琵琶记》赞不绝口:"《五经》、《四书》如五谷,家家不可缺;高明《琵琶记》如珍馐百味,富贵家岂可缺耶!"(明黄溥《闲中今古录》)

上有所好,下必从焉。弘治年间的文渊阁大学士邱濬(1421—1495)闻风而动,创作了《五伦全备记》等传奇。在这位理学名臣的笔下,开篇就是"备他时世曲,寓我圣贤言","若于伦理不关紧,纵是新奇不足传"。伍子胥的传人伍伦全及其异母弟伍伦备等既是忠臣孝子,又是夫妻和睦、兄弟友善、朋友信任的五伦典型。只可惜邱濬学《琵琶记》未得其艺术神韵,所以其《五伦全备记》被明人斥为"纯是措大书袋子语,陈

---

① 唐诗人元稹(779—831)所撰自传体小说《莺莺传》曾题名为《传奇》。裴铏所撰小说集亦题名《传奇》。由此出发,"传奇"最先成为唐代文言小说的专名。元末明初,"传奇"又往往指元杂剧。例如《录鬼簿》在列举了一批元杂剧作家后,有"右前辈编撰传奇名公,仅止于此,才难之云,不其然乎"之叹。《中国古典戏曲论著集成》(二),中国戏剧出版社1959年版,第117页。《辍耕录》等书的"传奇"亦作此义。明嘉靖之后,"传奇"一般专指明杂剧之外、以南曲为主谱成的中长篇戏曲。

② 参见《南词叙录》的提法。该书认为"南戏始于宋光宗朝",或云"宣和间已滥觞,其盛行则自南渡,号曰永嘉杂剧"。"其曲,则宋人词而益以里巷歌谣,不叶宫调,故士大夫罕有留意者。……顺帝朝,忽又亲南而疏北,作者蝟兴,语多鄙下,不若北之有名人题咏也。"高明《琵琶记》"用清丽之词,一洗作者之陋,于是村坊小伎,进与古法相参,卓乎不可及已"。《南词叙录》,《中国古典戏曲论著集成》(三),中国戏剧出版社1959年版,第239页。

腐臭烂,令人呕秽"①。它是明初枯燥无味的道学家戏剧之发轫作。

紧紧追步邱濬的邵灿,"因续取《五伦全备》新传,标记《紫香囊》"。其《香囊记》一剧,写宋代张九成与新婚妻贞娘的悲欢离合故事。张因科考离家,中状元后远征契丹,从此与妻失去消息。赵公子欲强聘贞娘为妻,贞娘只得到新任观察使处告状,而观察使恰恰是阔别多年的夫君张九成。夫妻团圆后的点题诗为"忠臣孝子重纲常,慈母贞妻德允臧。兄弟爱慕朋友义,天书旌异有辉光",可谓是封建礼教之集大成者。

该剧在结构上对《琵琶记》、《拜月亭》承袭甚多,在语言素材上大量采用《诗经》和杜甫诗句,典故对句层出不穷,连宾白亦多用文言。所以《南词叙录》批评说:"以时文为南曲,元末、国初未有也,其弊起于《香囊记》……至于效颦《香囊》而作者,一味孜孜汲汲,无一句非前场语,无一处无故事,无复毛发宋元之旧。三吴俗子,以为文雅,翕然以教其奴婢,遂至盛行。南戏之厄,莫甚于今。"由此出发,《香囊记》开辟了明代传奇骈俪化、典雅化和八股化的源头。

三、《精》、《金》、《千》、《连》英雄谱

明初百余种传奇中,较少受道学气和八股味污染的有《精忠记》、《金印记》、《千金记》、《连环记》等知名剧作。

《精忠记》作者姚茂良系武康(今浙江德清)人。该剧讴歌了抗金名将岳飞的爱国精神,渲染了岳飞父子妻女先后被害的悲剧氛围,在阳世阴间勘问并揭露了奸贼秦桧夫妇的阴谋与罪过。姚茂良还写过《双忠记》,表彰了张巡、许远在"安史之乱"时守城不降、骂贼而亡的英雄气概。

苏复之的《金印记》写苏秦拜相前后的人情冷暖、世态炎凉,在舞台上曾广为流传。嘉定(今属上海市)人沈采所写《千金记》,以韩信为主线,描摹楚汉相争的大场面。《别姬》一出将项羽的英雄气短与虞姬的儿女情长,融合成一曲慷慨凄凉之歌,是非常动人的情感戏。

乌程(今浙江湖州)人王济(?—1540)的《连环记》,演王允巧施美人计,让吕布和董卓为争貂蝉而相互反目,连环推进的结局是董卓被诛。貂蝉在剧中是一位颇有政治头脑的女子,这就使全剧更为好看而且耐看。剧中《起布》、《议剑》、《拜月》、《小宴》、《大宴》、《梳妆》、《执戟》等出戏,在昆剧、京剧和许多地方戏舞台上广为流传。

尽管"《精》、《金》、《千》、《连》"四大剧目不乏粗糙之处,因袭的部分也在所不免,例如《千金记·追信》一出袭用元杂剧《追韩信》第三折曲词;但总体看来瑕不掩瑜,诸如抗金名将岳飞的悲壮之美,苏秦家人的人情之丑,项羽、虞姬的壮美与凄美之对应组合,王允的智慧美以及貂蝉的外在美与心性美之有机融汇,都是上述四剧富于生命力

---

① 语出徐复祚《曲论》,《中国古典戏曲论著集成》(四),中国戏剧出版社1959年版第236页。

的重要因素。这些人物的形象也同时反映出英雄与历史本身的魅力,具有道学传奇与八股传奇无论如何也框范不了的近乎永恒的美感。

第二节 明代中期三大传奇

一、李开先的《宝剑记》

经过一个多世纪的发展,明代传奇在嘉靖时期更为盛行,成为剧坛上的主流艺术。剧作家们的创作也更为自觉,更能直面现实,更加具备战斗精神。社会政治的腐败,边境敌寇的骚扰,内忧外患都促使作家们深思,并在剧作中发出沉重的呐喊。

李开先(1502—1568)的《宝剑记》先声夺人[①]。他官至太常寺少卿,却与康海、王九思等削职为民的前辈士人缔交不浅。他曾亲自押饷银到宁夏边防,深感外患之重;他又曾对当朝的夏言内阁表示不满,因此自请还乡[②]。康、王曾写过《中山狼》杂剧,李开先于嘉靖二十六年(1547)写成《宝剑记》传奇,都是抒发心内愤懑、化解胸中垒块的有感之作。

《宝剑记》系李开先及其友人的集体创作。全剧一共五十二出,取材于小说《水浒传》,写林冲落草故事。与小说中被动反抗的林冲不同,剧作中的林冲基本上是一位主动出击型的英雄。他与高俅、童贯的斗争,都是清醒、自觉而坚毅的。他一再上本参奏童贯、高俅祸国殃民的罪过,数落童贯在外交上败祖宗之盟的不是,又强调"宦官不许封王"的原则,结果落得个"毁谤大臣之罪",被降职处理。

然而林冲决不改忧国忧民的脾气,不满足于个人的"夫贵妻荣,四海名声已显扬",再度上本揭露高俅等奸党的种种腐败行为。连好心的黄门官都劝"官不在监司、职不居言路"的林冲就此甘休:"童大王切齿君旁,高俅叩首告吾皇,说你小官敢把勋臣谤,早提防漫天下网。"即便如此,不怕死、不惧奸的林冲,仍然怀着救四海苍生于水火的急切心肠,请求面奏君王。知其不可为而为之,这就体现出林冲威武不屈的浩然正气。

[①] 李开先,字伯华,号中麓,山东章丘人。嘉靖八年(1529)进士,"嘉靖八才子"之一。传奇《宝剑记》的最后写定者。另作有院本《园林午梦》,编有《词谑》,著有诗文集《闲居集》等。中国科学院文学研究所编《中国文学史》等多种书籍认为李开先的生年是弘治十四年(1501)。《中国文学史》(三),人民文学出版社1979年版,第890页。游国恩、王起等主编的《中国文学史》则认为李开先的生卒年是1502—1568。《中国文学史》(四),人民文学出版社1964年版,第64页。卜键等学者在论文与专著中都赞成后一种提法。参见《〈李氏〉族谱的发现》,《戏剧学习》1985年第1期。

[②] 李开先四十罢官的原委,一般认为是对夏言内阁的斗争失败所致,《曲海总目提要》还认为《宝剑记》是讥诋严嵩父子之作。还有一些学者称李开先罢官是受到"当权派的排挤","并不是他作了什么进步的政治斗争"。徐朔方《评〈李开先的生平及其著作〉》,《文学遗产》增刊第九辑。卜键亦认为罢官属于派系斗争,李开先未曾弹劾夏言。《关于李开先生平几个史实的考辨——兼与宁茂昌同志商榷》,《山东师大学报》1985年第2期。

剧本将高、童权奸的陷害以及高衙内对林冲妻子的调戏,全都安排在林冲上本之后,不再像小说那样把调戏林妻作为矛盾冲突的起点和根源。这就强化了忠奸斗争的力度,突出了林冲嫉恶如仇、正直不苟的人格精神。该剧也曾写到过林冲的犹豫与迟疑,这既使其艺术形象更加可亲可信,也摹状出李开先本人上书直谏时的真实心理。

借宋人之事,演出明代政坛上的一些新场面,《宝剑记》以其充满战斗激情的戏剧冲击波,抒悲怀写怨愤,从而打破了剧苑长期以来较为沉闷的风气[1]。

二、梁辰鱼的《浣纱记》

从明初到嘉靖约两个世纪内,在南方的众多地方声腔中,弋阳腔、余姚腔、海盐腔、昆山腔脱颖而出,流播广远。《南词叙录》中描述道:"今唱家称弋阳腔,则出于江西,两京、湖南、闽、广用之;称余姚腔者,出于会稽,常、润、池、太、扬、徐用之;称海盐腔者,嘉、湖、温、台用之。惟昆山腔止行于吴中,流丽悠远,出乎三腔之上,听之最足荡人。"

嘉靖中叶时,豫章(今南昌市)人魏良辅旅居江苏太仓,他以十年多的钻研和创造,与当地的一些戏曲家们成功地改革并推进了昆山腔的发展[2]。融合了海盐腔、余姚腔、弋阳腔乃至北曲音乐在内的新昆腔,体制齐备,后来居上。这就使得一度只在苏州地区流行的昆山腔,凭借音乐和文学的双翅,在嘉靖之后愈来愈受到文人雅士和统治阶级的推重,成为四大声腔中声势最大的一种,雄踞中国剧坛榜首近三百年之久。嘉靖后的大多数传奇剧本,都是为昆腔而作或者尽量向昆腔靠近,昆腔传奇从此树立了权威和楷模的地位。

梁辰鱼(1519—1591)的《浣纱记》,在戏剧史上有着重要的位置[3],通常被认为是第一部用改革后的昆山腔谱曲并演出的传奇剧本。作为魏良辅的学生,梁辰鱼不仅精

---

[1] 对于《宝剑记》的评价,扬抑两端相差甚远。极力表彰者盛赞该剧为明代戏曲中"最优秀的作品"(路工《李开先的生平及其著作》,中华书局1959年版)。徐朔方等人反对这种过分抬高的提法,甚至认为地主阶级思想的贯穿,使得戏剧版中的林冲是在小说的基础上大大后退了(徐朔方《评〈李开先的生平及其著作〉》,《文学遗产》增刊第九辑)。另有一说声称"写政治斗争的作品不一定就高于描写因强占别人妻女而引起冲突的作品",剧本强调忠奸斗争这条主线,反而使其意义缩减得狭小了(金宁芬《略谈明清水浒戏的思想特点》,《中国古典小说戏曲论集》,上海古籍出版社1985年版)。

[2] 另外还有魏良辅创始昆曲的传统说法。豪雨于60年代初在《新民晚报》上发表《昆曲的创始人是否魏良辅》,说"魏良辅青年期因为不能从北曲中争胜,潜心苦练,创始了昆腔"(赵景深《中国戏曲丛谈》,齐鲁书社1986年版,第223—229页;黄芝岗《论魏良辅的新腔创立和他的〈南词引正〉》,《中华文史论丛》1962年第2辑)。

[3] 梁辰鱼,字伯龙,号少白、仇池外史,昆山人。作有传奇《浣纱记》、杂剧《红线女》、散曲集《江东白苎》等。

通乐理，而且创作了这部具备开拓意义的昆腔大戏①。

《浣纱记》又名《吴越春秋》，本事缘于《左传》、《国语》、《史记·吴越世家》和《吴越春秋》等史书杂记。全剧共四十五出，写春秋时期吴越争雄、先后取胜的历史故事。为雪先王阖闾伤指而亡之仇，吴王夫差在伍子胥誓报不共戴天之仇的鼓动之下，"提兵十万"，大举进攻，将越王勾践困于会稽山。勾践在人命危浅、万般无奈之际，只得用大夫范蠡之计，贿赂吴太宰伯嚭，不仅向吴王俯首称臣，还携妻率臣，沦为吴囚。幽于石室，牧养马匹。三年之间，曲意奉承，奴颜婢膝，忍辱尝粪，终于感动吴王，回归越国。

自此之后，勾践卧薪尝胆，一心复仇雪耻。范蠡为成就大事，将最所爱恋之女西施亲自送到吴国，用美人计蛊惑夫差。吴王哪顾子胥反对，恣意宣淫，不仅身心疲惫，而且政事昏乱。馆娃宫里狂欢未已，征齐攻晋国力尽伤。子胥忠谏，头悬国门；越国经"十年生聚"之后，乘机征战吴国，同仇敌忾，势不可挡。夫差无奈自刎，范蠡携西施泛舟五湖，不知所终，"趁风帆海天无际"，"任飘飘海北天西"。

从爱情怨谱的角度看，《浣纱记》中的《游春》、《捧心》、《泛湖》等六出戏，抒写西施与范蠡之间的眷眷深情，特别能够令人感动。从范蠡与西施在苎萝山下的相遇，到一见钟情后的谈婚论嫁，二人的情缘，真有若金童玉女般彼此相配。然而一事当前，当着复国大业尚未成就之时，个人的小小爱情势必要让位给国家之大义，于是西施对于婚姻的延宕甚为理解："尊官拘系，贱妾尽知，但国家事极大，姻亲事极小，岂为一女之微，有负万姓之望。"

当然最令人心碎的地方，还在于范蠡想出美人计的妙法，自己动员西施去实施，亲自护送爱人到吴国去供老贼蹂躏……如此极不合情的地方，却有其不得不然的大理由在："若能飘然一往，则国既可存，我身亦可保，后会有期，未可知也。若执而不行，则国将遂灭，我身亦旋亡；那时节虽结姻亲，小娘子，我和你必同作沟渠之鬼，又何暇求百年之欢乎？"这就将国家利益置于小儿女情感之上，令人为之感叹唏嘘。

中国人历来以贞节二字，作为女子的无价之宝，但是《浣纱记》却将国家利益放在首位，真情实感放在其次，而贞节的有意丧失，因为有其政治行为的更高价值在，所以并不影响范蠡西施的百年好合。这里开辟了中国式爱情婚姻的新境界，尽管悲怨悱恻，但却伟大崇高。

从政治怨谱的角度看，《浣纱记》的叙事主体便在于"今日搬演一本范蠡谋王图

---

① 第一部根据昆曲新腔所写的传奇，有的学者认为是郑若庸的《玉玦记》。参见蒋星煜《昆山腔发展史的再探索》，《上海戏剧》1962年第12期。王永健亦不赞成《浣纱记》是第一部昆腔传奇的说法："根据创作的时间来排列，按照魏良辅等人革新后的昆山腔格律创作的传奇作品，第一部是《红拂记》，作者是张凤翼，长洲人；第二部是《玉玦记》，作者是郑若庸，昆山人；第三部是《鸣凤记》，作者是太仓人，到底是谁，学术界尚有争议，笔者认为是唐仪凤；第四部是《浣纱记》。"《中国戏剧文学的瑰宝——明清传奇》，江苏教育出版社1989年版，第51页。但上述诸说，尚未得到学界公认。

霸,勾践复越亡吴,伍胥扬灵东海,西子扁舟五湖。"吴越之间的历史恩怨,旧恨新仇的相互推进,盛极而衰的历史教训,弱能胜强的现场铺排,都能够给人以诸多感慨。

该剧的三组相对立而存在的人物写得十分精彩。

胜而后骄奢淫欲、好大喜功的吴王夫差,败之后含羞忍辱、卧薪尝胆的越王勾践,使得孰胜孰负的戏剧悬念,已经成为一边倒的历史之必然趋势。

吴国智勇双全、抗言直谏的老将军伍子胥,和越国深谋远虑、善于审时度势的范蠡,又形成了同比和反比的关系。这两位大人物都是相帮吴越的楚国人,但伍子胥孤忠而正直,终致杀身之祸;范蠡爱国而清醒,功成之后及时身退,得免不测之横祸。剧本肯定了屡次直谏、悬头城阙的忠臣伍子胥。即便是一心事君、智勇双全、为越国作出了巨大贡献的范蠡,却也听从了吴王临终前关于兔死狗烹的警告,悟出了勾践在分一半天下与他的许诺中所暗藏的杀机,毅然挂官归隐,与西施漫游五湖去也。

吴国妒贤嫉能、贪财好色的伯嚭,与越国善于治内的文种又形成不同的反差。伯嚭一事当前,只以金钱美女等现实利益为重,至于国家兴亡、朝政好坏与他何干?人欲横流的种种实际好处,使得他成为不折不扣的高层巨贪和腐败分子,甚至在一定意义上沦为里通外国的高级"间谍"和使唤工具;而文种有时候的见识不高,却是在有意与国际关系专家范蠡形成反差,同时也仍然不减其忠臣的色彩,表现出其忠厚正直的个性。

这三组人物的所形成的对立冲突、平行冲突和交叉冲突,使得整部怨谱的悲剧性冲突较为完整而多元,属于复调性质的立体冲突框架。这在明代传奇的冲突建构当中,显得格外突出。此后的昆曲写作,一般采用复线结构来展开剧情,其实还没有学到《浣纱记》的真谛。

在吴越的兴亡成败中,梁辰鱼还赋予作品浓厚的怨谱意味,引出了苍凉沉重的王朝兴衰之感:"呀,看满目兴亡真惨凄,笑吴是何人越是谁?"这就使剧本体现出作者对明中叶内忧外患及其根源的担忧,饱含着作者对于历史变幻在哲学层面上的深沉思考①。

一出《浣纱记》,使得经过改革之后的清曲昆山腔可以登台演出,从而使得昆剧发展成为四大声腔当中最有影响力的一家剧种,得以经四百余年风雨而依然能够雄踞剧坛以至于今。昆剧被列为联合国教科文组织认定的"人类口头与非物质形态文化遗产"之首,梁辰鱼当然有着开山的功劳。

梁辰鱼的戏剧语言,有时候过度偏于华丽,例如西施的许多语言,都不像是一位天

---

① 一般认为《浣纱记》寄托着作者的政治理想和社会忧患感,但也有从演唱形式方面来着重考虑的提法。陆萼庭认为《浣纱记》的写作,"其目的是专门便于演唱,扩大昆腔的影响,争取更多的群众,并且正确地引向舞台艺术的广阔道路"。《昆剧演出史稿》,上海文艺出版社1980年版,第36页。周贻白说梁辰鱼的《浣纱记》"一是为了使昆山腔更能流传广泛",二是"借昆山腔的唱腔使自己的文章增色"。《中国戏曲史发展纲要》,上海古籍出版社1979年版,第272页。

真烂漫的姑娘的口吻,倒是更像书生文人的骈言丽句。

明张大复《梅花草堂笔记》说:"梁伯龙风流自赏,修髯,美姿容,身高八尺,为一时词家所宗。……歌儿舞女,不见伯龙,自以为不祥人。"清焦循《剧说》引《蜗亭杂订》,在引述张大复前语之后,又发挥说:"梁伯龙……其教人度曲,设大案,西向坐,序列左右,递传叠和。所作《浣纱记》,至传海外,然止此不复续笔。"

三、王世贞等的《鸣凤记》

本时期的另外一部重要昆腔传奇是传为王世贞或其门人所作的《鸣凤记》①。据焦循《剧说》所载,王世贞请县令观看此剧时,县令吓得不敢看下去。及待看到严嵩父子事败的邸报,县令这才敢重新落座。

《鸣凤记》共四十一出。演明嘉靖朝夏言丞相,为收复河套失地,委派都御史曾铣领命制三边。但总兵仇鸾和兵部尚书丁汝夔接受严嵩驱使,拒不发兵增援曾铣。严嵩为相后,与子世蕃垄断朝政。赵文华祝严相寿时马屁拍得到位,升为通政。兵部车驾司主事杨继盛,上本参奏仇鸾罪过,贬为驿丞。严嵩借打击曾铣来打压夏言,罗织罪名,将曾铣、夏言先后斩首。夏氏全家有若惊弓之鸟,远徙广西。途中得杨继盛相助,以车轿相送。夏妾苏赛琼怀孕在身,由老仆朱裁送往杭州,为秀才邹应龙之妻沈氏所收留。不久仇鸾事败,杨继盛升为兵部武选司员外郎,即刻灯下写本,弹奏严嵩,惨遭斩首,夫人张氏悲愤不已,乃于刑场自刎。幼子与家奴被远徙外地。嘉靖下旨剿灭倭寇,严嵩荐亲信赵文华升兵部尚书,总统江南水陆,但官兵以杀戮良民而邀功。临安邹应龙和莆田林润兄弟结义,高中后与翰林学士郭希颜拜谒夏言与杨继盛夫妇墓。严世蕃与监察御史鄢懋卿勾结,让邹塞外行,令林云南走。郭希颜见严氏害易家,上本弹劾,却被赐死江西;易弘器乃夏妻之侄,逃往边关投奔邹应龙。邹应龙与刑部给事孙丕扬一同上本,弹劾严氏父子,终获成功。后严嵩被拘押,严世蕃被腰斩,赵文华暴饮而亡,鄢因疽发而死。

忠奸斗争,其激烈程度,一至于此。尽管严氏父子,一时间像一座沉重的冰山一般,将朝中忠良尽行压坏,但正义的力量永远绞杀不完,忠臣的榜样足以激励后人,一腔腔激情喷涌的热血,终归要将偌大的冰山渐次消融。且看杨继盛的《灯前修本》一折,是何等的慷慨激昂:

【解三酲】恨权臣协谋助党,专朝政颠覆乾纲。我写不出他滔天的深罪样,写

---

① 《鸣凤记》的作者,毛晋《六十种曲》和《古今传奇总目》等书认为是王世贞。焦循《剧说》和《曲海总目提要》等书认为是王世贞及其门人、门客。吕天成《曲品》等书认为是无名氏。王永健认为是唐仪凤,见《中国戏剧文学的瑰宝——明清传奇》,江苏教育出版社 1989 年版。

不出他欺罔的暗中肠。先写他一门六贵同生乱,更兼他四海交通货利场。……我一心要擎天手,管不得十指淋漓血染章。还思想,只须这泪痕血迹,感动君王。①

面对祖宗鬼魂的劝阻,杨继盛坦然相对:"【太师引】细推详,这是谁作响?我心中自忖量,敢是我亡亲垂念。你只愿子孙做得个忠臣义士,须教你万古称扬。你何虑着宗支沦丧!纵然恁哀鸣千状,我此心断易不转,怎能阻我笔底锋芒。我就拚得一死,也强如李斯夷族赵高亡。"

凄凉无助的妻子,更是为丈夫担忧受怕:"听哀告,说审详。自古道从容就死难。念曾公忠义遭伤,痛夏老元宰受殃。看满朝密张罗雉网,前车已覆须明鉴,相公,你休得要无益轻生绝大纲!"但杨继盛的回答,更显出英雄本色:"夫人,你何须泣,不用伤。论臣道须扶纲植常。骂贼舌不愧常山,杀贼鬼何怯睢阳。事君致身当死难,你休将儿女情索绊,我大丈夫在世呵,也须是烈烈轰轰做一场。"

这种"烈烈轰轰做一场"的阳刚之气、英雄之相和正义之声,正是推倒严家恶势力的磅礴精神,也显示出全剧慷慨大气的怨谱风骨。

在整体真实的基础之上,剧中的有些细节也有移植和渲染。例如把蒋钦奏本遭鬼魂劝阻的传说,移植到杨继盛身上;把杨妻上疏请求代夫赴死、夫死后自缢于家中的场面,迁移到法场上自刎……这些处理非但没有削弱剧作的真实感,反而使得剧本更生动感人,更具备一般邸报、史传所难于企及的常演常新的艺术魅力。当然,史实中人物的众多、头绪的纷繁也同样反映在剧本之中,语言风格上也偏于骈俪化,这使得人物的生动性和丰富性有所欠缺。正如许多时事剧一样,在时过境迁、斗转星移后,其感人的程度总会有所递减。

在明代中叶的三大戏剧中,《宝剑记》和《浣纱记》都或多或少地对现实作了曲折的反映,而《鸣凤记》则堪称戏曲史上较早、较完整地反映当时政治事变的悲剧现代戏。在以《鸣凤记》为代表的反严系列戏之后,崇祯即位之初还出现过一次反映魏忠贤祸国殃民、表彰东林党人壮烈斗争的悲剧现代戏热潮,那正是《鸣凤记》积极参与现实政治斗争的现实精神,在新时期的延续与发展。

第三节 明代后期传奇的繁荣

一、明后期传奇概述

万历至崇祯年间(1573—1644),传奇创作进入了高潮期和繁荣期。以汤显祖为

---

① 《鸣凤记》,《六十种曲评注》,吉林人民出版社2001年版,第414页。

杰出代表的传奇作家,成为明代文学史上的一支重要方面军。以沈璟为带头人的吴江派,在传奇的创作和理论上也形成了自己的特点。

从剧目建设上看,本时期涌现出的数百种传奇作品大多较好。从声腔发展上看,昆腔传奇的创作一枝独秀,大部分传奇都是比较典雅的昆腔作品,具备较高的文学品位。

此外,明初以来一直在民间流传的弋阳腔与各地的地方戏结合起来,也上演了丰富多彩的传奇剧目。但在一百二十余种弋阳腔演出剧目中,许多剧目是对宋元南戏乃至昆山腔、海盐腔作品的方言化、本地化之后的"改调歌之"。加上弋阳腔剧目的作者大都是民间艺人和名不见经传的下层文人,所以他们的作品保留下来的较少。除了以折子戏方式保留下来的剧目片段外,流传下来的弋阳腔整本大戏只有《高文举珍珠记》、《何文秀玉钗记》、《袁文正还魂记》、《观音鱼篮记》、《吕蒙正破窑记》、《薛仁贵白袍记》、《古城记》、《草庐记》、《和戎记》、《易鞋记》、《刘汉卿白蛇记》、《苏英皇后鹦鹉记》、《韩朋十义记》、《香山记》、《目连救母劝善戏文》等十数种。在明代四大声腔中,昆山腔和弋阳腔彼此争胜,分别满足了雅与俗、上流社会与大众百姓的审美需求。

从剧作精神上看,本时期最为突出的创作倾向是张扬个性,批评封建专制。市民阶层的崛起与市场经济的萌芽,在文化精神上以个性解放的要求为基点。个性解放通常以恋爱自由、婚姻自主作为具体演绎,批评封建专制又往往以对抗僵化的伦理教条作为冲突目的。像《牡丹亭》、《娇红记》,就远远超越了一般才子佳人的恋爱俗套。

当然,这些婚恋戏还是在一定程度上对封建统治者寄予了厚望,例如《牡丹亭》中的杜丽娘就需要皇帝来证婚。《破窑记》中的穷书生吕蒙正虽然侥幸接到彩球,与相府千金结为夫妻,但还是被嫌贫爱富的宰相岳父赶出门外。不管这对小夫妻怎样在饥寒交迫中保持着忠贞不渝的真情,吕蒙正最终还是要以中状元来解脱苦难,从而跻身于统治阶级的营垒之中。徐霖的《绣襦记》根据唐传奇和数种宋元戏剧改编,写妓女李亚仙和郑元和的婚恋故事。李亚仙雪地救郑、剔目自残,激励郑元和发愤攻书的场面动人至深。元和也只有通过中状元、获官职的方式,才能与亚仙成为被家族承认的合法夫妻。

宣导爱国主义的怨谱剧作在本时期也为数不少。李梅实、冯梦龙的《精忠旗》写岳飞抗金受害、卖国贼秦桧终遭冥诛,张四维的《双烈记》讴歌韩世忠、梁红玉的黄天荡大捷,沈应召的《去思记》表彰王铁的抗倭战事,都是民族精神的发抒和时代忧患的曲折反映。歌颂清官、诅咒奸臣的剧目次第涌现:铁面无私、刚正不阿的包拯,在《珍珠记》、《剔目记》和《袁文正还魂记》等剧中都成为拯救弱小、纠正冤屈的青天大老爷,这从侧面揭露了明代吏治的黑暗。《金环记》和《金杯记》分别歌颂了海瑞和于谦,《忠孝记》与《壁香记》集中赞颂了沈炼。明末的《冰山记》、《不丈夫》、《清凉扇》、《广爱书》等剧都是对宦官魏忠贤的直接抨击,这类题材的剧作只有范世彦的《磨忠记》还留存于今,且还带有明显的急就章之印记。

道德说教剧与宗教演示剧在本时期也颇成规模。《忠孝记》、《全德记》、《四美记》都充满着陈腐的封建道德劝戒。宗教剧更是极尽弘法之能事,屠隆的《昙花记》和《修文记》分别写夫妻乃至全家都成就正果,这是宗教世俗化的最好演示。《香山记》叙观音形迹,《归元镜》演净土三祖行传,要求观众像参加宗教仪式一般看戏,都是佛教戏剧化的例证。由郑之珍汇编整理的《目连救母劝善戏文》长达一百出,上接宋杂剧《目连救母》,融会了以安徽南部为中心的各地目连戏传统,全力渲染刘氏因丈夫病死而怒烧佛经,从而在地狱中遭受到各种磨难;充分阐扬孝子目连为救母亲而往西天求佛、遍游地狱寻母的赎救苦行。该剧将佛教教义与中国伦理结合起来,情节曲折,体制博大,想像丰富,既充满了因果报应的种种恐怖场景,又吸纳了生动新鲜的世俗故事,成为在老百姓中流播甚广的宗教大戏。其中一些充满自由活泼精神的插曲,诸如《思凡》、《下山》等反映爱情憧憬的小戏,至今还深受观众的欢迎。

二、悲喜交加的传奇名作

明代后期的传奇创作中,一些带有喜剧色彩的作品也较为知名。徐复祚的传奇《红梨记》演赵汝州和谢素秋的情爱史,这对以诗相爱的情侣,直到半部戏过去之后才得以首次谋面,谢素秋直到邻近剧终时方显露出其真实身分,许多喜剧性的场面便由此而生。汪廷讷的《狮吼记》写陈之妻柳氏的种种"妒妇"情状,带有明显的大男子主义倾向。

爱情喜剧《玉簪记》脍炙人口,饶有风趣。作者高濂,字深甫,号瑞南,浙江钱塘(今杭州)人,主要活动期在万历年间。该剧题材源于《古今女史》。《孤本元明杂剧》中的《张于湖误宿女真观》以及《国色天香》中的《张于湖传》小说,都对高濂有所启发①。

《玉簪记》将潘必正与陈妙常的恋爱故事作为全剧主体情节。南宋书生潘必正在临安应试落第,到金陵女贞观探访身为观主的姑母。大家闺秀陈妙常因避靖康之难,已投至观中为女道士。在琴声和诗才的相互感发下,潘、陈二人互通情愫,成其好事。观主遂逼侄儿再赴科考,并亲自送其登舟起行。陈妙常急忙雇舟追赶恋人,两人在江上互赠玉簪和鸳鸯扇为信物。后来潘必正考中得官,与陈妙常结为夫妻。

全剧叙小儿女之情井然有序,通过茶叙、琴挑、偷诗等情节,不断营造自然温馨的

---

① 关于《玉簪记》的渊源问题,学术界有不同看法。除了《古今女史》中关于陈妙常的简短记载外,黄裳认为《张于湖误宿女贞观》杂剧对传奇有直接的影响。《玉簪记》校注本前言,古典文学出版社1956年版。赵景深认为《玉簪记》传奇与小说《张于湖传》相近,与杂剧相异。《〈玉簪记〉的演变》,《明清曲谈》,古典文学出版社1957年版,第80页。王季思《中国十大古典喜剧集》称"高濂的《玉簪记》基本情节沿自小说《张于湖传》,某些场面的处理也受杂剧《张于湖误宿女真观》的影响"。《中国十大古典喜剧集》,上海文艺出版社1982年版,第80页。

氛围;在羞涩与谨慎的彼此试探中,逐步涌现出爱的暖流。正是在这对情侣欲言又止、表里不一的心理活动与情态表现的反差之中,观众才渐次领略到其青春的律动、初恋的喜悦、猜疑的可爱以及痴情的有趣,从而不断发出会心的微笑。即便是《秋江送别》那一场生离死别般的苦恼,陈妙常越是痛感"秋江一望泪潸潸,怕向那孤蓬看也,这别离中生出一种苦难言,自拆散在霎时间。心儿上,眼儿边,血儿流,把我的香肌减也。恨杀那野水平川,生隔断银河水,断送我春老啼鹃",越是能使观众在深切同情中哪怕是珠泪暗落,仍不改盈盈笑意。这出悲欣交集、似怨实嗔的戏,直到今天还盛演不衰,成为中外观众喜闻乐见的轻喜剧。

喜剧是悲剧的孪生兄弟,其中也包含着某些写怨的成分。万历年间的喜剧作家孙钟龄亦值得一提。钟龄字仁孺,号峨眉子、白雪道人,生平事迹不详。所作《东郭记》和《醉乡记》,合称为《白雪楼二种曲》。《东郭记》撷取《孟子》中"齐人有一妻一妾"的故事,再汇之以王、淳于髡、陈仲子等人的事迹衍化而成。齐人等吹牛家依靠诈骗手段居然步步高升,爬上了齐国将相的宝座,这正是对明末的荒唐吏治和黑暗官场的变相讽刺和深刻揭露。在《妾妇之道》一折中,陈贾和景丑为了讨好王,竟然争着拔掉胡须,作妇人媚态斟酒讨好。这正是官场上溜须拍马、无所不至的丑恶嘴脸与变态行径。

《醉乡记》写乌有生和毛颖才情过人,却在醉乡之中屡遭磨难。铜士臭的高中,导致乌有生在事业上失败;卓文君的妹妹嫁给胸无点墨的白一丁,又使得乌有生在婚姻上败北。钱财权势大于真才实学,这正是明代科考中黑暗一面的真实写照。以喜剧的形式,抒发心中的悲怨,这也是明代怨谱的又一类变形的反映。

三、一往情深的爱情怨谱

本时期的著名爱情怨谱中,《红梅记》和《娇红记》这两部"红"剧值得重视。后者将在之后予以阐述。

《红梅记》作者周朝俊字夷玉,浙江鄞县人,主要活动在万历年间。所作传奇十余种,只有源于瞿佑《剪灯新话·绿衣人传》的《红梅记》成为传世之作。

《红梅记》由两条爱情线索交织而成。一条线索叙裴舜卿与卢昭容的婚恋关系。奸相贾似道意欲强娶卢昭容为妾,裴舜卿随机应变,以未婚夫婿的名义加以阻止,因此被拖进贾府囚禁起来。在李慧娘的帮助下,裴舜卿才得以逃出贾府,加入了参劾奸相的斗争,应试得中后与卢昭容完姻。

另一条线索写李慧娘与裴舜卿的生死之爱。李慧娘作为贾似道的姬妾,敢于在西湖游船上当着众人之面赞扬裴舜卿的青春风采,表达自己的倾慕之情。就因为这"一念痴情,十分流盼",贾似道便大施淫威,杀一儆百。他挥剑斩慧娘后,还丧心病狂地把美人头放在金盒内,让众姬妾逐一观览金盒之中美人头。

然而阴险毒辣的贾似道,决没有想到李慧娘"一身虽死,此情不泯"。李慧娘鬼魂见到在府内幽禁的裴舜卿后,先是主动而热烈地与之欢会,后来又掩护裴郎远走高飞去赴科考。在《鬼辩》一折中,李慧娘当面怒斥贾似道的无耻,挺身救出了蒙冤的众姬妾。身处贾府的污泥浊水中,李慧娘始终保持着纯洁的情感与清醒的判断,并以生命消亡作为情爱陶醉的终点和热烈追求的起点,最终成为一名追求美、爱护美和捍卫美的护花使者;其明快坦荡的性情意趣,是对人世间儿女私情及其恩恩怨怨的超越与升华。

《织锦记》中的七仙姬在《槐荫相会》中主动追求董永,"愿做铺床叠被人"(《万曲合选》)。清初的《万锦清音》所收《槐荫分别》,更写出了七仙姬与董永这对百日夫妻被迫分离时,对封建权威之最高代表天帝的控诉:"玉皇呵玉皇,你好坑陷杀人!"《长城记》、《杞梁妻》写孟姜女与范杞梁因为长城徭役而生离死别,《同窗记》表彰了梁山伯与祝英台生死不渝的爱情,都是对封建暴政和顽固家长制的血泪抗争。这些恋爱与婚姻的悲剧或者悲喜剧,正是具备明代特色的怨谱种种。

第四节 吴江派群体与玉茗堂风格影响下的剧作家

一、沈璟的昆腔创作与曲学主张

一方面是以沈璟为领头人的吴江派曲学家群体的产生,另一方面是以汤显祖为楷模的"至情派"剧作家风格的融聚,这两大戏剧流派的形成与竞争,是明代后期传奇繁荣的重大标志,也是中国戏剧史上的一大盛事。

沈璟(1553—1610),字伯英,号宁庵,江苏吴江人。这位万历二年(1574)的进士经历了一段官场沉浮后,终因科场舞弊案而被牵连,于三十七岁时告病返乡。后半生以"词隐生"自署,进行了长达二十年的戏曲创作和研究。他一共改编、创作了十七本昆剧,合称为《属玉堂传奇》。其中流传至今的有《红蕖记》、《埋剑记》、《双鱼记》、《义侠记》、《桃符记》、《坠钗记》、《博笑记》等。①

《坠钗记》根据《剪灯新话》中的《金凤钗记》改编,写与崔兴哥订有婚约的何兴娘死后,其鬼魂持订亲之金凤钗与崔兴哥同居,一年后又使其妹嫁给崔兴哥。此剧的许多关目情节都是对《牡丹亭》的刻意模仿,但却缺少其反封建力度。《博笑记》由十个情节各异的短剧组成,演市井故事时注重以封建道德规范来予以劝戒。沈剧作中唯一影响较大的剧目是《义侠记》。该剧根据《水浒传》中的武松故事改编,把武松的英雄气概与忠君思想结合起来。全剧语言通俗浅易,场次生动合度,其中《打虎》、《戏叔》、《别兄》、《挑帘》、《捉奸》、《杀嫂》等折,至今还在昆剧舞台上盛演不绝。

---

① 沈璟的剧作,古往今来的评价一般不太高。例如今人周续赓等认为沈璟剧作"内容多说忠说孝,因果报应。思想平庸,毫不足取"。《中国古代戏曲十九讲》,北京出版社1986年版。较为褒扬的有李真瑜《沈戏曲创作的再认识》,认为沈氏剧作对研究明代戏曲史有着不容忽视的意义。《文学遗产》1985年第4期。叶长海说沈璟"是一个熟悉舞台艺术而且寓庄于谐的杰出的喜剧作家"。《中国戏剧学史稿》,上海文艺出版社1986年版,第148页。

沈璟的曲学主张影响较大,与此相关的"沈汤之争"成为明代戏剧史上的重要话题①。总起来看,沈璟剧作的思想倾向偏于保守,宣导封建伦理道德的气息比较浓厚。这可以说是其曲论主张的一个基本出发点。其次是"本色论",所谓"鄙意僻好本色"(《词隐先生手札二通》),强调语言的通俗自然。然而除了《义侠记》等少数几出戏外,沈璟本人也没能真正做到本色化。第三是"声律论",这是沈璟曲论中影响最大的方面,也是他一以贯之的主张。他在【二郎神】套曲《词隐先生论曲》中说:"欲度新声休走样!名为乐府,须教合律度腔。宁使时人不鉴赏,无使人挠喉捩嗓。说不得才长,越有才越当着意斟量。……纵使词出绣肠,歌称绕梁,倘不谐音律也难褒奖。"讲究声律当然并不错,但是到了因律害意也在所不惜,甚至号称"宁协律而不工,读之不成句,而讴之始叶,是曲中之工巧"(吕天成《曲品》),这就太过分了。就连沈自己也难于做到字字妥帖,冯梦龙等人就曾多次提到过他在音律上的错误。

沈璟、吕玉绳曾将《牡丹亭》改编成《同梦记》②,引起了汤显祖的极大不满:"《牡丹亭记》要依我原本,其吕家改的,切不可从。虽是增减一二字以便俗唱,却与我原做的意趣大不同了。"(《汤显祖集》卷四十九《答宜伶罗章二》)"沈汤之争"由此而生,王骥德认为"临川之于吴江,故自冰炭",两位大家到了水火难容的地步。用江苏的昆曲音律去规范远在江西、依受到海盐腔影响的宜黄腔音律进行创作的汤显祖,这当然是吴江派妄自称尊的苛求。但《牡丹亭》后来被曲学家和演唱家们用昆曲搬上舞台,成为昆曲最有影响的代表作,这是沈璟所始料不及的。

二、吴江派曲学家群体

沈璟曾编有《南词韵选》。《遵制正吴编》、《论词六则》、《唱曲当知》等曲学论著,皆已失传。另有《南九宫十三调曲谱》,编辑、整理了可以演唱的昆曲曲牌达七百种左右,成为曲家的填谱法则,这就使他成为与戏剧创作大师汤显祖齐名的明代曲学大家。在他的旗帜下,集中了余姚人吕天成和叶宪祖、苏州人冯梦龙和袁于令、上海人范文若、嘉兴人卜世臣、吴江人沈自晋等昆曲作家,这些人大都是沈的子侄、门生或朋友,且对昆曲格律十分讲究,所以被称为吴江派曲学家群体。这批作家同样对汤显祖十分敬

---

① "沈汤之争"是戏曲史上的一桩学术公案。有的学者认为汤显祖在《答吕姜山》等信中彻底否定了沈璟的声律论,揭开了论战的序幕。沈氏便在《词隐先生论曲》中展开了针锋相对的反击。吴新雷《戏曲史上临川派与吴江派之争》,《江海学刊》1962 年第 12 期。周育德等人则认为沈汤之争并不存在,因为他们"素未谋面,无直接的书柬往还,没有理论上的互州辩难",而且吴江派与临川派本身也不存在。《也谈戏曲史上的"沈汤之争"》,《学术研究》1981 年第 3 期。

② 据《南词新谱》载,《同梦记》为"词隐先生未刻稿",并于卷十六、卷二十二录有两曲。王骥德《曲律》亦云沈"曾为临川改易《还魂》字句不协者"。但汤显祖《答凌初成》却云:"不佞《牡丹亭记》,大受吕玉绳改窜。"今查有关著录,尚未发现吕改戏目,其子吕天成《曲律》也未提及。所以汤显祖所见改本究竟为沈璟所作,还是吕玉绳之另外改本,今难断定。

重,虽然他们对汤显祖剧作的格律疏漏问题颇有微词。

吕天成(1580—1618),字勤之,号棘津、别号郁蓝生,曾用昆曲格律校正过包括"临川四梦"在内的二十八种南戏和传奇。他从二十岁就开始写作杂剧和传奇,但留存下来的只有《盛明杂剧》所收的《齐东绝倒》一种。他的《曲品》是继《南词叙录》之后第二部著录和评论明代传奇的专书。沈璟和汤显祖,在书中被并列为上上品。对于"沈汤之争",他提出"倘能守词隐先生之矩矱,而运以清远道人之才情,岂非合之双美者乎"?这是十分公允的评判。叶宪祖(1566—1641),字美度,号六桐、桐柏,别署槲园居士、紫金道人。这位居官多年的剧作家有《骂座记》、《易水寒》等十二种杂剧流传至今。传奇剧本现尚有《鸾鎞记》、《金锁记》留存,前者叙唐代诗人温庭筠与女道士鱼玄机的恋情,对女性的聪慧才情倍加赞赏;后者系根据《窦娥冤》改编,部分地方袭用关汉卿原词,但将结局改为六月飞雪,疑为冤案,终使窦娥法场得救,与父亲及丈夫团圆。后世舞台上的窦娥戏,大都系据叶作而再行改编。

通俗文化名家冯梦龙(1574—1646)的别号之一为顾曲散人,也是一位戏曲家。他曾编刊过《墨憨斋新谱》,晚年著有《墨憨斋词谱》未定稿。他还以《墨憨斋定本传奇》为总名,从曲目、排场两方面入手改编了包括《牡丹亭》在内的多本传奇,至今尚存《新灌园》等十四种。《牡丹亭》被他改成《风流梦》后,有些地方为昆曲《春香闹学》、《游园惊梦》、《拾画叫画》所借鉴移用。他还创作了《双雄记》和《万事足》两种传奇,一为时事创作,一为他人的旧作新编,都有曲律严谨、易于上演,但戏情偏于琐碎的特点。

袁于令(1592—1674)不同于冯梦龙系反清而亡,他是降清功臣,曾升任荆州知府。今存传奇《鹔鹴裘》、《西楼记》。前剧叙司马相如与卓文君故事。后剧演书生于鹃因词曲为媒而与妓女穆素徽相爱,于父将穆素徽赶到杭州。相国公子买穆为妾,穆素徽坚执不从而受苦百端。后于鹃考中状元,与穆重圆。清人袁栋的《书隐丛说》等书称此剧为袁于令自己的真事曲泄,"于鹃"便是"袁"姓的反切。此剧因情节曲折、富于冲突而传演一时,剧中《楼会》、《拆书》、《错梦》等出,常为后世所搬演。

范文若(1588—1636),初名景文,字香令,号吴侬荀鸭。今存传奇有《鸳鸯棒》、《花筵赚》、《梦花酣》,合称为"博山堂三种"。三剧分别从《古今小说》中的《金玉奴棒打薄情郎》、关汉卿《玉镜台》和另外一本元杂剧《碧桃花》改编而成,所作文字细腻而格调偏俗。卜世臣,字大荒,号蓝水,著有《乐府指南》等书,今存传奇只有《冬青记》残本。该剧写元初秀才唐珏、太学生林德阳等与市民一道偷葬宋帝骨殖事,表明民族感情潜藏于民间。剧本在呈现上曲律偏严,文句反而有失于畅达。沈自晋(1583—1665)字长康,号鞠通生,系沈璟之侄。他将叔叔所编《南九宫十三调曲谱》增补为《南词新谱》,另存传奇《望湖亭》、《翠屏山》二种。

此外,徐渭的学生王骥德(?—1623)虽然不是吴江派的成员,但与沈璟、吕天成等曲学家都私交不浅。今存传奇《题红记》和杂剧《男王后》,均不算出色之作。但他的《曲律》专著,却是明代最重要的曲学理论成果,是关于中国戏曲创作规律的比较系统的总结。关于"沈汤之争",《曲律》也同样作了公允而完整的总结。

三、玉茗堂风格的剧作家

与吴江派剧作家群体相为映衬,临川人汤显祖的创作成就无与伦比,就连沈璟等人也模仿和改编过汤剧。与汤显祖同时或之后的剧作家们大多受到"临川四梦"的影响。戏曲史上往往将宗汤、学汤较为明显并有所成就的剧作家们称为"临川派",或称以汤显祖室名为题的"玉茗堂派"。

近人吴梅在《中国戏曲概论》中说:"有明曲家,作者至多,而条别家数,实不出吴江、临川、昆山三派。"然而学汤又谈何容易,吴梅认为"正玉茗之律而复工于琢词者,吴石渠、孟子塞是也"。阮大铖也常被归进临川派,尽管争议也不少。就连《玉簪记》作者高濂、《东郭记》作者孙钟龄和《红梅记》作者周朝俊,也有书将其归纳到"玉茗堂派"之中。以男女至情反对封建礼教,以奇幻之事承载浪漫风格,以绮词丽语体现无边文采,这正是宗汤、学汤的临川派剧作家们所孜孜以求的重要方面。

吴炳(1595—1648)又名寿元,字可先、石渠,号粲花主人,宜兴(今属江苏)人。由进士而居官,后随明永历帝朱由榔流亡桂林,被清兵擒获后自缢而死①。所作传奇有《西园记》、《绿牡丹》、《疗妒羹》、《情邮记》、《画中人》,合称"粲花斋五种曲"。

《西园记》写书生张继华对王玉真一见钟情,但误以为王是赵玉英。赵因婚约不如意而夭亡,张继华闻讯后痛不欲生,声声呼叫玉英芳名,终与其香魂幽会。玉英魂灵又劝张继华与王玉真成婚,之前错认的误会始得冰释。这出戏将真与假的误会、悲与喜的映衬都调理得较为妥帖,以赵玉英拼死摆脱婚约桎梏,"誓不俗生,情甘怨死"的凄冷色块,来反衬张、王这对有情人终成眷属的洋洋喜气,具有很强的戏剧性。直到今天,《西园记》仍然还活跃在戏剧舞台和电影银幕上。

《画中人》演书生庚启与画上美女郑琼枝鬼魂结合,更是《牡丹亭》的翻版仿作。《疗妒羹》叙才女乔小青卖与褚大郎为妾后为大夫人所妒,伤心而亡,活转来后改嫁杨器。此剧反对不合理的从一而终,提倡给"自古许错了人,嫁错了人的"女性,以"不妨改正"的机会,这在一定程度上反映了市民阶层的婚恋观念,对于传统封建礼俗的冲击。剧中的《梨梦》、《题曲》作为折子戏,至今还在昆曲舞台上演出。

喜剧《绿牡丹》和《情邮记》一写谢英和车静芳、顾粲与沈婉娥因赛诗而成婚,一写书生刘乾初在驿站题诗而得以与王慧娘、贾紫箫联姻。有才之人婚姻美,无才之徒出

---

① 此说据《明史》及近年发现的《宜兴吴氏宗谱》等资料。另据王夫之《永历实录》卷四及《南明野史》等载,吴炳系被俘后病故或绝食而死。

洋相,这是吴炳所虚构、所向往的一厢情愿的理想世界。他的剧作场面生动,巧合不断,具备可看可演的戏剧性;所作文词雅洁优美,化情入境,拥有可赏可感的文学性;塑造人物符合规定情景,注重心理描摹,像《题曲》中大段冷艳凄绝的抒情场面,放在汤剧之中几可乱真。然而他对婚恋自由与封建礼教之间的根本冲突和必然矛盾正视不够,对小丑式人物与正生正旦的表面冲突及其偶然矛盾关注过多,这就削弱了作品的社会意义与战斗精神[1]。

阮大铖(1587—1648),字集之,号圆海、石巢、百子山樵,怀宁(今属安徽)人。以进士居官后,先依附魏忠贤阉党,后以附逆罪罢官。此后又在福王朱由崧的南明朝廷中官至兵部尚书、右副都御史,遂对东林、复社文人大加迫害。他与马士英狼狈为奸,"日事报复,招权罔利,以迄于亡"(《明史·奸臣传》)。南京城陷后乞降于清,跌死于随清军攻打仙霞关的石道上。所作传奇今存《春灯谜》、《燕子笺》、《双金榜》和《牟尼合》,合称"石巢四种"。从文采斐然、辞情华赡上看,他确实是在竭力追步汤显祖。

《春灯谜》全以误会法写成,叙宇文彦观灯时与女扮男装的韦影娘彼此唱和,后韦影娘误入宇文家舟,被宇文之母认为义女;宇文彦醉入韦家官船,被影娘之父怒送狱中。宇文彦之兄状元及第,因唱名之误改为李姓,以巡方御史审理此案;宇文彦恐辱家门,亦改名姓,被棒打之后释放。后宇文彦亦考中状元,兄弟俩都娶了韦家姐妹,宇文彦与影娘成婚。《燕子笺》写唐代士人霍都梁与名妓华行云、尚书千金郦飞云的曲折婚恋故事。《双金榜》演洛阳秀才皇甫敦遭到两次诬陷,导致妻离子散。后来二子登科,全家团圆,皇甫敦亦授官职。《牟尼合》写梁武帝之孙萧思远与妻荀氏、子佛珠的离合故事。阮剧四种,语言华美,情节多变,上演起来比较好看。但其剧作品格不高,观念平庸,眩奇失真,浅薄无味,匠气颇浓而非大方之家。曾将"临川四梦"全部谱写成昆曲的清乾隆间戏曲音乐家叶堂,认为阮大铖"以尖刻为能,自谓学玉茗堂,其实全未窥其毫发"(《纳书楹曲谱续集》),这是比较精到的评语。

受汤显祖影响最深、成就也最大的明末传奇作家应数孟称舜。孟称舜(1599—1655后),字子塞、子若,号卧云子、花屿仙史。会稽(今浙江绍兴)人。所作杂剧有《桃花人面》等六种。传奇有《娇红记》、《二胥记》、《贞文记》、《二乔记》、《赤伏符》,后两种已经亡佚。

《娇红记》是孟称舜的代表作。该剧源于元人宋梅洞的《娇红传》小说,以及王实

---

[1] 对吴炳的评价,长期以来褒贬不一。李渔认为吴炳是汤显祖之后一位极有实力的作家,其剧作"才锋笔藻,可继《还魂》"。《闲情偶寄》,《中国古典戏曲论著集成》(七),中国戏剧出版社1959年版,第62页。青木正儿说吴炳"才气横溢,足为玉茗堂派之佼佼者"。《中国近世戏曲史》,商务印书馆1936年版,第319页。20世纪下半叶以来,学术界对吴炳的评价较低。像北京大学中文系五五级《中国文学史》和游国恩等《中国文学史》这样有较大影响的著作,都认为吴炳是偏重于形式主义的作家。近年来的一些研究者,则多认为吴炳的剧作在歌颂个性解放、揭露社会黑暗和追求政治清明等方面,具有较为积极的意义,因而对吴炳肯定较多。

甫、刘东生、沈龄等的同名剧本。全剧叙王娇娘与申纯倾心相爱，王家却将女儿许配给了财大气粗、咄咄逼人的帅公子，致令娇娘与申纯先后抑郁而亡。《西厢记》和《牡丹亭》都是通过男主角高中状元，来捍卫其偷情私合后的婚姻成果；而《娇红记》中的申纯即使赴试高中，也仍然不能成就婚姻，这就显示出怨谱情势的严重性。这也说明申娇之爱，是在排除了政治功利目的之后的真心悦慕，他们以真正的爱情作为起点和终点，不得不在严酷的现实面前以死来殉情、明志，作出最后的抗争。

就王娇娘而言，她所企盼的爱情理想是获得才貌相当、心性一致的"同心子"，生同舍，死同穴。豪家富室，她自然不屑一顾；就连司马相如式的文人，她也弃置不嫁，因为"聪明人自古多情劣"。崔莺莺对张生的以身相许，带有白马解围后感恩和酬誓的意味；杜丽娘与柳梦梅的梦中交欢，是封建束缚下青春能量的释放；而申、娇之间的鱼水之欢，却完全是建立在深厚情感基础之上的渴望已久的行动。其性爱活动全以相知和相思作为纯粹的前提，既不带外在因素的掺入，也不待婚姻形式的预先认可，是一种充满理性的情感行为。这对情侣死后化为坟头的鸳鸯，正是在向世人传哀示警。所以陈洪绶沉痛批点曰："泪山血海，到此滴滴归源；昔人谓诗人善怨，此书真古今一部怨谱也。"明代悲剧以"怨谱"定名，《娇红记》是较早的一部传奇。

第十八章
明代政治、爱情和情理怨谱

明代怨谱的总数既然多达八十一出，其中的旋律和调性自必丰富多彩。但是仔细披览下来，还是具备三道较为嘹亮的声部，汇聚成为彼此映衬但又迥然不同的主旋律。

我们分政治怨谱、爱情怨谱和情理怨谱三大部类，来对波澜壮阔的明代怨谱交响乐予以最为基本的感知。

第一节　波翻云卷的政治怨谱

一、明代政治怨谱总论

描摹政治风浪的凶险、残酷和罪恶，讲述奸臣贼子对忠臣良将的排挤、迫害到戕杀，从而在罪恶和血泊之中，树立至大至刚、充斥乾坤的天地正气，展示人民群众对政治的普遍参与和是非评价，这既是明代怨谱的一个基本内容，也是近三个世纪的明代戏剧总体风貌之一。

前代也有政治悲剧，例如元杂剧《赵氏孤儿》、《东窗事犯》等等。但大致来看，元杂剧中的政治悲剧在数量和主题意蕴上都比较匮乏，缺乏政治斗争的主体性和自觉性。即使悲烈如《赵氏孤儿》中的诸位义士，也只是被动地献身于救助忠良之后的事业中，并不能与屠岸贾等人构成主动、自觉的政治冲突。即便是与屠岸贾构成直接冲突的赵盾，也只是因为与之"文武不和"，这才酿成了赵家"三百口满门良贱、诛尽杀绝"的惨象。屠、赵本身的政治冲突，其正义与非正义的性质较为模糊。《窦娥冤》从冤狱的侧面反映了元代政治的黑暗，《梧桐雨》也从耽情误国上涉及了一些政治教训，但两剧也主要是分别在酿冤与平冤、耽情与伤情上大肆铺排，从而极大地游离和冲淡了作为政治悲剧的浓烈色彩。

可以说,中国戏剧史上真正波澜壮阔、蔚为大观的政治怨谱是在明代才开始发达,从而形成悲剧谱系中的一大总类。明代政治怨谱无论在形式和精神上,都已具备了独立的品位。

就形式方面言,明代政治怨谱主要在数目、种类和形制上显示出其姿态。明传奇中至少有《宝剑记》、《鸣凤记》、《双忠记》、《精忠记》、《冬青记》、《天书记》、《精忠旗》、《鹦鹉记》、《二胥记》、《磨忠记》、《青虹啸》、《崖山烈》、《喜逢春》等政治怨谱。这些怨谱大抵以政治陷害和为国尽忠作为其展开主调,其中既有历史怨谱,亦有现实怨谱。《鸣凤记》、《喜逢春》等现实怨谱,直接反映了明代社会中影响较大的几次政治斗争,斗争的矛头直指一人之下、万人之上的严嵩、魏忠贤等高层统治者。

从体制上看,明代传奇动辄几十出的宏篇巨制,使得怨谱具备了一定的长度,描写错综复杂的政治斗争也就容易意到笔到,游刃有余。宋杂剧中不乏一些充满着仗义直言、为国献身的爱国行动,但由于装扮的随意、体制的短小和题旨的游移,很难用严格悲剧的眼光去看待。元杂剧中的政治悲剧不为多见,原因之一也因为四折一楔子的场面,很难展开较大规模的政治斗争画卷。明代传奇的浩大篇幅,一方面固然有枝节蔓延、散漫展开的弊病,另一方面又能将重要的史实逐一披露。比方《鸣凤记》所反映的政治斗争的严酷性、长期性与复杂性,其悲剧人物群像的相继树立,都是非体制巨大的传奇不能尽道的。

就主体结构的搭建而言,明代政治怨谱大致具备三种要素:

其一,拥有十分直接的现实性。以《鸣凤记》为代表的政治怨谱,开创了以时事作戏曲的先例,并极大地影响到明清之际苏州派的戏剧创作。即使类似《宝剑记》那样的历史剧,也无不充满了对现实社会的影射和比照。

其二,政治斗争的展开,怨谱冲突的实现,都是因为代表正义一方的主动进击而产生的,这就使正面人物的斗争过程,带有极大的主体性和高度的自觉性。林冲几次弹劾童贯、高俅,夏言、杨继盛等不断向严党发动攻击,都是经过清醒的思考,怀抱殊死一战的决心而主动进击的行为。

其三,明代政治悲剧中常常拥有一个战斗的群体。悲剧英雄并不是孤立的劲松,其身后还簇拥着不同层次的参天大树和柔韧小草,是它们共同扶持着劲松的正直成长。除了传奇的体制易于展示群体的优势之外,明代的政治斗争本身也具备明显的群体性。明代宦官,大都用厂卫作为排斥异己的工具;内阁大学士的联朋结党,攀引门生也成为一时之盛。严嵩专政时,儿孙姻亲尽为朱紫,朝中干儿义子绵延三十余辈。与此同时,代表中小地主利益的太学生阶层以及东林党人,代表正直力量的官员、将领及其家人、部下,如果不形成齐心合力、前仆后继的群体力量,很难与邪恶势力相抗争。

其四,一些旨在揭示历史经验的政治悲剧,同时也表达了对明代内忧外患的惶惑和思考,对当代忠臣良将的景仰和呼唤。岳飞历史剧是这类悲剧的代表作之一。除了

《南词叙录》所载明初传奇《岳飞东窗事犯》今已不存外,明传奇中尚存姚茂良的《精忠记》,李梅实和冯梦龙的《精忠旗》等剧,就是明证。

《精忠旗》是具备总结意义的一部政治悲剧。冯梦龙在序中说,姚作《精忠记》"俚而失实,识者恨之。于是西陵李梅实公,以正史本传,参以汤阴庙记事实编成新剧,名曰《精忠旗》"。冯梦龙在改定李作时,以岳飞"初以忠被旌,而终即以忠被戮,冤哉"的悲剧情绪作为全剧的内结构。全剧除秦桧遭冥诛的戏外,基本依史实而敷衍。其中《金牌伪召》一场,极为细致地描写了十二道金牌步步紧逼的悲剧局势,这就为岳飞不得不临阵退却、归而受刑的悲剧行动提供了必需的前提,令千古观众生出敬慕与遗憾之叹。明人才从元蒙统治者的锁链中解脱出来,又感于当代的政治局面,不得不心有余悸地一再祭起宋高宗赐给岳飞的精忠旗。这种担心看来并非多虑,崇祯时吴三桂终于勾结清军入关,大明江山终归旗人之手,便是明证。

明代杂剧中,叶宪祖的《骂座记》写窦婴、灌夫为田蚡所杀,孟称舜的《英雄成败》写黄巢等有才落第、起兵反唐又为同学杀死,都是有声有色的政治悲剧。通过寓言形式展示的一些政治悲剧,尚有几本《中山狼》剧作,通过幻想、鬼神等方法铺排的政治悲剧,还有徐渭的《狂鼓史》、叶宪祖的《易水寒》等剧。但从总体看,杂剧中的政治悲剧一般容量较小,气势不大,除极个别的剧本如《狂鼓史》外,大抵影响甚微。新的传奇体制最为及时地反映了社会变革和戏剧艺术自身的发展,以致传统戏剧形式都难以比拟和争锋。因此,当我们论及明代政治悲剧时,也主要是以传奇中的悲剧作为论述范围。

二、《宝剑记》的烈烈雄风

在历经了南戏的悠远传统和元杂剧的灿烂辉煌之后,明代传奇照理能很快地发出应时的新花。但事实却并非如此,除了元末明初流行的《荆》、《刘》、《拜》、《杀》、《琵》五大南戏之外,明初约二百年来,惊人之作并不多。历史故事剧如王济的《连环记》,沈采的《千金记》和苏复之的《金印记》还时有可观之处,而以陈罴斋《跃鲤记》、邱濬《五伦记》和邵灿《香囊记》为代表的礼教伦理剧,在思想内容上陈腐僵化,于艺术手法上堆砌卖弄。所以专以说教为务的礼教伦理剧问世后不久,就引起了人们的厌恶和反感,徐渭《南词叙录》就曾称《香囊记》是"以时文作南曲",最为害事。

嘉靖之前,笔力劲健,指意悲怆,一扫陈腐绮靡之风的作品,只有姚茂良的《双忠记》和传为姚作的《精忠记》,以及李开先的《宝剑记》。这三部政治悲剧中,《双忠记》写真源令张巡和睢阳太守许远等将士死守睢阳,为国尽忠的事迹,事虽可歌可泣,但在舞台上却演出甚少。《精忠记》出后,冯梦龙觉得还可以改编得更好一些,遂编演成《精忠旗》新剧。若论明代开国后近两个世纪中在案头场上最具影响的剧本,政治悲剧《宝剑记》当仁不让。

李开先曾有意以《宝剑记》与前代著名伦理悲剧《琵琶记》相抗衡,在戏曲史上树立一个里程碑的地位。王世贞《艺苑卮言》以文人意气,对李开先的良好自我感觉不以为然,甚至认为《宝剑记》"尚在《拜月》、《荆钗》之下",辞虽美而声韵差。他尽管不赞成把该剧与其推崇为"冠绝诸剧"的《琵琶记》相提并论,但也不得不认为李开先是北方戏剧家中继王九思、康海之后的大家。李、王这两位嘉靖间大名士的舌战,也许在客观上反而增添了《宝剑记》的声望。今人余秋雨在《中国戏剧文化史述》中称该剧"在传奇天地里,它是一部较早出现而又取得很大成功的刚健之作",这个评价应该是确凿的。《宝剑记》序家雪蓑渔者曾说"《琵琶记》冠绝诸戏文",而自《宝剑记》出后,"虽《琵琶记》远避其锋,下此者无论也"。此语虽有偏爱之嫌,但高、李二剧,各领风骚而一悲相承的说法,还是可以成立的。

明嘉靖年间除了李开先的《宝剑记》①写林冲故事外,百回本小说《水浒传》也详尽铺述了林冲落草的过程。但戏剧版的林冲和小说版的林冲却有着根本的不同。小说以逼上梁山作为全书主题。禁军教头林冲面临娇妻被高衙内调戏的局面,只是忍气吞声,一退再退。高俅父子步步紧逼,不断陷害,派爪牙欲在草料场结果他的性命,林冲于万不得已的情况下,才杀了陆谦、富安,逃往梁山。林冲的遭遇,最为明显地呈现了一个安分守己的人,如何在家破人亡之际,铤而走险,在一逼再逼中被动地落草梁山的悲剧。林冲是最为典型的被逼上梁山的悲剧人物。

戏剧版的林冲则完全是主动出击型的英雄。他与高俅、童贯的斗争,都是清醒、自觉而坚毅的行动。

第一次主动出击是在林冲平叛方腊之后,出任征西统制之时。林冲面对"圆情子弟封侯,刑余奴辈为王"的官场黑暗现象,毅然上本弹劾童贯等人"弃太原失守河界,结怨辽金,败祖宗之盟"的罪过,申张"宦官不许封王"的原则。这次出击的后果,是坐"毁谤大臣之罪,谪降巡边总旗"。后来还是在张叔夜的举荐下,他才得以出任禁军教头。

照理说,林冲在出击受挫,失职复得之后,便应珍惜这劫后余生,少管闲事,安享天伦之乐,"愿一门永远团圆"才是。可是他直就直在忧国忧民的脾气不改,不安于"如今夫贵妻荣,四海声名已显扬"的安逸现状,决计要开展第二次主动出击:

【前腔】豪放,匣中宝剑无尘障,知何日诛奸党?自奖,虽不能拜将封侯,也当烈烈轰轰做一场!

正是在这种烈烈雄风和浩浩胸怀的交相激荡下,他才益发容忍不得当朝政治的腐

---

① 李开先《宝剑记》,明嘉靖间原刻本,《古本戏曲丛刊》二集,商务印书馆1954—1955年影印版。

败:"方今在朝高俅等,拨置天子采办花石,荒淫酒色,宠幸妓女李师师,致使百姓流离、干戈扰攘"。因此必须要再度上本,弹劾童贯、高俅一班贼党。奏章递上后,面对黄门官的提醒和规劝,他依然要冲进去面奏圣上:

> 黄门官:(唱)童大王切齿君旁,高俅叩首告吾皇,说你小官敢把勋臣谤,早提防漫天下网。(白)官人你错了,你官不在监司,职不居言路,你惹他怎的?
> 林　冲:(白)黄门大人,我林冲职分虽微,圣上宠恩难报。今日死且不避,惧那奸党怎的?万岁不纳表章,臣请面奏!

怀着救四海苍生于水火间的急切心肠,林冲终于再次得罪了权贵,被童贯、高俅二人设计陷害,最终逃奔梁山。这样,戏剧版林冲在知其不可而为之的壮烈行动中,显示出威武不屈的浩然正气。这种意志的强悍和人格的正直,不仅使小说版林冲显得软弱而被动,也极大地超越了《琵琶记》中蔡伯喈的心理冲突。

本来李开先可以给林冲寻出三条出路,一条是上述铤而走险的出路,一条是蔡伯喈式思想上痛苦、行动上和稀泥的出路,第三条是辞官归隐的出路。剧中第四出,便反映了林冲夫妻在三条出路中去意徘徊的心理过程。林冲既要上本苦奏,又恐怕老母担忧,夫妻离散;当他犹疑的时候,娇妻张贞娘则劝他学龙逢、比干和朱云,"须要把名贤师范,切休意懒,切休意懒,即当直谏"。当林冲慨叹生不逢时,奸臣当道时,贞娘又劝他"从此辞官去,伴田夫,口不谈兵稳跨驴"。

林冲终于走上了上书直谏的道路,自觉地进入了怨谱和悲剧的境界,这也正是李开先本人的道路和境界。嘉靖进士李开先对边防隐患感触极深,又与削职闲居的康海和王九思心心相通。他终于因为弹劾夏言和严嵩,于嘉靖二十一年(1542)被削职还乡,自号放客。林冲的豪气寄托了李开先的失志不平之情。该剧序家雪蓑渔者说:"词林之幸,而中麓(李开先之号)之不幸也。"姜大成说:"中麓为古来之抱大才者,若不得乘时柄用,非以乐事系其心情,往往会发狂病死。"都从不同角度阐明了李开先与林冲的对应关系。

李开先于嘉靖二十六年写成的《宝剑记》,气贯长虹,声振文坛,使得长期以来偏于沉闷的剧苑,雄风猎猎,爆发出冲天的巨响。

三、《鸣凤记》的现实力量

李开先对黑暗政治的不满,对严嵩等首辅的抨击,马上就得到了历史的认同。《宝剑记》在林冲身上所赋予的冲天豪气,在现实的版本中得到了更为完整的体现。

嘉靖四十一年（1562），在李开先直言削职二十年之际，严嵩终于事败，传为王世贞[①]或其门人所作的《鸣凤记》及时上演。

《鸣凤记》大抵以史实为据，用戏剧形式及时反映和参与了反对严党的壮烈行动。严嵩借收复河套为名，陷害首辅夏言，终于取而代之，构织起严家专制之网。刑部员外郎杨继盛列举严嵩十大奸恶，被判死刑；杨妻张氏上疏代夫死，不得，遂在夫死后自缢。大学士徐阶策动门人董传策、张翀劾嵩之罪，支持御史邹应龙、林润攻严世蕃之奸，最终使严门事败，徐阶代严嵩为内阁首辅。该剧剧名，取自于《诗经》，用来表彰其"前后同心八谏臣，朝阳丹凤一起鸣"的高风亮节。

当年雪蓑渔者上演《宝剑记》时，"坐客无不泣下沾襟，恐其累吾道心，酒半而先逃"。而《鸣凤记》上演时，王世贞邀县令同观。县令见是敷衍当朝首辅严嵩的罪恶，马上大惊失色，意欲中途告辞。及待王世贞拿出严嵩父子败亡的邸报来，县令才敢放心看戏。

《鸣凤记》的写作与演出，几乎是与史实同步进行的现场活报剧。这种对现实的及时表现和积极参与，使得《鸣凤记》成为传奇作品中时事戏的先锋，又开拓了政治悲剧现实化的道路。同时和之后继起的反严政治悲剧，尚有秋郊子的《飞丸记》，朱期的《玉丸记》和李玉的《一捧雪》。已经佚失的还有《不丈夫》、《冰山记》和《回天记》。难怪王世贞曾对李开先的《宝剑记》不以为然，后出的《鸣凤记》确如朝阳鸣凤、万马齐嘶，强烈、真实而大胆地同步再现了奸相发迹与败亡的历史，具备特别感人的现实威慑力量。稍后的吕天成，还在《曲品》中慨叹："《鸣凤记》记诸事甚悉，令人有手刃贼嵩之意！"

此剧既揭发严嵩的"原罪"，又不断酿成严嵩的新罪。当原罪、新罪积累到了一定的程度，恶贯满盈，天理昭彰，严嵩事败便成了必然之势。

严嵩的原罪，主要是培植亲信，挪用军财，致使河套沦陷，倭寇肆虐。他勾结宦官，尽委亲子干儿以重任。《忠佞异议》一场中，夏言极主收复河套，严嵩则力争弃之图安；唇枪舌剑之中，清楚地辨分出了忠佞面目。严党仇鸾，北任总兵，非但拒不发军，反而将军银三千两，尽数奉送严嵩，最终演成嘉靖时鞑靼三逼京师的危境。严嵩的干儿子赵文华，被严委以总兵之任南巡沿海，却只知掳掠金银财宝，至少要奉送一半给干爹。国势飘摇，生灵涂炭，这完全是奸相严嵩直接造成的恶果。

严嵩的新罪，表现在他对先后上书、弹劾其罪的十一位忠臣义士的大力压制和血腥镇压。被他陷害杀死的有老首辅夏言，兵部尚书曾铣、兵部员外郎杨继盛夫妻，翰林

[①] 王世贞（1528—1590），字元美，江苏太仓人，嘉靖二十六年（1547）进士，在明代"后七子"中影响最大，"一时士大夫及山人、词客、衲子、羽流，莫不奔走其门下。片言褒赏，声价骤起"（《明史·王世贞传》）。官至南京刑部尚书。他曾支持被害的刑部尚书杨继盛的遗孀讼冤，王父亦因此被严嵩借故杀害。

学士郭希颜;被他流放充军的有兵部郎中张翀、礼部主事董传策和工部主事吴时来;被他削职发配的有新科进士邹应龙和林润……

朝野上下的耿耿正气,使得严嵩心惊胆战,他不得不丧心病狂地杀人灭口;但每一位烈士的成仁,都加重了严嵩的罪过,使后来者更为清醒、更加果敢地加入到反严的行列中。每一位挺身而出者,都以严嵩的原罪和杀戮忠臣的新罪作为持续行动的根据,因此严嵩镇压愈多,他的罪过也就愈多,更多的献身者还会前仆后继,不断地声讨其罪恶,鞭笞其恶行,直至严党败亡为止。翰林学士郭希颜"不翦奸雄誓不休"的决心,是忠臣义士们一致的信念和共同的行动。就连吕天成在《曲品》当中也为之打抱不平说,该剧"纪诸事甚悉,令人有手刃贼嵩之意"。

炙手可热、祸国殃民的严嵩,尽管担任内阁首辅、垄断权力系统长达二十一年之久,但最终还是在烈士们头颅和鲜血的冲击下颓然败亡。这既是壮烈的悲剧,又是悲惨的史诗。当着史诗与悲剧在反严行动中及时遇合时,悲剧就完全拥有了历史的权威,而历史也借重悲剧艺术使这段史实定格再现,使得该剧一直盛演不衰。

杨继盛夫妇的死劾严嵩,是《鸣凤记》英雄谱中最为感人的环节之一。杨继盛曾因谏阻马市,触犯严党仇鸾,被酷刑拶折得十指伤残,发配边城。及至受特赦出任兵部员外郎后,他更思舍身报国,决心循夏言、曾铣的忠谏之道,上书请早除贼党。"十指淋漓血未干",宗魂劝阻不为动,他拼死上书,"到死也做个厉鬼颠狂"。

同为深明大义的夫人,杨妻张氏与林冲的妻子也不同。林妻在丈夫犹疑之时,力劝丈夫学比干之贤,为国尽忠;当丈夫下定决心后,她又请丈夫三思,不如退隐以求保全。杨妻则在丈夫决意修本时,委婉地以夏、曾之遭戮,祖宗鬼魂之悲泣,劝阻他自思省,防不测,保身家。而一旦杨继盛被押赴法场斩首,如监斩官所云"满身是口不能言,遍骸排牙说不得"之时,杨妻便拔刀自刎,以尸谏的壮烈,再为丈夫的意志做一番无言的浴血表白。这一对死难夫妻的正直和忠勇,实在是气冲霄汉、声振九天。剧作者在此,稍微改动了一下历史原貌,把蒋钦劾刘瑾时遭鬼魂劝阻的传说,移植到杨继盛身上;把杨妻上疏代夫死,夫死后而自缢家中的细节,迁移为法场上的当场自刎,这些改动与移植实在是神来之笔,感人之剧。

作为中国戏曲史上第一部着力描写当代政治事变的悲剧现代戏,《鸣凤记》把《宝剑记》对当朝政治的曲折反映,伸展为对现实政治斗争的直接反映。崇祯即位之初,反映阉党魏忠贤祸国殃民,表彰东林党人壮烈斗争的十余个悲剧,作为政治斗争的余波,风声浪激,摇荡人心。如《磨忠记》、《清忠谱》等剧的风行一时,皆是对《鸣凤记》现实主义传统的师范、继承和发展。京剧剧目中的《杨继盛》,也是出之于此。这自然是《鸣凤记》深远的历史影响,在不同的时期所激起的新波澜。

第二节　生死相依的爱情怨谱

一、明代爱情怨谱论略

中国戏曲史上的爱情剧,以元杂剧作为第一个高潮,至少涌现出了六大爱情名剧。这便是关汉卿的《拜月亭》、王实甫的《西厢记》、白朴的《墙头马上》、郑光祖的《倩女离魂》、李好古的《张生煮海》和尚仲贤的《柳毅传书》。六种名剧,都是以婚姻形式的正式缔结作为大团圆收束的标志;前四种皆以男主角考中状元作为证明婚姻合理的充分根据,后二种则以人神合一作为剧情的最终归宿。因此,元杂剧从总体上看,特别纯粹的爱情悲剧较为少见。类似《汉宫秋》和《梧桐雨》之类的爱情剧,其政治色彩可能更为浓厚一些。

明代传奇中涌现了大批爱情剧,形成了戏曲史上爱情剧的第二次高潮。脍炙人口的剧作如《牡丹亭》、《玉簪记》和《娇红记》等剧,都可以与《西厢记》相提并论,各领一代之风骚。但明代爱情剧的成批登场,势必使得传统爱情剧的内涵更加深化,意绪更加拓展,其悲剧怨谱的成分,也得以大大增加。因为爱情剧与怨谱悲剧,其实是一脉相连、彼此相关的。

人世之间,凡具备生死之爱者,中国情侣互称为"冤家"。甜蜜陶醉到极点,可致冤苦怨愤到极点,所以《烟花记》具体解析其六种冤情怨境为:"情深意浓,彼此牵系,宁有死耳,不怀异心,所谓冤家者一;两情相系,阻隔万端,心想魂飞,寝食俱废,所谓冤家者二;长亭短亭,临歧分袂,黯然销魂,悲泣良苦,所谓冤家者三;山遥水远,鱼燕无凭,梦寐相思,柔肠寸断,所谓冤家者四;怜新弃旧,孤恩负义,恨切惆怅,怨深刻骨,所谓冤家者五;一生一死,触易悲伤,抱恨成疾,迨与俱逝,所谓冤家者六。"[①]所有一往情深的爱情剧,或多或少都与这六大冤苦悲怨紧密相连,也就或多或少具备了怨谱悲剧的品相。

因此,明代传奇众多的爱情题材剧中,不少可以看成是怨谱悲剧。这些怨谱在很大程度上,引领了明代爱情剧的潮流。

属于明代爱情悲剧的,大体有《惊鸿记》、《红梅记》、《何文秀玉钗记》、《珍珠记》、《十义记》、《和戎记》、《贞文记》、《娇红记》、《洒雪堂》、《长城记》、《红梨花记》等剧目;弋阳腔《同窗记》和青阳腔《织锦记》,长期在民间流传上演,至今尚有《梁山伯与祝英台》的越剧改编本和《天仙配》的黄梅戏演出本,成为家喻户晓的戏曲故事。

明代爱情悲剧的特色之一,是打破了才子佳人一见倾心的旧套;男女主角的相爱,

[①] 参见焦循《剧说》所引《苇航纪谈》中所阅《烟花记》中论述,但转述略简。《中国古典戏曲理论集成》(八),中国戏剧出版社1959年版,第211页。

是在共同的旨趣的协调、长期相知的基础和青春体态的愉悦三方面立体展开的。《娇红记》中的申娇爱情，便是在追求"同心子"的择偶要求下，在长期以来间阻局面下的相互支撑中逐渐成熟的。申娇爱情的出现，在中国婚恋文化史上甚至具备里程碑式的意义。一直到《红楼梦》的宝黛之爱中，我们尚能找到申娇爱情的某些痕迹。

明代爱情悲剧的特色之二，是改变了爱情剧历经风波终究团圆的一贯传统，出现了一些不以婚姻为归宿、不以团圆为收束的作品。《同窗记》中的同学恋人终究不得同衾成婚，《织锦记》中的七仙女和董永也被天上人间的两个世界活活拆散。《红梅记》中的李慧娘和裴舜卿之爱，不但打破了幽明二界，而且是根本不抱婚姻愿望的单纯情爱与性爱。申纯和王娇娘这对恋人，以相互的殉情献身，了结了百年遗恨。《贞文记》中的沈佺和张玉娘，更是在不得谋面的痛苦中郁郁而亡的。再如《长城记》与《和戎记》，都是以巨深创痛的缺憾美作为悲剧的色调。没有婚姻可以有性爱，有了婚姻可以被拆散和毁坏，这种新的男女交往观念及其怨谱场面，既展示了封建社会的礼教、苛政和兵役等等多重锁链对青年男女活生生爱情的禁锢和扼杀，也表现出有情人最大限度的反抗与斗争。这也表明《西厢记》中愿天下有情人终成眷属的祝语，到了明代仍不过是良好的愿望。

明代杂剧中的爱情悲剧也可以检点出一些，也同样吐纳着悲剧怨谱的时代气息。刘东生的《娇红记》，把元人宋梅洞的小说《娇红传》以杂剧形式留存下来。朱有燉的《香囊怨》叙周恭与妓女刘盼春的恋爱，但是当事人双方却都不能按照自己的意志行事。周恭受到其父的禁闭，刘盼春被鸨母另许盐商。当男女主角所积蓄起来的爱情力量，还远远不足以冲破家庭和社会的黑暗铁壁时，刘盼春式的以死抗争便成了唯一的解脱之路。康海的《王兰卿贞烈传》、王穉登的《相思谱》，也是以相近的思路结构悲剧。再如汪道昆的《洛水悲》和陈与郊的《昭君出塞》，都借用了历史的遗恨抒发着时代的悲情。即使是傅一臣继承宋元南戏中婚变戏传统的《死生仇报》，也以痴心女鬼文姬对负心汉满议的坚决索命作为收束，丝毫没有调和的气息和勉强的团圆。

明代社会在将近三个世纪的发展中，从中后期开始露出一些资本主义的萌芽。人们在婚恋问题上，开始流露出以性爱内容为主，而并非以婚姻形式为重的市民爱情倾向。但由于封建传统的箝制力量是如此的强大，以致许多爱情自由的嫩芽都被传统势力毫不留情地扼杀了。明代爱情怨谱的总体特色，也许正是社会情势的整体赋予。

二、具备"现代性爱意义"①的悲剧《娇红记》

古典戏曲作品中,绝大多数爱情剧都没有脱尽通过科考致仕,使男女之爱得到合情、合理又合法的社会承认的公式。崔莺莺和张生是以科考的合法方式,来证明和捍卫偷情私合的"终归于正"。哪怕柳梦梅和杜丽娘的梦幻性爱,也同样避不开高中状元大团圆的收煞关节。

然而,这一科考得圆爱情梦的公式设计,终究是虚幻而软弱的自欺欺人行为。三年大比也好,哪怕是一年一科考也罢,天下人能中状元的毕竟寥寥可数;不中状元的人物,也同样应有爱情的追求和欢乐。像《娇红记》中的申纯这样,即使赴试高中,也仍不足以捍卫爱情和成就婚姻。这种另类而现实的安排,在戏曲史上几乎是绝无仅有。即便是科举"新贵",也依然与名阀世族和富贵人家的地位悬殊极大,所以申纯的科考得中,并没有为爱情婚姻起到多大帮助作用。

不以功名富贵作为依托,这也同时说明申娇之爱,是在共同的旨趣和理想上的结合,双方是在排除了政治功利目的之后的真心悦慕。王娇娘对爱人的要求,主要在于是否能"托以终身"。她一不愿嫁性情恶劣、浑身铜臭的"豪家富室好枝叶",二不愿嫁司马相如式的贪图新欢的薄情文人,"聪明人自古多情劣",致有文君白头之吟。她所希冀的是这样一种才貌相当、心性一致的"同心子":

> 薄命红颜,好花易折,但得个同心子,死共穴,生同舍。便做连枝共冢,共冢我也心欢悦。②

同样道理,当申纯在被迫赴试的途中,也是心不在焉,思念娇娘,"回首妆楼,暗自里伤神"。科考竟然成为万分勉强的行为,爱情升华为绝对意义上的终极价值。申、娇这种共同的心态,在得不到顺利表达并实现时,势必以死双殉,以崇高的有价值的死亡,酿就成剧本卓尔不群的怨谱品位。正如陈洪绶批点该剧时所云:"上逼《会真记》(《西厢记》),下压《牡丹亭》。"大有一剧告成、横空出世的气派。

以真正的爱情作为起点和终点,这是《娇红记》的现代性爱意义之一。

从孔夫子父母的先野合、后结合肇始,到戏曲作品中先欢会、后迎娶的大量实例来

---

① 恩格斯《家庭、私有制和国家的起源》:"现代的性爱,同单纯的性欲、同古代的爱是根本不同的。第一,它是以所爱者的互爱为前提……第二,性爱常常达到这样强烈和持久的程度,如果不能结合和彼此分离,对双方来说即使不是最大的不幸,也是一个大不幸……最后,对于性交关系的评价,产生了一种新的道德标准,不仅要问:它是结婚的还是私通的,而且要问,是不是由于爱情,由于相互的爱而发生的?"《马克思恩格斯选集》,人民出版社1972年版,第73页。

② 孟称舜《娇红记》,王季思《中国十大古典悲剧集》,齐鲁书社1991年版,第417页。

看,婚前性行为在中国的文化史和戏曲史上屡见不鲜。问题在于,这种自然结合的基础和根据是什么?

仍以元明最负盛名的两大剧作《西厢记》和《牡丹亭》为例。莺莺与张生的暗渡陈仓,除了两方之间的才貌相悦外,最充分的心理根据是张生借兵,解除了普救寺贼兵之围。按老夫人的当众许诺,谁退得贼兵,莺莺则许以谁为妻。但贼兵退后,老夫人只许莺莺与张生兄妹相称,缄口不提夫妻二字。就张生言,痛恨老夫人言而无信;就莺莺言,深感母亲变卦的有悖大义。在对老夫人共同的逆反心理作用下,莺莺的以身相许,不仅出于感情的因素,而且出于道义的因素,这种报答还带有某种程度上的同情与慈悲感,因为张生遭此打击后人命危浅、朝不保夕。

至于《牡丹亭》中的杜柳之欢,完全是一种生理饥渴的满足,是青春力量的自然释放。不能说这种结合的品位不高,也不能说梦交不具备对礼教的反叛作用,不具备对封建制度的冲击力量。但戏剧结局时的皇帝主婚,使得前面那么多反叛的价值,一下子被消解得七零八落了。伟大如汤显祖,不免也有其缺陷。

而《娇红记》中的偷香窃玉,既是抛弃了外在功利目的,又具备深厚感情基础的深思熟虑的爱情呈现。因为社会力和自然力的阻隔,使得欢会的行动推迟了,但两者的情愫却酿得更浓。就娇娘言,是"香肌玉体,恹恹愁损,怕见红飘成阵。缕金衣上渍啼痕,盼不得天涯人近"。就申纯言,则是庞儿瘦损,气息羸弱,"瘦样伶仃憔悴人",亟盼娇娘相伴,以救其太医亦难医治的相思病,"何坐视我死而不救乎"?这样,欢会的理由和前提,也就全部准备停当,何时行动犹如箭在弦上,已成必然激发之势。

以相知、相思作为纯粹的欢会前提,不带有其他外在因素的掺入,也不待婚姻形式的预先认可,这是《娇红记》的现代性爱意义之二。

"同心子"的获得,是《娇红记》的最高爱情理想的实现。但申娇二人,却在重重悲剧因素的阻挠下,争取不到夫妻欢爱的自由。申娇之爱的重要契机和最大悲剧性,在于他俩属中表兄妹。近亲结婚,从现代遗传学看会酿成一系列悲剧;即使在《娇红记》的规定情境中,朝廷也有中表兄妹不得成婚的禁令。所以娇娘之父的数次拒婚,都是以朝廷法令为最大挡箭牌的。

申娇之爱的另一重悲剧性,在于财大势赫的帅公子半路杀出。正当王通判已经允婚申生,"专待择日遣聘"。此时,帅府却遣媒说亲,立马就说动了王通判。他暗自思忖:

> 正是那帅家威福,一省中谁不畏他?况兼公子年少风流,女儿许他,也不辱没于我。

高攀权贵、享尽荣华的富贵梦,使得他应允了帅家的提亲,回绝了申家的亲事。王通判暗自庆幸"所虑申生已有婚姻之约,他今还未曾遣聘",却不知悔亲必然断了女儿和外甥的生路。

申娇之爱的第三重悲剧性,是时时处处受到人力和自然力的阻碍。当申娇相约,晚间欢会于熙春堂下花荫深处,却被一场泼天大雨自然地阻隔了甜蜜的约会。而当娇娘重来书房寻盟时,申纯早已酒醉入眠,二人于不知不觉中重演了一段《王月英月夜留鞋记》的故事。从他俩的初定情到后欢会,总是受到侍女飞红的监视、捣乱和告密,致使两人花园相聚的镜头被老夫人所窥,申纯只得十分被动地告辞归家;而当飞红终于为申娇二人的一片真情所感动,欲助其一臂之力时,王通判却已允婚帅家,断了申娇二人的婚约和生路。

这三重悲剧性层层叠加,使得全剧必然走向双逝的悲剧结局。娇娘、申生先后抑郁而亡,死后化为坟头的鸳鸯,看到两家的父母兄弟同来坟前祭奠,然则对面不能相认,故此却又勾起满腹的伤情。这正是一悲到底、悲上加悲的人仙两隔。《泣舟》、《双逝》和《仙圆》等出戏,血泪交流,沉痛悱恻,依稀可见《孔雀东南飞》和《同窗记》的叠映,但却又是《娇红记》所独有的场面。

以死明志,拼死抗争,达到了生同衾死同穴的同心子愿望,从而使孟称舜自己所赞的"从一而终"成为有价值的行动,使"节义"二字成为合理的节义,这是《娇红记》所具备的现代性爱意义之三。

孟称舜自题该剧曰:"天下义夫节妇,所为至死而不悔者,岂以是为理所当然而为之耶?笃于其性,发于其情,无意于世之称之,并有不知非笑之为非笑者而然焉?""性情所钟,莫深于男女,而女子之情则更无藉诗书礼仪之文以讽喻之,而不自知其所至,故所至者若是也。"这一感觉是对的,因为热恋中的当事者,从来就没有把世人一般的观点和评价放在眼中,全部世界在当事人看来只是两人所特有的情感世界,一旦这一情感世界不能持续下去,生命也就必然地走向了熄灭的归途。

陈洪绶于剧终批点曰:"泪山血海,到此滴滴归源,昔人谓诗人善怨,此书真古今一部怨谱也。"①马权奇《二胥记》序亦称道:"任余读《鸳鸯冢》词,春雨萧疏,书台俱寂,辄涕琅琅不能止。"从此,陈洪绶的"娇红怨谱"说,成为中国戏剧史上较早的定名定性的悲剧。

本剧作者孟称舜(1602—约1657),字子塞,又字子若、子适。别号花屿仙史、小蓬莱卧云子等。明末清初会稽(今浙江绍兴)人。崇祯年间秀才,但却屡试不第。崇祯二年(1629)参加复社,也是汤显祖"玉茗堂"派的追随者之一。他在明季天启、崇祯年间(1621—1644)一共创作杂剧、传奇十种,现存七种。传奇除《娇红记》外,还有《二胥记》和《贞文记》留存。杂剧有《桃花人面》、《英雄成败》等五剧留存。他还编选五十六种元明杂剧为《古今名剧选》,分为《柳枝集》和《酹江集》。清顺治六年(1649)举为

---

① 陈洪绶《仙圆》评点,孟称舜《娇红记》,王季思《中国十大古典悲剧集》,齐鲁书社1991年版,第569页。

贡生,担任过十二年的松阳训导。顺治十三年(1656)底在金陵雨花僧舍著成的《贞文记》,应该是其最后一部创作。

三、写尽人鬼恩怨的《红梅记》

把两重爱情追求交织到一块写,且皆写得有情有义、有恩有德、有爱有怨,这是万历间浙江鄞县人周朝俊在《红梅记》中,所采用的人鬼双恋的剧情结构法。《娇红记》也曾以三出的篇幅出现鬼恋场面,但那只是翠竹亭前年少夭亡的女鬼主唱的小小插曲,她对申娇之恋起了一定的阻碍作用,加深了申娇之间的猜疑,但也把申纯的一片痴情予以了更为客观、外在的直接表露。从全剧来看,女鬼冒充娇娘与申生欢会的情节是可有可无的。而在《红梅记》中,裴生与女鬼李慧娘的相恋不仅是必需的场面,而且其重要性与必然性都盖过了裴生与卢昭容的婚恋史。李慧娘美而艳、艳而烈的女鬼形象,在戏剧史上的典型人物塑像群中发散着独特的光芒。几乎所有的《红梅记》改编演出本,都舍弃了裴、卢一线,而以人鬼之恋作为主线来描绘,便是证据。

贯串全剧的线索是裴、卢之恋。秀才裴舜卿在卢家花园外攀墙折花,得与卢昭容相见,"相逢邂逅,一见也留情"。奸相贾似道在游玩西湖时,偶然瞥见昭容的美色,便遣媒来问,欲强娶卢为妾。适逢裴生来访,见此情境,便权以昭容东床客名义阻止,因被拖进贾府,囚禁起来。卢氏全家趁隙逃往扬州。裴生得慧娘之助,逃出贾府,后又加入了参劾贾似道的斗争中。赴试得中后,裴生终与昭容完姻。这条线索的悲剧意味,在于奸相娶妾的飞来横祸,使得卢家仓皇逃难、夜遁他乡,尝够了感念裴生、寄人篱下的凄苦。裴生在卢家危难时挺身而出,立时赢得了昭容的敬慕,但在贾府的淫威逼迫下,这对刚刚定情的鸳鸯顷刻之间就被拆散。作为悲剧的苦酒涩浆,裴卢之爱显然还酿得不浓,哀得不深。

相形之下,李慧娘与裴舜卿之恋,真正奠定了全剧凄冷艳烈、深仇大快的悲剧基调。李慧娘热情明朗的性格,推动了悲剧情节的磊落和节奏的明快。在她的身上,依稀可见窦娥的斗争风采,快嘴李翠莲的干脆火爆。李慧娘与裴生的邂逅,是在她作为贾似道的姬妾之一,泛舟断桥前的惊鸿一瞥和火热顾盼:

(贴回顾生云):呀,美哉一少年也!真个是洛阳年少,西蜀词人,卫玠潘安貌!

当着贾似道与众姬妾的面,李慧娘心直口快地道出了对裴生的倾慕之情,这实在是极为爽快、大胆的举动。贾似道怎能容此侍妾的"一念痴情,十分流盼"。杀鸡吓猴,他不免当场施暴。最令人发指的,是在挥剑杀人之时,贾似道竟假意儿诳骗抱着他惊哭的李慧娘说:"放手,放手,过来对天赌下一誓,我饶你罢。"就在李慧娘松手盟誓时,他趁隙从后面斩下了慧娘的头。之后,他还把金盒中所藏的美人头,去威逼那些早已吓得魂不附体的众姬妾。就这样,贾似道把李裴爱情的最早的一点萌芽,给活生生地扼杀了。

然而,令贾似道决不曾想到的景观,是作为鬼魂的李慧娘的"此情不泯"。当她的游魂看到幽禁的裴生时,便"使妾私情顿起,故态复萌。敢天、天怜我无辜,故遣书生到此,了我夙愿也"。于是幻化成生前模样,欲与裴生欢合。当裴生百般狐疑时,她先是吓唬说:

> 我为你在此寂寞,特来陪话,你反不容我。我就叫起来,管坐你人强奸的罪名儿!

接着又道出了当日在断桥下顾盼的痴心,终于使裴生与她"相偎傍,笑盈盈揭开罗帐,吹灭银缸"。如此主动而热烈地追求性爱的女子,古典戏曲中较难找到。勇敢、机警、智慧而多情,终于使她赢得了裴生半年的欢爱。

又是贾似道谋刺裴生,逼散了这对人鬼伉俪。李慧娘大惊之下,立即向裴生表白了自己的鬼魂身分。裴生念念不忘半年欢爱的恩情,赌咒发恨说:"你便是鬼,我也认个晦气,再与你欢聚几时罢!"然而前来谋杀裴生的家奴已至,李慧娘只得急忙掩护裴生遁出后花园门,就此双双拜别,一段情缘,就此收束。

之后,李慧娘还在《鬼辩》一出中挺身而出,救出了蒙冤的众姬妾,怒斥贾似道的无耻行径,还以胜利者的姿态当场奚落道:"俺和他欢会在西廊下,行了些云雨,勾了些风华。""小妮子从来胆大,因此上拚残生来吊牙。"对自己成功的爱情追求津津乐道,绝没有半点悔意。

最可笑的是贾似道。他一方面给气得七窍生烟,另一方面还不忘显摆他那狗官的威风,竟然妄想将判罪文书递解到阴曹地府去,好让李慧娘因此受累。李慧娘此时的莞尔一笑却深有意趣:"笑君王一时错认好平章,阴司里却全然不睬贼丞相。"阴司一旦要睬的话,贾似道又哪里讨得个好下场? 诚如李慧娘所言:"那时节撞着李慧娘,这的是相逢狭路难轻放,紧些儿的相扭看那个强?"

如果说,《娇红记》中的女鬼虽然提出了"人和鬼两女娃,真情一点不争差"的信条,但却仍然具备妖邪之气和恐惧之感的话,那么《红梅记》中的李慧娘同样身为女鬼,却显得十分可爱、可亲又可信。她是追求美、爱护美和捍卫美的护花使者,是身处贾府污泥中而不受污染的纯情女子。由人到鬼,过渡自然;血污游魂,化成梅花。这种极为顺理成章、楚楚动人的人鬼之恋,在中国文艺史上十分少见,甚至在《聊斋志异》中都难以找寻出更胜一筹的例子。瞿佑的《绿衣人传》,为《红梅记》提供了如此精彩的素材,正是怡红快绿,色彩鲜艳,而使人更生爱梅之心。

呜呼,人世间有几多恩恩怨怨,儿女私情,何曾讨得女鬼李慧娘的一丝明快、坦荡的性情意趣?仅以此论,要说《娇红记》是《红楼梦》之前的一块爱情悲剧的丰碑,那么李慧娘则可称为戏曲史上纯情女鬼的一尊丰采翩翩的塑像。

第三节 发乎情止乎礼义的情理怨谱

一、明代情理悲剧绪说

明代还有这样一些悲剧,可以归于政治怨谱类,也可以归于爱情怨谱类。但细究起来,它们却有着自己独特的意旨和品位,最终都在表达一些不同意蕴层次的理性精神。我们姑且称之为"情理怨谱"。

以《浣纱记》和《牡丹亭》作为代表作,明代传奇中还有《祝发记》、《梦花酣》、《风流院》、《目连救母劝善戏文》、《鹦鹉记》等情理悲剧。这些悲剧都展示了情理之间由不和谐最终导向和谐,实证了事物发展的规律和秩序。

《祝发记》中的徐孝克卖妻养母,肯定是悖情之举;然而因为此举与理的内在统一性,因此历经变乱后终于与妻重圆。《梦花酣》和《风流院》显然都深受《牡丹亭》的浪漫主义精神的影响。前者以少女睹画而思慕作画人,竟然一病而亡。情之所至,理必从焉,终于得以借尸重生,与画家成婚。后者绝妙地把世间钟情之人汤显祖及其剧中人、读者都集中到风流院中。为了使小青等人的爱情合法化,汤显祖等不惮与玉帝使者大战,最终使有情人得成眷属,天地间复归和平。

《鹦鹉记》中的舍妻救皇妃,看起来是合情从理,然而终是在理的评价下高度肯定了情的可贵。最富人情味的是《目连救母》戏文。目连之母敬佛不恭,便被打入地狱,这是理之自然。然而目连出于母子情深,出家拜佛,竟历尽千辛万苦,从地狱中救出母亲,这也是理之自然。情深处便是理,理的具体化便有情,情理最终具备互相转化、协调统一的总权威。

明代杂剧中也有一些饶有意趣的情理悲剧。《乔断鬼》中的裱画匠夺人古画,泯绝人情,致画主徐行抱恨而终。其冤情感动幽明,判官复使贪心的裱画匠进地狱,这便是一理还一报。《文姬入塞》写东汉才女蔡文姬被曹操从匈奴赎回时的矛盾心态。当日兵乱时被掳入胡,以泪洗面,何时不思祖国。如今有返家之便,却又割舍不开胡夫弱子。在这样的悲剧局势中,情不能两全,理也不能两全,情理都在蔡文姬这位人格精神分裂的女子身上,各自显示出其片面性,只有人生的感喟、历史的浩叹和那更为抽象、悠远而苍凉的命运回旋曲,显示出情理的沉重心态和蹒跚步履。

孙源文的《饿方朔》,历数有才者不及有福者的事实,即如司马迁的情之耿耿、理之凿凿,依然要受腐刑之苦;而李陵的复杂心态,纵横千古,孰能为之排解?情应如何,理应如何,终不及福应如何,命应如何。也许福、命便是更为博大抽象的情理载体,宇宙之车还要背负着千万种幸与不幸继续前行。

这样,我们把以上一些悲剧从政治题材、爱情题材等具体划分中独立出来,从而一概归属于情理悲剧之列。情,通常视为"七情",即《礼记·礼运》中所叙:"何谓人情?喜怒哀惧爱恶欲,七者弗学而能。"七情中,爱处于中心地位,并由此构成了男女亲族之爱等等整个伦理世界。因此,爱的规范化、定型化便成了"理"性的实证。礼义道德等人伦概念也就成为"理"的一个基本层次。"发乎情止乎礼义"的儒家诗教,既展示了由情到理的上升过程,又指明了理对情的制约作用,还反映了情理相生的必然归属。这也便是荀子《乐记》中所论的"以道制欲,则乐而不乱;以欲忘道,则惑而不乐"的境界。

明代情理悲剧的衍生,还与汤显祖等人对官方奉行的程朱理学的批判和反叛有关。从李贽、达观到以汤显祖为代表的临川派戏曲作家群,大都以"情"作为"理"的对立面,借以反对封建专制派生出的扼杀人情的理学传统。但是这种批判和反叛,看来也是极为微弱的。包括汤显祖在内的大多数剧作家,最终都没有在哲学上形成强有力的攻势,在创作上也没能摆脱礼教的箝制。戏剧家们的全部奋斗,充其量也只不过是在想像的天地中,对封建礼教中一些特别违背人性、扼杀人情的戒律表现了某种愤慨,并试图作些具体纠正,仅此而已。

二、情系国运的悲剧《浣纱记》

一缕洁白的轻纱,珍藏在情人的胸怀,也维系着国运的兴衰。范蠡、西施借此分而后合,越国、吴国由之存亡迁移。以此柔丝作为缆绳,竟然把沉重的历史车轮曳拖得翻了几个跟斗。

《浣纱记》首先是一出爱情悲剧。

越国上大夫范蠡,游春至苎萝村,在明澈的溪水之畔与浣纱女西施相识定情。一为肩负国任的政治家,一是天姿国色的女娇娃,两相遇合,各自倾慕不已,结下婚姻深盟。三载之后,范蠡重访苎萝,但却非为寻盟,而是要把恋人作为政治工具赠给好色的吴王。在国家利益与儿女恋情间,范蠡毅然选择了前者:"想国家事体大,岂宜吝一妇人?……但有负淑女,更背旧盟,心甚不安。如何是好?"

可怜西施与范蠡别后三年,哪一天不急急切切,捧心蹙眉,思念着爱人?如今却又被爱人作为尤物亲自奉与敌国,既不愿意,又复伤感。但她哪里经受得住范蠡的晓之以义,催之以情,终于答应启程。就西施言,她已认识到"国家事极大,姻亲事极小,岂为一女之微,有负万姓之望?"就范蠡言,他认为覆巢之下无完卵,爱情婚姻都须建立在国势平定的基础上:"但社稷兴亡,全赖此举。若能飘然一往,则国既可存,我身亦可保。后会有期,未可知也。若执而不行,则国将遂灭,我身亦旋亡。那时节虽结姻亲,小娘子,我和你必同做沟渠之鬼,又何暇求百年之欢乎?"社稷为重,爱情为轻,所以这对恋人一拍即合,共同做出了无限悲凉、痛苦而豪壮的决定。当吴王夫差见到越国进献的美女西施时,马上就神魂飘荡,知道自己的小冤家来到:

> 吾堪老,吾堪老,拼断送鸳衾绣帐,白昼清宵。

自此,吴国之亡,已成必然之势,只争时间先后了。吴亡后,范蠡和西施得以重逢。但西施已经不胜羞惭,自认为残荷败柳,不足以再继前缘。范蠡便以俱各是天上金童玉女,双谪人间为劝,遂与西施双遁五湖。这对情侣,定情后因范蠡滞留吴国为奴,遂相违三年;重逢后又因西施被献与夫差为妾,又添上了三年的思恋。六年苦熬,两情始得归一。国家虽复强盛,但人已老,花更残,恋情不减而道义倍增。这种付出了极大代价的团圆,这种为了国家利益牺牲弱女清白的崇高,就当事人双方而言,不能不说是一场极大的悲剧,尽管这场爱情悲剧有着极高的品位。

《浣纱记》又是一出沉重的政治悲剧。

无论从哪一方位来看,全剧都不脱政治悲剧的范畴。悲愤和遗憾,穿越了胜负荣辱,贯穿了吴越臣民。从国家方面看,先是吴国国君阖闾被越将灵姑浮所击杀。新国君夫差即位后,在伍员老将的辅佐下,一举灭越,虏越王勾践于石室为奴,纳美女西施于榻前作欢。六年之后,星移斗转,吴越情势又起了戏剧性的变化。越国励精图治,终于转而覆亡了吴国,逼夫差自刎。正如梁辰鱼在剧中所感悟到的传统哲理:"祸兮福所伏,福兮祸所依。"越国在经历了六年的悲剧情势之后,反败为胜;吴国在六年畅顺的国势之中,首尾皆悲。唯有"悲"字是超越了吴越胜负的整体氛围。

再看二位不同国度的忠臣的从政经历。楚人伍子胥,父兄曾为楚王所杀,遂借得吴兵,一举灭楚。他相助吴王灭越后,对越国可能进行的种种反扑和算计有着充分的估计,对夫差的好大喜功有着多次谏劝。虽然说忠臣不怕死,但也终于忤逆了夫差,被赐自刎。临死前,他只求悬头于国门,以观越人亡吴之军。另一位旅越楚人、越国大夫范蠡,智勇双全,一心事君。为君王,他陪坐三年石室;为国家,他献出了自己心爱的西施。也就是这样的功臣,夫差临死前已向他发出了警告:"吾闻高鸟尽,良弓藏;狡兔死,走狗烹;敌国破,谋臣亡。今吴国已破,轮该二位大夫了。"他也终于听从了夫差人之将死的善言,悟出了勾践分一半天下与他许诺中所蕴含的杀机,毅然挂官归隐,与西施归去来兮。

然而《浣纱记》最终还是一出情理悲剧。

爱情服从于政治,这使之不属于单纯的爱情剧;政治最终要归还有些破损的爱情,这使之不应是完整的政治剧。以爱情的线索贯穿国与国之间复杂的政治斗争,最后却归纳出这样一种无论是非、泯绝美丑的历史凄凉感:

呀,看满目兴亡真惨凄,笑吴是何人越是谁?

采莲泾红芳尽死,越来溪吴歌惨凄。

官中鹿走草萋萋,黍离故墟,过客伤悲!

范蠡在飘然归隐这时,对吴越之间的胜负功过的总结,对历史兴亡的千古感慨,总是离不开"伤悲惨凄"四个字。所有儿女爱情、家国之情和君臣之情,此时也均以永恒的惨凄之理作结。惨凄的实质在于政治斗争中暂时处于劣势的弱者们为了获取胜利而付出的巨大牺牲。政治斗争总是在强弱胜负中相互转变,而弱者所付出的代价、所感受到的痛苦则是相对不变的。这也可以为对《浣纱记》作为悲剧的体认,又多出了一层证据。

《浣纱记》是第一本用昆曲演唱的传奇剧本,从此昆腔剧本几乎占了明清传奇作品的大部分。因此,我们更有理由为悲剧在传奇史、戏曲史乃至全部文学史、文化史上的重要地位而欢呼雀跃了。在经历了如许的惨凄悲伤后,莞尔一笑,也许更利于我们以稍微平静些的心态,对其他悲剧剧目去作科学的探究。

<h3 style="text-align:center">三、幽明情深的怨谱《牡丹亭》</h3>

1598年,坎坷仕途十余年的汤显祖挂冠归家,写成了辉煌一世的《牡丹亭》。以其卓越的成就和广泛的影响,明代没有第二部剧作能与之媲美。

因此,我们在谈明代悲剧时,如果略去了《牡丹亭》,那便遗漏了明代剧坛上最为璀璨的一颗珠玉。

然而,《牡丹亭》却只能算成一部悲喜剧,它相容中和了悲、喜两种因素。这便是王思任在《批点玉茗堂牡丹亭叙》中所论及的"其款置数人,笑者真笑,笑即有声;啼者真啼,啼则有泪;叹者真叹,叹则有气。"

全剧共五十五出。前二十八出属于以喜衬悲的悲剧,后二十七出属于以悲衬喜的喜剧。

先看从《标目》到《幽媾》的前半部。

第一阵悲剧波涛大体在《训女》与《寻梦》之间。杜丽娘身为官宦人家的独生女,极为娇贵,"无限欢娱",然而也同时被拘管得极不自由。她连刺绣之余倦眠一会,都受到严父的严厉呵斥,并因之埋怨到她"娘亲失教"。为了进一步拘管女儿的身心,杜太守又请来腐儒陈最良,从儒教理论上教育杜丽娘。杜母也对女儿十分防范,"怪她裙衩上,花鸟绣双双",生怕引动了淑女春心。可怜杜丽娘青春待嫁,竟连家中的后花园都未曾去过;这华堂玉室,也恰如监牢般行动不便。陈最良本心想训导小姐做"有风有化,宜室宜家"的贤妻良母,谁知杜丽娘却领会到《关雎》"洲渚之兴"的真正自由精神,从而慨叹人不如鸟,身心拘系。当她第一次来到百花园中,惊叹包括自身娇颜在内的"三春好处"时,不得不慨叹"原来姹紫嫣红开遍,似这般都付与断井颓垣",青春活动的无可排遣,使得她"蓦地里怀人幽怨",思想哪里应到来的良缘。此处景越美,人越妍,则恨益浓,憾益深。她在"泼残生,除问天"的激奋之后,一阵倦意袭来,沉沉入梦,竟与柳姓秀才邂逅相逢,成就百年之欢。这次游园,很快就被老夫人知道,"絮了小姐一会"、"春香无言知罪"。但杜丽娘在领略过大好春光之后,哪里还按捺得住情思?她偷偷地瞒过春香,二游花园,但见物是人非,柳郎不见;不免怅然泪悬,竟生出了葬身梅下的死意。围绕着杜丽娘的阵阵哀感,前十二出中又有诸如《闺塾》中极富喜剧色彩的戏,老塾师作为腐儒,春香作为天真活泼且又调皮的少女,都是极为可爱有趣的喜剧人物。由欢生悲,因美伤感,这正是前十二出中用喜衬悲的情趣。

前半部的第二阵悲剧波涛,兴起在第十三出《诀谒》到第二十出《闹殇》之间。杜丽娘已预感到自己不久于人世,自画肖像,题上小诗,但却无可寄送:

春香,也有古今美女,早嫁了丈夫相爱,替他描模画样;也有美人自家写照,寄与情人。似我杜丽娘寄谁呵!——心喜转心焦。

自画小像时孤芳自赏的喜悦已经一扫而空,无边的寂寞之感催她早撒人世。此景早已牵动了老夫人的悲怀,慌忙乞符上药。石道姑上符和陈最良诊病的两场戏,极其胡闹可笑,而杜丽娘的心境病势,亦便极其恶劣可悲。到了《闹殇》一场,杜丽娘已经病体沉重,"连宵风雨重,多娇多病愁中,仙少效,药无功",临死前拜谢父母之恩,惟求得葬梅树之下。一代佳人,红消香殒,只剩下一对老夫妻哭得死去活来,"一寸肝肠做了百寸焦",眼睁睁死别了十六岁的女孩儿。

第三阵悲剧波涛兴起在第二十一出《谒遇》到第二十八出《幽媾》之间。书生柳梦梅,旅寄梅花观中,病愁郁闷之际,却拾得当日杜丽娘的自画小像。这位痴情秀才竟把美人图当观世音"顶礼供养","早晚玩之、拜之、叫之、赞之",一声声"美人,美人;姐姐,姐姐"!杜鹃啼血,竟把杜丽娘生生地唤了出来,成就一对人鬼姻缘,呼应了《惊梦》时的欢会前科。不要说《拾画》、《叫画》、《玩真》、《魂游》等出极其凄凉宛转,便是老夫人与春香祭祀亡女的戏,亦足以催人泪下。《牡丹亭》若自此收束,亦不失为一出极佳的悲剧。全剧情最浓,意最佳,语最丽之处,已是尽皆在此了。

再看下半部的二十七出戏,大体以喜剧、趣剧和闹剧为主。虽则也有些悲情哀绪,却也只不过是欢情的反衬和点缀。《旁疑》的传艳,《欢挠》的捉奸,都极为热闹谐趣,也甚为庸俗无聊。及待柳梦梅掘墓开棺,使杜丽娘复生后,那曾与柳生多少回结成事实夫妻的娘子,竟然正色危坐,要柳生请官媒,拜父母,重行礼数。可以说,杜丽娘由人到鬼,极其可爱,十分纯情;如今一旦由鬼变人,马上就恢复了一番道学面孔,且急急如令地敦促柳生赴试高中,"便看花十里归来"。柳梦梅也以"夫贵妻荣八字安排"的理想,宽慰这位不久之后的诰命夫人。及待柳生赴试回家后,杜丽娘竟不管时当兵慌马乱之际,催他马不停蹄地去淮扬打探父母消息。

可怜这惧内的柳生历尽艰险,找到正在主持太平宴的岳父。那昔日的杜太守、今朝的老平章哪里肯认这穷酸女婿,不多时绑起来绷扒吊拷,使柳生苦头吃足。幸得黄榜下来,柳梦梅高中状元,官府差人来到,才得救下了他一条小命。如此名正言顺、事实确凿的状元婿,杜平章却还是撒手不要,竟狠毒地上奏一本,"为诛妖邪事",又要断了女儿和柳梦梅的生路,这也实在是顽固、反动透顶了。他不但不感谢柳生救女之恩,反而痛骂女儿"鬼乜邪,怕没门当产对,看上柳梦梅什么来"？幸亏杜丽娘极力分辩,柳梦梅上本讲明原委,圣上才敕赐两相团圆,一家人方得以"齐见驾,真喜洽"。固然老杜在柳生中状元后的一味胡闹到底也有些悲剧的意味,但实质上仍是以喜剧的气氛、误会和错认的笔法出之。即便如此,下半部的喜庆仍未冲淡上半部的悲凉。汤显祖总揽全剧,依然以风格沉郁的集唐诗来作为收束：

　　杜陵寒食草青青,羯鼓声高众乐停。
　　更恨香魂不相遇,春肠遥断牡丹亭。
　　千愁万恨过花时,人去人来酒一卮。
　　唱尽新词欢不见,数声啼鸟上花枝。

对于这样一部伟大的作品,我们固然可以指出前半部与后半部的不平衡和不协调,但却根本无法像金圣叹删节《西厢记》那样,对后半部予以砍削。《牡丹亭》问世后,即使最为勇敢的批评家和演出家,也很难在总体上予以改变,充其量不过是在音律和节奏上做文章。因此,我们既无法否认其悲剧意绪,也无法否认其喜剧气氛。这也是我们把《牡丹亭》作为情理怨谱来研究讨论的基本出发点。

汤显祖在《题词》中说："天下女子有情,宁有如杜丽娘者乎！……人世之事,非人世之可尽。自非通人,恒以理相格耳！第云理之所必无,安知情之所有邪！"作为以情反理的信奉者、实践者和传播者,《牡丹亭》作为影响最大的主情之作,汤显祖和《牡丹亭》影响了一代学人,尤其是开了"临川派"以情为重、辞华浓丽的风气。但我们也不得不指出,《牡丹亭》其实并没有摆脱理性精神和礼教束缚。后半部剧作没有丝毫越理违礼的地方,作者并没有能完满实现其以"情"代"理"的哲学宣言。乞灵于科考得第,皇上明断,这种旧套在前人戏曲中早已上演过千百遍。汤显祖虽然有些个性解放的创见,但在整体上还是改变不了封建的思想系统和专政系统,他只不过对其中某些特别戕杀人性、极其违背生机的地方予以了幻想的改良实践。《牡丹亭》丝毫没有偏离"发乎情止乎礼义"的由情趋理的轨道。他毕竟在官场上狼狈地退下了,也毕竟在《牡丹亭》的大胆构想中清醒了过来。哭过了,笑过了,又有了新的千愁万恨,我想这正是他结束全剧时沉重的思路。

　　以上以政治怨谱、爱情悲剧和情理怨谱三大部类,作为全明悲剧的三部交响曲进行了分类评析。我们认为这三部曲从内容到精神上看,都是明代悲剧的新兴创造,是比前代悲剧多出的新质。例如情理悲剧中的《浣纱记》,以离合情系兴亡感,这种心裁独出的手笔,肯定会给清代悲剧以多方启迪。而清代悲剧在广泛地吸收消融了前代悲剧的长处短处之后,也一定会在诸多方面呈现出新的特色来。

第十九章
汤显祖的伤心"四梦"

与元代剧坛上诸家并立、各有千秋的创作局面不同,明代剧坛总体上呈现出一峰独秀、群山环拱的气象。汤显祖作为明代成就最高、影响最大的剧作家,其"临川四梦"达到了同时代剧作所难于企及的艺术高峰。继往开来,使之与元代的关汉卿、王实甫、清代的洪昇、孔尚任等人交相辉映,共同呈现出中国戏剧史上的瑰丽景观。一些中外学者还将汤显祖与莎士比亚予以平行比较,认为这两位戏剧大师在16世纪与17世纪之交的东西方剧坛上,都作出了横跨世纪、超越时空的卓绝贡献[1]。

吴炳作《画中人》,其第十一出《得笺》下场诗云:"艳曲靡词总厌听,伤心只有《牡丹亭》。临川剧谱人人读,能读临川是小青。"其实何止《牡丹亭》是伤心之怨谱,其余三梦,也莫不警世伤心,令人沉吟。汤显祖自己也说过:"词家四种,里巷儿童之技,人知其乐,不知其悲!"(《答李乃始》)

---

[1] 日本曲学家青木正儿最早提出此说:"显祖之诞生,先于英国莎士比亚十四年,后莎氏之逝世一年而卒(莎翁1564—1616,显祖1550—1617)。东西曲坛伟人,同出其时,亦一奇也。"〔日〕青木正儿《中国近世戏曲史》,王古鲁译,商务印书馆1936年初版,第230页。中国学者中进行比较的更多。例如徐朔方在20世纪60年代初写成《汤显祖与莎士比亚》一文,发表在《社会科学战线》1978年第2期。陈瘦竹《在纪念汤显祖逝世三百六十六周年学术讨论会上的报告异曲同工》中说:"三百六十六年以前,世界文坛上两颗巨星先后殒落,一个是我国的汤显祖,一个是英国的莎士比亚。但是他们的作品到今天还放射出光芒。"《汤显祖纪念集》,江西省文学艺术研究所1983年版,第180页。1998年是国际戏剧大师汤显祖年。适逢汤显祖的代表作《牡丹亭》问世四百周年(1598—1998),全世界都在关注着牡丹亭内超越时空的生死之恋。继美国人推出的歌剧《牡丹亭》外,上海昆剧团还将五十五本的《牡丹亭》原剧全部搬上舞台,共演六个晚上。从当年下半年起,全本《牡丹亭》将在美国纽约艺术节、澳大利亚悉尼艺术节、法国巴黎艺术节和香港艺术节这四大国际艺术节上隆重献演。作为纽约艺术节的重头戏,美国朝野上下都对原汁原味的全本汤剧产生了浓厚的兴趣。作为国际戏剧大师和东方的莎士比亚,汤显祖和他的四大名剧在世界剧坛上必将产生越来越深远的影响。

第一节 生平行状与思路

一、坎坷仕途路漫漫

汤显祖(1550—1616),字义仍,号海若,别号若士,晚年自号茧翁,自署清远道人,江西临川人。

他的一生历经嘉靖、隆庆、万历三个时代,那正是朝廷比较腐败、社会比较动荡的明代中晚期。明世宗的声色之欲与丹术之涵,明神宗的酒色财气集四毒之全,都导致宦官的专权未息,内阁的党争又起。专权和党争的根本目的在于最大限度地渔利,处处占田夺产、种种苛捐杂税,倒霉的还是老百姓。内忧和外患是一对相互纽结的孪生兄弟,北有俺答部落的频频骚扰,南有倭寇的时时进犯,都给京畿地区和东南沿海数省的人民造成了深重的灾难。

出生在读书世家,汤显祖承袭了四代习文的家风①。他五岁能属对联句。十岁学古文词,对《文选》颇为喜爱。十四岁补为县学诸生,在县学里名列前茅。二十一岁时又以排名第八的成绩,中了江西第八名举人。此后几年,他先后印行了《红泉逸草》、《雍藻》(已佚)和《问棘邮草》等三部诗集,在省内初露头角。

这位江西才子开始向京城发展,但却在全国性的进士科考中屡考屡败,一再受挫。他先后于隆庆五年(1571)、万历二年(1574)和万历五年三次参加京城大考,但都名落孙山,失意而归。从二十二岁考到三十四岁,汤显祖才于万历十一年以不大靠前的排名中了进士。如此高才却在科考上如此坎坷,其中必有原委。传说当朝宰相张居正为了几个儿子顺利过关,曾先后两次让汤显祖陪考,并许愿让其高中鼎甲。但正直清白的汤显祖每次都断然拒绝,自谓"吾不敢从处女子失身也"(邹迪光《临川汤先生传》)。直到张居正病故后,汤显祖才得以跻身进士的行列②。此时,张四维和申时行两位内阁新相又令其子来拉拢他,汤显祖再度敬谢不敏,当然也就不能官居要津。等了一年后,汤显祖要求到南京去,作了个掌管礼乐祭祀的太常寺博士。

万历十九年(1591),官闲志不闲的汤显祖向皇帝上本,在著名的《论辅臣科臣疏》中直接抨击首辅申时行等朝廷大员,同时也间接批评了褒贬失当的皇上。这就引起了

---

① 汤显祖的曾祖名廷用,"旌表尚义子高公之子","生有隽才,为名诸生"。祖父名懋昭,读书过目成诵,少年时补弟子员,当地人称"词坛上将"、"博学处士"。汤显祖的父亲名尚贤,"为文高古,举行端方",珍藏了千余种杂剧剧本。修桥捐款,尚义行善。汤显祖的母亲吴氏是道学家吴允颜的女儿。见《文昌汤氏宗谱·卷首》,毛效同《汤显祖研究资料汇编》(上),上海古籍出版社1986年版,第119—125页。

② 关于汤显祖和张居正的关系,一些人强调两者之间的政治冲突。徐朔方则认为汤显祖因不肯结纳张居正而屡次落第是事实,但"汤显祖和张居正在革新政治方面不仅没有敌对关系,而且还有相当大的共同之处。他对张居正的反感实质上是他对封建专制主义的反感",从而否认两者之间有着直接的政治冲突。见《论汤显祖的思想发展和他的"四梦"》,《戏曲研究》第九辑。

神宗与申时行等人的极大愤怒,将汤显祖贬谪到遥远的广东徐闻县任小吏典史①。两年后,汤显祖才被调到偏僻贫穷的浙江遂昌担任知县。他在遂昌任上灭虎清盗、劝学兴教;每逢除夕、元宵,还令狱中人犯回家团圆或上街观灯,成为两浙县令中政声极佳的官员。

弹指之间,汤显祖在仕途上已经颠簸了十五年,任遂昌知县也满五年了。继任首辅王锡爵曾经被汤显祖上疏时抨击过,自然对他不甚喜欢,有意压下了荐举汤显祖的公文。长期屈沉下僚的汤显祖上感于官场的腐败、矿税的危害,下感于朝中有后台的地方恶霸之有恃无恐,还因为爱女、大弟和娇儿的先后夭亡,于万历二十六年(1598)毅然上京辞官,返回故乡。从此,中国少了个志不获展的清官,多了位第一流的文学家和戏剧大师。

二、徘徊于儒、道、释之间

归隐于临川玉茗堂中,汤显祖先后创作了《牡丹亭》(1598)、《南柯记》(1600)、《邯郸记》(1601),连同之前逐步写作的《紫钗记》在内,合称为"临川四梦"或者"玉茗堂四梦",并在剧作中完整地展示出其"至情"世界观。"至情"论主要是源于泰州学派,同时也渗透着佛道的因缘。

汤显祖的老师罗汝芳,是泰州学派代表人物王艮的三传弟子。他在任云南参政时因全力阐扬泰州学派的理论而被罢官。他在《近溪子集》等书中提出"制欲非体仁"的观点,肯定了人的多重欲求。汤显祖从老师身上直接体悟了泰州学派的一些主张,他曾自谓"一生疏脱,然幼得于明德(汝芳)师"(《答邹宾川》)。对汤显祖打开思路大有启发的人物,还有王学左派的后期代表人物、著名的反封建斗士李贽。李贽的诸多论说带有市民阶层强烈的个性解放色彩,对汤显祖产生了积极的影响。

与李贽并列为思想界"二大教主"的禅宗佛学家达观和尚,与汤显祖有着多年的神交。达观在其有生之年,一直在关注并劝化着汤显祖。当年中举后,汤显祖曾在南昌云峰寺题过两首禅诗;没想到时隔二十余年,达观在初见汤显祖之时,便能一字不差地背诵出来。汤显祖的"寸虚"之号,也是达观所赐。

业师罗汝芳、亦师亦友的达观和尚、素所服膺的李卓吾先生,在汤显祖思想与人格的形成过程中矗立起三座丰碑。他深情地回顾道:"如明德先生者,时在吾心眼中矣。见以可上人(达观)之雄,听以李百泉之杰,寻其吐属,如获美剑。"(《答管东溟》)他们

---

① 万历十九年(1591)三月和闰三月,被认为是不祥之兆的彗星两度出现。汤显祖在《论辅臣科臣疏》中分析了朝廷的弊端,希望皇上训督申时行等痛加省悔,以功补过,将杨文举、胡汝宁等贪官、昏官罢斥另选。见徐朔方笺校《汤显祖集》(二),中华书局1962年版,第1211—1214页。明神宗对汤显祖偌大的口气不能容忍,在给内阁的批示中说:汤显祖"以南部为散局,不遂己志,敢借国事攻击元辅。本当重究,姑从轻处了"。见《明实录》第359册。

对汤显祖确立以戏曲救世、用至情悟人的观念都影响至深。

仙风道骨的隐居传统、寻幽爱静的家庭祖训,也在一定程度上左右着汤显祖的人生选择。祖父四十岁后隐居于乡村,并劝慰孙儿弃科举而习道术;祖母亦对佛道经文诵读不倦。就连汤显祖的启蒙老师徐良傅,虽然身为理学名臣徐纪之子,并曾任武进县令,但因直言被罢官后也对蓬莱仙境景仰契念。罗汝芳师也深通神仙吐纳之旨。凡此种种,都潜移默化地影响着汤显祖的人生信念。他之所以没有偏执于仙佛一端,也与仙理佛旨的左右牵引所形成的相对平衡有关。徘徊出入在儒、释、道的堂庑之间,这使得汤显祖更加洞彻事理,更能从容构建自己的"至情"世界观,并在戏剧创作中予以淋漓尽致的演绎和张扬。

三、"至情"世界观人生

汤显祖的"至情论"大致表现在三个层面上。

从宏观上看,世界是有情世界,人生是有情人生。"世总为情"(《耳伯麻姑游诗序》),"人生而有情"(《宜黄县戏神清源师庙记》),"情"与生俱来并始终伴随着生命进程。而且"万物之情,各有其志"(《董解元西厢题词》),各有其秉性和追求。"思欢怒愁"等表像、感伤宣泄等管道,都是情感流程中的不同环节。

世间之事,非理所能尽释,但都一定伴随着情感的旋律。从程度上看,有情人生的最高境界是"至情",《牡丹亭》便是"至情"的演绎。汤显祖在该剧《题词》中说:"情不知所起,一往而深。生者可以死,死可以生。生而不可与死,死而不可复生者,皆非情之至也。"这种贯通于生死虚实之间、如影随形的"至情",呼唤着精神的自由与个性的解放。

从途径上看,最有效的"至情"感悟方式是借戏剧之道来表达。戏剧表演可以"生天生地生鬼生神,极人物之万途,攒古今之千变",使得观众在戏剧审美活动中无故而喜,无故而悲,将旁观者的冷漠与麻木不仁的状态调整过来,"无情者可使有情,无声者可使有声……人有此声,家有此道,疫疠不作,天下和平",人们最终在"至情"的照耀下,于戏剧的弦歌声中,把世界变成美好的人间。(《宜黄县戏神清源师庙记》)

汤显祖曾经尝试过以情施政,在县令任上创建其"至情"理想国。情之所至,除夕、元宵所放之囚犯按时归狱,无一逃逸。情之所感,当他辞官南下时,遂昌黎民代表在扬州苦苦挽留。汤显祖为百姓开办了相圃书院,百姓也为业已离任的好县令在书院中建立了供奉的生祠[①]。然而绝情无义的朝廷及其大小爪牙们的倒行逆施,最终使汤

[①] 汤显祖在遂昌的五年为实现其政治理想作出了积极努力。苏振元认为"在遂昌的五年,是汤显祖进步思想的一个重要时期","四梦"中后三部杰作的诞生,"是与他在遂昌时期的思想发展、创作实践和生活积累分不开的"。《汤显祖在浙江遂昌》,《杭州大学学报》1982年第2期。

显祖的政治"至情"理想国的美梦归于破碎。于是,他就借梨园小天地展现人生大舞台的瑰丽画面,在戏剧艺术中畅快恣意地演绎出无情、有情和至情的三大层面和多元境界。他甚至把戏剧的情感教化作用自由铺张、无限放大,最终把戏剧看成是一种可与儒、释、道并列的极为神圣的精神文化活动。他的《宜黄县戏神清源师庙记》虽然挟裹着夸饰、排比的修辞意味,但更多地是寄寓着其以"至情"为中心的社会理想,充满着丰富与热情的人文关怀精神。汤显祖再三强调人的情感需要,肯定人的审美欲求,这正是对程朱理学无视情感欲望的有力反拨,哪怕矫枉过正,却也淋漓畅快。总的看来,汤显祖的"至情"观念及其戏剧实践,是对统治阶级所设置的重重精神枷锁的挣脱与释放,是意识形态领域中十分可贵的自由精神之翱翔。

第二节　得意之处在《牡丹》

一、题材渊源疏浚

　　文学史上的杰作往往是站在前人搭建的云梯上得以升华的,汤显祖的《牡丹亭》也不例外。传统文学中类似《搜神记》中紫玉、韩重人鬼恋的故事原型难以胜计。据汤显祖自己说,该剧"传杜太守事者,仿佛晋武都守李仲文、广州守冯孝将儿女事,予稍为更而衍之"(《牡丹亭题词》)。但是《牡丹亭》的真正蓝本应该是《杜丽娘慕色还魂》话本①。

　　汤显祖以点石成金的圣手,将故事的认识意义与审美价值擢升到新的高度。话本原是两个太守、一双儿女门当户对、终偕连理的喜剧框架。汤剧则将男主人公的社会地位下移为穷秀才身分,就连科考的盘缠都要靠他人资助。话本中的双方父母承认儿女婚姻何等爽快,而剧中的杜大人要认可女婿则比登天还要困难。话本中正反两方面冲突的阵营十分单薄,剧本中则创造了腐儒陈最良、花神与判官等一应新的人物,从而使冲突的构建更为丰厚完整。话本要窘迫仓促地讲完一个言情故事,剧本则舒缓从容地演述出一个个如诗如画的抒情场面。

　　指出《牡丹亭》的渊源与蓝本,丝毫无损于汤显祖的光辉,反而更进一步体现出这位天才作家对民族民间文化遗产的尊重和发展。

---

① 李仲文事见于《太平广记》所引《法苑珠林》,叙李太守之亡女与某男结合事。冯孝将事出于《幽明录》,写冯太守之子说明女鬼复生,娶为妻室,生有二男。这两处出典当然有助于《牡丹亭》的构思,但都不是该剧的真正祖本。汤显祖在该剧《题词》中还提到过汉睢阳王收拷谈生故事,那也只不过是个别细节的相近而已。《牡丹亭》出于话本《杜丽娘慕色还魂》。明嘉靖进士晁瑮在《宝文堂书目》中著录为《杜丽娘记》,余公仁《燕居笔记》卷八题为《杜丽娘牡丹亭还魂记》,何大抡的《重刻增补燕居笔记》现存话本全文。总体而言,《牡丹亭》的主要人物与基本情节都与话本相近,有些语言诗句在移用过程中稍有更动。杜丽娘的自题小像诗:"近睹分别似俨然,远观自在若飞仙。他年得傍蟾宫客,不在梅边在柳边。"在汤剧中沿用不误。

二、人物性格冲突

《牡丹亭》不仅仅写了外在事件的矛盾纽结,更在于写活了人物形象,描摹出主要人物不断发展着的性格,并使得隐性而内在的戏剧冲突渐次升级①。

杜丽娘与小丫头春香、青年书生柳梦梅构成了全剧冲突的正方。

身为官宦人家的千金小姐,杜丽娘才貌端妍,聪慧过人。男、女《四书》能逐一记诵,摹卫夫人书法几可乱真。作为掌上明珠般的独生女,她对父母无比孝顺。作为女学生,她对老师也十分尊敬,一见面就提出要为师母绣双寿鞋。按理说,这样一位淑静温顺的娇小姐,完全可以无忧无虑地等着有朝一日做贵夫人。但杜丽娘除了她乖乖女的一面,还显示出她与大自然的天然向往以及对美与爱的强烈追求,还有其心细如丝的分析能力和独立识见,以及建立在独立识见基础之上的自由与反叛的精神。她的女红精巧过人,便在衣裙之上绣上了成双结对的美丽的花鸟。她对陈先生"依注解书"的授课方法深感不足,认为《诗经》中的《关雎》篇并不一定是歌咏后妃之德,而是对自由相亲的鸟儿、浪漫结对的君子与淑女的礼赞。因此一旦她面对菱花镜发现了自己无比娇艳的"三春好处",一旦她步入了充满着生机、流淌着春意、洋溢着热情与渴望的后花园中,她的惆怅无奈、她的委屈与痛苦便如江潮般在心头激荡。诗词乐府的深厚修养,春情秋恨的花季苦恼,对古来才子佳人先偷期密约、后成就佳偶的回味,都使得杜丽娘喟然长叹:

> 年已及笄,不得早成佳配,诚为虚度青春。光阴如过隙耳,(泪介)可惜妾身颜色如花,岂料命如一叶乎!

无可排遣的春情幽怨愈积愈多,决堤冲防,势所必然。她终于在昏然梦幻中,经由花神的引点,得到了书生柳梦梅的及时抚爱,品味到生理释放与精神解放的同步欢悦。那种怜玉惜香的爱惜与温存,那些半推半就的腼腆与主动,那般刻心铭骨的极乐体验与无限回味,都成为杜丽娘高于一切的情感财富。她那番"这般花花草草有人恋,生生死死随人愿,便酸酸楚楚无人怨"的感喟,正是对所谓恋爱自由、死而不怨的强烈呼唤。

由唯唯喏喏的乖乖女,发展到勇于决裂、敢于献身的深情女郎,这是杜丽娘性格的第一度发展。一度发展是如此的迅捷,升华得如此强烈,梦醒之后与现实的距离和反

---

① 关于《牡丹亭》的戏剧冲突,中国科学院文学研究所认为,贯穿全剧的冲突就是情理冲突,具体"表现为杜丽娘、柳梦梅和封建家长社会之间公开的和面对面的斗争"。《中国文学史》,人民文学出版社1979年版,第956页。董每戡认为《牡丹亭》没有安排矛盾双方"面对面的火爆斗争",杜丽娘看似没有受到什么人的压迫而致死,"却又明明觉得有一股巨大的阻力存在"。《五大名剧论》,人民文学出版社1984年版,第296—297页。

差又是如此之巨大,以致杜丽娘不得不付出燃尽生命全部能量的代价,病死于寻梦觅爱的徒然渴望之中。但杜丽娘的可贵之处不仅在于能为情而死,还表现死后面对阎罗王的据理力争,还表现在身为鬼魂而对情人柳梦梅一往情深、以身相慰,更表现在历尽艰阻、冒着风险,最终为情而复生,与柳梦梅在十分简陋的仪式下称意成婚,终成佳话。这就是杜丽娘性格的第二度发展与升华,所谓"一灵咬住",决不放松,"生生死死为情多"。

杜丽娘性格的第三度发展表现在对历经劫难、终得团圆之胜利成果的保护与捍卫。面对亲爹爹再三弹压状元夫君的淫威,回应老父亲在金銮殿上指着嫡亲女儿"愿吾皇向金阶一打,立见妖魔"的狠心,杜丽娘在朝堂之内时而情深一叙,时而慷慨陈词,把一部为情而死生的恋爱史讲得那般动人,就连皇上大人也不得不为之感动,甚至亲自主婚,"敕赐团圆"。这正是对生死之恋与浪漫婚姻的整体承认与辉煌礼赞,也是正方获胜的当朝凯歌。

小丫头春香是一位活泼可爱的人物,从某种意义言,春香正是杜丽娘性格中调皮、直率甚至相当活跃的秉性之外化。闹学的主角是她,而后台则是杜丽娘。尽管杜丽娘还是用"一日为师,终生为父"的格言去教训春香,但她本人又何尝不想与丫环一块去玩耍呢?发现后花园的是春香,而在后花园中演出一幕男欢女爱、惊神泣鬼的梦中喜剧的正是小姐本人。春香的导引与帮衬,使得杜丽娘更为内涵丰富、仪态万方。这一对少女珠联璧合般的联袂登场,与后来舞台本中花神圣母般的形象交相辉映,将女性美的群体阵容渲染得靓丽如画。

书生柳梦梅的性格基调是痴情、钟情与纯情。拾到美女像便想入非非,以图像叫唤出真身来,此谓之痴情;此前在梦中便与素昧平生的杜丽娘结合,此谓之钟情;旅居过程中又与女鬼结合,使之起死回生后又对她忠心不二,此谓之纯情。他与杜丽娘构成的男女声二重唱,在整个中国戏剧史上都是令人心醉、心悸乃至心折的经典曲目。此外,为杜丽娘的真情所感召,爽快的判官和富于理解力与同情心的皇帝都加入了正方的阵营,这就使得杜丽娘得以处变不惊、起死回生,终获胜利。

构成本剧内在冲突的反方阵营主要有南安太守杜宝和老塾师陈最良两人。杜宝主要代表顽固不化的封建统治阶级,陈最良则代表着陈腐迂阔的教育体系。他们都对杜丽娘惊世骇俗的举动不能理解,不肯承认。用杜宝的话说,是"古者男子三十而娶,女子二十而嫁",女儿小小年纪,知道什么七情六欲?用陈最良的话讲,他活了一辈子,从来不晓得伤什么春,动什么情。用封建社会的常理常规来阐释蓬勃发展、防不胜防的儿女情长,自然是难以理喻的。这些缺情寡感的封建家长们的反常生态与扭曲人格本身就十分可悲,他们又如何去理解杜丽娘那么丰富多彩的有情世界?

凭心而论,杜宝最初也不是一位坏父亲。尽管不许女儿闲眠的斥责过于严厉,但他要求女儿多多读书,并特为丽娘延师教化,也是为了女儿"他日到人家,知书达理,父母光辉"。要先生教女儿《诗经》也属十分正确的选择。但这位固执而呆板、严肃而方正的父亲,却从未真正关注女儿的身心发展和情感变化。只有当女儿游园得病后,杜太守才深感伤心,"半边儿是咱全家命"。但只要涉及官场事务,杜太守便立刻以国事为重,早把人命危浅、气息奄奄的女儿抛在了脑后,就连杜夫人也对太守的寡情而痛感"伤怀也"!尤其是当杜宝官极人臣后,他的人格愈加扭曲,心理愈加异化,不仅缺乏起码的家庭温情,而且显得绝情绝义。为了维护官场上的名誉,这位宰相级的平章大人也就决无可能去认什么柳梦梅作女婿,只恨没有能将柳生乱棍打死;当他得知女儿复生事后,不仅不亲自勘验,反而再三请人奏本诛妖,当朝请皇上着人擒打妖女。哪怕活生生的亲女儿再三痛陈原委,杜大人也决不为之所动。这道理很简单:他宁要一个贞节的亡女,也不认野合过的活的杜丽娘,说到底是以免妨碍了他在朝廷上的官位尊严。杜宝性格发展的过程,便是逐步受到官场异化的过程。汤显祖当然无意把杜宝写成坏人或恶人,但却时时提醒人们:怎样才算一个正常而健全的性情中人?王思任在《批点玉茗堂牡丹亭叙》中分析杜丽娘为"月可沉,天可瘦,泉台可暝,獠牙判发可狎而处,而梅柳二字,一灵咬住,必不肯使劫灰烧失";分析"杜安抚摇头山屹,强笑河清,一味做官,片言难入",这正是对女儿重深情而乃父重高官的精到点评。

三、浪漫主义风格

奇幻与现实的紧密结合,强烈的主观精神追求,浓郁的抒情场面,典雅绚丽的曲文铺排,都体现出《牡丹亭》较为典型的浪漫主义风格和多重艺术魅力。假使说屈原《离骚》中的美人香草是对现实生活的曲折影射,那么《牡丹亭》中的天上地下、虚实正奇则达到了一种从心所欲的境界,现实与奇幻在此汇聚并得到了难能可贵的统一。仅仅为了春情的驱驰,杜丽娘没有爱却可以得到爱,没有情人却可以生发出情人,虽然是春梦一场却又俨然如真,甚至为了追求梦中情人而一命归阴……正如汤显祖本人的《题词》所云:"梦中之情,何必非真?天下岂少梦中之人耶?必因荐枕而成亲,待挂冠而为密者,皆形骸之论也。"

尽管汤显祖可以使人物故事虚到极点,但常常又落脚到真切的实处。例如杜丽娘死而复生之初,柳梦梅便迫不及待地要与之交欢。在遭到小姐的婉拒后,柳生便以日前的云雨之情反唇相讥。于是杜丽娘便耐心解释说:"秀才,比前不同。前夕鬼也,今日人也。鬼可虚情,人须实礼。"她反复表白自己依旧是豆蔻含苞的处女身,魂梦之时的交合与兴奋,原于真身无碍。每当汤显祖笔下的人物在梦境魂乡时,那一种泼天也似的自由精神便无所不在、无所不为;一旦梦醒还阳,便"成人不自在",小姐必得遵循人间的礼法,受种种无奈的束缚。这种先虚后实、虚实结合乃至虚则虚之、实则实之的分离、移位、比照与还原,正好将理想与现状融会贯通起来,提醒人们去做现实中的浪漫主义者和理想中的现实主义者。

以一组重点抒情场次作为主人公强烈追求的载体,主观精神的外化,并在此基础上酿成绚丽曲文对剧情的总体浸润,促使戏剧冲突持续升级,这正是《牡丹亭》的神韵之所在。从《惊梦》、《寻梦》到《写真》、《闹殇》,这是杜丽娘的情感抒发得至为强烈、命运呈现得至为酸楚的重点抒情场次。《惊梦》是写对美和爱的发现与拥抱,《寻梦》是对爱与美的深刻回味与强烈追忆;《写真》是描摹美的容颜及传递爱的资讯,《闹殇》是写美的毁灭与爱的持续延伸。

最使人感慨系之的是《惊梦》这场戏,这是对自然、青春和阴阳媾合之美的深情礼赞,自始至终充满着庄严华妙的仪式感。为了这次赏春游园,,春香早已吩咐下去将花径扫除干净。甚至连莺莺燕燕等大自然的催花使者,春香都事先打过了"借春看"的招呼。为了这番对春光的礼拜,杜丽娘临行前又细细梳妆,悉心打扮,极尽千娇百媚之态、娇羞万种之容,"步香闺怎便把全身现"。这哪里是出门之前的一般梳妆,分明是新娘出嫁前的盛妆场面。带着剪不断、理还乱的春闷万种,踏着惜花怜己的青春脚步,杜丽娘一入花园便如痴如醉,顿生大梦初醒之感:

原来姹紫嫣红开遍,似这般都付与断井颓垣。良辰美景奈何天,赏心乐事谁家院!恁般景致,我老爷奶奶再不提起。朝飞暮卷,云霞翠轩;雨丝风片,烟波画船……锦屏人忒看的这韶光贱!

不仅仅是对春光之美无人识得的叹息,更重要的是对自身之美无从开掘的感喟。青春与美色的耽误,就是一种巨大的荒废和自戕性的打击! 韶光不再、年华不永,自怜自爱,自惜自苦,斯人独憔悴!

青天白日之间解决不了的困惑、幽怨和涌动着的春情,只能在梦中靠五彩的如意世界来体贴关怀。如是则有可人意的俊书生手持柳枝来拨云化雨,又有花神来保护现场,待其情得意满、享尽高峰体验后以一片落花惊醒香魂,将美妙幽香的仪式感渲染到极致。《惊梦》作为古典戏曲中最受人感佩、发人深思的儿女风情戏,整体浸润着浪漫主义的感伤之美、追求之美、情爱之美和理想之美。

典雅华丽、摇曳多姿的语言美,痴痴迷迷、恍恍惚惚的情态美,在《拾画》、《玩真》、《幽媾》、《冥誓》和《回生》等出戏中,也将柳梦梅的情感世界予以了充分发露。柳生拾画时的"春怀郁闷"之情,得画后便转型为将其焚香顶礼、书馆供奉的"一生为客恨情多",转化为终于有了交流物件的意外欢悦。《玩真》时关于美人图的再三玩味与身分考索,都流动着诗画的通感,文化的底蕴。似观音怎不上莲花座? 是嫦娥怎无祥云托?"似曾相识,向俺心头摸"。两相感动时,"春心只在眉间锁,春山翠拖,春烟淡和,相看四目谁轻可! 恁横波、来回顾影不住的眼儿睃"。一幅静止的肖像画,在柳梦梅眼中透露出无限柔情与跃动着的生机,"未曾开半点么荷,含笑处朱唇淡抹,韵情多。

如愁欲语,只少口气儿呵"。对画中人儿审美得如此精到细致、这般呼之欲出而且情意葱茏,放在文学史上都是不可多得的妙笔。相对静态的端详与揣摩,饶有风趣的声声叫画,都极为迅捷地推进了剧情的动态发展,缩短了情天恨海间的梅柳距离,体现出剧作家柔情万种的浪漫主义情怀。

《牡丹亭》又是一部兼悲剧、喜剧、趣剧和闹剧因素于一体的复合戏①。各种审美意趣调配成内在统一的有机体。全剧共五十五出,前二十八出大体属于以喜衬悲的悲剧,后二十七出属于以悲衬喜的喜剧,所以王思任在批叙中说:"其款置数人,笑者真笑,笑即有声;啼者真啼,啼则有泪;叹者真叹,叹则有气。"仅仅为了争取爱的权利,便不得不付出生命的代价,这既是杜丽娘本人的青春悲剧,也是家庭与社会的悲剧,《诀谒》、《闹殇》、《魂游》等出戏,都极其深重悲凉,凄伤宛转。而《闺塾》等出戏则极富喜剧色彩。天真活泼而又调皮的春香,与老成持重却时带迂腐的陈先生,都在犯规与学规之间彼此较量,呈现出好玩有趣而且反差甚大的喜剧效果。石道姑等人的设置,更带有闹剧、趣剧的味道。柳梦梅中状元后遭受误会、防范和拷打,都闹腾得相当过分,但其中的悲剧意味也着实令人伤感:原来做官是要以六亲不认、牺牲情感作为起码代价的! 这种悲喜交融、彼此映衬的戏曲风格,正是有中国戏曲特色的浪漫主义精神的具体呈现。

四、文化警示意义

诞生于 16 世纪末的《牡丹亭》,有其特殊的文化警示意义。

一是以情反理,反对处于正统地位的程朱理学,肯定和提倡自由权利和情感价值,褒扬和表彰像杜丽娘这样超越于时空形骸之外的有情之人,从而在理论上廓清正统理学的迷雾,在受压迫最深的女性胸间吹拂起阵阵和煦清新的春风。身处明代社会中的广大女性,确实有如生活在水深火热的监牢之中。一方面是上层社会的寻欢作乐、纵欲无度。畅春药、房中术在王公贵族中大行其道;就连"宦寺宣淫"(《万历野获编》),亦属司空见惯。另一方面是统治阶级对老百姓尤其是女性的高度防范与充分禁锢。用程朱理学来遏止人欲毕竟过于抽象,那么用太后、皇妃的《女鉴》、《内则》和《女训》来教化妇女更为具体。当然最为直接、生动、具备强烈示范意义的举措是树立贞节牌坊。明代的贞节牌坊立得最多,而每一座牌坊下所镇压着的,都是一个个贞节女性的斑斑血泪、绵绵长恨和痛苦不堪的灵魂。《明史·列女传》实收三百零八人,统计全国烈女至少有万人以上。一出《牡丹亭》,温暖了多少女性的心房! 封建卫道士们痛感

---

① 学术界关于《牡丹亭》有悲剧、喜剧、悲喜剧三类提法。比如郑振铎称《牡丹亭》是"一部离奇的喜剧"。《插图本中国文学史》,作家出版社 1957 年版,第 861 页。赵景深认为"《牡丹亭》是悲剧"。见《江苏戏剧》1981 年第 1 期。叶长海认为《牡丹亭》是一个"悲剧和喜剧糅和在一起"的"悲喜剧"。见《中国古代悲剧喜剧论集》,上海文艺出版社 1983 年版,第 103—112 页。

"此词一出,使天下多少闺女失节","其间点染风流,惟恐一女子不消魂,一方人不失节"(黄正元《欲海慈航》),这正是慑于《牡丹亭》意欲解救天下弱女子之强烈震撼力的嘤嘤哀鸣。

二是以个性解放、突破禁欲主义束缚的情感实践,用来肯定青春的美好、爱情的崇高、两性会聚的极致欢悦以及生死相随的无限美满。千金小姐杜丽娘尚且能突破自身腼腆的心理防线,逾越家庭与社会的层层障碍,勇敢迈过贞节关、鬼门关和朝廷之上的金门槛,这是对许多正在情关面前止步甚至后缩的女性们的深刻启示与巨大鼓舞,是震聋发聩的闪电惊雷。杜丽娘的处境原是那般艰难,拘管得那么严密,她连刺绣之余倦眠片刻,都要受到严父的呵责,并连带埋怨其"娘亲失教"。请教师讲书,原也是为了从儒教经典方面进一步拘束女儿的身心,可怜杜丽娘长到如花岁月,竟连家中偌大的一座后花园都未曾去过;这华堂玉室,也恰如监牢般行动不便……所以禁锢极深的杜丽娘反抗也极烈,做梦、做鬼与做人都要体现出"至情"无限,都要再三体验那"美满幽香不可言"的强烈性爱境界。

《牡丹亭》的文化警示意义之三,在于其对日益增长的新的经济因素、日益壮大的市民阶层群体、日益高涨的个性解放呼声的及时相和与彼此策应。汤显祖所师事的泰州学派、所服膺的李贽学说乃至达观的救世言行,都是市民社会充分发展之中的必然产物。只有打碎封建思想枷锁,资本主义的萌芽才能蓬勃发育。汤显祖当然没有像李贽、达观那样去硬拼,但他也在红氍毹上,开辟了思想解放、个性张扬、情感抒发的新战场,上演了看似软玉温香、实则令人感奋的大场面。

作为影响极大的主情之作,《牡丹亭》表现出激情驰骋、辞采华丽的浪漫主义剧风。但也必须看到,《牡丹亭》其实还是在"发乎情,止乎礼仪"的传统轨道上持续滑行。后半部戏大多是遵理复礼的篇章,作者并没有彻底实现其以情代理的哲学宣言。他的个性解放思路尚未从根本上脱离封建专政系统和思想系统,他只是对其中某些特别戕杀人性、极其违背常情的地方进行了理想化的艺术处理。乞灵于科考得第、尤其是靠君王明断,这与17世纪欧洲的古典主义戏剧也有某些相似之处。尽管如此,汤显祖还是封建时代中勇于冲破黑暗、打破牢笼,向往烂漫春光和至情世界的伟大的民主主义斗士,《牡丹亭》也成为古代爱情戏中继《西厢记》以来影响最大、艺术成就最高的一部杰作,杜丽娘已经成为人们心中青春与美艳的化身,至情与纯情的偶像。

第三节 "临川四梦"感阴阳

一、《紫钗记》溯源

汤显祖创作的第一本完整的传奇是《紫钗记》。但严格来讲,他的处女作应该是

《紫箫记》。但是《紫箫记》只写到第三十四出就中辍了①。八年之后,汤显祖在南京太常寺博士任上将《紫箫记》删削润色,易名为《紫钗记》,于万历十五年(1587)将全剧初稿写成②。该剧主要以唐传奇《霍小玉传》为本事,也借鉴了《大宋宣和遗事》中的部分情节。演述唐代诗人李益在长安流寓之时,于元宵夜拾得霍小玉所遗紫玉钗,还钗时遂以钗为聘礼,托媒求婚。婚后,李益赴洛阳考中状元,从军立功。卢太尉再三要将李益招为娇婿,反复笼络并软禁李益,还派人到霍小玉处讹传李益已被卢府招赘。小玉相思成疾,耗尽家财,无奈中典卖紫玉钗,却又为卢太尉所购得。太尉以钗为凭,声言小玉已然改嫁。豪杰之士黄衫客路见不平,将李益挟持到染病已久的小玉处,夫妻遂得重圆。

《紫钗记》着重塑造了霍小玉和黄衫客两位令人敬重的人物形象。正如汤显祖在本剧《题词》中所云:"霍小玉能作有情痴,黄衫客能作无名豪。余人微各有致。第如李生者,何足道哉!"

霍小玉出身低微,其母本为霍王麾下一名歌姬。但当她一旦与李益相遇,便为才所动、为情所耽、为甜蜜婚姻所陶醉,她便把全部生存价值和生命理想都拴系在爱情这叶小舟之上。自感卑贱的她在幸福之余,仍不忘为对方着想。先是从时间上看,哪怕李益只爱她八年,她亦心满意足,无限欢悦地愿以二十六岁之身去披发为尼,安详地度过漫长的余生;次是从地位上看,即使李郎另娶了正妻,她小玉做偏房小妾亦心甘情愿,在所不辞。而当这两桩建立在最低限度的愿望看来都难于实现时,她只能将无限绝望地将卖掉紫玉钗所得的百万金钱抛撒于苍茫大地!为了一个虽不算负心、却也十分软弱的郎君,霍小玉陪着小心、受着委曲、降低名分,都只是要连缀一段情、再续一份缘。如此忠贞不二、痴情到底的女子,在封建社会的底层之中显得多么善良、纯情、无私而伟大。她抛撒的哪里是一片钱雨,分明是揉碎了的寸寸肝肠。黄衫客的豪侠仗义行为既玉成了情人的团圆,又对破坏李、霍婚姻的卢太尉的丑恶行径予以了警示。汤显祖通过一位幻想中的壮士既表达了对现实的失望,又殷切呼唤着社会的良知。

卢太尉在本剧中是位十分可恶的角色,他忌才又爱才,试图通过拉拢新状元的途径去实现家族的政治大联姻,使"卢杞丞相是我家兄,卢中贵公公是我舍弟。一门贵

---

① 《紫箫记》中断写作的原因之一,据汤显祖《紫钗记题词》云:新剧未成,"而是非蜂起,讹言四方",恐有影射时事之嫌。原因之二是好友帅机批评"此案头之书,非台上之曲也",不具备上演的可能。徐朔方《汤显祖年谱》专列"《紫箫记》未成与政治纠纷无关"一节。中华书局1958年版,第228页。针对近些年来邓长风等人认定《紫箫记》未成与政治纠纷有关,见《浙江学刊》1986年1—2期;该剧对张居正有所讥刺的说法,徐朔方写有《再论〈紫箫记〉未成与政治无关》,见《浙江学刊》1986年第4期。

② 《紫钗记》的完成时间,夏写时认为南京删润本并非定本,而是"在遂昌再度改写《紫钗记》并于万历二十三年(1595)完成"。"《紫钗记》虽是'四梦'中艺术成就稍次之作,却是一个认识汤显祖、探究汤显祖曲意的关键性作品。"见《汤显祖〈紫钗记〉成年考》,《学术月刊》1984年第1期。

盛,霸掌朝纲"的局面不断延续下去。为此他不惜使用一切诈骗、虚报等下作的手法,长时期抓住李益"不上望京楼"的政治把柄来加以挟制。这哪里是一位太尉,分明是一位货真价实的政治大流氓。

从结构上看,《紫钗记》仍然有散漫拖延的倾向,像《折柳阳关》、《冻卖珠钗》和《怨撒金钱》之类较为抒情的场面,还显得太少而缺乏规模。唱词与说白没有完全摆脱骈俪辞章的痕迹,本色晓畅的戏曲味道还不够醇厚。

二、《南柯记》佛缘

《南柯记》共四十四出,取材于唐传奇《南柯太守传》。该剧叙淳于棼酒醉于古槐树旁,梦入蚂蚁族所建的大槐安国,成为当朝驸马。其妻瑶芳公主于父王面前为淳于棼求得官职,因此他由南柯太守任上又升为大学士等职。只为檀萝国派兵欲抢正在休养的瑶芳公主,淳于棼统兵解围,救出夫人。夫人因惊变致病而亡,淳于棼则被召还朝,从此在京中淫逸腐化,为右相所嫉妒,皇上所防范,最终以"非俺族类,其心必异"为由遣送回人世。淳于棼在梦醒之余,仍然思念瑶芳,在契玄禅师处见群蚁得以超生升天;本要与升天的瑶芳妻再续情缘,却被禅师斩断情丝,令淳于棼痴迷梦醒,立地成佛。

此剧既叙官场倾轧、君心难测,亦状情痴转空,佛法有缘。淳于棼作为一位外来客之所以高官任做,完全是凭借夫人的裙带关系。右相段功是一个嫉妒心浓、阴谋意深的官僚,是他一步步借国王之手钳制淳于棼,最终在公主死后将这位驸马爷轰出本国。"太行之路能摧车,若比君心是坦途;黄河之水能覆舟,若比君心是安流"的深深感叹,使人联想到汤显祖本人的从政经历,以及他主动挂冠归去的官场彻悟。

《南柯记》的收束部分尤为感人。当淳于棼被逐出大槐安国时,梦虽醒,酒尚温。仔细辨认之后,他明知自己是在蚁穴里结下了情缘、获得过官运,但还是舍不得亡妻,还是要禅师将亡妻及其国人普度升天。若非老禅师斩断情缘,淳于棼还要到公主身边留连下去。由此可见美在梦中,睡比醒好,现实世界同幻象世界相比是那么的乏味寡趣。清初孔尚任写《桃花扇》,结局时张瑶星大师斩断侯朝宗和李香君的情缘,正是从汤剧中受到的启发。[①]

[①] 对于汤显祖的《南柯梦》,学术评论界历来不大看重。一般认为,它是部"表现人生如梦的戏曲"(游国恩等《中国文学史》第四册,第81页),通篇都是"为佛教说法"(石凌鹤《试论汤显祖和其剧作》,《江西日报》1957年11月12日),因而是汤显祖"失败的作品"。吴凤雏认为这些说法都从表象作简单武断的推论,不免失之偏颇,"其实,《南柯梦》是一部思想内容十分丰富、进步倾向十分明显的不朽之作"。见《〈南柯梦〉的思想倾向》,《汤显祖研究论文集》,中国戏剧出版社1984年版,第312页。

三、《邯郸记》因缘

"临川四梦"中,艺术成就仅次于《牡丹亭》的剧作是《邯郸记》[①]。全剧只有三十折,但却简洁畅快、淋漓尽致地描摹出浊浪排空的官场群丑图。此剧本事源于唐沈既济的传奇《枕中记》。《南柯记》与《邯郸记》都是以外结构套内结构的方式展开剧情,但《邯郸记》的两套结构要精巧得多,不像前者有汗漫拖沓之感。

此剧的外结构演述神仙吕洞宾来到邯郸县赵州酒店,听久困田间的卢生述志。卢生对贫愁潦倒的生活满腹牢骚,声言:"大丈夫当建功树名,出将入相,列鼎而食,选声而听,使宗族茂盛而家用肥饶,然后可以言得意也。"吕洞宾即刻便赠一玉枕,让卢生在梦中占尽风光得意、享尽富贵荣华,同时也受尽风波险阻,终因纵欲过度而亡。一梦醒来,店小二为他煮的黄粱饭尚未熟透。在神仙点破后,卢生幡然醒悟,抛却红尘,随吕洞宾游仙而去。以一个游戏性质的外部结构框架,将全剧的主体内容整个包裹起来,使得卢生轰轰烈烈的功业及其所处社会政治环境,都成为有迹可寻但却是毫无价值、全无意义的虚妄世界。这实则是对明代官场社会的深刻鞭挞和总体否定。

《邯郸记》的内结构演述剧情主体,也即卢生从发迹、发达到立功立业,遭谗、遭贬以及大富大贵、大寂大灭的官场沉浮史。以卢生作为中心贯穿人物,全剧描摹了官场之上无好人的整幅朝廷群丑图。

崔氏是卢生的政治后台。卢生的发迹与发达,都离不开"铁女人"崔氏。凭借妻房崔氏四门贵戚的裙带关系,再靠着"家兄"金钱的开路,卢生果然广施贿赂、平步青云,被钦点为头名状元。崔氏为此投资之大,下本之巨,实在是气派闳伟:"奴家所有金钱,尽你前途贿赂!"

当政敌宇文融陷害卢生时,是崔氏夺下了夫君意欲自刎的刀,又牵儿带子到皇帝门外呼冤,使卢生得以免于斩首。当崔氏作为囚妇被入官为奴后,她又在织锦上绣出表白丈夫冤情的回文诗,终于上达天听,使得皇上改正了卢生的冤假错案,全家满门得以重新飞黄腾达、荣华富贵。这崔氏哪里像位弱女子,分明是一位不屈不挠、审时度势、老谋深算的资深政治家。崔氏的唯一失算处是没想到皇帝赐二十四名歌女给老卢,以致把老卢身子淘洗一空,所以她感到万分恼火,"要那二十四个丫头偿命"!

从崔氏这里,集中体现出封建社会的婚姻行为实则是一种政治联盟;崔氏强"娶"

[①] 《邯郸记》在"四梦"中排名第二,大家都能认可。例如徐朔方称《邯郸记》简练纯净,"它的成就仅次于《牡丹亭》"。《中国大百科全书·戏曲曲艺》册,中国大百科全书出版社1983年版,第386页。黄文锡、吴凤雏盛赞:"《邯郸记》尽管也保留了有关神仙道化的构思,并生发出人生如梦的感慨,但就其主要内容来看,却充满了战斗的精神……举凡对当时社会之黑暗,官场之腐败,权贵之骄横,士林之媚谄,都作了尖锐深刻的揭露。其锋芒所指,上至皇帝权臣,旁及科场、制诰、封荫等各种典制,纷纭复杂,无所不及,正无异于一部明代中晚期的《官场现形记》,一部反映封建末世人情风物的百科全书,一篇讨伐万恶的封建社会的战斗檄文。"《汤显祖传》,中国戏剧出版社1986年版,第165页。

卢生,实则是为政治投资掳得一笔新的赌注。至于封建社会的重要支柱科举制度,则是一种从上到下的受贿制度或曰腐败根源。婚姻的温情脉脉,科举的文才彬彬,学问的神圣兮兮,仅在一位女子的操纵下就被剥下了虚伪的衣妆,露出了私利追逐和金钱占有的黑暗本相。

卢生既是封建官场丑恶世象的见证人,同时也是积极参与者。早在全剧外框架引出时,他就表白了出将入相的强烈政治欲望。崔氏的怂恿进一步煽动起他做官的欲望,"尽把所赠金资引动朝贵,则小生之文字字珠玉矣",接着便厚颜无耻地拿钱通路,买了一个头名状元。这卢生一入朝门便徇情枉法,假做诰命,蒙蔽圣旨,为自己老婆封诰。由此可见他在崔氏栽培之下,已经深谙瞒天过海之道,善行夫荣妻荣之术。一旦崔氏把卢生推到了厚颜无耻、做官弄权的恶性轨道,紧接着在开河、争战时期,卢生便能自己高速运转起来。他不乏小聪明,也会使阴谋诡计,所以能用放火烧山、盐蒸醋煮的荒唐之举开了条荒唐的河;又将"悉逻谋反"字样镂在千片树叶之上,使得番王误以为天意示警而杀了得力的大将,卢生之部便大获全胜。但他更大的本事,还在于会拍皇帝的马屁。开河是为了让皇帝顺流而下游览胜景,征战是为了让皇帝醉生梦死、乐以忘忧。卢生曾不嫌麻烦,亲自挑选了近千名女子,强令她们为御舟摇橹,借以取悦皇帝。征战得胜,他在天山勒石纪功,貌似展示国威,实则是想借此扬名,使得千秋万代后都知道他卢生的丰功伟绩。

得志便猖狂,欢乐乃纵欲,这是卢生及官僚社会中上行下效、腐朽堕落的本性。皇上送他二十四房美女,卢生先是道貌岸然地讲:御赐美女不可近。当崔氏要奏本送还众女时,卢却慌忙说道:"却之不恭!"如此受用的结果只能是使精力透支,早赴阴曹。难得他老人家在纵欲而亡之前犹死不咽气,原来是在五子十孙都安排妥帖后,还有一位偏房"孽生之子卢倚"尚待荫袭封位;更担心国史上不能全面记载其毕生功绩……得意忘形、恣意享乐、追名逐利与家族利益,成为他毕生紧抓不放的最高原则。

卢生是一位品格低下的知识分子,他以卑鄙作为通行证在官场上平步青云,以狂放作为文人遗风在政客中独树一帜,以贪得无厌的利益占有作为大地主的典型心态,从而在官场黑幕中具备一定的代表性。

《邯郸记》中的其他官僚也多面目可憎。宇文融丞相因为卢状元唯独忘了送钱物给他,拒绝融入他的关系网络,所以他才时时播弄并陷害卢生。"性喜奸谗"是其表相,顺我者昌、逆我者亡,不断扩充势力范围是其本性。汤显祖写足了宇文相之奸险毒辣,这是对明代宰相们从总体上感到失望的曲折宣泄。就连看似老实的大臣萧嵩,明知宇文相是陷害卢状元,却慑于其淫威,在奏本上也签上自己的名字。但他用自己的表字"一忠"签名之后,又偷偷在"一"字下加上两点,成为草书的"不忠"签名。这样做的结果,既参与伙同陷害卢状元的事件,又能在以后皇帝为卢生昭雪平反时开脱自家罪责。萧嵩此举并不仅是明哲保身,而且是以高明的权术害人。他缺乏起码的正直人格,属于官场上为数最多的不倒翁。无论是卢败还是宇文亡,他萧嵩总能面面俱到地参与其事,置自身于不倒之地位,这正是中国封建社会官员所追求向往的做官境界。

即便是写皇帝唐玄宗,《邯郸记》的不敬之处亦随时可见。明皇只体现出糊涂和好色两大本性,所以糊里糊涂地取了金钱铺路的卢状元,又糊里糊涂地在卢状元为夫人请封诰的档上签字,还糊里糊涂地用一群美女耗空了卢状元的老命。他只对为之摇橹的一千美女产生浓厚的兴趣,表现出淫猥的天子气象。作为一位曾为王臣的大明子民,汤显祖至少对最高统治者不大恭敬,不仅鞭挞奸官,而且讥弄皇上,虽说这皇上是大唐天子,终不免影射当朝之嫌。这正是汤显祖挂冠归去后的冲天勇气和战斗精神的体现。从正德皇帝到万历皇帝这祖孙四代,一方面劳民伤财、吮尽民脂民膏,另一方面巡幸天下、游龙戏凤,其风流与罪恶的故事蔚为系列。《邯郸记》何止于痴人说梦,分明是直逼现实!

本剧中真正可爱的人物,是那些寥寥数笔却可钦可敬的下层人民。为卢生开河而拼死拼活的民工群像,挺身而出、解救上吊驿丞的犯妇,精通番语、为卢生反间计奠定成败基础的小士卒,以及为掩护卢生而葬身虎口的小仆童,鬼门关上搭救并扶助卢生的樵夫舟子……正是这些最不起眼的平头百姓构成了《邯郸记》艺术天地中的点点亮色,使得整个腐朽黑暗的上层社会不致于一下子颓然崩塌、整体陆沉。人民大众才真正是美与善的化身,社会与历史的支柱。

四、"四梦"之比较

神游遍"临川四梦"之后,我们来作一些大致比较。

从题材内容上看,由《紫钗记》和《牡丹亭》构成的前一组戏属于儿女风情戏,由《南柯记》和《邯郸记》联袂的后一组戏属于官场现形戏或曰政治问题戏。儿女风情戏主要以单向型或双向型的爱情中人为描摹对象,例如霍小玉对李益十分强烈的单向恋爱,或者杜丽娘与柳梦梅的奇幻而又统一的双向恋爱。在风情戏中,女性是占主体地位和绝对地位的,男子则处于从属和相对的地位。这是因为在封建社会中,女性的社会地位比较卑微,所受禁锢更为严密。比方霍小玉因为是已故霍王的庶出之女,所以才有八年之爱或宁愿为妾的降格以求。而杜丽娘虽说是在任太守的千金女,但她所处的位置委实像锁在铁笼中的金丝鸟一般。《西厢记》中的崔莺莺尚有弟弟欢郎,尚能出入佛殿、参加法事,面对全寺僧众进行婚姻"招标",酒席之上与张生直接交流……而杜丽娘则完全不可能享有崔莺莺式的那么多自由空间。她在少女时代只能见到严父和迂师这两个男人,她从未有过闺房之外、花园行走的起码权利。在这种严酷、封闭的恶劣环境中,她的全部青春能量和性心理积累只能通过梦境中的幻想来予以释放和平衡。为了珍重和再次寻觅这一美好梦境,她只能付出生命的代价。但在政治戏中,男子则占有主要和绝对的位置。尽管淳于棼和卢生都是扯着老婆的裙带往上爬的,但裙带也只不过是男性中心世界的引线而已,政治社会中主要由男人的堕落与腐败来要构成重度污染。

从审美倾向上看,风情戏的主要基点是对人物发自内心的肯定,充满热情的赞颂。对霍小玉爱郎、盼郎乃至恨郎的过程推进,都更为树立起这一痴情女的正面形象与可贵风采。"徼痛黄泉,皆君所致,李君李君,今当永诀矣!"爱恋仍然重于怨憝,肯定远远大于否定。杜丽娘与柳梦梅的生死恋,有若金童玉女的般配,更堪称青春的偶像、美好的范本和挚爱的化身。而政治剧的基点在于对主要人物及其所处环境的整体否定。《邯郸记》中自上而下,凡属权贵者无一不贪婪,凡发迹者无一不腐败,所以政治剧始终以揭露、针砭和批判作为审丑手段。

风情剧中的儿女情往往是真善爱的物件,政治剧中的官僚行径无一不是假恶丑的典型。前者寄寓着作者对人生、时代与社会的肯定与期望,后者反映出诗人对生存环境无可救药的痛心疾首。

从哲学主张上看,汤显祖的风情戏时刻高举真情、至情的旗帜,而政治剧中则反映出矫情、无情的可憎可恶。生死为至情,难得如丽娘,那是多么执着、专一而真挚的爱情追索与人格升华。而《邯郸记》中的卢生得到御赐美女后,故作姿态,道出了多少矫情、违心的虚伪之论?至若宇文融"无毒不丈夫"的言行一致,更是典型的无情之举。该剧《备苦》出有云:"谁知虎狼外,更有狠心人。"正是此辈之写照。

从权威建树和理想皈依上看,风情戏不仅在主要人物身上体现出充沛的理想,而且这种理想和最后权威的裁决是一致的。霍、李的团圆最后还是借助圣旨的权威才得以成就,杜丽娘亦是让皇上充当了证婚人的角色。这说明汤显祖对最高统治者还抱有一定幻想。政治剧中的官僚社会整体腐败不洁,汤显祖便在很大程度上把仙佛两家的出世理想与终级权威联系了起来。然而封建王朝和仙家佛国都没能让汤显祖真正心折。他早就看出了时代的衰微感和仙佛的虚幻感。汤显祖曾向朋友表达过其痛苦莫名、出路难知、悲哀难告的心曲:"词家四种("临川四梦"),里巷儿童之技。人知其乐,不知其悲!"

从曲词风格上看,汤显祖的风情戏妙在艳丽多姿,政治戏则不乏沉雄深刻。曹雪芹在《红楼梦》第二十三回中称赞汤剧中的风情戏极品为"《牡丹亭》艳曲警芳心",引得林黛玉"心动神摇"、"益发如痴如醉,站立不住"。政治戏《邯郸记》则与此不同,雄浑悲壮、粗犷古朴的语感亦随处可见。如《西谍》中的"词陇逼西番,为兵戈大将伤残。争些儿,撞破了玉门关。君王西顾切,起关东挂印登坛,长剑倚天山",这般壮阔境界与《牡丹亭》中的缠绵婉转大异其趣。《合仙》中的神仙所唱【浪淘沙】六曲,其苍凉彻悟之感深度弥漫,是为偈语之中上品。

将"四梦"作比较,各有千秋;合"四梦"而总论,彪炳千古。但"四梦"之翘楚,还是汤显祖自己的评价较准确：一生四梦，得意处唯在《牡丹》。①

第四节　汤剧意蕴万口传

一、玉茗堂派剧作群

以《牡丹亭》为代表的"临川四梦"相继问世后，受到了各方面的关注与重视，产生了广泛而深远的影响。沈德符《万历野获编》宣称："汤义仍《牡丹亭》一出，家传户诵，几令《西厢》减价。"陈石麟在《玉茗堂全集序》中说："惟'四梦记'，真堪压倒王（实甫）、董（解元），轹轹关（汉卿）、马（致远）"。这些提法的实质当然不一定是抑彼扬此，而是十分强调地把汤显祖及其作品划入了早有定评的最佳剧作家及其杰作的行列。

一大批剧作家受到汤显祖最为直接的影响。他们从剧本的立意构思到曲词的风格融铸，都刻意摹仿汤显祖的剧作。戏曲史上称之为"玉茗堂派"或者"临川派"。当然，这种摹仿需要精神上的高度契合，品格上的超凡入圣。这批剧作家中的知名者有吴炳、孟称舜、洪昇和张坚等人。

吴炳的《粲花别墅五种》，被梁廷枏《曲话》定位为"置之《还魂记》中，几无复可辨"，这当然是带有明显褒奖色彩的评价。孟称舜的情爱戏也写得深情婉转。洪昇的《长生殿例言》说："棠村相国尝称予是剧乃一部闹热《牡丹亭》，世以为知言。予自惟文采不逮临川，而恪守韵调，罔敢稍有逾越。"可见《长生殿》受汤显祖影响之深，不仅在词采，更在于全剧的情旨追求。就连孔尚任的《桃花扇》亦处处可见汤显祖渊源。宋荦《题桃花扇传奇》誉之为"新词不让《长生殿》，幽韵全分玉茗堂。"《品花宝鉴》亦借人物华公子之口，称赞其中的《访翠》和《眠香》两出戏"这曲文实在好，可以追步《玉茗堂四梦》，真才子之笔"。

张坚的《玉燕堂四种》受汤显祖启示尤多。他在《梦中缘》自叙中极力歌颂"梦之所结，情之所钟也"，从自己神游幻境的美梦发展到剧作中情缘深深的奇梦。邹升恒

---

① 王骥德更看重"临川四梦"中的后面"二梦"，称"临川汤奉常之曲，当置'法'字无论，尽是案头异书。所作五传，《紫箫》、《钗》第修藻艳，语多琐屑，不成篇章；《还魂》妙处种种，奇葩动人，然无奈腐木败草，时时缠绕笔端；至《南柯》、《邯郸》二记，则渐削芜纇，俛就矩度，布格既新，遣词复俊，其掇拾本色，参错丽语，境往神来，巧凑妙合，又视无人别一 蹊径，技出天纵，匪由人造。使其约束和鸾，稍闲声律，汰其剩字累语，规之全瑜，可令前无作者，后鲜来喆，二百年来，一人而已"。见《曲律》，《中国古典戏曲论著集成》（四），第165页。今人何苏仲在《应当重新评价〈南柯梦〉与〈邯郸梦〉》中说："就思想性而言，《南柯梦》和《邯郸梦》尤胜"。见《汤显祖传》，中国戏剧出版社1986年版，第375页。郁华、萍生首次专门以《邯郸梦》为尚，"《邯郸梦》决不是《牡丹亭》的次篇，而是《牡丹亭》的继续和发展。无论在思想性和艺术上的成就，较之《牡丹亭》它都毫不逊色，甚至有过之而无不及。如果说《牡丹亭》充满了对封建礼教的反抗，那还只是对封建小家族带有怨而不怒的反抗的话，那么《邯郸梦》则是针对封建专制王朝，针对整个封建大家族而发的愤怒的讥嘲的批判"。此说值得珍视。见《〈邯郸梦〉新探》，《汤显祖研究论文集》，中国戏剧出版社1984年版，第344页。

在该剧题词中说:"知音何在?玉茗堂前,刚一派色色空空,勘破尘缘一梦中。"将张坚的创作情结与汤显祖的创作精神紧密地联系在一起。至于阮大铖的《石巢四种》,尽管在情节构建和语言风格上与汤剧有相似之处,但人们一般不把这位人品、剧品俱低的作家看成是汤显祖精神的传承者。

除了吴、孟、洪、张等常被归纳"玉茗堂派"中的作家,《风流院》的作者朱京藩也值得一提。他把汤显祖本人写进戏中作为风流院主,把读《牡丹亭》伤心而死的冯小青魂灵安置在风流院,再由书生拾得小青题诗,因情缘相投也魂归此间。在汤显祖等人的扶助下,小青乃与书生还阳成婚。此剧的明刊本眉批认为,由《牡丹亭》到《风流院》,后者是发展而决非简单拟作。

二、汤剧传播与演出

应该说汤显祖的同时代剧作家和后代剧人,都在不同程度和不同方面上受到其深刻启迪和多维影响。就连"吴江派"盟主沈璟先生本人,亦曾改《牡丹亭》为《同梦记》,变《紫钗记》为《新钗记》。臧懋循《牡丹亭》、冯梦龙《风流梦》、徐日曦《牡丹亭》、徐肃颖《丹青记》等剧,都是对汤显祖原作的直接改编。至于陈轼的《续牡丹亭》、王墅的《后牡丹亭》,则是对汤剧的续作。不管这些改编或续作的剧本如何曲解原意、删正音律,但都不能掩盖或取代汤显祖原作的思想光彩和艺术魅力。

一本传奇,能够在同时代青年人中激起那么大的波澜,影响到那么广泛的社会层面,这在中国戏剧史上是极为罕见的文化现象。娄江女子俞二娘读《牡丹亭》后,层层批注,深有所感,自伤身世,于十七岁惋愤而亡。汤显祖在得到其批注本后,曾十分惋惜地为俞二娘写过《哭娄江女子二首有序》的悼诗。内江女子读了汤剧后,愿托终身于汤显祖,因见其皤然老翁而投水身亡,这是带有戏剧性的传说(焦循《剧说》)。较为可信的记载是冯小青"冷雨幽窗不可听,挑灯闲看《牡丹亭》。人间亦有痴如我,岂独伤心是小青"的绝命诗,以及杭州演员商小玲上演《寻梦》时的气绝而亡(蒋瑞藻《小说考证》)。这些青年女子的死亡,正是封建势力长期压迫所致;汤剧使她们在临死前还有所安慰,《牡丹亭》成为天下怀春少女的一部知音书。

慑于汤剧的无穷威力与广泛影响,许多封建卫道士对剧作家进行了人身攻击和恣意谩骂。有的说汤显祖"死时手足尽堕",有的说"有入冥者,见汤显祖身荷铁枷。人间演《牡丹亭》一日,则笞二十"。在剧作家的故乡抚州府,曾于同治十一年(1872)立下禁书石碑。《牡丹亭》也曾包括在皇帝禁书的圣旨之列。这正好从反面表明了汤剧对"正统"社会强烈的震撼力。

《临川四梦》都是案头场上两擅其美的佳作。在广大的书面读者之外,还有极为众多的演员和观众都在演出现场亲身感受汤剧的魅力。汤显祖亲自导演的宜黄腔戏班自不待言,其他声腔剧种也大都以上演汤剧为荣。

昆剧尤以上演汤剧的细腻、缠绵作为其剧种特征之一,涌现出一代代十分知名的汤剧演员。从清宫升平署的宫廷戏班到为数广泛的职业戏班和家庭戏班,上演以《牡丹亭》为代表的汤剧,已是衡量其实力和水准的重要标志。众多小说戏曲还将汤剧演出采撷到情节发展之中,例如《红楼梦》借《西厢》和《牡丹》二剧加深了宝黛的感情融合。

本世纪以来,《牡丹亭》曾几度被搬上银幕和荧屏。收集有二千二百多篇诗文赋和"临川四梦"的《汤显祖集》也于1963年起逐渐初版、再版。研究汤显祖的论文、专著越来越多,越来越深入。汤剧无穷的艺术魅力和永恒的审美意蕴,已经成为中华民族的一笔重要的精神文化财富。

第六编

清代苦戏的多维类型

第二十章
清代苦戏百花园

中国戏剧史上关于悲剧的提法,在明代多称为"怨谱",在清代多称为"苦戏",从20世纪开始多称为悲剧。

清代存续的年代较长,文化积累也丰厚,又在中国历史上长期处于少数民族入主中原的政治局面,其拥有苦戏的数量,比起宋元明清的悲剧总和还要多。

清代苦戏的大致数量,共约二百五十四种。奇花异卉中,沁透了血泪情史、苦曲哀歌,也不乏长歌代啸,雷电霹雳,大气磅礴,震天动地之作。

我们从苦戏的纲目提要开始,来次第巡礼丰富多元的清代苦戏百花园,领略多姿多彩的各类苦戏的风采。

第一节 清传奇杂剧之苦戏纲目

一、传奇苦戏剧目举要

序号	作家	作品	悲剧人物	悲剧冲突过程	结局
1	吴伟业	秣陵春	李后主、徐适等	(1) 南唐亡国后,徐适与黄展娘相知。 (2) 李后主与宠妃黄保仪在天之灵为侄女展娘与徐适牵线。 (3) 展娘被选入宫,不得已,以侍女袅烟代之;后袅烟被赐回。 (4) 徐适被捕,后得中状元,辞官不准。	李后主、黄保义显圣。

(续表)

序号	作家	作品	悲剧人物	悲剧冲突过程	结局
2	丁耀亢	表忠记	杨继盛、夏言、沈炼等	(1) 夏言与严嵩相争,被害。 (2) 锦衣卫沈炼辱严被杀。 (3) 杨继盛上疏弹劾严嵩父子,被廷杖下狱,后遭斩首。	邹应龙等参劾,严嵩父子伏法。
3	李玉	一捧雪	莫成、雪艳等	(1) 莫怀古友人汤勤,谋夺莫之白玉杯给严世蕃。 (2) 莫怀古仆人莫成为主替死。 (3) 莫妾雪艳刺汤后自尽。	严家事败。戚继光救护怀古,冤情终雪。
4		千忠戮	建文帝、程济、严震直、吴亮等	(1) 朱棣破南京。 (2) 建文帝与程济化装僧道,流亡湖广。 (3) 严震直追捕建文,程济痛骂,严惭而自尽。 (4) 阉臣吴亮觅帝,摩其踵而自尽。	建文南归。
5		清忠谱	周顺昌、颜佩韦等	(1) 东林党人周顺昌与阉党相忤,被系狱解京,死于大牢。 (2) 颜佩韦等五人营救周,大闹府衙,亦被杀害。	魏忠贤事败,苏州百姓毁魏逆生祠。
6	李玉	万里圆	黄孔昭	(1) 明末清初清兵戮众,苏州黄孔昭,九年未见双亲。 (2) 黄历经兵盗雨雪,历时八年,迎亲返苏。	悲喜团圆。
7		五高风	文洪一家	(1) 北宋御史文洪弹劾权相尤权,险被斩首;尤子仁欲霸其媳,诬陷丧师之罪,终将其斩首。 (2) 文洪子文锦因家童代死而苟活。 (3) 文锦未婚妻瑞英以为公公、丈夫皆亡,乃自尽。	包公断案,尤权自杀,尤仁获罪。瑞英复活,与文锦成婚。
8		昊天塔	杨家将父子	(1) 杨业与三子皆先后战亡。 (2) 孟良盗令公骨。 (3) 杨六郎出关祭父,遭到围困。	烧火丫头杨排风击退辽兵。
9	范希哲	补天记	伏后等	(1) 汉献帝命伏后父除掉曹操。 (2) 事败,伏后被曹操逼死,哭诉于女娲处;女娲令其看报应,睹曹操地狱受罪苦状。 (3) 关羽令鲁肃呕血亡。	因果昭彰。

(续表)

序号	作家	作品	悲剧人物	悲剧冲突过程	结　局
10	朱素臣	未央天	米新图、马义	(1) 米新图之嫂诬米奸嫂杀人,米被判死罪。 (2) 米仆马义滚钉板申冤;九更天仍不天亮。	米得雪冤,凶犯伏法。
11	朱佐朝	渔家乐	刘缵、邬飞霞等。	(1) 东汉,梁冀弑刘缵。 (2) 清河王刘蒜藏身渔舟,邬渔翁被射死,刘逃脱。 (3) 邬飞霞代马瑶草入梁府,刺死梁冀。	刘蒜被拥立为帝,邬飞霞成为正宫娘娘。
12		血映石	黄观之妻	(1) 燕王朱棣攻占南京,屠杀建文忠臣。 (2) 大臣黄观妻遭发配,投通济桥死,血泪染红石头,内有观音现形。	黄观子欲其供奉血影石。
13	邱园	党人碑	刘逵	(1) 蔡京贬司马光等,立党人碑。 (2) 户部刘逵阻立碑,被下狱。 (3) 徽宗微服私访,拿下蔡京。	刘逵征田虎。
14		虎囊弹	鲁智深、赵员外、金氏	(1) 鲁智深打死镇关西。 (2) 赵员外为鲁智深所牵连入狱。 (3) 金氏愿受虎囊弹一百,为之申冤。	冤情得雪。
15	尤侗	钧天乐	沈白、寒簧等	(1) 沈白等有才,应试不中,纨绔辈魏无知则名列前茅。 (2) 魏妹寒簧与沈婚约被毁,寒簧亡。 (3) 沈白哭于项羽庙。项羽奏于上帝。	天界试真才,沈白等方高中,在月宫见到寒簧。
16	洪昇	长生殿	唐明皇、杨贵妃	(1) 李隆基宠幸杨妃,重用杨国忠。 (2) 安禄山起兵,军士逼杀杨氏兄妹。	唐明皇与贵妃天上相会。
17	孔尚任	桃花扇	李香君	(1) 复社侯方域与名妓李香君交好,阮大铖等出资使结合。 (2) 香君怒斥阮大铖等之恶算计。 (3) 田仰逼香君为妾,不从。	国破家亡,侯李各自出家。
18	曹寅	虎口余生	崇祯、李自成等	(1) 李自成起义,米脂知县边大绶掘其祖坟。 (2) 李攻山西,巡抚等兵败自杀。 (3) 李进军北京,崇祯自缢。 (4) 清军入关,李退出北京,死于九龙山。	大明覆亡,清人入主。

(续表)

序号	作家	作品	悲剧人物	悲剧冲突过程	结局
19	曹寅	续琵琶	蔡文姬	(1) 蔡邕入狱,以女许董祀。 (2) 文姬被胡人所掠,哭于昭君墓。 (3) 作《胡笳十八拍》。	文姬归汉,祭于父墓。
20	周稚廉	双忠庙	舒真、廉国宝	(1) 舒真、廉国宝等弹劾宦官刘瑾,舒被杀。 (2) 舒仆王保抱遗孤至程婴、公孙杵臼庙祈祷,神像使王生乳哺孤。	刘瑾败亡,舒子与廉女成婚。
21	汪光被	易水歌	荆轲	(1) 秦始皇焚书坑儒。 (2) 荆轲谋刺秦皇,遇害。	扶苏反正。
22	沈受宏	海烈妇	海氏、蓝九廷	(1) 运丁林显端诱奸海氏。 (2) 海氏自缢身死。 (3) 水手蓝九廷告官。	林显端伏法。
23	王陇	秋虎丘	王翘儿	(1) 海寇徐海在江浙沿海掳掠。 (2) 总兵齐世昌令徐海相好王翘儿说徐海归降。 (3) 齐杀徐海,翘儿痛斥齐之无义,自己以死殉义。	王璞葬王翘儿于虎丘山。
24	夏纶	无瑕璧	铁铉一家	(1) 建文帝时朱棣起兵,南下发难。 (2) 兵部尚书铁铉于山东抗击,兵败之后受酷刑而亡。 (3) 铁妻杨氏病死。	铁铉女沦落教坊,坚守贞洁,终得脱籍。
25		杏花村	王家父子	(1) 王世名父被人殴死,世名杀死仇人。 (2) 法官拟开棺验父之伤,为其开脱;王世名认为于法于理不合,宁愿受刑。	王世名绝食而死。
26	张坚	怀沙记	屈原	(1) 屈原受靳尚、郑袖诬陷。 (2) 楚王对张仪言计听从,为秦所虏。 (3) 屈原进谏被放逐。	屈原抱石自沉。
27	刘百章	摘星楼	比干、杨任等	(1) 纣王无道,比干剖心、杨任剜目。 (2) 吕望兴周灭纣。	纣王自焚于摘星楼。
28	郑小白	金瓶梅	武松、西门庆等	(1) 生药铺商人西门庆聚财、为恶。 (2) 过度纵欲、中年而亡。	武松杀嫂。

(续表)

序号	作家	作品	悲剧人物	悲剧冲突过程	结局
29	查慎行	阴阳判	朱家父子	(1) 练川朱公惨死。 (2) 其子羽吉痛哭其冤不申。	阴判明冤。
30	张照	劝善金科	目连母子 颜真卿 段秀实	(1) 目连救母故事,述地狱惨状甚详。 (2) 颜真卿、段秀实殉节。	因果报应。
31	王庭章	昭代箫韶	杨家将	(1) 辽兵入寇,杨业于陈家谷尽忠。 (2) 杨家将前仆后继,共赴国难。	萧后降宋。
32	黄图珌	雷峰塔	白娘子	(1) 觅配偶的白云姑多情吃苦,了宿缘的许晋贤薄幸抛家。 (2) 施法力的法海禅师风雷炼塔,感孝行的慈悲佛忏度妖蛇。	白娘子与许宣相继成仙皈佛,又与孩儿生别。
33	方成培	雷峰塔	白娘子	大体同上,根据梨园本删改。	合钵祭塔。
34	蒋士铨	冬青树	文天祥	(1) 文天祥赴元营议和被扣。 (2) 文在镇江逃出,起兵抗元,被俘。 (3) 元相多方劝降,不允。	文于柴市口殉国。
35		空谷香	姚梦兰	(1) 姚梦兰为人妾,几度受难欲自尽,极红颜薄命之苦。 (2) 嫁书生顾孝威为妾。	生子即死。
36		香祖楼	若兰	(1) 若兰为仲文妾,几度遭变卖。 (2) 仲文救之于贼首马义处。	若兰病死于尼庵中。
37		临川梦	俞二姑等	(1) 汤显祖落第后拒绝应试。 (2) 俞二姑读《牡丹亭》而亡。	玉茗堂见俞二姑等之魂。
38		桂林霜	马家忠烈	(1) 康熙时马雄真出任广西巡抚。 (2) 吴三桂叛清,广西孙将军从叛,将马之全家囚土牢四年后,杀死。	马世济祭父亲及全家。
39	徐爔	镜光缘	李秋蓉等	(1) 余羲与妓李秋蓉相知。 (2) 余友赎李以俟余。	余返回时,李已辞世矣。
40	宋廷魁	介山记	介子推	(1) 介子推随重耳出亡。 (2) 重耳归国,忘却介公。 (3) 子推偕老母入山。 (4) 重耳烧山请介公。	介子推于烧山之前,与老母成仙而去。

(续表)

序号	作家	作品	悲剧人物	悲剧冲突过程	结局
41	傅玉书	鸳鸯镜	杨、左、周、魏四家	(1) 明杨涟、左光斗、周顺昌、魏大中同被阉党所害。 (2) 杨子与左女联姻,但又失散。	杨、左、周、魏四家分别高中、复仇。
42	孙郁	天宝曲史	梅妃、杨妃	(1) 梅妃见弃,杨妃得宠。 (2) 马嵬坡前,杨妃自尽,长恨。	仙班重圆。
43	仲振履	双鸳祠	李氏夫妻	(1) 广州别驾李亦珊亡。 (2) 李妻自缢,以得归葬之金。	同僚归葬李氏夫妻回原籍。
44	陈宝	东海记	窦孝妇	(1) 丑小姑立心设罪,窦孝妇捐躯明正。 (2) 于刑史终表奇冤,汲太守特苏民命。	伸张正义。
45	张衢	玉节记	苏武	(1) 苏武持旄节出使匈奴。 (2) 坐罪牧羊近十九年,绝不降匈奴。	迎返归国。
46	瞿颉	鹤归来	瞿式耜	(1) 老阁部一心报国,小书生万里收骸。 (2) 风洞山两贤殉节,会元坊双鹤归来。	瞿式耜在桂林抗清殉国,其孙迎其骸回常熟。
47	赵对澄	酬红记	鹃红	(1) 蜀中女鹃红遇兵难。 (2) 题诗驿壁而亡。	赵见诗而和,为谱传奇。
48	李文瀚	凤飞楼	梁大业父女	(1) 单明府没见首尾,梁观察颇有心肝。 (2) 蹇逢吉孤恩不匮,梁珊如女贞烈完。	梁大业父女忠孝
49	刘伯友	花里钟	翠云	(1) 翠云父母逢灾断炊,卖其为妓。 (2) 翠云拒不接客。 (3) 纪峨等集资往赎。 (4) 翠云已自缢而亡。	买棺代葬。
50	黄燮清	玉台秋	陆氏	(1) 吴康甫与妻陆氏相亲相爱。 (2) 吴病,陆尽力服侍,使吴病愈。	陆氏劳疾而亡。
51	黄燮清	帝女花	崇祯家门	(1) 清军入京,崇祯女欲削发为尼。 (2) 原订婚之周世显寻觅得女,清廷以公主礼仪允婚。	周世显与坤舆公主在新朝缔姻。
52	黄燮清	桃溪雪	吴绛雪	(1) 永康遭贼乱,贼军索吴绛雪。 (2) 吴为保全乡里,随贼而行。	吴捐躯于三十里坑。

(续表)

序号	作家	作品	悲剧人物	悲剧冲突过程	结局
53	彭剑南 孙如金	影梅庵	冒辟疆、董小宛	(1) 仿《桃花扇》而作。 (2) 演冒辟疆、董小宛事。	破镜难圆。
54	黄治	蝶归楼	王凤车	(1) 谢招部观场逢美眷,王五姊归魂成宿愿。 (2) 多情姊无意续鸳盟,老鼓吏留词完蝶案。	王凤车殉情化蝶。
55	蒋恩澍	青灯泪	黄子俊、陆敬媛	(1) 黄子俊与陆敬媛表兄妹两相爱悦。 (2) 舅不允婚,女悲思而亡。	黄子俊遁世为鹤。
56	张云骧	芙蓉碣 (1878)	蓉姑、春华	(1) 李蓉姑乃芙蓉花史下凡;其婢陈春华乃莲花史下凡。 (2) 蓉姑自小许朱天霞。 (3) 蓉姑兄捏造天霞死讯,欲卖之。	蓉姑与春华同沉江底。
57		娖嫡封	林四娘	(1) 起义军将青州恒王骗出杀死。 (2) 淑妃林四娘率娘子军出战,女将军生膺娖嫡封。	阵亡。
58		理灵坡	蔡道宪	(1) 崇祯时张献忠攻陷长沙。 (2) 义皂隶殉主长沙城。 (3) 烈推官留墓理灵坡。	长沙推官蔡道宪拒降殉难。
59	杨恩寿	麻滩驿	沈家父女、琼枝等	(1) 明末道州沈知州中箭身亡。 (2) 其女沈云英率女将保城。 (3) 张献忠破荆州,云英夫身亡;歌姬琼枝等不从被杀。 (4) 云英回浙,清兵至,投水殉国。	被救后隐居。
60		双清影	陈源夫妻	(1) 东王杨秀清攻陷庐州。 (2) 协防的池州太守陈源自缢。	表彰陈氏夫妻。
61		鸳鸯带	王氏	(1) 方剑潭纳姬王氏。 (2) 姬虽父所逼,决不肯归。	姬以鸳鸯带自缢。
62	张道	梅花梦	乔小青	(1) 梅花仙子被谪人间。 (2) 扬州乔小青嫁冯云将为妾。 (3) 受大妇之虐,在孤山忧郁而死。	魂归天上。
63	黄均宰	鸳鸯印	黄生、秦碧连	(1) 黄生与蜀女秦碧连相爱。 (2) 以词卷与玉鸳印交聘。	鸳鸯离分,终未成婚。

(续表)

序号	作家	作品	悲剧人物	悲剧冲突过程	结　局
64	黄均宰	呼梦幺	焦烈妇	(1) 赌徒陆鉴明好赌败家。 (2) 其妻焦烈妇自杀。	家破人亡。
65		双烈祠	陈振邦夫妻	(1) 阜阳陈振邦镇压捻军中炮身亡。 (2) 妻吴氏服毒自尽。	夫妻殉朝廷。
66		谒府帅	苏东坡	(1) 苏东坡因反王安石新法，贬谪黄州。 (2) 欲谒黄州府帅。	不得晋见。
67	梁廷枏	江梅梦	梅妃	(1) 梅妃江采蘋遭始幸终弃，死于乱兵之中。 (2) 唐明皇马嵬坡失杨妃后，东归寻梅妃不遇。	梅妃托梦明皇，葬骨于东梅株房。
68	张声玠	琴别	汪水云、旧宫人等	(1) 宋末汪水云南归。 (2) 与旧宫人王清惠等十四女道士饯别。	倾诉国破家亡之感。
69		画隐	赵孟坚	(1) 宋末画家赵孟坚闻宋亡元兴，十分悲痛。 (2) 弟赵孟頫任元翰林学士，访兄。	孟坚羞骂其弟，使去。
70	陈栋	紫姑神	阿紫	(1) 扬州贫女阿紫卖与魏子胥为妾。 (2) 大妇曹氏将其折磨死后葬于厕旁。	紫姑死后成厕神，分管妻妾不平事。
71	周乐清	汨罗江	屈原	(1) 屈原为渔父所救。 (2) 与楚怀王在赵境相遇。	楚王植兰，以奉屈原。
72		悲凤曲	王凤姑	(1) 毛氏养媳王凤姑，被毛氏逼迫为娼。 (2) 王不从，被割耳舌。	王被害死。
73	陈烺	燕子楼	关盼盼	(1) 唐叛将李希烈派歌姬关盼盼行刺。 (2) 关盼盼见张建封忠义，道出实情后欲自刎。 (3) 关张相知相爱。	张病故，关守节十余年后绝食亡。
74		回流记	娄氏	(1) 明宁王反叛。 (2) 正妃娄氏规谏无效，投江。	尸体逆流至南昌故乡安葬。
75		海雪吟	邝露	(1) 明末南海秀才邝露藏古琴。 (2) 县令见之不得，革去其功名。 (3) 邝远通，教土司女弹琴。	返广州时清军已破城，抱琴投海。

(续表)

序号	作家	作品	悲剧人物	悲剧冲突过程	结 局
76	味兰簃主人	烈女记	江大姐	(1) 江大姐自幼许吴家。 (2) 钱员外见其貌美,买通其娘。 (3) 大姐逃往婆家,翁姑锁其于后楼,欲与钱员外交换钱财。	大姐无奈,自缢亡。
77	织花吟客	诗帕记	蒋明纯、刘秀莲	(1) 蒋明纯幼时将绣帕赠邻女刘秀莲,约为夫妻。 (2) 战乱不遇,刘焚帕饮鸩亡。	蒋闻之赶来,饮余鸩而亡。
78	无名氏	中州湣烈记	卢氏	(1) 许忠欲奸农妇卢氏。 (2) 卢氏誓死不从,被勒死。	许忠凌迟死。卢氏得立祠。
79	无名氏	睢阳节	张巡、许远等	(1) 张、许守睢阳城,为安禄山部将尹子奇所围困。 (2) 派南霁云向贺兰求救,不得,断指而去。 (3) 张妾翠娘、许仆许义自杀供军粮。城破后,张许皆亡。	张镐诈称安禄山被捕,尹子奇弃城而去,因被擒杀。
80	王蕴章	绿绮台	邝湛若	(1) 邝湛若珍藏绿绮台、南风二琴。 (2) 避县丞迫害,逃至瑶女处。	明亡广州破,抱琴投海。
81	许善长	瘗云岩	爱云一家	(1) 金陵夏爱云家人,于城陷时皆殁。 (2) 夏沦为妓,与洪农订盟,鸨母阻拦。	婚事不成,服药而亡。
82	吴国榛	续西厢	崔莺莺、张生	(1) 旅思。(2) 死别。 (3) 悼亡。(4) 出家。	崔莺莺苦恋而亡,张生出家。
83	刘清韵	飞虹啸	金大用、尤庚娘	(1) 明末金大用与妻尤庚娘渡河。 (2) 王十八与船家将金打入水中,欲占尤庚娘。 (3) 王妻唐柔娘气愤投水;庚娘被王抢至金陵。	庚娘用计杀王,投水自尽。还魂后与金重圆。
84	徐鄂	梨花雪	黄婉梨一家	(1) 清军攻金陵。 (2) 乱兵杀黄婉梨母兄嫂弟,掠黄返湘。	黄毒死二卒,自缢而死。
85	钟祖芬	招隐居	魏芝生	(1) 儒生魏芝生反对吸食鸦片。 (2) 烟神以酒色财气诱惑不果。 (3) 魏患病,家人以鸦片救治。	魏吃鸦片上瘾,倾家荡产,妻离子散。

(续表)

序号	作家	作品	悲剧人物	悲剧冲突过程	结　局
86	洪炳文	警黄钟	黄封国	(1) 白种、黑种封(蜂)国侵略黄种封国。 (2) 黄封国内政不修,外交失策,节节败退。	东宫太子琼英设计胜敌。
87		水岩宫	陈冰娥	(1) 遇倭寇,将患病丈夫藏在岩洞。 (2) 倭寇劫陈,陈咬倭寇。 (3) 倭寇刀剖陈,尸体不倒,鲜血在岩壁上喷溅成"人"字。	夫闻讯而亡;戚家军抓获施暴倭寇。
88	林纾	蜀鹃啼(1917)	吴德绣	(1) 浙江西安知县吴德绣得省中札,令其奉旨剿灭教士教民; (2) 吴德绣家小为义和团所杀。	同官不救,后被处决。
89		天妃庙(1917)	谢让	(1) 留日学生捣毁商会天妃庙。 (2) 商人将七处学校毁掉。 (3) 上海道命令谢让去崇明镇压。	谢抗旨,单骑平息此事,被革职流放。
90	陈时泌	武陵春	武陵渔人等	(1) 武陵渔人闻光绪、慈禧西行,悲愤非常。 (2) 书生逃出北京,讲解庚子事变。	洋人入侵,国势飘摇。
91		非熊梦	武陵渔人等	(1) 俄军战我奉天,日俄开战。 (2) 清廷居然宣布中立。	渔人梦出兵,击溃沙俄。
92		霜天碧	杨碧怜	(1) 淮阴杨碧怜在金陵为妓。 (2) 湘潭卢思敬与杨结为连理。 (3) 卢于三年后病亡。	杨碧怜无所依归,返回淮阴。
93	丁传靖	七县果	张灵、崔素琼	(1) 县花仙史贬为明代才子张灵。 (2) 与崔素琼酿成爱情悲剧。	悲怨况味。
94		沧桑艳	陈圆圆	(1) "苏州第一红"陈圆圆归吴三桂。 (2) 李自成部将刘宗敏掠走圆圆。 (3) 三桂投清复反清,死于衡州。	圆圆自沉莲花池。
95	曾朴	雪昙梦	甄林 王镂冰	(1) 林逋与梅仙转世甄林、王镂冰。 (2) 得罪风姨,罹生离死别之痛。	梦醒之凄凉。
96	梁启超	劫灰梦	杜撰	(1) 杜撰历经甲午、庚子事变。 (2) 杜欲作小说戏本,唤醒国人。	仅成一出,未知后文。

(续表)

序号	作家	作品	悲剧人物	悲剧冲突过程	结局
97	章鸿宾	冲冠怒	吴三桂 陈圆圆	(1) 陈圆圆被李自成部所掠。 (2) 吴三桂冲冠大怒。	未完稿而作者病逝。
98	陈栩	桃花梦	秦云 花晚香	(1) 秦云与表姊花晚香相恋。 (2) 花父迎回晚香,另外择婿。	一对恋人含恨而别。
99	王钟麒	血泪痕	爱国党人 妓女	(1) 爱国党人与妓女缔姻。 (2) 官员恋妓遭拒。	官员致党人入狱处极刑。
100	张长(湘灵子)	轩亭冤	秋瑾	(1) 秋瑾游学、演说、创会。 (2) 绍兴府将秋瑾在轩亭口斩首。 (3) 虬髯客哭墓。	作者谓古今未有之壮剧怪剧悲剧惨剧。
101	庞树柏 惜秋生	玉钩痕	林黛玉等名妓	(1) 海上名妓林黛玉等四人建花冢。 (2) 葬花有若自葬。	身世飘零,对花伤感。
102	吴梅	风洞山	瞿式耜	(1) 清兵近桂林,永历帝逃出。 (2) 瞿式耜、张同敞坚持守城。	城破殉国,葬风洞山。
103		绿窗怨记(1914)	沈飞卿 赵怜娘	(1) 沈飞卿乡试落第,住舅父家。 (2) 与表妹赵怜娘相爱。	求亲受阻,双双殉情。
104	孙雨林	皖江血	徐锡麟、秋瑾等	(1) 徐锡麟刺杀安徽巡抚恩铭,被擒后慷慨就义。 (2) 秋瑾等亦被害。	民国后将烈士改葬,并开追悼会。
105	筱波山人	爱国魂	文天祥	(1) 文天祥奉命议和被执,夜遁。南下福建与张世杰、陆秀夫抗元。 (2) 兵败不降,被囚禁四年。	柴市口死节。
106	无名氏	亡国恨	安重根等	(1) 朝鲜安重根等在哈尔滨击毙高丽统监伊藤博文。 (2) 安"拼死作死囚徒,不愿做亡国奴",慷慨就义。	日本颁发并韩条约,吞并朝鲜。
107	姜继襄	松坡楼(1924)	蔡锷(松坡)、小凤仙	(1) 袁世凯欲称帝,监视蔡锷。 (2) 蔡锷与小凤仙成为知音。 (3) 蔡锷回滇,通电讨伐袁世凯。	袁世凯被迫取消帝制。

以上共得清代传奇悲剧一百零七种。

之所以把作为前辈的丁耀亢(1599—1669)、李玉(约1602—1676)的苦戏,放在吴伟业(1609—1672)的后面,这不仅是因为吴伟业的名声太大,还因为他的数部剧作都借南唐覆灭之事,抒发自己心中的无限感慨。兴亡盛衰之理,名节是非之辨,皆可从中悟得。诚如作者自道:

> 词客哀吟石子冈,鹧鸪清怨月如霜。
> 西宫旧事余残梦,南内新辞总断肠。
> 泪湿青衫陪白傅,好吹玉笛问宁王。
> 重翻天宝梨园曲,减字偷声柳七郎。①

此外,吴伟业的诗歌代表作《圆圆曲》与丁传靖的《沧桑艳》先后辉映,通过一个女性的悲剧命运,展示出明清易代的重大关节,也是对吴三桂作为明清贰臣自身悲剧的充分挖掘。只是时至今日,根据史实和名诗所改编的相关名剧,还不为多见。

这里还酌情收录了数部写于民国初年的作品。例如清末民初的曲学大师吴梅先生(1844—1939),可以看成是古典传奇、杂剧作家中最后一位具备较大影响的人物。他的戏曲创作,从骨子里头渗透着传统文化的气韵。所以本书将其作品置于此间。

从1915年12月到1917年3月,袁世凯当了约一个季度的洪宪皇帝;1917年张勋的复辟,使得宣统皇帝溥仪第二次圆了皇帝梦,哪怕是短暂的十二天帝制。

姜继襄的《松坡楼》,尽管写于1924年,但却记录了袁世凯称帝梦的彻底破灭。以此作为历史的分水岭,中国几千年封建王朝的演进和发展,有了一个难于再延伸下去的终点。以此作为清代传奇的终点,也标明传奇参与了总结历史、展望共和的时代新篇章。

当传奇完成其体例庞大复杂、内容包罗万象的使命之后,离其寿终正寝的日子也就不远了。后世的文人墨客,也会偶尔写点杂剧发思古之幽情,但要写作体大思精的传奇巨制,已经完全失去了时代母体的依托。折子戏的风靡一时,西方一个晚上看毕全剧的现代观剧习惯,都使得传奇的写作已经成为文人们遥远的记忆。

---

① 吴梅村《秣陵春》,《吴梅村全集》,上海古籍出版社1990年版,第1360页。

二、杂剧苦戏名目举要

序号	作家	作品	悲剧人物	悲剧冲突过程	结局
1	陆世廉	西台记	文天祥、张世杰	(1) 文天祥、张世杰孤军抗元。 (2) 文天祥柴市殉节,张世杰死于海上。	文之参军谢翱哭祭。
2	来集之	阮步兵	阮籍	(1) 阮籍醉卧酒肆少妇侧。 (2) 欲见更美之邻女时,女已亡。	痛哭长啸,嘱死后与女对葬。
3	邹式金	风流冢	柳永、谢天香	(1) 柳永谪江州,与妓谢天香相契。 (2) 朝廷将柳革职。 (3) 柳永笑对浮生。	谢与众妓哭葬柳郎。
4	吴伟业	通天台	沈炯	(1) 梁丞相沈炯被西魏俘虏后不仕。 (2) 过汉武帝通天台痛哭乞回返。	醒后得以放归南方。
5		临春阁	洗氏、陈后主、张丽华等	(1) 陈后主赐宴岭南节度使洗氏。 (2) 洗南归,旋闻隋灭陈,后主降,张丽华自尽。	遣散军队,入山出家。
6	尤侗	吊琵琶	昭君、文姬	(1) 昭君别汉,随匈奴单于入胡。 (2) 至交河投水死。	蔡文姬吊其青冢。
7		读离骚	屈原、宋玉	(1) 屈原遭冤被放逐。 (2) 写《天问》、《九歌》托愤。 (3) 洞庭君力劝无效,迎之入水府。	宋玉招魂祭祀。
8	王夫之	龙舟会	谢小娥	(1) 谢小娥父、夫经商,为盗所杀。 (2) 小娥女扮男装,为盗作佣。	杀贼报仇。
9	嵇永仁	泥神庙	杜默、项羽	(1) 落拓书生杜默醉入项羽庙。 (2) 骂项羽近项伯、远人才、放刘邦。	项羽像和杜默相与垂泪。
10	蒲松龄	闹馆	和为贵	(1) 教书先生和为贵遭遇饥荒年岁,学生散去。 (2) 逃至洛川,寻找可教书东家。	东家百般苛求,和感叹"教书先生不值钱"。
11	廖燕	醉画图	廖燕、杜默、马周、陈子昂、张元昊	(1) 廖燕字柴舟,独饮寂寥。 (2) 与哭庙杜默、濯足马周、碎琴陈子昂、曳碑张元昊四图痛饮。	不平之鸣。

(续表)

序号	作家	作品	悲剧人物	悲剧冲突过程	结　局
12	廖燕	诉琵琶	廖燕等	(1)廖燕骨瘦如柴,生计无靠。 (2)向友人黄少涯弹唱索酒。	诉琵琶酸丁甘乞食。
13	顾彩 孔尚任	大忽雷	陈子昂	(1)陈子昂在长安千金购大忽雷。 (2)演奏大忽雷,属怀才不遇感慨。	摔碎大忽雷。
14	张潮	穷途哭	阮籍	(1)阮籍志不获展,心情郁闷。 (2)日暮途穷,放声痛哭。	人生悲愤。
15	沈玉亮	鸳鸯冢	吴锡、戴氏	(1)吴锡乡试落第,不久病死。 (2)其妻戴氏吞金自杀。	见祠于西湖葛岭之下。
16	许廷录	蓬壶院	杨贵妃等	(1)安禄山反叛,唐明皇奔蜀。 (2)杨贵妃自缢,众军马踩其尸。	明皇死后与贵妃重逢。
17	徐石麒	浮西施	范蠡、西施	(1)范蠡助勾践雪耻后急流勇退。 (2)以西施为"妖孽女子",不可留。	西施沉江。
18	宋琬	祭皋陶	范滂	(1)东汉范滂遭诬系狱。 (2)向狱神皋陶倾述冤情。 (3)皋陶闻之凄惨,托梦皇上。	范滂得释,入山学道。
19	石韫玉	梅妃作赋	梅妃	(1)唐明皇宠爱杨贵妃。 (2)梅妃作诗赋遣愁。	情场失意。
20		琴操参禅	琴操	(1)杭州太守苏东坡携妓女琴操参禅。 (2)琴操求道潜和尚剃度。	看破红尘,削发为尼。
21	郑瑜	汨罗江	屈原	(1)屈原生逢浊世,被逐江泽。 (2)与渔父对饮,唱和《离骚》。	无限落寞。
22	周如璧	孤鸿影	超超	(1)惠州女超超追求苏轼,苏欲以弟子王郎为配。 (2)苏谪琼州。 (3)超超病死,留其情诗。	苏轼见遗诗,至超超墓地以《卜算子》吊唁。
23	张源	樱桃宴	桂娘、李希烈	(1)唐代桂娘才貌俱佳。 (2)李希烈僭位,欲封桂娘为娘娘。 (3)桂娘入庵藏身。	桂娘化妆后,于樱桃宴用药酒毒死李。
24	薛旦	昭君梦	王昭君	(1)王昭君远嫁匈奴。 (2)夜梦遇仙,归汉见帝。	单于追兵至,惊觉梦醒。

(续表)

序号	作家	作品	悲剧人物	悲剧冲突过程	结 局
25	张韬	霸亭庙	杜默	(1) 杜默十举不第。 (2) 雨宿霸王庙,与泥神相顾落泪。	科考之悲。
26	唐英	笳骚	蔡文姬	(1) 蔡文姬在塞外生二子。 (2) 闻胡笳悲,别二子返汉又悲。	作《胡笳十八拍》。
27	陈德荣	菩提棒	小青	(1) 小青被逐在孤山。 (2) 其夫寻之,大妇阻之。	小青死后,观音以棒喝之。
28		佣中人	汤之琼	(1) 卖菜佣汤之琼知崇祯帝自缢。 (2) 以一布衣而哭奠崇祯尸身,触石而殉。	李国桢将汤与帝、后一道盛殓。
29		邯郸郡	邯郸女	(1) 邯郸女选入赵王宫后,赵王亡。 (2) 兄嫂将她许嫁厮养卒。 (3) 夜梦赵王,要做正宫不做才人。	梦醒后凄凉无比。
30		行雨	李靖	(1) 李靖宿龙王家。 (2) 龙王请代为行雨救世。 (3) 李尽倾瓶中水,导致洪水泛滥。	本欲救世反害世。
31	杨潮观	凝碧池	雷海青	(1) 雷海青在凝碧池以琵琶击安禄山,骂贼而死。 (2) 教坊诸人与高力士招魂设祭。	魂梦相慰。
32		挂剑	季子等	(1) 季子与徐君八拜之交。 (2) 徐君好季子之剑。 (3) 季子归途中赠剑,徐君已亡。	季子将剑挂徐君墓前华表之上。
33		葬金钗	如姬等	(1) 魏王妃如姬为信陵君窃符救赵。 (2) 信陵君破秦军、祭功臣时,夜里梦见如姬鬼魂。	为纾国难、报父仇之如姬立碑。
34		凝碧池	雷海青	(1) 安禄山在长安凝碧池大宴。 (2) 雷海青琵琶击贼,大骂而死。	唐明皇命高力士祭奠。
35		罢宴	寇准	(1) 刘妈滑倒蜡烛油下,想起当年寇准母亲孤孀抚儿,不禁大哭。 (2) 寇准闻之,大哭罢宴,悬挂母亲遗像。	寇准自省。(清阮元观此剧时触景生情,亦为之罢宴。)
36	蒋士铨	四弦秋	白居易、花退红	(1) 长安名妓花退红年老后嫁给茶商吴名世,独守孤舟。 (2) 白居易贬官为江州司马,与琵琶女诉天涯沦落之感。	泪湿青衫。

(续表)

序号	作家	作品	悲剧人物	悲剧冲突过程	结局
37	蒋士铨	采石矶	李白	(1) 李白历经盛衰后流放夜郎。 (2) 放归后在当涂,醉后投水拥月。	死后蒙天帝录用。
38	赵式曾	琵琶行	白居易	(1) 白居易谪九江。 (2) 与琵琶女凄然相对。	自悼身世。
39	曹锡黼	寓同谷老杜兴歌	杜甫	(1) 杜甫上书为房琯辩护。 (2) 被放逐秦州,每进山采药。 (3) 与乡人置酒赋《七歌》。	感慨兵戈纷起,亲故离散。
40	孔广林	女专诸	左仪贞	(1) 郑国泰篡位,追大臣左维明之女仪贞伴驾。 (2) 左仪贞伴许,伺机刺郑至死。	天启皇帝即位,左家父女受旌表。
41	桂馥	放杨枝	白居易	(1) 从白居易《不能忘情吟》,演白年迈老惫。 (2) 遣爱马爱妾。	人欲舍,情难忘。
42	桂馥	投溷中	李贺	(1) 李贺郁闷身死。 (2) 表兄赚李诗,投厕中。	冥谴其人,投于鬼窟。
43		题院壁	陆游唐琬	(1) 陆游在沈氏园中,重逢旧妻唐琬。 (2) 相互题词抒恨。	遗恨千古。
44		双烈祠	陈邦基夫妻	(1) 陈邦基中炮阵亡。 (2) 归葬清河。	陈妻吴氏殉夫。
45	刘永安	冰心册	琅长白、陈姬	(1) 乾嘉时僳僳族囤粮作乱。 (2) 云贵琅长白奉旨征讨,得胜后病死。	妾陈姬殉节身亡。
46	静斋居士	送穷	韩愈	(1) 韩愈作《送穷文》。 (2) 穷鬼啼哭以求相伴。	仍复穷困。
47	许鸿盘	孝女存孤	张士佶一家	(1) 吴三桂叛清,张士佶与四子皆阵亡。 (2) 张女淑贞不嫁,抚育孤侄长成。	孤侄长大后,为姑姑立祠堂。
48	管庭芬	南唐杂剧	李后主、小周后	(1) 大周后死一周年,李后主在悲怀中与小周后设宴赏莲。 (2) 宣流珠演唱大周后所填曲目。	哀感萦绕。

(续表)

序号	作家	作品	悲剧人物	悲剧冲突过程	结局
49	周乐清	河梁归	李陵母子、李陵妻	(1) 李陵陷番,母、妻皆遭诛戮。 (2) 苏武疾书汉廷,告知真相。	李陵破番兵,还乡祭祖。
50	梁廷枏	园香梦	李含烟	(1) 潮阳名妓李含烟与书生庄达订盟。 (2) 庄生京华赴试,含烟苦恋而亡。	庄生落第,与含烟魂灵对面不相识。
51	吴藻	乔影	谢絮才	(1) 才女谢絮才性喜男装。 (2) 自画小影,自比屈原。	忧郁孤愤。
52	张声玠	琴别	汪元量	(1) 南宋灭亡。 (2) 宫廷琴师汪元量被掳燕山十二年。 (3) 昔日宫女为其南归饯行。	汪抚琴高歌后,碎琴别众女。
53		伯嬴持刀	伯嬴	(1) 吴军入郢,淫乐无度。 (2) 秦女伯嬴乃平王之妻、昭王之母。持刀对吴王,以死相抗。	吴王率众离去。
54	许善长	聂姊哭弟	聂政姐弟	(1) 聂政为韩大夫严仲子报仇,刺杀韩相侠累。 (2) 怕牵连姐姐,聂毁容自杀。	姐姐聂荣挺身认尸,自刎于弟弟尸前。
55		郑袖教鼻	魏美人	(1) 郑袖称楚王不喜魏美人鼻子。 (2) 魏美人见楚王时,掩鼻。 (3) 郑袖告楚王,美人恶其臭。	楚王命人劓去美人之鼻。
56	袁隆	白团扇	谢芳姿	(1) 晋书生王瑉与嫂马夫人之婢谢芳姿相爱。谢作白团扇歌,赠给王。 (2) 马夫人将芳姿毒打后赶走。	芳姿含恨死。
57	李慈铭	星秋梦	莫峤、婴娘	(1) 江南书生莫峤客居京师。 (2) 梦中与初恋人婴娘相会,重寻家园。	梦醒后倍觉凄凉。(曾朴跋谓"哀感顽艳"。)
58		悬崙猿	张煌言	(1) 南明亡后,兵部尚书张煌言隐居古刹,双猿为之警戒。 (2) 旧校迫其到杭,多方劝降。	张赋绝命词后就义,双猿投水亡。
59	洪炳文	秋海棠	秋瑾	(1) 秋海棠(隐喻秋瑾)办学、被捕、就义。 (2) 女友营葬秋海棠。	悼念英烈。
60		白桃花	白承恩	(1) 太平天国白承恩攻打里安。 (2) 误中埋伏后全军覆没。	白承恩命犯桃花,阵亡。

(续表)

序号	作家	作品	悲剧人物	悲剧冲突过程	结局
61	洪炳文	挞秦鞭	华忠清	(1) 清光绪间秦桧铁像浮出江面。 (2) 将军华忠清因官场腐败而辞官。	怒鞭秦桧铁像。
62		天水碧	秀王	(1) 南宋末年秀王赵与释守里安。 (2) 元兵攻城,内奸策应,致城破。	巷战后被擒,被捕殉国。
63	袁蟫	孽海花	赛金花	(1) 金雯青亡后,赛金花(傅彩云)复落风尘。 (2) 梦中与金雯青相见。	悔恨万端。
64		一线天	近藤道原	(1) 日本诗人近藤为青年魑魅排挤。 (2) 报国无由,怀沙蹈海而亡。 (3) 阴曹照样腐败,无钱被贬深渊。	诵《读骚百咏》,破岩现一线青天。
65		望夫石	鹤冈爱哥	(1) 丈夫出征,日本女子鹤冈守节。 (2) 与自由婚姻女不同,化石殉情。	借东洋顽石,权抒郁结。
66	庞树柏	碧血碑	秋瑾	(1) 秋瑾被清廷杀害。 (2) 女友吴紫瑛在西子湖畔葬之。	碧血丰碑。
67	吴梅	杨枝妓 (1917)	樊素	(1) 白居易年老,遣樊素归。 (2) 樊素惨然泣下,不忍去。	白居易惆怅不已。
68		钗凤词 (1914)	陆游 唐氏	(1) 陆游于沈氏园见唐氏,醉题《钗头凤》。 (2) 唐氏和词。	哭诉别后郁闷。
69	王蕴章	碧血花	孙临 葛嫩	(1) 明末孙临与金陵名妓葛嫩相恋。 (2) 二人到京口投杨龙友抗清。 (3) 清将得嫩娘,侮之不得,杀之。	孙临亦不屈殉国。
70	陆恩煦	朝鲜李范晋殉国	李范晋	(1) 朝鲜皇族李范晋使俄。 (2) 日本侵朝,李在国外组义军。 (3) 义军起义失败。	李自刎殉国。

以上共得清代杂剧悲剧70种。其中吴梅先生杂剧等数种写于民国初年。

三、《红楼梦》苦戏系列

作家	作品	悲剧回目情况
孔昭虔	葬花	黛玉葬花事。北曲一折。
仲振奎	红楼梦传奇	自《原情》至《逃禅》、《遣袭》,共三十二出。
万荣恩	潇湘怨传奇	自《种情》至《情缘》,共四卷三十八出。
吴兰征	绛蘅秋	自《情原》至《瑛吊》,共二十八出。
许鸿盘	三钗梦	计《堪梦》、《悼梦》、《断梦》、《醒梦》北曲四折。
朱凤森	十二钗传奇	自《先声》到《余韵》,共二十出。
吴镐	红楼梦散套	自《归省》到《觉梦》,共十六出。
吴韬玉	红楼梦	自《梦游》到《幻圆》,共十出。
陈钟麟	红楼梦传奇	自《仙引》到《幻圆》,共八卷八十出。
周宜	红楼佳话	共计《会艳》、《情谑》、《题帕》、《祭花》、《艳逝》、《哭艳》六出。

以上共得《红楼梦》戏曲十本,据阿英所编《红楼梦戏曲集》①排列。这其中既有传奇苦戏,也有杂剧苦戏,但都是对小说《红楼梦》悲剧精神的部分抽绎与细节展示。

第二节 清代花部苦戏纲目

一、花部苦戏名目举要

序号	作家或剧种	作品	悲剧人物	悲剧冲突过程	结局
1	秦腔剧目	炮烙柱	梅伯、杜辉、姜后等	(1)纣王宠妲己,进谏之梅伯、杜辉被杀被烙。(2)姜后被诬以刺王罪,被烙。	黄飞虎追杀太子时,纵其逃走。
2	楚曲	青石岭	苏云庄	(1)周义王王后苏云庄征讨北海后得胜回朝。(2)青石山王洪作乱,苏云庄有孕不出征。贾妃诬其身怀妖魔。(3)苏出征,阵前产子,收复王洪。	云庄被义谗问斩,王洪等先劫法场,后镇反叛,中箭而亡,死后封神。

---

① 阿英编《红楼梦戏曲集》,中华书局1978年版。

(续表)

序号	作家或剧种	作品	悲剧人物	悲剧冲突过程	结局
3	京剧等	双尽忠	李文、李广	(1) 周夷王时杨皇后被陷害。 (2) 李广、李文劫法场救皇后。 (3) 李文箭伤太重,自刎而亡。	李广杀出重围,进山落草。
4	京剧	庆阳图	李文、李刚等	(1) 李刚误将国舅马兰之冠打落。 (2) 马兰与妹马妃诬蔑李广与杨妃有私,斩李广。 (3) 广弟李刚打死马兰。	杨后缚马妃,李刚斩之。
5	京剧	孝感天	共叔段夫妻	(1) 郑庄公弟共叔段欲篡国。 (2) 其妻魏元环苦劝不听,乃自刎。 (3) 共叔段兵败自刎。	夫妻鬼魂托梦母后姜夫人。
6	梆子、京剧等	伐子都	考叔、子都	(1) 郑庄公部将公孙阏(子都)与颖考叔攻同惠南王时,互争帅印。 (2) 子都用冷箭射杀考叔。	子都庆功宴上,考叔冤魂活捉子都。
7	京剧等	焚绵山	介子推	(1) 介子推与重耳流亡十九年。 (2) 重耳复国后遍赏功臣。介子推耻于表功,与老母隐居绵山。 (3) 邻居解张代写怨词,贴于朝门。	重耳为逼介子推出山,火烧绵山。介子推母子皆死。
8	京剧等	海潮珠	崔木纾	(1) 齐庄公私通崔妻棠姜。 (2) 崔托重病不起,候庄公入府。	杀庄公。
9	京剧等	搜孤救孤	公孙杵臼、程婴等	(1) 奸臣屠岸贾请景公诛赵朔。 (2) 朔妻庄姬将孤儿赵武藏匿宫中。 (3) 程婴将孤儿转移到家中。 (4) 屠岸贾欲杀全国孤儿,程婴将亲儿交公孙杵臼出首。	程婴抚养赵武成人,诛屠岸贾。

(续表)

序号	作家或剧种	作品	悲剧人物	悲剧冲突过程	结　局
10	秦腔等	蝴蝶梦	庄周妻田氏	(1) 庄周诈死,化身为楚王孙往吊。 (2) 田氏与楚王孙苟合。 (3) 楚王孙病,需人脑救治。 (4) 田氏劈棺,取庄周之脑。	庄周复活,田氏羞愧自缢。
11	秦腔等	黄金台	闵王等	(1) 齐闵王占据燕地。 (2) 燕昭王令乐毅伐齐。 (3) 齐世子田法章告警,王醉,邹妃诬世子调戏于她。	闵王战乐毅,被杀;田单等战败燕军,世子即位。
12	秦腔等	荆轲刺秦	荆轲等	(1) 秦欲吞并六国。 (2) 燕太子丹遣荆轲等刺秦王。	荆、燕皆被杀。
13	京剧等	未央宫	韩信	(1) 韩信劝陈豨反刘邦。 (2) 刘邦亲自征讨陈豨。	吕后、萧何未央宫斩韩信。
14	京剧等	马前泼水	崔氏	(1) 崔氏逼迫贫士朱买臣写休书。 (2) 朱买臣考中,为会稽太守。 (3) 崔氏拦路,请求复婚。	买臣泼水马前令其收。崔氏自尽。
15	京剧等	吴汉杀妻（斩经堂）	吴汉夫妻	(1) 王莽婿吴汉在潼关擒获刘秀。 (2) 母亲告儿,王莽乃杀父仇人。 (3) 南宁公主在经堂知情后自刎。	吴母亦自缢。吴汉烧家,辅刘秀复汉。
16	京剧等	白蟒台（汉剧《云台观》）	王莽等	(1) 洛阳失守,王莽造白蟒台。 (2) 令邳彤抗刘秀,邳彤降之。 (3) 在白蟒台搜出王莽。	刘秀将王莽于云台观斩首。
17	京剧	站蒲关	徐艳贞等	(1) 刘秀时,汉将王霸困守蒲关。 (2) 王令仆刘忠杀妾艳贞。刘不忍,艳贞自杀;刘忠亦自杀。	王用二尸肉劳军,坚守阵地。

（续表）

序号	作家或剧种	作品	悲剧人物	悲剧冲突过程	结局
18	京剧	打金砖	姚期、刘秀等	(1) 姚期子姚刚打死太师郭荣。 (2) 姚期绑子上殿请罪。 (3) 刘秀醉中听郭妃谗言,斩姚期等功臣二十六人。	马武撞死宫门,魂灵持金砖砸死刘秀。
19	京剧等	战宛城	张绣、典韦、邹氏等	(1) 曹操战宛城,张绣兵败而降。 (2) 操占绣嫂邹氏。 (3) 张绣遣人盗典韦双戟。	张绣杀典韦,杀邹氏,曹兵溃逃。
20	京剧	白门楼	吕布	(1) 曹操、刘备围下邳,以水淹城。 (2) 吕布残暴,部下盗其赤兔马献曹。	布被擒,操斩之。
21	京剧等	斩貂	貂蝉	(1) 关羽擒吕布。 (2) 张飞将貂蝉送给关羽。	关羽月下斩貂蝉。
22	京剧等	拷打吉平	董承、吉平等	(1) 董承受衣带诏除曹。 (2) 太医吉平治曹病,欲下毒药。 (3) 曹操打死吉平。	曹诛董承,杀董妃,献帝悲戚无助。
23	京剧等	击鼓骂曹	祢衡	(1) 曹操羞辱祢衡,使为鼓吏。 (2) 祢衡击鼓骂曹。	曹操欲借刘表部将黄祖杀之。
24	京剧等	荐诸葛	徐庶母子	(1) 徐庶佐刘备,屡败曹兵。 (2) 曹使程昱伪造徐母书信召徐。 (3) 徐庶推荐诸葛孔明。	徐许昌见母,始知被骗。母愤怒自缢。
25	京剧等	芦花荡（三气周瑜）	周瑜	(1) 刘备与孙尚香婚后逃回荆州。 (2) 周瑜追赶,被张飞擒获。	张飞嘲弄后放之,周瑜气得呕血。
26	京剧等	玉泉山	关羽	(1) 关羽兵败身死,到玉泉山索头。 (2) 关魂在东吴庆功会活捉仇人吕蒙。	曹操见显圣头颅,不久死去。

(续表)

序号	作家或剧种	作品	悲剧人物	悲剧冲突过程	结局
27	京剧等	造白袍	张飞	(1) 关羽遇害后,张飞令部下造白盔白甲。 (2) 范疆、张达延期,遭张飞鞭打。	范、张候张飞睡熟,刺杀之。
28	京剧等	伐东吴	黄忠	(1) 刘备伐东吴,叹五虎将凋零。 (2) 黄忠不服老,单骑杀吴将,受箭伤。	关兴等抢出黄忠,黄伤重而亡。
29	京剧等	白帝城	刘备	(1) 刘备兵败彝陵,于白帝城养病。 (2) 向诸葛亮托孤。	病重而亡。
30	汉剧、京剧	祭江	孙尚香	(1) 世传刘备彝陵战死。 (2) 孙尚香别母祭刘。	投江而亡。
31	京剧等	五丈原	诸葛亮	(1) 诸葛亮与司马懿对垒,呕血五丈原。 (2) 姜维点七星灯,以求诸葛亮延寿。	魏延无意间扑灭主灯,诸葛亮亡。
32	京剧等	哭祖庙	刘谌	(1) 魏邓艾取川,刘禅决定投降。 (2) 刘禅子刘谌深感耻辱,其妻自杀后,复杀其子。	哭祖庙后自刎。
33	秦腔等	双蝴蝶	梁山伯、祝英台	(1) 祝英台女扮男装,与梁山伯同学。 (2) 祝父将女许配马文才。 (3) 梁山伯得知真情后,郁闷而亡。	祝英台哭墓而入,与梁化蝴蝶双飞。
34	京剧等	忠烈图	伍建章	(1) 杨广弑父兄杨坚、杨勇。 (2) 伍建章孝服骂广,不草帝诏。	伍被敲牙割舌而亡,妻亦被杀。
35	楚曲等	李密降唐	李密、王伯当	(1) 李密降唐后娶河阳公主。 (2) 李密先迫公主盗玉玺,后杀之。	李世民追杀李密、王伯当,二人自刎。

(续表)

序号	作家或剧种	作品	悲剧人物	悲剧冲突过程	结局
36	京剧等	虹霓关	东方氏	(1) 瓦岗王伯当射杀隋将辛文礼。 (2) 辛妻东方氏擒获王伯当。 (3) 东方氏愿嫁王,后降瓦岗寨。	王伯当恶其背夫不义,于洞房杀之。
37	秦腔、京剧等	斩雄信	单雄信	(1) 单雄信死战唐营,被捕。 (2) 李世民爱其英勇,诚意劝降。 (3) 单雄信因杀兄之仇,宁死不屈。	李不得已而斩之,程咬金等举杯诀别。
38	花部	淤泥河	罗成	(1) 罗成至天牢探望李世民。 (2) 元吉为除罗成,命其出战苏烈。 (3) 罗被迫多次出战,草血书与秦王。	秦王杀苏烈,祭奠罗成,罗魂显圣。
39	京剧等	尉迟认子（白良关）	梅氏	(1) 尉迟恭从军,妻为刘国桢所占。 (2) 尉迟在白良关击伤国桢。 (3) 梅氏令子宝林持雌雄鞭阵前认父。	尉迟父子杀国桢;梅氏羞失身而自缢。
40	京剧等	凤凰山	马三保	(1) 唐太宗征东,马三保打探军情。 (2) 盖贤谟擒马,剁其四肢致残。	尉迟恭救马,马绝望自杀。
41	京剧等	打雁	薛仁贵夫妻	(1) 薛仁贵投军,妻柳迎春生薛丁山。 (2) 仁贵封侯回家,见少年射雁。 (3) 猛虎袭少年,仁贵射虎,误中少年。	得知射杀少年乃子丁山,夫妻悲痛。
42	京剧等	界牌关	罗通等	(1) 唐将罗通与苏宝童交战。 (2) 苏将王伯超刺出罗肠,罗盘肠再战。	其子罗章刺死王伯超,报杀父仇。
43	京剧等	法场换子	徐策一家	(1) 薛刚踢死皇子逃出京城。 (2) 武后传旨斩薛猛夫妇及其满门。 (3) 徐策不忍薛氏绝嗣,夫妻商议。	以子金斗换得薛猛子薛蛟归。

362

（续表）

序号	作家或剧种	作品	悲剧人物	悲剧冲突过程	结　局
44	花部	铁丘坟、打金冠	薛猛	（1）薛刚打死武则天与薛怀义所生伪太子。 （2）家族被诛,徐策易子育薛蛟。	薛蛟长大,讨伐武氏。
45	花部	举鼎观画	徐策、薛蛟	（1）薛蛟能举双石狮。 （2）徐策在祠堂叙其全家冤仇。	徐策命薛蛟约薛刚清君侧。
46	京剧等	琵琶行	白居易、裴兴奴	（1）白与歌妓裴兴奴交好,贬官江州。 （2）兴奴被逼嫁江西茶商,独守空房。	白裴相会,作《琵琶行》。
47	京剧等	花蕊夫人	花蕊夫人	（1）蜀主孟昶之妃徐氏封为花蕊夫人。 （2）孟昶降宋,与夫人入京。 （3）昶卒,赵匡胤纳花蕊为妾。	花蕊欲射匡胤,被光义所察,乃痛斥匡胤后自尽。
48	京剧等	贺后骂殿	贺后	（1）赵匡胤亡后,弟光义夺取帝位。 （2）贺后遣长子德昭,追查匡胤死因,德昭反被逼死。	贺后带次子德芳骂殿,光义认错封王。
49	上党梆子等	金沙滩	杨家将	（1）宋太宗赴辽邦双龙会。 （2）杨业虽遭贬逐,仍带领八子护驾。 （3）大郎、二郎、三郎战死,五、六、七郎逃脱,四郎延辉和八郎陷番邦。	杨继业拥太宗五台山避难。
50	上党梆子等	五台山	杨家将	（1）宋太宗褒奖杨家满门忠烈。 （2）五郎杨延德认为皇家情谊太薄。	削发为僧。
51	京剧等	李陵碑	杨家将	（1）杨继业父子困两狼山,七郎求援。 （2）主帅潘洪因七郎曾打死其子潘豹,拒不发兵,并射死七郎。 （3）继业令六郎再搬救兵。	七郎阴魂托梦,继业乃于李陵碑碰死。

363

(续表)

序号	作家或剧种	作品	悲剧人物	悲剧冲突过程	结　局
52	京剧等	孤鸾阵	杨家将	(1) 辽邦摆孤鸾阵,杨延昭遣杨宗勉,到李云处取回杨继业金刀。 (2) 宗勉与李云女洁梅比武订亲取金刀。 (3) 宗勉以金刀闯辽阵,被擒殉国。	洁梅率宋兵闯敌阵,抢回宗勉尸体,成为孤鸾。
53	京剧等	洪羊洞（昊天塔）	孟良 杨延昭	(1) 杨继业骨殖存辽邦洪羊洞。 (2) 杨延昭命令孟良前往盗骨。 (3) 孟良以为暗中尾随之焦赞乃辽将,劈杀之;知情后悲痛自刎。	骨殖托部将程宣带回,延昭得知后病重而亡。
54	汉剧等	陈琳拷寇	陈琳、寇玉	(1) 刘妃诬李妃产狸猫,将其打入冷宫,得以册立为后。 (2) 太子长大后见冷宫中李妃哭泣。 (3) 刘妃命陈琳拷打寇珠。	陈琳恐寇珠难经拷打,一棍打死寇珠,全其志向。
55	花部	赛琵琶	陈世美	(1) 北宋陈世美中状元、招驸马。 (2) 妻秦香莲携儿女寻夫,世美不认,秦弹琵琶诉冤。 (3) 宰相王延陵劝陈认妻,陈反遣刺客杀妻女。	香莲得三官神授兵法,挂帅征番建大功。回朝后主审陈世美。
56	诸剧种	铡美案	陈世美	(1) 陈世美不认前妻,遭韩琪追杀。 (2) 韩琪令香莲母子逃亡后自刎。 (3) 香莲到包拯处告状。	包拯抗太后和皇姑命,铡死陈世美。
57	京剧等	奇冤报（乌盆记）	刘世昌	(1) 商人刘世昌遇雨借宿,窑家赵大毒死刘,将其尸骨和泥,做成乌盆。 (2) 张别古到赵家讨债,赵以乌盆相抵。 (3) 鬼魂求张告状申冤。	包拯审案,将赵大杖毙。

(续表)

序号	作家或剧种	作品	悲剧人物	悲剧冲突过程	结局
58	秦腔、京剧等	庆顶珠（打渔杀家）	萧恩	(1) 老英雄萧恩与女儿碧莲（桂英）捕鱼为生。 (2) 土豪催逼鱼税，肖恩打之。 (3) 县衙杖之，令其去土豪家中赔罪。	萧诈献庆顶珠，杀死土豪全家后自刎。女儿携珠投婆家。
59	京剧等	牛头山（挑滑车）	高宠	(1) 岳飞与金兀朮牛头山会战。 (2) 大将高宠见敌人猖狂，忧愤之间违令出战，连杀金将数名。 (3) 金兀朮令以铁滑车阻宋军。	高宠力挑铁滑车，力尽阵亡。
60	秦腔等	风波亭	岳飞	(1) 秦桧矫旨，十二道金牌令岳飞归。 (2) 岳飞部将皆言大功将成，不可回。 (3) 岳飞斥退众将，归朝。	秦以莫须有罪，于风波亭中杀岳飞父子。
61	花部	清风亭（天雷报）	张氏夫妻与继宝	(1) 薛永进京，妾周桂英被大妇驱至磨房。产子后遗金钗血书，弃于扬州周凉桥下。 (2) 打草鞋、磨豆腐之张元秀拾得此子，起名张继宝。 (3) 继宝十三岁，同学骂他为无父之儿。元秀责其至清风亭。 (4) 周氏血书认子，携之进京，得官。	张氏夫妻思儿得病，后于清风亭见高官继宝，继宝不认，张氏夫妻撞死。天雷打死继宝。
62	花部	战太平	花云	(1) 朱元璋命侄文逊与花云共守太平。 (2) 陈友谅围困之，文逊不肯突围，皆被捕。 (3) 文逊乞降，仍被斩首。	花云拒降，被执高竿。后夺刀杀数人，自刎。

(续表)

序号	作家或剧种	作品	悲剧人物	悲剧冲突过程	结　局
63	花部	审头刺汤	莫成、雪艳	(1) 严世蕃欲斩莫怀古,夺一捧雪玉杯。 (2) 义仆莫成代主受刑,被汤勤识破。 (3) 汤与陆审头,各不相让。卢乃将莫氏妾雪艳与汤,汤始甘休。	成婚之夜,雪艳刺杀汤后自尽。
64	京剧等	百宝箱	杜十娘	(1) 名妓杜十娘,托付终身于李甲。 (2) 邻船孙富以重金购十娘。 (3) 李甲动心,商之于十娘。	十娘携百宝箱投江。
65	徽班、京剧等	十二红（备刀记）	毕员外等	(1) 毕员外索债周屠户。 (2) 员外与周妻勾搭成奸。 (3) 毕员外杀死周屠户。	阎王捉拿奸夫淫妇,以酷刑处死。
66	花部	铡子	渔女等	(1) 明代徐延昭之子徐猛打死渔翁。 (2) 徐猛逼渔女为妾,女投江。 (3) 海瑞救渔女,令其于延昭处诉冤。	徐延昭铡子。
67	京剧等	烟鬼叹	魏家夫妻	(1) 魏不饱抽大烟丧生。 (2) 鬼魂回家,见妻子悲痛欲绝。	魏痛陈鸦片之害。

二、花部苦戏小结

以上共得清代花部悲剧剧目六十七种。

花部,系指清乾隆以来与雅部昆曲相为竞争、同时也彼此呼应的地方大剧种。花部中的代表性剧种计有秦腔、京腔、弋阳腔、二黄调等。吴长元在其《燕南小谱》(1783—1785)中,最早提出"花部"的概念。

清高宗(爱新觉罗弘历)从乾隆十六年(1751)开始的六次南巡,使得参与接待的江淮盐商们竭精殚虑,大力推动了花雅两部的演出盛举。新起的花部戏腔毕竟新鲜活泼,别具一格,常常成为雅部献演的陪衬,整场大戏的小戏穿插,犹如羸弱仕女中的健壮村姑、正餐大菜间的一道野味,很能够引起宫中人士们在观剧审美上的新奇感。

宫廷中崇尚的艺术趣味,当然会极大地影响都市文化风气的迁移。由秦腔、徽剧、楚曲、汉剧和京腔等诸般剧种合流集萃而成的京剧,终于从外省扎根于京城,从配戏到主戏,从雅部昆曲之陪衬,成长为花部的魁首,最终取昆曲而代之,称为雄霸朝野的新一轮国剧。

尽管花部中也有部分剧目源于传奇,但在整体面貌上却有了很大改变。花部剧目中的苦戏较多,但苦戏的内涵也因为题材与风格的变化有了新的扩充。由于忠孝节义和历史演义戏的明显增多,花部苦戏中慷慨激昂、可歌可泣的壮烈风格,尤其得到了充分的彰显。这也使得苦戏的内涵有了相应的扩充和发展,不一定仅仅局限于愁苦、哀苦和冤苦之苦,而是在诸苦之上丰富和添加了报仇雪恨、雄健刚劲的强旺气象。

第三节 清代苦戏的风格与发展

一、清代"苦戏"的原委与风格

"苦戏"的提法,从清初便开始发端。钱谦益(1582—1664)曾在《漫题八绝句》中咏道:"《牡丹亭》苦唱情多,其奈新声水调何?谁解梅村愁绝处,《秣陵春》是隔江歌。"①

继钱谦益的《牡丹亭》苦戏说之后,明崇祯时太学生、湖北黄冈人杜浚(1611—1687)专咏《看苦戏》一诗:"何代传歌谱,今宵误酒杯。心伤清理绝,事急鬼神来。蜡泪宁知苦?鸡声莫漫催。吾生不如戏,垂老未甘回。"②

百年之后的1798年,程瑛在《龙沙剑传奇》③中,论及"苦旦"便是"正旦"和"青衣旦",以苦旦演"苦剧",成为一时之风尚。关于苦戏的构成与提法,变得更加系统而普遍了。

之前五年(1793),英国使臣马嘎尔尼也在参拜乾隆热河行宫时,写下了关于中国"悲剧"和喜剧的观感。

清代苦戏的产生,与时代背景和文化风潮息息相关。时代的激烈动荡和巨大变化,势必引起戏剧文化的共振与嬗变。仅从悲剧文化现象来分析,清代戏剧便在精神内容和体例形式上,都呈现出比较鲜明的时代特色。

从精神内容上看,悲剧作品的不断衍生和发展,贯穿了整个清代社会的全程。这里不仅有大好江山复归异族的悲哀,也不止于清王朝自身由盛趋衰的穷途末路;还有帝国主义列强的虎视眈眈与层层瓜分,以及全部封建社会大厦的分崩离析与整体倾覆的预感。苦戏作品正是时代精神的形象载体。

---

① 钱谦益《漫题八绝句》,《有学集》卷十一,赵山林《历代咏剧诗歌选注》,书目文献出版社1988年版,第246页。
② 杜浚《看苦戏》,《变雅堂诗集》卷三,同上,第271页。
③ 程瑛《龙沙剑传奇》,黑龙江出版社1986年版。

从体例上看,清代苦戏仍以传统的传奇和南杂剧两类样式合成为一个方面军。但本朝的南杂剧,大抵是案头观赏的作品。可供演出的清传奇精品,还是以昆腔戏为主。

清代苦戏的另外一支方面军是花部诸腔。

18世纪末叶后,雅部渐趋衰微,花部逐渐勃兴。李斗《扬州画舫录》云:"雅部即昆山腔,花部为京腔、秦腔、弋阳腔、梆子腔、罗罗腔、二黄调:统谓之乱弹。"正是这些俚俗的花部地方戏,在舞台上逐步挤占了昆曲的位置。花部作为地方戏对历史悠远、实力雄厚的雅部的战胜,除了群众性、地方性和通俗性等原因之外,苦戏中悲剧的情调比较浓重,也是其特点之一。

焦循的《花部农谭·序》谓:

> 梨园共尚吴音。"花部"者,其曲文俚质,共称为"乱弹"者也,乃余独好之。盖吴音繁缛,其曲虽极谐于律,而听者使未睹本文,无不茫然不知所谓。其《琵琶》、《杀狗》、《邯郸梦》、《一捧雪》十数本外,多男女猥亵,如《西楼》、《红梨》之类,殊无足观。花部原本于元剧,其事多忠、孝、节、义,足以动人;其词直质,虽妇孺亦能解,其音慷慨,血气为之动荡。①

焦循所述花部所演诸剧,如《铁丘坟》、《龙凤阁》、《两狼山》等,都是"慷慨激昂"、一悲到底、苦大仇深的大悲剧。从他观演诸剧的总体感受看,或是"郁抑而气不得申",或是"观之令人痛苦",都是雅俗共赏的悲剧审美感受。

一般言,昆曲专写风花雪月的生旦爱情戏数量较多,偏于柔媚雅致;花部则以历史演义中的忠孝节义类苦戏剧目为主体,偏于慷慨悲歌,大气盎然。从题材、主题和风格上的"苦"、"愁"、"悲"、"烈"方面去征服下层观众,确实是其逐步壮大的秘密之一。

仅从音乐上言,昆曲是曲牌体限制和规定下的千回百转,悲喜之情有时细腻得难以分辨。花部诸腔则具备板腔体的自由和明朗,大悲大喜,起落分明。如秦腔就概分"欢音"和"哭音",皮黄剧"西皮"与"二黄"互转时,也总有悲、喜之情的转折和变化。

以老生、花脸等擅演慷慨激昂的苦戏、悲剧角色为主体的戏剧声腔,在一定的历史时期里尤其是社会变动的当口,格外能够动人。这也是一种值得重视的戏剧文化现象。

花部诸腔中一枝独秀的皮黄腔,随着原汉调老生余三胜等人的进京演出,在1845年左右正式形成,从此宣告京剧诞生。作为京剧老生,余三胜擅演的剧目多是悲剧色

---

① 焦循《花部农谭·序》,《中国古典戏曲论著集成》(八),中国戏剧出版社1959年版,第225页。

彩十分浓厚,如《李陵碑》、《当锏卖马》和《定军山》等皆然。从余三胜到其孙余叔岩,形成了苍凉曲折、悲怆动人的余派唱腔。可以说,京剧起初是以号称"老生三杰"的余三胜、张二奎和程长庚作为台柱,以苦戏和悲剧剧目作为主要阵容。

同治、光绪年间是京剧的极盛时期,其标志之一便是擅演悲剧的谭鑫培大师的崛起。曾几何时,人们便以"家家'收拾起',户户'不提防'"的哀曲,揖别了明朝三百年江山;而后,随着鸦片战争的风云,伴着圆明园毁灭文明的烈火,封建社会在末世中沦为了半殖民地。在这种社会情势下,谭鑫培苍凉感伤的老生新腔创成,全北京城都激起了苦闷的共鸣,大家痛感"家国兴亡谁管得,满城争说叫天儿"的亡国之音。

因此,人们在特定历史时期对苦戏悲腔的风靡和喜爱,也势必影响到戏剧体制的变化。花部争胜于昆腔,因其慷慨激昂之骨气;京剧崛起于花部,因其悲怆凄凉之风韵。这也是文学风范和艺术品格发展到极致的昆腔,仍不免走向衰微的外部原因。

花部诸腔虽然自 18 世纪后期起,大量占领了舞台,但剧本却大多没有精雕细琢,付诸刻印。相当多的剧目经过轰轰烈烈的演出后,旋即无声无息地消亡。一部分保留下来的剧目,经过岁月的剥蚀和几代艺人的锤打,往往面目全非,和本来的样子相去甚遥。因此,包括京剧在内的花部诸腔,往往具备充沛的戏剧性、强烈的舞台性,但却缺乏精致的文学性。

因此,作为一本梳理中国悲剧文学史的书,我们在讨论清代苦戏时,仍不得不以昆曲剧目为主,杂剧剧目为辅,京剧剧目只成为点缀。虽然不能小看昆曲剧目被花部所大量移植改编的情况,但花部剧目的例证匮乏和分析的微弱,仍不能说是一大憾事。

二、清代苦戏的发展脉络

清代苦戏,大约可以分为兴亡苦戏、市民苦戏和农民斗争苦戏三种。

清代初叶的苦戏,以南洪北孔的《长生殿》与《桃花扇》作为兴亡悲剧典范。悲剧家们在剧作中透露出深深的历史兴衰感和时代苍凉感。吴伟业等文化悲剧家们,以《秣陵春》、《通天台》为代表作,因个人身世之感、抒有才无用牢骚。虽则气派不大,但也可归在兴亡悲剧之中。以小说《红楼梦》为祖本创作出的一批系列悲剧,也带有浓重的世纪末之感伤情绪。

张坚(1681—1763)的《玉燕堂四种曲》中,《怀沙记》写屈原自沉;江西铅山人蒋士铨(1725—1785)①,也在苦戏方面用功较深。在《桂林霜》中,蒋士铨塑造了大清朝广西镇抚马雄真的忠勇形象。他坚决不降云南叛将吴三桂,哪怕全家一起坐土牢四年,还是矢志不移。后来,他用幼子们的首级投掷叛匪,导致全家三十九人满门殉节,惨烈

---

① 参见熊澄宇《蒋士铨剧作研究》,中国戏剧出版社 1988 年版。

之极。《冬青树》表彰宋代民族英雄文天祥百折不降的人格气节,尤其令人动容。蒋士铨自己认为,文天祥的崇高处就在于被戮之前,在土牢中那种非人所能忍耐的生存环境下还要坚守到底。因为"窃观往代孤忠,当国步已移,尚间关忍死于万无可为之时,志存恢复,耿耿丹衷,卒完大节"①。这种忠臣义士之情,是对国家、朝廷和人民的赤诚之情。

市民苦戏,可以分成为言情苦戏和斗争苦戏两种。

中国古典悲剧发展到清中叶后,已经寻觅不到像《长生殿》和《桃花扇》这样有成就的大型文人言情怨谱了。

但是,戏曲悲剧还是要以其固有的惯性向前发展,还是要满足许多戏曲观众对"苦戏"、"哀曲"的审美需求。像《雷峰塔传奇》这样由文人和艺人所共同创造完成的大型苦戏,包含市民言情与农民斗争苦戏的不同风格,还是犹如璀璨夺目的明珠一般,得到了老百姓的认可、喜欢和共鸣。此外,一大批中小型戏曲悲剧也应运而生,以各自不同的方式表达着对世界的认识和遗憾,对情感的赞美和痛惜。

与清初悲剧那种遗民情重、改朝换代的感觉不一样,与那种或慷慨激昂、或凄凉感伤的风格不一样,在经历了康乾盛世、太平年间的百姓来看,那些伤心透顶如吴伟业《秣陵春》中"人亡物在,可伤可惨"②的感叹,显得太为迂腐也太为遥远了。"南洪北孔"那种史诗般的悲剧,也已经有些不大入流了。此时的悲剧,往往是个人化的,言情化的,尽管也刻骨铭心,但仍不脱儿女真情、生死至爱。

张坚的言情苦戏如《玉狮坠》、《梅花簪》和《梦中缘》,都在情爱上渲染颇多,也带有一些悲情的成分。

蒋士铨的《藏园九种曲》中,《空谷香》写梦兰一旦被许为进士顾孝威之妾,便从此忠贞不二。当着贪图银子的继父将她转卖给济南知府的公子后,她便持刀自刎,被救后重新嫁给顾进士,生子之后才病亡。被逼卖给衙内之后以死相抗,这种专情不二的举动,在戏曲史上亦颇为感人。《香祖楼》也是写薄命之妾的遭遇,写出了身为弱女子的大悲哀。《临川梦》中有娄江女子俞二姑读《牡丹亭》之后伤情而死的场面,亦很凄惨动人。

乾隆时期所出现的最好的大型言情苦戏,是黄图珌等人不断踵事增华的《雷峰塔传奇》。

市民斗争苦戏中,以李玉为首的苏州派悲剧作家群,抒写了火热的市民斗争场面。市民与工人以群体阵容登上舞台,这在戏剧史上是前所未有的创举。

农民斗争苦戏中,以曹寅《虎口余生》作为代表,在很大程度上或直接、或间接地

---

① 蒋士铨《冬青树自序》(1781),周妙中《蒋士铨戏曲集》,中华书局1993年版。
② 吴伟业《秣陵春》,清顺治年间振古斋刊本,《古本戏曲丛刊》影印本。

反映了人民大众与封建制度的殊死搏斗。

黄图珌(1700—1711之后),在诗词书画、音律戏曲方面较为擅长,《看山阁集闲笔》卷三《文学部》中的《词曲》章①,就专门讨论戏曲填词作法。在他的《排闷斋传奇》六种中,以《雷峰塔》最为驰名。

白蛇精故事发端于宋代话本《西湖三塔记》,明代的通俗文艺又加以踵事增华,《警世通言》中的《白娘子永镇雷峰塔》便是一例。明人陈六龙也写过《雷峰记》传奇,但已佚亡。黄本《雷峰塔》一共三十二出,白娘子善良多情的形象压倒了以往的妖气,强烈而具备持续性的悲剧性冲突贯彻到底。乾隆中叶时,梨园艺人陈嘉言父女将黄本增订为四十出的演出本。此后,安徽徽州文人方成培(1731—1780后)又将陈本再次改编为《雷峰塔》传奇,"虽稍微润色,犹是本来面目"(《雷峰塔·水斗》总批)。这就是后来通行的本子。

白娘子何罪之有?她最大的愿望,只不过是和许宣生儿育女,过平常人的日子。为此,她不惜放弃了千年的道行。然而从佛国的法海和尚到道教的茅山道士,从南极仙翁到官府衙门的大小爪牙,人人都在算计白娘子,破坏她最为起码的人间生活。于是有了身怀六甲的白娘子水漫金山,与夺走她丈夫的法海作殊死的斗争。可怜她为之拼命的丈夫许宣,却是一个屡次背叛她的告密者。当白娘子被镇压在雷峰塔下,当着儿子来看娘亲的时候,白娘子这才叮嘱儿子:长大成人后,"但愿你日后夫妻和好,千万不可学你父薄幸"!该剧既是一出"多情女子负心汉"的性别苦戏,还通过白娘子与神权和政权的生死搏斗,象征着农民斗争改朝换代的壮烈史诗。

在嘉庆十五年(1810)《听春新咏》中,记载了地方戏《打渔杀家》(《庆顶珠》)的演出情况。该剧根据陈忱的《水浒后传》第九、十回的李俊故事改编,演化成打渔谋生的萧恩父女与世无争,但却遭到恶霸丁自燮及其走狗的百般勒索、千种凌逼。在走投无路、忍无可忍的情况下,萧恩父女被逼得铤而走险,将丁家满门杀死。犯事之后,萧恩只得自刎,女儿逃往江湖。这出悲剧写了封建社会的下层爪牙"霸逼民反"的激烈阶级冲突,集中地体现出恶霸横行、民不聊生的老百姓生存困境。

三、清末民初的民族苦戏与革命悲剧

本时期的苦戏与悲剧明显增多,这也从一个方面表明了大清朝的气数将尽。

19世纪以来,帝国主义列强用鸦片和炮火敲开了古老中华的国门,一方面是大清朝的摇摇欲坠,另一方面是民众对西方世界的眼界大开。从同治十一年(1872)开始,留着辫子的中国留学生开始走出国门,到西方学习新的科学知识,更为重要的是开始拥有更为完全的世界观念。各种译书馆应运而生,打开了一扇新鲜的天窗。如果说龚

---

① 清乾隆十年(1745)校印本,《中国古典戏曲论著集成》(七),中国戏剧出版社1959年版。

自珍等人属于第一代士大夫型的文人的话,那么康有为、梁启超、黄遵宪便是中西混合的第二代文人,柳亚子、秋瑾便属于具备西化气息的第三代文人。

这一时期的苦戏剧目较为丰富。例如黄燮清的《居官鉴》(1881年重刻本)感叹"国病难医",《桃溪雪》(1857)表彰为救百姓而以身殉国的奇女子。徐鄂的代表作《梨花雪》(1886)①写曾国荃攻破太平天国都城南京之后,湘军将少女黄婉梨掠走,并将其全家杀死。少女在湘潭旅馆中以鼠药下酒,毒死二湘军之后,上吊而亡。这出戏表彰了少女抗暴复仇的精神,展示了柔弱可胜刚强的道理。其他如刘伯友的《花里钟》等剧,写妓女所受到的摧残和痛苦,具备一定的人道主义精神。

关于民族痛苦和民族危亡的苦戏,在本时期也屡有出现。例如浙江瑞安人洪炳文(1848—1918)的系列悲剧,每每涉及到民族的生存危机问题。他的《水岩宫》(1899)②写明代倭寇侵犯瑞安,陈冰娥将生病的丈夫藏到岩洞之中时,正好与倭寇遭遇。倭寇要将美貌的陈冰娥抢走,被她以钢牙乱咬一顿。倭寇恼羞成怒,将她破腹致死。陈冰娥靠着石壁,虽死而不仆,鲜血溅到石上,形成一个洗刷不掉的"人"字。其夫也随后悲痛而亡。悲剧的结局,是戚家军将倭寇击败,为烈女报仇雪恨。军民的同仇敌忾,是耀武扬威的倭寇侵略者败亡的根本原因。

洪炳文的另一部悲剧《芙蓉孽》(1913)③,写知县何仁爱上书知府,请求禁止鸦片。知府却认为有国家与洋人的通商条约在,不可禁鸦片。何仁爱因此悲愤辞官,用神力禁除鸦片,并且拔除芙蓉(罂粟)孽种。此外,他的《警黄钟》④写争回领地,《后南柯》⑤强调保存种族,都对中国亡国灭种的危险,在戏剧中予以了警示。

20世纪是中国人高举革命大旗的新世纪。许多有志之士要求尽废包括《西厢记》在内的旧戏曲,创作唤起革命精神之新戏剧,特别是富于悲剧特色的戏剧。

箸夫在1905年的报章上呼吁道:"方今环球,一绝大之活剧哉。波诡云谲,龙争虎斗,急管弦愈演愈烈。呼,异哉!""复取西国近今可惊、可愕、可歌、可泣之事,如波兰分裂之惨状、犹太移民之流离、美国独立之慷慨、法国改革之剧烈……一详其历史,摹其神情,务使须眉活现,千载如生。"⑥他认为像广东程子仪他们的做法非常可取。那就是每到异地演戏,先列队高唱爱国之歌,和以军乐,再开始演戏。如果编写以上题材的悲剧,便可以使得百姓"尚武合群","抱爱国保种之思想"。

无名氏在《新世界小说社报》上,更是振臂高呼:"革命!革命!革命何物,曰革命

---

① 徐鄂《梨花雪》,《诵荻斋曲二种》,大同书局1886年版。
② 洪炳文《水岩宫》,1809年油印本。
③ 洪炳文《芙蓉孽》,温州公报馆1913年石印本。
④ 洪炳文《警黄钟》,《新小说》9—17号,1904—1905年本。
⑤ 洪炳文《后南柯》,《小说月报》1—6期,1912年3—9月。
⑥ 箸夫《论开智普及之法首以改良戏本为先》,引自陈多、叶长海《中国历代剧论选注》,湖南文艺出版社1987年版,第467页。

戏剧,曰革命弹词。"①

在20世纪初叶的戏曲改良运动中,梁启超在《新民丛报》创刊号上发表了感慨国家兴亡的《劫灰梦》(1902),在当时影响很大。诸如反映徐锡麟为刺杀恩铭而牺牲的《苍鹰击》,再现秋瑾英勇就义的《六月霜》,都直接讴歌了革命志士,推动了革命潮流。所以郑振铎在给阿英《晚清戏曲小说目》所作序中总结道:"皆激昂慷慨,血泪交流,为民族文学之伟著,亦政治剧曲之丰碑。"②这是非常切实的评价。

新世纪京剧改革的先驱,是在编导演技方面都称全能的著名京剧悲剧家汪笑侬(1858—1918)。他的《哭祖庙》写蜀汉刘禅求降于魏军,太子回天无力,只得回家去先杀死老婆儿子,再去哭祭祖庙,自刎身亡。这出悲剧试图说明江山社稷是打杀争斗出来的,投降让位都是弱者的行为。《博浪椎》演张良谋刺秦始皇,鼓动义士们去击杀当代的"皇帝"袁世凯。他还以《波兰亡国惨》给国人敲警钟,骂当局太可恨。从京剧出发,各地剧种如秦腔、川剧都锐意改革,创作出了不少有分量的悲剧。

总的来看,从乾隆年间(1736—1795)到光绪年间(1875—1908),尽管苦戏的题材和内容有着一些激变之处,但文体格局还是大致相近的;到了20世纪之后,随着中华民国和中华人民共和国的先后建立,中国的戏剧家们从理论上逐步接收了西方的悲剧观念,从创作方面也有意识地开始向西方悲剧的一系列规范靠近,从而开始形成既有中国特色又能与西方悲剧沟通的新型悲剧。因此,20世纪的戏曲家们,是在比较自觉的创作状态下构建着自己的民族悲剧作品。

1906年冬,由中国留日学生组成的春柳社,预示了中国话剧的迷人春色。他们在日本公演的《茶花女》和《黑奴吁天录》等作品,又以悲剧起始,闯开了古典戏曲独霸舞台的古老帷幕,中国戏剧史上从此出现了20世纪大舞台上中西戏剧样式并行交融的新曙光。

从清代苦戏总的发展态势来看,有关兴亡题材、市民题材和农民起义题材的苦戏悲剧,构成了本朝较为明显的三大基本类别,需要分门别类地予以更加深入和细化的条分缕析。

---

① 《论戏剧弹词之有关于地方自治》,引自陈多、叶长海《中国历代剧论选注》,湖南文艺出版社1987年版,第477页。
② 引自袁行霈主编《中国文学史》(四),高等教育出版社1999年版,第517页。

第二十一章
末世残钟的兴亡苦戏

清代的兴亡苦戏，可以开列出一个长长的序列。例如吴伟业等人的沉痛悲怨、哀苦哭诉，已经到了心伤肠断、唯求一死的程度。但是即便如此，大家对其悲情叙事长诗《圆圆曲》和几部苦情杂剧，总还是缺乏必要的知解。

最负盛名的兴亡苦戏代表作，还是得数洪昇的《长生殿》和孔尚任的《桃花扇》。文化艺术传播与接收的历史，最终选择了这两部苦戏、史诗和大作。

自此之后，纯粹由文人所创造出来的超大型苦戏悲剧，很难再与这两部大戏相提并论。所以文学史和戏剧史上也常常会认定：《长生殿》和《桃花扇》是后世剧作家难于逾越的高峰，也是中国文人传奇的最佳收束。

第一节　清代兴亡悲剧缘起

一、作为时代情绪的兴亡感

"唱不尽兴亡梦幻，弹不尽悲伤感叹，大古里凄凉满眼对江山！"这是洪昇借唐代老伶工李龟生口吻，写出的包括顺治、康熙朝在内的普遍时代情绪。"谱将残恨说兴亡"，兴亡感作为一种时代情绪，至少持续了半个世纪。

孔尚任的《桃花扇》便写就于1699年。甚至直到清代中后叶，也依然有相当一部分剧作，弥漫着浓重的兴亡之感；但那时的感触已不仅仅停留在明清易代的苦痛上，还隐隐感受到满清气数渐尽的历史足音。

清人兴亡感大体具备这样三层相互生发的内涵：

一是亡国易代之痛。这是古往今来忠于故国旧主，耻食易代后的"周粟"的痛苦。屈原见到亡国征象而自沉，乃至元蒙遗民高启为辞去明代官职而遭腰斩，均为明证。

忠臣不事两朝的从一而终的思想，正是从古以来一脉相承的。

二是异族入主之愤。这便是顾炎武《日知录·十三》中所称的"亡天下"。"保天下者，匹夫之贱，与有责焉！"这种反对异族欺凌和压迫的天下兴亡、匹夫有责的精神，激励了一代代抗清志士。清初包括戏曲作家在内的文坛人士，率多浸淫在"亡国"、"亡天下"的屈辱而悲痛的苦糨之中。顾炎武、黄宗羲和王夫之三大进步思想家高扬着唤醒人心、复兴民族的精神旗帜，屈大均、王猷定和魏禧等人也以诗文艺术形象强调了民族意识。即便是"贰臣"如钱谦益、吴伟业等，也都以故国之哀思掩变节之羞耻，在诗歌艺术上达到了较高成就。吴伟业还在戏曲上率先创兴亡悲剧之风。

三是整个封建社会大厦倾塌的预感。黄宗羲、唐甄等人，从体制上论证了封建社会的总头目君王的祸害。《原君》①谓"为天下之大害者，君而已矣"。"君王敲剥天下之骨髓，离散天下之子女，以奉我一人之淫乐，视为当然"。同时，黄宗羲还批判了所谓"君臣大义"的悖理，"以君臣之义无所逃于天地之间，至桀纣之暴，犹谓汤武不当诛之，而妄传伯夷、叔齐无稽之事，乃兆人万姓崩溃之血肉"。黄氏这种非议君王、驱逐昏君、改朝换代的思想，也只有在封建末世才能形成并得以部分传播。

唐甄在《室语》文中谓："大清有天下，仁矣；自秦以来，凡为王者皆贼也。"这也极易使人归纳出清代帝王亦是贼的结论。黄、唐二人的非君说，其渊源仍是孟子的民本说，但却极富于民主色彩和战斗精神。清代戏曲中，《长生殿》写帝王的软弱与过错，《桃花扇》写昏君的荒淫无道，《红楼梦》系列剧叙贾宝玉的"无君无父"，都与非君说有着相与呼应之处。对君王的怀疑与否定，既出于严肃的思索，也见出了封建社会必然瓦解的端倪。

二、清代兴亡悲剧总述

以李玉、吴伟业为代表的一批由明入清的遗民，搅起了清代兴亡苦戏的第一次波澜。

李玉的《牛头山》，以民族英雄岳飞和叛国内奸黄潜善等人相与对照，形象地揭示出个别英雄的浴血奋战，并不能改变整个南宋王朝腐朽灭亡之全局。《千忠戮》以流亡皇帝建文的眼光，看物是人非，新朝天子戮旧臣的景象。多少忠良殉主尽忠，多少将相身首异处。叛臣严震直先捕建文帝，后在忠臣程济喝斥下放开皇上，羞愧自刎的一场戏，无疑是对那些降清大臣们的诛心之作。剧本对失势的建文帝予以深厚同情，实际上寄托了对明王朝败亡的感伤。难怪此剧曾风靡一时，"收拾起大地山河一担装"的唱腔家喻户晓。也难怪清代统治者以"古今来大不忍之事，言之尚不可，何可形诸剧场"为由，明令禁演该剧（参见北京博物馆升平署档案陈列室告示）。

与李玉的苦戏风格相似的，还有陆世廉的《西台记》。陆剧写南宋民族英雄文天

---

① 黄宗羲《原君》，《明夷待访录》，《四部备要》本。

祥、张世杰的殉国故实,并通过老部下谢翱的哭祭,对文氏予以了高度评价和热情赞颂。这类悲剧大都血泪飘洒以为字,声韵慷慨以为声,借古人事写新感触,具备抚今追昔的比附意义。

以吴伟业作为代表的另一些遗民兴亡苦戏,则在凄凉中见调和之气,感伤中寓出世之风。作为两朝大臣,吴伟业的《秣陵春》写南唐亡国群臣的亲属后裔,在新朝中仍有状元联姻的风光,这其中的悲哀与庆幸并发,旧情与新宠合一。《临春阁》写女将冼氏的强悍能干,贵妃张丽华的文采翩翩,暗寓了陈后主的无能误国;当国破家亡之际,冼氏不但恼怒臣将中的"女宠乱朝"论,还指责了陈后主见风使舵,推卸误国责任时的"装聋作哑"。《通天台》写梁左丞沈炯梦汉武帝授官,又蒙他指点,"说我梁皇依然极乐,自家倒无限凄凉",遂生出了梦幻人生虚无缥缈的感受。冼氏的出家与沈炯的惊梦,既有对前朝的依恋,亦有对故主的怨艾,其中透露出一种不耐今时寂寞凄凉的感觉。这是吴伟业等"贰臣"必经的心理过程。未仕时怨,既仕后悔,悔然后以文补过,形象地发露复杂的心情,这在清初的作者和观众中都有着极大的铺盖面。

尤侗与吴伟业的剧作,在相类风格中亦有差异。吴伟业是在兴亡感、故国思中调寄怀才不遇牢骚,尤侗则是在个人的抑郁感怀中捎带亡主故国之情。这位曾以一部《读离骚》获得清帝好评,后又几经升沉荣辱的作家,在《吊琵琶》中巧妙地以蔡文姬吊王昭君的构思,透出了一派兴衰之感。剧中第一折写汉皇与昭君相知交欢,楔子与第二折写昭君为毛延寿所害,在匈奴与汉的界河殉国。第三折叙汉皇梦昭君。第四折却叙蔡文姬弹琴吊昭君,并兼自伤之感:"我想自古及今,惟有昭君和番与我为二;所愧者惟有一死耳。"文姬自度与昭君"兔死狐悲"、"同病相怜"而幽明相望,这里很难说没有寄寓尤侗自己及一班汉人清臣追恋先贤、可钦可羡而不可及、不可学的复杂心理。

另一位明末清初的湖北戏曲家徐石麒,在《浮西施》剧中表达了功成国立、诛杀功臣的别一种兴亡感。全剧以范蠡和西施的辩难为主体,"事已无悔,教水手抛下江去"的残酷行动作为收束。范蠡决意要致西施于死地的理由只有一条:"西施是个妖孽女子,留在国中终为祸本。"可怜那蒙在鼓中的西施女,大难当头,尚在再三追述与范蠡"一自溪边相遇,便辄情深"的美意。范蠡见她尚自执迷不悟,便寻出许多历史的例证,来阐明美女必是妖孽、祸水的理由:

  当时楚援陈祸,得了夏氏,遂致三国之殃;晋全伐骊戎,取了骊姬,因招五公之祸。前有覆车,岂堪再误?①

无论西施怎样迷惑,怎样苦求,绝情的范蠡只以她始在吴国为祸水,后必在越毁霸

---

① 徐石麒《浮西施》,《坦庵词曲六种》,顺治间刻本。

业的荒谬逻辑始终相逼。功成后如此相报,这既为西施所不能理解,也难为观众所能接受。徐石麒刻意演示的这段戏情,恐怕很难说是在单纯复述鸟尽弓藏、兔死狗烹的政治哲理,也不是在重复女人祸水的旧论;演西施之死,一定是对明清易代时某些戮杀功臣的情况或某件苦情冤案有所影射。

以洪昇的《长生殿》和孔尚任的《桃花扇》作为标志,康熙前后掀起了清代兴亡悲剧的高潮。这两部大作,以其艺术形象的丰富性和多义性,大体包孕了清人兴亡感的全部意绪,也影响到《红楼梦》的创作思想。

作为高潮之后的余波回环,清代中后期也出现了一批兴亡作品,其中张声玠的杂剧《琴别》、《画隐》,黄燮清的《帝女花》传奇,瞿颉的《鹤归来》传奇和管庭芬的《南唐杂剧》,都有一定的代表意义。《琴别》叙述进士兼宫内琴师汪元量,在宋朝亡后与王清惠等一班旧宫人依依辞别的感伤。他把自己比成是"三匝栖鸟,托足难无限辛酸",将难以在新朝容身。往日那些宝马香车、凤冠霞帔的宫中佳丽,眼下与汪元量饯别,一个个都黯然失色,"苦"、"恨"二字充斥在胸臆,但却又不能"拗天子把兴亡旧事重翻案"。但全剧在总体的凄凉中,亦透露出颇为劲健的悲壮之音:

猛回首有许多悲戚,最苦是血淋柴市、肉冷崖山。一任你勤王守义酬肝胆,撑不住环乾坤一角东南。有一个张世杰回天意惨,又一个陆秀夫蹈海情甘。思旧事,难追挽,十余载国亡家破,不死也羞惭!①

虽悲宋事,实感明亡。国破后人必无欢颜之理,这也与《桃花扇》的余韵嘤嘤和鸣。在《画隐》中,作者又借宋王孙赵孟坚之口,痛骂仕元的新贵。孟坚之弟子昂新任元职,参谒乃兄时,孟坚竟让其从后门进出,认为作伪官者决无从大门进去的资格。不知有清的大明遗民,在捧读剧后作何羞惭态? 郑振铎在《杂剧二集题记》中说:"《琴别》、《画隐》二出、深于家国沦亡之痛",殆不虚也。剧作家张声玠(1803—1848)作为卒于任所的清代举人和一任知县,竟流露出如此强烈的民族思想,殊为不易。

另有瞿颉的《鹤归来》,叙其祖瞿式耜作为南明将领,在桂林奋力抗清、拒绝诱降而壮烈殉国事,弘扬了民族气节与一己人格的完善精神。黄燮清《帝花女》演清廷为前朝崇祯皇帝之女坤舆公主缔姻,走的是吴伟业等调和兴亡的文饰之路。倒是管庭芬的《南唐杂剧》,将亡国之君李后主与小周后共悼大周后的场面搬上台面,一派亡国之音萦绕始终。这既是为大周后招魂,也是在为南唐、为宋、为明等已逝和将逝的朝廷招魂。

清代末叶的另外一类兴亡悲剧,要数十余种根据小说《红楼梦》改编的系列戏曲。这些剧本在思想、人物、意境乃至语言风格上都刻意模仿小说,因此也就或多或少具备

---

① 张声玠《琴别》,《玉田春水轩杂出》,郑振铎辑印《清人杂剧二集》,1934 年,第 29 页。

小说本身所寄寓的人生空幻感以及身逢末世感,在一定程度上演示了封建社会覆没的必然性。例如阿英编《红楼梦戏曲集》所收十种剧目,大都以黛玉这位悲剧女性为主角,以佛禅幻圆作为宝玉及末世人心的归宿。总体看来,《红楼梦》小说原作的绚丽光彩,掩盖了改编剧本的萤影月色。但戏曲改编作在客观效果上扩大了小说的影响,有的剧本也树立了自己独特的美学品位。例如吴兰徵的《绛蘅秋》,"其写才子佳人,寄恨斠情,言画工则高东嘉《琵琶记》,言化工则王实甫《西厢》曲;至写世情反复,有尤西堂、蒋茗生、张漱石之牢骚,而浑厚过之"(俞用济《绛蘅秋序》),虽则言过其实,但也确实道出该剧擅写世情反复、人生感慨的长处。仲振奎的《红楼梦传奇》写成后,"呼短童取玉笛调之,幽怨呜咽,座客有潸然沾襟者"(《自序》)。其后"已命小部按拍于红氍毹上矣",把案头之悲变成了场上之苦。

戏曲作品是文艺思潮中的一个声部,文艺思潮是时代气候的敏感承载体。包括戏剧在内的各类艺术样式,在清代掀起了经久不息的兴亡波澜。随着鸦片战争的炮火连天,中国近代社会又面临着更为险恶的亡国灭种的危难局势,那已经不是用兴亡悲剧的传统提法所能范围的了。

在总体把握了清代兴亡悲剧的脉络之后,我们将以名作《长生殿》和《桃花扇》的比较研究,继续深化对兴亡悲剧的认识。

第二节 《长生殿》与《桃花扇》源流

一、从《梧桐雨》到《长生殿》

从白居易的《长恨歌》,到白朴的《梧桐雨》,直至洪昇的《长生殿》,李隆基和杨玉环的爱情悲欢录,分别奏响了属于不同时代的交响曲。

元和元年(806年)冬,白居易、陈鸿和王质夫结伴到盩厔(今周至县)仙游寺游赏,三人论及唐玄宗(685—762)和杨贵妃杨玉环(719—756)[①]的故事,不免为半个世纪前的这段悲欢怨曲,大为感叹唏嘘。王质夫先怂恿白居易作《长恨歌》,继而请陈鸿

[①] 杨贵妃的死因很多,一说杨贵妃是被缢死的。《旧唐书》、《新唐书》、司马光的《资治通鉴》如是说,日本当代汉学家井上靖先生十四万多字的《杨贵妃传》亦然。其二根据白居易《长恨歌》,杨贵妃当是流落到了"玉妃太真院"(即女道士院)。参见俞平伯20世纪20年代末期在《小说月报》第二十卷二号上发表的《〈长恨歌〉及〈长恨歌传〉的传疑》。其三认为杨贵妃亡命到了日本。1936年,一位日本少女在电视台向日本电视观众展示了她的家谱等古代文献,言之凿凿地声称自己是杨贵妃的后裔。被缢亡的是名侍女。陈玄礼放贵妃远逃,出海到日本山口县大津郡油谷町久津(竹内好主编的日文杂志《中国》有记载)。日本历史学家邦光史郎在《日本史趣事集》中说杨贵妃死后就葬在久津的二尊院。至今当地还保存有相传为杨贵妃的墓的一座五轮塔。在久津二尊院里还供奉着释迦牟尼和阿弥陀佛两座立像,传说是唐玄宗为了安慰杨贵妃而特意送到日本来的,现已被日本列为重点保护文物。日本《中国传来的故事》(《文化译业》1984年第5期)一文中则是这样记载的:"唐玄宗平定安禄山之乱,回驾长安,因思念杨贵妃,命方士出海搜寻,至久津向贵妃面呈玄宗佛像两尊。贵妃则赠玉簪以为答礼,命士带回献给玄宗。虽然互通了消息,但杨贵妃未能回归祖国,在日本终其天年。"

以文配诗作《长恨歌传》。千年以来,尽管还是白诗脍炙人口,但是王、陈二位,也因这段文坛佳话而留名百世。除了陈鸿的《长恨歌传》、乐史的《杨太真外传》、褚人获的《隋唐演义》等诸多小说野史之外,单从新旧唐书的贵妃本传史料本身来看,也具备充沛的戏剧性。

戏剧当中的李杨题材,至少有宋金时期的《马践杨妃》(见永乐大典《宦门子弟错立身》)、《梅妃》(见《南村辍耕录》)和《洗儿会》、《击梧桐》等杂剧。

从徐麟在《长生殿》序中所云"元人多咏马嵬事。自丹丘先生《开元遗事》外,其余编入院本者毋虑十数家"看来,元代的李杨戏多达两位数。但今日只知关汉卿《唐明皇启瘗哭香囊》、白朴《唐明皇秋夜梧桐雨》与《唐明皇游月宫》、无名氏的《明皇村院会佳期》、岳伯川的《罗公远梦断杨贵妃》、庚天锡的《杨太真霓裳怨》、《杨太真浴罢华清宫》七种杂剧,还有残缺的王伯成《天宝遗事诸宫调》。

在元代仅存的两部曲艺和戏剧中,《天宝遗事诸宫调》现存残曲五十四套(多见于《雍熙乐府》)。作者在【八声甘州·天宝遗事】套曲中说:"将繁华梦一场,都挽在笔尖上;编成遗事润文房,使知音深赞赏。"进而论其主旨为:"开元至尊,为舞霓裳失政";"亡家若无安禄山,倾国谁知杨太真。"这就把"安史之乱"全部归罪于唐明皇、杨贵妃乃至安禄山身上,故此安禄山是"一点春心酝酿的反"。至于唐明皇不仅"把儿妇强夺",又好似一位并不钟情的花花大佬,他对月宫里的嫦娥兴趣甚浓,更何谈与贵妃的坚贞爱情。

白朴的《唐明皇秋夜梧桐雨》,是现存最好的李杨悲剧之一,也在很大程度上启发并影响了《长生殿》的创作。

明朝的李杨戏有屠隆《彩毫记》、吴世美《惊鸿记》和无名氏的《磨尘鉴》传奇,另外尚有徐复祚、王湘的两本《梧桐雨》,以及无名氏的《秋夜梧桐雨》、《唐明皇七夕长生殿》和《明皇望长安》等五本杂剧。

自白居易的《长恨歌》和白朴的《梧桐雨》之后,文学史和戏剧史上最负盛名的作品,当然得数洪昇的《长生殿》传奇。就写生死不渝的纯粹爱情而言,洪昇作品的影响当然还要大得多。

清代曲坛大师洪昇(1645—1704),字昉思,号稗畦,实际上是个终生落魄的人物。出身于家道早已中落的穷人家,又与父母双亲不大和睦;做了二十来年的太学生,却从未得到过晋用;好不容易写出了惊世之作《长生殿》,却又因康熙二十八年(1689)在佟皇后丧期内观演该剧而被劾下狱;出狱之后,就连学籍也被革除,只得返回吴越山水间,郁闷地游荡。好不容易有开心的时候,又有机会观看自己的全剧上演,却又因喜极而醉,在浙江吴兴落水而亡。

曲家不幸曲坛幸。好在有他终身为之呵护的大戏在。徐材《天籁集·跋》云,洪昇自谓"一生精力在《长生殿》"。该剧正是他生命的永恒延续。

在《长生殿》自序中,洪昇对前人和时人的同类题材作,颇为反感:"余览白乐天《长恨歌》及元人《秋夜梧桐雨》剧,辄作数日恶。南曲《惊鸿》一记,未免涉秽。"

洪昇把李杨爱情中加以美化和圣洁化,凡历来史家和文艺作品中所叙的污秽之事,在他这里都尽情删去。剧本开场便道:"今古情场,问谁个真心到底?……借太真外传谱新词,情而已。"从而"义取崇雅",情称高尚,爱在永恒。

二、从南明覆亡到《桃花扇》

康熙三十八年(1699),在《长生殿》首演十年之后,孔尚任的《桃花扇》问世。与源远流长的《长生殿》不同,《桃花扇》直接取材于1646年南明王朝的覆亡史。

孔尚任(1648—1718),字聘之,又字季重,号东塘,别号岸堂,自号云亭山人,孔子第六十四代孙。才学虽高但屡试不中,靠捐纳成为国子监生。曾主修《孔子世家谱》。康熙于曲阜祭孔时,孔尚任为皇上讲完《大学》首章,便被破格授予国子监博士。

康熙二十五年(1686年)起,孔尚任曾以三年时间参与疏浚黄河海口,并结识了冒辟疆、杜于皇、僧石涛等明代移民。他在扬州凭吊史可法衣冠冢,在南京游秦淮河,过明故宫,谒明孝陵,参拜栖霞山白云庵的张瑶道士,从而对南明王小朝廷的覆亡有了身临其境的感受。

返京后,孔尚任在官余之暇,先与顾采作《小忽雷传奇》(1694),演出效果不俗。从此苦心经营,写成《桃花扇》。一时间,京中传抄该剧,为之洛阳纸贵。就连康熙帝亦曾向其索取该剧稿本。

翌年,孔尚任因事罢官。两年后返曲阜石门山老家。在两部剧作和两部重要文稿《石门山集》、《岸堂文集》传世之后,孔尚任飘然仙去,葬于世界上最为庞大也最为久远孔府家族墓园——孔林,他的精神与老祖宗孔夫子生息相通,先后辉映。

尽人皆知,《西厢记》和《牡丹亭》是宝黛情愫相通的契机之一,但从精神、意境和悲剧品位上看,从共同感受到的封建社会行将灭亡的气数来看,曹雪芹之祖曹寅召洪昇所观演的《长生殿》以及京中盛演一时的《桃花扇》,可能对《红楼梦》的影响更大。为《长生殿》题记的序作家们,深感其悲凉之意。尤侗曾谓《长生殿》"伤心千古"、"备极人生哀乐之至",[①]这就道出了该剧具备永久魅力的情感秘密之所在。苏纶慨叹:"此先朝阿监禁永夜悲来,而旧日梨园时复数行泣下。"汪熷嗟感道:"曾闻秋士最易兴悲,况说倾城由来多怨?青天恨满,已无寻常之区;碧海泪深,孰是寄愁之所?"竟把一部苦戏,认成了恨天泪海,寄寓着"千古悲凉"。

如果说《长生殿》作为悲剧,还有个别学者提出异议的话(参见孟繁树《洪昇及〈长生殿〉研究》),那么《桃花扇》则是彻头至尾的大悲剧。所以该剧序家如黄元治提出了

---

① 尤侗《长生殿·序》,《中国古典戏曲序跋汇编》,第1584页。

深有意味的思考："(《桃花扇》)作史传观可,作内典观亦可……宁徒慷慨悲、听者坠泪而已乎?"更点破人们注意悲剧之后的多方面意蕴。

17世纪的最后十余年里,中国剧坛上升腾起了两颗灿烂的明星,这便是洪昇的《长生殿》(1688)与孔尚任的《桃花扇》(1699)的相继问世。杨恩寿《词余丛话》有云:"康熙时《桃花扇》、《长生殿》先后脱稿,时有'南洪北孔'之称。"作为清代乃至全部戏曲史上体大思精、"气味深厚"的两大兴亡苦戏,南北双星同时又闪烁着凛冽而凄凉的点点寒光。

第三节　双星并照,交相辉映

一、离合情与兴亡感

传奇作品中最早将男女离合与国家兴亡有意地揉合在一起的,是第一个上演的昆曲剧本《浣纱记》。但该剧中的国家利益实际上远远凌驾于爱情婚姻之上,范蠡与西施的爱,看来十分抽象和公式化,爱情的呼声只不过是政治斗争的传声筒。真正把爱情与政治水乳融合为有机体的戏,还是在南洪北孔笔下完成的。

如果说《长生殿》是"以兴亡之感,写离合之情"的话,那么《桃花扇》正好是"借离合之情,写兴亡之感"。两剧总起来看,其主题旋律较相近;但具体而论,两剧的重心和归宿还是有差异的,具体表现在过程与目的之互逆。

一部《长生殿》,大抵在"情"字上做文章,这便是"借太真外传谱新词,情而已"。唐明皇与杨贵妃的情爱,固然在纵欲侈心的浓度中酿就了安史之乱的苦果,引出了"穷人欲、侈人心,祸政随之"的历史教训,以及山河易代,国破人亡的兴亡之感。但剧本并没有停留在这里。下半部《长生殿》,仍然浓墨重彩地渲染了李杨情的变化和发展。从人鬼之恋到人仙相会,虽然处处不脱血泊离乱的阴影,但也时时显出两情弥坚、哀感天宇的光彩。最后连神仙也为他们执着的情感所动,使唐明皇和杨贵妃同赴忉利天宫。一点真情两心同,连死生幽明的界限都能顷刻打破;为爱情而生死相系,最终获得了永不分离的权利,这正是《长生殿》与《牡丹亭》异曲同工的地方。前半部均写合而复离,后半部同写离而复合,所以洪昇在《例言》中说:"棠村(梁清标)相国尝称予是剧乃一部闹热《牡丹亭》,世以为知言。"

《桃花扇》则主要在兴亡感上反复品味。侯方域与李香君的离合之情,串连出了南明王朝覆亡的全部政治大事。全剧上本以侯生为线索,写出崇祯败亡后政治军事力量的派系争斗;下本以香君为线索,现出弘光小朝廷腐朽荒淫招致亡国的必然性。所以兰雪堂本原评称:"上本之末皆写草创之状,下本之首皆写偷安宴游之情。争斗则朝宗分其状,宴游则香君罹其苦。一生一旦为全本纲领,而南朝之治乱系焉。"正是出于对于兴亡主题自始至终的强调,《桃花扇》一反生旦戏合悲欢、终归团圆的熟径,让一对历经坎坷艰险,终得会面的才子佳人当场撒手分开,在作为爱情信物的桃花扇的当场撕裂中,各奔南山之南和北山之北,家国君父连同情爱之思,一切皆归于绝灭。

如果说《浣纱记》让西施又以明珠两适、劫后残花与范大夫重逢,已属惊人之笔;《长生殿》以严峻的历史面目让杨贵妃当场自缢,却又多了半本仙圆的笔墨;《桃花扇》则一悲到底,让男女主角在醍醐点破中放弃了可以团圆的机会,展示了"残山剩水无态度,古井枯木荑情苗"的缺憾美,这种冷酷的笔法与《红楼梦》中的宝玉出家是同一匠心、相互呼应的悲剧收束。

不管南洪北孔怎样分别以离合情或兴亡感作为目的,作为笼罩全剧的苦戏氛围,那种对沧海桑田、江山换姓的历史兴亡感,那种异族入主、胡人登位,"亡天下"后的屈辱感,那般身逢康乾盛世但却从心底里透出的末世失落感,都在两个剧本中首尾贯穿、前后渗透。

洪昇为作《长生殿》,十余年来三易其稿,乐此不疲,只是为了使人们"清夜闻钟,夫亦可以遽梦觉矣"。这末世晚钟频频敲击的内容,无非是提醒人们记住"一从鼙鼓起渔阳,宫禁俄看蔓草荒"的历史教训,记住那"六代园林草树埋"的"满目兴衰","谱将残恨说兴亡"。这哪里是借唐朝故实发思古幽情的文人遣兴之作,这分明是对经历过明室气数终于槐树之缢、亡于南明之手的残史之追思,是对明朝遗老遗少心灵创伤的拨弄,是对异族执政的清代江山的有意无意的奚落。难怪旧臣新贵们看了诸如"恨子恨泼腥膻莽将龙座淹,癞虾蟆妄想天鹅啖,生克擦直逼的个官家下殿走天南"、"再造唐家社稷、重睹汉官威仪"的描写后触目惊心,也难怪剧本完成的第二年,清廷便以"非时演唱"《长生殿》的罪名,将洪昇从国子监除名,其他在场观众如赵执信、翁世庸等,尽皆因此革职,成为"可怜一出《长生殿》,断送功名到白头"的有名公案。

洪昇的远取其事、闪烁其辞,那种有意无意的历史与现实的影射,到了孔尚任笔下竟进而为直陈时事的兴亡慨叹。他把相隔半世纪的"南朝兴亡,遂系之桃花扇底"。举凡李自成进占北京、崇祯缢死煤山、清军大兵南下、弘光朝廷宣告覆亡等明亡痛史,或明写或旁叙,一一道来,再无顾忌。孔尚任在剧本《小引》中说:"《桃花扇》一剧,皆南朝新事,父老犹有存者。场上歌舞,局外指点,知三百年之基业,隳于何人,败于何事,消于何年,歇于何地。不独令观者感慨涕零,亦可惩创人心,为末世之一救矣。"

这里的"末世",显然不是仅指南明王朝。《桃花扇》的确总结了南明覆亡的沉痛教训,但更多的是展现了那些个大厦坍塌、独木残柱难以擎天的极具必然性的混乱局面。南明王朝属于可悲而不可惜的末世。那么,身逢康熙盛世的孔尚任所言的"末世",只能看成是对满清王朝表面上繁花似锦、骨子里危机四伏的评价,只能看成是对封建社会即将寿终正寝、步入残年末世的一种深切思考。在盛世之中惩创人心以救末世,作耸人听闻之危言,预感到时代与社会的末日,这是充满着先知之明的跨世纪的远见。

382

《入道》、《余韵》两出,对于朝宗与香君双双出家的艺术处理,对于南朝覆灭、往事如烟的伤感,都达到了古典杰作中的最高境界。如果说【秣陵秋】一曲,全面简炼地概括了南明兴亡史的话,那么在徐旭旦《旧院有感》基础上改作的【哀江南】套曲,则大大超越了一朝一代的兴亡感受,可以将它作为整个封建社会江河日下、土崩瓦解的送葬曲。南京城和秦淮河作为六朝金粉之城和南明血泪之河,又岂止这"五十年兴亡"呢?前也悠悠,后亦悠悠。"残山梦最真,旧境难丢掉,不信这舆图换稿。诌一套【哀江南】,放悲声唱到老。"由盛而衰、由兴而亡的历史命运的怪圈,哪一个朝代能够挣扎得开呢?

　　此后不到半个世纪,曹雪芹的《红楼梦》问世。如果说孔尚任在写一个朝代的兴亡时,还想着为大清末世开一警世之方的话,那么曹雪芹则在一个家族的兴亡描绘中,展示了整个封建社会天崩地裂,无力回天的气数。如果说《红楼梦》在宝玉出家的描写中借用了戏曲《虎囊弹·山门》结尾时的【寄生草】一曲,高唱"赤条条来去无牵挂"的空门之歌,那么宝玉出家的布局、意境和情韵都是对《桃花扇》结尾的继承和发展。从精神、意境和悲剧品位上看,从共同感受到的封建社会行将灭亡的气数来看,曹雪芹之祖曹寅召剧作者洪昇所观演的《长生殿》,以及京中盛演一时的《桃花扇》,可能对《红楼梦》的影响更大。

　　总之,"南洪"开始触动明朝遗老和清朝新贵的敏感神经,而"北孔"则直接揭开了遗老遗少们的心上疮疤。难怪《长生殿》和《桃花扇》在十年左右,先后轰动京城,供演内庭;也难怪剧本上演的第二年,南洪北孔各以忌日演剧案和"疑案"分别罢职。他们的兴亡感太多、太浓、太苦、太前无古人,搅起了人们太多的伤心情怀和时代、民族与社会的沉重思考。以康熙帝夜索《桃花扇》为例,皇帝想怀柔而终难怀柔,盛世想容纳终难容纳。

二、情悔与情断

　　就爱情的呈现方式和展开过程言,《长生殿》可以大致分成纵情和情悔两大阶段,《桃花扇》则可以分成情欢、情阻和情断三重层次。两剧中的女主角,一般言比男主角爱得热烈、坚定和深沉,所以我们要把目光更多地留驻在杨贵妃和李香君身上。

　　洪昇自己在剧本和序言中设置了这样的两难命题:他既认为情至时横绝南北,超乎生死,感金石、回天地,具体超越时空的伟力;又认为"古今来逞侈心而穷人欲,祸败随之",势必造成身死国败的深重灾难。调和这对两难命题的具体办法便是"情悔",即"玉环倾国,卒至殒身","幸游魂悔罪,已登仙籍"。情悔可以纠正逞侈心、穷人欲的偏差,认罪可以减轻甚至消除从前的罪孽。这种借忏悔以消罪,藉以发展至情的思路,显然在逻辑上有自相抵牾之处,从倾向上看是为李杨误国的前科作辩护,为二人同登仙籍准备前提,也显出前半部严谨有序而后半部散漫乏力的不对称。当然前半部有例可援,而后半部多为匠心自运。就洪昇本心而言,一方面他不能不按照历史的面貌来结构故事,另一方面又竭立想把自己的爱情理想和至情哲学贯穿进去,便不得不以情悔来作为弥补。山东大学中文系曾在一次讨论中认为"爱情战胜了死"是资产阶级恋爱至上的观点,阶级社会中不存在着这种超阶级的爱①,这种反面批判实在是一种正面赞颂。因为从汤显祖的主情说的旗帜出发,洪昇的至情论也确实带有几分人文主义的精神,把杨玉环从女人祸水中最终搭救出来,这本身就是一种进步。

老实说,前半部戏中更多的是杨贵妃的骄纵、多情而多才多艺,真正感到她的有"罪"是在"六军不发无奈何"时的马嵬坡之变和之后的多次忏悔。贵妃的"罪过",首先应是历代后妃的原罪:"有一个橛弧箕服把周宗殄,有一个牝鸡野雉把刘宗煽,有一个蛾眉狐媚把唐宗变。"大凡生得美貌的后妃,每当国难之时,总要被当成是替罪羊。贵妃被逼杀,亦是出于军士们对原罪的习惯性反应。但洪昇以杨贵妃死后不落历代嫔妃册为据,以太真仙气为贵妃原罪有所开脱。

其次是贵妃自道之罪:"只想我在生所为,那一桩不是罪案?况且弟兄姊妹,挟势弄权,罪恶滔天,总皆由我,如何忏悔得尽?"②

回想杨国忠弄权、激变,使安禄山以死罪之身,获犯京之便的过程,三姊妹甲第连云、竞造华宅,"可知他朱甍碧瓦,总是血膏涂"的气焰;为娘娘进奉荔枝的骁骑踏坏青苗、踏死瞎老汉的罪案……都令人生出痛恨之意。然而洪昇又同时安排了贵妃后来的愧悔和伤心,强调她"一点那痴情,爱河沉未醒"的主观情愫,从而得出"一悔能教万孽清",感动天庭圆旧盟的结论。贵妃的忏悔固然也令人同情,但倘若把忏悔当作推掉所有罪孽的良方,总归有着不便圆满的疏漏处。

在对情感的呈现和展开上,《桃花扇》的情欢、情阻和情断三层次显然高于《长生殿》的铺排。

"情欢"始于《访翠》一出。艳阳天,春光时,侯方域与柳敬亭、杨文骢、苏昆生等人不期而遇,来到秦淮水榭烟花楼中。侯生与香君一为世家公子,一为待聘雏妓,两下里互抛信物,约定梳栊之日。《中国十大古典悲剧集》眉批云:"《桃花扇》从本折始,一味渲染欢乐气氛,为日后的好景不长造成声势,这是我国悲剧惯用的欲擒故纵之法"。《眠香》一出,"大排筵席,广列笙歌,清客俱到,姊妹前来",酒酣情浓之后,俱各携手垂帘。这场苦戏的主角侯生和香君鸳鸯乍会,销魂情浓。《却奁》、《闹榭》两出,复社同侪都显出了美好的风标和对阉党阮大铖的鄙弃不齿,也对名士美人的姻缘表示了由衷的祝福,把侯李欢情推到了高潮。

"情阻"肇于《辞院》一折。阮大铖出于私忿,诬陷侯方域私结左良玉,欲请马士英

---

① 《孔尚任及其〈桃花扇〉》,《元明清戏曲研究论文集》,作家出版社,1957 年版。
② 洪昇《长生殿》,人民文学出版社 1958 年版,第 159 页。

速速诛杀之。幸亏杨龙友乘夜相告，侯生才匆匆了结燕尔新婚，乘黑投奔史可法。在淮安漕署半年后，侯生又为史可法草檄，大书福王"三大罪、五不可立"，因此再难回弘光新朝。香君自别公子后，从此再也不肯接客，以死抗争田仰逼婚，代母聊充宫中优人。及至侯生以监军之职，随高杰移防河南，与香君更是可思而不可见了。这期间，香君曾以自己鲜血点染的桃花扇，托师父苏昆生寻访侯郎。及至侯方域回转媚香楼，香君已被选入宫，再无相见之理。待侯生因东林罪名系狱，便与香君俱各失去了自由。当着弘光逃亡、天翻地覆之际，侯李处处相觅又处处难觅；直到《栖真》一出，侯生待投宿香君寄住的葆真庵，竟又被不知实情的卞玉京和香君以庵院清规逐开。

这样，侯李分离的苦恋情阻，横贯了大部分剧情。及至在《入道》一出中，两人于白云阉追荐先帝崇祯斋会上重逢，正在惊喜缠绵之际，却被张瑶星法师一声怒喝，撕毁桃花扇：

呀呸！两个痴虫，你看国在那里，家在那里，君在那里，父在那里，偏是这点花月情发，割他不断么！[①]

于是两人猛然醒悟，当场撒手，"大道才知是，浓情悔认真"。情圆之日便是情断之时。二人分襟之时，竟没重演《西厢记》中的临去秋波，连张道士都深感欣慰。

对照起来看，《长生殿》中的情缘线是"乐极哀来，垂戒来世"和情悔深时，同登仙班，历经了乐、悲、乐的三种情感转移。《桃花扇》则在欢情之后，一悲到底，再无开颜之机。就悲剧品位言，前者以登仙的假团圆告终，后剧以破除生旦团圆作结，则《桃花扇》要高出《长生殿》一筹。吴梅在《中国戏曲概论》中虽谓《长生殿》文字之工，到底不懈；但"实则下卷托神仙以便绾合，略觉幻诞而已"。幻诞之由的一个解释是，"叶怀庭云：此记上本杂采开、天旧事，每多佳构；下半多出稗畦自运，遂难出色"。而《桃花扇》"通体布局，无懈可击"，"故论《桃花扇》之品格，直是前无古人，后无来者"，这评价是确凿的。《长生殿》继承了《牡丹亭》的风范，写李杨情有新鲜感和进步意义，但也在相当程度上失去了苦戏的严肃感和整体品位。

三、卑贱者与高贵者

南洪北孔都是写了朝廷的兴衰过程，牵涉到至尊天子、卑贱细民的各色人等。在两剧的人物群像画廊中，都出现了一个十分明显的的反差现象，那便是卑贱者与高贵者的人格品位的互换，卑贱者反而具备崇高感，高贵者却只觉渺小和可恶。这种巨大的反差现象既是历史本身所赐予，又是剧作者在总结兴亡教训时的严肃精神所致。非

[①] 孔尚任《桃花扇》，王季思主编《中国十大古典悲剧》，齐鲁书社1991年版，第1145页。

此不能知唐、明二朝宏伟基业,"隳于何人,败于何事,消于何年,歇于何地?"

《长生殿》中最为痛快淋漓、慷慨骂贼的人物,竟是一个小小的乐工雷海青。安禄山在长安建立伪朝廷后,唐明皇仓皇逃窜不说,那些文武百官平日里享受了泼天也似的荣华富贵,"如今却一个个贪生怕死,背义忘恩,争去投降不迭"。只有这位正直的梨园供奉,竟在国破帝走的危急关头,于伪朝的太平庆功宴前,痛快骂贼,一抒愤懑:

> 虽则俺乐工卑滥,硁硁愚暗,也不曾读书献策,登科及第,向鹓班高站。只这血性中、胸脯内,倒有忠肝义胆。今日个睹了丧亡,遭了危难,值了变惨,不由人痛切齿,声吞恨衔!①

国难显忠臣,时势造英雄。雷海青痛恨那平日忠孝满口,而今摇尾受新衔的叛徒,以手中琵琶掷击安禄山,试图碎贼首以报天下。个人的激烈行动肯定会遭致杀身,但却接续了高渐离、荆轲击筑悲歌,谋刺不义秦王的传统,反映了人民痛恨异族入侵、必欲誓死抗争的共同心声。

与雷海青形成场面上强烈对比的,却是四名伪官的猥琐举动。他们小心翼翼地跪送安禄山回宫后,竟对雷海青的被戮发表感慨说:"杀得好,杀得好。一个乐工,思量做起忠臣,难道我每天吃太平宴的,倒差了不成?"遂一起嗤笑雷海青"未戴乌纱见识浅"。这种极具攻心意蕴的讽刺对照,令那些明朝遗老、清朝新贵的观剧者如何能坐得下去?诚如吴舒凫批道:"假道学能不下汗?"

洪昇所矗立的中兴唐室的擎天柱郭子仪,只是一位出身平民的武举。初到京师,看到杨贵妃兄妹竞造新第的奢侈,就发出了血膏涂成朱甍碧瓦的感慨,后来他以朔方节度使"扫清群寇,收复两京,再造唐家社稷,重睹汉官威仪",辅佑新帝,建立了复国大业。另一位将军陈元礼,以三千羽林军护送明皇幸蜀,在马嵬坡顺应三军将士的心愿,毅然逼杀了奸相杨国忠和宠妃杨玉环,挽狂澜于既倒,免江山遭倾覆。

即令是唐明皇与杨贵妃对照,贵妃的情感也要比皇帝炽烈,人格精神也要比皇帝崇高,忏悔的态度也要比皇上老实。我们且不去责备唐明皇与虢国夫人的望春宫之遇合,以及与梅妃在翠华西宫重寻旧盟。洪昇自己就说过情之所钟,在帝王家所罕有,何况明皇此时确实迷恋杨贵妃。《密誓》中李杨盟祝曰:

> 双星在上,我李隆基与杨玉环,情重恩深,愿世世生生共为夫妇,永不相离。

---

① 洪昇《长生殿》,王季思主编《中国十大古典悲剧》,齐鲁书社1991年版,第825页。

有谕此盟,双星鉴之!①

但局势惊变,唐明皇仓皇西行,马嵬坡前六军不发,只要将贵妃正法。杨玉环在危急关头,几次主动请求赴死,"望吾皇急切抛奴罢!"明皇虽也表示"宁可国破家亡,决不肯抛舍你也!"但又还是听从贵妃执意捐生的愿望,传旨赐娘娘自尽。

皇上赐杨妃自尽,虽有他不得不为的苦衷;但联系他随即传谕,要将成都道使臣所送的春彩十万匹分给将士,以为军士各自回京盘费的举措来看,未尝不是他深思熟虑的行动。大敌紧逼,他哪里敢遣散军队?传旨兵士各自还家的真实目的,无非是以权谋圣恩笼络军心,重振权威。有了这一体恤军情之举,便使得将士们更能心甘情愿地为他卖命;同样,宁可国破家亡,决不撇下贵妃的信誓旦旦,未尝不是逼杨妃心甘情愿地以国家利益为重,从速死节的绝好手段。逼人为他卖命,却又不失仁义之君与多情种子的形象,这才是老谋深算的政治家之手腕。

后半部戏中,杨贵妃时时忏悔,处处思过,悔恨当年的误国之罪。而唐明皇委实没有这等高风亮节。他以太上皇的角色,反过来在《哭像》中要想将陈元礼首级悬枭。陈元礼曾挽救国破人亡的命运,唐明皇却时时要杀戮功臣。杨玉环的情悔,是对国家和民族深怀负罪感的真诚忏悔;唐明皇的情悔只是对贵妃一人的私念所致,"只悔仓皇负了卿",两者的境界高下相去天壤。

唐明皇真的时时忆念贵妃、守身如玉吗?并未见得。《见月》一出中,太上皇怅惘地唱道:"纵别有佳人,一般姿态,怎似伊情投意解,恰可人怀?思量在此呆打孩"。他确实搜求过与贵妃姿态容貌大体相似的新人。他对贵妃的苦苦思恋是真情,但前前后后的眠花宿柳亦是真情;他对贵妃的感伤确为实感,但他危难时赐旨令贵妃自裁,中兴后把自己的误国罪名一笔勾销,也渺小、自私得紧。唐明皇的精神气魄,委实不如这位贵妃佳人。

与《长生殿》相为照应,《桃花扇》中各色人等的情怀和境界,亦大致地排列为倒金字塔序列。这个序列依次为:由妓女、说书艺人和乐工构成的市民阶层,高于复社文人;复社文人显然高于一班文臣武将;文臣武将又高于荒淫无道的弘光皇帝。

这皇上在清兵逼境,将士自相残杀的国势飘摇中,其实只做了两件事:一件是任用马士英、阮大铖等奸党卖官鬻爵,捕杀复社等政治异己;第二件是迷恋沉醉于观戏作乐中。阮大铖见弘光闷闷不乐,明知是为了新戏不能及时上演的事体,却故作愚昧不知,以显圣虑高深。那昏君竟也朗朗言道:"朕谕你知道罢,朕贵为天子,何求不遂?只因你所献《燕子笺》乃中兴一代之乐,点缀太平,第一要事。今日正是初九,角色尚未选定。万一误了灯节,岂不可恼?"

---

① 洪昇《长生殿》,王季思主编《中国十大古典悲剧》,齐鲁书社1991年版,第803页。

有此活宝君臣,南明之亡,自是在情理之中了。马士英等权贵,抱定"宁可叩北兵之马,不可试南贼之刀"的宗旨,调集黄、刘三镇拦截左良玉大军。左良玉因儿子左梦庚妄破城池,一气而亡。清军乘虚而入后,史可法孤掌难鸣,扬州旋陷清兵之手。史可法勤王不得,投身长江。可怜南明王朝,成立一年就宣告灭亡。

相形之下,那一班市民朋友倒是一腔正气,智勇双全。柳敬亭身为市井说书艺人,毅然冒着重重风险,主动承担了书阻左良玉南下的重任。侯方域毕竟有着书生的致命弱点,敢写书不敢送书。柳敬亭的轻松自荐因此更显出了可贵的品格。从南京到武昌,历经辛苦,栉风沐雨,柳敬亭终于制止了左良玉的轻举妄动,成为其"早晚领教"的第一军师,为南明政治局面的安定作出了贡献。

另一位昆曲教师苏昆生,为了替香君查访侯生下落,在兵荒马乱中险些喂黄河之鲤。及至侯生入狱,他又冒死投奔左良玉营中,与柳敬亭同劝左军进讨马士英、阮大铖奸党,清君侧,救忠良。柳苏二人不顾性命以救朋友、忧天下的义举,感动得左将军跪拜奉酒,视之为荆轲般忠义之士。再如李香君的假母李贞丽,尽管亦有着妓女界惜金的风气,视香君却奁可惜;但在田仰逼娶香君的关键时刻,她却挺身而出,冒名以扮新人。当她后来作为一名历尽磨难的老兵娘子舟行于黄河之上时,还冒着小船倾覆的危险,去搭救落水的苏昆生。不管在平时还是在非常时刻,这些妓女、艺人等"下三流"都表现出高度的正义感,展示出金子一般闪亮的心灵。

即令将旧院雏妓李香君与复社名士侯方域来比照,这对情侣中的佳人还是远胜才子。侯生比起香君来,可谓是处处逊色。《却奁》中的侯公子梳栊了香君,听说妆奁酒席都是阮大铖所赠,马上便以"年伯"相敬,"看圆海情辞迫切,亦觉可怜",欲向复社中人为之辩解。香君闻立,即刻正色相责,以为侯生"徇私废公",丧失了自身的品位。大是大非面前,香君泾渭分明,旗帜鲜明,决不肯接受魏党余孽的彩礼。她把阮胡子所送的钗钏衣裙当场解脱下来,抛掷于地。侯生为香君的烈性所动,马上赞叹说:"这等见识,我倒不如,真乃侯生畏友也",吟唱出"平康巷他能将名节讲,偏是咱学校朝堂,混贤奸不问青黄"的肺腑之言。妓女的高尚风标竟感动并完善了复社名士的品格。

《修礼》一场中,侯生迟疑着不敢送信,也暴露出文人的软弱。《赚将》中侯生作为监军劝阻高杰休生衅端。但当高杰不从时,侯生便就此告别,扬长而去,书生误国就在于明哲保身的行为上。《逢舟》中侯生巧遇苏昆生和李贞丽,闻道香君一心守节,便也掩泪不止;听说田仰逼娶香君,侯生先不问生死,只叫道:"我的香君,怎的他适了?"醋意大于关心;当听说香君碰死,他才放声大哭;又闻香君未死,贞丽代嫁,他竟笑逐颜开:"好、好!你竟嫁与田仰了!"既不同情又不安慰,在事不关己的庆幸中露出自私的恶趣;后来得知贞丽转嫁老兵,侯生又在微笑中显出公子气派:"有这些风波,可怜,可怜!"自私、摆谱、幸灾乐祸的不良品质,尽皆得到展现。

相形之下,李香君的戏剧行动处处干脆、激烈,正气凛然,决没有侯郎的酸腐气和刻薄感。李香君以烟花妓女之微，在《骂筵》一折中，把马士英比严嵩，阮大铖比赵文华，谓之"丑脸恶态"，演出真《鸣凤》。她也确实以夏言、杨继盛等的弹劾精神和女祢衡的渔阳之哭，当庭痛骂权奸的丑恶行状：

> 堂堂列公，半边南朝，望你峥嵘。出身希贵宠，创业选声容，后庭花又添几种……东林伯仲，俺青楼皆知敬重。干儿义子从新用，绝不了魏家种！①

这可说是对南朝政治路线和用人政策的整体否定。难怪阮胡子要脚踢香君，以泄心头之恨了。杨文骢在此有一绝妙劝解："丞相之尊，娼女之贱，天地悬绝，何足介意？"其实男女乐工的尊贵与宰相伪官的卑贱相去天壤。马士英因以"只怕妨了俺宰相之度"而不杀香君。香君与雷海青骂贼的戏，正好相互生发，交相辉映。

即令侯郎的气节，也难企及香君万一。只要看看他与吴次尾等人系狱后的表现，便可略知大概。当狱官要绑周镳等人正法，侯便又惊又呆，大呼"吓死俺也"，还是老英雄柳敬亭老安慰他"我们等着瞧瞧"。侯生之怯弱，同时也反衬出香君的风标独立。

南洪北孔对下层人民尤其是市民乐工的歌颂，既是市民阶层力量壮大的真实描绘，又接续了苏州派市民悲剧的创作传统，展示了社会变动的必然性。当着正义忠直不在朝廷而在市井的时候，当着民族精神呈倒金字塔情势的时候，朝廷的腐朽、金字塔的坍塌便指日可待。南洪北孔对不同阶层人物的品质臧否，不可避免地带有贵贱盛衰之互转的辩证眼光。

四、出戏与入戏

中国戏曲从肇始之日起，场上角色就不一定是剧中人物。即令扮演人物的角色，也会常常跳出来插科打诨，露出本来面目。据耐得翁《都城纪事》和吴自牧《梦粱录》，宋金杂剧演出通常分为"寻常熟事"（艳段）和"正杂剧"（两段）。宋元南戏和明代传奇在较为庞大的体制中，也往往会用诸宫调形式或"副末开场"简介全戏内容。

南洪北孔在解决出入戏境的问题上，也同样表现出高度的创造性。洪昇在《长生殿》中用《传概》代替副末开场，每出下场诗都以与"集唐"作结。然而《弹词》借李龟年之口唱【九转货郎儿】套曲，详细回顾了唐室由盛到衰的全过程："唱不尽兴亡梦幻，弹不尽悲伤感叹，大古里凄凉满眼对江山。我只待拨繁弦传幽怨，翻别调写愁烦，慢慢的把天宝当年遗事弹。"兴亡之感，溢于言表。

【二转】叙选妃经过，【三转】状贵妃仙容，【四转】叙李杨占情场、弛朝纲的风流罪，【五转】谓贵妃教习霓裳曲，【六转】写安史之变，佳人绝命，【七转】感红颜遗恨，

---

① 孔尚任《桃花扇》，王季思主编《中国十大古典悲剧》，齐鲁书社1991年版，第1059页。

【八转】透露出"染腥膻,玉砌空堆马粪高"的排斥异族的情绪,【九转】自道身世。这个套曲不仅在文辞上字字珠玑,音乐上曲曲绝纱;在戏剧实景与幻觉的逐步转换上,也达到了"出戏"与"入戏"交相叠印的化境。一首一尾,李龟年以剧中人自居;中间七曲,李龟年以旁观者评述,全曲有虚有实,有进有出。难怪本折中"不提防余年值乱离"一曲,曾与《千忠戮》中"收拾起大地山河一担装"曲并列,成为清初脍炙人口的名曲。在理性的思辩中去总结沉痛的历史兴亡感,便足以"垂戒来世"。

　　假使讲在出入戏境、发挥间离效果方面,洪昇只是偶露峥嵘的话,那么孔尚任使得出入戏境成为全剧的有机构成。吴梅《中国戏曲概论》认为传奇到了《桃花扇》,遂获得了"与诗文同其身价"的美学品位;《戴不凡戏曲研究论文集》中称此剧集前人编剧之大成。《桃花扇》中惯常出戏入戏的人物如老赞礼、张道士、柳敬亭、苏昆生等人,《先声》《孤吟》《拜坛》《入道》《余韵》等游荡于戏场内外的场次,都在苦心经营中达到了妙手天成之境。即令上下场诗的运用,孔尚任也改集唐旧套,为之精心新制,与剧情水融乳化,浑然一体。

　　《桃花扇》中出入戏情的构局,首先建立在所有场次人物都是剧中有机整体的前提上,有些人物可能担负起临时出戏进行评价的职能。全剧的总序和情节简介是由《先声》提任的。作为九七老人的太常寺赞,既以局外人上场,又以戏内角色自许:"老夫欣逢盛世,到处邀游。昨在太平园中,看一本新出传奇,名为《桃花扇》,就是明朝末年南京近事。借离合之情,写兴亡之感……更可喜把老夫衰态,也拉上了排场……那满座宾客,怎晓得我老夫就是戏中之人!"

　　这种自然亲切的画外音,马上引出正戏:"道犹未了,那公子早已登场,列位请看!"一下子就把生活与戏境接通起来了,缩短了观众与演员的心理距离,吸引住看客们的注意力。下本开场又有《孤吟》出。老赞礼与人问答昨日本剧的演出情形,之后才引出马士英登场的正戏。只有在《拜坛》一出中,老赞礼方始显出自己的戏中身份,以太常寺司仪指挥百官跪拜先帝。这就使老赞礼在二次开场时的所言所语,都具备司仪的严肃性与仪式感,老寿星的沧桑感与真实性。《入道》中笼罩着的浓重的宗教出世情绪,甚至超越了戏剧结构本身。《余韵》一出,全属戏外之事,但亦交待了几位乐工、遗老,展示了清廷搜遗贤的政治局面,并让老人们齐唱江山兴亡的末世挽歌。这种结构形态以及出入戏情的自然和谐,在戏曲史上都属罕见。孔尚任自己也在《本末》中说,全剧计四十出,有条有理,"有始有卒,神足气完,且脱去合悲欢之熟径",确属精心构织的佳构。

　　此外,孔尚任还借重老赞礼、柳敬亭和苏昆生等邀游戏内外的人物语言,直接袒示了剧作家的主体评价和参与精神。老赞礼之外,柳敬亭以说书开场,又介入了两送书信的政治行动,任参军、下监牢,是一位何等了得的英雄!苏昆生是香君的昆曲教师。《余韵》中的作者,把三位历经世乱的老人请上来,各道出绝妙好辞。老赞礼弹唱的

【问苍天】,不动声色地讽刺了顺治朝遗老遗民被剃白发的事实,指出那些"貌赫赫、气扬扬"的当朝新贵,只不过是享用着汉民族"唐修晋献"的文明成果。老人还对贫富贵贱极其不公的现状作了抨击,认为"浊享富、清享名",勿须从贫富外在现象看内在品质。柳敬亭唱的【秣陵秋】,历数明代亡国史实。苏昆生唱的【哀江南】,描绘了一幅超越具体时代的历史兴亡图。把这三位遗老所唱内容综合起来看,既有对晚明亡国的痛惜,又有对清朝异族统治的不满,还有对整个封建社会已走入穷途末路的深思。所以当大清衙役们访拿隐逸时,老赞礼勃然作色道:"啐,征求隐逸乃朝廷盛典,公祖父母们俱当以礼相聘,怎么要拿起来?定是你这衙役们奉行不善!"

衙役们果然拿出本县拿人的绿头签票。遗老们进一步看清了大清廷靖逸民的实质,便唱着"避祸今何晚,入山昔未深"的曲子各自逃开了。遗老们的避祸隐居态度,也便是孔尚任自己的预感和心声。所以当《桃花扇》上演的第二年(1700)三月,孔尚任以户部广东司员外郎忽因疑案谪官。他在《长留集·容美士司田舜年遣使投诗赞予桃花扇传奇,依韵却寄》诗中吟道:"解组全辞形势路,却还稳坐太平车。《离骚》惹泪余身古,会鼓敲聋老岁华。"[1]恰好可与剧中三遗老呼应为四贤。

总的看来,《长生殿》与《桃花扇》作为兴亡苦戏的主体和清代剧坛的双星,相互映照处甚多,但同时也各具千秋。《长生殿》早出十年,开拓维艰;《桃花扇》稍晚问世,汇集古代苦剧之精萃,开启《红楼梦》巨著之源头,影响所及,无可限量。清朝廷必将遭受暴风骤雨的终结性摧毁,不正是在此见出了端倪么?

---

[1] 汪蔚林编《孔尚任诗文集》,中华书局1962年版。

第二十二章
义薄云天的市民苦戏

明末以来较为著名的工商业城市,除了南北两京外,主要分布在江南、东南沿海和运河沿岸三个地区。这其中又以江南商圈为最:"天下繁华属江南,江南富足在五府。""五府"即为苏州、松江、杭州、嘉兴、湖州。

随着资本主义萌芽在江南各手工行业中的出现,围绕着商业和产品交换的物流,依托着城市的富足和繁华,以商人、工人、游人和市井百业为主体的新型市民大量滋生,成为明末社会阶层中的重要力量。

这种城市繁荣、市民乐业的局面,虽经苛捐杂税的压榨和兵荒战火的毁灭,在清初顺治年间受到极大的摧残和打击,但在康熙之后,又得到迅速恢复和持续繁荣。因此,对明末以来市民生活和市民精神的反映,便成了清代苦戏的主要范畴之一。

第一节 清代市民苦戏的涵义

一、作家的市民性

从作家成分上言,市民苦戏作家必须长期生活在城市中下层人民之间,把握市井生活的血脉搏动,熟悉市民阶层的心理、感情和愿望,这才能将这一阶层的喜怒哀乐和精神追求浓缩于戏剧之中,表现在舞台之上。

苏州作为中国最为富足的城市之一,几乎在每一个时代都有其艺术家群体。活跃在明末清初的"苏州派"[1]剧作家群,就是清代具备代表意义的市井作家群,他们既是下层文人,又往往是市民中的一分子。属于苏州派剧作家阵营的,计有朱佐朝、朱𬣞、

---

[1] 参见康保成《苏州剧派研究》,花城出版社1993年版。

叶时章、张大复、毕魏和邱园等戏曲作家。这些作家全部都是苏州地区人氏。

苏州派剧作家中的领袖人物，是创作数量最丰、成就亦属最高的李玉。

李玉（1591？—1671？）字玄玉，号苏门啸侣，书斋号称"一笠庵主人"。据焦循《剧说》所记，李玉曾为万历首辅申时行之家人，"不得应科试，因著传奇以抒愤"。科考权利的被剥夺，竟成为写作苦戏悲剧的奇迹。但吴伟业为其所题《北词广正谱序》中，却说他在明末曾中副榜举人，入清后绝意仕进。

李玉所作传奇三十多种，今存十八种。明末所作传奇以"一笠庵四种曲"（《一捧雪》、《人兽关》、《永团圆》、《占花魁》）驰名，简称"一人永占"。《清忠谱》、《万里圆》（又名《万里缘》）、《千钟禄》（又名《千忠戮》）及其大部分剧作，都应属清初所作。

明末清初以来以李玉为代表的市民苦戏，不仅在中国戏剧史上第一次大规模地展现了市民生活的广阔画面，而且继承了话本小说擅写市民生活的传统，扩充了市民典型人物的形象画廊，成为清代市民文化的典范作品之一。这使整个清代戏剧也因此而生辉，具备了与时代同步的新质文化特色。

清代市民苦戏，当然不是苏州派剧作家所能包罗万象的。指出苏州派剧作家在市民苦戏中的重要意义，这是因为以李玉为首的苏州派作家们的合作开创、形成流派、蔚成大观，确实开风气之先，播声名于外。但这并不意味着苏州派剧作家中的作者都是苦戏作家，也并不表明他们的作品全都是以市民生活为内容，都反映了市民的心态情感和趣味追求。

二、苦戏的市井情趣

从作品实际来看，市民悲剧往往直接或非直接地描写了市井生活，反映了市民情趣，高扬了市民精神。

（一）直接铺叙市民群众斗争场面的，有李玉的《万民安》及其与苏州同仁们合作的《清忠谱》。前剧写织匠葛成带领织匠佣工抗税烧衙的实事，后剧状颜佩韦等五位市民代表率领群众，反对魏忠贤倒行逆施的实境。这两个市民苦戏都写照出中国工人阶级的前身形象，开创了戏曲史上的新生面。

（二）反映封建社会中贵族与义仆关系、市井生活中雇主与雇工关系的，有李玉的《一捧雪》，叙莫成、雪艳为主殉身；朱素臣的《未央天》，表义仆马义为主子滚钉板申冤事。

（三）揭露奸商的罪恶发家史的，有郑小白《金瓶梅》剧，叙生药铺商人西门庆聚财、纵欲和败亡的过程。

（四）歌颂妓女情义的，有徐燨《镜光缘》剧，刘伯友《花里钟》剧和许善长的《瘗云岩》剧，均写义妓为情人殉身事。

（五）借古人故事，叙当代市民对于男女情感以及贞节观念的通达情怀。例如来集之的《阮步兵》,叙阮籍追求美而不避嫌疑,欣赏美而不亵渎美的磊落风标;桂馥的《放杨枝》和《题园壁》,分别写白居易老来遣妾、陆游再遇前妻的情感波澜,都描绘出市民阶层中对于情感纠葛的理解和坦然处置。这种通达的男女情感观和贞节观,与话本小说《蒋兴哥重会珍珠衫》的精神是一脉相承的。可以说,晚明拟话本对市民生活的反映,从题材、人物和精神风貌上,都与清代市民苦戏有着互相呼应、交相生辉的因缘。

三、市民悲剧的精神实质——义

从精神实质上看,市民悲剧反映的核心集中在一个"义"字上。这里的"义"固然带有封建礼教中忠孝节义的痕迹,但却主要体现了市民阶层中那种讲义气、重然诺,甚至重义轻利、重义轻身的精神和愿望,成为调节、衡量和判别市民社会中人与人之间关系的一种新的行为准则和道德规范。这是看来极为奇怪的反常现象,商品经济和手工业生产,一直是以牟利为行动过程和最终目的。唐代便有"商人重利轻别离"(白居易)的说法;元杂剧中的茶商和盐商,没有一个是有情有义的。何以到了明末清初反映市民生活的小说和戏剧中,重"义"竟成为了市民人格精神的衡量标准和社会愿望呢?

从历史发展所带来的社会关系的变动来看,资本主义萌芽的诞生,工商业社会的集中和繁荣,形成了市民社会中,工商业主与雇工(员)的基本社会关系。这种雇主与雇工之间的关系,与封建社会中地主与佃户、贵族与家奴的关系既有联系又截然不同。地主与佃户、贵族与家奴的关系,基本上是一种控制与被控制、主宰与依附、主人与奴才之间的关系,奴才与主子之间不存在着人格上的平等。但雇主与雇工的关系,在很大程度上言,是一种雇主出钱、雇工出力的合作关系,两者间的人格是平等的,并且也不存在着十分强烈的人身依附关系。

《古今图书集成·职方典·苏州府部》载:"工匠各有专能。匠有常主,计日受值。有他故,则唤无主之匠代之,曰唤代。无主者,黎明立桥以待。……什百为群,延颈而望,……若机房工作减,则此辈衣食无所矣。"看来,工匠与雇主的合作,既是相对固定,又在实质上呈松散状态。合则留,不合则走;机房工作多则留,少则走;很明显,工人们的受雇与否,一旦引入了固定的市场机制,那就极难加以严酷的人身限制和野蛮奴役了。《清代刑部档钞》有云,许多雇工与手工作坊主"同坐共食","并无主仆名分"。

在这种新型社会关系的制约下,要提高单位效率和社会生产力,除了"利"的作用外,"义"决不可少。义利结合,也成为调节市民社会生活秩序的基本杠杆。明代市民苦戏中对"义"的讴歌,实际上是对新型社会秩序的肯定、维护和讴歌。《万民安》中的织匠葛成带领市民抗捐,"蕉扇一挥,万众俱集",群众当场把税吏徐成剥衣投水淹死,又打死税监属吏黄建节。后来官府要大规模镇压群众时,葛成又挺身而出,自愿承担罪名。葛成之义,表现在三个具体事件上:一是为邻居韩媪偿还官债,赎回韩女云娘;二是为税吏没收卖瓜小儿之瓜所激,酿成万人事变;三是事发后宁愿牺牲自己,保全群众。他的义气,在很大程度上代表了市民阶层的根本利益,维护了市民生计的正当权益,协调和黏合了市民的关系和愿望,所以才深得市民乃至官府的钦佩和敬重。葛成和颜佩韦等人的义举,都是市民精神的汇聚和体现。他们的形象展现,使中国戏剧史上出现了反映新型阶级关系的新人物,开了预示新社会文艺思潮的新生面。

市民悲剧中的"义",尽管是一个总体性的概念,但有时也可以具体划分为生意场上的信义与义气,男女悦慕时的情义,以及富于牺牲精神的耿耿正气与铮铮道义。以此作为是非评判的标志和人品价值的尺度,很容易引起悲剧冲突,张扬苦戏的情境。

第二节 情义绵绵的男女苦戏

一、市民苦戏的话本渊源

在中国文学史上,较为集中地反映市民生活的作品,系由唐代的传奇小说肇始。白行简的《李娃传》、元稹的《莺莺传》、蒋防的《霍小玉传》,都以生动的笔墨、曲折的故事,表现市井间情意绵绵的男女之情,其哀感苦恼,感人至深;演为戏剧,令人悲戚。

市民苦情题材在宋元话本小说中蔚为大观,市井细民渐次登上社会舞台,呈现出主角的风采,例如《碾玉观音》中的秀秀,作为裱褙匠的独生女儿,与迟疑不定的碾玉匠崔宁展开了大胆热烈的生死苦恋,直到"生眷属"变成"鬼冤家"。《志诚张主管》中的小夫人,误嫁给六十老翁后,在时时泪下之余,又对下属张主管展开了热烈追求。哪怕张胜一躲再躲,小夫人做鬼也要一意寻他。

《闹樊楼多情周胜仙》叙周胜仙和樊楼酒店的范二郎,在东京金明池一见钟情,但周父却坚决不允亲事。胜仙死后,却被掘墓贼惊醒复活,重寻二郎,竟被二郎当成鬼魂打死。但第二次死去的胜仙鬼魂,依然一往情深地去救已经被告官定罪的二郎,这是何等不计前嫌的胸襟,何等热烈持久的爱情!

与三位美丽情深的女鬼不同,《杨思温燕山逢故人》讴歌了不甘屈辱、自刎而死的郑意娘,阐扬了难于被异族蛮寇所欺心夺情的烈女子气节。

他如《快嘴李翠莲》对封建教条的调侃、嘲弄和抨击,《宋四公大闹禁魂张》中一群流氓无产者对抗社会的侠盗行径,都是城市生活的众生百像。宋元小说与宋词,与张择端《清明上河图》一样,都是市民文化的广泛体现和优秀典范。尽管元代杂剧本身就是城市经济高度发展的产物和市民文化的充分体现,但对市民生活的反映,远不及现存四十多篇宋元话本来得深切。元杂剧的专业商人如茶商、盐商,大都是恃财嫖妓、造成爱情悲剧的祸首。另外一些小业主和农民商贩,例如《朱砂担》中的王文用,往往是受苦受难,躲不脱"百日血光之灾"的悲剧主角。这些缺乏个人意志的市民悲剧,只能使人们同情和叹息。

明代直接承继宋元话本传统的拟话本,以《三言》、《两拍》作为总结。个中除了收集少数宋元话本之外,都是明代市民生活的一面明镜。值得注意的是《三言》中歌颂市民义气,斥责背信负恩恶行的主题,大批出现于作品之中,如《施润泽滩阙遇友》写织匠的拾金不昧和小业主间的相互扶助,《桂员外穷途忏悔》指斥忘恩负义的兽行,都是清代市民悲剧"义"的主题乃至题材的来源。

《二拍》中大量的色情描写和轻视贞节的思潮,也给清代市民苦戏以直接的影响。十分遗憾的是,《三言》、《两拍》的编者冯梦龙和凌濛初,虽然本身也是戏曲作家和戏曲理论家,但包括冯、凌作品在内的明代戏剧,总体上不重视市民题材。但《醒世恒言》中的《卖油郎独占花魁》,被铺展成为一出表达市民爱恋情义的著名苦戏,这是需要有所提及的。

二、《占花魁》与《后四声猿》

李玉的《占花魁》除了直接取材于《醒世恒言》外,还参考了冯梦龙《情史》、田汝成《西湖游览志》等文献。

全剧着意渲染了金兵入侵、汴京失守、百姓逃难、士民遭殃的苦戏大背景。正是在这一幅苍生劫难的流亡图卷中,身为良家女子、官宦小姐的莘瑶琴才遭人拐骗,辗转江南,青楼卖身。同样,秦种也是因为临安寻父,盘缠用尽,这才不得挑担出力,成为卖油郎。二位主角之所以"同是天涯沦落人",完全是因为时代的灾难所致。一个苦难的时代才可能滋生出更多的苦难戏剧。

就莘瑶琴本人言,她的苦难境况与悲惨遭遇,主要体现在面对命运的拨弄,一次次不甘心沉沦的反抗与斗争,但是这些徒劳的斗争往往更加加深了其艰难的处境。妓院老鸨一次次逼她接客,哪怕将她剥光了衣服吊起来打,她还是即便"打死了也决不从",甘愿以头撞阶,死了干净。不是刘四妈给她指出一条从良之路,莘瑶琴岂有生理?

一旦入苦海,惆怅再难述。名妓也好,花魁也罢,都只能使得莘瑶琴借酒浇愁,以自我麻醉缓解心头苦痛。秦种历经千难进门之时,便是莘瑶琴酒醉呕吐之夜。难得秦种彻夜照料,"怜玉惜香多周折",一次次用衣袖承接呕吐之物,这才赢得莘瑶琴的另眼相看。

莘瑶琴的第二次自尽,是在西湖的漫天风雪中,为万俟公子凌逼后的投湖。"我莘瑶琴不知前世作何罪孽,至受今日之苦楚?"当秦种将她救起,经过认真的思考与选择之后,她才会以无限的悲慨和果决的言辞,立意嫁他:"妾身失身,思得一至诚君子,托以终身……若不嫌烟花贱质,情愿永偕伉俪!"宝贵的生命和真挚的爱情扭结到一块,那便是"布衣蔬食,死而无怨。""你若不允我,以三尺白绫死于君前!"这一悲壮的

"逼婚",实在是她可能抓住的最后一根可以救生的希望之木。

尽管花好月圆,鸳鸯双眠,但是都不能够改变整出戏愁苦哀怨的浓重氛围。时至今日,从昆剧到苏剧,都将该剧打造成心理爱情戏中的苦怨之剧再三演出,使之成为千锤百炼的经典之作。

市民苦戏中还有一些以相对轻松的笔调,重新触及和解释历史上情感纠葛类事件的本子,既有深深的惆怅和苦痛,又有洒脱的胸怀和做派,这也是一种建立在同情、理解和平等相待基础上的"义"的表现。

桂馥(约1736—1805)的《后四声猿》组剧,便是以市民意识和现代情怀重新解释和评价历史掌故的典范之作。其《放杨枝》、《投溷中》、《谒帅府》、《题园壁》四个短剧,分别借唐宋诗人名家白居易、李贺、苏轼、陆游的故事,抒写18世纪市民社会的诸多感慨。《投溷中》极写嫉妒之病,"有才人每为无才人者忌。其忌之也,或诬之,或潜之,或排挤之,或欲陷而杀之。未有毒于李长吉之中表,竟赚其诗,于溷中投之,锦囊心血,一滴无存。此辈忌才人,若免神谴,成何世界?投之鬼窟,烈于溷中"。《谒帅府》写苏轼请谒帅府终不得见的愤懑。小人得志,高才受屈,一至于此。

《放杨枝》叙白居易年老病多,不得已遣美姬、卖良马的感慨。他一方面认识到,"年方丰艳"、善舞《杨柳枝》的樊素若再久留下去,"吾老、吾病,他(她)孤:合之两伤,离则双美",以白发怜青春,遣之他适是正理;另一方面又凄凄惨惨,欲遣又留,欲别又挽,决绝时勾起了十年相知的情怀,透露出情难舍、理必离的苦戏情韵。对这种心理的同情、欣赏和品味,是清代市民精神的一种健旺体现。

《题园壁》事出南宋之周密《癸辛杂识》、蒋一葵《尧山堂外纪》及陆游词《钗头凤》。写陆游与被逐前妻唐琬的不期而遇,邂逅沈园。新夫赵士程,听说妻子的前夫陆郎亦在游园,竟然作望介:"果然名士风流,可邀来同坐。"唐琬以"旁观不雅"为由谢却,与赵士程商量送些酒肴与陆游。赵士程道"有趣",忙遣家人送酒问安。

那陆游闻说,打远处遥望新夫妻的风标,不免肝肠寸断,但却朗朗言道:"管家你去上复,说吾陆务观多多感谢!"遂连饮数杯,题《钗头凤》一阕,挥泪而去。

赵士程不避前嫌的胸怀,尊重妻子与前夫情感的举动,磊落大方,善于理解和同情,体现了市民百姓阶层对于男女情事的新观念:不以贞节或改嫁为终生铭记的前科而不释于怀。这也是一种市民的道义。悲痛且管悲痛,磊落原自磊落。桂馥为该剧《小引》道:"古今伦常之际,遇有难处事,此家庭之大不幸也。陆放翁妻不得于其母,能不出之?然阿婆喜怒无常,儿女辈或有吞声不能自白者耶!后乃相遇沈园,憨嘿题壁而已。余感其事,为成散套,所以吊出妇而伤伦常之变也。"

郑振铎在《清人杂剧初集》[①]序中指出:"未谷《后四声猿》亦旷世悲剧,绝妙好辞。

---

① 郑振铎辑印《清人杂剧初集》,1931年。

如斯短剧,关、马、徐、沈之履迹,盖未曾经涉也。蜗寄才调未遒,犹然《面缸笑》诸作,谑而不虐,易俗为雅,厥功亦伟。短剧完成,应属此时,风俗辞采以及声律,并臻绝顶,为元明所弗逮。"《后四声猿》跋中又言:"似此隽永之短剧,不仅近代所少有,即求之元、明诸大家,亦不易二三遇也。清剧自梅村(吴伟业)、西堂(尤侗)、坦庵(徐石麟)、权六(张韬)诸人开荆辟荒后,至乾隆间而全盛。馥与杨潮观尤为大家,短剧风格之完成,允当在于此时。"

诚哉斯言。

三、美妾义仆《一捧雪》

李玉值得重视的另一类苦戏,是以《一捧雪》、《未央天》为代表的美妾义仆殉主戏。

《一捧雪》有意把两种性质的下人对照起来描写。官少爷莫怀古救助了贫困中的裱褙匠汤勤,并推荐他到严世藩府中作幕;但汤勤顷刻间就忘恩负义,向严世藩密告并谋夺莫府传家宝杯"一捧雪"。当莫怀古无奈,以假杯呈上时,汤勤又向严世藩具告其假,倚势索要莫怀古的人头,其实是为了谋夺其美妾雪艳。

莫府家人莫成,替主自刎,莫怀古的美妾雪艳到严府去献上假头。汤勤情知是假,但为了霸占莫妾雪艳,也强说是莫怀古的真人头。合欢之夜,雪艳痛骂汤勤道:"吓,你这贼子!天地也不能容你了!(刺付,付跌,贴连戳介)(唱)冲冲怒气多,手腕怯,截口眼,屠肠胃,聊当寸磔!(作喘介)"

这样一位美艳怯弱的女子,竟然连续数刀,杀死了狗仗人势的小人汤勤,之后又举刀自刎,以酬大义,以谢主公。连严府中人也不得不连声赞道:"世间有这等义烈妇人!"为主献身、有情有义的莫成与雪艳,最终以生命的代价战胜了卖主求荣、无情无义的小人汤勤。在"义"与"不义"的碰撞中,不义者最终以身败名裂的惨重失败告终。

无可否认,这种为主殉生的壮烈行动,在很大程度上带有封建社会中的奴隶道德色彩,但却至少在三方面体现了时代意义和市民精神:

(一)雪艳、莫成为主尽忠的壮举,凸现出真正的情义和高朗的品格;以此为鉴,反衬出那些摇头摆尾的走狗行径,也令人嗟叹那般有奶便是娘、腆颜事新朝的遗老们的卑微品格。汤勤等叛主求荣的新贵,分明是市井无赖的作派。

(二)尽忠行动并不见得就是愚忠的实践。这也展现了一种财产私有、人格平等的商业社会的世风。宝货不必也不该呈现给达官贵人,恃权抢夺便是不义之举;拼将一死,既是对所爱所敬者莫怀古的支持和声援,也是对无耻小人和达官显贵们的殊死抗争。

(三)为了正义所作出的牺牲是有价值的牺牲。虽然李玉是更多地从封建地主和工商业主的角度来歌颂这种正义精神的,但见义勇为,不惜生命,反抗邪恶,不计代价,这种壮烈行动的起点和终点,都超越了主仆关系的规定,成为行为自觉、信念高洁的苦戏悲剧。

清代义仆悲剧的成批出现，是封建道德和市民精神混杂、交替与揉合，也是过渡与变革时期的形象展示，还是市民社会中协调工商业主与雇工关系的道义论证，尽管这种形象的道义论证是有失于片面和偏颇的。郑小白改编的《金瓶梅》传奇，刚好从另一方面展现了地主商人发迹时的种种原始罪恶，展示了官、商、地主相互勾结、荒淫无耻地蹂躏人民的血腥历程，体现了不义者终将败亡，人肉宴席终将散伙的事理。

与此相反，许善长《瘗云岩》中贱为妓女的夏爱云，一旦与洪农订盟，不能成就姻缘时，宁愿以吞药自尽而表明心迹，谱写了一曲鸨母无情、妓女有义的赞歌。因此，市民苦戏中"义"的归属既不在势焰滔天的严世藩、淫恶昭彰的西门庆等高官、巨商身上，亦不在富贵家族莫怀古、米新图（《未央天》中的米府主人）身上，而在市井小民如织匠葛成、零工颜佩韦、下人莫成、侍妾雪艳乃至一般妓女身上；"义"几乎成了下层市民的专利。蜕化变质的装裱匠汤勤则除外。

第三节　市民斗争悲剧《清忠谱》

一、《清忠谱》的历史真实性

这是现存古典戏曲作品中，极为难得的一部正面描写市民斗争并获得广泛影响的悲剧。以李玉为首，毕魏、叶稚斐和朱素臣等苏州派剧作家，集体创作了这部成功的作品，这也使戏剧史上的苏州派，成为品位极高的创作流派之一。

按照历史的本来面目，集中描写当时当地的政治事件，展现出市民阶层的总体面貌和必然要求，这是《清忠谱》最为显著的创作特色。《曲海总目提要》谓其"事皆据实"；吴伟业《清忠谱序》也称其"事俱按实，其言亦雅驯，虽云填词，目之信史可也"。正是因为其"信史"式的严格的现实主义创作态度，《清忠谱》在当时反映该类事件的所有剧作中，所出最晚，但也最有力度，几乎一出来就掩盖和代替了其他剧作的光辉。当时反映魏党败亡的剧作有《广爱书》、《秦宫镜》、《清凉扇》、《请剑记》、《不丈夫》和《孤忠记》等十数种，除《磨忠记》全剧和《冰山记》戏曲外，余皆不存，便是明证。李玉自己也在剧末自信地说："古调新词字句研，岂草草涂鸦伧父言。"当属事实。吴伟业在剧序中还说："逆案既布，以公事填词传奇者凡数家。"看来都不及晚出的《清忠谱》。而以后的时事悲剧，想来也难与之攀比。因此，吴梅村十分感慨地说："余老矣，不复知其他季事。不知此后填词者亦能按实谱义，使百千岁后观者泣、闻者叹，如读李子之词否也。"

现在看来，以史实传时事的市民斗争苦戏悲剧《清忠谱》，应属一尊前后辉映的风标。之前除了 1562 年王世贞的《鸣凤记》，之后除了孔尚任的《桃花扇》以外，确实也再无佳作。以上三剧，构成了戏剧史上以史实时事写政治事变的怨谱苦戏系列，成为历史悲剧中光采照人的"三鼎甲"。

明中期以后,资本主义柔嫩而充满生机和希望的萌芽,终于局部地穿透了封建社会坚硬的土壤,当然也不免要受到许多风雨摧折。其时最为富足的工商业城市尽在江南五府,五府中尤以苏州府为先。因此,苏州是新的经济形态、新的生产关系和新的政治理想的策源地。苏州派戏剧家诞生于此,可说是天时、地利与人和毕集。由此,反映市民斗争的苦戏产生,已是呼之欲出的形势了。

据沈瓒《近事丛残》记载,1601年,宦官孙隆在苏州征税,颁行纳税新法,"每机一张,税银三钱";"凡缯之出市者,每匹纳银三分"。新法的实施,导致了"机户皆杜门罢织",工人失业的后果。六月,葛贤、钱大、徐元和陆满等四位织工领袖,率领市民两千余人在玄妙观起事,击毙税官数人,"必欲得宦官乃已",终于赶走了孙隆。

李玉有感于此,先作《万民安》一剧,叙葛成等能使万民惬意的壮举。葛成遇赦出狱后,苏州知府朱燮元佩服之余,改其名为葛贤。此后,颜佩韦等五人墓,亦在虎丘葛贤墓旁。李玉既写葛成之烈,复写五人之义,遂与同人以周顺昌事件为由,写成了《清忠谱》一剧。《万民安》不传而《清忠谱》名显,这也是观众的审美取向所致。

余秋雨在其《中国戏剧文化史述》中认为《清忠谱》在思想实质上并未超越封建政治思想的范畴,在基本性质上是以周顺昌和魏忠贤为代表的忠奸斗争,"是呼吁和促成了封建国家机器的一次自我调整"①,在历史位置上是以《牡丹亭》轻艳的异端退回到壮烈的正统感上去。这一论断还是忽略了《清忠谱》的信史特性和时代意义,因而也多少掩盖了《清忠谱》的思想光辉和进步精神。

明天启六年(1626),在葛成事变的二十年后,魏忠贤派缇骑来苏州逮捕周顺昌。苏州市民在颜佩韦、周文元、杨念如、沈扬和马杰等五人的率领下,聚众数万,围打缇骑,致其中一人毙命。后来巡抚以"吴人尽反"为题,杀害了五位义士。

苏州市民为什么要群情激愤,拼死以救一位闲官呢?这里面既有周顺昌品格精神的耿直崇高,又有忠奸之争的势不两立,还有东林党与阉党不共戴天的背景。从根本利益上讲,以周顺昌为代表的东林党人是市民利益的维护者,以魏忠贤为首的阉党是市民利益的对立者。万历三十三年(1605),革职吏部官员顾宪成与高攀龙等人在无锡东林书院讲学,经常抨击朝政。统治阶级阵营中代表中小地主利益的官吏和一部分知识分子闻风响应,以东林党人为称,攻击宦官、权臣等代表大地主利益的腐朽政治集团。东林党人在经济上的改良动议是反对加征商税,鼓励工商业的发展,不满于矿监、税监等阉宦的横征暴敛。以魏忠贤为首的阉宦则挟上联下,遍置死党,排斥东林,以极其沉重的赋税,限制和阻碍工商业经济的正常发展。从某种程度上说,东林党代表着工商业者的正常权益,预示着新型生产关系下商业经济的改变及其繁荣的光明前途;

---

① 余秋雨《中国戏剧文化史述》,湖南人民出版社1985年版,第408页。

阉党则代表着封建生产关系和大地主的利益,他们对新兴的资本主义萌芽势必要由仇恨转为扼杀。

吴伟业在剧序中谓周顺昌"初吏闽即裁税",便是指他任福建推官时,惩治税监高寀爪牙的政绩。周顺昌也因此而得罪阉党,削职返乡闲居。所以《清忠谱》中颜佩韦认为:"只是与魏家作对的,都是好乡宦。若是拿他,岂不伤了天理!"苏州市民"嗔魏贼似狼豺,排陷东林党,绝根荄!又逮周铨部,忠良遭害"!数万人营救周顺昌的历史场面如此富有戏剧性,这决不是偶然的巧合,而是有着深远社会背景和阶级基础的必然性呈现。《清忠谱》对这段历史的戏剧性再现和社会必然性的呈现,部分表达了《牡丹亭》中某种朦胧不得分明的政治理想,直接呈现了在杜丽娘等人身上所隐约寄寓的人文主义战斗精神。

仅就市民气息的浓厚和新型社会阶层的反叛精神的强烈而言,《清忠谱》是古典戏曲中的任何杰作都难以望其项背的。就东林党与苏州市民联合抗争阉党的事件言,其中既蕴含了统治阶级内部的分裂和冲突,又展示了皇帝支持下的阉党势力的腐朽和反动,还展示了市民阶层必将作为一种新的阶级力量,在挫折和失败中不断发展壮大的美好前途。因此,《清忠谱》主题的多元伸展,包孕在事件本身的复杂多维之中,这比李玉的佚作《万民安》中市民奋起抗税的单纯主题,更显得丰富多彩而又深厚凝炼。

二、阉党之奸、东林之忠和市民之义

《清忠谱》全剧在艺术上最为动人的地方,是着力描摹了三组政治力量的人物群像,即阉党之奸、东林之忠和市民之义。

写阉党之奸,从背景上言,首先是"魏贼练兵禁内,置帅九边,定然大肆逆谋,指日僭移国祚",玩国君于股掌之间;其次是捕杀东林,"杨大洪、左浮丘诸君子纷纷逮系,万元白廷杖杀身"。剧本再从背景上延伸、深化阉党之罪,这便是内监李公"职掌税务,奉旨驻扎苏州",对苏州市民带来巨大威胁。阉党的欺君、伐异和征商三大罪,率先从周顺昌口中陈列出来,又从文文起罢职、魏大中系京等事件中局部表现出来。即令周顺昌被逮,阉党所指罪名也是与周起元"背违明旨,勒减袍价",赔分三千银两,这也还是从福州减税的前科顺延出来的罪名。

阉党总头目魏忠贤在剧中并未曾正面出场,大打出手,然而其威势和影响却无处不在。《创祠》一出中,苏州府"本衙门内监李老爷与军门毛老爷,在半塘建造魏爷生祠,供养长生神像"时,毛一鹭与李太监竟把魏忠贤生祠比成朝廷宫阙,把魏之头像赞颂为"胜似那当今天子、历代帝王",在不经意中道出了魏党觊觎君位之意。为了营造这华丽的生祠,党羽们以胜似征收"皇朝赋税、国库钱粮"的百倍热情,抽取"祠饷",以至于"富户抽丰要罄囊"。《骂像》一出中,工匠们为了给沉香木作成的头像戴冠,不得不把头像稍微铲小一点。毛、李二人竟为此跪在地上,痛哭"咱的爷爷呵,头疼呵,了不得,了不得"!

及至周顺昌骂像时,李监本要着人打周,但被毛一鹭劝止:"不中用。他前日与魏大中结姻,我已具一密揭,报知厂爷……一网打尽便了。"这就把李太监的跋扈和愚蠢,毛一鹭的阴险与毒辣,都生灵活现地透视出来了。

魏党爪牙中的其他人,诸如缇骑捕人时的嚣张与贪婪,倪文焕、许显纯审案时的残酷歹毒,总甲龚小园的工于算计,都刻画得十分生动。但也许写得最为阴毒的人物,还得数总头子魏忠贤。《叱勘》一出中,魏氏端坐公堂,冷眼旁观倪、许二人与周顺昌的舌战与攻击,自始至终一言不发。末了却不动声色地使人乘着夜色,用布囊活活闷杀了周顺昌。这种阴谋家藏而不露的杀人手段,更是令人发指痛绝。

作为阉党的对立政治力量。东林群像也塑造得各有个性。文文起劾魏忤上,罢黜南归,"他也不入城市,竟至入山,到竹坞别墅去了"。这种相对清醒、深藏避祸的举动,使得他在魏党势败后终于能东山再起,重赴朝中。而另一位劾奸放归的魏大中,"满拟杜门谢客,训子课孙,不意诬受熊、杨赃私,复遭罗织",依旧躲不脱阉党的迫害。这位"生平狷介、视死如归"的忠臣,面对故友周顺昌,竟有着如许众多的"世俗牵情";甚至在逮解京师时,居然还牵记着十三岁孙儿的婚姻大事。后来魏周二公在狱中重逢,魏尚念念不忘"吾孙伊托,你有遗孤,两姓谁担待"?"看不得累累妻孥哭草莱"。周顺昌听了,先是劝说"且自由他",眼中噙着热泪;继而听得烦了,正色喝道:

> 亲翁,大丈夫视死如归,还说这些儿女之事怎么!①

这就使得魏大中深为周的刚烈所振奋,临终嘱咐亲翁必大骂阉党后,才气绝死去。

与魏公不同,周顺昌处处强项,时时刚烈。他既敢与钦犯魏大中结姻亲,又敢在阉党喜庆魏贼生祠落成时大闹庆典,痛数阉宦之罪。在束手就逮时,他吩咐妻儿们无须啼哭,"徒然扰乱人意"。其妻含泪追询:"呵呀相公,天色将明,就逮在即。难道廿载夫妻,真个岂无一言嘱咐么?"

周顺昌朗声回答:"咳,只管多讲。我有什么嘱咐来?自今以后,我自做我的事,你们自做你们的事便了。"

这对夫妻于生离死别时的问答,同样令读者肠断。周顺昌情知"一步回头品便低",大义辞亲,斩断情丝,为的是怕折摧东林党人的气节风标,玷污了自家全心奉国的磊落情怀。李玉对魏大中的处理是以儿女情衬英雄气,对周的描画则是以英雄气祛儿女情,写出了东林英雄的不同面貌,使得英雄群像互衬相映,蔚为壮观。

苏州市民的群像,把周顺昌的英雄气,又推到了至强至刚的新高度。零工颜佩韦,

---

① 李玉等《清忠谱》,王季思主编《中国十大古典悲剧集》,齐鲁书社1991年版,第662页。

听书时闻道忠臣被擒,便愤愤不平,大闹书场,并结识了轿夫周文元,铺主杨念如、牙行经纪人沈扬和马杰。《书闹》一场戏,实际上是市民英雄的聚会和大闹府衙的预演。别看颜佩韦"一生落拓,半世粗豪",但却肝胆照人,分得清大忠大奸。以五人为代表的苏州市民运动,既出于对东林党人维护工商利益的感谢,又出于对周顺昌忠义耿直的个人品格的敬慕。在这场轰轰烈烈的群众斗争达到高潮时,即便是代表统治阶级中进步力量的周顺昌也胆怯了。他对寇太守言道:"老公祖,此番大闹,我周顺昌倒无生路了。怎么处,怎么处?"

周顺昌毕竟没能跳出阶级的局限,还是对统治集团抱有幻想,生怕市民起事坏了他的"忠臣"清名。他的那些学界相知们与市民一道闹衙营救。但等到作为市民代表见官时,秀才王节和刘羽仪竟吓得结结巴巴,连话也讲不顺畅了。

关键时刻,还是这些市民朋友挺身而出。颜佩韦情愿为周顺昌替死,不智中显出义气。而丑扮周文元则一语道出魏贼矫旨拿人的目的,并宣称"众百姓其实不服!就杀了满城百姓,再不放周乡宦去的!"等到差官们欲以武力压服民众时,市民们再也按捺不住心头怒火。他们在五位义士的带领下打死缇骑,冲进府门。可恨毛一鹭到底狡猾,他竟乘乱转移了周公,使这场市民斗争的爆发没能达到救助周公的预期目的。从总体上看,反动专政机构的气焰还很嚣张,新型社会力量毕竟没有形成强大的阶级阵营,起事毕竟以颜佩韦等五人的牺牲作为悲剧结局。

即便如此,这场市民运动还是震撼了开始总体倾斜的封建社会大厦,至少为魏忠贤的冰山倾倒,准备了溶冰化雪的干柴烈火。一死当前,五英雄喝斥刽子手,气壮河山:

——吓!我杨念如是怕死的么?!
——我颜佩韦打死校尉,万民称快,死也瞑目了![①]

五英雄一起表白:"刚强,仗义久名扬,说甚身遭无妄。权珰肆虐,堪嗟毒流天壤。"刻本《清忠谱》第十八折眉批记当日情事云:"五人当中,惟杨念如有神力,斩首时大怒震呼,绳索俱绝,将刽子手毒打几死。众复系之,将石曳其手,乃就刑,犹骂不绝口。"《清忠谱》若据实写出,也足快睹。

在刻画五人义气和总体刚强的同时,作品还分叙了颜佩韦对老母之孝,杨念如对儿子杨英甫之慈。(周贻白氏谓杨之后人,至今仍为五人墓旁花农)。五人当中,马杰、沈扬显得稚嫩一些。《捕义》一折写马、沈于赌场被抓时,他们还以为是赌钱小事,请颜、杨二兄作保就算了。周文元虽然机警,但因为醉酒,也就被捕快顺手擒来。而

---

① 李玉等《清忠谱》,王季思主编《中国十大古典悲剧集》,齐鲁书社1991年版,第679页。

颜佩韦和杨念如则老练得多,闻知马、沈、周因首赌被抓时,马上明白原委:"咳,什么首赌?我晓得了,一定是为打校尉的事……这桩事是我做的,何消拿得别人?"马上把打杀缇骑事承担下来,欲为三位弟兄开脱。这又是勇于牺牲自己、救助他人的冲天义气。这种市民阶层的"义",决不是封建的节义所能范围的,这是新的社会阶层的挚情实感,这是新的生产关系支配下的群体精神之健旺呈现。

三、结构绵密,风格强悍

《清忠谱》全剧的结构设置,为塑造人物形象铺设好了必要的路线。在东林、市民和阉党的三组政治力量所形成的三条情节线中,有平行展开,有先后设置,也有三方遇合。例如写市民大场面的,既有《书闹》中的群英聚会,有《义愤》中的万众毕集,有《闹诏》中的群殴钦差,还有《毁祠》、《吊墓》中的善始善终。后两出戏,表明了五人义气尚存,精神不死,更多的市民将在捣毁阉宦生祠的行动中振奋起来,在悼念五位义士的场面中觉醒和成长。

《闹诏》一场中,市民、周顺昌和阉党爪牙的三方遇合,在对比、冲突和互衬中集中凸现了不同人物的性格精神,周顺昌的强悍精神便是在多次冲突中,散发动人的光彩。至若周公冤魂自北到南,五义士英魂由南到北,终于在长江之畔相逢的一场戏,更为妙手神境。两股政治力量又一次联盟,忠贞之气借了"滚滚长江浪拍天"的雄伟气势,巡天飞渡,叱奸表忠,气贯长虹。即便在此时,五义士的英魂还是不改生时脾气,要化作厉鬼击杀阉贼;也还是周吏部最终遵守天界秩序,告知魏贼气数将终事,劝说五义士同到应天城隍庙供职上任去。此处就五义士就任城隍麾下的五方功曹言,在功德圆满的结局上有损于义士形象,不能不视为败笔墨渣。

由忠义奸佞冲突的激烈,人物性格的强悍,戏剧语言的掷地作金石声等方面合成,《清忠谱》形成了悲愤豪壮、风雷激荡,整体上强悍健旺的艺术风格。这种强悍风格的有力呈现,也就是作者在《谱概》中宣告的:"清忠谱,词场正史,千载口碑香。"的确,要在传奇创作中搜寻摒绝男女欢爱、具备时事活剧般的宏伟气魄的大作,该剧当可名登榜前。在市民悲剧中,它是棵擎天大树;在古典悲剧丛林中,它也是风标独立、赤帜单树的稀有景观。

这样,清代市民苦戏便具备了以市民作家写市民生活、状市民义气的完整涵义。仅从上述的一些剧目来看,清代市民悲剧既描写了下层市民为争取自己的根本利益而付出的巨大牺牲,还着力展现了这种牺牲的可贵价值和深远意义,预示了市民阶层、早期工人作为未来中国社会的重要阶层和先进分子的光明前途。因此,当我们提到拳拳信义、绵绵情义和铮铮道义时,便可以分别附丽到陆游和唐琬、雪艳和夏爱云、周顺昌和五人义等一大批人物画谱上去。掩卷深思,不仅为之深感悲哀,一掬同情之泪;同时还感觉到这些崇"义"者人格精神的崇高和伟大,真正是义薄云天,从而满怀敬慕之情。

第二十三章
摧枯拉朽的农民斗争苦戏

清代的农民斗争苦戏,直接来源于元明戏剧中的农民起义戏;受惠于元剧的演义故事和绿林小说,以《水浒传》作为代表作,也给清代农民斗争苦戏给予了多重养分。诸如《神州擂》、《艳阳楼》和《庆顶珠》等历史故事苦戏,都呈现出时代精神的新生面。

以《白蛇传》为代表的神仙幻想剧,借用美好浪漫的想象,展示了农民阶级对封建社会的神权、政权和族权等统治力量的总体攻击;虽然这种攻击最后仍以失败告终,但却具备了农民革命在新的社会历史条件下取得必然胜利的先兆。

曹雪芹的祖父曹寅,在《虎口余生》中叙说了李自成农民革命的故事,这是一出从时代上看相去不远的惊天动地大苦戏。尽管出于康熙亲信的政治立场,剧中对农民革命每有贬谪之处,但作品的现实主义描写还是客观展示了农民战争的雄伟力量,形象演示了大明王朝必然寿终正寝的气数。这正好与乃孙曹雪芹的《红楼梦》呼应,预示着明清二代以致整个封建社会的古老大厦哗喇喇整体坍塌的前景。因此,我们以反映农民斗争的历史故事苦戏、冲决封建罗网的魔幻苦戏《雷峰塔》,以及摧枯拉朽的农民革命时事戏《虎口余生》,作为清代农民斗争苦戏的三大阵容来进行总体认识和具体探讨。

第一节 清代农民斗争苦戏总说

一、元明清农民斗争戏概观

中国戏剧史上描写农民斗争题材的戏,早在元代就成为一个重要的部类。元杂剧剧目中的水浒戏约二十余种,有传本留存的尚有高文秀《黑旋风双献功》、李文蔚《同乐院燕青博鱼》、康进之《梁山泊李逵负荆》、李致远《大妇小妻还牢末》、无名氏的《争报恩双虎下山》和《鲁智深大闹黄花峪》等六种。这六种水浒戏,喜剧气氛比较明显,人情味道十分浓厚,梁山英雄们"替天行道救生民"的正义感较为突出。虽然关汉卿等剧作家也曾在剧本流露过对农民斗争和起义战争的轻蔑,诸如"梁山泊贼相似"①、"俺破黄巢血战到三千阵"②之类的谤语时有所见,但总的来看,元剧中的起义军首领大都是作为正面人物和英雄形象出现的。元代水浒戏的系列问世,也反映了群众对起义行动倾向于赞成的评价。

明代描写农民斗争的戏,较为著名的有李开先的《宝剑记》和许自昌的《水浒记》。此外,史槃的《樱桃记》,以黄巢作为牵线的月老,是别开生面之作。这一时代中出现的林冲、宋江、黄巢等悲剧英雄形象,在清代戏剧创作中每每被移植、改编成影响较大的系列剧目。

作为中国封建社会的末代王朝,清代政治集中体现出封建社会的所有基本矛盾。除了农民阶级与地主阶级的基本矛盾之外,满清入主的民族矛盾也成为汉民族苦闷、愤懑的主要根源。正当满清社会在自身诸种矛盾的夹击下不胜重负的时候,帝国主义又以鸦片加大炮敲开了古老中国的大门,东方睡狮又面临着沦为殖民地、戴起新枷锁的危机。内忧外患,积重难返,使得年岁高大的文明古国步履蹒跚,百病毕集。作为中国封建社会主体构成的农民阶级,以连续不断的斗争和起义,使得末世王朝的丧钟声声不绝,苍凉凄惨,最终与辛亥革命的炮火相为交融、汇成巨响,成为中华民国宣告成立的声声礼炮。

清初的农民斗争是明末农民战争的自然延续。这一时期计有江南人民反剃发、直隶人民反圈地、闽广人民反迁海的区域农民斗争。乾隆末年,随着大地主阶级的土地兼并,官僚政权的奢侈腐化,使得阶级矛盾和民族矛盾日益尖锐。嘉庆元年爆发了历时九年、席卷川楚陕甘豫五省的白莲教起义,苗民起义和回民起义也都蔚为大观。

鸦片战争后,封建社会危机加剧,帝国主义侵略势力日见猖獗。19世纪40年代,两位广东人洪秀全和冯云山在广西起事,1851年建立太平天国,两年后定都南京,建立了农民革命政权。与清代封建政权对峙十余年后,在领导集团的内部分裂和中外反动势力的联合进攻中,太平天国壮烈失败。与李自成起义相比,前者覆亡了明代封建王朝,打击了满清侵略力量,但终于在吴三桂与清军的夹击下败亡;太平天国起义则沉重地动摇了清代封建王朝的基础,坚决抗击了西方资本主义的武装侵略,但也还是在封建势力和帝国主义的双重打击下结束了其历史使命,谱写了一出有声有色的农民起义大悲剧。

处于封建末世的清代农民斗争苦戏,以其各成系统的剧目,渊源有自的传统,不仅

---

① 关汉卿《鲁斋郎》,吴国钦校注《关汉卿全集》,广东高等教育出版社1988年版,第57页。
② 关汉卿《哭存孝》,同上,第402页。

成为反映农民斗争风暴的晴雨表,还是农民起义的教科书;不仅仅在正面的赞颂中登台亮相,还在反面的描写中展现风姿;不仅仅以其本色受到人民群众的欢迎,还被改造成御制大戏以供清代统治者欣赏;不仅仅曾多次遭禁,还出现了专事禁戏的理论家……这里有较为复杂的现象世界和色彩斑斓的不同层次。

二、"水浒"苦戏系列

《水浒》故事戏是清代农民斗争悲剧中较成系统的戏。这些戏大都根据小说《水浒传》、《水浒后传》以及元明水浒题材戏改编而成。

著名折子戏《夜奔》出自《宝剑记》,极好地刻画出了林冲被逼上梁山的心境,渲染了社会力和自然环境相为和谐的苦戏氛围。作为昆曲武生的看家戏,《夜奔》在清代各大声腔剧种中都得到广泛演出,戏曲界一向有"男怕《夜奔》"的说法。

《坐楼杀惜》、《借茶活捉》亦出自许自昌《水浒记》原作,在清代成为千锤百炼的戏剧精品。昆曲、京剧都活画出宋江杀阎婆惜、阎婆惜活捉张文远的苦戏情势,这也从一个侧面反映了梁山首领急事当前、性格激变的过程。

清代地方戏曲中出现的一批新编水浒戏,直接摹状起义军将领率领部下或家人与封建地主武装的浴血斗争,显得虎虎有生气。《神州擂》写燕青与朝廷守将王宏的对垒,《艳阳楼》则演花荣之子逢春、秦明之子秦仁等杀死高俅不义之子高登的故事,显示出英雄后人不屈奋战的起义斗争连续性。

《庆顶珠》根据陈忱的《水浒后传》改编而成,写阮小五化名萧恩,避居江湖,但却依然受到渔霸、衙门的联合欺诈毒打。萧恩与女儿桂英(花逢春之未婚妻)铤而走险,抱着不复生还的决心,杀了渔霸丁子地全家。许多剧种都以老英雄萧恩自刎、女儿出逃的苦戏场面结尾。

另外一些新编水浒戏写梁山义军大败祝家庄、扈家庄等地主团练军的过程,展示了集体军事活动的巨大威力。这些新编的水浒故事戏,不一定都以悲剧结局告终,但总起来看,仍然改变不了一种苍凉、悲愤和遗憾的苦戏情绪。对梁山英雄后代再接再厉的起义斗争的赞颂,恰恰证明了水浒事业的整体失败和无边的怅惘。邱园笔下的《虎囊弹》中,即令何等雄壮的水浒英雄鲁智深,在营救卖唱女金翠莲、醉后大闹五台山之后,还是被师父智真驱赶下山;昆剧、秦腔和川剧等多种清代地方剧所演的《醉打山门》一出,鲁智深所唱"赤条条来去无牵挂"数语,慷慨悲凉,曾为小说《红楼梦》借作宝玉出家时的偈语。

不管水浒好汉们如何英雄、如何获胜,最终改变不了接受招安后,被逼去征讨另一支起义军,"以贼制贼",饮恨而亡的悲剧结局。这种被统治者恶毒利用、一箭双雕的悲哀,在很大程度上演化为整个时代的大悲哀,并不是区区几个描写局部胜利的折子戏所能全部冲淡的。例如清初的《双飞石》传奇叙宋江征田虎,乾隆宫廷大戏《忠义璇图》贬梁山好汉为假忠义,在一些看似喜庆的场次中,仍旧沁出了令人心寒的凄凉。

根据《隋唐演义》改编的瓦岗寨英雄系列剧,例如《贾家楼》、《打登州》等剧,都演出了一幕幕绿林好汉与官府衙门殊死斗争的生动场面。

描摹农民起义的清传奇,还有叶稚斐的《英雄概》,演唐末李克用瓦解、平叛黄巢事,对黄巢悲剧结局的酿成寄予了较为深厚的同情。他的另一部剧作《琥珀匙》,歌颂侠盗金髯翁惩治贪官污吏、帮助佛奴与胥坝成婚的侠义心肠。叶稚斐因在此剧中有"庙堂中有衣冠禽兽,绿林内有救世菩萨"一语,导致被捕入狱,九死一生。

王陇的《秋虎丘》痛斥总兵齐世昌和朝廷的言而无信。齐世昌在对海寇徐海战而难胜的情况下,着徐的情妇王翘儿去劝其归降,并声明降后一切待遇从优。徐海与王翘儿对朝廷命官的轻信盲从,最终导致一去不返、人头落地的惨剧。徐海的被"赚杀",折示出接受招安的江洋大盗及一切绿林义军们不可逆转的悲剧命运。

三、"诲盗"戏查禁理论

清代农民斗争苦戏中,反映农民起义军与朝廷军队和地主武装的直接军事冲突题材,往往是借历史故事与清代社会情景相为呼应,在客观上直接催化了农民起义的行动,成为起义军在谋略、战术、制度乃至服饰上的借鉴。

清代有一些禁戏的理论家深刻地认识到"诲盗"戏的深远危害性,从不同方面对朝廷进行了提醒和警告。金连凯记嘉庆十八年(1813)九月十五日林清起义时谓:

> 又闻兵围滑县失重,逆匪牛亮臣穿大红八卦道袍,坐八人亮轿,巡城喊骂,贼众称为"军师"。并伪称天皇、地皇、人皇,胆敢妄以三皇治世取意,此即梨园搬演黄巾作乱诸剧内之张角等等,所称天公将军、地公将军、人公将军者。该叛逆皆有所本也,皆有所仿也。再如逆匪李文成等均留发包网,蟒袍玉带,所用服色均皆戏班内之彩衣。甚至廷讯逆匪冯克善、屈四时,该狂尚口吐人言说:"俺招安他们去。"受刑时复呼:"我主!"尽是一派演剧口气。……由是观之,该逆匪傜匪,均苦苦欲踵梁山泊之流弊耳。谁生厉阶,岂非戏场恶境耶?①

这正好说明农民斗争苦戏,已成为起义者们活的教科书。

清代从理论到实践上都有卓然成就的禁戏大家,当要推道咸年间的余治(1809—1874)。此公每试不中,却以拳拳奴才之心,多次向官府求禁《西厢》、《水浒》戏,并曾献策分裂太平军。在戏剧创作上,他是较早的皮黄剧作家。所编《庶几堂今乐》计二十八出,其中每一剧都有明确的惩劝目的。如《英雄谱》惩海盗、《阴阳狱》惩邪逆、《酒

---

① 金连凯《灵台小补》,王利器辑《元明清三代禁毁小说戏曲史料》,上海古籍出版社1981年版,第359页。

楼记》戒斗殴、《绿林铎》儆盗、《劫海图》分善恶、劝投诚,实在是用心良苦。据黄协埙《淞南梦影录》载,余剧曾借官府行政手段强制戏班演出,但"观者寥寥,旋作旋辍",白费了一番苦心。

作为禁戏理论家,余治在《翼化堂条约》、《梦止演淫盗诸戏谕》中,曾认为《神州擂》、《祝家庄》、《蔡家庄》、《打渔杀家》等戏破坏王法,"开武夫滥杀之风",导引观众结党争雄,反抗朝廷:"今登场演《水浒》,但见盗贼纵横得志,而不见盗贼之骈首受戮,岂不长凶悍之气,而开贼之杀机乎?"在《庶几堂今乐自序》中,他以《西厢》诲淫、《水浒》诲盗为代表,提倡禁绝天下的诲淫诲盗戏:

> 近世轻狂佻达之徒,又作为诲淫诲盗诸剧,以悦时流之耳目。演《水浒传》则以盗贼为英雄,而奸民共生艳美;演《西厢记》则以狭邪为韵事,而少年群效风流。其他一切导欲增悲,不可为训者,且纷然杂出,使观之者荡心失魄,以假为真,而古人立教立意遂荡焉无存,风教亦因以大坏甚矣!①

演戏关乎风教,而风教系乎国家兴亡和"治乱安危"。所以余治先要禁戏,次要"另撰劝善新戏,按切时事作对症药方,颁发各班,责令一体学习;如无此戏者,不准在境演唱"(《上当事书》),俨然一派西方的古希腊先哲柏拉图的口吻了。余治还提倡为不同观众物件搬演不同题材的戏,如《长生殿》"宜演于官场,与乡民宜无涉;至一切战阵胜负、设计用谋之戏,是皆为行伍兵勇激发忠义而作,宜演于戎行"(《答客问》)。如果让老百姓看到侠盗争战之戏,那就是祸水之源:

> 盗贼风起,通病也。地方官亦最为关切,而亟思有清其源者也。试问旧戏中有一回足为盗贼作当头棒喝者否?吾见盗贼也,而以为英雄好汉矣,观剧者且无不人人艳羡矣。官长亦明知其害俗而不遑加意严禁以遏其流,何怪乎盗贼之侈然胆大而犯案重重耶?偷鸡,毛贼也;盗皇陵,大逆也。乃公然搬演以为梁山好汉之所为,又何怪乎发棺之案接踵而起也?②

因此,余治在《得一录》③中以《奉劝勿点淫戏单俗说》文,请点戏诸君多点忠孝节义戏,不要"断送人家子弟也"。尤为可笑的是,余治还在《庶几堂今乐题辞》中涕泪交集地跳了出来,对洪秀全太平天国起义军痛加指斥:"想我朝开国来,舜日尧天,那一

---

① 余治《庶几堂今乐·自序》,清同治间(1869)姑苏得见斋刊本。
② 同上。
③ 余治《得一录》,清同治间(1869)姑苏得见斋刊本。

代不是圣明有道？二百年承平日月，吾宗吾祖，那一个不同被恩膏？即如今我皇上待尔曹，也算得如天浩浩同怙冒，为甚的跳梁小丑奋螳臂，忘恩负义，反面做长毛？"

这里终于道出了余治禁戏、编戏、按不同物件点戏的最终目的，即用戏剧这个雅俗共赏的宣传工具，作为反对太平军起义、维护清朝统治的精神武器。尽管他的皮黄剧创作并不受观众欢迎，但作为最早而所作颇丰的文人京剧作家，作为揭示农民起义剧"诲盗"目的的理论家，作为对戏剧教化功能有着全面思考和整体布局的戏剧教育家，余治仍是中国戏剧史上集大成而有所创获的人物，只是其艺术理论与实践，都站在了人民的反面。但他所留下的一些戏剧材料，正好为我们全面认识清代农民斗争悲剧与太平天国运动等农民战争的互为因果，提供了必要的论据。

我们把以水浒戏为代表的历史故事戏，看成是摧枯拉朽的清代农民斗争苦戏的重要部类。这一类历史故事戏，既渊源深厚又每多新创，体现出人民群众借古人故事演当朝时事的随意而巧妙的艺术创造。因此清代描写农民起义的历史题材苦戏，既是广大人民的历史、政治和军事教科书，又是清代群众斗争和起义的曲折反映。余治等人从反面提供的论证，正好为我们充分认识历史故事剧的巨大现实意义作了必要说明。其中的农民斗争苦戏既有暂时和局部的辉煌胜利，但又摆脱不开总体失败的历史阴影。

但历史上不大成熟的农民革命，一旦移植到各种矛盾相应激化、封建社会面临总体崩溃的清代，便在一种逐渐相宜的时机和不断完善的条件下，呈现出健旺而明朗的乐观精神；原有的与历史条件相悖太远所产生的时代悲剧性，在新的社会背景下有所减弱。即便是像《打渔杀家》这样不堪欺压、铤而走险的悲剧，也依然洋溢着一种壮烈崇高的健旺精神。因此，这段时期的悲剧不一定都是苦戏之苦、悲哀之悲，而是一种充满崇高、壮烈，充满美好希望和瑰丽前景的豪迈之苦和壮美之悲。当着人民革命、民众共和必然胜利的前夜，即便那些局部的失败、个体的死亡等等悲苦黑暗的结局，仍然洋溢着一种喜悦、乐观和宏伟相互交织的崇高精神；在崇高的精神和必胜的预感上呈现出的悲剧美，这正是清代农民斗争苦戏与前代悲剧怨谱相比较，在精神品位上总体迥异的地方。

第二节 冲决封建罗网的《雷峰塔》

作为中国四大民间传说之一的白蛇故事，较早的完整记载有洪楩的《清平山堂话本》中所选辑的宋元话本《西湖三塔记》，洪楩便是清代兴亡苦戏大家洪昇的高祖。明末冯梦龙的《警世通言》中，拟话本《白娘子永镇雷峰塔》有声有色。

在戏剧方面，从明代陈六龙的失传剧本《雷峰记》，到清代黄图珌、旧钞本和方成培的三种《雷峰塔》本子，故事不断的衍化与发展。白蛇形象由淫乱食人的妖怪，变形为美丽动人的白娘子。也就是这位善良多情的女仙,在 18 世纪 70 年代的方成培笔下,成为带头冲决封建罗网的领袖人物。在她的主持下,《雷峰塔》的苦戏与悲剧冲突,曲折地体现了农民阶级与封建社会秩序的殊死搏斗,并在山雨欲来风满楼的整体预兆下,充分展现了悲剧冲突的广泛性、尖锐性和群众性。

清初的戏剧小说理论家金圣叹在《西厢记》的评点工作中,已经敏锐地感觉到农民斗争的风暴,使他难以在"窗明几净"的安适心境中潜心著文;而方成培在普天同乐朝廷"宫闱之庆",淮商得以恭襄盛典的燕舞莺歌局面下,心中竟隐隐掠过不祥之感。他感知到旧本在洋洋震耳的声口中掩藏着的"辞鄙调伪"之处。他最终在有裨世道、归于雅正的主观表现中,通过艺术形象的进一步塑造和悲剧冲突的不断强化,使得《雷峰塔》成为康乾盛世中的衰微之声,预演出嘉道末世中大规模农民战争的先兆。

一、悲剧冲突的广泛性

《白蛇传》悲剧冲突的广泛性,主要体现在白娘娘为了争取、捍卫她与许宣的爱情,对神权、政权和族权这三大封建势力所展开的全面斗争。这种以一对三的多层面斗争,是毫不妥协、坚定果断的全方位出击行动。

神权的最高代表者是释迦牟尼文佛。他为了座前捧钵侍者许宣在人间了结孽缘后复归佛国,竟专门派遣法海下凡主持金山寺,还特意赠与法海一碗钵盂和一座宝塔,作为降妖伏魔的法宝。这种情况使得白娘娘面临着的苦戏情势,一开始就潜伏着邪魔外道的深重的危机感和险峻感。清静佛国容不得白娘子与许宣的真挚爱情,总是要处心积虑地离间、阻挠和破坏人间的美事。

神权的另外一个层面是南极仙翁属下的众仙。当着白娘子以妊娠之躯,为救夫君之命,来到嵩山谋求灵芝草时,竟受到众仙的百般刁难和谩骂。一怒之下,白娘子砍伤了丑扮鹤童的左臂,并接连大败净扮的鹿仙、副净扮的东方曼倩。当着群丑、偷儿(东方曼倩因偷食王母蟠桃成仙)纷纷败阵后,叶法善才纠集群仙,摆成战阵,擒住了白娘子。

事情的解决,以南极仙翁与释迦文佛的配合默契收束,这便是仙翁所道"看世尊之面,理应救之(指许宣)。这妖以后自有法海禅师收取"。佛仙之间的配合默契,他们所组成的攻守同盟,给白娘子孤军奋战的合理斗争设置了重重阻碍,使得她的幸福生活总是难以安静。

就连仙家布设在人间的一位道行甚浅的爪牙——茅山道士魏飞霞,居然也不甘寂寞,多管闲事,偏说许宣身上有晦气妖气,让他将两道灵符带回家去,制裁白娘。这位茅山道士所落得的结局,只是在白娘子的随意运筹之下,被小鬼拘拿,受小青痛打,在昏迷中跌回故地。从上层到下层,从天上到人间,从佛家到道家,好端端的佛仙二界放着清福不享,总爱去管人间的闲事,凭空惹出有情人的许多烦恼和苦痛,这也恐怕是前世之孽了。

如果说白娘子在与仙佛神权所作的斗争中,还是胜负互见的话,那么她与人间政权和族权的冲突,便处于每战每胜的完胜局面。为了使婚事办得体面,白娘子盗了钱塘县的库银元宝四十锭,却被既是衙门捕快、又是许宣姐夫的李君甫持银出首,领人捉拿。李君甫作为政权的爪牙和族权的代表,身兼二任,威风凛凛,但最终也对这位法力高大的弟媳无可奈何。

为了使自己的官人打扮得齐整风光,白娘又盗取了萧太师府中的八宝明珠巾,给许宣佩带、防寒。可怜原任钱塘县令的李总捕,既然将白娘子缉拿不到,只得将许宣发配镇江,以泄其忿。这种等而下之的处置,除了给白娘子增添一些情感上的麻烦外,实在也不具备其他威摄作用了。

二、悲剧冲突的主动性

尽管白娘子对官人许宣和淑温顺,无比包容,但她与神权的悲剧冲突,始终充满了挑战的性质,采取了一系列主动的姿态。这便使得矛盾对垒十分尖锐,全剧始终弥漫着冲突不断深化、斗争持续升级的紧张气氛。

白娘子最为凶险的对头,是释迦牟尼佛的中国代表,金山寺的法海禅师。然而除了在开首《付钵》一出中的上场外,法海的第二番出阵只是在第二十三出的《化香》场次上。在本剧的前半部中,法海只是作为凶险难测的潜在背景,随时可能干预的危机人物,但并没有任何主动和明显的挑衅动作。引起白娘子与法海正面冲突的契机,还是白娘子的主动挑战所致。事缘湖广襄阳客商刘成,贩来数十担檀香,且欲将其中最大的一块舍出。此檀香"约重一百余斤,发愿喜舍,欲将此香装塑观音佛像"。

刘成的礼佛行动,在白娘子的角度看来,无疑是阿谀奉上、贿赂佛心的恶行;同时,如此宝香定然值钱,必然能为其官人许宣生利。因此,她便兴一阵狂风,把所有香料尽皆掠取,就像她完全无视官府的权威,屡次盗其库银、八宝明珠巾等财富一般。

如此偷香窃宝的行径,无疑是对佛国世界明目张胆的冒犯。一直关注着白娘子行径的法海和尚,岂能再坐视不问?于是他下得山来,打坐在许宣门外,专要抄还那百斤檀香。后来,他又釜底抽薪,把许宣诓上金山寺,让白娘子家中守活寡,生生地拆散了好儿女姻缘。

白娘娘闻讯前来,苦苦哀求法海放回许宣,但却遭到了法海的断然拒绝和武力镇压。白娘子抛开法海掷来的青龙禅仗,道出了胸中的无限愤懑:

【北刮地风】呀,你道佛力无力任逍遥,俺也能飞度冲霄。休言大觉无穷妙,只看俺怯身躯也不怕分毫。你是个出家人,为甚么铁心肠生擦擦拆散了俺凤友鸾交?把活泼泼好男儿坚牢闭着,把那佛道儿絮絮叨叨,我不耐吁喳喳这般烦挠!①

她警告法海,若让她夫妇团圆,万事全休;否则"管教您一寺尽嚎啕"!为了捍卫夫妻团圆的甜美,她情愿和佛门势力作殊死搏斗,哪怕许宣还是一个并不配接受她如火爱情的怕事者。以一身怀六甲的孕妇之身,敢于当众叫战,索讨夫君。以世俗的家庭挚爱、团圆至理,对垒所谓的佛国尊严相、众生皈依主,这是何等无所畏惧的挑战勇气!这是何等凄苦而壮烈的战士风标!

凭借着勇气、正气和一腔豪情,白娘子得以连连击败法海的人众和法宝,并以水漫金山、一片汪洋的凌厉气魄,向佛国胜寺发起了陷其于灭顶之灾的总体进攻。虽然这场进攻最后还是遭致了失败,但白娘子苦战的精神和水战的雄伟气派,则象征着封建末世中农民斗争的洪水猛兽,向着封建专制营垒的全面宣战和四面冲击。

三、悲剧冲突的群众性

在白娘子发动的一次次凌厉的攻势中,还体现了十分明显的群众性。她总是联合一切可以联合的力量,利用所有可能利用的条件,改变劣势,转危为安。收降青蛇作为她得力的帮手,传唤小鬼作为拘拿茅山道士的捕快,联合水族作为她大战法海的部下……她是那样地深得众妖怪的民心,得到了他们一致的拥护和全力的帮助。

在人间社会中,她也能以知情达理的态度,赢得左邻右舍的好感。每当许宣对她的身分表示怀疑时,她总是不厌其烦地向人们解释事情的误会。哪怕是对那位心怀不良的何员外,她也是有理有节地进行争取,使之充当自己的说客和辩解人,在总体氛围中消除许宣的疑心。

白娘子面对由神权、政权和族权联合构成的强大封建阵营,必须广泛地争取统一战线,她确实也做到了这一点。金山失利后,她之所以宽容许宣在关键时刻的叛变,除了爱情的因素之外,还有团结的考虑。分娩之前,她亲口与膝下有一幼女的姐夫、姐姐敲定:"奴家分娩在即,未知是男是女,倘若生男,意欲指腹为婚,日后多有依靠。不知姑父姑母意下如何?……既蒙金诺,不要后悔!"

与姐夫之娇女的联姻,不仅是为了结成统一战线,而且为接班人的前途做好了部署。所以白娘子与群众的广泛联系既有远大的战略目光,又有着极好的团结作用和同情效应。鲁迅《论雷峰塔的倒掉》中说:"试到吴越的山间海滨,探听民意去。凡有田夫野老、蚕妇村氓,除了几个脑髓里有点贵恙之外,可有谁不为白娘子抱不平,不怪法海太多事之乎?"②一位蛇精出身的妖仙,竟然在老百姓的精神境界中压倒了佛祖地

---

① 方成培《雷峰塔》,王季思主编《中国十大古典悲剧集》,齐鲁书社1991年版,第1255页。
② 鲁迅《论雷峰塔的倒掉》,《鲁迅全集》(第一卷),人民文学出版社1981年版,第172页。

位,这正是白娘子在发动群众、争取同盟,为捍卫婚姻幸福而勇斗封建势力的冲突过程之中,所体现出的广泛而深远的人民性。

白娘子的可敬可爱,不仅在于她为了追求世俗幸福、甘愿舍弃千年道行,毅然下临人间的大胆行动上,也不仅仅在于她为了长保夫妻恩爱而与封建秩序作殊死斗争的壮举上;她的苦苦追求,全面展示了红尘生活的繁华美好、色彩缤纷,家庭情爱的平静安谧、甘甜如饴。对待幸福生活的离间者和破坏者,她嫉恶如仇,奋力抗争;对丈夫许宣,她柔婉如水,一往情深。正是在不同情感和行动的双向展示中,她显露出女性美的丰富内涵,日常夫妻生活体现出无比珍贵的价值。

但就许宣言,无论是官府衙门使之出逃、茅山道士使之明道、禅师法海使之礼佛,都在根本上破坏了夫妻之爱,危及了正常生活,搅乱了作为普通家庭所应享受的安宁和幸福。因此,不管这种干扰行动的后台多么雄厚,理由如何冠冕堂皇,都只能是令人生厌的恶劣举动,是与常人欢趣和夫妻情爱相与悖离的愚蠢行为。而一旦许宣与白娘子合作,便开铺面、做生意、孕育后代,生机无穷,乐趣无限。由此可见佛法似乎总在与普通人的无上幸福作对。

事实上,即使白素贞之子许士麟高中状元,也依然对镇压其母的佛法宝塔无可奈何。"孩儿已具疏奏闻,请折毁此塔,无奈圣上不从,教孩儿日夜忧思,肝肠寸断"。走上了"忠"的坦途,仍无法解决"孝"的矛盾,更无由回避"信"的危机。所以状元也破口大骂说:

> 我想法海那贼秃,好不可恨人也!陷害我亲娘,无端施诡辩。便做道法力无边,那曾见离间人骨肉的奸徒,会把三乘妙演?①

专事破坏人家幸福,从而向佛门邀功请赏的贼秃,照许士麟看来是从根本上违悖佛理的。而白娘子对娇儿最大的愿望便是"但愿你日后夫妻和好,千万不可学你父薄幸",去当那情感的叛徒和佛门的奴才,再造一出薄情负心、家庭破碎的苦戏悲剧。佛好、仙好、官好,最终不如夫妻光景好和世俗人情好。这在白娘子灾限已满、仙驾返天时,便有了确切的实证:

> 白娘子:奴意欲回家看孩儿一面,未知可否?
> 小　青:俺抱了小官人一场,也想要见见他。

但法海却执意不许。欲别亲人而终不得见,升忉利天宫本为谋求时空身心的自由

---

① 方成培《雷峰塔》,王季思主编《中国十大古典悲剧集》,齐鲁书社1991年版,第1278页。

而不得自由,天界为仙实在只等于永久囚禁矣。从此意义上论,《雷峰塔》又是对人情的礼赞、世俗生活的鼓吹以及人生意义的弘扬。

四、许宣形象论

作为市民阶层的代表人物,许宣的形象与《清忠谱》等剧中所塑造的急公好义、肝胆照人的市民群像相距甚远。许宣身上体现出的懦弱怕事、动摇反复、易被收买和欺骗的性格,代表了小市民的另一面特征。

许宣本是严州桐庐人,父母双亡后,乃投奔杭州的姐夫,在铁线巷王员外生药铺中当伙计,一身落魄,囊底萧然。如此卑微的经济地位,使得他缺乏起码的反抗斗争精神,最终发展到去帮助恶势力,迫害爱妻。他也有着《舟遇》时富于同情心理、乐于帮助别人的时候,同船借伞、订盟情浓;但一旦闻知白娘子的聘银即赃银,便即刻出卖了白氏主婢。一事当前,先为自己的利益前程打算。他让姐夫把罪过全推在白氏身上,自己心中只留下些淡淡愧疚:"唉,那小姐待我情分不薄,只是于今也顾他不得了!"

按照捕快姐夫的安排,许宣逃到苏州避风。眼见得白氏主婢跟来,他不但不愧疚于色,反而惊呼"妖怪",让人把她们赶出去。这种落井下石的举动,也委实令人心寒。多亏王老夫妇的全力劝化和怂恿,白氏主婢的巧舌善辩,这才使许宣跪地谢罪,欣然成婚。如若认为许宣只是位凭人摆布的傻角,那就大错特错了。他是以小市民的精灵,在"官事已清"的前提下,才欣然与白氏重寻前盟;而且白氏的"娉婷窈窕,令人可爱",又确使许宣一直爱不释怀。作为一名店小二,能娶到这样一位如花似玉、娴淑温柔的大家闺秀为妻,这实在是前生修来的福分。所以尽管这位"前任杭城太守之千金"只是位小寡妇,但在许宣亦是求之不得的天赐良缘了。

婚后,白娘子帮助许宣开行设店,"摒挡诸务,井井有条",这自然极大地满足了他的发家梦。所以他盛赞夫人为"解语娇花一朵"。但这位以自家得失为处世原则的小伙计,又有着极不稳定、极易反复的可恶习性,一旦听到茅山道士的恐吓,就哀鸣"姻缘成恶梦,悔应迟。仰叩神天鉴,灾消福至,莫教妖丽紧相随,十分大欢喜"。这与《红梅记》中的裴生相去何远。那裴生对与之幽会的李慧娘相爱之极,即令知其为鬼魂亦不移其爱怜。许宣之于白娘娘只可共欢乐,不能共患难。一有风吹草动,他随时可以出卖娇妻,借以确保自身安全。尽管白娘子一再在感官上愉悦他,于事业上帮助他,从精神上劝慰他,乃至以妊娠之身、性命之危求得仙草,救了他的命,但许宣总是在关键时认贼作父,以妻为仇。

《断桥》中即将临产的白娘子和气忿不过的小青,自金山败阵回杭,痛感许宣负恩薄幸、为虎作伥,决计"若此番见面,断断不可轻饶"。然而心软如绵的白娘子最后还是恕了许宣之过,二人复为夫妻如初。后世一般地方戏演至此,每以小青挥剑欲斩许宣,白娘子处处呵护官人为关目,极尽惊心动魄与缠绵悱恻之能事。

戏剧关目发展至此，许宣已全以舍妻成佛为念。此时他心怀鬼胎，委曲求全；但在《重谒》场中竟迫不及待地敦促法海下毒手："我许宣自蒙禅师指点，方才憬悟，不想此妖到家，及时分娩，今已半月有余。我想再不驱除，终为后患！"两人终于将里应外合，生擒白娘子之事安排停当。《炼塔》一场中，白娘子怀抱佳儿，高唱"母子夫妻喜笑喧"。许宣则装成没事人一般，伺候妻更衣梳头，策应法海的突然袭击，使妻子在金钵笼罩下束手被擒。

正如小青的痛骂所云："许宣，你好狠心也！负心忘情心不善，纵然忍把冰弦剪，也应怜悯，看你孩儿曲全。不由人不含冤，悲愤泪如泉！"

这里除了使人深刻认识到许宣必不悔改的恶劣品性外，还展示了其作为佛门理义皈依者的卖妻撇子、泯绝恩情。佛法终于使一位具备七情六欲与正常生态的小市民丧失了正常人性，神权的大口终于毁掉了一对好端端夫妻的幸福生活。就个人素质言，白娘子最大的悲剧就在于把薄情汉错看为钟情子。她本来早该看穿许宣的根本毛病，但却总是陷在感情的渴求中难以自拔。从此而言，正是白娘子本人酿就了自己的爱情悲剧。

可以从多方面来认识白娘子与小青、许宣和法海贯穿始终的苦戏冲突。既可以说白许纠葛有着明杂剧《中山狼》的影子，也可以看成是"痴心女子负情汉"的传统悲剧母题的延续，还可以看成是对族权、政权、神权及夫权四座大山的整体撼动。《雷峰塔》艺术形象的丰富性，使得其内涵有着多维认识的可能。较为切实的分析，还是把剧本放在18世纪70年代的封建末世背景下，从整个社会的颠簸动荡中看剧中人物的恩恩怨怨。确凿地以剧中人物关系去比照实际生活中的阶级阵线，这失之于穿凿和机械。但社会风云与农民革命的动荡发展，确实使剧本具备了山雨欲来风满楼的某些氛围，这还是有迹可察的。比起其他悲剧如《桃花扇》而言，《雷峰塔》确乎在整体构想上逸出了现实世界，展示出幻想世界的瑰丽多姿，但也最终不可能完全远离现实生活。因此我们说该剧具备对封建罗网总体冲击的客观意义。如果说《打渔杀家》是对局部和个别的农民斗争的写照，《雷峰塔》则是对整体农民起义风暴的曲折预演，而其后的《虎口余生》则是农民革命大获胜利的凯歌，以及最终被满清窃取胜利果实的苍凉悲剧。

末世，末世，封建社会的末世；满清，满清，残年衰朽的满清。这是包括《雷峰塔》在内的清代悲剧奏鸣曲的总的主题声部。由于《雷峰塔》题材的世俗性与传奇化，使得它比南洪北孔笔下偏于雅致的悲剧更能深入人心，家喻户晓。也正因为此，剧中那些美好的形象，险恶的冲突，千古的遗憾，都和着那金山水斗和断桥情审的气势，成为普通老百姓们津津乐道的典故。以一叶莲花而化身千万，变为无限的精神能量与情感活力，这在《雷峰塔》当之无愧。

第三节 《虎口余生》：农民战争的悲剧史诗

无论就历史事件本身的规模看，还是就反映争战兴亡的广阔画面来看，亦或从剧中人物的虎虎生气、首尾结构的贯穿照应上考虑，《虎口余生》都是中国戏曲史上第一部直接反映农民革命战争的悲剧史诗。其规模之浩大，气势之磅礴，是之前之后的同类题材戏都未曾具备的。

《虎口余生》[①]又名《表忠记》，剧本题为"遗民外史"作，刘廷玑《在园杂志》卷三云："商丘宋公记任丘边长白为米脂令时，幕府檄掘闯贼李自成祖父坟墓，中有枯骨肉润，白毛黄毛白蛇之异，与吾闻于边别驾者不同，长白自叙其事曰《虎口余生》；而曹银台子清寅演为填词，五十余出，悉载明季北京之变及鼎革颠末，极其详备：一以壮本朝兵威之强盛，一以感明末文武之忠义，一以暴闯贼行事之酷虐，一以恨从伪诸臣之卑污。游戏处皆示劝惩，以长白为始终，仍名曰《虎口余生》，构词排场，清奇佳丽，亦大手笔也。"[②]曹子清即曹雪芹的祖父曹寅（1658—1712）。他历任通政使、江宁织造和巡视两淮盐漕监察御史等职，既为康熙亲信，同时也是清初颇有声名的文学家和戏曲家。他将洪昇邀为知音，其所作《太平乐事》杂剧曾寄给洪昇作序。洪昇在参加曹寅主办的三天三夜搬演《长生殿》的盛会之后，在船行返乡的归程上酒醉溺水而亡。曹寅校刻的《录鬼簿》，至今尚得到戏曲史家们的重视。

以曹寅的政治立场而言，《虎口余生》在主观意图上充斥着对农民起义军的蔑视和诽谤；但就剧本的客观作用看，则展示了人民战争的烈烈雄风。世界观与创作方法的不尽统一，造成了剧本在主观评价和客观效果上的复杂现象。所以焦循同乡郭于宫的《观演表忠记》诗云："碧血余威照管弦，忠臣剧贼两流传。笑他江左夷吾辈，一卷阴符《燕子笺》。"这种观感是较为完整的。现在看来，《虎口余生》既表现了明王朝的垂死挣扎，又是农民军的辉煌颂歌，还展示了渔翁得利、清人入主的悲剧结局。我们将围绕这三点进行说明。

一、明王朝的垂死挣扎

从17世纪初期开始，明代社会显露出日薄西山的征兆。各种社会矛盾日益激化，中央政权日趋腐败，地主阶级日见堕落。以东南市镇为代表的全国城市居民反对矿监、税监的市民暴动此起彼伏。就在《清忠谱》所反映的苏州人民聚众殴打前来逮捕

[①] 遗民外史《虎口余生》，清乾隆刊本，《古本戏曲丛刊》第五集影印本。据刘廷玑《在园杂志》、方扶南的诗和注、曹寅的《楝亭书目》以及《永宪录》、《曲海总目提要》等记载，《虎口余生》应属曹寅作，移民外史有所改编。此外，周汝昌有该剧为"南士说"，但不可靠。

[②] 刘廷玑《在园杂志》，《历史史料笔记丛刊》，中华书局2005年版，第123页。

周顺昌的缇骑之后,第二年(天启七年,1627)便发生了以陕西作为根据地的北方农民大起义。大起义的前奏只是陕西的一位农民白二,率领饥民杀死县官、竖起义旗的壮举。白二起义的事件透露出来的资讯不是个别情况,这反映了明政府对农民的剥削搜括,已经到了难以容忍的地步。地主豪绅并不因为陕西的土地贫瘠、生产落后,以及连年的水旱天灾、颗粒无收,从而放松租税的催逼。饥民遍野,饿殍满山,农民大起义的号角也就首先在陕西吹响。

以王自用、高迎祥为盟主的三十六营二十万军,转山西、渡河南、取湖广,势力日益扩张。崇祯八年(1635)在河南荥阳举行的十三家、七十二营联席会议,采纳了高迎祥部将李自成联合作战、分兵迎击的总体战略,用以对付政府军洪承畴、朱大典的两面夹攻。高迎祥战死后,农民军以李自成和张献忠作为两大旗帜,攻城拔寨,势不可挡,成为明代统治阶级的心腹之患。

《虎口余生》以李自成横行天下、直取北京的过程作为时空限定,塑造了下讫县令、上至天子的一系列统治阶级的人物群像。这群人中虽也不乏忠心耿耿的将官,困兽犹斗的臣僚,但总的来讲缺乏杰出的英雄和合理的谋略。面对起义军的冲击,这些人挣扎得越厉害,在覆亡的泥沼里,也就陷得越深。

米脂县令边大绶是位贯穿始终的人物。焦循《剧说》谓边大绶(长白)曾自记《虎口余生》一文,具道其奉旨挖掘李自成祖坟事。后弃官返乡,为李自成遣人捕获,幸在起义军之"虎"和山林之虎的双重威胁之中逃得残生。曹剧则取了《虎口余生》的题意以为剧名,并把挖掘李自成祖坟写成是边氏深谋远虑的举动。

《询墓》出场,边大绶便以忧国忧民的姿态,痛惜"千秋宗社,颠覆在朝夕"。上差要他修城防贼,他称人民逃散,缺少人夫,暂且推却;延安府催趱军饷二十万两,边大绶亦无从筹办。只这两件要事的延误,便足以毁了他的声名。这位知县大人无法支应官事,竟然想到一釜底抽薪之计,即用挖掘李自成祖坟、破坏逆贼风水的行动邀功请赏,抵消前愆。谁知机关用尽,反误前程,上司不但不赏识他的一番掘坟苦心,反将他削职解任。也就是这位当初"伐墓诛贼本,焚骸为国谋"的大人,被李自成遣缇骑捉拿后,讲过几番虚张声势的豪言壮语后,却也哭爹喊娘,"心悲悒,自作之孽,只落得泪珠弹",颇有些自作自受的悔意了。这位自命为明室忠臣的人伺机逃出,一见清兵竟拜伏称臣,乖乖地当了奴才,要"整冠裳趋朝玉皇",当了清朝山西巡抚。明代的国破君亡,都被他一古脑抛到脑后,却是何忠之有?

如果说边大绶只是农民军的一个死敌,那么《朝议》一场则集中体现了满朝官员昏愦无能的态度,排斥异己的手段。正当崇祯仓皇无主的时候,文臣武将不是出御驾亲征的馊主意,便是让皇上南迁建康、或议太子监国江南,呈现出群议纷纭、一筹莫展的局面。东阁大学士李建泰、兵部尚书陈演,早被"贼寇猖獗"吓破了胆,商量"各人要料理身家之计";只是碍于兵部侍郎孙传庭"每事与我们作梗",便商议趁国之危,荐举染病在身的孙传庭出兵征讨,这实际上是借李自成之刀,灭心腹之患的险恶用意。

孙传庭是剧中着力歌颂的忠臣之一。他受命于国势危难之际,沉疴染身之时,仍奋起出兵,力图恢复。他夜探"闯贼"兵势,考察山形地利,终以诈降之计,相诱李自成落入圈套。正如当年曹操败走华容道一般,李自成突围到何处,何处就有伏兵袭击;幸得他乔装改扮,只身逃出;最后竟要铁匠连打几万铁钩,与牛金星等率部爬崖而遁。也正是因为扶病出征,餐风宿露,劳心布划,挽戈驰骋,孙传庭终于呕血数升,梦赴黄泉,全军也因之覆没在起义军的铁拳之下。

山西巡抚蔡懋德及其部将应时盛,也都是为明尽忠的良将。大敌当前,处处告急,他们最为悲酸的,竟是"群僚空受餐":"这些官僚,哪一个是可以同心共事的!"即令在此局势下,他们也想硬起脊梁做一番大丈夫为国捐躯的事业,却又被巡按汪惟郊参劾解任。所以蔡懋德十分痛心地说:"罢罢罢,余年衰朽,得遂生还,反是汪代巡所赐也。"然而,在军民百姓的拥戴和挽留下,蔡懋德还是待罪守城,射伤了李自成的左眼。正当他庆幸胜利的时候,部将牛勇战死,朱孔训被炸死。应时盛见势不好,便杀了妻子和二子一女,与蔡懋德双双吊死在关帝庙。

农民起义军遭遇到的最的一支劲旅,是代州总兵周遇吉的队伍。李自成义子李弘基搦战轻敌,被周遇吉活捉,挂在旗杆之上。李自成为此"断魄消魂",拜伏在辕门之下,只愿周遇吉放回其子。这周总兵却也忒强硬,他以李弘基作为人质,命李自成"自绑缚,捧降文……洗心改过口称臣,钻刀设誓从此息尘氛",再无另外调和的余地。幸亏牛金星等人终止了李自成父子情深、功亏一篑的动摇和犹豫,率部攻破了代州城。周遇吉却也是位有情人,他见势头不好,竟要家眷先逃出城外。母亲问明情况后,与孙子先后撞墙而亡;妻子亦自饮青锋。周遇吉后顾之忧既断,遂奋勇冲阵,浑身中箭,自刎殉国。李自成对他深为敬佩,有云:"咳,可惜周遇吉恁般忠勇,自刎而死,深为可悯!若明朝守将个个如此,俺焉得到此!"

除了孙传庭、蔡懋德和周遇吉三位大将之外,明朝军队竟无人敢与李自成争锋,包括北京在内的大小城池,皆无法阻拦起义军的铁蹄。国之将亡,颓势若此! 最可笑大学士李建泰,主动请缨出征;崇祯像捞到一根救命稻草一般,封他为征西荡寇大元帅,捧毂推轮,亲送出宫,谆谆叮嘱:"大明二百七十余年基业,全仗老先生好为之。"谁知这位出尽风头的大元帅,出得京来,就以"臣孙李建泰"的身份,"奉书于承天应运大顺皇帝祖公陛下"称降,另外奉送金银珠宝二十车。"如此孝顺的孙儿",连李自成也被弄糊涂、喜热昏了。

尤为精彩的是当农民军攻到京城后,从百官众僚家中搜出大宗金银,并戏问他们当初为何不献给朝廷以充军饷,众官竟腆颜答曰:"我们当初若助了饷,丞相爷怎得到此?"

田必谦竟把自己十六岁的女儿奉上牛金星,还赔上十万两白银的奁资;张氹知献上年方三五的爱妾,另送上十箱金银珠宝;云耀庭、柳昌祚等官员,则争先恐后地献上花园、楼阁、府第……这些当年颐指气使的官员,如今屈膝至此,真可谓不知羞耻了。也许正因为不知羞耻,才是在中国封建社会中得以进身为官的唯一秘密。另外一些文臣武将如襄城伯李国祯、左都御史李邦华、兵部尚书王家颜等,既不与闯王攀亲,又不向新主屈膝,只是一味地吵吵骂骂、动手动脚,终于做官不到头,"自取杀身之祸",白白辜负了大顺朝和大清国两朝的官缺。

二、农民军的辉煌颂歌

1644年正月,李自成在西安建国;三月攻占北京,推翻明王朝,四十三天后被迫放弃北京,撤向陕西。尽管农民军起事从白二起义开始,经历了长达十一年的浴血奋战,才挣得了建国改元后不到半年的辉煌功业,但却终于推翻了一个朝代,向全世界表明了农民群众"载舟"和"覆舟"的强大力量;即令他们的成功短暂得微不足道,但为此目标所历经的艰苦卓绝的奋斗过程也无比辉煌。把奋斗、成功和失败结合在一起观照,才是人民战争轰轰烈烈、光焰万丈的辉煌气派。剧作中也试图对起义部队进行丑化和谩骂,但遮掩不了革命事业的冲天光焰,便是明证。

作为起义大军的领袖,李自成的性格风采十分动人。此公有胆有识,有勇有谋,英雄壮志和儿女情怀兼而有之,大将风度和农民习气相融一体。【醉花阴】一曲,自道出英雄本色:

> 天降下罗刹罡星扰中夏,似一群虎豹剚牙。恃勇悍横行路,逞着那山野性,怕什么王章国法!猛可的称孤道寡,只俺这马到旗开,吓得鬼神惊怕。

这一曲可以与《单刀会》中的【新水令】媲美。也就是这位身躯勇猛、心性狡黠的农民英雄和他的部下,一开场就先声夺人,展示出破州过府、所向无敌的虎黑气势。作为领袖,他善于听取各方面的对策,最后制定了取关中、攻山西、袭燕京的军事谋略。《寇崞》一折,极言李自成和牛金星的布阵行兵之才、声势军威之状。难怪大学士杨嗣昌督师而来,只管冒报军功,不敢轻举妄动,最后万般无奈,竟服毒而亡。不写正面交战而使观众窥得起义军必胜的声威,这正是曹寅的大手笔。

剧本让李自成风光占尽之后,又实写他在孙传庭的四面埋伏下,累累若丧家之犬的惨状。李自成自恃勇武,中了孙传庭的诈降之计,兵折双龙峡,倒戟伏虎崖,汜水失机,盘山丧胆。他率众四处冲突,自以为可得生路但又遭逢死路,竟想作好汉自刎之举也。也就是这位好汉在濒临绝处之时,急中生智,使了个金蝉脱壳之计,与小校换了衣装,攀藤而逃,留给了孙传庭一位假李自成。这场大败之后,李自成也未尝没有打制铁钩、越崖避风的念头,但随后采纳了众人的主意,趁孙传庭病亡之时,以女色诱敌,一举全歼朝廷命军。这一场戏,写英雄失志之举,临危脱身之策,描画出李自成既勇又怯、胜败相生的真实面貌。

按照强弱相依的节奏,曹寅在李自成战胜蔡懋德之后,又写了他失利宁武关的英雄挫折,集中展示了这位农民领袖的豪勇一世与儿女情怀。以他的兵力声威,踏破宁武关只在顷刻之间。然而义子李弘基的轻敌被俘,又使李自成生出无边的烦恼。《拜恳》一出戏,李自成因"孩儿失阵,好教我断魄消魂",打点着金珠辇载要为李弘基赎身。这位大气盖世的人物,来到宁武关前,竟委曲求全地"请"周遇吉相商;当李弘基被吊绑在旗竿之上后,杀人如麻的李自成竟气得昏死过去。苏醒后,他再也按捺不住胸中的愤懑:

【驻云飞】怒气冲心,五内如同烈火焚,寸寸肝肠损,点点珍珠滚。喳!睜眦裂双睛,天关摇振,跌足捶胸,咬定银牙恨,无计相援掌上珍!

曹雪芹笔下的黛玉,在闻知宝玉成婚的讯息之后,也有如此天旋地转的表现。在刻画才子佳人的愤懑之时,曹雪芹何尝没有借鉴乃祖笔下的英雄愤懑?按下不表。且说李自成欲攻不得,泪湿衣巾,竟带领将官,跪拜周遇吉,苦苦哀求他收了礼物,放了孩儿。毕竟是英雄脾气,李自成几番要杀奔上去,又被吊在旗竿上的孩儿哀求制止。李自成强忍住共工触不周山式的愤怒,柔声道:

我的亲儿,俺在此哀求哩。(挥众介)谁敢动手?(又跪介)周元帅,望早旋天地洪慈,保全我父子天伦!

此处引而不发、冲而又跪的紧张局面,需要多坚强的意志方能控制得住?为了保全孩儿,李自成竟要收敛甲兵,写成降表,归降周遇吉。不管这番举动是诈是真,都全面表达了李自成的万般柔情。直到牛金星等指出受降会导致九仞为山、功亏一篑后,李自成还在边点头边沉吟:"只是何忍见他死于非命……","此子虽非吾亲生,他也曾建下许多功劳,何忍弃撇"!

在部下踏平此城、夺回孩儿的一致动议下,李自成才最后下了攻击的命令。阵前李弘基被斩,李自成则在痛哭之中全力掩杀过去。这种霸王的伟力、复仇的凶悍,无人可以抵挡;周遇吉的兵败自刎,只是迟早之事了。对待一个义子,尚这般情重,也难怪起义大军,都肯随他赴汤蹈火,虽肝脑涂地义不容辞。也许曹寅本意,或者是想写李自成的渺小可笑;但这番英雄情愫的表露,则足以使闯王赶超霸王,也足够使他拥有建立大顺朝的资本了。写英雄的多情,状多情之中的英雄本色,《虎口余生》在文学史上可以说是树立了一岭秀峰。《灭寇》一出中,闯王孤身一人败亡湖广九龙山葫芦套,竟还以军事家的眼光要在此买兵起事。尽管里正率众害了他的性命,但这种回天复辟、东山再起的气概,也惟有李自成才能具备。

　　一般文艺作品摹状忠义英雄,往往使人物成为伦理观念的传声筒。《虎口余生》刻意写农民英雄的缺点和弱点,反而使人物塑造真实可信,可亲可爱,这恐怕是曹寅自己始料不及的。剧中写军师牛金星,从行当身段上归入丑扮武大郎、矮脚虎之流。然而他的战略部署和战术安排,都极为神速正确。《寇畔》一场,他分析众议,独抒己见,把天下大势和义军前程推论得井井有序,深得李自成敬重。《败回》折中,李自成只身返营,讲起当时与孙传庭对垒、阵败的经过,牛金星逐一为之分析是中了何计、上了何当,使得闯王输也输得口服心服。剧本除了极赞牛金星的神机妙算之外,还在《拜恳》折中写了他的另一番心胸。他以事功大义,劝李自成节哀对敌,勿作半途而废的降将,所言极为中肯。然而另一番讲话却就不大中听了:

　　　　哥哥,你若做了皇帝,自有三千粉黛、八百娇娥,怕生不出个好儿子来?况此人非是亲养,平日呵全没些孝心恭顺。

　　这种任人唯亲、趁人之危的态度、迷恋女色的美梦,既灭尽了农民军的义气,又伤了自家的品格。然惟其如此,才是此公本色,为他日后的耽于淫乐埋下伏笔。再如写李自成义子李双喜(后易名为太子李弘基),剖腹察男女,不可谓不凶;鏖战周遇吉,不可谓不勇。按常规写法,此人在被俘之后,必然骂贼而死。然而曹寅却写了他临危惧死的真实心理,李自成几次要催军攻阵,都被他哀求不可,生怕周遇吉早点取了他的首级。因为他的缘故,李自成险些丧失斗志,负荆请降。也正因为此,这些个有缺陷的人物,有动摇的场面,才会使读者观众过眼不忘,印象弥深。

　　剧中写农民军用人体堆垛、燃烧照明,以及掳掠妇女、箭射小儿等一些恶行,恐怕也并不完全是虚构谩骂。据《明末农民起义史料》载,李自成部尽管对贫苦人民予以保护,但对富豪人家则决不宽恕:"借口为民除害,屠杀绅衿富民犹故也,掳掠子女财物犹故也,焚烧官舍富屋犹故也。"[①]剧中所写的农民军情状,有些可能是历史原貌的再现和夸大。曹寅既参照了历史真实本身,又在艺术真实的创作追求中部分达到了本质真实,所以写人状景,真切可信。

　　尽管这些农民英雄在咤叱风云之中,仍然存在着种种缺点、毛病以及心理上的软弱、胆怯和动摇,但这并不妨碍他们的盖世英气和豪杰襟怀。也许给英雄脸上抹点黑才真正恢复了其原貌本色。有这么多可敬可爱、可感可叹的农民英雄领袖在,直取大明城池江山,也真是势如破竹、再难挽回的天意。

---

① 郑天挺等编《明末农民起义史料》,开明书店1952年版,第205页。

三、渔翁得利的悲剧结局

小至情场、大到战场,古今中外演出过多少以鹬蚌相争、渔翁得利为母题和公式的悲剧呢?以《虎口余生》每每提到的三国战势而论,鼎足而立的魏蜀吴三雄在相互挟制的局面下,最终谁也没有获得正果,倒是司马氏的晋朝轻而易举地收拾了三方残局,统一了中国南北。历史往往在不同的时期内呈现出惊人的相似,大顺灭明后,胜利的果实却为清军轻易得手,满清之立都北京竟来得如此直接、简便和迅速!

明中后叶以来,满洲贵族如东北虎似的一直虎视眈眈地觊觎着中原。崇祯九年(1636),皇太极在沈阳改国号为清,设立内阁六部,并开科取士,招降汉族的地主官僚。李自成攻占西安后,据《明末农民起义史料》载,满人曾撰有《清帝致西据明地诸帅书稿》,欲与农民军"协谋同力,并取中原",遭到李自成断然拒绝。农民军的发达兴旺,使明朝统治者认定心腹之患,大于满洲之外患,于是采取了治本弃标的战略,把主力部队从辽东抽回来,对付农民军的攻势。就在李自成攻占北京,推翻明朝之后不久,清军大举入关,以为崇祯帝发丧为幌子,号召替明人"报君父之仇"。北方汉族地主阶级看不到民族矛盾高于阶级矛盾的危机,纷纷投降清廷,联合镇压农民军。李自成招降吴三桂不得,在山海关与之大战,遭受到清军的突然袭击,从此败退陕西。两代兴亡之后,主宰沉浮的竟是满清贵族!

现在我们把镜头对准崇祯皇帝进行大致扫描。作为亡国之君,剧中写他无事不昏愦,无处不慌乱。从听信谗言、委派病将孙传庭征剿农民军开始,到剑斩公主、自缢于寿皇亭告终,面对着政治军事的大变动,他始终一筹莫展。杀死新科进士石陞一案,更显出了崇祯毫无主张,任人摆布的秉性。当初他见了石陞的表章策略之后,马上传下圣旨,盛赞其"运筹得宜,参赞详明,深洽孙吴兵法",准奏施行。但一旦听了袁藻德非议石陞计策的启奏,马上又改变主意,着殿前武士将石陞乱棍打出。直到石陞撞铜驼表忠而亡,圣旨才轻轻赞曰:"可惜忠义之士,无辜身死,着该部买棺盛殓"。

有这等不辨是非、出尔反尔的昏君,国家必败无疑。但崇祯还要把亡国之罪推到臣将身上去:

> 寡人乃大明天子是也……临御以来,从无失德,不料流寇倡乱,海宇分崩……这些文武诸臣,并无一人能建奇策,为国家灭贼退兵者。岂祖宗王业,将终于此乎?

他终于在宫中找到了洪武十三年的皇祖手封图谶,见到了"中间一片焦山、一株枯树、一人披发覆面、一足无履"的画面,预知自己吊死于煤山的必然结局。剧中认为明室败亡,全是气数已终,无道化转的神机,这也为崇祯的亡国之罪卸轻了担子,转移了目标。

明朝的必亡且不去细论，营垒这边的农民大顺王朝，在进入北京之后，情景也着实堪忧。李自成部众在皇宫内外搜逼钱财，尚可充军饷之用，不去说它。只看搜出了数百宫女之后，李自成竟宣言："军师、御弟，检选几十名服事；余者分散众将。"清人大军当前，明朝遗部尚在，大顺立足未稳，这种以女色、富贵供大家受用的政策，顷刻就涣散了军心。

费宫人诈称公主，招摇卖骚，李自成的御弟一只虎李过竟暗暗称奇："若得此女搂抱，不枉为人在世！"诸将也都为之神魂飘荡。牛金星当场要李自成收她为后宫，李自成倒有新主气派："孤家既攘其国，不忍又纳其女。择个臣僚之子配匹便了。"此语正中御弟胸怀，主动求赐假公主，结果当夜就被费宫人刀刺身亡。

另外一位起义军中的智囊军师，如今的牛大丞相，进京后也丧失了理性智谋，生活日益腐化糜烂。相府内"改造得花天锦地，少什么玉殿琼楼；又纳了无数宫娥彩女，又受了那些官府儿的美女歌姬……"他认为唯有如此，才不枉日前辛苦，今朝风光。就在他沉湎于酒色之中的时候，闻报李自成迎敌失利，逃出京城。牛金星在逃跑之前，还不忘运送金银珠宝，携带娇姜美姬。也只有在此时，牛丞相才对自己作了深刻的反省：

【锦衣香】天降殃，人怎防？自作孽，忒悚旷。一心贪恋着翠舞珠歌、红裙醉乡，却将朝政尽撒漾。欢娱变作惊谎，休想为卿相！及早的山林草莽，潜投伙党，有日里火灭烟消，餐刀下场。

历史的真相也确实如此。钱𪾢《甲申传信录·李闯始末》载牛金星的腐化侈靡、结党营私，也达到了登峰造极的地步。李自成率军东征山海关期间，牛金星在京城每日"大轿、门棍，洒金扇上帖内阁字。玉带、蓝袍、圆领，往来拜客，遍请同乡"。以牛金星为代表的农民军将领进城后的腐化堕落，成为苦戏结局的深刻根源之一。明王朝在战场上打不过农民军，但却于无意中开辟了金粉红裙的第二战场，使多少英雄豪杰在情场上消耗了意志、放松了应有的警惕。北京城的女醉金迷，终于使这些农民将军们在马上得天下之后，失之于攻而不治的流寇主义，败之于胜利后的享乐思想，再也难以控制局面。满清的乘隙来攻，确实是天赐时运之举。

清人最聪明的地方不仅在乘机剿寇，而在起兵时所打的为朱明复仇的旗帜。这是笼络汉族地主阶级、蒙蔽明朝遗民最为灵验的一招。《起兵》一折的满清镇国大都统宣布：

今因流寇李自成骚扰中华，把明朝锦绣江山践成斋粉，逼得天子自缢而亡，十分惨毒。俺圣人统领八旗大兵，吊民伐罪，扫除强寇，为朱天子报仇！

在这种煽动人们为明复仇的旗帜下,难怪那口口声声自称大丈夫的前明知县边大绶,被清兵捉住后,马上就认贼作父。清朝也真正认为这等人物是大大的忠臣,极佳的奴才,便封边大绶为山西巡抚,着他追剿李自成残部。边大绶与清人的一拍即合,实在是两相情愿的事,这代表着地主阶级阵营中的大部分人物甘心事新朝,主动与清廷合作的历史趋势。全剧以明朝君臣的英魂,在大清朝的朗朗乾坤中冉冉升天,步入仙界,展示了包括曹寅自己在内的地主阶级竭力调和明清利益,借以维持心理平衡的总体精神风貌。所以无论是作为康熙亲信,还是代表汉族地主阶级的共同心声,曹寅都能在《虎口余生》剧终时由衷地颂唱:

惟愿大清朝巩固皇图,万万年常泰保。

事实上这也只能是一种美好的祝愿而已。之前数行,曹寅就感叹过"从来没万年朝,古今一瞬未坚牢。便是唐虞圣,也浮云难保。"这才是曹寅对包括大清朝气运在内的历代兴亡之辩证思路。

天道回圈,周而复始。辛亥革命时资产阶级革命派与清廷的冲突,最后让袁世凯窃取了胜利果实。而帝国主义列强的枪炮货物,又早早敲开了中国的大门……渔翁得利,而那些苦苦争斗的鹬蚌们则饱尝了悲剧结局的苦果。

《虎口余生》作为中国文学史和戏剧史上规模浩大的农民战争史诗,可以给人们提供多方面的启示。历史的演进,朝政的兴亡,争战的结局,政治的谋略,都可以于中找出经验和教训。即令作者世界观与创作手法、艺术形象的差异和悖离,也可以作为文学理论的极好例证。对于这样一部蕴意深刻、旨向多维的大型苦戏和悲剧史诗,人们的认识也应当是多维的。

第七编

20世纪的话剧与戏曲悲剧

第二十四章
中国话剧之悲剧方阵

中国戏剧的主体是戏曲。当戏曲的弦歌伴随着唐宋元明清近千年的历史大场面,已经发展成为一种十分精美的艺术形式时,当戏曲的内容包裹着忠孝节义、风花雪月的内涵,已经充分地正统化、古典化和经典化之后,在"礼崩乐坏"、天下大乱,王朝之大厦倾塌,党派之国家崛起的20世纪,要让戏曲承担起前所未有的新内容、反映一个骚动不安的新时代,显然有些步态沉重、力不从心。

早期革命家陈独秀(三爱),慷慨激昂地振臂一呼:"戏园者,实普天下人之大学堂也;优伶者,实普天下人之大教师也。"①

把教育民众、社会改革的担子也放在戏剧肩上,就传统戏曲而言,基本上担当不起。时势造艺术。在时代风云的挟裹推动下,一种新型的戏剧样式应运而生,这便是人们通称的"话剧"。

自从话剧诞生以来,这一新兴艺术样式与时代紧密相关,与社会革命相为表里,也与国际剧坛中的戏剧艺术,表现出更多的一致性。特别是中国话剧中的悲剧,经过曹禺等中国话剧大师的熔铸,已经成为列于世界大悲剧林中而毫无愧色的经典之作。

第一节 中国话剧悲剧源流

一、春柳社与话剧悲剧之缘起

中国话剧的产生,直接受到日本新派剧的启蒙和影响。一批在日本的中国留学生,由李叔同(1880—1942)、曾孝谷(1873—1937)等人牵头,于1906年底在东京成立

---

① 三爱《论戏曲》,《新小说》1905年第二卷第二期。

了春柳社。这是中国第一家以改编、创作和演出话剧为主的艺术团体。

该社首先推出了法国小仲马的悲剧《茶花女》第三幕,接着便在1907年6月于东京本乡座戏院,正式演出了曾孝谷根据林纾、魏易的翻译小说所创作演出的大型话剧《黑奴吁天录》。林纾在译序中说:"其中累述奴惨状,非巧于叙悲,亦就其原书(按:指美国斯托夫人《汤姆叔叔的小屋》)所著录者,触黄种之将亡,因而愈生其悲怀耳。"①《茶花女》揭露并控诉等级制度所造成的爱情悲剧,以死亡而告终;《黑奴吁天录》袒示种族迫害和民族压迫所造成的深重罪恶,以黑奴们杀死奴隶贩子收束,这都说明中国话剧的诞生,一开始就与悲剧结下了不解之缘。

两年之后,春柳社又推出了由陆镜若(1885—1915)根据法、日剧作家的爱情悲剧所改编的《热血》(1909)。该剧特意添加了革命党人机智越狱、慷慨就义等情节,"不知不觉把一个浪漫派的悲剧排成宣传意味比较重的戏"②。

在春柳社后期所编演的八十一个剧目当中,悲剧占有多达百分之八十三的份额,自杀和他杀死的场面极多。例如在陆镜若编写的《家庭恩怨记》中,前陆军统制王伯良将名妓小桃红娶回家来做小老婆。不久,小桃红奸情败露,导致王家儿子自杀、儿媳发狂,连王伯良自己也险些自戕。这出戏作为春柳社最叫座的剧目之一,在当时有着极大的影响。他们根据日本新派剧所改编的《不如归》和《社会钟》,前者写恶婆婆将贤惠而多病的儿媳赶出家门,后者写盗贼石大杀死看押人,又将眼看就要饿死的弟妹一一送上西天,自己也在钟楼之下自尽,表明在这个社会当中,穷人只有死路一条的唯一选择。在《猛回头》中,妹妹把哥哥杀死……

春柳社所上演的这些家族成员自相残杀、杀伐气太重太浓的悲剧,在当时有些惊世骇俗的味道,但却与中国老百姓渐渐拉开了审美心理上的距离。当主笔陆镜若病亡之后,春柳社的气数也随之熬到了尽头,该社的其他成员也不得不各自作鸟兽散了。该社创始人之一的李叔同,后来执意出家,成为一代高僧。临死时书写"悲欣交集"一语,沉痛多于欢悦。尽管如此,春柳社为中国话剧的崛起,为20世纪中国悲剧的确立,立下了不可磨灭的汗马功劳。

从1910年到1912年,由任天知领导的进化团也有较大的影响。任天知自己是同盟会会员,剧团成员也多是革命青年,所以他们的演出剧目有着突出的进步性和革命性。比如纪实悲剧《东亚风云》,写朝鲜爱国志士安重根于1909年在哈尔滨,毅然枪击日本首相伊藤博文,特别容易激起观众的抗日斗志。

二、欧阳予倩的悲剧创作

在中国的戏剧家中,像欧阳予倩这样能够打通戏曲与话剧、且集编导演艺术于一

---

① 林纾《黑奴吁天录》,商务印书馆1982年版。
② 欧阳予倩《回忆春柳》,《欧阳予倩全集》第6卷,上海文艺出版社1990年版。

身的奇才,实在是凤毛麟角。欧阳予倩(1889—1962)生于湖南浏阳,他们家从祖父开始便是书香仕宦门第。他在日本读完中学,又先后在明治大学和早稻田大学深造,是春柳社话剧《黑奴吁天录》和《热血》当中的主要演员之一。春柳社解体之后,欧阳予倩投身京剧事业,自编自导自演了近五十出京剧,其中的红楼戏如《黛玉葬花》,具备悲剧的美感。

《潘金莲》(1927)是欧阳予倩的悲剧代表作之一。该剧本是话剧,后来又改编成京剧。这出戏将潘金莲火热而畸形的恋情推到极致,她把自己比成是地狱里的人,见到武松便像见到灿烂的太阳一般,要奋不顾身地扑上去。她之所以与西门庆鬼混,也是因为西门庆与武松有几分相似之处。即使武松要剖出她的心,她也狂热地叫道:"你杀我,我还是爱你!"怨不得潘金莲对武松一往情深、死而后已,她既不愿当张大户的小老婆,又不爱实在缺乏男子气概的武大郎。说到底,还是这个万恶的社会,这个男人们为所欲为的社会,偏要女人家听任摆布,逼得她潘金莲不得不违背伦理、合伙毒夫、滥爱疯爱,以青春和生命去殉个性的解放、情感的如意和性爱的刺激。所以徐悲鸿盛赞此剧"翻数百年之陈案,揭美人之隐衷,入情入理,壮快淋漓,不愧杰作"①。

抗日战争时期,欧阳予倩又编导了京剧悲剧《桃花扇》、桂剧悲剧《长生殿》等一大批剧目,但他最为出色的剧本,还是其在话剧领域内的历史悲剧《忠王李秀成》(1941)。该剧的重点,在于揭示太平天国晚期内部的毛病。天王洪秀全,此时已经成为一位秉性猜疑、提防忠良的昏王。而安王、福王等一干皇亲国戚,又是高价贩粮出城,置快要饿死的兵士们于不顾;又是忌贤妒能,多方诋毁、打压李秀成。大敌当前,有这样的昏王贼臣,最终只能落得个天京沦陷、洪秀全自尽的可悲下场,而智勇双全、忧国忧民却又无力回天的悲剧英雄李秀成,也只能走向被俘牺牲的凄凉结局。

这出戏的重点,是放在团结一致、共同抗日的基点之上的。所以欧阳予倩强调说:"革命者要有殉教的精神,支持民族国家全靠坚强的国民,凡属两面三刀、可左可右、投机取巧的分子,非遭唾弃不可。我写戏奉此为鹄的。"②这出戏的首次上演,正是在皖南事变的"千古奇冤,江南一叶。同室操戈,相煎何急"发生后不久。所以当时在桂林的演出,创造了连演十四天二十三场的盛况,桂林人几乎有一半市民都看过该剧的演出。

欧阳予倩还将京剧《桃花扇》改编成桂剧和话剧,体现出强烈的爱国主义精神。他为中国话剧的民族化做出了重要贡献。1950年之后,欧阳予倩出任中央戏剧学院院长,为新中国的话剧教育付出了最后的心血。

---

① 转引于田汉《我们的自己批判》,《南国月刊》1930年第二卷第一期。
② 欧阳予倩《忠王李秀成·自序》,桂林文化供应社1941年版。

三、吴祖光的悲剧创作

吴祖光(1917—2003)写过多部戏剧作品,其中悲剧感觉比较强烈的是《凤凰城》(1937)、《正气歌》(1940)和《风雪夜归人》(1942)。前者表彰民族危难之际,东北抗日义勇军苗可秀烈士的英勇事迹。他带领中国少年铁血军转战于白山黑水之间,与鬼子展开了殊死的斗争。尽管这出话剧还显得比较稚嫩,但该剧所呈现出来的为国捐躯的爱国激情,极大地鼓舞了当时的观众。《正气歌》讴歌宋末抗元大英雄文天祥的坚强不屈、宁死不降的高贵民族气节,揭露了昏君奸臣们邪气当道的可悲行径,这就十分明显地比照着汪精卫等汉奸投降叛国的罪恶,鼓舞沦陷区人民与日寇血战到底的意志。正因为此,该剧获得上海《剧场艺术》的剧本一等奖(1941)。

《风雪夜归人》标志着吴祖光悲剧创作较为成熟的阶段。该剧把悲剧主人公从民族英雄转移到那些受侮辱、受玩弄的戏子和姨太太身上,从而揭示出普通人生活观念的突变与人生追求的提升。从表面上看,京剧名伶魏莲生正在大红大紫之际,但他生命中的凄楚与无奈,在四姨太玉春的点拨和分析后袒露无余。玉春当过青楼名妓,尽管眼下身为大法官的宠妾,却能深刻认识到自己只不过是人家的一件玩物而已,"高贵蒙受着耻辱","黄金埋没在泥沙","其实就不能算人"。所以她不仅要自救,而且要救人,要救像魏莲生这样稀里糊涂的好人。因此,她要使得魏莲生幡然猛醒,做一个不为贵人们消愁解闷的真正的男子汉:"这儿不是我们待的地方,你带我走吧。"①

私奔尚未成功,迫害早已来临。随着管家的出卖,魏莲生被驱逐出城,玉春也被法官随手送给了官僚徐辅成。二十年之后,江湖流落、饥病交加的魏莲生重循故地,于风雪黄昏中倒毙在当年与玉春定情之处。玉春随着徐辅成旧地重游,当人们找寻她时,她却飘然消失在大雪之中。这对有情人的悲剧境遇,不仅仅在于他们的失败,而在于他们的觉醒和反叛,受到了荒淫无耻的统治阶级的重重打压。只要受压迫的人们开了心志,勇于反抗,那么一个全新的时代总有一天会灿烂面世。

第二节 郭沫若、老舍与田汉的悲剧

一、郭沫若的历史悲剧

郭沫若(1892—1978)是20世纪中国文化人中的全才。他在诗歌散文、话剧创作和翻译方面,在历史、考古、古文字、书法等许多专业范畴内都取得了很大的成就。尤其在新诗的开拓和历史悲剧的写作方面,郭沫若都做出了开山的贡献。

早在日本学医期间,郭沫若就创作了《女神三部曲》,分别是《棠棣之花》(1920)、

---

① 吴祖光《风雪夜归人》,丁罗男编《中国话剧名著选读》,中国美术学院出版社1999年版,第281页。

《湘累》(1920)和《女神之再生》(1921)。《棠棣之花》写聂政抗暴、刺杀侠累的故事，对独裁和战争十分反感，呼唤"自由之花，开遍中华"。《湘累》写屈原被逐的遭遇，充满着流血喷火的悲愤。《女神之再生》借共工与颛顼争帝的传说，让女神去创造一轮新鲜的太阳。这三部曲原本都是男人的功业，但是因为女性的相送、相怜和相助而显得更为崇高、特别浪漫。

在郭沫若的《三个叛逆的女性》中，除了《卓文君》(1923)之外，《王昭君》(1923)和《聂嫈》(1925)都是典型的悲剧。按照作家自己的说法，王昭君自愿出行，是对汉元帝的反抗"性格悲剧"[1]。《聂嫈》改编自诗剧《棠棣之花》(1920)，是针对"五卅"运动的"一个血淋淋的纪念品"。这也反映出郭沫若历史悲剧的一个共同特色，借古喻今，指桑骂槐。例如王昭君指着汉元帝的鼻子痛骂，更多的表现出浪漫主义诗人本身的一腔激情。

1941年皖南事变之后，国民党掀起了反共高潮。郭沫若一下子推出了《棠棣之花》、《屈原》(1942)、《虎符》(1942)、《高渐离》(1942)、《孔雀胆》(1942)和《南冠草》(1943)等多部悲剧。这其中，前面两剧是对旧作的整编或再创作。《虎符》写信陵君窃符救赵的故事，但却把先窃符、后自杀的如姬作为中心人物，把魏太妃、侯嬴等人追随如姬，杀身成仁的事迹加以充分阐扬。在"战国时代，整个是一个悲剧时代"[2]，更是生要有尊严地生，死要壮丽地死。《高渐离》写英雄尽管被弄瞎了眼睛，被处以宫刑，仍然以坚定的意志，在击筑时谋刺秦王，壮志未酬、英勇牺牲。这出悲剧写出了大英雄难于摧毁的抗暴意志与复仇精神。

《孔雀胆》取材于元末史实，演云南梁王之女阿盖公主与大理总管段功的爱情婚姻悲剧。丞相先是引用蒙古族不应与族外人通婚的律法，后来又将王子之死嫁祸于段功，迫使阿盖用孔雀胆去毒死自己的丈夫。当阿盖最终醒悟时，轻信而又麻痹的丈夫还是倒在了通济桥畔。这出戏又像写民族团结，又像写政治妥协，在主体立意上有一些歧义。《南冠草》写明末壮士夏完淳死于国难的爱国气节，阐发了中国知识分子可杀而不可辱的战斗精神。与之形成鲜明对比的是汉奸洪承畴的丑恶嘴脸，作者借剧中狂人的口吻，要"杀尽卖国的汉奸"，这就特别对应着抗日战争的现实局面。

郭沫若悲剧当中的翘楚之作，当然非《屈原》莫属。写作此剧，同样是为了"把这时代的愤怒，复活在屈原时代里去"[3]。因为政治的谋害，随着南后假晕后倒在屈原怀里的举动，屈原就被赶出了宫廷。剧中的悲剧主人公，一再控诉着："你陷害了的不是我，是你自己，是我们的国王，是我们的楚国，是我们整个儿的赤县神州呀！"但这种发

---

[1] 郭沫若《写在〈三个叛逆的女性〉后面》，《三个叛逆的女性》，光华书局1926年版。
[2] 《献给现实的蟠桃——为〈虎符〉演出而写》，《郭沫若论创作》，上海文艺出版社1983年版。
[3] 《我怎样写五幕剧〈屈原〉》，《郭沫若剧作全集》第一卷，中国戏剧出版社1982年版，第483页。

自内心的呼叫全无用处,贵人们都认为屈原是在疯子讲疯话。在第五幕中喷发出来的雷电颂,是中国话剧中最为动人的诗篇:

> 风!你咆哮吧,咆哮吧!尽力地咆哮吧!在这暗无天日的时候,一切都睡着了,都沉在梦里,都死了的时候,正是应该你咆哮的时候,应该你尽力咆哮的时候!……眼泪有什么用啊?我们只有雷霆,只有闪电,只有风暴,我们没有拖泥带水的雨。这是我的意志,宇宙的意志。鼓动吧,风!咆哮吧,雷!闪耀吧,电!把一切沉睡在黑暗怀里的东西,毁灭!毁灭!毁灭呀![①]

这种浪漫主义的情怀,不仅鞭挞着可恨的现实世界,而且远远超越了这个乌烟瘴气的人间,升华到天上地下、上下六合的宇宙精神中去,表现出一种追求自由、渴求解放、充分张扬个性的主体意志。郭沫若的剧本,大都有着贴近现实、服务政治的倾向,但在《屈原》当中,却由现实王国上升到理想王国中去,表现出无比崇高的审美理想、分外高洁的人格形象和正气满乾坤的宇宙精神。

二、老舍的民瘼悲剧

作为20世纪中国最好的作家之一,老舍(1899—1966)在戏剧方面也做出了很大成绩。他的戏剧创作,一向关注着老百姓的喜怒哀乐,民生疾苦。尤其是他那部昭示百姓们痛苦生活和不幸命运的民瘼悲剧《茶馆》(1957),真切地体现出下层人民的痛苦、悲哀以及苦苦挣扎,在现代悲剧史上具备较高的审美价值。1966年8月24日那一天,为了反抗一场民族大劫难,为了捍卫生的尊严,体现出知识分子的一腔正气,老舍在太平湖投水自杀,用自己的生命向世人敲起了国家悲剧已经来临的警钟。

《茶馆》通过这一特定的人物汇聚场面,描写了以茶馆老板王利发为中心的七十多位各色人物的情感、心态与命运的片断。在这一群三教九流的背后,是清代末年、民国初年和抗战胜利之后的三个时代。用一群小人物展示一个腐败透顶、病入膏肓的时代的变迁,用时代的变迁展示小人物们随波逐流、每况愈下的痛苦生活及其悲惨命运,这便是本剧的基本特点。所以老舍自己也说,一个茶馆就是一个小社会,由此可以看到社会政治的演进。

兴,百姓苦;亡,百姓苦。在黑暗的旧中国,不管是戊戌政变后的晚清,还是袁世凯死后各路军阀的混战时期,抑或是各路大员们接收抗战果实的时代,都是换汤不换药的恶劣生存空间,受苦倒霉、担惊受怕、卖儿卖女的还是小老百姓们。人口交易、亲娘卖女的场面,在剧中的次第延伸,只是民不聊生的一些小小细节而已。诚如康六所哭

---

① 郭沫若《屈原》,丁罗男编《中国话剧名著选读》,中国美术学院出版社1999年版,第176页。

诉的：

> 姑娘！顺子！爸爸不是人,是畜生！可你叫我怎办呢？你不找个吃饭的地方,你饿死！我弄不到手几两银子,就得叫东家活活地打死！你呀,顺子,认命吧,积德吧！

当顺子又饿又气又急、晕倒在地的时候,在一旁等着作新郎的庞太监,竟然拉着嗓子尖叫起来:"我要活的,不要死的！"

这一细节的设置,不是为了煽情,而是对罪恶的社会大场面中某一局部的真切描摹。出场被卖的是小顺子,小顺子好歹还能在太监身边受着屈辱,苟活下去,而在小顺子的背后,该有着多少百姓痛苦的呻吟、无望的哭叫？广大农村"白骨露于野,千里无鸡鸣"的凄凉场面,通过小顺子插上草标被卖的场面,终于露出了地狱之一角。

人生事业的悲剧,也是本剧中令人感慨的一大层面。想那一心爱国、满腔热血的常四爷,到末了连维持生计者甚为艰难;想靠实业救国的秦仲义,他的工厂先被日本人所占有,又被国民党作为"逆产"而没收。可怜这位一心想做大的实业家,能够保住自己的老命已经十分不易。就连惨淡经营这房茶馆的王利发掌柜,从开公寓、添评书到找女招待,用尽了一切招数,可还是被小刘麻子所一把抢占。难怪王掌柜说:"我没作过缺德的事、伤天害理的事,为什么就不叫我活着呢？"

在罪恶的世道中,确实是不让哪怕是老实巴交的人们活下去。三位老人最后自己为自己出殡,自己为自己撒纸钱的场面,是人生苍凉场面的集中呈现。

《茶馆》是老北京的一幅风俗市井画面长轴,但也隐约透漏出新时代的讯息。西山游击队的线索,使人感觉到将死与方生的必然更迭。这正是悲剧理想的光芒。

三、田汉的艺人与文人悲剧

由于田汉在戏曲、话剧方面都取得了卓越的成绩,所以他在话剧领域内,也是一位重量级的人物。

从话剧处女作《梵峨璘与蔷薇》(1920)开始,田汉的话剧创作与艺术、艺人和文人便结下了不解之缘。小提琴代表艺术,蔷薇代表爱情,这也是田汉本人毕生的重要追求。连田汉自己也对此剧评价甚高,称之"是通过了现实主义的新浪漫主义剧"[①]。从此,田汉以艺术和爱情为主体的话剧越写越多,一发而不可收拾。《灵光》(1920)写穷人的凄凉之境,肯定爱与艺术的崇高位置,都带有浓重的感伤意味。

---

① 田寿昌、宗白华、郭沫若《三叶集》,亚东图书馆1920年版,第81页。

《湖上的悲剧》(1928)是一部描写灵与肉的冲突的爱情悲剧。穷诗人杨梦梅与白薇小姐倾心相爱,但却很难在婚姻上得以成就。白薇以投江自杀的激烈行为,来反对父母的包办婚姻,被人救起后在西湖隐居;杨梦梅以为心上人死去,只得屈从父母之命与人结婚,但"身子与心互相推诿,互相欺骗",噙着热泪,用心血在写这一部爱情悲剧小说。三年之后,他与白薇重逢,白小姐为了让情人的悲剧小说写得更好,结局更凄惨,索性就真的自杀,以自己的生命和爱情,来殉杨梦梅的悲剧小说。以生命来殉艺术,这种境界是崇高的,尽管代价极其惨重。《古潭的声音》(1928)写女子和诗人认识到"人生是短促的,艺术是悠久的",便先后跳进古潭去赴死。这里的古潭,恐怕不仅是物理上的一汪潭水,更是千百年污泥浊水之精神上的古潭,是它们将一对热血青年和艺术家再度吞噬了。

　　《名优之死》(1927)便是一出艺术家被黑暗社会之古潭所吞噬的悲剧。京剧著名老生刘振声把艺术当成生命,"玩意儿就是性命"。为了他心中的艺术女神,再穷再苦他不怕,手枪逼命腰不弯。为了接续自己的艺术生命,他一心一意想培养出几个像样的"实心徒弟"。可是他那些操守与追求,在丑恶社会的引诱之下仅是如此的脆弱:刚刚出道的女徒弟刘凤仙,很快就背叛了老师和艺术,成为大流氓杨大爷的玩物。所以刘振声对这个社会深恶痛绝,"这年头就容不下好东西"。尽管一代名优最后悲从中来,颓然倒下,但倒下的名优,正如进步记者何景明所评价的,他还是"一条硬汉子"。

　　田汉将艺人与文人的悲剧,演绎到炉火纯青的地步的作品,还是其代表作《关汉卿》。写这出戏,表面上看来是在为1958年"世界文化名人"关汉卿纪念活动而作,但实质上是为包括他自己在内的中国悲剧剧作家们在招魂写照。

　　为人民的疾苦而痛心,为百姓的灾难而疾首,为人间的冤狱鸣不平,这就是关汉卿和朱帘秀相知、相爱和携手战斗的共同起点。只因为贫民女子朱小兰含冤屈死在权豪流氓的屠刀之下,只因为十案九冤,"于今杀一个汉人还不如杀一匹驴",只因为刘大娘母女说关大夫只能救人家伤风咳嗽,"怎么救得了杀头哇?"①他关汉卿就义愤填膺,难于自解。

　　牢骚时刻,还是红颜知己朱帘秀软语点拨道:

　　　　笔不就是你的刀吗?杂剧不就是你的刀吗?你在剧本中骂过杨衙内,骂过葛彪,骂过鲁斋郎,看过戏的人都跟着我们一起恨这些不明道德、陷害良善、鱼肉百姓的人。干吗不把李驴儿、忽辛这些人的鬼脸给勾出来,替屈死的女子们伸

---

① 田汉《关汉卿》第一场,丁罗男编《中国话剧名著选读》,中国美术学院出版社1999年版,第323页。

冤呢?①

关键在于关汉卿敢写,朱帘秀敢演,这一对同心之人在《窦娥冤》的创作和演出过程当中才能如此珠联璧合、互为表里。他们在共同的戏剧事业当中,在为民呼冤的悲剧当中,结下了更深的战友之情。

当这出悲剧触动了权势者敏感的神经,当权贵阿合马逼着关汉卿改词、朱帘秀改唱的时候,朱帘秀为了保护关汉卿,谎说关先生原是改过词的,只是我背不出来;盛怒的阿合马大人便恼羞成怒,当场挖下了朱帘秀的双睛。妙就妙在朱帘秀还有最后一个请求,那就是让阿合马将挖下来的眼珠挂在大都城墙之上,"挂在那里好看老大人您的下场头!"反抗的坚定性、强烈性和彻底性臻此境界,真个是强权不怕、死亡不惮的女中豪杰。当然,牺牲自己,开脱知己关汉卿,这也是朱帘秀的一大初衷。

关汉卿和朱帘秀在狱中相会、共唱心曲的一场戏,尤为感人至深:

> 将碧血,写忠烈,作厉鬼,除逆贼。这血儿啊,化作黄河扬子浪千叠,长与英雄共魂魄!
>
> ……
>
> 都只为一曲《窦娥冤》,俺与她双沥苌弘血……各有那气比长虹壮,哪有那泪似寒波噎?提什么黄泉无店宿忠魂,争说道青山有幸埋芳洁。俺与你发不同青心同热,生不同床死同穴;待来年遍地杜鹃红,看风前汉卿四姐双飞蝶。相永好,不言别!

这就将文人与艺人的血缘联系和生死攸关,升华到日月光华、天荒地老、岁岁长新、天长地久的高度。学术界一般认为这出悲剧是田汉的压卷之作②,在我看来,还可能是现代戏剧史上关于艺人与文人题材悲剧的一方里程碑。

第三节 杨村彬的《清宫外史》三部曲

清宫历史悲剧大家杨村彬(1911—1989)对中国话剧、戏曲和电影的重大贡献,到今天为止还是难以完全估量的。作为一位土生土长、一辈子在中国艺术的土壤执著耕耘的大师,在他生命的最后几年中,曾应邀为法国勒柯克喜剧学院和巴黎第七大学讲学。就在他 1989 年 11 月辞世的前夕,杨村彬还获得了美国晏阳初"MAM"福利会奖。

---

① 田汉《关汉卿》第二场,丁罗男编《中国话剧名著选读》,中国美术学院出版社 1999 年版,第 326 页。
② 《关汉卿赏析》,丁罗男编《中国话剧名著选读》,中国美术学院出版社 1999 年版,第 359 页。

杨村彬的"三联史剧"《清宫外史》(第一部《光绪亲政记》、第二部《光绪变政记》和第三部《光绪归政记》),不仅是中国话剧史上至今不可逾越的系列历史剧的典范作,还是整个中国戏剧史从"南洪北孔"的《长生殿》和《桃花扇》之后的又一座大型史剧。如果说,作为清宫"三联电影"(《垂帘听政》、《火烧圆明园》和《两宫皇太后》)的编剧,他对影片的某些导演处理尚有不同看法外①,那么,他自编自导的"三联史剧"可以说基本上体现了其创作意图和效应预测。他一生的艺术创造和生命精华,都在这三部戏的编导中得到了较为完整的体现。

　　正如张骏祥先生在《悼村彬》一文中的结语:"今天,写清宫轶事的电影一部接一部拍了不少了,但我说还没有一部及得上《清宫外史》。"②

　　著名学者王元化,也十分佩服杨村彬的清史知识。他说:杨村彬"治学严谨,一丝不苟,平常很用功,阅读勤奋,而且经常记笔记,涉猎面广。我没有听他谈过他对清史的研究,但从他的《清宫外史》来看,他十分熟悉清史,曾经下过一番功夫。近两年我对清代掌故发生兴趣,写了不少笔记。我发现村彬反映在作品中的有关清代资料有许多是我所不知道的。"③

　　我们不妨从悲剧冲突论、悲剧人物论和悲剧史诗论三方面,来看待杨村彬的《清宫外史》三部曲。

一、悲剧冲突论

　　从根本上看,《清宫外史》的悲剧冲突主要表现为民族斗争。一方面是帝国主义列强企图瓜分中国的狼烟四起,另一方面是中国人民在极其艰苦的条件下反抗侵略的浴血悲歌。

　　杨村彬在清史学家戴逸的启发下,认识到从《北京条约》的签订,辛酉政变的实现,使得旧中国开始正式沦为半封建半殖民地社会。而他在1941年便开始写作的《光绪亲政记》,正好反映了慈禧摄政后近半个世纪中国社会的殖民主义化。这三部戏分别以甲午中日战争、戊戌变法和八国联军攻陷北京为背景展开冲突,正是中国社会逐步改变其性质的形象演示和必然推理。在20世纪40年代的抗日战争烽火中,描摹19世纪末的甲午之战和列强进逼,这不仅仅是历史的巧合,更是剧作家忧国忧民、唤醒民众的爱国主义精神的呈现。

　　从基本内容上看,这三部悲剧都是以光绪为首的帝党和以慈禧为首的后党的紧张对峙,作为贯串到底的主线。举凡清政府与列强的斗争、妥协和勾结,义和团对侵略者

---

①　此外,完全按照《清宫外史》第一、二部所拍的影视有由李翰祥导演、卢燕主演慈禧,香港邵氏影业公司拍摄的《倾国倾城》、《瀛台泣血记》和其他大量盗版清宫影视剧。
②　张骏祥《悼村彬》,《杨村彬艺术世界》,上海文艺出版社1995年版。
③　王元化《杨村彬导演艺术的特色》,同上。

的奋起抗争,乃至革命党对清朝和外患的系列动作,都是紧紧围绕着帝后之争这条主线,在幕后体现出来的。

可以大致把握《清宫外史》三部曲的分别冲突。

第一部戏《光绪亲政记》①计十万言,分五幕。具体冲突是中日之战与慈禧六十整寿的不协调,外在表现为光绪主战而慈禧主和的矛盾。

《清宫外史》第二部《光绪变政记》②计五万七千言,分为九场。由于该剧内容在1998年演出时比1944年演出本精简了三分之一,因而成为"三联史剧"中最短也较弱的戏。这出戏依然延续了上部戏中帝党和后党的冲突,只是帝党中的智囊已由维新改良派人物所替代,主要表现为变法与守旧的矛盾。

《清宫外史》第三部《光绪归政记》③计十一万言,分五幕,作于1947年。

在第三部戏中,矛盾冲突的主要方面又以更为深重的民族斗争为经,由此网络成种种新的矛盾体。帝党与后党的冲突,早在第二部结尾时就基本收束。第三部戏中的光绪不仅是孤掌难鸣,而且还处于极度痛苦和精神分裂的状态中。

至于统治集团内部的矛盾,此时转为以王爷载漪与荣禄之间的勾心斗角,外部矛盾则演变为对义和团的先利用后控制,对帝国主义侵略者的局部和暂时的宣战,实则是整体和永久性的投降。

二、悲剧人物论

《清宫外史》的妙处之所在,不仅仅在于其波翻云晦、峰涌峦聚的悲剧冲突,更因为在"三联剧"中塑造出了许多生气盎然、血脉俱备的活灵活现的悲剧人物。在一个具备两千多年历史的封建国家,与处于末世的最后一届专制王朝相与覆亡的结局叠映重合时,那些愈想在历史舞台上作出垂死挣扎的人物,也愈具备形式上的滑稽可笑性,更加具备骨子里所包含着的深厚悲剧意蕴。

我们以慈禧与李莲英、光绪与珍妃、谭嗣同与康有为这三组人物作为轴心,来认识后党、帝党与维新改良派的某些形象特征与典型意义。

作为贯穿全剧的人物,慈禧与李莲英既是权力的把持者和执行者,又是写得最为丰满厚实的性格人物和意志载体。正是他们的性格与意志,在很大程度上决定并影响着其他人物的性格、意志、生存方式和生活轨道。

慈禧是咸丰二年(1852)经过千筛万选进宫的女子。从兰贵人、懿妃到懿贵妃,步步得宠,二十六岁就被尊为皇太后。到《清宫外史》开场时,她虽已年满六十,但看来

---

① 杨村彬《光绪亲政记》,国讯书店1942年版。
② 杨村彬《光绪变政记》,国讯书店1944年版,中国戏剧出版社1987年版。
③ 杨村彬《光绪归政记》,只存1947年《联合晚报》连载本。本文系据潘老师抄写的手稿本写成。

要比实际年龄年轻二十来岁。她雍容华贵且流露出青春时的美艳,聪明绝顶亦不乏动人的光彩。总起来看,她在"三联剧"中总是于安详闲适中透出颐指气使的锋芒,只要她一出场,总归要对某些重大事件作出决策。分开来看,她第一部戏中相对慈爱一些、明白一些,但任他是谁,也不能触及她的切身利益——六十庆典。正如她所云:谁要让我在这个日子里不痛快,我让他一辈子别想痛快!

第二部戏中,因为光绪变革的步子太大,所以太后显得嚣张一些,也蛮横一些。她对光绪和满朝文武的规定原则是:眼里不能没有祖宗,更不能没有我。在第三部戏中,她再度垂帘听政。从外表上看,她似乎成了一位以礼佛和忏悔为生活内容的老太太,但却仍然敏锐地注视着一切政治动向,决定开战或停火的事宜。此时她的价值观念在于:决不能便宜了光绪!我不能死在你前头!她所以敢于向洋人开战,正是因为假冒的洋人条陈中有归政于光绪这一条。她所以能安心地死去,正因为她已先看见光绪归天。

可以说,"三联剧"中慈禧的每一次出场,都有经过精心设计的,最能表现其性格特征的动作。在第一部戏中,慈禧于开场时的亮相最耐人寻味。大幕一拉开,就是李莲英心急火燎地要见太后,但是太后仍在安寝。等到李静候在旁边,寇连材又急速前来通报,说皇上要拿李莲英问罪时,太后仍在幔中悄无声息。直到宫外一片嘈杂时,幔内才稍有些动静。待到寇连材沉不住气,大声说"不得了"时,慈禧这才在床上喝问:"谁在那儿大喊大叫的?"紧接着又与人们对话良久,才回答说:"我就起。"一直到李莲英接待好王商,分派毕寇连材今后的差事之后,跪求在床幔外请老佛爷救命时,慈禧这才揭开幔子走出来。

太后的慵懒和赖床,既表明了她退政养老的身份,也表明她天塌下来也没什么大不了的心态,透露出至尊至贵、最后总裁的派头。这个出场,比《红楼梦》中凤姐的出场要有气势,又比苏联小说《奥勃洛摩夫》中主人公的起床过程要简洁、合理。面对光绪对李莲英贪污受贿的责难,太后只是于谈笑之间轻描淡写地予以开脱。即使她后来面对恭王奕訢等的责难,对内,她真的像打儿子一样,给了光绪一记响亮的耳光;对外,她冷静地数落出恭王的诸多不是,揭出其老底来,直至把老人家气得半死之后,又在风雨中赶他出宫。对翁同龢,她亦用非常平静的口吻请他不要干涉其家事,果断地解除了他的职务。当寇连材力荐新政时,慈禧既指令李莲英将寇赐死,又为之"掩面而泣",显得十分不忍。这就写出了一个既毒辣又充满人情味的真实的女人。

在第二部戏中,当光绪与谭嗣同等人的政变计划被袁世凯暴露后,慈禧对谭嗣同等六人毫不犹豫地处以极刑。而当逃跑后的光绪被抓回后,面对只求一死的光绪,慈禧更为阴险地说:"死?想一死了事,那倒便宜了你,没那么方便!"她不仅要把光绪囚禁起来受活罪,而且还马上采纳载漪福晋的提议,宣布立载漪的公子为皇储,进一步威胁和挟持光绪。立皇储的决定,看来宣布得十分轻易,但正是慈禧反应之灵敏,思路之敏捷的表现。这既是对光绪恨到极点的攻心之举,又是她一直思量着想取而代之的必然行动。而在此之前的慈禧,以一老妇人在暴风雨中率领禁卫军对光绪以及维新派采取武装搜捕的军事行动,更显示出了她作为一位政治家的果断,作为军事家的周密。个人安危之所系,政变情景之可危,使得慈禧的性格从生活型发展为政治型,大刀阔斧,截铁斩钉,一反上部戏的慵懒和拖沓,显示出她作为宫廷斗争的老手,应付政变"先下手为强"的丰富经验。

在第三部戏中,慈禧性格的发展更为复杂一些,也更丰满一些。也许生理衰老影响到精神的强悍,也许礼佛烧香造就了她满面虔诚,一团和气,也许交替发生的旱涝灾害动摇了她人定胜天的妄想,也许义和团啸聚京城的呼声使得她疑虑丛生,也许洋人的野心和贪得无厌的胃口搅得她寝食不宁……总之,她只有在专心礼拜时才获得了短暂的太平心境,她充分体会到三度垂帘听政给她带来的危机、疲惫和凄凉。

且看她翻手为云,覆手为雨,安慰半痴呆的光绪说,"哪一天你能跟我一条心,我还是可以恢复";她可以伤感地与光绪讨论四大皆空的人生结局,主动提出为光绪做三十整寿,让珍妃从冷宫出来与皇上小聚。然而一旦光绪在朝议中有所见解时,慈禧马上就击案变脸,痛加斥责。以其聪明老辣,她知道纵容义和团攻打东交民巷是大大的下策,然而只要听说洋人照会上有光绪复位一款,她马上就像急红了眼睛似的,敢冒世界之大不韪,着人向各国使馆宣战。只要什么时候、什么事情触犯到她个人利益,她都不惜做出最为愚蠢的行动,甚至冒着社稷倾覆的危险也在所不惜。

然而说到底,她又是个软弱的老太太。当八国联军即将进城时,她最大的本事是把光绪等人唤在身旁共度长夜,连一盏灯也不敢点,有所响动就躲到角落里作老鼠状,最后化装成村妇仓皇出逃,临行时还溺杀珍妃作为起身炮。订立《辛丑条约》,不惜投降卖国,把中国人民推向苦难的深渊,藉以换回重返京都的权利,都是极度自私、愚蠢而荒唐的鬻国行为。尤其是当她重返京都时,竟提出用君主立宪的幌子来愚民,但要预备十年、筹备十年,把老百姓当小娃娃哄。

但是人民终于饶不了她,革命党不会放过她,时代不会随着她的銮驾倒退。剧作家安排她在革命党的炸弹声中惊怖而死,尤其是写她临死之前定要拉上光绪垫背,都是极有意趣的传神点睛之笔。死不悔改、决不便宜了光绪的心态,与礼佛念经的慈祥老太太的种种善举,形成了巨大的反差,最终表现出其残酷、阴毒和反动的本质。而她在死前安排晋沣皇后重演垂帘听政故事,又透露出她希冀斯世永存、江山不变的一厢情愿。

作为一位悲剧人物,慈禧一辈子要强但却始终不曾得其所愿。作六十大寿时被日本人的大炮冲走了喜气,自小养大的光绪竟要发动全面的政变,八国联军赶她出京,革命党最终要了她的老命。甚至连她最为宠爱的李莲英,也是个将她的金银珠宝肆意掳掠,并试图撇下她逃跑的贱奴。她所选中的另一位接班人溥儁,更是一个无恶不作、一无所能的花花公子,以至于还得由慈禧本人亲自赶大阿哥出宫。她杀人甚多,酿成了许多人间悲剧。只要她静下心来,就感觉到无数的冤鬼者血淋淋地在向她讨还公道。顽固、保守而仇视革新,偏听偏信而酿成大错,事事聪明而又处处糊涂,不可侵犯但又时时失机……作为中国封建王朝和大清朝的最后一位铁腕人物,她所处的地位以及其狭隘自私的本质,都使之注定要成为这场历史悲剧的真正承受者。

关于总管太监李莲英,杨村彬曾在《重排〈清宫外史〉导演阐述》中有过一段描画:"是个弄臣,是个丑角,但不仅仅插科打诨,而是宫廷生活中不可缺少的角色。"但我觉得李莲英在事实上作为一人之下、万人之上的人物,他与西方宫廷中的弄臣,中国王朝中的俳优,都有着本质的差别。他之所以讨慈禧喜欢,不在于只有他梳的头才中慈禧的意,而在于他能时时窥到老佛爷的内心。慈禧想说不便说的话,他率先讲出来;慈禧想做不便做的事,皆由他请示施行。所以杨先生说"不过善于逢迎,成了慈禧腹中的蛔虫而已"。但他在慈禧旁边,每每挡住了包括光绪、恭王奕䜣在内的君臣言路,耽搁情报,贻误军机,这也是慈禧常常错误地估计形势的一大原因。无论是第一部戏中的寇连材之死,或是第二部戏中的六君子之死,还是第三部戏中的珍妃与光绪之亡,都是他最后促使慈禧下定决心并由他积极执行的。

这位太监口口声声要依大清"家法"办事,实际上在头部戏中受贿的是他;违背"汉不选妃"祖制,想将妹子送与光绪作妃的也是他(珍妃姊妹成为皇妃,也是他忌恨报复的根子之一)。在第三部戏中,与载漪商议伪造洋人条陈的是他,与载漪偷窃、转移宫中财宝的也是他,甚至亲手结果光绪性命的还是他……这是一条打着"家法"虎皮,实则毁坏家法的极不忠实的狗。一切狐假虎威、假传旨意、口蜜腹剑、冷箭伤人的事他都做得出。他的身上,体现出中国宦官欺上瞒下,残害忠良的种种典型特征,也反映出这部分身体不健全的中性人在精神上的畸形,以及从骨子里都想超越职分、干预朝政的狼子野心。但也正是这类身心皆不正常的畸形人,恰恰最能博得慈禧等最高统治者的欢心,这也反映出封建统治者反动、黑暗与恶劣的本性。

后党诸人中,李鸿章属于老于世故、城府较深的人物。他从来都未曾在表面上忤逆光绪,但真正顺从的却是太后密诏。杨先生谓之"喜怒不形于色,使之莫测高深"。但"洋务"终于一攻即溃,无济于事,这正是"中学为体,西学为用"从理论到实践的彻底失败。

袁世凯是个极其刁滑的人物。他在效忠清廷的同时,又与保国会频繁接触,送礼赠枪,十分热络。一旦谭嗣同说他举事,他便信誓旦旦:"只要有益于君于国,有益于变法维新,我袁世凯就是粉身碎骨,也在所不辞!"但在私下里,他却连夜向荣禄告密,葬送了百日维新。到后来,他在清廷和革命党之间两边获取利益和果实,走的还是骑墙路,谋的亦是自家私。

其他几位达贵中,载漪贪妄而无用,刚毅愚蠢而自负,徐桐迂腐而耿直。荣禄虽是赳赳武夫,也与慈禧有过旧情,但与载漪是明争暗斗的死敌。

载漪好大喜功亦不乏阴谋,假造洋人照会,着人谋杀荣禄,力举义和团,都是为了一鸣惊人,早日当上摄政的太上皇。刚毅永远缺乏常识,不是建议用长竹竿打日本人,就是提议用道家法术破敌。徐桐曾起草宣战书,是诸人中文墨娴熟的师爷,但也是跟着起哄的缺乏头脑的人物。不过他在八国联军进城时,坚决不逃亡,坚持要死在洋人面前,这也有忠勇的刚烈气节。荣禄在太后面前与光绪意见较一致,这倒不是因为他明了局势,更多是抱着"凡是载漪赞成的,我们就要反对"的原则,更怕载漪真的得胜抢功。

有了这样一伙废物和奸臣环绕在慈禧旁边,正如光绪所言:"大清不灭,实无天理!"

光绪与珍妃是一对历经劫难又不得善终的悲剧人物。无论是在情感要求或政治抱负上,他们都有许多一致的地方,甚至连失败和痛苦,都往往是由两人共同担负着的。但不一致的地方也有,那主要是珍妃比光绪明朗、坚强而主动,常常对皇上有恨铁不成钢的遗憾。

身当封建社会的末世,光绪具有一定的近代文化知识,汉文洋文都有一定根基,但同时他又是封建制度及其文化精神、道德规范的天然承载者。在他的全部生涯中,内心冲突比外部冲突要激烈而恒定得多,而内心冲突主要是精神文化的冲突。他胸怀大志,立志改革,以中国的彼得大帝和明治天皇自居,试图做一番整顿朝纲、发愤图强的事业。但他又无力挣脱封建礼教的深重束缚,不愿忤逆乃至要挟"母后",落一个千古不孝的罪名。软弱而多志,情真而不掩,明智而优柔寡断,抗争而动辄得咎,成为其性格特征的主流。他实在是一个不甘作儿皇帝的儿皇帝,不愿作亡国之君的亡国之君。

在"三联剧"中,头部戏里他在抗争中畏畏缩缩,又在畏畏缩缩中试图作有限的抗争,然而又犹犹豫豫,缺乏改革的坚定性和彻底性,最终被囚于瀛台。在第三部戏中,他基本上是以一位貌似失常而忧患不已的弱者的面貌出现,但却在心中蕴藏着波翻浪涌的精神冲突。他的胸怀之博大,苦难之深厚,忧患之深远,比起莎士比亚笔下哈姆莱特王子的忧郁,恐怕要复杂得多。

我们从"三联剧"中各举一例子来说明以上论断。《光绪亲政记》中的光绪,力主对日开战,从而忤逆了太后一心操办大寿的心事。后来太后在被动的向日宣战中连连失败,又把全部责任推到了当初主战的光绪身上,声称"皇上有病"而软禁了他。

在第五幕戏中,慈禧为了不担干系地批准《马关条约》,在恭王奕䜣等人的力陈下,终于放光绪出来上朝议事,但又只能令他装病不语。等到光绪敏感地听到签订条款事,欲问详情时,慈禧马上声明"皇上在发烧说胡话",压住了光绪的话头。当慈禧把签订条款的责任强加到光绪头上时,光绪只能既痛苦又懦弱地声称"亲爸爸,我?什么时候?我没有",但却马上被强横的慈禧打了耳光;光绪从此便再也不敢申辩,捂着脸只有哭的份儿。

在《光绪变政记》第七场中,谭嗣同跪求光绪下朱谕,包围颐和园,除掉太后,皇上竟然吓得哭了起来。直到谭继续以死谏相逼,皇上才无奈地说:"考虑考虑,我下朱谕可以,但是对老人家,千万不要过分了,我不能做不肖之子,叛逆之徒,背个不孝的罪名。"至于对其他顽固守旧派,"也软禁起来就足够了。一切要做得无形无迹,不要引起全国上下惊慌失措,以为改朝换代"。

光绪的一切维新壮志,从本质上看都只能是虚幻的空想。一接触到实际,一想到可能的流血事件,他马上就吓得没戏可唱了。所以《光绪归政记》中他只能痛苦忧郁,明知皇宫是无边的陷阱,却不肯听从珍妃建议,乘乱逃出去。也许他在生活中的最佳位置,便是在这种如痴似呆、有志无胆、有恨难怨的可怜局面中定位才是适宜的。所以当慈禧最后赐他死时,他竟嗫嚅着说:"我活着,等、等、就等的这一天。"末了,他抱着与母亲和珍妃在地下会面的臆想,兴奋而痴呆地走向死亡。

作为封建王朝中的最后一位还算清醒的君主,光绪注定要在封建伦理和慈禧的淫威下,呈现出似醒非醒的痴呆面貌。在第三部戏中,他常常只有在做梦的时候是清醒的,而当他一旦清醒时,反而又糊涂了。在第四幕戏中,联军逼近京城,朝廷一片混乱,其时光绪梦游似的自语,最能剖白他清醒而破碎的心灵。他梦见了飞沙走石和无边黑暗,死去的父母在向他招手,暴风雨把他吹到另一个方向:

> 就这样飘飘荡荡,我看见翁师傅在骂我,康老师在指责我,都从我眼前一晃又一晃。我梦见,成千上万的革命党,骂我,追我,踢我,打我;我拼命地跑,他们拉着我死也不放!唔,我求他们,说不是不想当个好皇上,他们不管,说一定要找我算账!他们哭啊,喊呵,闹呵,唔,天地都变了颜色,(急促地)我梦见,太阳变暗了,变凉了,月亮也都没有了光,星星跟星星乱撞!我梦见,地动了,地裂了,地陷下去了,奇怪的飞禽走兽,乱叫、乱飞、乱跑,在水里,在天上!啊呀!(微弱地)最后,我梦见,没有我了,又出现了新天新地,那里有更皎洁的月光,更暖和的太阳——但是——那月光,那太阳,已经不是我了!

这段自白是诗是史,是血是泪,是悔恨和自遣,是恐怖亦是希冀,这是对历史潮流和趋势合乎规律的预测,这是对自己注定要退出历史舞台但却一无所为的黯然神伤。

然而,一旦他清醒过来,马上不知自己的所在所云,所来所往,只感到惧怕。但当珍妃告诉他,黑暗中每一个格栏里都在摸索,都在动作,都在急于逃难,远走高飞时,光绪又糊涂起来,竟异想天开地设想等李莲英、载漪这伙混账走后,正好跟亲爸爸慈禧谈个明白!他终究对太后,对整个封建王朝抱有幻想,他到底从来没有离开过紫禁城,他不能想象不当哪怕只是形式和摆设的皇上,又该如何活法。所以,他又怎能爽爽快快地跟随着珍妃出逃呢？说到底，他只是从四岁起便被慈禧所精心培植的一方盆景。虽然也呼吸到些许新鲜空气，见到少许阳光雨露，但也终究跳不出宫廷盆景，那些弱草病松的局限。

即便在爱情生活上，光绪也是一位十分可怜的悲剧性角色。作为皇帝，他没有权力自己选择皇后。慈禧将自己的亲侄女嫁给他，是为晋沣皇后。但光绪却将自己的感情生活看得极其认真。李莲英曾派寇连材暗中注意皇上的一举一动，得到的情报是：皇上大婚半年了，从来就没有宣召过皇后，皇后至今还是位姑娘。这对大清朝的"第一夫妻"，即使碰了面也很难说上一句话，甚至不得已说了话也是互相讥刺，大家都不买账；连慈禧都看出这两口子实在是合不来，所以她说"选皇后要以德不以貌"，而选妃则尽可以物色"美貌的大妞儿"。

一旦有了太后较为松动的选妃原则，光绪可就坚定得多了，他决不肯再娶一个奸细般的讨厌女子。所以当寇连材给他开玩笑，说皇上想选李莲英之妹时，光绪追赶着寇连材叫打，并恼恨地说："你敢拿我开心，你明知我不喜欢她！"当偷潜进来的李莲英正色提醒光绪要注意皇上身份时，光绪这才找到了一个宣泄的突破口，困惑地对寇连材说："皇上？皇上就不许玩玩？皇上就不许笑笑？皇上就不吃饭？皇上就不拉屎？皇上就不是人？"更深的潜台词则是：难道皇上选妃就连欢喜谁、讨厌谁也没有自己的主意吗？

想好之后，他果然婉拒了连太后都中意过的李大姐儿，接受了珍、瑾二妃，那正是他满心欢喜的人儿。但光绪终究不能与至爱的珍妃自由自在地生活，连珍妃在皇上处待了几天，都受到李莲英乃至老佛爷的诟病，之后又被长期打入冷宫。以至于当慈禧在逃亡北京之前，还命崔玉贵将珍妃推下井去淹死。光绪则除了无效的苦求和无边的痛苦外，再无他法可想。可以说，珍妃之死带走了光绪的魂灵乃至一部分生命，从此他只能孤独地在幻想和悔恨中生活。这与唐明皇之思念杨玉环，是有某些相通之处的。

相形之下，珍妃则是一位有胆有识、明朗而坚定的热血少女。她在广东时，便与从外洋回来的德龄公主十分要好，又受到过明理而胆识过人的老师文廷式的严格教育，具备近代沿海城市人们所热衷的新知识和新思想。她之所以受宠于光绪，决不仅仅是因为容貌体态的姣好，更重要的是她可以当光绪的良师益友，是推动光绪前进的动力。难怪光绪专爱与她待在毓庆宫，为此招致了包括其不明事理的姐姐在内的多少妒嫉。在李莲英等的攻讦中，慈禧认定光绪提倡对日作战、革去宫中弊端等诸事，都是珍妃"那歪辣骨头，一肚子祸水，我知道，这些事都是她挑唆出来的"。

在太后宣旨，令珍妃立刻离开毓庆宫时，珍妃首先想到的是宽慰光绪："不要紧，年月且长呢"，对未来充满着理想和希望。即使李莲英设计陷害她，假戏子之口说珍妃与其有旧情，并告发她贪赃受贿、卖官鬻爵，她也没有软弱下去，沉沦下去。一有时机，她依然要鼓励光绪掌政变法。所以当太后降其为贵人后，她没有悲伤过；逾年仍封她为珍妃,她亦不以为幸,始终如一地坚定着变革信念,鼓励光绪奋进。

珍妃的性格,在生活波折和宫廷斗争中不断得到锻炼和考验,也逐步得到发展和强化。在第一部戏中,她毕竟年幼,经事少,李莲英陷害她时还只知道哭,不愿"牵连"那赚她入彀的李姐儿。在第二部戏中,珍妃的参政意识更加强化,斗争意志也更为坚定。她是唯一敢在背后,乃至当面顶撞太后的女中英豪。对朝中蛛丝马迹的变化,珍妃皆能敏锐地感受到其前因后果。所以当德龄公主谈到荣禄跪在老佛爷面前,图谋于天津阅兵时有所动作时,珍妮就明白那对"从小就认识"的老搭档、旧情人,试图加害于光绪了。

光绪毕竟稚嫩,他宽慰说"天津阅兵,我给它个不去。"珍妃进而分析说,去不去是一回事,关键是"变政不成,反而政变"。对维新改良视若洪水猛兽的后党中人,总要伺机发动另一场政变,让慈禧第三度垂帘听政。这就促使光绪朱笔下诏,密示康有为、谭嗣同等人紧急行动,火速勤王。当谭嗣同被袁世凯表面假意允诺、实则密告荣禄的言行所欺骗时,面对着从颐和园到宫中频繁调动的军队,谭还轻信地以为,是袁世凯提前下手,包围了颐和园。珍妃则细心地加以分析,推断从时间、朱谕俱未达的情况看,事情一定有蹊跷:

  谭:(轻)也许他等不及,先下手了呢?
  珍:(重)也许他变了心,出卖了你呢?

果然是慈禧得到情报后,立刻冒着暴风雨率领军队前来,包围皇宫,捉拿帝党诸人。老佛爷咬牙切齿地痛骂光绪犯有"谋害父母"罪,光绪却难以回答出一句完整的话。关键时刻,还是珍妃挺身而出,代光绪受过,让老佛爷听光绪的分辩,并解释说:"皇上想维新改良是有的,但并没有别的意思,尤其对您老佛爷。这捏造的罪名,实在不能不分辩。"

面对着光绪都不敢开口,而珍妃则公然顶撞的局面,慈禧大发淫威,令晋沣皇后和瑾妃打她的嘴巴,命太监摘下她的荣耀,又采纳了李莲英及时献呈的"打入冷宫"的处置办法。珍妃对此的态度,始则是宣称"就是死,也死个明白",继则是在众人吆喝中一言不发,和"光绪默默传情,并不哭泣"。

在第三部戏中,珍妃的出场只有三次。第一幕中老佛爷为了显示自己的菩萨心肠,曾着人把珍妃从冷宫唤出,与光绪短暂相见。

第三幕中,光绪在劫后余生的焚表之难后,珍妃被允出冷宫向皇上庆贺三十大寿。长期的囚禁生活,使得她更增添了对生活的热爱,对光绪的爱恋,也更为锤炼了她沐浴政治风雨、搏击壮丽人生的意志。她向光绪诉说:"再也忍不下去了,皇上,我们要想办法。""委委屈屈地活着,不如换个痛痛快快地死。"

第四幕戏中,面对着兵临城下、不得不出逃的狼狈局面,连慈禧也理不清这究竟是谁惹下的祸根了。李莲英又不失时机引导慈禧作了个简单推理:要是皇上得力,就不至于惨败于此;要是皇上不受珍主子挑唆,就是孝顺的孩子。慈禧再接下去演绎为:要是皇上听话,我不会起用义和团;没有义和团,会闹这么大漏子?"剖根到底儿,就是一个珍贵人!这大漏子都是她一个人搞出来的!"

就在慈禧弄清楚这个简单而混账的推理后,恰巧自冷宫中逃出,劝说光绪一起展翅而飞不成的珍妃,与光绪携手而上,叩见慈禧。可怜光绪一见慈禧与李莲英,就又战栗着连话都讲不出,还是珍妃勇敢地说明皇上要留在京中,与洋人讲和。

那慈禧何等聪明,她明知只要皇上与洋人接应,还会有她的位置?此时,无论珍妃怎样揭露李总管与端王爷私自挟物出逃的罪过,慈禧哪里还会听得进。一旦珍妃向她指出:"老佛爷,您的左右已经把您弄成天下最大的罪人。"慈禧就将计就计地采纳了李莲英赐珍妃跳井的建议,表示"现在把天下弄成这样,咱们娘儿们都有一份儿,还有什么脸活着呀?我看不如跳井吧","你先克(去),我后来"!

软弱的光绪和瑾妃闻听此语,都跪求老佛爷饶命。只有当事人珍妃自己却不动如山,认为皇上一辈子就坏在这个"求"字上了,"咱们中国将来的年轻人要都像您这么软弱,那就永无翻身之日了"。临死之前,珍妃最大的遗憾是比不上谭大人为救亡而死,也比不上寇连材为正义而亡,她只是为一个不争气的皇上而殉了终生。这恰恰是她最为深刻的悲剧根源。

第五幕中,慈禧回銮返京后,假惺惺地追赠珍妃为"恪顺皇贵妃",在谕告中说明她"德性节烈";老太后虽然用"自尽殉国"的提法掩盖了自己的罪责,但也为珍妃的大无畏精神所深为震撼。

珍妃,是剧作家在第三部剧中着意讴歌的一朵奇花,是与谭嗣同、寇连材相为鼎立的三座丰碑。

帝党诸人中,堪称栋梁的实在不少。在实际上没有掌管军权和任何武装力量的前提下,维新改良能持续百日,也实属不易。

同为文化人,同为光绪的精神旗帜,翁同龢与康有为却各有其风致。翁太傅从光绪四岁进宫,就对皇上进行了全面的传统教育,是一位满腹经纶的古典型学者。他的爱国主义精神与国魂民气相为贯穿,但也与妄自尊大和盲目排外接通。

康有为虽也淹通经史,但着眼在变革。香港之游的大开眼界,上海时期的全面研讨西方国家进步的原因,使他成为中国维新改良的理论家和先行者。翁太傅认为学西洋文化只能掌握在物质机械的范围之内,伦理纲常与祖宗法制万不可改。康南海则期望以西方资本主义国家模型来改变中国社会制度,推行自上而下的改革。有趣的是,他们两人的思想都在不同时期内给光绪打上了深刻的思想烙印,并成为光绪的知识储备和心理矛盾的统一集合体。

甚至这两位先生都有其在相当范围内相切、相合的同一性。推荐康有为与皇上共商国事,声称康的"才干比臣高一百倍"的是翁老先生。而老先生被罢官后,康有为及学生谭嗣同、林旭、杨锐、刘光第等人,确实也成了光绪不可或缺的左右臂。翁太傅与康南海虽然都是皇上信赖的重要官员,但他们从骨子里看来,还都是相当迂腐而耿直的学者,这正如光绪说到底也只像个读书人一般。例如在讨论是否开战抗日时,狡猾的李鸿章只说了句:"要宣战,还得添买快船,至少也要加添大炮……"后半句话就卡住不讲了,他知道怎样掌握分寸,调节火候。只有耿直的翁同龢师傅,才会热情而不讳地在慈禧面前慷慨陈辞:

老佛爷,要买快船,添大炮,眼下户部实在没钱,一定要添,只好从老佛爷庆寿的款子上想,或者,停办点景也可以。

这就当面开罪了慈禧。在这个日子、这件事上给她作对的人,她是要与之终生作对的。加之翁太傅一贯支持光绪大刀阔斧地施行新政,在太后赶走老奕䜣时,还要叮嘱人不要让雨水淋着了恭王,这就更激发了太后将老翁立即革职出宫、回家养老的决心。

康南海的热血情怀与迂腐天真亦不亚于翁太傅。当光绪朱笔请示他们赶快设法相救时,诸人中如刘光第啜嚅,杨锐抽噎,谭嗣同、林旭则欲嗷嗷出战。只有康老夫子不动声色地要家院套车,他要在暴雨倾盆的深更半夜中"找他们,挨家挨户去讲道理,我就不信……我们的一言一行,无不遵循孔夫子遗训,为什么一定要这样对待我们,对待当今英明的圣上?不行,不行,我去——你们都不要拉我,让我去,圣旨上怎么说的?'朕位几不保'、'要速密筹',我们能够……"这位满腔热忱但却一意孤行的夫子,才驾起骡车出去,很快就被埋伏在黑暗胡同里的歹徒砸车伤人,随即被送进了德国医院。如果后来不是被英国使馆所庇护出逃,他也必定会与其门生一般血溅菜市口。

谭嗣同是一位勇敢的战士。他的性格粗猛可爱,但有着"成事不足、败事有余"的轻信盲动的缺点。为了救危勤王,他雨夜狂奔法华寺,先是痛说袁世凯举事,后又以枪相逼,最终在老袁勉强的承诺和再三要求下,将皇上密诏交袁,授人以柄。当老袁与荣禄、太后等人串通一气,出卖了他时,谭氏在皇上处还毫不警觉,错以为前来捉拿他的禁卫军,是袁世凯提前举事的人马。虽然这是位粗手、粗脚又粗心的朋友,但他的革命意志却是分外坚定的。为了真理,他情愿去流血牺牲也在所不辞。临刑前,他与慈禧的舌战也极有气势:

慈禧:(好奇)我倒要问问他。谭嗣同,我跟你远日无冤,近日无仇。
谭:(吼)你得罪了全中国四万万人!

他最遗憾的是生前没能加入兴中会,成为革命党。他最骄傲的是"世界各国,不论变法也好,革命也罢,没有不是从流血而成的。中国人没听说有因变法而流血的,现在也有了,(声震屋瓦)请从我谭嗣同开始!"就连一向好胜的太后,都被这位不屈不挠的"湖南牛"所震慑住了。

谭的预言并没有错,第三部戏叙革命党自南而北,甚至连宫女长寿等人都成了革命党人。流血牺牲,这正是历史前进过程中所必然要付出的代价。第二部戏从序幕到尾声,都展现了谭嗣同"破天一声挥大斧",叱咤风云走龙蛇的中心形象,尤为首尾呼应,感人至深。

三、悲剧史诗论

《清宫外史》三部曲,堪称为惨痛壮烈的悲剧史诗。既有史的真实和凝重,亦有诗的浪漫和奇诡,还有剧的紧张与直观。这三部曲既是话剧史上独一无二的奇观,还是整个中国戏剧史上不可多得的丰碑大纛。

这是中国历史上最为黑暗腐朽的悲剧时代。从努尔哈赤建立大金政权开始,到清太宗皇太极改国号为大清,终于末代皇帝溥仪宣布逊位,清史共持续了二百九十五年。在近三个世纪的清朝史中,1644 年前属于关外发展时期,1840 年前属于鼎盛时期(当然,从 1806 年至 1840 年也可细分为由盛趋衰时期),1840—1911 年间的七十一年,是为衰微解体时期。从戏剧社会学的眼光看,清史发展的三个时期正好分属于喜气洋洋的喜剧时期、昂首阔步的正剧时期和风烛残年的悲剧时期。

《清宫外史》选择了清史的悲剧时期作为背景,尤为集中地以中日甲午战争、百日维新和庚子事变三大事件作为"三联剧"的聚集点。从历史发展来看,这一时期是中国几千年封建专制制度风化瓦解的最终阶段;从王朝兴衰方面看,清朝约三百年最后收束于此;从悲剧人物上看,慈禧和儿皇帝光绪、隆裕及其儿皇溥仪,成为中华民族实质上或形式上的千古罪人;从国际局势看,慈禧逐渐成为宰割中国的帝国主义列强的儿皇媳,中国终于成为濒于亡国的半封建半殖民地。"量中华之财力,结与国之欢心"的太后语录,已使中国成为任人瓜分的一块肥肉。

时代之黑暗,政府之腐朽,国家之危难,自古以来莫至于此,莫过于此!倘若不是人民自发地起来反帝锄奸,英勇斗争,八国联军总司令瓦德西便不会感慨哀叹:"无论欧美日本各国,皆无此脑力与兵力,可以统治天下生灵的四分之一。"以义和团为代表的中国人民反帝运动,不仅消灭了侵略者的许多有生力量,而且还使侵略者对中国人民怀有极大的恐惧感以及不可战胜的忧患感。这也是中国人民在 20 世纪 40 年代把帝国主义者彻底赶出中国的心理储备和精神基础。从宏观上看,列强的侵略中国和狼狈溃退,也是帝国主义者一场噩梦似的大悲剧。

对于纷至沓来的历史事件,杨村彬依据亚里士多德《诗学》和莱辛《汉堡剧评》,提出了"遵循生活的真实,处处有根据;创造艺术的境界,句句是虚构"的创作原则,把史与诗、史与剧,艺术真实建立在历史真实基础上以达到更高的本质真实的诸般关系,在"三联剧"中处理得比较圆满。比方写清宫第一部,杨村彬在甲午之战的事件中追溯到1840年鸦片战争和1883至1885年中法战争,使氛围和心态都具备历史的必然性。"作为历史背景的大事件都是有根有据的,不便轻于改动"。"尤其,甲午海战的发生发展和结束,记载得越准确翔实,越易产生生动真实之感"。

因此,"三联剧"大至历史背景,细至宫殿摆设,具体如人物性格基调,都力求真实而传神。例如慈禧原话"凡令吾不欢者,吾必令其终身不欢",就被剧作家稍微润色为贵族宫廷式口语,在剧中反复呈现。第一部戏中大臣们提出用长竹竿打日本人,第三部戏中昏官们奏请慈禧念咒,使纸人纸马化为天兵天将剿灭八国联军,这些极为可笑的荒唐言论,都是有所本、有其事的。

但史剧毕竟是诗、是剧,需要有所依据的艺术虚构。杨村彬说:"没有虚构就没有艺术。虚构是事实并未如此,但为了人物性格的深入和鲜明,事态的集中和突出,采取的亦可能如此的处理。"(《〈清宫外史〉代序》)把慈禧六十大庆按照她本来的愿望改在颐和园举办,在群臣面前打光绪耳光,这些戏剧安排都是虚构。另如姚克的《清宫怨》,便据实写二妃入选与大婚同时。

在第二部戏中,当袁世凯泄密之后,慈禧与李莲英直冲光绪寝宫,责问"子杀父母,该何置";剧中则依大意改为"你知道祖制,儿子要谋杀父母怎么处罚",差可相近。但慈禧大谈《二十四孝》,比方小鸟长大啄老鸟眼珠,以及忤逆不孝子"上刀山,下油锅,天打雷劈",这就是符合人物性格逻辑的合理虚构与适当顺延。

此外,诸如谭嗣同枪逼袁世凯,光绪帝潜出瀛台夜访珍妃,均为得意想象。否则,前事有戏不火爆,后者无奇不成戏了。全剧近结束时,谭嗣同在朝中痛骂慈禧,"也是作者全剧构思中最大胆和最成功的点睛之笔,历史并没有提供他们见面的机会"(方克强《评历史剧〈光绪变政记〉》)。

在第三部戏中,慈禧令珍妃自尽是史实,但慈禧和崔玉贵都哄着珍妃,让她先跳,慈、崔随后就跳的许诺便是虚构,这更显示了老佛爷及其爪牙的阴险狡猾。实际上,崔玉贵是将珍妃绑手后推入井中,还滚下几块大石头的。历史上记载慈禧率部逃跑时,官兵抢掠妇女。为怕他们逃走,官兵们扒下妇女衣服,使之浑身上下一丝不挂。而剧中则借宫女多福之口,只集中讲李总管掳掠财物,"回銮专车上,一火车上都是宝贝"!

"三联剧"中最大的虚构,是将慈禧(1835—1908)的卒年提前到1901年,让她回京后惊魂不定,在革命党的四处炮弹声中惊吓而死。同样,光绪(1871—1908)本于1908年11月14日先太后一天死,剧中则是太后在死前令李莲英处死皇上。历史上的1901年后,慈禧用"预备立宪"、"实行新政"欺骗群众,镇压革命;而剧中则改为慈禧计划如此,之后的实行留给了隆裕皇太后。这样一些改动,使得艺术张开了想象的翅膀,虚构变成了妙笔生花,也使得戏剧冲突更为集中,人物个性更为强化。

仅从人物语言讲,慈禧和李莲英在北京方言中露出的生活味儿,光绪在第三部戏中的大段诗化独白,都与氛围化、时代化的宫中背景相为照应;构成全剧基本内容的,可说正是以对白为主体的诗情画意之整体流转。而恰如剧作家所言,"三联剧"中的人物语言是最多虚构的。在事实前提下升华的史剧,借助虚构达到了诗化意境,最终囊括并超越了历史真实本身,这也正是艺术的魅力所在。

中国话剧从20世纪初年肇始,编演清宫戏有着两次大的浪潮。一次是文明戏剧团民鸣社1913年至1916年间率先推出由顾无为编演的连台本戏《西太后》,历三十多集尚欲罢不能。宫闱秘史之奇,机关布景之巧,旗装清饰之雅,含沙射影之讥,均在相当程度上满足了观众的审美需求和对袁世凯不满的政治态度,故而轰动一时,使民鸣社成为当时最有号召力的剧团,连春柳社等留学生、爱国学生为主体的新剧社团皆无法与之抗衡。但民鸣社的演剧方法仍然是不重视剧本文学的幕表制,因此《西太后》虽然极一时之盛,到底缺乏文学价值,具备轰动效应而无保留价值。

20世纪40年代是抗日战争最为艰苦的时期,也是历史剧蓬勃兴起并发达兴旺的高潮期。除了以郭沫若为代表的战国史剧,以阳翰笙、欧阳予倩和陈白尘为代表的太平天国史剧,以阿英、于伶和周贻白为代表的晚明史剧外,杨村彬的晚清史剧卓然独出,成为话剧史上清宫史剧勃兴的第二次浪潮。时至今日,清宫戏还借助影视剧等艺术载体风头迭起,余波不尽。

从写女皇心理的传承看,中国戏曲当中没有正面描写女皇、太后,并以其为主角的戏。除了粗疏的连台本戏《西太后》外,另一部可资借鉴的戏是宋之的写于1937年的《武则天》。该剧既写了武则天性格的丰富性,又刻画了其极为狠毒的怪诞变态心理。为报复男性社会而玩弄男性,为陷害王皇后而杀死自己的小女儿,"如果瞎一只眼,我可以获得权力,我愿意的"! 这种心态在杨村彬和姚克的清宫戏中都有所反映。

作为话剧历史剧方面最为卓越成家的两颗明星,郭沫若的抒情战国剧与杨村彬画卷长轴式的清宫史诗剧,均发射出耀眼的光波。自1943年中国万岁剧团在重庆演出《清宫外史》第一部,1944年中国万岁剧团在重庆演出第二部,1947年由同一剧团在南京演出第三部,《清宫外史》三部曲同时在华北、东北和西南各地久演不衰。由演清宫戏而知名的剧团和演员似长空星辰一般层出不穷,有的剧团如河南实验话剧院等更是几十年如一日地以此作为最为看家的基本剧目。绵延半个世纪的舞台演出史,更使得杨的"三联剧"成为话剧史上不可多得的佳品。

除此之外,与"三联剧"有关的电影更是层出不穷。不算1971年香港邵氏影业公司完全按照《清宫外史》一、二部拍摄的《倾国倾城》和《瀛台泣血记》,仅由杨村彬自己改编并扩充的电影便有1983年的《火烧圆明园》、《垂帘听政》以及1986年的《两宫皇太后》,都在海内外赢得了广泛的观众群。

1989年,杨先生在病榻之上,还应澳大利亚顾永菲女士之邀,定下了电视连续剧《慈禧一生》的基本意图与大纲。以一生之心力,专门在清史题材上开拓戏剧影视的广阔天地,这在话剧史上也是并无二人的。

即便在整个中国戏剧史上,《清宫外史》也有着重要的地位。戏剧史上可称为悲剧史诗的大型历史剧,似乎只有写春秋战国史的《浣纱记》,写唐史的《长生殿》,写南明史的《桃花扇》,以及写清宫史的《清宫外史》四部大作,才属于悲剧大史诗的美学范畴之中。

在众多悲剧名家的簇拥之下,中国话剧界终于诞生了郭沫若、老舍和田汉这三位悲剧大家,崛起了历史悲剧大家杨村彬,而东方话剧界声名赫赫的悲剧大师曹禺,也在向我们健步走来。

第二十五章
曹禺大师的悲剧经典

自从曹禺出山之后,中国话剧才开始成为真正的戏剧艺术,才开始具备自己鲜明的悲剧蕴涵、民族特色和突出的国际意义。作为中国话剧的核心人物,曹禺是民族话剧的辉煌和骄傲,更是将中国现代悲剧写得最为精彩绝伦、表现得较为深刻广博的大师级人物。从悲剧艺术方面来研究曹禺,也许更能够切合其创作的实际、捕捉其不朽的灵光。

中国话剧史上的悲剧大师,如果非要请出一位代表,那肯定非曹禺(1910—1996)莫属。一般认为,"曹禺是中国现代戏剧史上成就最高、影响最大的剧作家之一。他于30年代中期创作的《雷雨》、《日出》等剧,被视为中国现实主义话剧走向成熟的一个标志,这一点在学界已成定论"[①]。

关于曹禺的评价之高,其实远不从今日始,也远不止中国人在自我称道。早在20世纪30年代,一位刚看过《日出》的英国戏剧家就激动地说:

> 《日出》在我所见到的中国戏剧中是最有力的一部。它可以毫无羞愧地与易卜生和高尔绥华资的社会剧的佳作并肩而立。[②]

事实和历史都在雄辩地证明,英国人谢迪克对曹禺的高度评价并无溢美之词。此后,曹禺的剧作被翻译成多种外文出版或上演,曹禺本人也被邀请到国外数度教学。德国戏剧家乌韦·克劳特就此评叙说:"请他讲课的邀请信接踵而至。外国代表团把

[①] 丁罗男《二十世纪中国戏剧整体观》,文汇出版社1999年版,第258页。
[②] 〔英〕谢迪克《一个异邦人的意见》,《大公报》1936年12月27日。

在北京受到他的接见看作是一种荣誉。外国出版商纷纷计划翻译出版他的作品的普及本。"①

曹禺既是属于中华民族的悲剧大师,同时也是属于全人类的戏剧大家。

第一节　曹禺的生命追求

一、与戏剧结缘

曹禺本名叫万家宝,原籍是湖北荆州潜江县,1910年9月24日生于天津。

曹禺的祖父,原本是潜江乡村的一位穷教书先生,到了父亲万德尊这一代却时来运转。万德尊曾到日本学过军事,回国后当过宣化镇守使、都统和黎元洪的秘书。军阀出身的曹禺之父,在文化方面也有着浓厚的兴趣,其古文不错,文笔颇佳。曹禺对文学的爱好,在很大程度上是出于父亲的影响。

生活在旧官僚的封建大家庭中,曹禺却从小没有上过小学。像很多有钱有势的富贵家庭一样,万家专门请私塾老师上门,给小曹禺讲解经史、疏通文脉。

由于生母在曹禺产后三天便过世,父亲只得续娶了第三任妻子。这位妻子是曹禺生母的孪生妹妹,所以她特别关爱小曹禺。

跟着迷恋戏剧艺术的继母,曹禺从三岁开始,就看过不少传统戏曲和文明戏。从小观摩戏剧、体味人生的经历,为曹禺走上戏剧之路,作了最好的启蒙和铺垫。

就读私塾前后,除了古典小说之外,曹禺还看过不少戏剧剧本。元杂剧、明清传奇和《戏考》等中国戏剧典籍,他爱看;西方的《莎士比亚戏剧故事集》,他也爱看。

在南开中学读书之后,曹禺顺理成章地加入了南开新剧团(1925),成为剧团中编、演时事新剧和外国名剧的骨干之一。他于1928年就读于南开大学,次年转到清华大学西洋文学系。这一时期,他对西方戏剧开始了系统的学习和研究。从古希腊悲剧开始,直到近代欧美名家的剧作,他都可以通过英文或者中文译本领略大概。

曹禺非常珍惜生命,更注意自己人生的追求。他说过,"人活着是很不容易的事,活着就要做一些对人民有益的事"。有益的事情便是写作,曹禺凭着一种正义感在进行写作,正义感来源于"读了五四运动之后的新书,读鲁迅的作品,读郭沫若的作品,使我受到教育,觉得写作就要像他们那样,做点好事"。②

---

① 〔德〕乌韦·克劳特《戏剧家曹禺》,《人物》1981年第4期。
② 曹禺《我的生活和创作道路》,《戏剧论丛》1981年第2期。《曹禺研究专集》(上),海峡文艺出版社1985年版,第105页。

二、而立之年成大器

抱着以正义感写作的宗旨，曹禺开始了他的悲剧"三部曲"创作。这三部曲便是《雷雨》(1933)、《日出》(1935)和《原野》(1936)。

《雷雨》是曹禺在构思五年后反复锤炼成的名作。他从高中毕业就在捕捉该剧的创作灵感，要写一部反映旧家庭种种罪恶与变异的悲剧，这一念头始终在萌芽、滋长。大学毕业时，这一悲剧写成之后，很快就在郑振铎等任主编的《文学季刊》一卷三期上发表(1934)，此后又出版为单行本。

清华大学毕业后，曹禺本来考进清华研究院专门研究戏剧；但由于生计问题，不得不离开研究院，先后做过河北保定的中学教师、河北女子师范学院的教师。此时他也写过剧本，但都没有成功，在创作上苦闷、困顿了一段时期。

1934年夏天，曹禺到上海来度假，十里洋场的所见所闻，给予曹禺极大的感官和心灵的冲击。回到天津之后，曹禺又到"人肉大卖场"妓院等地亲身采访，终于在次年创作出了以高级妓女陈白露和下等妓女小东西为贯穿线的《日出》，从而摆脱了《雷雨》的家庭视野，将大都市的黑暗、糜烂和丑恶展示在观众面前，将下层人民对光明和日出的憧憬和希望，予以了出色的描写。

从1936年开始，他到南京国立戏剧专科学校讲授剧作法和西洋戏剧两门课程。住在第一模范监狱附近，曹禺看到那些正在服劳役的犯人们，儿时关于宣化府拷打土匪的记忆又复活起来。由此，他采用浪漫主义和神秘主义的手法，写出了展示北方农村中复仇场面和情欲张扬过程的悲剧《原野》。

抗日战争爆发后，曹禺随着学校西迁重庆，一路上编导了一些抗战宣传剧。学校迁到川南江安之后，曹禺又创作了《北京人》(1940)等剧。

此前他也写过《抗战三部曲》之一的《蜕变》(1939)，但由于创作环境的束缚，他只得放弃了原有的计划，重新回到自己所熟悉的描写家庭生活的题材上来。从宣传剧、爱国剧到大悲剧，曹禺看起来远离了抗战现实，但却在为中华民族的艺术经典宝库在打造新的珠玉。此后的创作历程也总是在证明，什么时候曹禺离现实政治越近，什么时候他的作品的审美价值就越低；什么时候他写自己所熟悉的生活，展示自己对生活的深刻体悟，什么时候他的创作就会结出累累硕果来。

离开国立剧专后，曹禺来到重庆，又将巴金的《家》改编成同名话剧(1942)。该剧在重庆上演时，赢得了当地话剧演出的最高上座率。

至此，曹禺创作生命中最重要的篇章已经完成。此时的他，还只有三十二岁，刚过而立之年。未来的岁月中，他该有多少悲剧好写呀。

三、江郎才尽否

但是人生没有太多的未来。

随着曹禺与老舍的赴美讲学(1946),随着曹禺在共和国先后担任中央戏剧学院和北京人民艺术剧院院长之后,随着他就任中国戏剧家协会主席之际,他就渐渐由一位富于激情的创作大师,变成了一位庸常而又繁忙的行政官员,一位文化艺术领域方面的社会活动家。

在以阶级斗争为纲的漫长岁月里,曹禺尽管也勉为其难,写作了不少作品,但是终究再没有写出像他从二十三岁到三十二岁之间所写的那些传世之作。

曹禺解放后所创作的第一部剧作是《明朗的天》(1954),写知识分子的思想改造问题。这样的戏紧跟形势和政策,当然只能是短寿的应景之作。

他还与其他朋友合作,创作了反映越国人民反败为胜、化弱为强的《胆剑篇》(1961)。该剧在当时属于赶浪头的作品,同类题材的作品充斥于舞台之上,大都是政治宣传品,哪怕曹禺所作亦不例外。此剧在当时便不为人们所看好,同样也随着时过境迁而丧失了审美生命。他还根据周总理的提议,经过多年的酝酿,写出了反映民族团结的《王昭君》(1978)。尽管该剧在当时好评如潮,但还是遭致了诸多批评和非议。从总体上看,《王昭君》当然无法与他的五部大悲剧相提并论,它们基本不处于同一个水平线上。

对曹禺在创作上几乎是"江郎才尽"的创作状态,就连周恩来总理也进行过严厉批评。他在1962年2月对在京的剧作家们讲话时说:

> 新的迷信把我们的思想束缚起来了,于是作家们不敢写了,帽子很多,写的很少,但求无过,不求有功。曹禺同志是有勇气的作家,是有自信心的作家,大家很尊重他。但他写《胆剑篇》也很苦恼。他入了党,应该更大胆,但反而更胆小了……《胆剑篇》有它的好处,主要方面是成功的,但我没有那样受感动。作者好像受到了某种束缚,是新的迷信造成的。[①]

曹禺渴望写作但又力不从心的苦恼,一直持续到他的晚年。当他在与美国著名作家阿瑟·密勒谈到剧作家的生存方式的时候,当他在与巴金的通信中对巴老晚年健旺的写作与反思能力深表羡慕的时候,他都还是一再表达着我要写作的愿望。有了愿望而又出于健康和顾忌等种种原因,不能畅快淋漓地写下去,写真话,这就是作家最大的苦恼与遗憾。

---

① 《周恩来论文艺》,人民文学出版社1979年版,第115页。

但是,曹禺的苦恼,毕竟是在中年之后难于再度超越自己的苦恼。他把自己的生命追求定得太高太远,所以才苦恼多多。但只要回首其青年时代的创作状态,他所矗立起来的几座悲剧高峰,就足以在中国话剧史上处于无人超越的位置。现在的话剧作家们千奇百怪的创作探索何其多也,但至今为止,能够在艺术上得以望曹禺项背的人,还是一位也没有。

第二节　摧枯拉朽的《雷雨》

一、悲剧之背景

《雷雨》[①]是曹禺的成名作,也是他的代表作。

这出大悲剧所说的事儿并不复杂,就是一个封建家庭的悲剧,却又带着许多资产阶级的色彩和追求。舞台上所经历的时间也只有从上午到午夜的一天,但却反映出20世纪初叶中国社会阴暗并且腐烂透顶的总体感觉。

剧中的贯穿人物是煤矿公司董事长周朴园。在他年轻的时候,他与保姆梅妈的女儿侍萍倾心相爱,生下了大儿子周萍。但是他的家族一面逼着侍萍投河自尽,一面另外给他娶了一位有钱有势的大家闺秀为妻子。对一个女子的消失,另外一个女子的到来,周朴园尽管不太愿意,但也很快就默认、接受并且承认了这一新的现实。

当妻子早逝后,他又娶了美貌而富于活力的繁漪做太太,并与繁漪又生下了二儿子周冲。在豪华的周公馆中,周朴园无疑是至高无上的封建家长和绝对主人。他发一句话,就犹如圣旨一般重要,"他的意见就是法律"。所以不习惯唯命是从的繁漪,在家里一直感觉到非常烦闷,她的生命活力被扼杀,最后犯下了肝郁的毛病。

与周公馆闲得无聊、闷得发慌、腐化堕落得发臭的生活方式形成鲜明对照的,是煤矿工人的苦力生涯、血泪生活和卖命的职业。工人代表鲁大海来到周家,要找董事长谈判时,就曾充满仇恨地说道:

> 周家的人不是好东西。这两年我在矿上看够了他们做的事。(缓缓地)我恨他们。凤儿,你不要看这样阔气的房子,哼,这都是矿上压死的苦工人给换来的!

所以他与"做尽了坏事弄钱"的周朴园势不两立,奉劝妹妹四凤赶快辞掉差事,早日回家;所以他一直对周家百倍的警惕,千般的仇恨,坚持要向周家清算死去的弟兄们的那笔血泪账。

在剧中,鲁大海代表着另一个世界,另一方天地,代表着那些整天在地底深处、人

[①] 曹禺《雷雨》,丁罗男编《中国话剧名著选读》,中国美术学院出版社1999年版。

间地狱里头挣扎着的矿工们。尽管悲剧中鲁大海与工人们的正面场面并不十分突出,但却形成了社会形态、阶级分野和美学力度方面的鲜明对照。有朝一日,当这些地底的熔岩冲破重重障碍喷薄而出的时候,那将是一个极具破坏力也极具建设性的新社会的来临。

二、繁漪与周萍

当周朴园整天忙着外面的应酬,基本漠视于妻子的存在时,繁漪便和周萍有了一段乱伦之情。对于这一段情,繁漪与周萍的态度完全不一样。就繁漪而言,周萍是她在这个家庭中的最重要的情感慰藉,她不愿意放弃这根救命稻草,因为他在身心上都曾给她以极大的满足。所以她一有机会,就要想办法逮住周萍这个小情人。

就周萍来看,他对这一段孽缘十分后悔。所以他曾用在外面荒淫放荡的生活方式,试图摆脱并忘怀后母;他又与管家鲁贵的女儿四凤彼此相爱,被她的青春、美貌和明朗所吸引,用"新的情爱,把他从旧的情爱的苦海中摆脱出来"。

当这对旧情人对面相见时,他们的对话展示出不同的情感态度:

繁漪:……你知道我没有你在我面前,我已经很苦了。
周萍:所以我就要走了。不要再多见面,互相提醒我们最后悔的事情。
繁漪:我不后悔,我向来做事没有后悔过……
周萍:那么,我是个最糊涂、最不明白的人。我后悔,我认为我自己生平做错一件大事。我对不起自己,对不起弟弟,更对不起父亲……
繁漪:你最对不起的是我,是你曾经引诱过的后母!……你欠了我一笔债,你对我负着责任,你不能丢下我,就一个人跑。

这个女人,确实有偏狭、执拗、神经质的一面。她把乱伦过错全推到二十八岁的周萍身上,并要他承担全部责任,并不计后果地要将事态发展下去,非要烈火把自己、把周萍,甚至把自己的亲生儿子周冲,把整个周家全部烧焦才痛快。她实在不是一位好妻子、好后母和好母亲。她在周家十八年,"周家的罪恶,我听过,我见过,我做过……不像你们的祖父、叔祖同你们的好父亲,背地里做出许多可怕的事情,外表上还是一副道德面孔,是慈善家,是社会上的好人物"。从实质上看,她也是周家群体罪恶中的同流合污者。她比他们高出一头的,只不过是她自诩清高,并没有往自己的脸上去涂金而已。

繁漪性格中最可怕的部分,除了强烈的情感占有欲之外,紧接着的就是泼天也似的嫉妒。为了从四凤那里夺回自己的心上人周萍,她先当着大家声明自己不是周萍的后母,而是他的情人;她还要把夺走情人周萍、亲儿子周冲的天字第一号大情敌——四凤给"杀了她,毁了她"。她把全部丑事的天窗给捅开,就是要造成周家整体性的毁灭。

作为封建大家庭中的一个典型，周家实在是一口大染缸，几乎大部分人进来后，都要被弄上一身永远也清洗不掉的污泥浊水。繁漪的堕落，看起来是对封建大家庭的反抗，实则是向周家这一罪恶渊薮的自甘沉沦。她想飞得很高，结局只能是陷得越深。

三、首恶亦非周朴园

相比起来，《雷雨》比较具备社会审美认识意义的典型，周朴园要排在首位。

这位满面威严的封建家长，早年也在德国留过学，现在是作为资本家的社会身份出现在舞台上的。

不错，他在年轻的时候也恋爱过，也与侍萍爱得死去活来，并生下了周萍。他也想保护侍萍，但是封建家族的威严和体面，使得周朴园不能担负起自己的责任，不具备对侍萍的保护能力。侍萍被逼投河后，周朴园也痛苦过，但又很快地振作起来，担负起振兴家族的历史责任。

一些评论家认为周家乱伦悲剧的起因，在于周朴园对妻子繁漪太不关心、过于冷淡，缺乏爱心。尤其是对繁漪压制太多，发号施令太多，不容辩驳的指示太严。但这也要从历史的渊源上，来予以具体的分析和考察。的确，周朴园之所以对繁漪表面上礼数周全而实际上比较冷漠，这也与他对侍萍致死的愧疚不无关系。曾经沧海难为水，如今的周朴园，不可能是一位整天与繁漪卿卿我我、讨她开心的小男人了。父亲的责任、矿山的担子，全都挑在他一人肩上，那他当然要沉稳得多，也专制得多。但从他夜里回家，看到繁漪生病，烧得厉害时，宁愿自己睡在楼下，也不敢去惊醒她，这说明他对繁漪还是有体贴关怀的部分，尽管繁漪半点也不领情。

剧终之前，周朴园还有让周萍认母的精彩一笔。三十年前被逼投河的侍萍并没有被淹死，她活过来后先嫁了一位煤矿工人，生下了儿子鲁大海；之后又嫁了鲁贵，生下了女儿四凤。

当侍萍又出现在周家的时候，周朴园沉痛而真挚地要周萍认生母：

> 她没有什么好身世，也是你的母亲。……不要以为你跟四凤同母，觉得脸上不好看，你就忘了人伦天性。（向侍萍）我预备寄给你两万块钱，现在你既然又来了……

曾经有不少激进派的评论家，认为这里的戏是败笔，不应该把周朴园写得这么钟情。但在曹禺的笔下，活生生的人就是这样，尽管周朴园当时迫于家庭压力而不得不娶了新人，在表面上忘记了侍萍，但他至少还是在内心深处还是对她有所挂念。写人物绝不简单化、脸谱化和正反两极化,这就是曹禺的高明之处、深刻之处与真实之处,这才是最为具体而切实的现实主义创作手法的体现。

自从《雷雨》问世以来,大部分批评家都对繁漪的乱伦、嫉妒等不良品质视若不见,尽管繁漪的所为,上对不起丈夫周朴园,下对不起自己的亲生儿子周冲,她甚至还是一位出于妒嫉,把悲剧的脓头和祸根尽数挑出来的恶女人,但大家还是都对这位受压抑的女人寄了深深的同情;现在看来,这种无原则的同情更多的是建立在阶级分析的庸俗社会学前提之上的,这就是缺乏最为起码的道德评价、是非判断与理性知解。

同样,大家都带着阶级斗争的有色眼镜,把周朴园当成封建家长的典型,原罪颇多的化身,他是周公馆必然灭亡、同时也是整个半封建半殖民地社会中的统治阶层必然灭亡的代表人物。这种看法同样也是有失公允的。从为人处事、伦理道德上看周朴园,他原本并没有什么缺失。他与侍萍因纯情而冲动的爱,结下了爱的果实周萍,但他却被封建大家庭逼迫着另娶新娘,活生生见到亲娘亲子两离分,这些都是他所置身于其中的大家族势力及其观念所造下的罪恶,他周朴园也是封建门第观念最为直接、至为惨痛、特别为难的受害者之一,后来又成为繁漪所谓要求民主、反抗专制、追求性解放、以乱伦求毁灭的最大受伤者。他实在是一位在两边都不能讨好容身的悲剧苦主之一。但是,我们的评论家们,何曾容得下他、哪怕是相对公允、比较理性地关照过他?只因为他是权力的执掌者,我们便都从心底深处在本能地排斥着他、反感着他,这种排斥和反感原本不是科学、认真和切实的分析。

当自然界的大雷雨来临时,周家内部的大雷雨也同样在翻天覆地。四凤知道与自己在身心深处都紧密结合过的情人周萍,原本是同母异父的哥哥之后,万分痛苦地奔走在雷雨中,结果被花园的一根走电的电线碰着,很快就触电而亡;无比依恋她的周冲去拉她,当然也同样遭致了触电而死的下场。

先与继母、再与妹妹乱伦的周萍,也只能是走开枪自杀的人生绝路;侍萍发疯;周朴园发狂。

摧枯拉朽的大雷雨呀,将一切自然界和人间的污泥浊水、喜怒哀乐全冲刷得干干净净。

唯有如此,未来的天地才会明亮开朗得多,天真无邪得多,生机盎然得多。

第三节 《日出》、《原野》,《北京人》之《家》

一、《日出》之前的金钱世界

曹禺的另外四出大悲剧,同样感人至深。

《雷雨》与《日出》①不同,前者是家庭伦理悲剧,后者是社会黑暗悲剧。前者写封建家族对爱情的扼杀,在罪恶土壤所滋生出的乱伦罪恶;后者写金钱社会中金钱对人的压迫、荼毒和污染。前者是纵向的传奇故事,后者是横向的人物遭际。

在交际花陈白露的高级旅馆里,展开了一副上流社会的腐朽生活图。

银行家潘月亭是陈白露的经济后盾,所以他当然相应地享有某些特权。在他的人生信条中,金钱便是人生:"人不能没有钱,没有钱就不要活着。"要将自己生钱的大丰银行苦心经营下去,首先要减薪裁员,其次要借新盖洋楼的招牌来继续迷惑人们。

银行秘书李石清从吹牛拍马、阿谀奉承到剑拔弩张、大肆威胁,经历了从张狂到落魄、从倒霉到沉沦的全过程。他与潘月亭的三次斗法均以失败告终,表明了金钱对人的巨大腐蚀和糟践作用。但是小鱼吃虾米的背后,还有大鱼吃小鱼,聪明绝顶的潘月亭最终被黑社会头目金八所挤垮,同样成为一条可怜的丧家之犬。

富孀顾八奶奶在旅馆醉生梦死,这个俗到家了的女人,却还要附庸风雅,大谈爱情,还豢养着恬不知耻、一副娘娘腔的小白脸胡四。她唯一的本钱是比较殷实的家底;倘若没有了金钱,她的所谓爱情、幸福与追求,便会在顷刻之间化为乌有。

黑帮总头目金八和打手黑三,是这个社会中最为凶残、凶猛的动物。也是为了钱,他们把孤女"小东西"卖到妓院里,逼得小东西在人肉大卖场中悲愤而亡。

全部悲剧中的唯一亮色,是书生方达生。他特意前来寻找"天真可喜的女孩子"陈白露,但是陈白露已经成为不能也不愿飞出金丝笼的玩物。同样,如果没有人豢养,她就没有钱在这豪华的宾馆住下去,甚至没有办法再给方达生开房间。"我对男子尽过女人最可怜的义务,我享着女人应该拿的权力"。她牺牲了自己最宝贵的贞节和尊严,换来了比较优越的寄生虫似的生活。一个昔日的同学方达生,如何能劝得她走?即使她跟方达生出走,他又拿什么来养活这个挥金如土的女人?

戏剧理论家陈恭敏,曾经透彻地分析过陈白露悲剧的实质。他指出:

> 从方达生的出现到陈白露之死虽然不过短短的一星期,但陈白露的灵魂却进行过真正激烈的生死搏斗。方达生的突然出现,就像一粒火种,把陈白露藏在内心深处的火焰燃烧起来。陈白露从精神麻痹的状态中苏醒过来,内心经历了巨大的暴风雨。有翅膀的金丝鸟是不想飞的,而折断了翅膀的鹰,当它挣扎着,终于飞不起来的时候,宁肯结束自己的生命。"不想死而不得不死",这才是真正的悲剧。②

---

① 曹禺《原野》,丁罗男编《中国话剧名著选读》,中国美术学院出版社1999年版。
② 陈恭敏《什么是陈白露悲剧的实质》,《戏剧报》,1957年5期。

小东西的苦难遭遇,方达生的真情呼唤,平常所耳闻目睹的一幕幕黑暗的惨剧,对高级妓女生活的极度厌弃,最终使得她了结了自己无聊的生命。她在人之将死时的名言是:太阳升起来了,黑夜留在后头;可是太阳不是我们的,我们要睡了。这个社会已经烂得无可救药,一个新的社会、新的人间、新的生活方式最后总会到来,但那不属于陈白露她们的时代。

二、《原野》上的野性复仇

《原野》是一出带有浓厚的轮回色彩和神秘意义的复仇型悲剧。全剧带有一种野性的强悍力度,充满着强烈的情欲与征服的美,同时也带有传奇故事般紧张得令人透不过气来的急迫节奏。

在民国初年莽莽苍苍的原野上,集聚着军阀混战的重重硝烟,更呈现出家族世仇的浓浓阴云。悲剧的前史在兵匪霸沆瀣一气的背景下展开,在行伍中作过连长的焦阎王,回村后就纠集绑匪,将仇虎之父给生生活埋,将其之妹给卖到妓院,又将仇虎本人给关进了大牢。所有这一些令人发指的罪恶行径,只是为了一个最终的目标:将仇家的土地给无条件的占有。对土地的占有和掠夺,是乡村的地主恶霸火阎王们梦寐以求的第一人生理想。

家门中两代三人的冤仇,全都集中在仇虎的胸中。这股烈火越烧越旺,使得仇虎冒死越狱,逃亡他乡。

悲剧开场的情景,便是八年逃亡的复仇猛虎之返乡。等到仇虎要回来扒了焦阎王的皮,要了他的命时,焦阎王早已命归黄泉,复仇的对象不再存在,这一变故使得仇虎十分无望。然而心中的烈火还在燃烧,复仇的行动还要延续。父仇子报,他仇虎定要报不共戴天之仇;父债子还,仇虎将复仇的目标锁定了阎王之子焦大星。

问题在于焦大星打小就是仇虎的好友和拜把兄弟,他对父亲残害仇家的前史并不知情,所以现在仍然在热诚地欢迎着兄弟般的仇虎;大星的媳妇金子,尽管原本是许给了他仇虎的姑娘,现在已经为大星生下了儿子小黑子,也为焦阎王留下了第三代传人。

在短暂的情感犹豫与心理冲突之后,仇虎便向焦家后人伸出了复仇之手。复仇欲和情欲掺和在一起,仇虎他先睡了焦家的媳妇金子,并要拖着金子一块出逃,奔向那黄金铺地的地方。事后,他又不得不杀掉了大星,并借瞎眼的焦母之手置小黑子于死地。

当侦缉队闻讯追捕的时候,带着金子在山里逃亡的仇虎,在黑林子中迷失了路途,以致被侦缉队包围。不屈的仇虎,最后只得自杀身亡。临死之前,仇虎还喃喃地说:"弟兄们要一块跟他们拼,准能活;一个人拼,就会死。"他实在是不甘心于死亡,他多想要与金子去闯一番新天地呀。

仇虎值得同情的地方很多很多,但他所犯下的罪行也实在令人发指。尽管剧中也再三提到,随着焦母的叫魂声,伴着夜半的更鼓声,沉湎于与金子的情欲之中、不断复仇杀人的仇虎也曾神经错乱、精神恍惚、内心痛苦、良心自责,但这些瞬间的自省,改变不了他新罪累累、作恶多端的"虎性"、"野性"和"匪性"的根本性质。不能因为焦阎王的罪恶而抵消了仇虎的过犯,不能因为仇虎的野性而掩盖了他的兽性,不能因为他与金子早年的婚约而冲淡了他杀兄弟、夺弟妻、灭侄子的充分罪行,而且小黑子还是他情人金子的亲生儿子。

由此出发,文学史上一向对仇虎崇高性的估量,恐怕有些站不住脚。一部写得非常厚重的教科书,对仇虎的评价竟然达到了无以复加的地步:

> 《原野》对农民问题的开掘是独到而深刻的。仇虎是曹禺塑造的唯一的悲剧英雄,他以顽强不屈的姿态,面对人世和地狱的恐怖挑战,奋力搏击,不屈而死,从而显示出悲剧的崇高。①

其实仇虎所面对着的"敌人",只不过是一位瞎眼的老母,一位柔弱地把他当兄弟看待的焦大星。仇家早年和焦家所结下的深仇大恨,以及焦家对仇家土地的鲸吞,说明仇家一定有着较为广阔的私田,而且在私田与财富积聚的过程中恐怕也会有些操之过急之处。如果只是机械地从农民与地主的敌对关系出发,来拔高和提升仇虎的崇高悲剧英雄的形象,这样的分析与评价可能还值得商榷和考量。

在金子身上,连起码的母性都几近于无,更何谈尽到妻子的责任。她所体现出来的,更多的是与仇虎相呼应的野性和情欲。而所有这些野性与情欲,正是她丈夫焦大星所缺少的秉性。她所企盼的,是在不同类型的男人身上寻找刺激;她所希望的,是跟仇虎到黄金国里去过天堂般的生活。至于无辜的老公与儿子所摊上的可悲命运她并不在意,她还是要与身上沾满鲜血的仇虎拼命出逃……

大星善良、忧郁而痛苦无诉,懦弱、无能而文质彬彬,他绝对是个孝顺的儿子,又是个听话的丈夫,所以就长期在母亲与妻子的拉锯战中两边不讨好,两边受伤害。在仇虎与妻子之间,他与仇虎的交情很深,对妻子的溺爱也更浓。但是仇虎利用了他的轻信,妻子利用了他的真诚,他才是真正的受伤之人。当仇虎实在是将他欺负到了极点时,他为了维护婚姻、保护妻子,也要与仇虎作拼死的决斗,哪知恰恰中了仇虎的圈套,仇虎正是要挑他先动手,接下来才可以顺理成章、减轻良心负疚地灭掉他。焦大星的最大"不是",是不该摊上那个作恶多端而又早早死去的老子,又不该娶了情欲太盛、绝不甘心于做贤妻良母的野性娘子,更不该充分相信他的"好兄弟"仇虎。

这出悲剧有着许多神秘主义的气氛渲染,焦阎王悬挂着的画像之能够透露出来的杀气,焦母礼经念佛、针扎象征媳妇的小人的下作举动,更鼓的节奏中透露出来的紧张

---

① 陈白尘、董健《中国现代戏剧史稿》,中国戏剧出版社1996年版,第409页。

情势、永远也转不出去的家乡的黑林子，乃至整个酿仇、复仇过程中的杀人风水轮流转所体现出的命运的恒定性，都使人感觉到在台前悲剧的后面，还有欲望生灾、人生回旋、社会命运和人类走向等更多的悲剧命题值得探索。

三、《北京人》的沦落与衰败

《北京人》[①]的题名有两重意思。一重是指中华民族的老祖宗北京猿人，一重是指在北京生活的曾姓世家，合起来指这个时代当中封建大家庭必然败落的命运。

第一代人曾浩，看似虚弱中带着仁义道德，实则自私自利到了极点。他老要姨侄女愫方在他身边陪伴着他，却一点也不关心这位三十岁老姑娘的前途和命运。他老是要教育子孙们走上他所希望的正路，但却回天乏力，到头来还要在半夜时分向着儿子跪下来，哀求儿子再也不要抽鸦片。对于身后之事，他所希冀并赖以夸耀的只不过是那口已经油漆了一百多道的漆黑发亮的棺材。可是由于家庭经济的急剧下滑，连这顶名贵的棺木也不得不派上了抵债的用场。

第二代人当中，曾文清和思懿是一对性格完全相反的夫妻。文清是传统儒雅的士大夫形象，但他所接受的传统文化却是当中最为腐朽不堪、最缺乏生机与活力的部分，他是这个不劳而获的大家庭中的牺牲品之一。作为长子，他所习惯的生活只是写字赋诗、吞云吐雾，过着悠闲自在、无所事事的生活。曹禺曾用一个"懒"字概括文清的个性：

> 他给予人的却是那么一种沉滞懒散之感，懒于动作，懒于思想，懒于用心，懒于说话，懒于举步，懒于起床，懒于见人，懒于做任何严重费力的事情。种种对生活的厌倦和失望甚至使他懒于宣泄心中的苦痛。

他也曾立志走出家门，做一番事业，但却很快就铩羽而归，吞噬鸦片而亡。中国历代王朝和传统家庭当中，往往是第一代闯天下，第二代做连守成都守不住的寄生虫。八旗子弟就是显例，曾文清就是这种典型的第二代寄生虫。多好的才学，多有情趣的风雅，包括多有深度的恋爱，都改变不了他这种懒人兼废人的本性。

思懿是悲剧中刻画得比较成功的人物。她是一位极其能干的媳妇，但又是时时刻刻都在争权夺利、算计他人的权势狂与阴谋家。对老爷子，她明是奉承，暗地诅咒，一有机会，就想处心积虑地将老爷子的存折弄到手；对老公，她明是关怀，但却时时总是在数落、限制和羞辱他；对儿子和儿媳，她总是处处关心，但却永远要指挥并压制他们。

对碍眼的情敌愫方，她总是那么敬佩，但是常常不自觉地显露出凶意："我一直想

[①] 曹禺《北京人》，丁罗男编《中国话剧名著选读》，中国美术学院出版社1999年版。

着也就有愫妹妹这双巧手,针线好,字画好。说句笑话,有时想着想着,我真恨不得拿起一把菜刀(微笑的眼光里突然闪出可怕的恶毒),把你这两只巧手砍下来给我安上!"这种话,表面上是尖刻,实质上是威胁。这与她老是讥笑文清给愫方的画题字,甚至硬逼着文清把愫方的信,当着她的面还给愫方,都是同样恶毒到底、不给人留半点余地的做事做派。为了保住自己的大奶奶位置,她再三要给愫方说嫁,生怕她赖在家里惹是生非;一旦袁先生有未婚妻的消息确凿后,思懿索性让丈夫将愫方娶回来作二房,一是为了让他们死心,二是自己麾下又多了一个使唤的人。

可是,这样一位工于心计、呼风唤雨的人物,跟《红楼梦》中的凤姐一样,随着社会的必然演变,家族的分崩离析和经济的一塌糊涂,最终成为一无所有的悲剧人物。老公死了,愫方和儿媳出走了,整个曾经阔过的士族大家庭,不可挽回地破落了。回天无力,欲哭无泪,这就是思懿的最终下场。

第三代人中的瑞贞,由于对婆婆思懿的极大反感,由于对这种没有爱情的婚姻极其厌倦,由于她对这种封建家庭的牢笼深恶痛绝,也由于她接受了新的思想潮流,不但自己决定出走,离开"曾家这个门,这个牢",还再三鼓动愫方姨也与她一同出走,去寻找新的生活,开辟新的天地。在这一代人身上,展示出社会终将变革的新时代曙光。曹禺所说的"人应该像人一样的活着,不能像当时许多人那样活,必须在黑暗中找出一条路子来"①,这正是对瑞贞们出走动机的最好说明。

曹禺于1980年到美国讲学的时候,纽约市特意将四月称为中美文化交流月,并特意为曹禺安排了《北京人》和《日出》的演出。陪同曹禺看戏的阿瑟·米勒,称赞《北京人》是一出"感人肺腑和引人入迷的悲剧"。

四、"宝盖下面一群猪"

《家》是曹禺五出著名悲剧中的唯一一出改编作,原著是巴金的同名小说。

这出戏首先是一出爱情婚姻的极大悲剧。热恋着梅表妹的觉新,却不得不遵从父母之命,和一位素不相识的瑞珏姑娘成婚。结婚的开场戏,把觉新、梅表妹和瑞珏三人,从此都推向了痛苦的深渊。觉新有点像《北京人》当中的文清,但却比文清面临着的尴尬更大、更深、更难。梅表妹的郁闷而亡,瑞珏操劳过度,以致难产而死,都使得这一悲剧达到了无法逆转的永恒的遗憾。

这种遗憾的起源和动机,不在于恶人的迫害,不在于觉新、梅表妹和瑞珏这三位善良美好的青年人的软弱,只是因为家长们出于好意和礼数的惯性,他们没有充分尊重婚姻当事人自己的心意,所以才导致了这一场情感的大悲哀与姻亲的大错位。假使瑞珏有点心计,即使有恶势力从中阻挠,这场悲剧反而不会如此深刻而沉痛。

---

① 曹禺《和剧作家们谈读书和写作》,《剧本》月刊1982年第10期。

这出戏还展示出年轻人反抗旧家庭、走向新时代的尝试与冲击的力度。觉慧便是这个家庭中勇敢的叛逆者。在他的眼中,家是最不足道的,"家"不过就是"宝盖下面罩着一群猪",何足挂齿?

但是从理论上对"家"毫无所谓的人物,其实从根本上还离不开这个家,所以他的种种反抗看起来有声有色,实际上幼稚简单。在二哥的逃婚过程中,觉慧是一位坚决的推波助澜者。但只要祖父提出来见他二哥一面,不提冯家婚事了,觉慧就很轻率地把二哥唤回了家。他对大哥、瑞珏和梅表姐三人的情感折磨都有所感知并给予了最深切的同情,但是这种同情同样是天真烂漫、无济于事之举。

悲剧中最为令人痛心的场面之一是鸣凤之死。觉慧对鸣凤的追求是大胆热烈的,同时也是轻率粗心的。他只顾宣泄自己的情感,大胆声言他与鸣凤之间"并没有什么障碍",只要他与太太说一声就万事大吉了。这种天真的表白与宣泄对他自己并无大碍,但对鸣凤来讲却造成了在情感上无法自拔的深情。当冯乐山要讨鸣凤做小的时候,人命关天、情势紧迫,鸣凤再三向他请求说说话:

  鸣凤:(苦求)听我说一句话吧,(挣扎着)让我再——
  觉慧:(急促地)明天吧,都留着明天吧。
  鸣凤:明天?

对于马上就要跳进那冰冷的湖水中的鸣凤,还会再有一个明天吗?觉慧只顾忙着自己文案上的事,完全忽视夤夜前来要求诀别的鸣凤的存在,这在一定程度上加速了鸣凤向着湖水、朝着黑暗、往那一去不复返的死亡之国纵身一跃的自杀行动。倘若觉慧哪怕还有一点细心、几分关怀、片刻的晤谈,也许悲剧就不至于发生在顷刻之间呢?觉慧的性格上,可能还是有着某种主观、自私、简单片面的悲剧因素,以致酿就了这一杯令他终身品尝不尽的人生苦酒。

曹禺和巴金在话剧艺术和小说领域内殊途同归的《家》,一丝丝、一缕缕地揭开了封建大家庭温情脉脉的庞大纱幕,暴露出这种家庭张开血盆大口,将一个个富于生命活力和人生追求的儿女和丫鬟们吞噬下去的罪恶本性,展示出整个封建时代不能不亡、不得不灭的历史必然大趋势。

中国话剧界有了曹禺,话剧才开始成为一门真正成型的戏剧艺术,才开始具备自己鲜明的民族特色和突出的国际意义。如果说梅兰芳是 20 世纪中国戏曲的代表人物,那么曹禺就当之无愧地成为中国话剧的核心人物。他是民族话剧的辉煌和骄傲,更是将中国近现代悲剧写得最为精彩绝伦、表现得较为博大精深的大师级人物。

时势造英雄。在 21 世纪的中国剧坛上,还会出现一两位像悲剧大师曹禺般的重量级人物吗?

第二十六章
20世纪戏曲悲剧

在中国历史上,没有一次改朝换代不是以战争悲剧作为基本前提铺展开来的。20世纪上半叶又是中华民族的民族危机呈现得最为充分的世纪。从1900年八国联军侵略开始发端,到了三四十年代的抗日战争到达顶点,正如田汉的《义勇军进行曲》所云:"中华民族已经到了最危险的时候,每个人都被迫发出最后的吼声。"

内忧外患伴随着思想文化的巨大裂变,作为半殖民地半封建社会的中国,当然会产生一连串社会悲剧和基于真实社会环境之上的戏曲悲剧。

从戏曲文体和悲剧观念的发展演变过程来看,从乾隆年间(1736—1795)到光绪年间(1875—1908),尽管悲剧的题材和内容有着一些激变之处,但文体格局还是大致相近的;到了20世纪之后,中国民族戏剧从题诗格局到基本理念上都逐步在接受西方的悲剧观念,从创作实践方面也有意识地开始向西方悲剧的一系列规范有所逼近,从而形成既有中国特色又能与西方悲剧沟通的新型悲剧。尤其是世纪末叶的戏曲家们,更是在比较自觉的创作状态下构建着既有中国特色又与西方悲剧观念相同的本民族悲剧。

第一节　世纪初叶的悲剧发端

一、近代悲剧源流

从19世纪到20世纪转型期间的近代悲剧明显增多,这也从一个方面表明了大清朝的气数将尽。

19世纪以来,帝国主义列强用鸦片和炮火敲开了古老中华的国门,一方面是大清朝的摇摇欲坠,另一方面是民众对西方世界的眼界大开。从同治十一年(1872)开始,留着辫子的中国留学生开始走出国门,到西方学习新的科学知识,更为重要的是开始拥有更为完全的世界观念。各种译书馆应运而生,打开了一扇扇新鲜的天窗。如果说龚自珍等人属于第一代士大夫型的文人的话,那么康有为、梁启超、黄遵宪便是中西混合的第二代文人,柳亚子、秋瑾便属于具备西化气息的第三代文人。这几代文人当中的佼佼者,都对戏曲作家有着从观念到题材的诸多借鉴。

在列强侵略的背景之下,关于民族痛苦和国家危亡的悲剧,在本时期屡有出现。例如浙江里安人洪炳文(1848—1918)的系列悲剧,每每涉及到民族的生存危机问题。他的《水岩宫》(1899)①写明代倭寇侵犯里安,陈冰娥将生病的丈夫藏到岩洞之中,正好与倭寇遭遇。倭寇要将美貌的陈冰娥抢走,被她以钢牙乱咬一顿。倭寇恼羞成怒,将她破腹致死。陈冰娥靠着石壁,虽死而不仆,鲜血溅到石上,形成一个洗刷不掉的"人"字。其夫也随后悲痛而亡。悲剧的结局,是戚家军将倭寇击败,为烈女报仇雪恨。军民的同仇敌忾,是耀武扬威的倭寇侵略者败亡的根本原因。

洪炳文的另一部悲剧《芙蓉孽》(1913)②,写知县何仁爱上书知府,请求禁止鸦片。知府却认为有国家与洋人的通商条约在,不可禁鸦片。何仁爱因此悲愤辞官,用神力禁除鸦片,并且拔除芙蓉(罂粟)孽种。此外,他的《警黄钟》③写争回领地,《后南柯》④强调保存种族,都对中国亡国灭种的危险,在戏剧中予以了警示。

这一时期的相关悲剧剧目较为丰富。例如黄燮清的《居官鉴》(1881年重刻本)感叹"国病难医",《桃溪雪》(1857)表彰为救百姓而以身相殉的奇女子。徐鄂的代表作《梨花雪》(1886)⑤写曾国荃攻破太平天国都城南京之后,湘军将少女黄婉梨掠走,并将其全家杀死。少女在湘潭旅馆中以鼠药下酒,毒死二湘兵之后,上吊而亡。这出戏表彰了少女抗暴复仇的精神,展示了柔弱可胜刚强的道理。它如刘伯友的《花里钟》等剧,写妓女所受到的摧残和痛苦,具备一定的人道主义精神。

二、新世纪初叶的革命悲剧

20世纪是中国人高举革命大旗的新世纪。许多热血沸腾之士矫枉过正,居然要求尽废包括《西厢记》在内的旧戏曲,重新另起炉灶,创作那些能够唤起革命精神之新戏剧,特别是富于悲剧特色的戏剧。

箸夫在1905年的报章上呼吁道:"方今环球,一绝大之活剧哉。波诡云谲,龙争虎斗,急管弦愈演愈烈。吁,异哉!""复取西国近今可惊、可愕、可歌、可泣之事,如波兰

---

① 洪炳文《水岩宫》,1809年油印本。
② 洪炳文《芙蓉孽》,温州公报馆1913年石印本。
③ 洪炳文《警黄钟》,《新小说》九一十七号,1904—1905年本。
④ 洪炳文《后南柯》,《小说月报》一——六期,1912年3—9月。
⑤ 徐鄂《梨花雪》,《诵荻斋曲二种》,大同书局1886年版。

分裂之惨状、犹太移民之流离、美国独立之慷慨、法国改革之剧烈……——详其历史，摹其神情，务使须眉活现，千载如生。"①他认为像广东程子仪他们的做法非常可取。那就是每到异地演戏，先列队高唱爱国之歌，和以军乐，再开始演戏。如果编写以上题材的悲剧，便可以使得百姓"尚武合群"，"抱爱国保种之思想"。

无名氏在《新世界小说社报》上，更是振臂高呼："革命！革命！革命何物，曰革命戏剧，曰革命弹词。"②

在20世纪初叶的戏曲改良运动中，梁启超在《新民丛报》创刊号上发表了感慨国家兴亡的《劫灰梦》(1902)，在当时影响很大。诸如反映徐锡麟为刺杀恩铭而牺牲的《苍鹰击》，再现秋瑾英勇就义的《六月霜》，都直接讴歌了革命志士，推动了革命潮流。所以郑振铎在阿英《晚清戏曲小说目》中总结道："皆激昂慷慨，血泪交流，为民族文学之伟著，亦政治剧曲之丰碑。"③这是非常切实的评价。

新世纪京剧改革的先驱，是在编导演技方面都称全能的著名京剧悲剧家汪笑侬(1858—1918)。他的《哭祖庙》写蜀汉刘禅求降于魏军。太子回天无力，只得回家去先杀死老婆儿子，之后再去哭祭祖庙，自刎身亡。这出悲剧试图说明江山社稷是打杀争斗出来的，投降让位都是弱者的行为。

汪氏的《博浪椎》演张良谋刺秦始皇，试图直接鼓动义士们去击杀当代的"皇帝"袁世凯。他还以《波兰亡国惨》给国人敲警钟，骂当局太可恨。从京剧出发，各地剧种如秦腔、川剧都锐意改革，创作出了不少有分量的悲剧。

第二节　世纪中叶的悲剧建树

一、陈仁鉴的伦理悲剧

在新中国建立之后，"文化大革命"的烈火燃起之前，戏曲界还是涌现出了不少悲剧大家。陈仁鉴(1912—1955)便是其中的佼佼者之一。

就莆仙戏剧种而言，源于宋元兴化戏，具备悠久的历史文化传统。老舍曾题诗赞曰："可爱莆仙戏，风流世代传。弦歌八百曲，珠玉五千篇。魂断《团圆后》，神移笑语前。春风芳草碧，莺啭艳阳天。"1959年9月，当《团圆之后》作为国庆十周年献礼剧目，先后在怀仁堂、人民大会堂演出时，周恩来、朱德等老一辈无产阶级革命家都称之为"反封建的悲剧"。贺龙元帅还即席发言说："这次献演的《团圆之后》，是我国南方出产的莎士比亚式的大悲剧，是个杰出的好戏。"

---

① 箸夫《论开智普及之法首以改良戏本为先》，引自陈多、叶长海《中国历代剧论选注》，湖南文艺出版社1987年版，第467页。
② 《论戏剧弹词之有关于地方自治》，同上，第477页。
③ 引自袁行霈主编《中国文学史》(四)，高等教育出版社1999年版，第517页。

与传统旧本相比,陈仁鉴《团圆之后》主要有如下几点根本性的改动:

首先是改大团圆结局为悲剧之开局。首场在施佾生状元得中、衣锦还乡、迎娶柳氏和迎接寡母叶氏旌表这三大喜事之间,埋下了欺君忤上、其罪滔天的悲剧性危机。所以陈仁鉴在写作谈中指出,戏曲的大团圆结局往往给人以欺骗性的精神安慰,"我们要揭破这种欺骗,使人知道在荣华富贵的大团圆背后,恰是悲剧的开头,它埋藏着多么惊心动魄的生死斗争,它揭示三纲五常到底是什么货色,我这个戏就要从大团圆写起"①。

其次,陈仁鉴将旧剧中的叶、郑奸情变为真挚的爱情。当青梅竹马的叶、郑山盟海誓、珠胎暗结两个月之后,叶父因财利之求将女儿强嫁施家。婚后不久夫病而亡,叶氏于八个月之后生下佾生,并在数年后延聘郑司成为儿子的塾师。这样一改,叶、郑之情合情合理,既不使儿子感到难堪,也不使观众感觉讨厌。叶、郑之间的爱情悲剧,本身就是封建家长所一手造成,从家庭这个社会细胞入手,人们认识到封建礼教之吃人的牙齿无处不在、无恶不生。

第三,新剧将光宗耀祖之皇上旌表,处理为家破人亡之万恶总根源,这就深入揭示了封建伦理及其从皇上到州官、县官乃至封建家长这一整套宗法系统的无情悖理、戕杀人性等种种罪恶。全剧以皇上旌表婆婆叶氏起始,又以官府请旨旌表、为媳妇柳氏建造节孝楼结束。婆婆自杀,出于羞愧无奈,她还摆脱不掉封建贞节观的阴魂索命;而媳妇撞坊而亡,则出于清醒的行动。她明知为了这回旋而至的吃人的旌表,公(郑司成)婆夫君皆不能保全。状元不死,便是欺君蒙圣;郑司成不死,便是有辱风化;还是以死抗争吧,以免除更深更久的羞辱。区区一道旌表,确实具备了连续吃人的手段。而杜国忠、洪如海等一应走狗,更是旌表吃人的帮凶和执行者。

《团圆之后》的悲剧确实令人惊心动魄。它像台清晰的透视机,将封建毒瘤的总根子及其无所不在的扩散程度,活生生地展现在人们面前。全剧于冷静、老辣之中不露声色地展示悲剧内在的力度,呈露出深刻、凌厉而沉痛的悲剧风格。难怪赵景深教授曾说该剧"写旧礼教的毒害深入人心,很像希腊悲剧"②。而香港电影据此改编的《同命鸳鸯》故事片和长春电影制片厂拍摄的《团圆之后》舞台艺术片,则使这出悲剧在海内外广为流播。

二、徐进的情殇悲剧

徐进(1923年生,浙江省慈溪县人)没有受过大学科班教育。为此他曾戏称自己毕业于"社会大学"。20世纪50年代是徐进笔锋最健、声誉鹊起的黄金时期。三十岁

---

① 《剧本》月刊1981年第2期。
② 郭汉城《戏曲剧目论集》,中国文艺出版社1982年版,第292页。

左右的徐进所主笔的三部作品,都在全国甚至在国际上引人注目。第一部作品是根据袁雪芬、范瑞娟口述的越剧传统本,由徐进执笔并与成容、宋之由、陈羽、弘英等共同整理的情殇悲剧《梁山伯与祝英台》。

1951年,面目一新的《梁山伯与祝英台》赴京参加建国两周年的献礼演出,次年又获得第一届全国戏曲观摩演出大会剧本奖和演出一等奖。1953年,该剧摄制为彩色影片,获得第八届国际电影节音乐片奖。1955年该剧在民主德国和苏联访问演出,德国专家和塔斯社消息称之为充满人民性的"美妙的抒情的诗篇","是中国的罗密欧与朱丽叶"①。宋元明清的曲艺、戏曲家们在梁祝故事的创造中,可曾设想到如此殊荣?

徐进的第二部情殇悲剧是1955年创作改编的越剧《红楼梦》以及随后拍摄成的同名电影。第三部作品是与林谷、谢晋合作的电影《舞台姐妹》。这部反映旧社会越剧演员"年年难唱年年唱,处处无家处处家"演艺生活的影片,不仅在中国广为流行,而且还在1983年新西兰惠灵顿第十二届电影节上备受好评。

在徐进的诸多作品中,最孚众望、尤见功力的代表作,自然是《红楼梦》剧本。

曹雪芹的《红楼梦》巨著,早在18世纪50年代便不胫而走,传抄行世。两百年来,有关《红楼梦》的戏曲曲艺改编作层出不穷,红学家们成派立系的研究专著遍及中外。鲁迅在《绛洞花主小引》中,针对读者的不同观感说:"经学家看见《易》,道学家看见淫,才子看见缠绵,革命家看见排满,流言家看见宫闱秘事……"谁能道得尽《红楼梦》的真谛呢?

徐进决定以爱情主线寓反封建内容。以情史寓社会盛衰史,以离合情衬兴亡感,这的确是《长生殿》、《桃花扇》等古曲戏曲十分宝贵的经验之论。围绕着宝、黛情史,徐进从原著四百多人中选出了有名有姓的十七位剧中人。而全部剧中人都只是为了服从男女主人公的中心事件而设。从此角度言,越剧《红楼梦》全剧其实只写了宝、黛两人,十二场笔墨左盘右旋都归结于这一对恋人身上。

第八场到第十二场是全剧冲突的重要阶段。面对宝玉爱情的公开表露,贾母和王夫人马上高度警觉起来,爽快地接受了王熙凤的献策,策划用调包计赚得钗、玉成婚。傻丫头将事实真相暴露出来后,从黛玉明白原委那一刻起,到第十场《焚稿》、第十一场《金玉良缘》、第十二场《哭灵出走》,属于危机四伏、高潮迭起的部分。其中《焚稿》与《哭灵》又形成生离死别的相互映衬,构成了同一爱情旋律中的不同声部。叙男女主人公的缠绵悲愤之情,写宝、黛以生命抗争封建家庭的专制、阴险和无情,越剧改编作浓缩了小说的精华所在和生命所系。

景物描写是人物心理环境的直接外化,徐进深谙此理。他描写黛玉从傻大姐处知

---

① 《中国戏剧的国际声誉》,《从越剧团在国外演出中所体会到的若干问题》,参见《戏剧报》1955年9月号、11月号。

道宝玉与宝钗将要成婚的消息后,脸色苍白,身子晃荡,脚步斜软。此时幕后合唱是:"好一似塌了青天,沉了陆地!魂如风筝断线飞!眼面前,桥断、树倒、石转、路迷,难分辨,南北东西。"当一个人的全部追求和痴梦在一霎间全部破灭后,这个世界怎么能不颠倒破碎呢?

综观《红楼梦》全剧,一共有三场特别集中的抒情戏,这就是《葬花》、《焚稿》、《哭灵》。《葬花》虽以原作《葬花词》为主体,但却分别撷取了原词中最为明朗易懂的诗句予以剪接,并将原作中"质本洁来还洁去,强于污淖陷渠沟"语,改为"不教污淖陷渠沟",这就使原诗中无可奈何的心态,改为主动避免的行动倾向。为了使黛玉的葬花更为凄凉,徐进还在原作游园的基础上,直接将众人同乐与一人独悲对应起来,借用合唱使两组绝然相反的镜头蒙太奇式地联结在一起:"看不尽满眼春色富贵花,说不完满嘴献媚奉承话。谁知园中另有人,偷洒珠泪葬落花。"

《焚稿》中的黛玉唱段,可以说是字字句句都带着刻骨伤心的沉痛,寒气逼人的阴风。"我一生与诗书作了闺中伴,与笔墨结成骨肉亲"看似平易,实则是再无想头的失恋人语,少女的一切感情生活,于此都成空白虚妄!这两句起首语与此后的"知音已绝"、"谁知道诗帕未变人心变,可叹我真心人换得个假心人"等诗句相应,才知道冲淡之中见深刻,平静之中孕波澜。由"万般恩情从此绝(焚帕),只落得一弯冷月照诗魂"作结语,系从小说中黛玉诗"月冷照诗魂"点化而出,将临死之人化为了不朽的诗魂。《哭灵》一场是戏曲特有的处理,宝玉之悔与紫鹃之怨对唱相激,这比宝玉直接与黛玉告别更有震撼力。生离不如死别,死别时又有紫鹃作为黛玉的代言人而作证、而质问,这就使得宝玉的悲怆从琴弦断、鹦哥情上升奔涌到"九州生铁铸大错,一根赤绳把终身误"的呼天抢地的悔恨,化作对人世的彻底厌弃。

自从曹雪芹《红楼梦》问世以来,据此改编的戏曲不断问世,蔚为规模。即如近人阿英所编的《红楼梦戏曲集》,只不过是红楼戏中之部分文人作而已。大部分红楼戏都只选取小说中某些片断加工发挥,都不免有东鳞西爪、断简残篇之嫌。20世纪50年代评红运动下的红楼戏新作,大都是政治思想的演绎品,阶级斗争的传声筒,不具备起码的审美价值。所幸有梨园才子徐进应时而出,以剧作家的手笔、诗人的激情和学术家的见识,改编、融铸了越剧《红楼梦》,这使之成为两个世纪以来红楼戏中夺魁的状元。越剧电影艺术片的放映,又使《红楼梦》在神州大地上真正达到了家喻户晓的普及程度。

20世纪60年代初该剧在朝鲜访问演出后,朝鲜艺术家们又将越剧移植为歌剧《红楼梦》,仙气氤氲而气势恢宏。从世界范围看,《红楼梦》的优美弦歌,至少在东亚地区广为传唱,流芳溢彩。

三、田汉的爱恨悲剧

多才多艺的田汉(1898—1968),在戏曲、话剧和电影等领域内,都取得了丰硕的成绩。

在戏曲悲剧方面,田汉将《雷峰塔》传奇改为京剧,删除枝蔓,长短合度,更加符合当代观众的审美习惯。

从人物刻画上看,方成培本中的白娘娘,总要窃银、偷珠,到处惹是生非,酿成种种不快。田汉笔下的白娘子,却是安分守己,救死扶伤,誉满江南。只有当丈夫的生命和家庭婚姻受到严重威胁时,白娘子才会被动地挺身而出,甚至不惜以六甲之身去孤注一掷。这样一位过着太平日子的贤妻,却屡遭法海贼秃的骚扰,这就更令人同情。

许仙在方本中,只是一个叛徒的形象,白娘子却还那般委曲求全,真是甚无来由。而田汉则将许仙处理成善良而钟情的好丈夫,尽管他在看到蛇形之后很害怕,在法海的威胁下也有过动摇,但挚情最终还是战胜了佛法,他还是主动回到妻子身边。在法海命他以钵收蛇时,他却"急以身护素贞",成为一位有情有义的明白夫君。有此挚情,方才当得起白娘子的感情、爱情和恩情。

《断桥》一场,是悲剧中的情感高潮戏。当许仙到来,青蛇追杀时,白娘子一边护住夫君,一边痛苦地唱道:"你忍心将我伤,端阳佳节劝雄黄;你忍心将我诳,才对双星盟誓愿,又随法海入禅堂;你忍心叫我断肠,平日恩情且不讲,怎不念我腹中怀有小儿郎?"恩恩怨怨,爱爱恨恨,情理交融,悲苦全吐。这样的哭诉,就令铁石人也会为之断肠。京剧《白蛇传》确实由博返约,后来居上,使得这出戏成为曲中之精品,白蛇之绝唱。

田汉的《谢瑶环》,写她以宫中女官的身份,巡按江南,剪除权奸,踏平恶霸,但也招致了恶势力的大肆迫害,直至被私刑处死。这种为民锄奸、不怕牺牲的精神,也许还含有对当时现实的几分比照?

四、马少波的鉴戒史剧

在老一代的剧作家行列中,马少波属于那种剑与笔并用的戎装才人。能文能武而相得益彰,马上驰骋又案头写剧,左手挥洒创作右手阐发理论,出门做文化官员进门做戏曲作家,真正做到了文场剧场、战场官场,无一不擅其美。

马少波(1918—2009,山东省掖县人),十九岁参加抗日救亡队伍,从军后历任抗日各部秘书长等职。1943年起,少波与戏剧结下了终生之缘,其《木兰从军》极大地鼓舞了群众的抗日斗志。明年,他又创作了京剧《闯王进京》、《关羽之死》和话剧《太平天国》。新中国成立后,马少波长期担任戏曲界的领导工作,写了一系列戏曲新作。其《正气歌》获第一届全国优秀剧本奖,《宝烛记》和《西厢记》也分获江苏省和北京市1982年的戏剧荣誉奖。

1992年,《马少波戏剧代表作》在中国戏剧出版社出版。1997年,《马少波研究文集》于北京出版社出版。前者大体反映出马少波在戏剧方面的创作成就,后者收入了王季思等一百五十多名专家学者对马少波的研究文章。所附由李慧中悉心编写的《马少波著作年表》,具备极大的史料价值和研究意义。

马少波的新编历史剧,跟延安平剧院的《逼上梁山》、《三打祝家庄》一样,是我国戏曲创作上有开创意义的产物。京剧《关羽之死》就表现出摆脱窠臼、锐志求新的精神,指出关羽居功骄傲,破坏了刘备、诸葛亮既定的策略方针而遭失败的沉痛教训;关羽之死便不是他天性骄傲自满造成的个人悲剧,而是在军事上取得辉煌胜利形势下自我膨胀、政治短视导致的社会悲剧。

抗日战争胜利前夕,马少波创作的《闯王进京》,参考了郭沫若的《甲申三百年祭》和晚明史料丛刊,着眼于李自成、刘宗敏等因战争胜利冲昏头脑,以致功败垂成的历史借鉴,现实出发点在于对大反攻之前的将士们做一次生动具体的历史演示,宜将剩勇灭日寇,不可糊涂学闯王。郭启宏在《重读京剧〈闯王进京〉》[①]中认为,就这个令人热血沸腾而又扼腕长叹的题材言,三百年来有过《铁冠图》、《沧桑艳》、《山海关》以及派生出来的《排王赞》、《煤山恨》、《崇祯归天》、《杀宫》、《明末遗恨》、《守宫杀监》、《贞娥刺虎》、《费宫人》、《圆圆曲》、《请清兵》等众多剧目。"在众多的闯王戏中仍不乏独树一帜的佳作,如马少波同志创作的京剧本《闯王进京》"。

京剧《正气歌》(1963年创作,1981年重排首演)歌颂了文天祥以天下为己任的胸襟。文天祥"君降臣不降"的思想,使英雄的民族正气闪烁着前所未有的光辉。"薛王出降民不降,屋瓦乱飞如箭簇",早在蒙古侵金的时候,诗人元好问就借历史上一次战役,歌颂北方人民不随君王出降的民族气节。到蒙古灭亡南宋后,扬州守将李庭芝、姜才等又焚毁谢太后招降的诏书,团结军民,抗战到底。"君降臣不降",这是封建社会正统的君臣观念所不允许的。然而从文天祥的特定历史环境来考察,却完全符合于他以民族大义为重的道德观念。文天祥曾在元丞相孛罗面前毅然表明心迹:"当此之时,社稷为重,君为轻。"把民族存亡的大义置于君主旨意之上,特定的历史环境使文天祥的爱国思想行为有别于岳飞之处。《闯王进京》和《关羽之死》中,也给人关于历史人物悲剧的诸多启迪。作为剑与笔并用的作家,马少波的鉴戒史剧,在20世纪的中国戏曲发展史上,具备不可或缺的现实精神、贯穿古今的历史意蕴和立意较高的审美品格。

五、陈西汀的古典悲剧

陈西汀(1920—2002),江苏滨海人。作为著名戏曲作家,他幼承家学,熟读史籍,

---

① 《马少波研究文集》,北京出版社1997年版,第314页。

古典诗词与文学的根底在少年时代便打得较为坚实。建国之后，陈西汀走上了专业编剧之路，历任江苏南京剧团、江苏京剧团、华东戏曲研究院和上海京剧院编剧。一生创作剧本共四十余部，涉及诸多剧种，其中尤以京、昆为主体部分。其创作内容大致分为两个层面，一个层面是集中体现对古代历史人物和著名事件的钟情与迷恋；另一个层面则表现在对《红楼梦》这部巨著的反复解读与艺术再现。作为一名当代戏曲作家，古典文化挥之不去的风韵，传统艺术贯彻始终的风情，似乎弥漫在他的每一部戏剧作品之中，这也构成了陈西汀戏剧创作的基本色调。

《屈原》是陈西汀先生历史剧作的第一部作品，它发表于1955年的《剧本》月刊上。他认为屈原不仅是中国历史上第一位伟大的诗人，同时还是一位极有谋略和抱负的政治家。因此他在创作过程中，始终在从这两个方面来发掘和丰满这一充满政治激情与救国抱负的诗人形象。"美哉壮哉楚国之山河……却谁知一妇人遗祸千秋！国家事全付与嚣嚣众口，锦绣山河便作了破碎金瓯。"[①]唯一遗憾的是这部作品因为种种原因，相继与当时还健在的两位京、昆大师周信芳、俞振飞擦肩而过。从1956至1964年，陈西汀先生的历史剧创作，开始蔚为系列。他相继写出了《淝水之战》、《长平之战》、《三元里》、《澶渊之盟》等作品；《红楼梦》的系列改编也逐步酿成气候，其创作生涯迎来了第一个黄金时代。

京剧《澶渊之盟》中，周信芳先生塑造的寇准一角，是戏曲舞台上又一个充满悲剧色彩的清官形象。"文革"结束之后，陈西汀先生还创作了数部历史剧和历史故事剧。诸如《汉武帝》（京剧和话剧）、《桃花宴》（戏曲剧本）及《新蝴蝶梦》（昆剧）等。

《红楼梦》系列戏曲的改编，是陈西汀先生创作生涯的又一亮点。早在"文革"之前，陈西汀先生就改编创作过两部《红楼梦》作品：京剧《尤三姐》和《王熙凤大闹宁国府》。

《尤三姐》是陈西汀先生一部比较经典的作品，该剧唱词典雅清新，曾得到戏剧家田汉等人的赞赏；主演童芷苓女士也因在此剧中出色的表演而获得"童派"的美誉。《尤三姐》还同时被上海电影制片厂摄制成戏曲电影，在东南亚、台湾、香港等地放映，颇具影响。

20世纪80年代初，陈西汀先生将十年心灵的磨洗与感悟，倾注到了旧作《王熙凤大闹宁国府》中，并对王熙凤这一人物作了多层次的全新阐释。按照陈西汀先生本人的说法，就是更注重人物内心的开掘及人性的哲理化思考。于是，上海的戏剧舞台上终于出现了一个凶狠却又令人同情、可恨而又不失女人风韵的王熙凤。童芷苓女士在塑造王熙凤这一角色时，既保留了京剧特有的古典韵味，在程式化表演与韵味的完好方面也有大胆的突破和创新。该剧曾先后轰动沪上、香港与台湾。2004年10月，台

---

① 陈西汀《屈原》，《大音希声——陈西汀剧作选》，上海社会科学院出版社2005年版，第60页。

湾著名演员魏海敏女士还专门携此剧来上海献演,剧场效果依然相当热烈。

由于《尤三姐》《王熙凤大闹宁国府》的相继成功,陈西汀先生对《红楼梦》这部巨制予以了持续性的系列创作。他在数年时间里,一口气写了京剧《王熙凤与刘姥姥》《刘姥姥醉卧怡红苑》《元妃省亲》《鸳鸯断发》,还有昆剧《妙玉》及黄梅戏《红楼梦》。屈指算来,总共有八部《红楼梦》作品写成。其中《王熙凤与刘姥姥》《妙玉》及《红楼梦》均曾有过舞台演出。

陈西汀后期创作的红楼戏中,尤以1991年创作的黄梅戏《红楼梦》影响最大。"白茫茫,真干净,风雪里,一孤僧。红楼不见当年影,翠竹长留梦里痕;一曲悲歌木石盟。"①该剧于次年由安徽黄梅戏剧院多次上演,由表演艺术家马兰、黄新德、吴亚玲等人主演,曾经获得过多重奖项。

尽管其众多红楼戏都具备很大的社会影响,但陈西汀自己最为满意的作品,首推其晚年的昆剧作品《妙玉》。昆曲《妙玉》是一出百余分钟的心理外化剧,于2003年元月由上海昆剧团张军、余彬等排演,演出时改名为《宝玉与妙玉》;可惜该剧在上海卢湾白玉兰剧场首演时,陈西汀先生已于去年八月驾鹤归去。他早走了一些天,终于无缘一睹那美妙的舞台时空,从而留下了永久的遗憾。陈老晚年之所以如此钟爱自己的这部作品,其深层次的原因可能有两个:首先,这部作品成功地塑造了一位远离世俗却又至情至善的好妙玉;其次,这部"心声不灭、佛缘永存"的作品以最洗炼的方式,表述了他对人生、艺术、宗教和哲学的整体性认识和横截面剖析。

"蕙兰花好闲中老,蔬菜根香淡里优。"从陈西汀先生晚年的这幅自撰联看来,其青年时代抒写汨罗江畔屈大夫的壮怀激烈,壮年岁月里描摹澶渊城头的雄姿英发,到此时都已然归于沉潜致远的平静与悠然。陈西汀先生最终以宁静淡泊的心态,走完了其充满苦乐坎坷的人生之旅,留存下悲欢激情的戏剧史诗。

第三节　世纪末叶的悲剧开拓

一、王仁杰的梨园悲剧

王仁杰是20世纪末叶以来著名的悲剧作家之一。由他创作的六部大戏结集成《三畏斋剧稿》②,其中的《董生与李氏》等部分剧作还被选为台湾高校中文系的教材。

女性的悲惨遭际与痛苦命运,正是王仁杰悲剧创作所倾力表现的主体。《皂隶与女贼》写出了伶俐机智的女贼,《陈仲子》摹状唯唯诺诺的陈仲子妻,《琵琶行》刻画沦落江湖的倩娘,《枫林晚》描写一再压抑自己感情的贺望兰,《董生与李氏》写遭际坎坷

---

① 陈西汀《红楼梦》,《大音希声——陈西汀剧作选》,上海社会科学院出版社2005年版,第599页。
② 《三畏斋剧稿》,中国戏剧出版社2000年版。

的李氏，《节妇吟》塑造"苦节"二十年的悲惨颜氏。这些女子在悲剧人生中展现出她们心底美好的愿望和为了实现这些愿望所显现出来的苦苦追求；当这些追求终成泡影并酿成生命挥洒不去的苦酒之后，剧情就分外令人触目惊心，激发起观众无限沉痛的深思。

悲剧代表作《节妇吟》更多地带有心理剧的况味。该剧取材于清人沈起凤的《谐铎》中之短短一则，将古代社会中少艾寡妇与落魄书生的心性怨望，有声有色、入情入理地在舞台上敷演出来。

该怎样测度那些贞节寡妇的内心情怀呢？颜氏的心曲可为后人提供一面明镜。她嫁到陆家才半年，夫君就撒她而逝。可怜这年轻守寡的弱女，立场坚定地将遗腹子生下来，养下去，整整十年极不容易地撑持着陆家门户。可是一旦秀才沈蓉受聘教化小陆郊后，颜氏的精神世界便再也不得平衡，"我见他斯文姿质，才学过人，心里暗自倾慕"，心旌摇动得紧。适逢沈蓉要辞馆赴试，主母与先生才得以相看真切。未睹芳华心已慌，既见天仙意猿生的沈蓉惊叹云：

嗳呀，昔日曾隔锦屏，未识容貌超群。眼前惊鸿一瞥，果然新寡文君。曾嗟叹高深墙门，无缘亲近。今日天赐良机，偏在这离别时分！

为了挽留沈蓉，颜氏先是奚落"作秀才的人真是急性"，再将秀才称为孩儿"父执一辈"。实在挽留不住时，才问沈蓉：无论"中与不中，都会再来"？前途未卜的沈蓉率尔答曰：总会再来。这就为颜氏《夜奔》、《阖扉》埋下了伏笔。

如果说首场《试探》是在剧情交代中展示出人物心理的首次碰撞的话，那么《夜奔》系颜氏去与不去、敲不敲门的心理独白戏。"来到大门后，沉吟复沉吟。我恰似盲人骑瞎马，履薄且临深。举起手，欲开门，珠泪湿衣襟。我仿佛听得旁人语唧唧，听得亡人叹息声，凄凄切切，九泉之下寒彻心！（徘徊反顾）罢罢了！只要先生他同我恩爱，管他人言大可畏，管他众口可铄金！"一念已定，颜氏终于黉夜敲响了先生的房门，明是送盘缠，实则托身心。沈蓉在吞吞吐吐、遮遮掩掩之间，自然大有把持不住之感，"恨不得权把书房作巫山"！然而求取功名、出人头地之想，最终使沈蓉再三请夫人出门。可怜见痴情的颜氏出门之后又欲复返，竟被沈蓉情急掩门时夹伤了双指，这鲜血淋漓的女子，只得狼狈地奔下……

作为情感心理剧，其心理流程最为激越的两场高潮戏是《断指》和《验指》。前者写颜氏羞愧入梦，先梦见新科状元沈蓉大人前来，偿还当日所收盘缠后又绝情而去；颜氏在牵衣直追时，沈蓉竟然幻化成亡夫陆生。面对陆生的"贱人"喝斥，颜氏悲惨陈词，"今旦一失足，竟成千古恨。愿随君，酆都去，妾薄命，等轻尘"！正待碰壁而亡，小陆郊的幻影奔上，求"妈亲千万莫弃儿而去"……幻梦醒来是深更，羞惭满面、刻骨铭心的颜氏为了自作多情、自甘凌贱之过犯,为了永做良家节妇、断绝中夜情思,终于狠心斩断叩门时夹伤的两指,永藏檀盒,泣血自诫。

《验指》是全剧的收束场,颜氏的大耻大辱,终于昭告于天下,无颜见世人。此前二场叙沈蓉考中后任礼部,思念颜氏而权以婢子"疗饥",但却被妒妻当场揪住,问出十年前之瓜葛隐情,逼令他写《掩扉赋》进呈君王,以为道德文章之表率。新科进士小陆郊名题金榜后,当殿奏请君王,为节母求取旌表。面对师生之间一请"守节抚孤"、一表"掩扉拒奔"的一事两解,其中必有一假,致令欺君之罪。沈蓉又一次出卖了颜氏、陆郊母子,使得陆郊当面谒母,颜氏面君救儿。皇上在了解前情后果后,毅然赐给颜氏"两指题旌、晚节可风"的金匾,似褒实骂,天下皆知。在沈蓉妒妻的当场指骂和满朝文武的背后私语中,可怜颜氏最终面对白绫一条,伸出了她高昂的头,献出了她黯淡的命……

该戏的思想深度不仅在于对封建社会及其礼教传统的批判,更在于揭示在长期积累、逐代积淀的生产力方式及其意识形态的遗传和熏蒸下,被统治者自身心灵的扭曲、残缺和损伤,他们几乎是自觉自愿地作茧自缚,偶有破格便急返其精神樊笼,自残自贱,自怨自悔,害己害人。作家有意识地在前半部戏中淡化了社会、家庭等外部压力,让这对在深宅大院中的男女主人公独立行事但却备尝苦果。一切追求自由意志与合理生活的微弱努力,最终在跃跃欲试后退缩于自身的精神障碍之间,这使得全剧更为沉重地控诉了几千年专制社会荼毒人性、泯灭人情而人不能自觉的深重灾难。在艺术处理上,本剧从人物出场、开阖布局到语言风格,都显得格外凝炼精丽、古色古香,大有传统老戏的意趣,但其于平淡甚至是缓漫、定格的情节进程中,着力描摹善良人物的悲剧心理,有如被风雨冰雪骤然浇灭的一簇火苗,特别使人感觉到礼教传统攻心杀人的罪恶实质,这又格外能显示出新中国剧作家犀利而沉痛的批判风采。

二、郑怀兴的历史悲剧

郑怀兴(1948年生,福建仙游人),1980年毕业于莆田师范专科学校,开始从事戏曲专业创作,1981年以《新亭泪》成名于剧坛,史家认为该剧在一定程度上,开新时期戏曲历史悲剧之先河。郑怀兴的历史剧创作,被评论界认为特别富于哀思忧患与愤疾,其"意绪的飘逸、意象的缈远、生与死深层思考,从历史的深处、从现实的土壤中涌出,简直就像一首首精彩绝艳的动人诗篇"(参见田涧菁《郑怀兴剧作论》)。

怀兴的戏剧作品包括《鸭子丑小传》、《晋宫寒月》、《青蛙记》、《神马赋》、《要离与庆忌》、《乾佑山天书》、《叶李娘》、《蒋世隆》(即拜月亭)、《王昭君》、《寄印》、《林默娘》、《上官婉儿》等二十余部。1980年以后,先后七次获得福建省剧本一等奖,1987年获得第一届水仙花剧本奖,1982年与1985年两度获得全国优秀剧本奖;其剧本先后为莆仙戏、京剧、汉剧、越剧、潮剧、高甲戏、滇剧等剧种所搬演。

《新亭泪》演晋代时中原战乱频仍,帝室被迫南迁偏安江左。丞相王导与友人新亭饮宴时,周伯仁不禁长叹:"风景不殊,举目有江山之异。"众人相顾流泪。王导愀然变色,说:"当共戮力王室,何至作楚囚对泣耶?"

王导、王敦弟兄是拥戴东晋元帝中兴的重臣。为牵制王氏强大的士族势力,元帝又重用镇北大将军刘隗。征南大将军王敦便以清君侧为名,起兵叛乱。刘隗以王导身为丞相,纵兄造反,劝元帝尽诛王氏。王导率家人跪在宫门待罪。满朝文武噤若寒蝉,视同陌路。周伯仁佯狂带醉,责骂王导:"你不能治一族,何能治一国。不如一死谢天下,何必如此惜残生?"得以进入宫门。刘隗力主尽诛王氏,周伯仁则以一家性命,担保王导:"倘若尽诛王氏,则王敦势必破釜沉舟,逼宫废帝;石勒亦将挥师南下,蹂躏江南;那时诸侯拥兵自立,晋室将荡然无存……"王敦大军势如破竹,攻入都城。元帝亲命太监送刘隗逃走,将勤王的希望寄托在他身上。王敦逼宫,搜索刘隗。周伯仁为了堵住王敦废帝篡权的借口,以免引起更大规模的内乱,挺身而出,代元帝受过,承担了放走刘隗的罪名。王敦派人向避嫌在家的王导征询如何处置周伯仁:或升官、或留任、或杀头。王导心存芥蒂,不加可否,唯唯而已。并为了一己私怨,默许王敦杀害了好友。后来当他看到周伯仁当初力保自己的奏章时,已追悔莫及,悲不自胜:"吾虽不杀伯仁,伯仁由我而死。"伯仁之死,促使了王导的觉醒,激起朝野的愤慨。"你杀伯仁,天下共愤,若不退兵,溃败可期。望你退回武昌,忠奉朝廷。否则,奉旨率师讨伐兄者,乃我王导也!"王敦因此被迫退兵,内乱危机得以解除。

该剧既写对友谊的背叛与觉醒,又写为帝担过、以身殉国的周伯仁的大无畏悲剧人格。他不仅是为了忠于一君而死,更是为了国家的安定团结而亡,为了避免内乱纷争、天下涂炭的惨相而献身,所以具备清醒者为国为民而不惜自我牺牲的高尚人格和伟大精神。

郑怀兴近年来创作的晋剧《傅山进京》,也以主人翁"荡荡乾坤病,戈戈肺腑收"两句自言诗,"形象而概括地描绘了一个矛盾交织、激烈动荡、天崩地裂的时代和一个清醒的知识分子因此而撕心裂肺的痛苦的灵魂",在很大程度上表现出傅山威武不屈的民族气节。

三、罗怀臻的宫闱悲剧

上海剧作家罗怀臻(1956—),所作戏曲几乎全是宫闱悲剧。他总是在叙说人间之美与朝堂之丑。

天伦之乐的情调,夫妻之爱的和睦,太平光景的美好,平常岁月的悠然,这正是寻常人家的人间乐土。在《金龙与蜉蝣》的《出海》一场中,作家所再三渲染、反复强调的人生意趣,正是这快乐甜蜜、无边无际的渔家之乐。

在《白蛇与许仙》中,剧作家特意选取了素有"人间天堂"、造化图画之称的杭州西湖展开剧情,并将西湖之美十分自然地从三个层面加以透视。第一层面是湖光山色、自然风光之美,第二层面是红男绿女、相恋相爱之美。合阴阳,成太极,"十世修得同舟渡,百世修得共枕眠";第三层面是人间恩情之美。一千年前,白蛇在西湖冻僵遇难,幸亏吹笛少年解衣裹护、救它一命。这才有了千年后的恩怨,万世后的调说。当着这三层美感完美交织在一起的时候,戏剧的起伏才开始了。湖光山色因为白娘子而顿增风情,西湖十景中,光白娘子一人就占了断桥和雷峰塔两景。为报吹笛少年千年前的救命之恩,白娘子以身相报于许仙,完成了西湖三美的圆满聚合。

《宝莲灯》着力渲染的美感,介于《金龙与蜉蝣》和《白蛇与许仙》之间。先是华山的自然风光之美,后是天帝三公主的美,等到这两美结合之后,再添加上书生为华山神女的点睛开光之美,夫妻相爱之欢,养育娇儿之乐,也是把自然美、爱情美和人情美都巧妙地编织在一起了。

与此相对应的是朝堂之丑、佛国之丑和天界之丑。

在罗怀臻的戏曲世界中,无比庄严的朝堂往往是罪恶的渊薮,威风凛凛的国王无异于灭绝人性的刽子手。朝堂之上无好人,"帝王与我是对头"[1],成为其审美倾向中不可逆转的方面。与《金龙与蜉蝣》中田园渔歌自然美、一家三口人伦美相与对照的,正好是金龙的皇家血统之丑、帝王本性之丑。是那死去的老王,搅乱了金龙的平静生活,唤醒了金龙的帝王本性,令他回去继续祖先开创的基业,登临万民仰望的宫廷。否则,他金龙便是不孝的子孙,有罪的后代。一旦回归帝王的本性,金龙首先要杀的就是当初舍身相救的大功臣牛牯,把恩将仇报这一帝王家的丑恶法宝重新祭起,为的是谨防功臣造反,巩固专政朝廷。为了斩草除根、蔓除后患,金龙还将自称是牛牯儿子的蜉蝣当场阉割,却不料害人先害己,活生生地把自己的嫡亲儿子给变成了阉人;接下来的大举"采花",竟然还"采"到了自己的儿媳妇身上……这种丑行和兽性,正是帝王本性中特别容易滋生出来的毛病。所以金龙后来对列祖列宗倾诉委屈,认为自己所犯下的桩桩罪过,恰恰是秉承列祖列宗的旨意行事的。如果要追究罪过的话,首先应该追究的,表面上是先王们"何不及时把灵显",内蕴里正好将帝王本性中带有普遍性的丑恶与兽性,都给淋漓尽致地揭露出来了。

《西施归越》中阴险狡猾、老谋深算的越王勾践,先是以美人计让西施献身于吴王,后来又略施小计,含笑威逼着西施自己捂杀自己的娇儿,这种杀人不见血、害人不见刀的做法,更显示出其帝王本性的无比毒辣。帝王本性,说到底就是丑陋不堪、无法见人、万人唾弃的阴谋和阳谋,就是完全泯灭掉人性的兽性,这正是罗剧中所竭力要证明的一道公理。

号称庄严国土的佛国世界,在罗剧中同样不是一块白雪净土,那法海和尚反倒比

---

[1] 罗怀臻《金龙与蜉蝣》,《上海艺术家》1993年第6期,第36页。

善良伟大、救人治病的白娘子更像一尊妖孽。在《许仙与白蛇》中,法海和尚处心积虑地要算计白娘子,绝不是人们所常说的是多管闲事,而是在坚定不移地捍卫自己的正统地位、无边权威和根本利益。唯我独尊,党同伐异,这才是老法海放不过美丽善良、温柔多情的白娘子的根本原因。所以老和尚要拆散人家的恩爱夫妻,要极不人道地将白娘子永镇于雷峰塔下。但是在白娘子无美不备的亮丽光环下,不可一世的法海充其量不过是一个用来反衬的丑角而已。

从编剧方法来看,我们可以说罗怀臻的悲剧分外具备耸人听闻的传奇性,这种传奇性的追索,使得剧中人和观众常常会分别陷入大过错与大惊讶之中,从而在近乎于难堪的人生境遇中,寻求解决的出路。我们来简单罗列一下罗剧当中的大过犯与大惊奇:

阉子奸媳的,有大王金龙;

不认儿子或揭发丈夫的,分别有董母和皇家公主;

驱逐母亲、逼瞎恩人馨儿的,有"当今"皇上宁王;

活生生将二十万秦兵活埋,作为给所爱虞姬的定情礼物的,有楚霸王项羽;

撇开娇妻班昭才女,自愿跑到后宫去做老太后面首的,有才子曹寿;

用雷峰塔镇压白娘子的,有法海和尚。

这些惊世骇俗的举动,看来都属于不近情理、十恶不赦的暴行恶举,但却都有其真实、自然而必得如此的心理动机和特定场景。此外,罗剧中还会设置一些中国人从古以来决不会想到、但生活常理中必然有之,新的通达观念必然出之的一些戏剧场面。例如越国美人计的直接实施者——女功臣西施,竟然怀着吴王夫差的小孩凯旋回国;再如歌女柳如是,居然间接怂恿和认可南明礼部尚书钱谦益降清,尽管这极大地违背她心目中的传统士大夫的价值观。

凡此种种,均有悲剧结构的惊人之美丑,都在很大程度上满足了人们对悲剧怪异而又不怪、有着遥远距离但又能够充分理解的审美习惯,总体而言体现出罗怀臻悲剧凌厉中的柔情、阴冷中的火热、热望后的绝望以及绝望中的希望。

从行当与角色的设置来看,罗怀臻的大部分剧本中都会出现诸如阉人、弄臣、侏儒、小丑等生理残缺、外形丑陋的人。这种设置的普遍性,当然不是对俗恶趣味的迎合与追求,而是对大千世界茫茫众生圆满的照应,更是对代表正统、象征高贵的统治者们,在心灵深处的阴险、恶毒、下作的总暴露。正是这些统治者把好端端的人阉为废人、变成残疾、沦为怪物,并以此来满足自己空虚的心灵、达到表面的满足,甚至用来防范后宫、净化龙庭。一旦统治者把好人弄成残废,他们自身却在精神上越来越不健全起来,他们成了真正意义上的道德人格残缺者。

在罗怀臻的宫闱悲剧中,特别能够见到西方古典悲剧的影子,但却又是道道地地的中国悲剧。他在融合东西方悲剧的文化特性方面,作了很多有价值的开拓。

20世纪的另外三位悲剧名家是四川的魏明伦、湖南的陈亚先和北京的郭启宏,他们在悲剧创作的民族化过程中,也做出了较大的成绩。我们将在下文中予以专章探讨。

　　20世纪的中国戏曲悲剧,横跨了清代、中华民国和中华人民共和国三个时代,体现出中国民族悲剧与时俱进、继承创新的宏伟气度。当中国的戏曲悲剧与话剧悲剧相互呼应、彼此融合之后,中国民族悲剧的多元格局和美学风范也就逐步树立起来了。试看今日之世界,有谁能将中国民族悲剧排斥在世界悲剧潮流之外呢?

第二十七章
蜀魏湘陈京城郭

在中国当代戏曲文学史上，四川的魏明伦、湖南的陈亚先和北京的郭启宏，都在20世纪末叶的悲剧创作中功勋卓著，堪称是西东南北悲剧创作的"三驾马车"。

回顾和评点蜀魏湘陈京城郭的创作，可以管中窥豹，由木见林，对川剧、京剧和昆剧等中国各地域各剧种的悲剧创作，予以一些由点及面的悲剧审美和风光领略。

第一节 魏明伦的川味悲剧

一、魏明伦的创作生涯

在被称为"新时期"的世纪末叶，在挣脱了"文化大革命"的噩梦之后，一批悲剧家们应运而生，在各自擅长的领域里作了许多有益的开拓。

魏明伦（1941年生，四川省内江人）七岁唱围鼓，九岁登台面，学历为初小，艺名"九龄童"。十三岁能作文，三年后以"准"右派下放劳动，逢"四清"又划归四类分子，遭十年"文革"而称"牛鬼蛇神"。新时期以来国运昌盛，魏明伦出头，才思横溢。身任自贡市川剧团之小小编剧，这位天府怪杰宣导"戏曲救亡"，声称"吾辈不下地狱，戏曲难进天堂！"

从1981年起，魏明伦以其"一年一戏，一戏一招"而震烁当代。吴祖光先生为其《苦吟成戏》[①]剧本集写序曰，魏明伦"惊才绝艺，警世骇俗，卓然有成，而为当代戏曲名家"，此语可称的评。

就现代戏言，魏明伦创获颇丰。1980年首演的《四姑娘》，系根据周克芹小说《许

---

① 魏明伦《苦吟成戏》，上海文艺出版社1989年版。

茂和他的女儿们》改编。该剧塑造了勤劳善良、温柔多情而又屡受磨难的农家女子许秀云形象,并将其个人的命运与十年动乱中民族的灾难联系起来,从而见微知著,使观众在严峻反思之后得以豁然拥抱明媚的曙光。剧中的《三叩门》一场,抒滚滚情爱融不开咫尺一门的无奈心理,与《家》剧鸣凤投湖前的隔窗之望异曲同工。此剧获首届全国优秀剧本奖,并于1982年拍成彩色电影艺术片。魏明伦与南国合作的《岁岁重阳》(1985)系根据张弦小说《被爱情遗忘的角落》改编,将物质贫困与封建遗风作为酿成爱情悲剧的苦曲,在唱词写作上平易如话而又意趣盎然,较好地解决了文盲女主角与文词诗意化之间的差距问题。

现代戏之外的其他魏剧,都带有较为鲜明的探索意蕴。诸如《易胆大》的传奇写照,《巴山秀才》的社会批判,《潘金莲》的伦理思辨,《夕阳祁山》叙一代贤相诸葛亮的光辉点与晦暗面并存,称"反骨"与诛忠将借用,都具备较为多元的审美价值和十分透彻的社会反思和哲理求索意义。

二、梨园悲剧《易胆大》

易胆大本为传说中的川剧艺人。魏明伦生长梨园之中,耳濡目染了多少艺人故事,亲身领略了几许戏班风情,因而杂取种种生活原型,"三十年怀胎,两月分娩",塑造了这一典型艺术形象。该剧1980年4月由自贡川剧团首演,次年获全国优秀剧本奖。作者与南国还将该剧改编为电影《梨园传奇》故事片,上映后甚获好评。在2007年的中国艺术节上,该剧还获得文华大奖。

本剧的艺术性之一,在于曲尽情节之妙,移步换形,变幻莫测,使人不可度量。首场《名优之死》,从开场延误引出等候骆善人和麻大胆这地方两霸,从花想容改唱《秋江》引出其夫九龄童重病,从九龄童累死台上引出第二场易胆大《立志复仇》。为了各个击破,易胆大让师妹花想容拜骆善人为义父,答应替麻大胆唱《吊孝思春》。《一闹茶馆》中闹出个舍身崖赌赛,《二闹坟山》中真演出《八阵图》刺贼,《三闹灵堂》中巧引得妻、弟殴打麻大胆致死。就在易胆大仇已报、志已明,意欲与花想容抽身而逃时,戏剧场面却又急转而下,老谋深算的骆善人早已布置周详。《乐极生悲》一场,骆善人威逼利诱花想容三更相会,但撕开布帷时便从脚形明察到佳人换成麻五娘。等他揭开头盖后,"麻五娘"却变成了麻老幺,骆善人落得个因色亡身的好下场。另一边,易胆大移花接木,令花轿抬走师妹花想容,谁知骆善人早就曾部署停当,花轿又被骆家管事抬回原地。易胆大目睹管事与麻老幺混战之后同归于尽,忙请轿内的花想容趁机出逃,谁知轿中师妹自杀身亡,血书上写了"插翅难飞陷火坑,人间处处有善人。这座码头兄保护,下座码头怎防身?师兄师嫂快逃命,小妹随夫葬龙门"等语。师妹之死,连在剧中处处采取主动姿态、时时妙计迭出的易胆大都未能预知,亦为观众所难以测度。

这就引出本剧的艺术处理之二招,结局有本,即传奇有度,能开能合、有起有收。一家戏班将龙门镇闹了个天翻地覆,把两家恶霸尽数剿尽,这只能是在一定条件下的偶然成功。任何成功奋斗都要同时付出相应的,甚至是惨痛的代价。同时,这样的结局处理也意味着,在一个整体黑暗的社会中,任何单枪匹马式的抗争,毕竟不能从根本上改变社会的性质,所以说"人间处处有善人",天下乌鸦一般黑,易胆大最终惨呼:"如此世道,我们哪天活得出来哟!"这就使整部传奇更富于艺术真实性,也使"三闹"戏中浓郁的喜剧、闹剧氛围得到了最为恰当的悲剧、惨剧比照,增强了该剧的美学张力。

三、《巴山秀才》孟登科

在《巴山秀才》[①]中,作家塑造出一位既迂腐又富于正义感的书生孟登科的形象。

本剧将一部性格发展史贯串始终,叙巴山秀才之逐渐觉醒,至于生命最后一刻,真堪称生时壮烈,死时明白。孟登科者,梦登科也。百姓求赈之际,满城怨声载道,孟登科则充耳不闻,死读经书。当饥民袁铁匠求他写状、请求开仓之放粮之际,这位迂阔秀才竟手舞足蹈,宣言民不可告官,且待他状元高中后开仓救民。县官孙雨田假意要上请赈灾粮,孟登科竟让大家回去准备米口袋侍候,真是天真幼稚得很。赃官上省谎报民变之后,大帅恒宝派提督李有恒巴山屠城。孟登科与娘子从死人堆里爬出来,还商量到成都赶考。等到散兵杀来,铁匠救命,倒于血泊之中后,孟登科才痛悔自己明哲保身、只图功名之糊涂可悲。秀才明理金不换,他赶到成都,闯到大帅府中,当场呼冤,请斩孙雨田、李有恒及下札剿办人之首。若非铁匠甥女、帅府歌姬霓裳相救,这位临死尚指出大帅别字不当的秀才必死无疑。拖着苦捱四十大板之躯,秀才坚定而自觉地焚烧八股,试卷写状,智告巴山冤状。待到恒宝与孙雨田《换札》,改"剿办"札子为"抚办"手谕,推罪责于李有恒身上后,秀才手持霓裳送来之札子罪证,沉着应敌,终于在孙雨田搜店时赢得时间,成为钦差大人的座上宾。大堂之下,"告状状元"孟登科亮起札子,揭底至穿,致令李有恒、恒宝和孙雨田惊慌失措。待到他换冠袍、饮御酒,被毒身亡之际,孟登科才真正南柯梦醒,认识到"大清朝、大清朝,大大不清",只有官官相护理,何来百姓申冤处。他终于在临死前认识到封建社会的整体黑暗和罪恶实质。正如作者所云,秀才"起点是腐儒,终点是豪杰,从埋头读书到焚毁八股,从明哲保身到为民请命,从迂酸到明智,从胆小到胆大,从顺民到'刁民',一步一步觉醒,一次一次升华",直到最后一息时的大彻大悟。秀才倒了下去,英雄站立起来。

本剧曾拍成电影戏曲艺术片。1986年获全国优秀剧本奖,并由澳大利亚《亚洲戏剧》转载。

[①] 魏明伦《巴山秀才》,《剧本》1983年第1期。

第二节　陈亚先的智者悲剧

一、陈亚先的生命历练

陈亚先(1949年生,湖南岳阳人)出生乡间。因为家庭成分问题,父亲在儿子两岁时弃世,母亲亦在他三岁时撒手西归。临终前,这位识字不多的母亲于绣花簿上留下一段遗言:"古曰红颜薄命,我不红颜,命亦如斯。"从此这位孤儿随亲靠友,颠沛流离,好不容易才在人们接济下在外地读完小学和中学。毕业后陈亚先又回到本村,在生产队仓库一隅捱过了很长的光阴。之后,他曾因搞副业之"过",背上"狗崽子搞复辟"的罪名,受到关押。他在写反省书的同时,附了一份万言陈情书,终于感动了一位识才的领导。从此陈亚先被推荐为民办教师,并逐渐走上业余编剧和专业编剧之路。在接受上海记者翁思再采访时,他动情地说:

> 从生活底层走过来的我,似乎先天具有一种忧患意识,对于封建社会的漫漫长夜有着深沉的反思,对社会和人生有着切肤之痛。[①]

正因为此,亚先对屈原、贾谊、杜甫、范仲淹等不得志者的身世遭际大为震撼。缅怀先贤们在三湘留下的足迹,亚先在长期执着的苦思冥想中,终于找到了曹操与杨修这对可以开掘的典型的载体。《曹操与杨修》写成后,全国性的《剧本》月刊于1987年首期刊出。次年,该剧荣获第四届全国优秀剧本奖。上海京剧院旋即成立了以马科为导演、集中了尚长荣、言兴朋等中青年名家的剧组,于1988年夏开排此剧。12月份该剧到天津参加京剧新剧目汇演,全票获得首奖暨六个单项奖。1989年10月,该剧又获中国戏曲学会金盾奖。两年后,根据该剧改编的电视艺术片亦获奖掖,并在列宁格勒、塔林和莫斯科访问演出,热情的前苏联观众为之深受感动。近年来,该剧还在港、台由不同团体分别上演,口碑极佳。

二、"四得"、"三杀"构七场

与一般戏曲作品的平铺直叙、渐入佳境不同,《曹操与杨修》采用的是危机先入、杀气弥漫贯穿始终的结构法。原剧共分七场,为了叙述的方便,这里由笔者代拟场名,分别冠之于前。

第一场《祭灵得士》写曹操与杨修的聚合。聚合的契机是这一对乱世英雄和聪颖才人同时到郭嘉坟前扫墓祭灵。扫墓的前提乃是因为曹操"八十三万人马,败在东吴三万兵将

[①] 翁思再采访记,《新民晚报》1988年12月24日。

之手"的赤壁惨败。痛定思痛,曹营认识到人才的匮乏是失败的决定性因素,"可叹丞相麾下没有周瑜、诸葛亮那样的能人",所以孟德才率众将凭吊英年早逝的郭嘉参军,并由此觅得了毛遂自荐为仓曹主簿的杨修。曹、杨聚合这场戏看似平易,而始之有赤壁之败的仓皇,又以杨修举荐与曹操有杀父之仇的孔文岱告终,危机种种,已先入为主矣。

《诬告错杀》是为第二场。试图一鸣惊人的杨、孔二人,暗地策划军马粮草。杨在内,孔出外,半年之内不动声色。对公孙涵密报的孔文岱"通敌"之事,曹操自然敏感地联想到当年砍杀其父孔融之前科,满腹疑云激起盛怒,恍惚之中刺死了功成复命的孔文岱。此为孟德三杀中第一杀,从此杨对曹之怨懑伤情,已成定势。

第三场《得粮赠袍》,系由杨修如何向米、马商人以智杀价的喜剧性主体构成。这里杨修与孔文岱的生意经成果愈突出,一旁观察的曹操心中也就愈内疚。就在杨修为孔文岱请头功之际,曹操竟先升杨修为丞相主簿,再将身披锦袍赠授杨修,然后方在无奈之下,以"老夫素有夜梦杀人之疾"为由,说明了误杀孔文岱的事故。一叶锦袍滑落在地,杨修从此将曹操视为了陌路之人。

《灵堂杀妻》可视为全剧的逻辑高潮场。从此曹操必欲置杨修于死地的思路正式形成。在庄严肃穆的孔文岱灵堂前,曹操故作姿态,涕泪双流,相邀杨修同为逝者守灵一夜。从最简单的类比推理出发,杨修尖锐指出:"倘若丞相又患夜梦杀人之疾如何是好?"谢绝守灵之邀后,杨修转至后院,递过丞相所赠锦袍,恭请孟德夫人倩娘前去为丞相添衣御寒。睹袍大惊,曹操不得不再以"夜梦杀人之疾",逼使妻子自刎。此为孟德之二杀,而杀妻之仇,志在必报。他之所以将女儿鹿鸣女许配给杨修,只不过是将爱才姿态和着心中血泪,咬牙切齿表演到底而已。

第五场《解谜牵马》中,杨修于行军途中恃才凌人,将诸葛亮战表诗意秘而不宣,后竟逼得老岳父曹操丞相为之在雪地中牵马坠蹬,同时也使得全军将士都气喘吁吁地牵马步涉,这就恃才傲众,犯了众怒。第六场《明情矫令》中,杨修在与鹿鸣女互诉衷情后,决心为阻止丞相出兵抗争到底。鸡肋之令触发其灵感,在他安排众将官作出退兵事宜后,扰乱军心的滔天罪名也就悄然成立了。出以公心的杨修被绑之时,也就是聪明的鹿鸣女自刎之际。

《斗法问斩》是全剧的高潮戏。刑场之上,曹、杨二人相互斗法,但杨修已尖锐指出,丞相之用心不在于解天下黎民之疾苦,而在于世间奸雄之私心。出兵必败,撤兵是为上策;然而曹操则宁可兵败,也不肯失了面子,更不肯放过杨修这位智商高他一头之人。全剧以杨修被杀为情感高潮,以斜谷兵败为气氛渲染。曹丞相兵败、求才的历史又回圈到全剧开场的可悲起点上,但却令人更为痛心疾首。

简言之,全剧七场可分为"四得"、"三杀"两大交叉部分。《祭灵得士》是第一得,《得粮赠袍》为二得,《解谜牵马》为三得,杨修在此得怨也即引起众怒,《明情矫令》是第四得,杨修于此得杀生之咎,鹿鸣女也于此得杀身明志。"三杀"系指《诬告错杀》、

《灵堂杀妻》、《斗法问斩》,一杀为过错杀人,二杀为个性杀人,三杀为人格杀人。全剧以危机起始,又以危机告终,激烈冲突,可谓无处不在。

三、根本危机与冲突

从深处开掘,《曹操与杨修》的根本危机和本质冲突,乃是封建统治者之权势人格和知识分子之智慧人格之间难于调和的终极矛盾和对峙结构。

概括而言,剧中曹操拥有相互矛盾的形象总谱,这就是求贤若渴,爱才如命,但却又疑才如敌,忌才如仇。尤其在赤壁之败的背景之下,他对郭嘉的凭吊不仅是一种姿态,而且是对人才真挚的企盼。对杨修,他用尽了心思提拔他,招为东床笼络他,可以说无所不用其极。然而与此相反的是,曹操从一开始就对英才怀有百般疑虑和深深的敌意,他可以容忍身边诸如公孙涵、蒋干等一应庸才、蠢才,但却对孔文岱、杨修等智勇超群之才极为猜忌,一有风吹草动,势必刀枪相加。这种互为矛盾的形象总谱来源于其真实的心理基调,那就是恢复汉家大业是假,救百姓于水火是假,挟天子以令诸侯是真,成乱世奸雄是真。私心所在,不容他人冒犯、凌驾和超越。

如此形象总谱和心理基调必然导致一系列危机过程。如果说他因猜疑不实之词误杀孔文岱是过错型危机的话,那么为了保全面子而错上加错,杀掉与他十余年"偕卧兵车度关山,千危万难终不散"的贤妻,就是执迷不悟的性格缺陷而导致的精神危机了。从过错、性格上的危机最后落实到人格缺憾型危机,那就是知其不可而为之。明知出师不利,但却为威信故一再拒绝杨修的退兵建议,宁愿粉身碎骨而不愿悬崖勒马。团体利益、王侯霸业这时候可以统统抛之于脑后,唯有杀掉杨修这位处处高他一头的智者方是当务之急。用性格缺陷来解释曹操的这些反常行动不甚合适,只有从人格缺憾、从千百年来封建统治者所具备的唯我独尊、君无戏言乃至兔死走狗烹、鸟尽良弓藏的共同倾向上看,似更贴切。曹操自然连汉高祖刘邦的水准也达不到,兔未死而先烹走狗,敌在前而自乱阵脚,前有赤壁之败,后有斜谷之溃,自在情理之中。所有封建统治者于冠冕堂皇之中,都拥有一致的卑微的人格和渺小的灵魂。曹操杀人先敬酒、死妻先下跪、乃至猜谜已中却偏不讲,致令杨修触犯众怒而为杀之留下伏笔等种种狡诈,无非是其卑微人格的自然发露。

杨修的形象总谱可用露才扬己来说明,具体表现为聪明不肯藏拙,得理而不肯让人。他逼曹操被动杀妻、牵马坠蹬,乃至甘冒全军覆没之大不韪而决不肯被逼退军,都起到了适得其反的效果。这位英才的聪明度与正义感紧密相联,使得他以知识分子之心态,度封建统治者之人格,妄想曹操会大胆承认错误,赢得更大威信。这也说明他对曹操的认识远不够周密,他对上司人心实在是没有琢磨透,而这却恰恰是所有庸才的看家本领。为了表明其聪明,也为了证实其正确或曰真理的占有度,他从不肯向岳父低头认错,哪怕是赔个笑脸。甚至死到临头,他还是最后一次劝"丞相快快撤兵,免得全军覆没",尽管他深知这最后的规劝只能是加速自己的灭亡。他所要求的是让三军将士明辨是非,得智者之智而用之。

千般乖戾,万般激越,杨修的人格精神毕竟健旺可钦。他在心理基调上一直是以汉家大业高于曹魏功业,以百姓疾苦重于个人安危。开场时高诵曹操"生民百遗一,念之断人肠"的诗作,终场时他还求丞相"初衷不改,天地可鉴",这种始终如一为天下生民而奋斗的呐喊,正是中国知识分子忧国忧民的传统人格精神。为了这崇高的理想,为了坚持这崇高的人格风范,杨修有多次明哲保身的机会,但他却一应放弃。面对鹿鸣女情知夫君危难际,"到如今也只得夫妻父子抽身走",一家三口远遁隐居的请求,杨修只是记盼着:

中兴大业未成就,忍将夙志付东流,倘若是此时间你我夫妻抽身走,抛下你年迈的父相,大小三军,兵困绝境,一场败局无人收,赤壁悲歌又重奏,我岂能看水流舟?!

知其不可为而为之,甘愿一死明志,以死唤醒众人,这正是中国优秀知识分子智慧型人格的充沛发露。

当权势者人格和智慧型人格的对峙结构年复一年、代复一代地形成之后,其所造成的悲剧性危机将是全民族的灾难。也只有明智的统治者和聪颖的人才群体相对吻合时,中国封建王朝才可能得到一定时期的繁盛。但这种现实性,在二十五史上毕竟不为多见。

第三节 郭启宏的文人悲剧

一、中大才子入京城

郭启宏(1940年生,广东省饶平县人)系北京地区著名的中年剧作家,现为北京市戏剧家协会主席。

在众多的知名戏曲作家中,郭启宏堪称是唯一接受过中文系正规高等教育的"状元"。1961年从中山大学中文系毕业后,作为戏曲研究泰斗王季思的学生,郭启宏南才北调,先后在中国评剧院、北京京剧院、北方昆曲剧院及北京人民艺术剧院任职。用他自己的话说:自己所工作的地方"全是国家一流剧院,日精月华,瑶草琪花,顽石也通了几分灵性。天之厚我,可谓至矣,我于是有几部剧作问世"。[①]

从其"自报家门"来看,郭启宏也有过较为明显的忧患情结,发而为十分典型的文

[①] 《郭启宏剧作选·后记》,中国戏剧出版社1992年版,第583页。

人情肠。时代与环境之风云变化所打下的烙印,家族与个人之变故与悲欢所导致的沉潜思考,都在个人自叙中予以了真切的表达。这一表达也带有20世纪后半叶中国剧作家们共同的感觉,故移录于下:

　　某,男性,粤之潮人,生于40年代初,从小听潮声,操潮语,食潮菜,赏潮乐。居有书香,室无铜臭。自汕头金山中学至广州中山大学,风正一帆悬。
　　50年代中,父兄罹难,家道遽变,蒙袂辑屦,日夕潜读于校图书馆。恩师王季思先生不拒曲士,金针度人,每有教诲,必三复斯言,自此学业精进。
　　60年代初,毕业分配来京,先文化局,次评剧院,次昆曲剧院,八十九年落籍北京人艺。三十余年,酸咸苦辣,百味半尝。追思谈笑,往往佳趣,一入毫端,未免断肠。所幸遇得好人多多,曹禺、于是之、鲁刚、苏民、杨毓珉、王一达……
　　清夜扪心,自认从政无能,经商不敏,此生唯与文字交。是故明心以见性,避短而扬长。读书万卷,作剧半百,诗歌散文小说论文之属,累数百万言。迭稿欲等身,入弦堪悦耳,其乐也陶陶矣!倘若天假以年,人也刚劲如初,21世纪当有新作喷涌。目标既定,或读或写,生命不息,读写无穷期。兹集前人句,聊表文心,兼作乱曰:
　　不是无端悲怨深(清·龚自珍),新诗改罢自长吟(唐·杜甫)。
　　半楼月影千家笛(清·陈恭尹),一片闲云万里心(唐·李远)。
　　人世几回伤往事(唐·刘禹锡),朱弦三叹有遗音(宋·苏轼)。
　　文章自得方为贵(金·王若虚),玉垒浮云变古今(唐·杜甫)。[①]

收入其剧作专集的共有十部戏:《司马迁》(1978)、《成兆才》(1981)、《评剧皇后》(1983)、《卓文君别传》(1983)、《南唐遗事》(1986)、《宋宫异史》(1987)、《紫》(1988)、《村姑小姐》(1988)、《王安石》(1990)、《李白》(1990)。其中除《紫》、《李白》二剧为话剧外,余均为评、京、昆等戏曲剧本。这其中大部分都是文人与艺人的悲剧,或者身为皇上、实乃文人的悲剧。

二、《司马迁》与《王安石》

政治事业上屡遭失败、无力回天的悲剧人物,文章词赋上精彩绝艳、光被后世的一代伟人,处世为人善良、正直而又注定为浊世所不容的超越性人格,心理感情上敏感多愁,最终导致愁人间之大愁、悲天地之大悲的苦难灵魂……这几乎是郭启宏古代历史人物剧中的形象主调。

[①]《郭启宏剧作选·后记》,中国戏剧出版社1992年版,第584页。

《司马迁》是郭启宏在美学品位上获得较高起点、在艺术风格上渐趋成熟的第一道标志。该剧着重刻画的是司马迁秉笔直书、仗义直言、实事求是的人生态度和人格风标。在他身上接续了春秋以来的中国史家,不惜以前仆后继以生命来维护史书的严肃、如实和褒贬倾向的优良传统,处处显露出刚直不阿、"不识抬举"、不受左右的独立精神。所以当杜周、李和嫣请求太史笔下生花,与人方便,"功和过常因为一字增减,褒与贬也只在挥洒之间"时,司马迁不假思索地抵挡回去:"修史书唯实录是非明辨,不隐恶不虚美仰不愧天。"这种对天下人负责、对古往今来的炎黄子孙负责的修史态度,必然要招致当朝之中当世之人的种种辱骂、攻击和陷害,从而构成了不朽巨著、超越人格与有限肉体、身边浊世的根本性冲突。所以一旦司马迁逆圣意,为李陵陷敌再三辩护时,必然招致君王忌讳、下狱待刑的后果。

好戏至此,高潮已成。之后李、杜又奉旨抄家、抢走《太史公书》原稿的余波,乃至玉儿早已抄下全书副本以付天下的戏剧性转折,都使人更为感叹黑暗世道的黑暗所在,传世之作的传世艰难。司马迁以病残之躯,承载了整个中华民族志士仁人含羞忍辱、发奋图强的民族精神。巧合情节与艺术点化都是为了传司马迁身残志坚的千古神韵,所以才超越了一般牢骚不平事的愤世嫉俗,给人以羽化登仙、俯视红尘的崇高之感。

与《司马迁》相比,《王安石》包孕的思想内蕴、艺术构思乃至辞章锤炼的功能要更胜一筹。《司》剧的矛盾冲突比较单纯,子长与社会的关系是非敌即友的关系;甚至汉武帝刘彻在本剧之中也令人憎恨得紧,完全是以一派昏君的面貌出现,看不出其英主气象和大国风标。《王》剧则无论从事件撷取和艺术勾勒上,都有意无意地强调了生活的复杂性、社会的多维性乃至个人性格的矛盾、犹疑的真切性。《司》剧是写生活中的变态和极端事件,《王》剧更多地代表着生活中的常态和许多令人两难而无可奈何的常规事态。

三、《南唐遗事》起悲歌

相比而言,昆曲剧本《南唐遗事》代表着启宏剧作中的最高水准,标志着其驾驭历史人物已经进入出神入化的境界,表明了其情深意苦、凄凉醇厚的艺术风格的发展与成熟。该剧在第四届全国优秀剧本奖(1986—1988)中以得票为序雄踞榜首,真是名剧共欣赏,公道在人心。

本剧深刻揭示了个人才性与社会角色之间势不相容的根本矛盾。由此出发,剧作家认为南唐并不是亡于叱咤风云的宋主赵匡胤之气势,而是亡于李煜淳厚柔弱、多愁善感的性情之中。南唐的亡国悲剧由这亡国之君的性格悲剧所致。尊贵的血统使其高坐国君之位,然而他血管里却流动着古今才子的笔墨,骚动着痴情种子的情怀。半壁江山之残,国势飘摇之际,此位国君专心于"歌舞填词,美人风标"。吏部尚书徐谦从宋京回国,耽于声色之娱的皇帝拒而不见;小姨子周玉英的飘然而至,则使之一见倾心,心旌摇曳,忘其所在。老将肖焕乔的闯宫直谏,也曾使李官家有过片刻"起衰振弱"的英雄壮志,但其真正的心思,却尽数放在如何避开病皇后的眼目,与小姨子偷情欢媾之上,放在回味偷情光景的艳词快曲的创作之中。这位末代昏君生于深宫之中,长于妇人之手,文才倾国,猎艳称先,无怪乎皇后周娥皇一针见血地指出:

   官家若以填词功夫治理国家,焉能受人欺侮若此!(冷笑)哼!尽日秾诗艳词,无非淫奔之语,亡国之音!

  作为一位颓废惨淡、黯然神伤的亡国之君,李煜时时为纷至沓来的事变所惊忧。御弟被扣、皇后去世、汴梁之囚,都曾使李煜痛不欲生,然而时时能使其抖擞精神的除美女之外,只有文章大事。他为皇后所写诔文文采斐然,群臣同赞,这时皇帝便"爽然忘忧"、"沉入艺境",审美的陶醉早就消融了丧葬的悲哀。赵匡胤对其词作的欣赏,马上使李煜得知音之感,"骤来精神",自谦说未入乐尚不知协律与否。身为囚徒皇帝,当徐谦报告江南百姓想念故主,江州城上仍飘着大唐旌旗之时,李煜"感奋"而言:"若能回南,我要埋名隐姓,写诗填词,了此一生。"他连一个精神偶像的政治家躯壳都不能树立起来。待到玉英为赵匡胤所辱,李煜被赐毒果而丧生之际,他还在感谢亡唐之国、夺他所爱的虎狼之主大宋皇帝:"李煜本为诗文而来,就该为诗文而去。只是我尘缘未了,苦恋残生,无有勇毅自裁……如今,多亏他了!"

  如此谢恩的君王遗嘱实在是天下所未闻。人们除了叹其不幸、哀其不争、恨其不明之外,还能再有何语相评呢?

  郭启宏还写过另外一部文人戏和警世剧《司马相如》,由上海昆剧团的著名演员岳美缇和张静娴分别扮演司马相如和卓文君。虽然其中也有一些悲剧的氛围,但总体来看属于悲喜剧的范畴。

  苏州昆剧院 2006 年以来上演的《西施》,也是郭启宏的悲剧新作。该剧文辞优美,文心灿然,颇有可观之处。但是该剧也与其为上海京剧院所打造的京昆合演《桃花扇》相类似,都属于改编创新的悲剧之作,但《西施》的悲剧韵味更加淳厚,新创的趋向也更加明确。

  由北京人民艺术剧院濮存昕主演的话剧《李白》,特别深刻地体现出中国知识分子的文人情结、高傲情操和忧国济世、普度苍生的仁者情怀,当然也同时体现出文人志不获展时的深切的悲哀。其《评剧皇后》写一代名伶的大红大紫和大寂大灭,也都是令人动容、启人深思的悲剧大作。

  作为 20 世纪 40 年代生人的"蜀魏湘陈京城郭",目前都还处于创作的盛年。其中的魏明伦与郭启宏,大作迭出,悲剧动人,已经成为中国当代剧作家当中的领军人物。陈亚先在其悲剧大作《曹操与杨修》之后，尚无更多有影响的悲剧大作问世，相信他还会有更好的作品挑战其"一出戏主义"的文化现状。当然，他在台北改编上演的京剧《天地一秀才》，也有其一定的社会透视之深度。

无论如何，蜀魏、湘陈、京城郭，这三大家，在很大程度上体现出20世纪中国悲剧所达到的艺术高度和思考深度。高山流水，文心戏韵，自有千古知音者去作会心的品评。

第八编

中国影视之悲剧情韵

第二十八章
中国现代电影的悲剧品格

中国悲剧艺术的发展之流,从20世纪开始,又淌入了电影艺术这一新时代的河道。

1905年,丰泰照相馆老板任景丰拍摄第一部戏曲纪录片《定军山》,标志着电影这门最年轻的艺术开始登上中国的历史舞台。在经历了技术的实践、艺术的提高和资金的积累后,电影开始担负起时代所赋予的社会责任和使命。它发挥视听艺术最大的潜能,也展示出悲剧强烈的感染力和震撼力。

中国电影一开始就具有强烈的悲剧品格和悲剧精神,也在精神文化领域中开启了社会启蒙和救亡运动。表现生活的苦难和悲凄的影片《渔光曲》和《一江春水向东流》,弘扬英雄英勇斗争的悲壮和崇高精神的《八百壮士》《风云儿女》,唤起女性的觉醒和顽强反抗的《神女》《新女性》,展现普通人悲苦和质疑的《一江春水向东流》、《乌鸦与麻雀》、《万家灯火》等,都具备较多的悲剧特色。

新中国成立以来,具备悲剧电影品格的作品也继承传统、自成源流。桑弧、谢晋和张艺谋等诸多名家的电影,都有着极为浓郁的悲剧气质。

第一节 中国电影悲剧意识的萌芽

一、中国电影悲剧意识溯源

"悲剧"一词是由西方引进,一般认为是在酒神祭祀典礼中产生的。中国悲剧的起源从巫觋代言到悲怨歌舞,从戏谑嘲讽到参军苦戏,从民间传说到变文讲唱,经历了一系列变异和演进,品种越来越丰富多样起来。如楚辞离骚、汉代歌舞、建安诗歌、唐诗宋词、元曲明戏清小说,都在一定程度上承载了中国几千年的悲怨传统。悲剧借助各种文艺载体,更大程度上展示其艺术魅力和哲学内涵,表达了人类对生存艰难的理性思考。

1895年12月28日,卢米埃尔兄弟在巴黎第一次公开放映他们摄制的《工厂大门》、《火车进站》,电影作为一门"最年轻"的艺术开始登上历史舞台。在短短一百多年的时间里,电影逐步完成了对文学、戏剧、音乐、舞蹈、美术、建筑等艺术元素的取纳,成为真正独立的综合性视听艺术。

在中国,早在1896年,上海徐园便推出"西洋影戏"。1905年,丰泰照相馆老板任景丰拍摄第一部戏曲纪录片《定军山》,标志着电影在中国的诞生,悲剧文化又找到了一个新的载体。新文化运动开始后,悲剧的审美文化意识开始具备真正的自觉性。文学思潮中所宣导的悲剧观,启发并影响到电影的悲剧意识。

中国进入20世纪之后,几千年的封建意识和严密宗法制度都已经千疮百孔,帝国主义的炮火侵略,更是加速导致了封建大厦的彻底倾塌。在这样的社会背景下,先进的知识分子首先被唤醒,失去束缚的个体刚刚感到解放的欢悦,马上又面临着亡国亡种的极大的威胁。权力中心的迅速更迭,又让普通人感受到生存的难于安全、人生的幻灭多变,乃至反抗与革命的势在必行。

正是以这种个体的觉醒为基础,文学的悲剧意识开始深化,大量的西方悲剧作品和悲剧理论也整体性地传入到中国。古希腊悲剧和莎士比亚的《哈姆莱特》,易卜生的《人民公敌》、《娜拉》,小仲马的《茶花女》,王尔德的《莎乐美》等著名的悲剧,都被相继翻译过来。同时,亚里士多德、叔本华、尼采等人的悲剧理论也引起了人们的极大关注。

正是在这个氛围中,悲剧以其独特的艺术美感和审美价值,受到越来越多人们的关注。"小雅之怨悱,屈子之离忧,均能特别感人"(蔡元培)。悲剧观念引发作家创作出"思力深沉、意味深长、感人最烈、发人猛醒的文学"(胡适)。鲁迅、傅斯年、俞平伯等都认为,悲剧所具有的沉痛哀戚的美感特性,比其他艺术类型更加深沉、普遍,更具有感染力。他们呼吁"你们当写出你们中的悲剧,因为我国今日正要这种东西","中国只需悲剧"![1]

随着悲剧观念的深入人心,中国几千年的"乐而不淫,哀而不伤"的审美传统和大团圆的审美心理被真正撼动了。"五四"新文学选择悲剧文学,主要并不是一种艺术美学的选择,而是对它所蕴涵的社会变革和思想启蒙作用的选择,是想"利用它的力量,来改良社会"。正是现实主义的启蒙需要,直接启发和孕育了悲剧。这时期的悲剧作品反映出中国社会知识分子、劳动大众、尤其是妇女以及革命者在精神上和肉体上所遭受的巨大痛苦,一方面表达了对黑暗社会和非人环境的控诉和批判,另一方面则表达了对理想自由的希望和渴求。

---

[1] 冰心《冰心论创作》,上海文艺出版社1982年。

由于近现代社会环境的剧烈变动,使得中国的电影艺术一开始就被卷入到时代前沿中。首先,中国电影的产生与外敌入侵、门户开放、西方文明与野蛮暴力传入的社会背景密不可分。列强军阀、船舰炮火,击碎了改良者的梦想;其次,政权更迭、军阀混战、阶级矛盾导致封建集权制摇摇欲坠,这些都决定了电影要表现的动荡人生和悲剧世界。再次,现代社会的文化思潮已从虚妄走向现实。从梁启超、黄遵宪的"诗界革命"、"小说界革命"开始,到五四运动反传统、倡新规之后,中国电影文化也在很大程度上主动参与了奋起抗争。

二、中国电影悲剧精神的艰难萌芽

20世纪初叶,电影这个新生儿在中国的起步异常艰难。电影是商业运作与利益驱动下的产物,它作为一种新的娱乐形式和新兴企业,需要大量的资金注入和高度发展的工业技术。电影工作者在技术和艺术表现上都处于年幼时期,徘徊在自摄电影的尝试时期。当时,中国工业落后,民族资本在帝国主义和封建主义的夹缝中步履维艰。再加上政局动荡,军事纷争此起彼伏,新旧文化针锋相对。在这样一个社会文化大背景之下,在技术和艺术极端贫弱的境遇中,中国早期电影还是以模仿、抄袭外国片居多,以逃避现实纷争、渴望安定生活、期待惩恶扬善为主题,追求的依然是古典美学中归于和谐的旋律。

电影一方面产生于乱世,另一方面又试图逃避乱世。虽然许多公司在刚刚成立时,受到当时政治文化的影响,提出了一些积极的制片主张,拍摄了具有积极意义的影片,但结果不被市民接受,经济上陷入严重困难;一些公司便先后改变初衷,走上商业化、投机性和庸俗化道路。这就限制了电影艺术的发展。例如20年代后期所拍摄的爱情片、神怪武侠片、侦探片等片种,一时间泛滥成灾,大部分都与现实生活相距甚遥。

直到1913年,我国电影界才拍摄了第一部对旧式婚姻制度进行暴露和批评的短片《难夫难妻》。这一富于社会性的主题,初步显露出改良社会、教化民众的意图。1916年的《黑籍冤魂》富于悲剧警世意义。影片批判了封建大家庭怂恿子弟吸食鸦片的愚昧思想,揭露了鸦片对于家庭和社会的全面毒害。

1920年到1921年间拍摄的三部长故事片计有凶杀片《阎瑞生》、爱情片《海誓》、侦探片《红粉骷髅》,故事情节曲折,悲剧情韵充分,虽然最后都似乎归于安宁,但也还是带给人们诸多深思和几许悲凉。

一些进步爱国的电影人,在20年代拍摄了一些充满悲剧意味的社会问题剧,反映劳苦大众的生存难关,表现妇女遭受巨大不幸的影片,能够使人发现封建专制的罪恶,可以借此开启民智。洪深的《爱情与黄金》,明星公司张石川与郑正秋拍摄的《苦儿弱女》、《好哥哥》、《孤儿救祖记》等一些社会片,《玉梨魂》、《上海一妇人》、《最后之良心》等一批妇女题材片,都具备社会悲剧与女性悲剧的感觉。"长城派"也不满当时中国社会的黑暗、军阀的统治以及电影界的落后,他们拍摄社会问题剧《弃妇》、《摘星之女》、《爱情的玩偶》、《一串珍珠》,也寄予着不少哀思。

影片《难为了妹妹》中的贫苦青年何大虎,因不忍见母亲病死而被迫沦为强盗,以至饱尝了铁窗之苦。出狱后母亲已死,妹妹做了丫鬟。他在妹妹苦劝下改邪归正,自食其力。但是社会并不让他太平下去,接下来的遭诬陷、挨毒打,使得他不得不纵火发泄,被判死刑。被东家赶出的妹妹,在哭喊哥哥的追跑中,听到处决的枪声响了;妹妹悲痛万分,晕倒在地。影片通过这对兄妹的悲惨遭遇,批判揭露了当时社会的冷酷,人间的无情,逼良为盗、铤而走险,原来联系得是如此紧密。

史东山在大中华百合影片公司拍摄的《儿孙福》,写一个母亲辛苦操劳,抚养四个儿女长大成人,而自己竟落到行乞为生的地步,最后孤寂死去。《玉梨魂》描写了一个年轻寡妇守节的悲剧,揭露了婚姻制度和娼妓生活吃人的罪恶,对她们的不幸遭遇表达了深深的同情。

中国第一部有声电影《歌女红牡丹》,写红牡丹嫁给了一个无赖丈夫后,以演出所得供其挥霍,但却备受虐待;她对丈夫始终宽厚忍让,甚至在他杀人入狱后,还设法营救,既往不咎。很明显,这些带有悲剧意味的影片,多以家庭、恋爱、婚姻、友谊、手足情等为题材,强调人情和人性的表达和抒发。主人公的遭遇虽然令人同情,孤独、悲苦、绝望的情绪虽然凝重,但是悲剧的力度还是不够充分。

三、悲剧意识的形成

20世纪20年代的电影处在时局混乱的背景中。虽然新文化运动给人们带来了民主与科学的思想,但是传统的文化观念仍然占统治地位。《孤儿救祖记》、《儿孙福》、《空谷兰》、《一串珍珠》、《西厢记》等阐扬伦理道德、光大传统文化的影片,以善有善报、孝敬父母、自我牺牲等等观念打动人心,创新的层面还是不太多。

本时期除少数爱国知识分子所拍摄的一些严肃的反封建影片外,大多数电影较为适合小市民低级趣味,过多追求票房价值。其内容多为鸳鸯蝴蝶派文学的翻版,或者武侠小说的电影化。1927年后,北伐带来的时局动乱,使电影更加脱离现实,先后坠入了古装片和神怪片的逆流,导致中国电影向着更加商业化的道路发展。逃避时代的变迁主线,也使得电影艺术的悲剧品格迟迟难以确立。

战争的爆发,终于惊醒了电影人。追随悲剧文化思潮的脚步向前,他们着力关心社会现实。30年代开始的左翼电影运动,呼应时代需要、反映民心,电影终于被左翼宣导的现实主义思潮所支配,注重其社会功能。中国电影在承袭悲剧传统和顺应时代要求上相契合,而悲剧的社会教育功能也得到普遍的重视。

神州派认为电影是综合艺术,是宣传文化的利器,开启民智的良剂。胡适认为,悲剧的意义在于"可以使人伤心感叹,使人觉悟家庭专制的罪恶,使人对于人生问题和家族社会问题发生一种反省"①。从这种意义上看,"(悲剧)文艺上这种最高成就以表达人生可怕的一面为目的,是在我们面前演出人类难以形容的痛苦、悲伤、演出邪恶的胜利,嘲笑着人的偶然性的同时,演出正直、无辜的人们不可挽救的失陷";"不论他梦想作什么,他最终达到的总是他最少梦想到的事情,那就是他本人的毁灭"。② 悲剧就在于它对苦难与不幸的展示中,唤起人们的同情、怜悯和爱心,使观众与悲剧主人公心心相印。在审美的瞬间,达成个人与他人、个体与群类之间的沟通与亲近,把自己的忧患与他人的忧患联在一起,引发强烈的共鸣。

悲剧的美学意义,并不仅仅在于表现世途的艰险、人生的无常,更重要的,还在于它通过苦难与不幸,迭显出人们的行为暨一种反抗命运的方式。悲剧的本质也不仅仅是对苦难和不幸的展示,更重要的是超越,是人的信念、追求、抗争,以及对自由的向往和追求。西方的一位批评家曾指出,悲剧远不是仅仅反映社会现实,而是对现实提出抗议、质疑。悲剧的不幸,从根本上说,是对不幸不平的控诉、反抗和否定,是对毁灭生命、自由、幸福的现实既定性所喊出的一个声泪俱下的"不"字!20世纪30年代以前的中国电影,其悲剧意识尚显模糊。但30年代所创作的大量影戏电影中所反映出来的悲剧感,从电影悲剧意识发展的历史来看,它又属于不可或缺的萌芽时期。有意无意之间创作的带有悲剧意味的影片,为30年代之后的悲剧电影的系列化产生,准备好了必要的条件。

第二节 三四十年代的电影悲剧品格

一、电影悲剧品格的时代驱动

时代发生的巨变,必然引起电影创作的相应波动。

"九一八"事变后,日本帝国主义的侵略,使得中国民族意识空前凸现。觉醒过来的观众们,向电影界提出"醒猛救国"四个字,要求拍摄抗日影片,反对太过泛滥的儿女风情和神怪武侠片。从票房上看,脱离现实的影片陷入低迷。花费巨资的《啼笑姻缘》在票房上遭到惨败,致使明星公司陷入严重的危机。显然,身处日寇侵略、时世混乱的年代,不顾国家危难,潜心制造幻影,这样的电影是难于卖座的。

20世纪30年代的电影界自身也发生了新的变化。1930年3月,以鲁迅为首的中国左翼作家联盟在上海成立。左联成立后,电影问题备受关注,进步电影人和先进文化思想传播开来,使得电影艺术家们提高了政治认识和民族觉悟,认识到人民在苦难之中,国家在危亡之秋。夏衍、史东山、蔡楚生、吴永刚、欧阳予倩、孙瑜等都深受无产阶级革命思想的影响,关心人民疾苦和底层群众。他们站在与现实社会秩序相对抗的

---

① 胡适《文学进化观念与戏剧改良》,《胡适文萃》,作家出版社1991年,第56页。
② 杨周翰《莎士比亚评论汇编》下,中国社会科学出版社1979年,第41页。

批判立场上,以清醒的姿态和无畏的勇气,用真诚、热情以及严肃的写实手法,同情着百姓疾苦,祭奠着普通人的死亡,用血和泪告诫、启示和激励观众参与到反对封建思想、抵御外敌、寻找自由的社会实践中去,体现出现实主义鲜明的启蒙精神。

  这一时期的影片中仍可见到封建文化的余孽,但批判的锋芒已显露。特别是积极介入社会、关心市民家庭、为革命摇旗呐喊、正视国家内忧外患的因素增强,这造就了当时电影悲剧的深刻社会性。当时影片中塑造出的许多悲剧类型,如深受苦难的农民、觉醒奋起反抗的人民、英勇抗敌的英雄等,究其根源,无疑是由战乱的阴霾和社会的变故所造成。在民族危难、阶级压迫的背景下,他们的悲剧正是社会各个阶层的缩影。影片或传达深藏的悲苦,或揭露社会的黑暗,或激起人民的斗志。

  从1931年到1949年这段时间拍摄的影片,以反映民生疾苦、反抗外敌内侮、人民的觉醒和抗争居多。抵抗外敌入侵、走上革命道路、反映阶级斗争,都通过电影得到广泛的宣传。《大路》、《小玩意》、《狂流》、《春蚕》、《渔光曲》、《神女》、《新女性》、《姊妹花》、《乡愁》、《船家女》、《桃李劫》、《马路天使》、《十字街头》等三十年代进步电影,都以关心人民的疾苦和反抗意识为主,揭示了当时的社会矛盾,为反帝反封建斗争大声呼吁。正是在这一基础上,中国的电影逐渐与"新文化运动"以来的启蒙、保种、爱国、救亡等悲剧性时代基调接轨。抗战时期的《东亚之光》、《塞上风云》、《中华儿女》、《热血忠魂》、《血溅宝山城》、《民族的吼声》、《八百壮士》等电影,直接反映日本侵华战争给中国人民带来的深重灾难,讴歌了军民抗敌的悲壮情怀。

  解放战争时期拍摄的《天堂春梦》、《松花江上》、《八千里路云和月》、《一江春水向东流》、《乌鸦与麻雀》、《万家灯火》、《三毛流浪记》等中国新现实主义电影,生动地展示出战后国统区人民悲苦的命运,深入小人物的内心的愁苦世界,反映出社会的黑暗以及抗击者的悲壮与凄凉。这种面对危难、腐败和黑暗的时局与社会,敢于顽强抗争、奋力挣扎的行动,构成了三四十年代电影艺术的基本悲剧品格。

二、30年代启蒙电影的悲剧品格

  20世纪30年代左翼电影运动的兴起,使中国的电影创作走上了现实主义创作的道路。从社会变革的思想高度出发,深刻地暴露现实的矛盾,使得冲突律代替了和谐美,对丑恶的揭露和批判代替了教化改良的良苦用心,无法调和的悲剧开放结局代替了大团圆的封闭形式。创作者通过《大路》、《狂流》、《春蚕》、《渔光曲》、《神女》、《新女性》、《桃李劫》等电影,直接反映了日本帝国主义的野蛮侵略、剥削阶级的残酷压迫、社会现实的动荡不安、工农大众的痛苦生活和反抗斗争。百姓的疾苦首先以家庭悲剧作为个体呈现,藉以反映出整个社会群体的苦难状态。将抗战前丰富的历史内容和错综复杂的社会关系,浓缩到一个家庭范围中表现出来,这也是小家与"大家"的传统表现方式。

  《春蚕》通过描写老通宝一家靠养蚕生活,为之付出了巨大的辛苦。但全家辛苦一年之后,反倒又增添了新债,一切的努力与挣扎均以失败告终。影片结尾时,那些催命的、收税的、讨债的势力都纷涌而来,喻示农民深受"三座大山"的压迫,面临破产的命运。

《渔光曲》以一个贫苦渔民家庭的悲惨故事为主线。两个渔家孩子小猫和小猴的成长历程,展现了旧中国农村和城市广泛的社会生活画面,从中揭示了渔民苦难生活的社会根源。民族资本家何仁斋的破产悲剧,揭开了帝国主义及其帮凶的欺诈凶残的本性。主题歌《渔光曲》以凄婉压抑、哀怨悲叹的调子,抒发了渔民心底的悲愤,深化了影片主题,具有强烈的悲剧震撼感染力度。

《香草美人》记录了王阿大一家的悲惨遭遇:资本家裁员降薪转嫁危机,导致王阿大失业、老二罢工被捕。女儿被迫卖淫、妻子离家出走等一系列衍生惨剧,真实地反映了30年代工人阶级在帝国主义和资本主义双重压迫下,过着何等贫困不堪的痛苦生活,表现了他们的觉醒过程和斗争要求。悲剧形象往往负载和代表着某种价值,当这些悲剧形象所体现的正面价值遭受践踏和蹂躏时,悲剧审美的感情和效果便油然而生了,我们便会为之叹息惋惜、伤心流泪。

旧社会最悲惨的,莫过于社会最底层的妇女。柔弱的女性在千难万险的困境里,依然保持着顽强的抗争精神,维护人性的尊严和忠贞的信念,不仅使观众对女性遭受的无辜欺凌和蹂躏感同身受,也会从中受到震撼,获得鼓舞和力量,具备对女性奋斗的崇敬感和女性精神上的超越感。《神女》和《新女性》,便共同奏响了女性反抗的悲凉乐曲。

《神女》运用委婉含蓄的艺术风格,细腻深切的细节描写,真实塑造了一个被压迫被蹂躏的妇女的典型。神女是一个被迫沦为街头卖身的妓女。为了抚育儿子,她忍受着流氓的霸占和社会的歧视,在痛苦中顽强地生活。但最后,儿子还是被社会歧视赶出学校,积攒的钱也被流氓偷走。在无比激愤中,她打死了流氓,被关进监狱。影片中,神女既是一个卑贱的妓女,又是一位圣洁的母亲。她遭受肉体的伤害,但拥有崇高的心灵美。她只是一个柔弱女子,但又是旧社会的一个坚定的反抗者。影片抓住主人公在黑暗社会中灵与肉的双重特征,突出表现了母爱的崇高和女性的尊严。神女把母爱和培养孩子作为人的尊严感的体现,但社会把这点起码的权利都给全面剥夺了。影片深刻地暴露了二三十年代中国社会的黑暗,对于备受欺凌和压迫、呻吟于社会最底层的妇女,表现了深切的同情和关注。较之于过去同类题材的影片,《神女》在对旧社会的批判与认识上,发掘出了这种人生悲剧的社会根源。《神女》的悲剧意义,不仅是这对母子自身的命运悲剧,更是黑暗时代所酿成的社会悲剧。

悲剧人物无论处在多么艰难困苦的情况下,即使他的奋斗是徒劳的,即使他知道面对的是不可能战胜的力量,但也决不放弃自己的理想和奋斗,宁愿前进一步死,不肯退后半步生,能够用生命维护和实践自己的信念。这一点体现在女性身上,更折射出可贵的精神。命运可以剥夺她们的幸福和生命,却不能贬低她们的精神,可以把她们打倒,却不能把她们征服。正是这种尊严感,使观众油然而生敬畏之情,从心中的悲痛哀惜发端,得到精神上的洗礼和振奋。《新女性》叙述了中学教员、女作家韦明被逼而死的故事。韦明一生在为争取婚姻自主、独立生活而斗争,但是半殖民地半封建社会的黑暗和糜烂,一次次沉重地打击了她。当韦明由愤怒而觉醒,喊出"我要活,我要报复"时,却因心脏衰弱而死去。《新女性》通过韦明悲惨的遭遇,控诉了旧社会对妇女的全面摧残。相形之下,个人的反抗是何等的无力,即使是很有能力的知识女性,也同样逃脱不了被侮辱、被损害的悲惨境遇。

女性悲剧电影之外,本时期的影像还反映出社会生活的各个角落。中国电影史上第一部有声片《桃李劫》,表现了一个正直善良的小资产阶级知识分子为社会所不容,由痛苦挣扎到最后毁灭的过程。《迷途的羔羊》写一群流浪儿童受尽上层社会的歧视和凌辱,面对未来一片茫然的悲惨命运。这些影片具备强烈的批判现实主义精神,能在很大程度上启发民智,催人奋起。

电影《大路》描写了一群建筑工人的生活和斗争。金哥等建筑工人和抗日军士们以豪迈的气概,无所畏惧的精神,经过三天三夜的艰苦劳动,终于将抗击日寇的军用公路修成完工。但日寇飞机的空袭扫射,使得金哥等人全都壮烈牺牲。悲剧中的英雄虽然牺牲了,但他们所开创的事业仍然在继续,他们所憧憬的理想并没有被毁灭。当一辆辆抗日军车通过公路、开赴前线时,当英雄复活的影子重新站立起来时,英雄们悲壮崇高的美感油然而生。悲剧英雄,就像凤凰涅槃一般,在劫火中得到新生和永生。

1937年7月7日的卢沟桥事变,昭示着抗日战争的开始。战争结束了30年代电影的繁荣局面。电影界迅速成立救亡组织,以高昂的战斗热情投入到抗日宣传中去。《东亚之光》、《塞上风云》、《中华儿女》、《热血忠魂》、《血溅宝山城》、《民族的吼声》、《八百壮士》等影片,谱写了一曲曲慷慨悲壮的英雄赞歌,鼓舞着人民的抗日斗志。《风云儿女》、《八百壮士》展示了宁死不屈、视死如归的勇气和傲骨,表现主人公最强烈的爱和最惨烈的恨,讴歌他们火一样的热情和钢铁一般的精神。

影片《八百壮士》,讴歌了1937年11月下旬上海沦陷后,八百名爱国士兵在团长谢晋元指挥下坚守四行仓库,与敌人血战到底的事迹。通过展示其拼死相搏、绝不撤退的英勇行为,塑造了这群铁骨铮铮的好汉,顶天立地的英杰。激烈的战斗场面和感人的生活情节,表现了将士们英勇斗争、不怕牺牲,势与国土共存亡的爱国精神。影片中抵御外侮、自强不息的牺牲精神和"天下兴亡,匹夫有责"的责任感,构成了整个民族在时代悲剧中的悲壮气度,使得观众对悲剧英雄产生敬畏和赞美之情,仿效和战斗之志。这也是抗日战争中最为强烈的悲壮音符之一。

三、解放战争影片中的小人物悲剧

八年抗战结束后,国民党反动派加重了对人民的压迫和控制,并对进步电影人予以限制和迫害。电影人也随之塑造了一系列普通人的悲剧形象,揭露抨击社会的丑恶、黑暗和腐朽,酿就了小人物的悲剧大观,使得长期积淀在民族心理的悲苦感受持续弥漫开来。在《天堂春梦》、《松花江上》、《八千里路云和月》、《一江春水向东流》、《乌鸦与麻雀》、《万家灯火》、《三毛流浪记》里,不难感受到人民在忍受深重灾难过程中的声声呻吟,那都是对社会制度的深深怀疑和对人生遭遇的痛切悲凉,同时也表现了人们对黑暗世界、苦难人生的申诉、质疑和抗议。

哪怕那些谨小慎微、忍气吞声的小人物,从不向现实和社会挑战者,依然不能幸免于难。战争、疾病、专制制度、恶势力等,会不由分说地把这些无辜的人们,残酷无情地推向深渊。

《万家灯火》塑造出一位正直、善良又猥琐的活生生的小职员形象。在国民党统治区,胡智清战战兢兢地在工作,但在生活的压力下不堪一击。当母亲带着一家子来投奔他后,生活便越来越困窘。失业以及婆媳之间的矛盾,经济窘迫导致家庭的破裂。影片从细致的生活琐事中揭示生活的残酷。面对人生的悲剧性,这种退让型的人生态度导致了对生命的绝望。这也说明人们为了要摆脱或减少苦难,即便压抑其自由意志,放弃个人对社会历史的责任,最终也只能是自讨苦吃而已。胡智清在农民破产、市民失业的社会现实下,依旧保持着对资产阶级的幻想。他以各种方式回避现实,以放弃自由来换取宁静和谐,结果导致了一系列的灾祸。这种退让型人生观,使得人们在面对苦难现实时不是积极主动地去改造和征服它,而是纵身一退,躲进自己内心的世界,用一种自欺欺人的方式来缓解对人生的悲剧体验,但却还是不能避免悲剧的苦楚。

《天堂春梦》描写了战后由重庆返回上海的一个知识分子的生活悲剧。曾为抗战效力的善良工程师,在生活中深受欺压,以至于不得不要出卖亲生儿子;而汉奸却摇身一变,成了所谓地下工作者,耀武扬威,作威作福。一场春梦反映出国统区颠倒黑白的生活,控诉了世界的不公。

《一江春水向东流》则是把家庭作为社会的一个视窗,通过一个曲折动人的家庭悲剧,反映了抗日战争前后的社会生活面貌,展示出整个时代与社会的悲剧。一方面是素芬公婆和母子所经历的苦难生活,表现了抗战时期沦陷区和国统区人民的贫寒和痛苦,带有着强烈的控诉精神。另一方面是张忠良由一个热血抗日爱国青年,如何一步步走向堕落。两相对比,更见出悲哀的品格。

影片刻画了两个颇具代表性的小人物形象。素芬,是一个聪敏、温柔、善良、诚实的女性,她对公婆孝敬,对丈夫思念体贴,对儿子疼爱,体现了中国劳动妇女的传统美德。她有着坚韧的性格,在风雨飘摇的生活中,她默默地忍受一切,反抗一切,执着地等待忠良的归来。可以说,素芬是在苦难中挣扎的沦陷区人民,乃至中华民族既多灾多难又坚毅不屈的代表。然而抗战胜利后,素芬并没有与丈夫团聚,更没有过上温饱、安宁的生活。丈夫畏于王丽珍的凶狠,贪恋荣华富贵的生活,不再回到她身边。失去了精神支柱和生活希望的她,在愤激、绝望中投河自尽。素芬的苦难遭遇及其悲剧结局,激起人们深深的同情,她的死,是对罪恶的社会最深刻的控诉。

张忠良的沦落深受颓废社会的影响。他本是一个善良正直的人,从敌人刺刀下逃出来,来到大后方重庆,满以为可以重新投入抗战工作,可遭到了拒绝。他找不到工作,衣食无着,瑟缩街头。不公正的待遇令他悲愤,大后方上层社会的腐败使他失望。经过一番矛盾和痛苦的挣扎,也因为性格的软弱和环境的恶劣,使他终于屈服于王丽珍的诱惑,堕落为资产阶级的帮凶,逐渐染上了上层社会的恶习,从外表到灵魂都受到环境的腐蚀。当他见到素芬和母亲后,两重心理曾让他十分矛盾,但最后还是选择了王丽珍。张忠良形象的典型意义,在于通过他的堕落、变质、揭露了上层社会对青年人的毒害,暴露了统治集团的黑暗和罪恶。

这群无辜殉难的小人物,对自身的悲剧命运缺乏认知,虽然没有一种哲学深度和美学深度的崇高性,但仍然具有强烈的悲剧性。以一种沉重的氛围促使人从悲痛中获得反省,批判生活,理解生活。他们把人引向对悲剧现实的愤懑、忧虑和反思,从而产生一种情感的抑压和郁积,对不合理和不公正的现实社会,产生一种批判性的反思和斗争激情。

第三节 情理相生、悲喜兼容的生活悲喜剧

一、发乎情止乎礼义的《小城之春》

没有惊天动地的巨大事变,没有死人翻船的悲愤结局,在乱世之中,由李天济编剧、费穆导演、文华影业公司出品的八十五分钟影片《小城之春》①(1948),怨悱不乱,哀怨不惨,演绎了一场发乎情止乎礼义、具有较强文人气质的情理悲剧。幽深静谧,韵味深长,构成了这部片子于传统文化且又具备可周延性的东方审美基调。

影片描写了一段刻骨铭心的感情波澜,是一出典型的情感心理悲怨剧。八年抗战结束之后,江南小城一个破落的家庭中,长期患有肺病的戴礼言身心俱惫,了无生趣。妻子周玉纹对丈夫并无感情,只是尽着妻子的职责,空虚地生活在寂寞空帏里。妹妹戴秀,则是一个单纯、活泼、热情的初中生。青年医生章志忱来戴家做客,打破了现成的情感秩序。志忱既是这家丈夫的老同学,又是妻子的初恋情人,还为妹妹所深深眷恋。他的到来,搅乱了这一家寂寞平静的生活,掀起了四人之间的感情风波,发生了一

---

① 《李天济电影剧作选》,学林出版社1996年版。

连串情与理、灵与肉的艰难搏斗。最后,大家都从心所欲但不逾矩,都理智地控制了心猿意马和情关重重。就像一潭死水被搅动之后复归平静一般,影片的结局是丈夫和妻子并肩站在城头,一同目送朋友远去。然而,情感的春潮既已涌动,那种表面的平静岂不是更令人心碎?

《小城之春》在男女之间的感情纠葛描写中,表现了男女主人公一种无法摆脱、令人窒息的苦闷情绪,深刻揭示了人物的内心冲突、情与理的矛盾煎熬。影片通过含蓄曲折的表现手法,展示了四人的复杂心态,宣泄了一种悲观失望的苦闷情绪。这种发生在悲剧形象内部、灵魂深处的冲突,常常表现为情与理、灵与肉、爱与恨、罪与罚之间的矛盾。没有腥风血雨,没有呼天抢地,只有一缕"淡淡的哀愁"。鲁迅说过:"这些极平常的,或者简直近于没有事情的悲剧,正如无声的语言一样,非由诗人画出它的形象来,是很不容易觉察的。然而,人们灭亡于英雄的悲剧者少,消磨于极平常的,或者近于没有事情的悲剧者多。"①

《小城之春》的影像节奏舒缓细腻,像一首清新优美的小诗。导演将中国传统美学的"意境"融入电影创作中。古老的城墙,残破的花园等,都渲染衬托了人物的心境,传达了古老中国的灰色情绪。在阶级矛盾尖锐、社会混乱的时代,《小城之春》淡淡的、朦胧的悲剧情韵,无疑是一朵另类的奇葩。

在时代变动的历史大转折关头,《小城之春》在当时并没有引起很大的轰动。剧作家李天济回顾一生时说,这部电影因为其与变革时代的相对疏远,因为其较为精致纯粹的情感波澜的酿造,导致他长期以来一直受到人们的责难和非议。

但是真正的金子总会超越历史的尘埃,重新焕发出熠熠光华。1983年香港艺术中心和香港电影文化中心合办"20至40年代中国电影回顾展",《小城之春》像一颗璀璨的明珠一样,被电影人重新发现,"放射出让人目眩心惊的光芒"。次年香港艺术中心与香港中国电影学会合办的"探索的时代:早期中国电影展",以及1985年第九届香港国际电影节的"亚洲大师作品钩沉"专题影展上,费穆的《小城之春》都成为最受关注、最受欢迎的影片。十年之后,《小城之春》又被推选为中国电影九十年历史上的十部经典作品之一,还被香港电影评论界推选为世界百年电影史上的十部经典之一。

二、亦悲亦喜的悲喜剧风格

20世纪三四十年代电影悲剧的另一个重要特征,是开创了悲喜剧的表现形态。《十字街头》《马路天使》《乌鸦与麻雀》《三毛流浪记》等片,都将严肃的历史思考和喜剧化的艺术风格和谐地统一在一起,外表嬉笑怒骂,实则苦痛悲凉。悲喜剧建立

---

① 鲁迅《且介亭杂文二集·几乎无事的悲剧》,《鲁迅全集》第六卷,人民文学出版社1991年版,第371页。

在关注现实的基础上,通过非常琐碎的日常生活,表现可笑可悲的生活状态,以此打动观众的心灵。

《十字街头》调和了诙谐、风趣而严肃的多元风格,通过对两个男女房客由相识到相爱过程的轻松描写,表现了知识青年失学、失业的严肃主题,是一部人生际遇与生存奋斗的悲喜剧。"《十字街头》……使你感到不能自已的带泪的微笑。"①

《马路天使》以现实主义的手法,刻划了生活在社会最底层的吹鼓手、歌女、小贩等终生形象,真实表现了他们贫困、失业的悲惨命运。"内容全是描写大都市下层社会形态,是一个悲喜剧,发噱处使人笑破肚皮,哀痛处使人哭出眼泪。"②

《乌鸦与麻雀》注重悲喜剧的社会讽刺效果,具有强烈的战斗性。"它把不同住户的个人问题与反对剥削的斗争,巧妙地糅合在一起,这样,喜剧和悲剧,戏剧变化和日常生活……都取得了完美的平衡。"③

《三毛流浪记》以幽默机智的笔触,精心结构了一组组笑中含泪的图画。瘦弱的三毛做报童、擦皮鞋、当学徒,受尽人间折磨。但他始终呈现出机智果断、顽强不屈的性格,在难做人的艰辛中揭示出贫富悬殊与社会黑暗。

三四十年代早期的悲喜剧一般选择开放的结局,如《马路天使》以妓女小云负伤致死告终,在带泪的笑声中引发观众的同情与反思。政治的黑暗,社会的动荡,人民的疾苦,个人的毁灭,并没有打垮人们的乐观和信心。电影悲喜剧特性让人们含着泪微笑,在悲剧实质和喜剧框架的碰撞中加深感悟和思索。

三四十年代的中国电影,强烈地关注现实、启发民智,不可避免地卷入激烈的抗日抗战和解放战争的硝烟中,这使电影容易进入悲剧美学的范畴。封建军阀的混战、农村经济的破产、帝国主义的侵略、劳动人民的贫苦,小资产阶级的痛苦和要求,都构成电影悲剧美的一幅幅艺术画面。民族危亡的深层悲哀,人民奋勇抗敌的悲壮气概,社会制度的腐败黑暗和人生现状的刺骨悲凉,都加重了悲剧审美的厚度。社会悲剧成为这一时期电影发展的主基调。悲剧源于并服务于启蒙救亡和时代的需要,但也在一定意义上带有概念化说教的倾向。多元化的悲剧风格,在新中国电影中才得以充分显现。

---

① 李一《〈十字街头〉观后感》,《实事新报》1951年4月1日。
② 《明星》半月刊,1951年第6期。
③ 《中国电影回顾展》特刊,《太阳下的影子》。

第二十九章
中国当代电影的悲剧风格

中国当代电影的起点,从新政权创立的那一刻肇始,就得到了脱胎换骨般的更新。在那些除旧布新、再造乾坤的日子里,来自红区与白区的不同导演共同遭遇激情,制造神话,接受考验,将电影带入国家意识形态的主流文化格局。

我们将新中国电影史上那些富于悲剧情调与风格的影片,按照建国十七年和"文革"时期、新时期等不同时段、电影导演的不同代际、题材风格的不同分类,梳理归纳到高亢与凄美的旋律、悲怆与追忆的乐章和抑扬顿挫的交响这三大板块之内,分别予以较为细致的分析。

第一节 高亢与凄美的旋律

一、崇高悲剧

崇高悲剧展现英雄宁死不屈、视死如归的英武气概和火一样的热情,钢铁铸就的体魄、岩石般的恒心、拼死相搏的意志,表明他们是铁骨铮铮的硬汉,顶天立地的豪杰。英雄们的毁灭,源于特定时势下敌我悬殊的情势。好比一尊尊精雕细作的青铜偶像遭到污损乃至彻底破坏,会使观众由心底生出对他们的惋惜之情,同时又跃跃欲试,也希望自己能像英雄那样去成就事业。悲剧"是最大限度的人的力量的狂暴表现,所以它是令人振奋的,在宏伟斗争的场景中,恐怖感被达到狂喜的振奋感所替代"[1]。

没有无数民族英雄和革命先辈前仆后继的英勇奋战,就没有中华民族的觉醒,也不会诞生今天的新中国。因此表现近代史上的民族英雄,阐扬革命军民崇高的爱国主

---

[1] 尹鸿《悲剧意识与悲剧艺术》,安徽教育出版社1992年版,第43页。

义与英雄主义的品质,都成为中国电影艺术家的追求所在。

表现近代史上民族英雄可歌可泣的壮烈史诗影片中,《林则徐》和《甲午风云》影响最大。

《林则徐》是由郑君里、岑范导演、赵丹主演、上海海燕电影制片厂1959年出品的一部悲剧大片。面对英帝国主义妄图以鸦片来使中华民族亡种亡国的野心,面对英国在华商务监督义律和鸦片商头目颠地等侵略者贪得无厌、蛮横无理、步步紧逼的险恶态势,面对军机大臣穆彰阿、直隶总督琦善和粤海关监督豫堃等一批汉奸投降派的围追堵压,钦差大臣林则徐与两广总督邓廷桢、广州水师提督关天培一道,毅然扣留英国贩烟商船,在虎门大举焚毁鸦片烟。

影片中最为感人的悲剧场面,一是在恼羞成怒的英帝国主义舰队先后攻打广州海防和天津卫时,关天培英勇殉国;二是林则徐被投降派发配新疆,广州父老百姓们为民族英雄跪拜送行;三是三元里人民高举反帝义旗,与英国侵略者浴血奋战的群众场面。大艺术家赵丹所塑造的林则徐形象,气势宏伟,感情细腻,充溢着阳刚之气,悲剧之光,被认为达到了当时我国电影表演艺术的高峰。民族英雄林则徐,成为我国电影画廊中正气凛然的一尊丰碑。

由林农导演、李默然主演、长春电影制片厂1962年摄制的《甲午风云》,成为与《林则徐》交相辉映的又一部民族主义和爱国主义的悲剧史诗。《甲午风云》以1894年中日甲午战争中的丰岛、黄海两次海战为主线,讴歌了我爱国官兵的反侵略、反压迫、反投降的爱国主义精神。由于当时满清朝廷的极端腐败和投降派的无耻出卖,海战的失败就在眼前。

当我方指挥的旗舰被击沉后,丁汝昌中弹牺牲。邓世昌立即挂起帅旗,指挥"致远"号击中日本旗舰"吉野"号。但是关键时刻的无炮可打,使得邓世昌与全体水兵决心勇撞敌舰、以死报国。在被敌寇鱼雷击中后,全舰官兵壮烈殉国。英雄们虽遭国殇,但邓世昌和官兵们志吐日月、气壮山河、血染海洋、气贯长虹的悲剧举动,宏伟胸怀与浩然气魄,使得百姓为之垂泪,天地为之动容。该片曾于1983年在葡萄牙第十二届菲格拉达福兹国际电影节上获得评委奖,这也显示出国际友人对中国民族英雄的深深敬仰。

与近代史上的爱国史诗先后呼应,表现现代革命斗争历史题材、带有浓郁悲剧色彩的影片蔚为系列。《青春之歌》、《刑场上的婚礼》、《上甘岭》、《永不消失的电波》等影片直接表现人民的革命斗争过程,写反抗,写觉醒,写革命,正面塑造英雄,直接抒发情怀,富含高度的悲剧美。虽然由于种种原因,主人公最后仍摆脱不了凄惨的结局,但回荡于作品中的却是昂扬壮烈的斗争精神,审美主体将悲痛转化为对悲剧人物崇高境界的崇拜和欣赏。

郭沫若曾明确提出悲剧的悲壮美,他说:"悲剧的戏剧价值不是单纯地使人悲,而是在具体地激发起人们把悲愤情绪化为力量","激起满腔的正气以镇压邪气"。以影片《董存瑞》为例,该片写董存瑞由一个普通的农村少年锻炼成为坚强的革命战士。他为冲破敌方桥型暗堡的火力阻挡,以自己的身体做支架,手托炸药包,炸毁敌碉堡,献出宝贵生命。这部影片与《红色娘子军》、《上甘岭》、《烈火中永生》等片,在悲剧冲突的设置上大同小异,均显示出了庄严、崇高、悲壮、雄浑的特质,使得观众由悲感化为美感,升华到新的壮丽境界。

二、苦情悲剧

苦情悲剧,使观众目睹善良、本分、无辜的芸芸众生竟也落得如此悲惨下场,自然使观众对现实社会产生批判性感悟,深感世界的不合理和不公正。虽然没有崇高悲剧的批评力度和强度,却有现实主义的批判力量,表达人们对苦难人生的申诉、质疑和抗议。崇高悲剧使人们昂扬振奋,从悲痛中解脱出来,更加踌躇满志地投身生活;苦情悲剧却使人们深刻反省,从悲痛与郁闷中沉浸下去,更加理解和珍惜生活。崇高悲剧与苦情悲剧的不同,还在于前者是在悲痛中表现出崇高的精神,后者是在悲痛中表现出哀伤的情感,虽然都以悲痛为基础,但表现出来的审美基调分别归属于悲壮或悲哀。

旧社会劳动人民的苦难遭遇,同样使艺术家产生强烈的创作冲动。特别是根据鲁迅、茅盾、巴金、柔石等作家的作品改编的电影,更有感人的悲剧意义和艺术魅力。崇高悲剧与苦情悲剧,在政治挂帅的时代中继续演绎着民族电影的魅力与不凡。

改编自现代小说的电影如《早春二月》、《祝福》、《林家铺子》、《家》、《寒夜》等,皆以冷峻的目光描绘现实的人生,主人公命运的悲惨结局折射出时代的反动和社会的黑暗。这些影片涉及旧社会生活的各个方面,从农村到城市,从农民、工人到知识分子、小工商业经营者、巡警、演员、农奴等,全方位地描绘了一幅幅旧社会众生相。

影片《早春二月》,写大革命前夕厌倦红尘的肖涧秋,为了慰藉自己困顿孤寂的灵魂,来到江南小镇任教。他对北伐阵亡后的老同学遗孀文嫂及其子女,予以了同情和帮助,但却招致了种种诽谤和诬蔑,文嫂也迫于流言压力自杀。肖涧秋只得毅然离开小镇,与所爱陶岚先后投身到时代的洪流中去。这部影片对肖涧秋在寻找出路过程中的苦闷、忧愁、踯躅、彷徨,不甘苟且存活但却随波逐流的心态,作了细腻的刻划。他原本希望通过自己的努力改变现状,然而结局依然是失败与渺茫。这种苦情悲剧表现弱者在受到强者的欺凌和压迫时,不得不承受的人生命运,以唤起对弱者的同情和怜悯为审美旨归。

三、"文革"中电影人的真实悲剧

"悲剧"在是非颠倒、黑白混淆的十年,已经不再具有美学范畴上的定义,只是社会学层面的名词,属于人的悲剧,电影的悲剧,艺术界的悲剧。

"四人帮"肆意地对优秀民族电影大加砍伐,20世纪30年代左翼电影运动下产生的影片,诸如《渔光曲》、《大路》、《一江春水向东流》、《万家灯火》等,在"要铲除所谓30年代的迷信"、"左翼文艺有一条又粗又长的黑线"的极端诬蔑之词下,通通被打入冷宫。《早春二月》、《北国江南》等影片,更是被诬蔑为"黄色、低级,是宣扬谈情说爱的低级趣味"。

一大批优秀的电影艺术家如张骏祥、陈鲤庭、瞿白音、赵丹、白杨、张瑞芳、柯灵、崔嵬、王晓棠等受到法西斯式的虐待,像蔡楚生、郑君里、应云卫、孙师度、谭友六、舒绣文、上官云珠、顾而已、王莹、罗静予等人更是被迫害致死。电影艺术的基地,上海、长春、解放军等电影制片厂以及北京电影学院、中国电影出版社、中国电影资料馆、中国电影家协会都被解散、关闭、撤销。在"文革"的凄风冷雨中,整个民族电影都受到了毁灭性的打击。

电影悲剧在"文革"中几乎荡然无存。主流意识认为社会主义社会中没有悲剧容身之处,因为悲剧写正面人物的失败和毁灭,写黑暗势力的暂时强大得势,观众看了会觉得不舒服。于是就强迫悲剧改头换面,芭蕾舞剧《白毛女》中的杨白劳和喜儿,就由悲剧人物变成抗争的形象,一个抡起了扁担,一个拿起了枪杆,胜利的鞭炮盖过了悲剧的意味。

作为中国电影的优秀艺术家,谢晋与谢铁骊在十七年并称"南谢北谢",曾为民族电影艺术做出可贵的贡献,"文革"中却都难逃"四人帮"的魔爪。他们的创作生涯皆于20世纪50年代起步,60年代成熟,70年代渐入佳境,90年代耕耘不辍。1964年南谢的《舞台姐妹》和北谢的《早春二月》震惊影坛,这两部作品同以散文化的故事、抒情性的画面和悲剧性的情韵,改写了当时政治电影单一的戏剧范式。早在1964年的全国京剧现代戏观摩演出总结会上,康生就对电影《早春二月》和《舞台姐妹》指名攻击,说它们是大毒草。"文革"中,两谢又曾分别涉及革命样板戏的创作。第一部投拍的样板戏《智取威虎山》就由谢铁骊担任导演,在摄制组组建之前,主要的人员都要不停地写检查或者接受批判。江青的"钦点"虽然使他们获得了一定的自由,却抹杀了他们的电影创作和艺术追求上的自由。谢晋后来拍《春苗》同样是迫于无奈,这也不能不说是艺术家个人命运的悲剧。

第二节 悲怆与追忆的慢板

"四人帮"覆灭后,民族电影拨开重重迷雾,重见天日。20世纪80年代的社会思想改革,又把中国电影推向现实主义之路,写实电影随之兴起。摒弃了"文革"电影在本质上的虚幻失真,注重表现手法的真切自然;关注生活态度的真诚无伪;褒贬情感的真挚专一,昭示不夸大美、不掩饰丑的真实人生态度,都是写实类电影的美学表现。主题上也带有明显的悲剧色彩,不再是乐观赞美,而是注重表达因时代所造成的不幸事件和不幸人生,借此表现"文革"中人们的苦难遭遇和悲剧命运。早期存在主义认为:"悲剧的本质也就是展现人的存在的一种方式。"中国当时的"伤痕电影"思潮、"反思电影"思潮,注重表现人性与政治性的冲突,揭示出一个时代的悲剧。

写实美学意识的确立,使中国电影在悲剧艺术的各个层面得以展示艺术魅力。悲剧这一被放逐太久的风格样式重登银幕,产生了社会悲剧、性格悲剧、文化反思悲剧等不同类型,归根结底都是人生与人性的悲剧,对人性和命运的反思是其审美高度所在。《天云山传奇》、《芙蓉镇》表现"文革"中人们的悲苦命运,见证了一个时代的人生悲剧;《被爱情遗忘的角落》、《贞女》等影片,上演了一幕幕人性压抑的悲剧,传达出传统封建礼教压迫下的两性的悲痛呼声;《孩子王》、《人生》中的人格悲剧,是影片所要揭示的真谛。源远流长的现实主义悲剧风格,重新回归到国产片的银幕上。

一、社会悲剧

新时期的电影悲剧中,社会悲剧率先在当代影坛上唱响悲歌。社会悲剧不像命运悲剧那样专门深究命运的纠结,也不像性格悲剧那样倾心于表现人性的丰富,而以冷峻的目光烛照芸芸众生的苦难。造成这些小人物悲剧的根源,不在于冷酷的命运之神和偏执的性格,而是他们生活在其中的社会环境。"命运悲剧靠理想生活,性格悲剧借雄伟而存在,社会悲剧却视真实为生命。"①

思想解放大潮的裹挟,使得导演们更加关注解放前和建国后人们的不幸命运和精神创伤,揭示极"左"思想的倒行逆施给人的心灵和肉体带来的创伤。《苦恼人的笑》、《生活的颤音》、《曙光》、《于无声处》、《泪痕》、《巴山夜雨》、《许茂和他的女儿们》、《牧马人》、《天云山传奇》、《芙蓉镇》、《小街》、《枫》均为典范之作。历经劫难的电影创作者,以重见天日的喜悦与痛定思痛的义愤,表现国家、民族与人民的悲惨境遇,传达社会悲剧中民族的悲怆呼声。

社会悲剧首先指向民族经历的政治坎坷。谢晋以宽阔的胸襟和现实主义的勇气,坚持不懈地在悲剧领域内进行卓有成效、逐步深入的努力。他在七八十年代中期拍摄的影片《芙蓉镇》、《天云山传奇》、《牧马人》,都是揭露被错划为"右派"的小人物的悲剧人生,藉以勇敢揭露社会的疮疤,掀起反思高潮。《芙蓉镇》写美丽热情的女子胡玉音,与丈夫黎桂桂起早贪黑做豆腐,生意兴隆后引起了国营饮食店经理李国香的嫉妒。李国香在"四清"运动中,将胡玉音打成"新富农",没收其新房,逼死其丈夫,就连与其有感情纠葛的黎满庚,以及心地善良的粮站主任谷燕山也都受到牵连。"文革"里李国香和二流子王秋赦勾搭成奸,不仅逼迫胡玉音扫街三年,而且还将其未婚夫——右

---

① 曾庆元《悲剧论》,华岳文艺出版社 1987 年版,第 176 页。

派分子、原地区歌舞团编导秦书田判刑十年。因为雪天难产,胡玉音还险些送命。冬去春回,秦书田平反归来,胡玉音的豆腐摊重新开张,生意愈加红火,而王秋赦成了疯子,李国香却灰溜溜地离开芙蓉镇。秦书田意味深长地对她说:"别老想着怎样整人家,也该学学过咱老百姓自己的日子了。"

导演阐述标明:《芙蓉镇》"是一部震撼人心、严峻深沉的悲剧","一部现实主义、象征主义结合的令人思考的悲剧"。① 导演的论断是基于这样的处理:胡玉音作为核心悲剧人物,因为成分与黎满庚不符,只得屈就于黎桂桂;她勤劳能干,却招来红眼和嫉妒,在政治运动中家破人亡,尊严丧尽,挺着大肚子像牲口一样生活。她一生的命运,是"一部辛酸的灵魂的心灵史、性格史"。

秦书田作为有文化,但却没有正常人生活权利的"右派"分子,其装"癫"反抗的人生也是悲剧性的。在与胡玉音共同扫街的那段日子,对人生、对爱情的追求重新萌芽。为了与胡玉音结婚,在求王秋赦在结婚申请上盖章时,他不怕那么多污秽的语言羞辱他。在判刑离开前,秦书田曾悲壮地告诫胡玉音:"活下去,像牲口一样地活下去。"

王秋赦是流氓无赖、懒汉的代表,李国香就是深受"左"的思想毒害的干部典型。其实王、李二人同样是非常可悲的人物,王从一个无赖到运动骨干,再到书记的位置,最后发疯,他的戏剧人生,包含了许多深刻的内涵。李国香的悲剧则在于"左"的毒害太深,以至于近视、僵化、落后、爱整人,她的人生观念使她老觉得整人是根本,也就不可能获得别人真诚的相待和真挚的爱情,落得与王秋赦同流合污。观众对王、李二人的感情是复杂的,他们两人其实很可悲,是那个悲剧的社会导致了他们的可怜下场。

《芙蓉镇》虽是一部悲剧,但也夹杂了些许喜剧与荒诞色彩,让观众涕泪交流,深刻思索。"这个特殊的悲剧,表现在人物、事件、感情等往往是畸形的、扭曲的、变态的、奇特的、异化的,秦癫子就是一个畸形的;胡玉音的感情就是被扭曲的,变态的;王秋赦是很奇特的,没有文化的无赖居然当上一镇之长;李国香则是异化的,不正常发展的。"② 古朴的芙蓉镇,折射出"文革"时代的沧桑感、社会的扭曲度和民族的劣根性。观众欣赏《芙蓉镇》后,的确达到了导演"既要有宏观的反思,又要有很细致的,不易平息的心灵震荡的余波"③的设想。

二、性格悲剧

悲剧的形成实际上都有"社会原因"和"性格原因"的双重色彩。或者由于自身性格缺陷和畸形的心态所致,不够健全的性格承受不起理想的重担而导致了自身的毁

---

① 谢晋《我对导演艺术的追求》,中国电影出版社1998年版,第199页。
② 同上。
③ 同上,第201页。

灭,或者是在性格与环境的冲突中,太过强刚的个性受到环境的打击并造成毁灭性的灾难,这就导致了性格悲剧。

《天云山传奇》中宋薇的悲剧,严格说来是因其性格因素所导致的。宋薇单纯、活泼,不爱动脑筋,与罗群曾经热恋。当罗群被错划为右派后,她也曾有过激烈的内心搏斗,但幼稚、软弱的宋薇还是选择离开罗群,嫁给了她并不爱的吴遥,以至于痛苦地度过了一生。宋薇对组织的过于盲从,把政治上的虚荣感当成上进心,这些性格上的弱点都不可避免地打上了社会与政治的烙印,影片形象地揭示出宋薇悲剧命运产生的必然性。中年的宋薇,有舒适的生活,显赫的身份,多年来对吴遥的依附顺从已成为麻木的习惯,可她内心深处仍然没有忘记昔日的深情。周瑜贞的到来,揭开了她心灵上的伤疤,也重新唤起她生命的热情。作为矛盾性格的复合体,宋薇对罗群可以有爱恋但不能同患难;对吴遥可以有依赖但难于有爱恋。她像墙头草似的左右摇摆,没有自己坚定的信仰与追求,悲剧也就不可避免。导演谢晋说:"宋薇年轻时是单纯与虚荣交织着,中年时是安逸与痛苦交织着。"[1]由"纯——忍——悔"的不同阶段,构成宋薇的悲剧人生曲线。

由路遥小说改编的电影《人生》,通过农村青年高加林为改变现实命运而奋力挣扎却不幸失败的悲剧,揭示了命运对人的嘲弄。性格复杂的高加林,热情似火,却又冷若冰霜,不甘现实所迫,最终还要受现实捉弄。他的人生理想,是想摆脱农村单调而乏味的生活,在城市施展自己的才华,拥有自己的一片天空。于是他不顾一切地寻求机会,哪怕是走后门,哪怕是甩掉农村恋人刘巧珍,都在所不惜。与城里姑娘黄亚萍的相恋,会使他获得暂时的满足。高加林想充实而有意义地生活却又力不从心,想入云端翱翔又没有坚硬的翅膀,人生理想与自身力量的悬殊形成不可调和的矛盾。不甘心在农村潦倒一辈子的高加林,在离土离乡的过程中付出了极其惨重的代价,最终无法避免其人生悲剧。

性格与环境相悖的悲剧,在20世纪80年代初的"青年问题热"中大量涌现。许多文学作品描写知青返城后,并不能适应并融入到飞速发展的城市生活,在种种困扰与纷争中,无法确定自己的生活坐标,只得痛定思痛,选择再度回乡。代表作如王安忆的小说《本次列车终点》,写陈信从新疆喀什返城,却无法与家人汇入上海这个繁华的大都市,只得茫然地在街头彷徨,"又一次列车即将出站,目的地在哪里?他只知道,那一定要是更远、更大的,也许跋涉的时间不止是一个十年,要两个、三个,甚至整整一辈子。也许永远得不到安定感。然而,他相信,只要到达,就不会惶惑,不会苦恼,不会惘然若失,而是真正找到了归宿"[2]。

---

[1] 谢晋《我对导演艺术的追求》,中国电影出版社1998年版,第85页。
[2] 《上海文学》1981年第10期。

电影也及时地反映出知青不能与社会同步这一社会问题。在《我们的田野》、《天山行》、《十六号病房》等影片中，知识青年又重新登上了"上山下乡"的旅途。除了社会环境的原因之外，也有知青自身的性格弱点之所在。知青在农村生活得太久，一旦回到城市，蓦然发现曾经熟悉的地方竟是那么的陌生、繁忙、嘈杂、拥挤，丝毫没有自己的容身之处。居住环境的窘迫和亲人间的疏离，使他们无法不孤独徘徊，寻找工作而不被接纳的失落与空虚，使他们倍感凄凉与无望。何处是家园，他乡即故乡，由此滋生出再次离城的念头。

《南方的岸》中，易杰和暮珍回到灯红酒绿的城市，发现自身清高的秉性与混沌的环境格格不入，最终重返海南橡胶林，活在自己构筑的小天地里。如果说他们第一次的人生悲剧是社会造就的，那么第二次的悲剧就是性格因素所致，他们已无法跟上时代发展的步伐。难道农村就没有俗务的纷扰和人生的悲欢了吗？如果自身性格软弱，普天之下何来净土？他们在相对平静的农村已经懈怠了努力的劲头，桃花源似的温情小乐园和"众人皆醉我独醒"的精神境界，也许与火热的现代生活无缘。电影中他们的"回归"，很难说是境界上的进步，反而是性格中某些弱点的展示，这些弱点必然会导致其"找不着北"的浮萍般感伤。

三、文化反思悲剧

银幕上展示的历史反思，充分表现了现实主义电影的批判广度和力度，已经从生活层面、政治层面和思想层面进入文化层面和心理层面，追问形成我们民族踯躅不前的历史根源。电影《老井》的艺术高度正在于此。所以东京电影节评委会主席格里高里·派克评论说："《老井》非常真实而深刻地反映了你们民族的一种精神文化状态。"[1]

吴天明执导的这部电影，主角孙旺泉的悲剧有命运因素所致，也有性格因素所致。就命运因素而言，孙旺泉生存在老井村这样一个贫穷、封闭、落后的小山村里，这是他无法选择的环境。生于斯，就要为这片热土贡献力量、智慧乃至牺牲爱情。老井村常年无水，一代代的村民为打井付出了生命，孙旺泉也不能例外地要付出代价。在他心里，老井村祖祖辈辈沿袭下来的生存意识、行为模式、文化观念和道德意识以及长辈赋予自己的使命感和忧患意识，是占支配地位的力量，这种文化心理结构决定了他的恋爱与婚姻。他爱赵巧英，可是赵巧英不爱老井村，她的生活习惯、言行举止都跟老井村人格格不入，是"老井村文化"的"圈外人"。文化价值的惯性延伸和不二选择，使得孙旺泉毅然斩断了他与赵巧英之间刻骨铭心的爱情，把自己"嫁"给了无爱可言的寡妇段喜凤。这场婚恋悲剧说明，文化传统作为一种巨大的物质力量，无形地制约着人们

---

[1] 饶曙光《〈老井〉的悲剧意识和文化意义》，《电影、电视艺术研究》1998年第4期。

的所作所为,令个人无法超越。孙旺泉只能接受没有爱情的婚姻,机械地履行丈夫职责。但在打井的困难面前,他却显示出行为果敢、不怕困难、竭尽全力、勇于牺牲的"男子汉"气魄,在千钧一发的关键时刻,敢于豁出生命保护水井,成为一块"嵌在太行山上的石头"。

黄建新的《黑炮事件》,着重反映知识分子深陷其中的悲剧性日常处境。仅仅因为丢失了一枚象棋的黑炮棋子,竟将整个矿山卷进混乱的漩涡,优秀的工程师甚至被卷进漩涡中心。"黑炮"问题的解决,使得国家因此造成上百万的大损失。故事本身颇具荒诞色彩,但影片的文化意义深切表明:对知识分子的轻视、贬抑和不信任,形成了全社会在人才观上愚昧乃至反常的氛围。时代所延续下来的历史阴霾挥之不去,像沉重的石头压在观众心底。

潘虹主演的《人到中年》、李少红导演的《血色清晨》,也同样使我们感受到知识分子的艰难处境。整个社会对他们的生存处境予以漠视,工作成绩予以抹杀,生命价值予以排斥。这些悲剧情味极浓的影片,不仅是在一般性地提出知识分子和人才问题,更将这些文化的载体与整个民族的命运联系起来,提醒我们尊重知识,尊重人才,这样才可能出现社会的整体发展和文化的繁荣昌盛。

四、国殇悲剧

没有钢铁长城的固若金汤,就没有稳固而强大的国防;没有爱国将士们的浴血奋战乃至为国捐躯,就没有钢铁长城凝固的基石。没有悲剧英雄的国殇悲剧,也就没有雄伟浩荡的巍巍军魂。根据李存葆同名小说改编、谢晋导演、吕晓禾主演,上海电影制片厂1984年出品的《高山下的花环》,就是一部描写爱国将士为国捐躯、气壮山河的国殇悲剧。

不回避矛盾,不粉饰现实,不美化现状,这是电影感人动人的前提。在保家卫国、战斗开始之际,高干子弟赵蒙生却凭借母亲吴爽的关系,下放连队是假,办理调动是真。当九连开赴前线的当口,赵蒙生却凭借关系得到了回城的调令。如果不是连长梁三喜的严厉斥责,赵蒙生决不会跟上火线;如果不是雷军长的勃然大怒,敢于动用前线专用军事电话谋私的吴爽,一定会招回儿子赵蒙生;如果赵蒙生不是在前线血与火的洗礼中得到震撼,他也决不会成长为一位称职的爱国军人。

在一连串鲜明的对比中傲然挺立的连长梁三喜,本已获准回家,照顾即将分娩的妻子玉秀。但他却敏感到军情的紧急,反复推迟归期。当排长靳开来为他买好车票时,战斗命令的下达,自然使得梁三喜一事当前,必须为了国家而放弃自己的小家。无私者无畏,所以他敢于痛骂相当逃兵的赵蒙生;无畏者大勇,所以梁三喜、靳开来乃至雷军长的儿子"小北京",都先后为国捐躯,谱写出辉煌国殇的民族英雄史诗。无情未必真豪杰,当梁三喜希望家属归还其所借的六百二十元遗物欠账单"曝光"之后,当烈士的母亲和妻子最终用抚恤金及卖猪钱还清债务之后,义薄云天的悲剧英雄才将卫国的阳刚美与爱家的柔情美融合起来,不仅让中国军人列队顶礼,同时也让无数观众热泪盈眶。

该片先后获文化部1984年优秀影片一等奖,1985年获第五届中国电影金鸡奖最佳编剧奖、最佳男主角奖(吕晓禾)、最佳男配角奖(何伟)、最佳剪辑奖(周鼎文),第八届电影百花奖最佳故事片奖、最佳男演员奖(吕晓禾)、最佳男配角奖(何伟)、最佳女配角奖(王玉梅)。这正是国殇悲剧给包括评委在内的中国观众们所带来的巨大悲剧之震撼。

从社会悲剧、性格悲剧、文化反思悲剧到国殇悲剧,电影艺术家们运用现实主义手法和浪漫主义激情,展开了多方面的开拓,多层面的揭示,多维度的呼吁,努力实现着揭示生活的真实底蕴、为时代酿就悲剧史诗的美学追求。

第三节 抑扬顿挫的协奏

20世纪70年代末到90年代末,是中国电影发展的新时期。艺术家除了对生活的反思之外,更多是从不同的题材和风格上掌握现实主义的艺术灵魂,高扬了它的批判精神,使我们的电影更加贴近民族、民间和人民,同样焕发出抑扬顿挫的多元悲剧美感。

一、第五代电影对于民族悲剧内蕴的探索

横空出世的"第五代",尚在创作刚刚起步之时,就显露出不同凡响的文化气势:"一个人的悲剧故事已经不能容纳我们看到的和感受到的一切……我们需要一种更为客观的角度、更为旷达的态度和严肃的勇气来面对我们的创作,因为我们面前是一片历史和文化的积淀层。"[①]他们以悲愤的心情注视古老的文化象征,对悠悠的历史文明提出质询,其影片叙事都在表现一种不可遏止的失落、一种永无休止的探询,通过诸如苍茫黄土、荒僻村野、深宅大院等富有意味的情境造型,展示丰富的文化内涵,揭露深刻的民族悲剧。《黄土地》、《菊豆》、《大红灯笼高高挂》、《二嫫》等影片就改变了主题宣教电影的简单模式,重在追索历史底蕴和文化含义,其中表达的自由天性与封建桎梏、背叛与忠诚、欲望与压抑、苏醒与反抗、奇观化的民俗仪式与神秘化的图腾崇拜,都体现出导演对历史、民族与人性的文化反思。

电影《菊豆》改编自刘恒的小说《伏羲伏羲》。老染坊主杨金山有个年轻漂亮的老婆菊豆,他想靠菊豆来为杨家传香火,但却只能力不从心地重复着折磨菊豆。菊豆不

---

① 陈凯歌《我怎样拍〈黄土地〉》,《百年中国电影理论文选》,文化艺术出版社2002年,第141页。

堪忍受杨金山的虐待,与侄子杨天青陷入乱伦孽缘之中,并生下儿子天白。等到杨金山瘫痪之后,才知道天白不是自己的亲生骨肉,这使大家都陷入痛苦、尴尬和仇恨之中。杨金山死后,长大的天白对天青的仇恨与日俱增,将欲在地窖自杀的菊豆和天青拉出来示众,并将天青推入染缸。绝望中的菊豆,一把火烧了杨家大院,毁灭了现存的一切。这是"民俗片"的典范作,表达封建专制秩序毁灭个人的"铁屋子"主题,讲述关于乱伦、偷情、窥视的罪与罚过程,展示执拗不驯的女性、忍辱负重的男性以及专横残酷的长者等人物群像。压抑与反抗、苦难与超越,生存与毁灭,都形成了可被辨认的能指系统。导演的寓言化与民俗化策略,将个人的反抗与追求都无可避免地湮没于民俗环境中,扭曲与畸形的人际关系源于正大光明的封建伦理纲常,传达出对群体生命存在的悲剧性思考。

作为"第五代"的中坚力量,黄建新的目光总是注目城市,介入现实,关注青年,直面人生,表现出对社会的使命感与责任感。他善于表现改革浪潮中弄潮儿的悲喜剧,致力于他们性格、心理的剖析,描摹出世态人情和人生百态,艺术手法朴素、平实、自然、沉稳,富于生活感与写实性。

根据王朔小说改编的电影《轮回》,主人公石岜是市民阶层中颓废、落魄的一类。石岜文化水平不高,没有正式职业,游手好闲,喜欢追逐女人,是城市开放后边缘人物的典型。尽管他喜欢追逐他没有能力得到的一切,但却最终什么也没得到,对灰色生活的绝望导致其不可避免地选择自杀。石岜膨胀的心理愿望与自身力量的悬殊之间形成的不可调和的反差,不自量力的追逐、满足乃至新的不满足,使他步入了生命的死胡同。他也明白自己与周围的环境格格不入,也有改变现状的愿望,但他却以反常乃至乖戾的举动抵触社会,演绎出性格悲剧的环境底色。

"第五代"中,张艺谋、陈凯歌等人被称作前五代,黄建新、李少红等被称作后五代,无论是前还是后,总的说来,"第五代"在中国影坛上的影响是可以用横空出世、石破天惊来形容的,他们对中国历史与现状的反思和批判,为国人认识古老中国提供了范本;他们在影片中所展现的对古老中国和开放中国的问题的思考,具备较大的悲剧文化探索价值。他们自己曾说:"对于我们这个有五千年历史的中华民族,我们的感情是深挚而复杂的,难以用语言一丝一缕地表达清楚,它是一种思前想后而产生的又悲又喜的情绪,是一种纵横古今的历史感和责任感,是一种对未来的希望和信念。"[1]

二、写实片悲剧精神的真实再现

20世纪80年代末以来的十年间,《孙中山》、《毛泽东和他的儿子》、《周恩来》、《刘少奇的四十四天》等具有传记性质的革命历史题材电影纷纷亮相。这些影片以写

---

[1] 黄会林《影视语言教程》,北京师范大学出版社1999年,第334页。

人为主,以人带事,叙事朴实沉郁,风格悲凉感伤。对伟人悲剧性一面的展示,既唤起人们对历史的认识,也通过情感的冲击来引起观众的认同。影片放弃以往同类题材惯用的拔高人物的倾向,把人物放置到特定历史事件背景中加以展示,力图通过细节的刻画,捕捉历史和人情的真实。对于孙中山、毛泽东等人的塑造,则较多地突出他们平易近人的气质、喜怒哀乐的情感,以期引起普通观众的共鸣。

电影《周恩来》感人至深。"文革"中的周恩来鞠躬尽瘁,忍辱负重,排除种种干扰和破坏,全力维护党和人民的利益,表现出矢志不渝的精神状态和忧国忧民的悲剧情怀。在叙事上以表现"文革"中的现在时为主,过去时为辅,交错呼应。影片开掘出伟人的精神世界、人格力量和感情天地,强化了周恩来的个人魅力和博大胸襟,唤起观众对那段刻骨铭心岁月的记忆,交织着凝重深沉、悲怆与崇高的历史诗情。马克思、恩格斯认为悲剧是"历史的必然要求和这个要求的实际上不可能实现"的矛盾冲突。在这里,"历史的必然要求"表现在周恩来为了国家和人民的利益奔走劳苦,鞠躬尽瘁,他的行为是符合历史发展潮流的。"这个要求的实际上不可能实现"表现在四人帮的万般阻挠,以及周恩来晚年身体状况的每况愈下,这就构成了尖锐的不可调和的悲剧冲突。

叶大鹰的《红樱桃》和吴子牛的《南京大屠杀》,都是反映"二战"题材的优秀电影。战争带给人民的苦难命运,个人难以弥合的心灵创伤,值得每一位观众深思。《红樱桃》讲述革命烈士的后代楚楚、罗小蛮,被父母送到前苏联伊万诺沃国际儿童院学习。德国法西斯的入侵让他们陷入巨大的战争漩涡之中,楚楚后背甚至被纹上了法西斯的图腾——鹰。苏联卫国战争胜利后,楚楚曾经做过植皮手术却最终失败;为了躲避世人的目光,楚楚终身未嫁,在孤苦和凄凉中度过一生。电影蕴含着战争对美和生命的毁灭。"《红樱桃》的'红'有一种悲情的美——鲜血、战争、屠杀。"[①]肉身和心灵的创伤,都同样难于弥补。

三、社会变革阵痛的悲剧体现

反映普通百姓锅碗瓢盆交响曲、酸甜苦辣平常心的电影,折射变革大潮中的每一处脉动,牵扯出"剪不断、理还乱"的人生情感;尽管多以圆满结束,但总给人一丝丝凄凉、苦涩的人生味道。

《过年》用"三一律"式的传统叙事方法,展示了一个普通家庭的喜怒哀乐。大年初一,程老汉的五个儿子各自携带家眷回家过年,来自不同行业的这十三口人带来了各自生活圈里的新鲜事,也以各自的行为逻辑相互争吵甚至大打出手,不欢而散,喜庆祥和的气氛消失殆尽。平常孩子们忙,两位老人只得面对冷清的雪野,空旷的场院,孤寂的小屋,默默地咀嚼着孤独的苦果,但是儿女们一旦聚在一起了又怎样呢?大媳妇

---

① 刘新生《二十世纪中国电影艺术流变》,新华出版社1999年,第269页。

垂涎金戒指,小儿子结婚和二儿子考察都要钱,利益的膨胀驱使他们勾心斗角,各自为敌。影片深刻地反映了改革开放在给人们带来无限憧憬与希望之时,也使人们陷入更复杂、更难以解脱的矛盾纠葛中,新旧冲突、两代隔膜、心理失衡等,都使昔日的生活不再平静。影片恰如其分地展示了物质丰富后精神无所归依的困境,浓烈的喜庆外壳中包裹着含有悲剧色彩的内核。

颜学恕的《野山》由贾平凹小说《鸡窝洼人家》改编而来,描写了陕南山村中两户普通家庭在改革浪潮中的变迁。退伍军人禾禾不甘心在农村过"面朝黄土背朝天"的日子,希望改变传统的生活方式。但一次又一次的失败,使他得不到妻子秋绒的理解和支持,导致家庭的解体。禾禾住到朋友灰灰家里后,与灰灰妻子桂兰有了共同语言,但却导致了灰灰夫妻的感情隔阂,最终演变为两对夫妇打散之后的重新组合。两个家庭,四个人物的不同心态发展轨迹,说明文化传统中的惰性精神和狭隘封闭的守旧意识,既是社会变革的巨大阻碍,也会导致情感婚姻的悲剧。

谢飞的《香魂女》讲改革春风吹遍农村,在精明能干的香二嫂打理下,麻油作坊生意红火起来。但她的婚姻却并不幸福,她与酒鬼丈夫没有丝毫感情,残疾儿子更让她忧心。只有在与情人任忠实约会的时刻,她才能感觉到活着的意义;媳妇环环体谅婆婆的苦衷,没有揭发婆婆与情人约会的事实。香二嫂为了不让环环重蹈自己婚姻悲剧之覆辙,断然决定让环环与自己的残疾儿离婚。

改革每迈出一步,就要牵动社会的每一根神经,就要引起家庭的阵痛和情感的悲楚。借用银幕真实地展现变革带给我们的混乱、痛苦和希望,这正是艺术家们义不容辞的历史使命。

四、悲悯人文关怀的再度延伸

电影不只是表现重大的历史命题,也应寻觅散落在社会各个角落的人生故事,发现埋藏久远似乎已被人忘却的历史创痛。根据现代作家作品改编的电影,常常能引起观众的另一番悲悯情怀。鲁迅的《阿Q正传》、《伤逝》、《药》,沈从文的《边城》、《湘女潇潇》,老舍的《茶馆》、《骆驼祥子》、《我这一辈子》、《月牙儿》,曹禺的《雷雨》、《原野》、《日出》,路遥的《人生》,张弦的《没有航标的河流》,陆文夫的《井》,林海音的《城南旧事》,都通过电影的转化,唤起观众对不同时代百姓生活的思索,展示出悲天悯人的生命情怀。

由文学名著改编的悲剧,除少部分反映战争生活的影片外,大体上没有那种剑拔弩张的冲突,咄咄逼人的气势。悲剧主人公并不主动地向现实和社会挑战,总是忍气吞声、逆来顺受,以求自身太平,但他们往往正是灾难降临的载体、命运打击的对象,生活不由分说地将他们推向苦难的深渊。"这种无辜的罹难缺乏一种富有哲学深度和美学深度的崇高性,但仍然具有强烈的悲剧美。"①鲁迅先生曾论述说:"这些极平常的,或者简直近于没有事情的悲剧,正如无声的语言,非由诗人画出它的形象来,是很不容易察觉的。然而,人们灭亡于英雄的特别的悲剧者少,消磨于极平常的,或者简直近乎于没有事情的悲剧者却多。"②在无声无息的生命长流中,人的希冀、梦想和生命都被吞噬,更显示了社会的冷漠和悲剧的残酷。这类悲剧更需要艺术家独到的眼光,否则极不容易察觉或者在表现时流于肤浅。《祝福》中的祥林嫂、《骆驼祥子》中的祥子、《寒夜》中的汪文宣,都属于这类悲剧典型人物。

《城南旧事》通过北京小姑娘英子的眼睛,将"疯子"、"小偷"、"宋妈"三个互不相关的故事串联起来。疯女人与大学生相爱,大学生被抓后,将生下的孩子送了人。她在无望中认识了英子,得到了一丝的安慰;小偷为了弟弟能上学,被迫做贼,内心的苦恼,做贼的无奈感人至深;宋妈是英子家的佣人,为了挣钱不得不离开丈夫和孩子。当她得知两个孩子一个被卖、一个已死的悲惨事实后,不得不伤心离去。全片充满着"淡淡的哀愁、沉沉的相思",老北京胡同深处的悲欢离合,把生命惨淡的悲凉感萦绕在观众心头。《骊歌》所唱的"长亭外,古道边,芳草碧连天,晚风拂柳笛声残,夕阳山外山。天之涯,地之角,知交半零落,一斛浊酒尽余欢,今宵别梦寒",正是一种透骨的凄凉和伤感。这也是导演吴贻弓设想的:"应该是一条缓缓的小溪,潺潺细流,怨而不怒。有一片叶子飘零到水面上,随着流水慢慢往下淌……"③

何群导演的《凤凰琴》,展示的是乡村民办教师的艰难处境和崇高追求。民办教育的资金匮乏和不正之风如此不堪。校长对一心想转为公办教师的女教师的善意欺骗,让人心酸垂泪。没有身份的教师们却仍旧执着于教育,献身于事业,奉献于学生,伟大的精神与沉重的慨叹并发。当年的李岚清副总理,曾将这部片子放给高层领导人看,结果导致了全国民办教师转制公办的新法,这也说明苦戏和悲剧的巨大感染力。

在中国电影一百年的发展历程中,悲剧意识与悲剧精神总是和电影如影随形,在不同的时代演绎不同的人生悲欢。电影的每一次发展浪潮,都与悲剧作品的傲然矗立息息相关。尽管斗转星移,人们对电影的悲剧认识打上了不同的时代烙印,但电影悲剧的审美魅力却还是风头不减,催人泪下,引人深思,促人奋进,从总体上体现出中国电影深沉悲怆的美学品格。

---

① 尹鸿《悲剧意识与悲剧艺术》,安徽教育出版社1992年,第34页。
② 鲁迅《且介亭杂文二集》,人民文学出版社1973年,第127页。
③ 中国电影协会《中国电影金鸡奖文集》第三辑,中国电影出版社1984年,第97页。

第三十章
国产电视剧的悲剧情韵

半个世纪以来,中国迅速崛起为世界上最大的电视王国。自20世纪80年代开始,每年总有数千部(集)电视剧问世。每天都有数亿电视观众守候在电视荧屏前,流连忘返于由三千多个有线、无线和卫星电视频道播放的六千多部(集)电视剧,这是一种何其壮观的文化景象!这些异彩纷呈的电视剧,以若实若虚的生活故事演绎社会人生的悲欢离合,以细腻可感的人物形象折射时代命运的起承转合,使我们每天都在体验着戏剧世界里的喜剧狂欢和悲剧伤感,并随着剧中人物命运的陡转突变而悲喜交集、黯然伤神。

第一节 电视剧的分类属性

一、电视剧悲剧的产生与题材分类

在电视剧发展的艺术历程中,悲剧的诞生如同喜剧的创造一样,是与社会的演进相同步、与生活的脉搏共跳动的。繁复多变的现实生活,使得悲剧的电视化呈现成为人类觉醒的新标志之一。正如在剑桥和清华执教过的瑞恰兹教授所云,悲剧或许是已知的最普遍的、接受一切的、梳理一切的经验。悲剧能够把任何能够成为吸收于它的组织,加以修正而使之各得其所。悲剧天衣无缝;悲剧态度只要得到充分发挥,任何事物中一个恰当的侧面而且是唯一恰当的侧面都会显现于悲剧态度之中。

自1958年6月15日中国第一部电视剧《一口菜饼子》诞生以来,富有悲剧情韵的电视剧创作就一直没有停息过。创作者以伟大的悲剧精神和悲悯的悲剧情怀,创造了一幕幕源于人生的电视悲歌。它们所展现的悲剧生活冲突,描写的悲剧人物形象,涵盖的悲剧历史精神以及所营造的悲剧意蕴和悲剧情境,使电视剧在一定意义上成为一种崇高感人的大众艺术。

从电视剧悲剧的题材类型上看,既有历史政治题材的电视悲剧,又有农村现实题材的电视悲剧,还有都市情感题材的电视悲剧;从悲剧冲突的性质上看,既有展示灾难对人的毁灭的自然性悲剧,又有揭示特定环境摧残人生幸福的社会性悲剧,还有反映人际冲突的人性悲剧或命运悲剧;从创作方式上来看,既有原创性的电视悲剧作品,又有改编自文学、民间故事等文艺体裁的电视悲剧。不管是电视单本剧、短篇电视剧,还是电视连续剧,电视悲剧都无一例外地将悲剧审美意识和悲剧启蒙精神贯穿其中,通过对人生、家族和时代命运的故事化表达,电视化地谱写了一曲曲哀愁感伤的荧屏怨谱。

二、自然性电视悲剧

相对来说,自然性悲剧是发展模式较为单一的电视悲剧,它的主题立意比较浅显,冲突指向较为明确,叙事结构也就相应地简单、纯粹一些。它常常将人在现实生存中所遭遇的地震海啸等自然灾害、车祸、疾病等不测灾难作为悲剧冲突的缘起,揭示这些不可避免的灾难对个体生存所造成的悲剧性后果,讴歌不可战胜的生命精神和人格状态。电视荧屏上的疾风暴雨和残酷磨难,总会使人产生触目惊心的观感,进而引起观众对悲剧主人公的认同,激发对美好事物的眷恋和战胜灾难的斗志。

正如俄国批评家别林斯基所说的:"悲剧中笼罩着劫运,劫运是悲剧的基础和实质。"法国美学家狄德罗和德国剧评家莱辛都将骇人听闻的事件、不幸和苦难归入悲剧的范畴。自然性的电视悲剧表现的正是"劫运"对人生幸福的毁灭,以及人在不可抗拒的自然力量面前所表现的手足无措,人对自然威势之下的灾难所持有的宿命性认知。在天命面前,人类被命运紧扼咽喉,只能被动地接受神秘自然力量的制约。电视悲剧也将这一毁灭的过程上升到道德的高度,通过悲剧感情的激荡,打动人的心灵,陶冶人的情操,使人产生大悲大悯的人类关怀精神。电视观众在审美观照的一瞬间,与悲剧主人公同病相怜,达成忧患意识与苦难体验的深层共识。因此,自然性电视悲剧并不仅仅表现世事的艰险和人生的无常,还要通过对罹难过程的表现,宣导积极反抗命运的决心与行动。

1962年由王扶林、滕敬德、金成导演的电视剧《海誓》,即是一部自然性的电视悲剧。电视剧根据李季的同名叙事诗改编,最早取材自日本民间爱情故事。阿初姑娘爱上了贫困的小伙子右近,右近为了考验阿初对自己的爱情,每天晚上在小岛点起明灯,约她渡海前来相会,满一百天便成婚。但是,就在第一百天晚上,当阿初满怀幸福的憧憬渡海赴约时,她的小船被巨浪打翻,右近也被恶势力所杀害。阿初再也看不到右近为她点亮的明灯,带着幻想永沉大海。该剧流露出的浓郁的悲剧意识,使人感受到死亡、灾难的不可避免和人生的反复无常,品味到希望的破灭、幸福的丧失对人类心灵的残酷打击。与此同时,整篇电视剧又洋溢着可贵的激情,男女主人公对生命自由的无比珍视,对爱情、人生的无限憧憬,与灾难、死亡的不屈斗争,使整部电视悲剧又一扫悲剧的忧愤、阴郁和绝望,哀而不悲,痛而不苦,放射着浪漫主义的悲剧光芒。

三、社会性电视悲剧

相对来说,社会性电视悲剧数量最多、容量最大、内涵最深。这是因为,生活在特定社会境遇下具备独立意志的个体,其理想、欲望、需求常常与整个社会风尚和人伦环境相砥砺,其追求个性自由、向往遗世独立的行动,往往与社会现实的规范和束缚相背离。一面是代表秩序和权威的力量世界,一面是代表个性和自由的想象世界。当狂放不羁的个人意志与井然有序的理性力量产生了难以回避的正面冲突后,个体的毁灭就成为人生悲剧宿命性的结局。爱情、婚姻、家庭和生活的幸福梦想被击得粉碎,全部希望也都在冲突的强化过程中化为幻影。社会性的悲剧冲突既是那样的残酷和壮烈,又是那样的普遍而经常,但悲剧影响的深刻而久远,还在于绝望的结局之中,仍会产生无穷无尽的希望与奋斗。

我国电视荧屏上涌现的悲剧或者具有悲剧意味的电视剧,很大一部分就是这种涵盖面广、概括力强、审美价值高的社会性悲剧。《红楼梦》、《蹉跎岁月》、《丹姨》、《今夜有暴风雪》、《四世同堂》、《春蚕·秋收·残冬》、《半生缘》等新时期以来的电视剧,无论是经典爱情题材、农村现实题材、历史政治题材,还是都市情感题材,创作者都以严肃的创作态度,审视已成历史和正在发生着的一幕幕社会悲剧,深情传达着蕴藏其中的悲剧情感和人生智慧。

二十集电视连续剧《在一起》(2003),则是以现实主义的创作手法,展现了生活在当代社会下层的小人物的悲剧,处处流淌着辛酸的泪,洋溢着浓郁的亲情。当多多被医生诊断为白血病之后,父母亲乃至秦、郭两家的美好世界便在霎那间支离破碎了。夫妻的离而复合,救人救难的刑警罗建凡的死亡,乃至丁晓彤的远走他乡,都让人感伤不已。整篇电视剧饱含着浓重的悲剧意识,并以声泪俱下的真情表演,呼唤着人间的社会正义和精神良知,对冷漠无情的当代人际关系作出了有力的批判。

纵观我国的社会性电视悲剧创作,从悲剧冲突的内容层面上讲,主要表现为两种类型的悲剧模式。一种类型,是展现个体的人与时代环境、社会制度或社会常规之间的悲剧冲突。在特定的社会条件下,类似贾宝玉那样具有超前意识和独立意志的社会"异己"分子与时代的主题相抵触,就会受到整个社会规范的制约与打压。即便他代表了历史的趋势和未来的方向,也同样会招致异类般的排斥。当其固执大胆的个性追求被主流意识形态和历史命运所围剿时,自我的毁灭便成为一种必然的劫数。

电视剧的另外一种悲剧类型,是表现上层建筑与下层社会群体之间所存在的利益冲突。由于两者之间力量的极度不平衡,这种冲突在很大程度上带有社会悲剧的整体意味。一直处于强势统治位置的社会高层对群体利益乃至个体利益的挤压,使百姓们的生存空间更为狭小,生存代价更为沉重。在这种情势之下,类似李自成那样的农民起义,个体为群体的牺牲便成为一种无奈的选择。可以说,社会的进步正是践踏着每一个逆时代而生的"英雄"的鲜血得以实现的,牺牲的意义也因悲剧的力量而得到高度的升华。相对而言,展现时代制度与个人命运冲突的悲剧更富于艺术的魅力。

第二节 "伤痕"题材电视悲剧

一、"伤痕"题材的电视悲剧

20世纪80年代曾风行一时的"伤痕电视剧"创作,正是受当时文学艺术领域"伤痕反思"热潮的影响,将悲剧意识投向那段不堪回首的历史岁月,将动荡不安的社会运动中苦不堪言的生存状态,以电视悲剧的形式进行艺术反思,因此产生了一批优秀的"伤痕电视剧"作品,其中的大部分都可以归到悲剧的行列。

在根据柯岩长篇小说改编而成的电视连续剧《寻找回来的世界》(1985)中,与其说那些工读学校的孩子们犯有一定的罪错,毋如说是整个时代、社会和家庭都犯下的罪错。他们,只不过是无奈无辜但又不得不随波逐流的小群体而已。惟其如此,电视剧中一段父亲与女儿的对话,才会那么的脍炙人口:

> 一位特别爱笑的小姑娘问她的父亲:"爸爸,我为什么爱笑呢?"
> 父亲回答:"孩子啊,因为你拥有一个美丽的世界。"
> 小姑娘又问:"那,为什么有的孩子不笑呢?"
> 父亲沉吟了一会,说:"因为,他们暂时失去了美丽的世界。"

但是覆水难收,当悲剧既已酿就,美丽的世界失去之后,还会再被寻找回来吗?即使能部分地寻找回来,还能有那银铃般天真无邪的美妙笑声吗?

由珠江电影制片厂录制的电视剧《丹姨》(1986),描述了一个普通女人——丹姨平凡而特殊的一生。丹姨为躲避政治风浪来到偏僻小岛落户,并生下了一个女儿。在与小岛村民相处的过程中,她以自己的善良、坚毅赢得了小岛人的尊重和认可。但因为小女儿的不幸夭折,她生活的勇气和希望陡然破灭,整个健旺的精神面貌被彻底击垮了。许多年后,当昔日的村里姑娘贞妹,从外面的世界回来后,重新打量她当年的精神偶像,那个超凡脱俗的丹姨时,不仅丹姨的韶华不再,其悲剧英雄般伟岸的人格也同样不复存在;她已经变成一个唠叨、迷惘而庸俗的老太太,颇带喜剧和讽刺意味地在不断追问、估量着自己这一生的价值。

这部电视剧以悲天悯人的眼光在打量丹姨坎坷的一生,追问蕴藏在普通人生轨迹里的悲剧意味,表达了对生存哲理的深刻感悟。这种悲剧意识既正视时间,又忽视时间,还超越了时间;因为过去也被取消,现时正在萎靡,未来已被隔绝,就丹姨而言,唯一的人生态度,只能是对虚无或是平庸的选择。

在这些"伤痕电视剧"中,由于时代的错误铸成了人生的悲剧,特定的政治文化情境与个人的自由发展空间水火不容,悲剧性的冲突则无可避免。在这种无时不在的悲剧时空里,悲剧冲突如一张硕大无情的网,使寻找命运出口的个体无处可逃。爱情的、婚姻的、命运的悲剧故事就在这个过程中不断地演绎着,给人以绵延不绝的心灵警醒。但是,"伤痕电视剧"并没有沉湎于对"伤痕"的无尽回味中,而是"化悲痛为力量",将悲剧性冲突作为悲剧主人公的人生新起点,使其不断汲取悲剧的力量,跨越悲剧逆境中的颓废,实现对悲剧精神新的超越和悲剧体验新的升腾。

二、《蹉跎岁月》的悲歌

四集电视连续剧《蹉跎岁月》(1982)根据叶辛的同名长篇小说改编,堪称为较早而且影响较大的"伤痕"电视剧。著名作家叶辛回顾说,电视剧《蹉跎岁月》之所以在1982年冬热播,成为黑白电视时代的原创代表作,一个重要的原因就是当时"文革"刚刚结束,成千上万的人从那个时代走过来,真实反映那一段生活并能够有所反思的影视作品,可以引起人们的强烈共鸣。

该剧描写了20世纪70年代初,一批上海知识青年到边远山区上山下乡的人生故事。时代环境的变化、生存环境的落差,给三个出身不同的青年带来了截然不同的命运结局:出身于所谓"历史反革命"家庭的柯碧舟受尽歧视,空怀抱负却无处施展,生活在极度的苦闷和抑郁之中;杜见春虽出身优越的高干家庭,但"九·一三"事件的陡然爆发,使她的家庭遭到了突如其来的打击;面对家庭的变故和世事的艰险,她几乎丧失了继续生活的勇气。农村姑娘邵玉蓉为了保护被专政队殴打的知青杜见春,不惜献出了自己年轻的生命,这使深爱着她的柯碧舟,在心底深处留下了永久的遗憾。

电视剧主要通过对柯碧舟、杜见春和邵玉蓉三个人不同的生活历程和精神劫难的描写,以悲剧的艺术形式控诉了那个黑白颠倒、是非不分、黄钟毁弃、瓦釜雷鸣的特定年代。反动的"血统论"以及戏剧性的大翻盘,对一代青年的心灵戕害和精神摧残,简直到了万劫不复的悲惨境地。时势造命运,也许一夜之间,人的生活就会被涂改得面目全非,作为个体的人却对此无能为力,这正是电视剧《蹉跎岁月》所要透露给观众的悲剧资讯。在宿命的笼罩和专制社会的奴役之下,大家都只得无可奈何地听天由命,谁也逃不出命运的网罗。电视剧虽然没有直接点明时代背景给人造成的困厄和被动处境,言语中也没有太多血泪的控诉,但它所批判的矛头指向却非常明显的:即那些非人性、反人道的政治环境和社会势力,那些痛苦命运和人生悲剧的制造者。

整部电视剧贯穿着一种富有历史时代背景的悲剧意识,着力表现了时代氛围给个人理想、尊严、感情造成的伤害,以及由此所酿成的人生悲剧。它在很大程度上,对造成悲剧现实的反动力量进行了社会批判。因此,在电视剧《蹉跎岁月》中,虽然有无奈的命运悲剧意识流贯始终,但也同时显示出强烈的战斗性和奋进精神,呈现出积极向上的感情基调。剧中的悲剧主人公并没有对现实命运低头认可、消极应对,而是始终保持着坚韧的精神,洋溢着向上的激情,在蹉跎岁月里书写着悲剧式的壮丽人生,给人以生存的启示,这也正是"岁月蹉跎志犹存"的励志主题之具体实践。

三、《今夜有暴风雪》

《今夜有暴风雪》(1982)系根据梁晓声的同名小说改编拍摄而成。激情澎湃的编导孙周,那时只有二十多岁。也许年轻的生命更能够理解无数知青们青春的奉献和生命的价值,所以他的这部处女作于1983年上半年便获得全国电视剧大奖。

梁晓声的小说《今夜有暴风雪》,一向被称之为"知青小说"中里程碑式的作品。电视剧也同样精彩而鲜明地将知青们在北大荒的十年生涯,予以了风格粗犷、气势浓烈而悲情严峻的演绎。全剧既表达了知青们的苦闷、困惑、痛苦和沉沦,也同时表现出身处困境的知识分子们的挣扎与拼搏、奋斗和追求,曹铁强、刘迈克、裴晓云等不同家庭背景、不同性格基调的人物塑造,至今看来还富于雕塑的立体感。作品既彻底否定了"文革"中的知青极左路线,也对有为青年的垦荒戍边、建设边疆、为祖国建设大粮仓的崇高献身精神予以了满怀深情的讴歌。在北大荒浩瀚壮阔的土地上,知青们的拼搏史同样也显得气势雄浑,沉郁顿挫,极富于革命英雄主义的悲剧气质。

故事发生在1979年初春,漫天肆虐的暴风雪将北大荒裹挟成风雪的海洋。但是暴风雪的漩涡中心,却在生产建设兵团三团会议室里回荡。一方面,是兵团总部根据中央精神,紧急下达了关于三天内办理完知青返城的急件;另一方面,三团团长马崇汉却敢于继续顽固推行极左路线,出于各种私利扣发了八百知青的回城令。团政委孙国泰、工程连连长曹铁强等人,对马崇汉的倒行逆施坚决予以反对。

纸里包不住火。当返城遇阻的秘密被泄露之后,黑压压的知青们被群体激怒起来,他们手擎火把,乘着拖拉机、马车、木扒犁,犹如大风暴的漩涡一般,从四面八方向团部汇聚过来。围绕大返城的焦点问题,一场惊心动魄的激烈冲突展开了。

观众们记忆最深刻的一幕,是《今夜有暴风雪》剧中,那位在树边给活活冻僵的死者。悲愤沉痛的人群,一排排、一层层、一群群地簇拥过来,在冰天雪地中为自己的同类伙伴送葬。这是多么惨烈、令人刻骨铭心的一场悲剧仪典呀!

作为"伤痕电视剧"代表作之一的《今夜有暴风雪》,同样以知青题材再现了一段特殊历史时期的悲剧情境,表达了在特定历史境遇下,对人的生存价值的精神反思。这部富有苦涩和痛感的电视连续剧,以细腻的电视艺术表现手段,多角度、多层面地精心选取生活素材,敢于正视尖锐的社会矛盾和残酷的人生冲突,对上山下乡政治运动给知青成长造成的伤害及其磨练,作了详尽、生动而真实的表现。同样,电视剧并没有停留在对时代悲剧的简单揭露上,而是以充沛的革命浪漫主义情怀,对这段历史悲剧予以了直接表现、深刻揭露乃至"伤痕"的反思。

第三节　近现代题材电视悲剧

取材于近现代题材、改编自各类文艺作品的电视悲剧,一向占有较高的收视率。由于电视剧本身的发展历史非常短暂,它可资借鉴的艺术资源并不多,所以选择近现代文学中的知名作,就成为电视剧最为丰厚的资源,并在相对快捷的改编与拍摄过程中涌现了一批电视悲剧。《杨乃武与小白菜》、《半生缘》和《雷雨》等电视悲剧,就是较有代表性的例子。

一、公案悲剧《杨乃武与小白菜》

1989 年上海电视剧制作中心拍摄的十四集电视剧《杨乃武与小白菜》,首先取材于历史上一件家喻户晓的真实案件。

1872 年创办的《申报》,在杨乃武与小白菜的冤案发生五个月之后,就将杨乃武化名为"禹航生",先后予以了长达四年的《记禹航生因奸谋命事细情》、《记禹航生略》等连续报道,直到 1877 年 4 月的《刑部审余杭案》为止。新闻与案情的推进,引起了朝野上下强烈的社会反响,也同时使得《申报》名声大振。根据案情所改编的小说、戏曲、弹词、宝卷等各种文艺样式,数不胜数。较为知名的小说,以黄南丁氏和灵岩樵子的作品流传较广。

根据史实和小说改编的电视悲剧,写清末浙江余杭的新科举人杨乃武,与人称"小白菜"的葛小杜之妻葛毕氏并无奸情。倒是县令刘锡彤之子刘子和对"小白菜"垂涎三尺,设计将其夫毒死,并诬陷杨乃武与小白菜因奸杀人。冤狱一旦酿就,各级官僚便层层加码,官司也便从余杭小县衙一直打到巍巍京城,惊动了至高无上的慈禧太后。寒暑易节,冤情叠加,可怜杨乃武与小白菜受尽了身体和心灵的多少苦楚和磨难,多少次死去活来,冤情才得昭雪。那么多贪赃枉法的朝廷命官,也都得到了不同程度的惩处,所以就连慈禧太后也曾哀叹连连:为了区区一介民妇,竟坏了我大清一百多员大臣。

十六年后,由时代经纬影视公司重新投拍的三十集古装大戏《杨乃武与小白菜》再次在浙江、武汉等地播放,旧版"小白菜"的以泪洗面、哀哭无告、柔弱可怜的形象有所改变,她成为一位敢于和命运抗争的女性。其悲剧结局不是以死亡告终,而是在万念俱寂中出家为尼。而杨乃武则被弱化成为外表张狂、实则懦弱的落魄者,所以才导致功名尽失、家破人亡的后果。

2005年的新版电视剧《杨乃武与小白菜》，可能在杨乃武的处理上有所偏颇。要不是杨乃武以"民告官"，对各级官员予以反控，要不是《申报》将民意向背带进了司法领域，要不是封疆大臣与朝廷京官之间的明争暗斗，悲剧的结局就会完全两样，案件的性质也就是一般的司法冤案而已。

被列为"晚清四大奇案"之首的杨乃武与小白菜案，其真正的悲剧基础在于社会司法的悲剧。原来凭空结撰一段人命冤案，是如此简单方便且随心所欲。几千年来封建司法制度的腐朽、黑暗和反动，于此可见一斑。正是司法悲剧加上小白菜愁苦无助的悲哀形象、杨乃武冒死告官的悲壮行状，才是这出戏感人至深的基础动因。

二、情缘悲剧《半生缘》

三十五集的电视连续剧《半生缘》(2003)，改编自张爱玲女士的同名(小说又名《十八春》)悲情小说，由胡雪杨导演，林心如、蒋勤勤领衔主演。电视剧的人物形象塑造和结构处理，都呈现得十分精彩，在流畅的叙事中抓住每一个生活细节对主题进行不断深化，收到了意想不到的艺术效果。

电视剧基本上继承了原著中的悲剧精华，着力表现了顾曼璐、顾曼桢两姐妹凄惨的情感命运，以及她们与沈世均、许叔惠、祝鸿才、石翠芝等之间复杂的情感纠葛，揭示了时代、家庭、性格对人的命运造成的影响。

顾家两姐妹生活在一个底层社会家庭，家世的艰辛使大姐曼璐风华正茂便步入上海十里洋场的风月圈，为一家人的生活出卖青春。长期的舞女生活使她的性格受到扭曲，这样一个"赢了面子输了里子也在所不辞"的女人，一时斗气竟将自己嫁给恶棍祝鸿才做姨太太，输掉了一生的婚姻幸福，为自己的偏执、虚荣和任性付出了代价。

妹妹曼桢与沈世均的爱情擦肩而过，又掉进了曼璐婚姻的火坑；被恶棍姐夫强暴之后，她为他生下了一个孩子，更陷入到莫大的痛苦和绝望之中。重复的悲剧在一家人身上不断地上演着，似乎是一条早已注定的不归之路。正像曼桢所说的那样，她们的命运似乎被一个小精灵所掌控着，痛苦注定要缠绕进她的生命历程中。电视剧要表达的正是这样一种"造化弄人"、欲哭无泪的悲剧感受。

在现代悲剧里，既有英雄的悲剧，也有小人物的悲剧。因为电视剧是一种更为通俗的大众艺术形式，所以电视荧屏上的悲剧形象，类似顾曼璐、顾曼桢两姐妹这样身处普通境遇、历经坎坷人生的弱女子们，她们所经历的悲剧人生，她们自身所具有的悲剧人格和先验式的悲剧宿命感，因其悲剧遭际所具有的普遍意义更易引人共鸣。《半生缘》的悲剧基调是哀怨、痛苦和无奈，悲剧情势有时候十分琐细、零碎，这与那种金戈铁马、气壮山河的宏大悲剧无缘。但就是这些细腻的描写和都市中的日常悲剧，却值得人们去反复思考，那么悲剧的创造和审美也就有了现代的气韵和生活的质感。

三、"去悲剧化"的《雷雨》等剧

在悲剧风格和悲剧意蕴的营造方面,电视悲剧较其他悲剧无疑更具艺术的优势。电视剧在声画叠加中,综合运用电视镜头的多种表现手段,生动形象地演绎悲剧故事,准确到位地展现悲剧情境,灵活多变地突出悲剧韵味,使悲剧风格的表现更加明朗、简约。在《橘子红了》等不少电视悲剧中,导演利用镜头语言进行叙事、表意,运用富有诗意的电视画面、构图进行意义再现,精心刻画悲剧人物的内心世界,对电视剧艺术风格的张扬已经达到了无以复加的地步。《半生缘》中顾曼桢的一个深情眼神,《围城》里方鸿渐的一句真情告白,都会让每一位电视观众潸然泪下、心有戚戚焉。悲剧在电视剧这里吸取了新的艺术元素,使崇高与通俗并存其中,直观感和含蓄感共生一体,电视悲剧因此在风格上更具影像魅力,也更富于大众性。

但是出于媚俗的考虑,即使是改编像《雷雨》和《四世同堂》等名作,电视导演为了更多地迎合当代电视观众的审美口味,也对故事情节作了简单化的处理,许多悲剧情节被删剪了;对人物形象则作了世俗化的改装,具有悲剧性格的人物形象也得到了淡化处理;甚至不惜以改编剧作的结构和结局,来赢得观众廉价的喝彩。这种"去悲剧化"的做法,在给电视悲剧带来大众化品格的同时,也无形中减弱了悲剧所含有的批判力量,使悲剧成为一种纯粹庸俗化的病态展示,这给电视悲剧的美学呈现带来了负面影响。

根据曹禺同名话剧改编的二十集电视连续剧《雷雨》,由国内著名的女导演李少红执导。该剧以20世纪20年代初的天津都市生活作为背景,以周朴园与其所抛弃的梅侍萍、所冷漠对待的繁漪为情感的第一代序列;以繁漪和周萍的乱伦之恋作为第二序列,以周萍和四凤的兄妹之恋作为第三序列。每一情感序列都毫无例外地成为悲剧的牺牲品。

这部令观众抱有很高期望的电视悲剧,几乎成了商业化流行情节的展示,被讥为当代商业文化与大众通俗传媒合谋的低俗产物。电视剧《雷雨》关注更多的是它的商业标的:收视率、广告效应、投资收益、观众份额比率等。在这种功利性的艺术追求中,原著所具有的精英文学品性被随意解构,悲剧性的深刻主题也在电视剧倚重视觉冲击力的影像结构中被消解了。导演将主要精力放在了对周家复杂、荒唐的人物关系处理上,将周萍、繁漪之间的畸形恋情作为商业卖点,偏重以世俗化的眼光偷窥隐秘的人物心理。电视剧甚至改变了原剧的故事格局,肢解了原著中固定的人物关系网络,插入新的人物形象,改变故事情节的节奏和结局。这样做的结果是拉长了戏的长度,却减弱了戏的分量,使整个剧情显得拖沓、矫饰。

所以在电视剧《雷雨》里,观众会惊奇地发现繁漪自杀后,四凤并没有触电身亡,而是堕胎后随母亲去了济南;周冲也没有死,他参加了新四军;周萍当然也没有死,他还接替了父亲的产业,成长为一名爱护工人的"新型资本家";鲁大海放弃了与周朴园的恩怨,悉心侍奉着中风瘫痪后的周朴园。这样的故事结局处理,使一部深刻的家庭伦理悲剧转变成一个温和的家族故事,观众的喜剧感、圆满情结得到了满足,悲剧所应有的震撼效应却被削弱了。在人物的形象定位上,电视剧把繁漪作为一个富有个性的悲剧英雄来刻画,把她的病态性格和畸形恋情作为追求爱情自由的借口,美化和拔高了悲剧中的乱伦事实,使悲剧的主题书写发生了严重的错位。

第四节 古装戏电视悲剧

古装戏中的电视悲剧,最为典型的要数《水浒传》、《巾帼悲歌》和《红楼梦》。这些作品格局规模大,社会影响大,可以看成是中华民族或威武豪壮、或精致深刻的悲剧史诗。

一、《水浒传》悲曲

中国电视剧制作中心,是电视剧拍摄队伍中名副其实的国家队。从《蹉跎岁月》到《寻找回来的世界》,特别是随着四大古典文学名著的系列拍摄,为中国电视树立了民族品牌。

三十三集电视连续剧《水浒传》(1997),根据施耐庵、罗贯中的同名古典文学名著改编。作为农民起义的壮烈悲歌,该剧展现北宋仁宗皇帝时,瘟疫流行,官府无道,"乱自上作",官逼民反,梁山泊好汉们这才替天行道,走州闯府,直逼京城,开始了声势浩大的造反行动。

水浒悲曲的悲剧性之一,在于现实社会中无以立足、难以活命的悲剧境遇。万般无奈之下,穷途末路之中,大部分好汉都不得不"逼上梁山"做草寇。杨雄、石秀、孙二嫂,皆因种种原因惹下事端,只好上山去也;朝廷命官花荣、秦明败下阵来,也只得上山去罢。最为无奈的是东京八十万禁军教头林冲,只因为妻子生得太为美丽,就一再受到高衙内的迫害,最后只得火烧草料场,在一派绝望、四周绝境中别无选择地投奔水泊梁山去矣。

但是历史、小说和电视剧最为悲惨的笔触,却是作为梁山泊首领的宋江,将"聚义厅"改为"忠义堂",接受招安后又把梁山上的"替天行道",改为"顺天护国"旗号。随即便听从朝廷派遣,去征讨另外一支起义军领袖方腊,以寇制寇,这是何等无奈而凄惨的战斗呀。当一百零八位好汉非死即逃,最终只还剩下二十七员后,朝廷还是要将这些危险分子置于死地。

宋江喝下御酒之后,唯恐李逵不服,再次造反,便特意让李逵也喝下药酒。电视剧此时此刻的情景对话,将全剧的悲剧情势推向了最高潮:

宋江：李逵兄弟，这可是皇上赐的毒酒啊。
李逵眼里的泪水砰然而落。
宋江低下头去，说不下去了。
李逵：哥哥舍不得铁牛死。
宋江心如刀割。
李逵：铁牛自幼孤苦伶仃，除了我妈，只有哥哥疼我爱我了。我与哥哥情同亲生骨肉。哥哥叫铁牛活，铁牛不敢死。哥哥叫铁牛死，铁牛不愿活。我知道哥哥不放心铁牛。铁牛不反了，也不活了。没了哥哥，铁牛活着也没滋味。
李逵突然起身，拿过酒杯。
宋江抬头，看着李逵。
李逵一饮而尽，又拿过酒壶。
李逵：李逵把这些都喝了，便死得快些，赶上哥哥，和哥哥一块死。

如此难堪的悲剧场面和结局，也只有死尽灭绝才是唯一的收束。电视剧以其特有的声画对位和连续性的叙述方式，延伸、扩充了历史悲剧和小说悲剧的审美魅力，给千百万观众带来了无穷无尽的惋惜和感慨。梁山好汉们风风火火闯九州的行动越是畅快，生命意志表达得越是自由彻底，那么接受招安和非正常死亡的结局才越是令人黯然神伤，摇头叹惋。自此之后，再要有哪一出农民起义悲剧能写得如此精彩，已经是不可再得的美好期望了。

二、《李自成——巾帼悲歌》

尤小刚导演的大型历史剧《李自成——巾帼悲歌》（获 1990 年第十一届"飞天奖"）以明末农民首领李自成起义为背景，精心塑造了慧娘这一富含历史深度、颇具文化意蕴和审美价值的电视悲剧形象，描写了由于悲剧性格给她所造成的悲剧命运结局。

电视剧《李自成——巾帼悲歌》故事所发生的时代历史背景，是李自成东山再起、将成帝业之时。为了安抚归顺的各路义军，壮大军事力量，李自成将慧娘收为自己的义女后，活活拆散她和张鼐这一对恩爱情侣，将其下嫁给归顺闯王的义军首领袁时中。这就使慧娘的婚姻成为一桩地地道道的政治交易，从而带上了浓厚的政治交易与结盟的色彩。

当袁时中反叛闯王之后，慧娘便处于十分尴尬的地位。一方面，李自成将其作为政治斗争的筹码，对其生死冷暖早已是充耳不闻、了无兴趣；另一方面，和袁时中并没有真正爱情的慧娘还在深爱着张鼐，可是她却不得不在封建贞节观的枷锁下，痛苦地履行着作为妻子的义务，极为难堪地生活在现实夹缝中，忍受着命运的折磨、煎熬，最终只得抑郁而死，草草了断这无望的人生。

全剧将慧娘这一荧屏悲剧形象置于特定的历史背景下，以慧娘的悲剧命运反观世态百象，揭示了造成慧娘悲剧的历史文化根源。同时，电视剧以严肃的批判精神，深刻展现了存在于慧娘身上的人性弱点或局限性，揭示了造成其悲剧的性格根源、社会根源和文化根源。的确，正是由于李自成及其他起义军首领自私的政治目的，才将慧娘的幸福情缘强行拆散，使她沦为政治交易的牺牲品。但是，也正是因为慧娘听天由命的懦弱性格，缺乏冲破世俗封建樊篱的叛逆精神，才造就了她怯懦、无奈的悲剧一生。这部电视悲剧强烈批判了蕴藏在慧娘身上的这些悲剧因素，既谴责了普遍的人性痼疾，又审视了其自身的性格弱点，对今天的观众而言，也富于人性解放的启发意义。

三、《红楼梦》——悲剧中之悲剧

1986年5月，二十五集电视连续剧《红楼梦》在中央电视台和香港亚洲电视台同时播出，几乎在全国范围内都掀起了万人空巷的观看热潮，最高收视率臻于百分之七十以上的奇观。电视剧对社会人生悲剧的表现，在电视连续剧《红楼梦》里得到了最全面、最深刻的展示。

《红楼梦》一向被誉为"中国古典悲剧的巅峰之作"，曾被王国维称为"悲剧中之悲剧"。它博大精深的悲剧意识，突破了中国古典文化的束缚，显示了中华民族亘古未变的悲剧情怀和历史眼光。根据古典名著改编的这部电视悲剧，严格遵循原著所持有的悲剧精神，显示出伟大的悲剧面貌，渗透着浓郁的悲观性和忧郁性。

宝黛之间的爱情悲剧、大观园内的家族悲剧、痴情男女的性格悲剧纵横交织在一起，构成了一幅波澜壮阔的社会悲剧图画。在这些悲剧之中，宝黛爱情悲剧作为主线一线贯穿，推动着整部电视剧的悲剧进展，使电视剧具有了持续的情感冲击力。电视剧《红楼梦》撷取典型的生活画面，在复杂繁多的人物关系中，揭示了造成宝黛爱情悲剧的社会根源和人文原因。在那个风雨飘摇的封建社会里，社会的政治、文化、道德规范摇摇欲坠、几近崩溃，社会对个体自由的制约和桎梏也分崩离析、日渐薄弱，自由爱情的萌芽就在这个过程中悄悄萌生了。宝黛之间不分出身、不计功利、抛却规矩、蔑视权威的爱情理想，对虚伪、理性、呆板的传统社会做出了掷地有声的抗争。他们实践着性灵相通、生死相守的爱情誓言，大胆追求着属于自己的爱情、婚姻和人生幸福，将一切束缚人性的东西抛至脑后，数百年来已成为万人传诵的爱情典范。

但是百足之虫，死而不僵。反动的势力毕竟还要反扑过来。这份伟大的爱情诞生于那个动荡不定的社会，也最终消亡于此，被埋葬在纷繁复杂的斗争漩涡中。封建社会现实中，传统的社会政治文化结构和道德人伦规范如一个巨大的牢笼，将冰清玉洁的宝黛爱情困在其中。在爱情理想与社会现实、个人幸福与家族命运、超凡脱俗的个性与浮华庸俗的生活之间，悲剧性冲突无处不在。命运的起承转合，无法摆脱环境的挤压,悲剧主人公的生活笼罩在一个黯淡无光的悲剧铁牢里头。但电视剧的男女主人公敢于以坚毅果断的行动、甚至不惜以性命的代价去做殊死斗争,反抗现实命运的残酷,维护爱情信仰的坚贞,这就酿成了悲剧之中的大悲剧。

　　当然,对于不到五十年发展历史的中国电视剧而言,悲剧相对于蔚为壮观的正剧和喜剧来说,显得单薄了些。即便如此,在我国电视悲剧的发展道路上,仍不乏流露出悲剧意识、饱蘸着悲剧精神的优秀剧作。这些电视悲剧敢于以直面人生的态度,塑造悲剧故事中富于激情、感人至深的悲剧人格,常常在对人与社会、自然之间的悲剧性冲突中,对生命、死亡、命运等命题作出具有哲学意味的思考。以悲剧的眼光打量这些哀戚悲苦的人间"劫运",展现了人在现实中的无助,以及自然和社会对人文价值的毁灭,表现出无定浮萍般的人生幻灭感和反复无常的历史沧桑感。电视悲剧洗尽文学的脂粉与铅华,以极富冲击力的悲剧情节,具有普遍意义的悲剧人物,富于感染力的悲剧语言和震撼力的悲剧形式,具备极大反差的悲剧节奏和悲剧结构,使悲剧故事的电视化演绎具有了发人深省的审美效果。这些悲剧性的电视剧,特别是电视连续剧,接受方式更为直接,感人效果更为生动,在某种意义上说,比悲剧性的电影、戏曲、话剧等艺术形式更富于传播上的优越性。它巨大的故事容量、天马行空的时空转换,再加上电视语言对悲剧精神、意义的生动阐释,都使电视悲剧具有了更加丰富的悲剧内涵,其悲剧美感也因此更为广漠而普世,极其深重且警心。

后　记

　　1986年金秋时节，我从华东师大徐中玉、齐森华先生门下，考入岭南第一高校中山大学就读博士生。此后三年，就经常在四季莺歌燕舞、八节花红草绿的中大校园散步、读书。

　　最有意思的散步，莫过于搀着王起（季思）先生的手臂，师徒俩从马岗顶的洋房缓缓出发，经过大钟楼，穿过陈寅恪先生旧居，再经礼士堂，过中山像，在绿荫之下、草坪之侧绕个大圈子后，再行返回。

　　昔日古希腊的亚里士多德学派，享有散步逍遥派的美称。当年我也在中大充分领略到散步的趣味。那时的康乐园，建筑没有现在这样拥挤，学生也没有当下这般众多。古树幽径，碧水长天，异香阵阵，鸣蛩弹唱，端的是一座遗世独立的美妙"山中"大花园。

　　散步时说话的氛围最好，我与先生可以随意品评风物、知人论世。

　　比方先生曾经与大名鼎鼎的陈寅恪老先生做过邻居，我们当然要好奇地打听陈先生的行藏。先生对陈先生推崇备至，推崇陈先生为"学者中的学者，教授中的教授"，夸赞他在为教授们讲学时旁征博引，广闻强记，让大家钦佩不已。可是先生也对陈老先生过分繁琐的考证有不同意见，他不仅在散步时讲过，后来还在关于陈寅恪的一次学术会议上正式作过报告。

　　我的《中国悲剧史纲》，也是在与先生的散步过程中，作为博士论文题目确定下来的。

　　有一次，我在散步中竟敢于冒先生之大不韪，当着面调皮地询问："先生的文章写得很好，论文集也出版了不少，但是迄今为止却没有写过一本系统完整的书，这是为什么？"

先生却不急不恼,不紧不慢地说:"这个问题问得好。我想作为一位老师,教书是神圣的天职,不太可能有整块的时间拿来系统写书。比方我就常常告诫年轻教师,上第一堂课前就要将学生的花名册仔细研究,查阅词典,免得点名时读错别字,太不严肃;此外,我的集体科研项目承接得较多,这就需要组织起中青年教师一起来做,不可能一人包办。当然,这也有个人的研究习惯问题,我喜欢一个一个专题来写文章,可能较为切实一些。"

不久之后,先生就建议我和郑尚宪同学,分别就其所主编的《中国十大古典悲剧集》、《中国十大古典喜剧集》,写出相应的中国悲剧、喜剧史,作为博士论文的选题。

尽管在此之前,我们都曾参与过以上两部书的部分修订工作,但是一旦决定分工研究如此大型的题目,肯定要具备写作一本完整大书的规模。其实先生原本并没有要我写一本大书的想法,但是我却联系散步时的写论文和写书的感悟,自命不凡、逞才使气地偏要写一部洋洋洒洒的悲剧史出来。

宏愿既发,必要受多重的历练。因为查书用书的方便,我又转道上海,寄居在复旦大学松花江路 2500 号研究生宿舍,挑灯苦战大约一年。从吴承学兄的住处到其他租住房,都留下过辛勤习作的印记。其间先后请教过章培恒、江巨荣和陈允吉先生。至于吴格学兄,更是为我在文献资料的使用方面,提供了充分的便利。

于是就有了《中国悲剧史纲》的问世。其实,初稿完成之后,先生和黄天骥老师,也都认为篇幅太大、战线太长,是否可以拿出其中一部分来,精心琢磨,进行答辩。其他部分,留待今后再行修订。我自然遵嘱,先做出浓缩的"精华版"来,进行毕业论文答辩。

博士学位论文的答辩,自然是有惊无险。暨南大学的洪柏昭教授、华南师大的郑孟彤教授、中大的邱世友教授和曾扬华教授,都对拙作评价不低。一叶知秋,哪怕只看到浓缩版的论文,他们便都知道我治学的志向之坚,花费的心血之大,投入的精力之多。

1989 年夏,我从中山大学的康乐园求学阶段,转向上海戏剧学院的美丽园执教生涯。教有余闲,则以行文。博士论文中的多个章节,先后被修修补补、缀缀连连、删删改改、整整合合。其中部分篇章,经过整理增写之后,先后被《中国社会科学》、《文学遗产》等多家杂志刊发。季思先生也曾在《中国社会科学》上予以过简评、呼应,提出了一些他关于悲剧产生与特色的思考。

经过了书稿毛坯和论文书写的阶段之后,我又接受张建一兄的建议,将全部稿件进行了重新编排和整理,这就有了被收入学林出版社"青年学者丛书"的《中国悲剧史纲》的问世。此时,距离博士毕业已经整整 6 个年头了。素来不写完整学术专著的王先生,此时却对学生的第一部专著予以了充分的鼓励。先生以高龄之身、颤抖之手和赤子之心,为此书写了一篇精彩的序言,提携与欣慰之感相生,奖掖与鼓励之情并发,研讨与深化之思兼备。

《中国悲剧史纲》出版之后,作为国内较早的一部悲剧专史,也受到了学界的重视。

身处上海戏剧学院这所主要以外国经典戏剧作为演出、研究重点的学院,我又在1991年成功申报了关于外国悲剧的国家哲学社会科学基金项目选题,这就能够以较大的精力,将中国悲剧的研究扩大到世界悲剧的研究范畴,于是就有了《世界悲剧文学史》(上海文艺出版社1995年版)的问世。

此时,上海地区的国家哲学社会科学规划外国文学组评委、中国外国文学研究会副会长、上海文联副主席、复旦大学的夏仲翼教授,上海外国语大学的校长胡孟浩教授,都曾经非常正式地向我打过招呼。他们说外国文学组的评委们都认为《世界悲剧文学史》的工作做得不错,既是这方面的开拓之作,也体现出中国学者包括翻译家们对于国际戏剧和悲剧学的关注。但是这个题目只做到17世纪为止,严格意义上讲只能算一部《世界古典悲剧史》。建议将世界悲剧史的近代部分继续做下去,如果可能,他们还将继续支持。喜出望外的我,有了"尚方宝剑"的支持,当然很快就再次申请了《世界近代悲剧史》的国家哲学社会科学外国文学项目,同样也获得1995年度排名第一的正式立项。

1998年,《世界悲剧文学史》被国家新闻出版总署和全国外国文学学会共同评选为外国文学优秀研究著作奖。嗣后,我所承接的两个国家哲学社会科学项目分别以《世界古典悲剧史》和《世界近代悲剧史》为定名,由中国戏剧出版社于2004年一起印行面世,俨然已经具备了世界悲剧通史的初步品格。业师徐中玉先生亲自为我写序推荐,余秋雨老师也撰序推荐,这就一下子接通了从20世纪30年代起叶石荪、洪深等教授发端,到21世纪初叶中国不同代际的学者们对于悲剧学问题的思索、论评和历史经纬的总体回顾。

会当凌绝顶,一览众山小。这样一来,后出的两部世界悲剧史,倒成为约百万字的洋洋大观;相形之下,前面奠基的《中国悲剧史纲》不仅显得简易寒酸许多,也多少带有偏于纲目化而不够细致的风貌。而且某些别字、误词和错讹不妥处,由于白纸黑字的存在,更有令我触目惊心、芒刺在背的感觉。那么,就踵事增华、升级换代,打散并扩建中国悲剧文化史的锦堂华屋吧。

所谓打散,是将中国的悲剧史和悲剧美学,从原来的按照时代顺序的总体合成,变成两个项目来进行分别处理。悲剧文学部分,写成《中国悲剧文学史》,可以就作品的主线加以更多的梳理;悲剧美学部分,写成《中国悲剧美学史》,可以就理论的演变做出深入的分析。两个项目各自独立而又联袂推出,重点突出而又相为呼应,论述范围要清晰得多,讨论的范畴也开阔得多。

所谓扩建,除了对于原来语焉不详的悲剧主体例如《琵琶记》等作品予以充分品鉴之外,还对悲剧文学的外延予以了扩张。比方中国的诗词文章、史传小说,原本都有悲剧的精神存在,那么适当加以引申,原本是题中应有之义。再比方直接接轨西方的中国现代话剧及其批评,悲剧情味极为浓厚,那么也要收归其中。百年以来的中国电影、近半个世纪以来的中国电视,也延续并发展了民族悲剧文化。中国影视作为视听文学的奇观、大众审美的宠儿,如果在号称为"史"的我国悲剧发展历程中不被提及,那也表明著书人目光的短浅,无异于画地为牢的束缚。历史本是集腋成裘的开放的历史,艺术本是千姿百态的多元的艺术,文化本是海纳百川的集成的文化。那么,中国悲剧文化史,也理所当然应该包容千百年来的各种文学艺术样式及其相应的具体批评与理论探求,我们应该尽可能反映历史的真实和悲剧的全貌,而不应该削足适履地自立木藩竹篱,以纯粹和单一的格局,来放逐百花异草的纷繁多姿。

因此,"中国悲剧文化史"中的"文化"含义,实际上有了更为广阔的扩容。举凡充盈着悲剧精神和人文情怀、彰显着生存道义和伦理牺牲、表现出探索代价和群体利益的严肃的中华文化艺术作品,从理论上言,都可能会在本书中得到相应的关注。当然,从操作层面上来看,目前我们所做的阐述,还只是挂一漏百的尝试而已。

上乘吴梅祖师爷的文脉艺理,直接继承王季思先生的悲剧衣钵和黄天骥师的指教,直接师承华东师范大学丽娃河畔的徐中玉、齐森华等名师,上有湖北师范大学覆盆山下的阮国华、蔡伯铭、黄瑞云、罗永奕等教授的智力开启,下有上海交大古典文学专业研究生屈桂林在悲剧学资料目录之切实支撑、在现当代悲剧学研究之整体概述,更有南京师大影视学研究生谢建华、张金华、冯玉芳等人在本书影视板块撰写过程中的积极参与大力协助,我终于能够将"中国悲剧文化史"系列之学术堂庑,呈现于读者诸公面前。本书名曰个人专著,实则是凝结着整个戏曲影视学术家族几代人的共同努力。

孰曰著书容易,笔头轻快? 从就读博士生的时候开始,35个年头的岁月淘洗,先行后来者的前呼后拥,才有此心香一瓣,文翰一叠,书海一叶。

此生此世,能有几个35年的累积与叠加? 就悲剧史写作而言,从中国到世界,再从世界回复到中国,一下子就占用了生命年华中流光溢彩的最好时代。倘若按照理想的学术计划再将世界悲剧史修订完善一过,回过头来复将中国悲剧及其美学思想另行整理一次,悲剧学研究的秋千再荡几个来回,那时的我早已成为鬓发斑白、步履蹒跚的幡然老翁也。

但我仍将无怨无尤、无悔无恨。学者的全部价值,就是在于学问的毕生研求上。何况还有那些桃李门墙,有若山花烂漫一般繁英照眼,会像松柏绵延一样自成冠盖如云。悲剧学也好,艺术学也罢,在一辈辈学子们的研究过程中,总会逐渐成其气候,蔚为大观。那么今日的奋斗,正是学术史上不可或缺的接力赛跑中的中介环节;我所要努力实践的,正是要将我的一环传递得较为美好。

博士毕业参加工作之后,携带着悲剧学研究的这一方学术"衣钵",我曾多年沉浸在上海戏剧学院波翻云涌的舞台烟云之中,又作为特聘教授对南京师范大学美丽的随园风光多有领略。至于在北美诸多名校的访问与讲座,包括在美国国会图书馆的查

后　记

书，更加坚定了我研究东方悲剧史和世界悲剧通史的决心。因为到目前为止，即便在全世界范围内，在这方面用力最勤的学者中，我应属于当仁不让的前方拓荒者。

2002年底，我来到了中国近代历史最为悠久的大学之一——上海交通大学，主持中文系的恢复再建工作。书稿的主体工程，也大体是在交大中文系竣工。一部戏剧学与分类美学专著，竟成型于中国南方最为古老的大学、文学传统最为久远的交大，这岂不又是一重天意拨动般的巧合？在交大唐文治校长1908年所建的国文科（蔡元培校长于1928年改为交大中国文学系）、1920年起所主持的无锡国学专科馆（包括上海分校，建国后改为中国文学院）的历史大辉煌面前，每一位交大文科学者的毕生贡献，都只能是一棵棵无足轻重的平凡花草而已。

接受中国戏曲学院的盛情邀请，我于2008年离开悠远伟岸的上海交大，北上京华，成为北京市特聘教授和戏曲学院戏文系主任。继承吴梅、王起两代师圣之戏曲学衣钵，辗转各校求学教学，终归中国戏曲学院之专业学府。

在上海戏剧学院教学13年后，我又先后在上海交通大学担任中文系主任和南京师范大学学科带头人10年，在中国戏曲学院担任戏文系主任10年、教学13年，今年又要返回交大执教。3年前还被香港政府作为优秀人才引进，因此总是在北上广宁港之间徘徊淹留。

承蒙台湾曲圣曾永义教授，继推荐拙著《中华分类戏曲学史纲》到台湾商务印书馆出版之后，又推荐《中国悲剧文学史》到台北"国家出版社"付梓。寒暑易节23年，业师季思之遗命终得酬焉，炎夏七月暑假稍闲，中国悲剧之评鉴审美始合成矣。汇聚资料，归拢心血，又兼台岛书香两瓣，保举皆属一人，凡此种种，岂非巧合胜于人算，人算莫非天意乎？

2014年，《中国悲剧文学史》和《中国悲剧美学史》又经过修订润色之后，由敏而好古、学统深厚、选题优胜、校勘严谨的上海古籍出版社出版，而今年又将再版。

承蒙中国戏曲学院与北京市教学名师、北京市领军人才基金的支持，本书得以较为规整体面的面貌付梓发行，在此深切致谢。

谨以这部此书，献给生我养我、教我育我的父母和恩师们。

这两种书的出版，是对具备中国特色的民族悲剧艺术的总体写照与工笔勾勒，初步体现出中国悲剧学派的基本气象。该书与诸多学界同仁们的成果集合起来，与还在舞台上传承发展的诸多悲剧经典作品对应起来，共同形成云蒸霞蔚、气象万千的中国悲剧文化之无限胜境。

谢柏梁
2021年5月4日星期二
写于京华燕西华府